U0940134

蜀学丛刊

国家211工程「十一五」规划建设项目
国家重点学科「历史文献学」系列成果

吴之英诗文集

四川大学出版社
成都·二〇〇八

责任编辑:王会豪
责任校对:吴洪泽
封面设计:翼虎书装
责任印制:李　平

图书在版编目(CIP)数据

吴之英诗文集／吴洪武，彭静中，吴洪泽校注．—成都：四川大学出版社，2008.3
ISBN 978-7-5614-3968-5

Ⅰ.吴…　Ⅱ.①吴…②彭…③吴…　Ⅲ.①古典诗歌-作品集-中国-清后期②吴之英（1857～1918）-文集
Ⅳ.I222.752　Z425.2

中国版本图书馆CIP数据核字（2008）第027023号

书名　**吴之英诗文集**

校　　注　吴洪武　吴洪泽　彭静中
出　　版　四川大学出版社
地　　址　成都市一环路南一段24号(610065)
发　　行　四川大学出版社
书　　号　ISBN 978-7-5614-3968-5/I·355
印　　刷　郫县犀浦印刷厂
成品尺寸　140 mm×202 mm
印　　张　24.625
字　　数　533千字
版　　次　2008年4月第1版
印　　次　2008年4月第1次印刷
定　　价　116.00元

◆读者邮购本书,请与本社发行科联系。电 话:85408408/85401670/85408023　邮政编码:610065

◆本社图书如有印装质量问题,请寄回出版社调换。

◆网址:www.scupress.com.cn

《蜀学丛刊》序

一国有一国之史，一方有一方之学。就中国而言，“儒学”无疑是国学的根柢；而就四川而言，“蜀学”自然是蜀地的灵魂。就多元一体的中国文化格局论，“蜀学”不仅是四川地区的学术思想，也是中华学术中极具特色的一个流派，是祖国文化的重要组成部分。加强“蜀学”成果的总结和研究，从事“蜀学”文献的收集与整理，不仅是地方历史研究和文化建设的需要，也是大中华文化史、学术史研究之必要。

历史上的“蜀学”曾经大师辈出，思想独造，文采斐然，影响深远；曾起到过开新学术风气、引领社会思潮的作用；曾对中国学术发展、文化进步起到过巨大的推动作用。

大体而言，“蜀学”在历史上有过三次大的高潮，每次都对中国学术、文化的发展做出了重要贡献。

首先是汉晋时期。文翁兴学，首开地方政府办学的历史，儒学在蜀地得到广泛传播，巴蜀才士，欣欣向学，历史上有“蜀学比于齐鲁，巴汉亦化之”之说，从此蜀地民智大开，人才济济，文章大雅，不亚中原；汉武帝将文翁办学经验向全国推广，“令天下郡国皆立学校官”，加速儒学向地方基层传播的速度，可谓“一花引得万花开”。“汉赋四家”，蜀人独揽三席，司马相如、扬雄、王褒不仅是当时著名的辞赋家，也是术业有专精的学者。特别是扬雄，他“好学博览”，崇尚玄思，仿《易》作《太玄》，尊孔撰《法言》，在儒学、道学、文学、语言、博物等领域，都造诣精深，影响广远。当时，巴蜀的“易学”(赵宾、严遵、扬雄)、“天学”(落下闳)也都是全国一流的。三国两晋，巴蜀的史学(谯周《古史考》、陈寿《三国志》、常璩《华阳国志》等)，则领先全国，沾溉百世。

第二次是两宋时期。在文学上，“唐宋八大家”蜀人独得其三(三苏)，而且同出一门，蔚为中华学术史之奇观；在史学上，有“隋前存书有二(《三国志》和《华阳国志》)，唐后莫隆于蜀”(刘咸炘)之美称；在经学上，《易》学特别发达，程颐致有“《易》学在蜀”之盛誉。以“三苏”父子为代表的“蜀学”，与二程“洛学”(即理学)、王安石“新学”鼎足而三，共同构成北宋学术三大主流。南宋时期，张栻执讲岳麓，学开“湖湘”一派；魏了翁崛起鹤山，蔚为理学宗匠。王偁、李焘、李心传，史笔如椽，《事略》、《长编》、《要录》堪称第一流实录。

“蜀学”的第三次高潮即是晚清民国时期。尊经书院的创办，张之洞为之倡、王闿运为之师，促成了“蜀学”的再次复兴，蜀中学术得到蓬勃发展。其重要特征是摒弃陈腐的“八股”时文，注重儒家原典的传习和研究。在动荡多变的时局中，“通经致用”、“中体西用”成为“蜀学”的突出表现。蜀地学人“自经学而入史学”，复以治史之法以治经，严格区分“今文”“古文”，顺应“以复古求解放”的潮流，将清代学人达到的最高点东汉“许郑之学”成功地向前推进到西汉“今古文学”阶段；进而溯流寻源，将学术研究重心推寻至先秦“诸子”和“古史”时代，最终实现了传统学术的彻底解放！使“蜀学”成为继“常州之学”、“湖湘之学"而起的中国学术又一重镇,推动中国经学进入了一个崭新的阶段。钱基博说:"五十年来学风之变,其机发自湘之王闿运,由湘而蜀(廖平),由蜀而粤(康有为、梁启超),而皖(胡适、陈独秀),以汇合于蜀(吴虞)。"带来了中国学术界和思想界的革命,促成了从传统经学向现代学术的根本转变。

晚清"蜀学"曾以出思想、出人才著称全国,即以尊经书院一校论,就培养和聚集了:为维新变法而英勇献身的"戊戌六君子"之一的杨锐;出任英法领事馆参赞、力主新学的四川维新派核心人物宋育仁;博综古今、学凡六变的经学大师廖平;才思敏捷、经学辞章俱佳的蜀学大师吴之英;海内书法名家顾印愚;领导群众发动保路运动的蒲殿俊、罗纶、张澜;为建立民国舍身杀敌的同盟会会员彭家珍;功绩卓著、从资产阶级民主革命走上共产主义道路的老革命家吴玉章;宣传新文化、反对旧传统的思想家吴虞。以及谢无量、林思进、傅增湘、刘咸荥、徐炯、尹昌衡、张森楷、颜楷、邵从恩、傅樵村等知识界和文化界的名流人物。此外,还有锦江书院培养的另一位"戊戌君子"刘光第,清代四川仅有的状元骆成骧等;存古学堂(国学院)培养的蒙文通、向宗鲁、李源澄等;东川书院培养的向楚等。以及四川大学各个时期培养的学生,如朱德、郭沫若、巴金、李劼人、周太玄、王光祈等人,则是新文化、新思想、新变革的领袖和导师。还有在尊经、锦江和川大之外,其他乡塾、书院和学校培养的人才,如赵熙、龚道耕、庞石帚、刘咸炘、唐迪风、伍非百、贺麟、晏阳初、唐君毅等人，也都是近代文化史、思想史上值得大书特书的重要人物。如果将视野扩大一点，还有著名的宗教界人士能海（俗名龚缉熙）、隆莲（俗名游德纯、游永康）、易心莹等；寓居四川的外省甚至外国学者，如研究西蜀方言和民俗的英国内地会传教士钟秀芝，研究中国美术的戴谦和，研究中医的刘延龄、莫尔思，人类学家、考古学家葛维汉，等等。四川近代的文化学术舞台上，真可谓英才汇萃，群星灿烂矣！

“蜀学”是巴蜀学术的代名词，更是巴蜀文化的灵魂。巴蜀士人多积极进取，推陈出新；大度恢宏，集杂为醇；学术精深，文采飞扬；铁肩担道义，敢为天下先！代表了“自强不息，厚德载物”的中华正气，是近代中国革命史、文化史，当代中国建设史和改革史上的重要力量。特别是近世“蜀学”人士，他们思想活跃，见解独造，敢于实践，勇于创新，在维新变法、洋务运动、辛亥革命以及民主革命和社会主义革命活动中，担当了启蒙者和开拓者的角色，曾经产生过深远的历史影响。有学者指出：“中国历史至晚清，学术重心发生了转移，这个重心一是湘学，一是蜀学。”（李学勤）将“蜀学”直继传统学术之正脉，俨然以中华学术的“正统”和“大宗”相期许，可见其影响之深，意义之巨。可是，由于蜀地相对封闭的地理环境和大多数蜀学人士不喜表曝的高蹈风格，往往使“蜀学”成果得不到广泛传播和妥善保存，许多“蜀学”论著已经了无踪影。就“蜀学”史上的三次高潮论，前两个高潮的成果，除部分作者因走出四川、风靡全国（如司马相如、扬雄、陈子昂、李白、三苏、杨慎等）而得以流通和保存外，其他的许多成果都因作者辟处西陲、平居乡里，其人鲜为外间所知，其书也未及时刊行，致使成果湮没，文献无征了。即以晚清民国以来“蜀学”的第三次高潮而言，许多学者的苦心孤诣之作，也正在人们的冷漠中被历史的尘埃所淹没。如张森楷编著的为数1000余万字的300余卷《二十四史校勘记》、133卷《史记新校注》和269卷《通史人表》；著名语言学家赵少咸的分卷达28册300余万字的《广韵疏正》、30册300多万字的《经典释文集说附笺》；有“大儒”“纯儒”、“经师”“人师”之誉的龚道耕多达110余种的论著，等等，洋洋大观，何其壮哉！然而，却在当时未及发表，后世历经浩劫，大多仅剩零篇断简了。这些学术成果的毁损和失传，不仅是“蜀学”作者个人的损失，也是整个巴蜀文化的损失，也给中华学术文化宝库留下了遗憾！孔子曰：“德之不修，学之不讲，闻义不能徙，不善不能改，是吾忧也！”颜回曰：“夫道之不修也，是吾丑也；夫道既已大修，而不用，是有国者之丑也。不容何病？不容然后见君子！”读书是读书人的事业，著述是读书人的功德，而刊书就是“有国者”或后学者的责任了！优秀作品未能刊行，前贤成果未被流传，就象孔子未被赏识，一样地是“有国者之丑”、后学者之羞矣！对原作者的功德和事业来说又有何损何亏呢！

早在半个世纪之前，一批旅居海外的有识之士就曾慨叹“中华文化之花果飘零”(唐君毅)了，今值盛世修文，岂能再容“花自飘零水自流”，让前贤心血长付东流之水！为了不使这些劫后余生的成果彻底湮没无闻，也为了使“蜀学”后生对前贤苦心孤诣之境不再陌生，我们愿为“蜀学"成果的抢救奉献绵薄之力，特发编纂《蜀学丛刊》之宏愿，愿作传统守候与遗献抢救之愚公。《蜀学丛刊》的主要任务就是要对尚存的"蜀学"成果进行收集、整理和研究，它包括对已有刊本文献的新式整理和现代研究，更倾注于收集整理那些未曾汇刊至今仍散落各处的成果，特别是要加强抢救至今还处于虫鼠水火之厄中的遗籍手稿。其形式可以是学术文集的重编和整理，可以是学术专著的校注和阐微，也可以是专题专人的研究和述评。只要内容充实，资料稀见，编纂规范，质量合格，都可以申请加入这套丛书，得到资助和出版。选题的内容没有特别规定，课题的进度也没有硬性限制，不分先后；编者也不分省际，不分国籍，只要是有关儒学的，只要是有关蜀学的，成熟一本吸纳一本，编好一批出版一批。积少成多，由微而巨，浸浸乎，洋洋哉，坚持数年，不废不弃，必使涓涓细流汇成汪洋之沧海！

科学本没有国界，学术乃天下公器。我们希望尽可能多的"蜀学"成果得到整理和出版，希望"蜀学"宝库能够更加充实和丰富。当然，也希望所有的热心人士都能关心和支持此事，愿天下有心人惠然肯顾，共襄此举；愿当代"有国者"借我以风，助我以力。吾侪后学当更加殚精竭虑，力底厥成！

是为序。

四川大学教授
《儒藏》主编　舒大刚

《吴之英诗文集》工作委员会

《吴之英诗文集》编纂委员会

吴之英晚年隐居地——寿栎庐

吴之英纪念堂

吴之英著作

曾孙吴洪武整理先祖遗著

伯揭先生遺像

受業楊永浚敬摹

读吴之英诗文集感赋

岑　刚

青衣水秀，蒙顶峰奇。锺仙茶圣地，育蜀学大师。“名山可见卿云妙墨，寿栎犹存许郑遗文。”集古典蜀学之大成，开现代蜀学之先河。

伯揭之道，爱国爱民。“礼仪廉耻，国之四维”。忧国披肝胆，济民忘苦辛。淡泊以明志，崇礼睦乡邻。投“变法”以救国，为“保路”书丰碑。歌“神拳”以扬正义，《哭杨锐》而泣鬼神。

伯揭之德，唯求仁义。诚信尽职，和谐共进。荐贤举能，屈己推人。乐人之善，扬人之能。重德真君子，风范世间闻。有“一士有成，千秋为美”之胸襟，享“淑身淑世，人德大老”之美名。

伯揭之学，博大精深。通群经，精《三礼》，解岐黄，善骈文。诗词精且美，书法耀古今。通经致用，结合实践而立言著论；学贵创新，开启《仪礼》研究之新程。自贵自强，贯穿于始终；真知灼见，浓缩于《诗文》。

伯揭为教，终身不渝。不当顾问官，甘作育人师。言传身教，诲人不倦。立自强不息之志气，培厚德载物之雅量；养学贵创新之勇气，成报效祖国之栋梁。芳踪所至，请业者常数百；一代宗师，宏木铎振家邦。

遗像在目，德音在耳。伯揭精神，激励来者。

文化乃常青树，科学乃聚宝盆。构建美好和谐社会，戮力传承中华文明。

《吴之英诗文集》序

著名蜀学大师吴之英先生，雅安市名山县人，著名经学家、书法家、爱国学者。先生一生为弘扬蜀学，著书立说，“治学声誉，遍及全国”；其致力教育，培养人才的精神，令人可敬可佩。

吴先生通经致用，学贵创新。他研究经学，形成了历史发展观和“唯仁求义”的人生观。在历史转折关头，他横溢其才华，竭尽其智虑，总是站在正义一边。为救亡图存，他投入维新变法运动，担任《蜀学报》主笔，“为救世而呼号”！戊戌政变，“六君子”遇害，他不顾个人安危，愤笔写下《哭杨锐》长诗和挽杨锐联以明志。当清政府出卖铁路主权时，他支持并参与爱国保路运动，亲笔题写了“辛亥秋保路死事纪念碑”（成都人民公园内），彪炳千秋。吴先生不愧为一位跟随时代和人民一道前进的爱国学者。

吴先生是我国古典蜀学的集大成者，同时又是近代蜀学的开拓者。他认为“礼可为国”，“天理人情，今犹古也”，“礼义廉耻，国之四维”。于是奋发前行，心萦目注而执持达三十年，把我国几成绝学的《仪礼》研究，推到一个新水平，所著《仪礼奭固》三书，可谓集《仪礼》研究之大成，是郑玄以后一千八百多年承先启后的杰作，奠定了蜀学大师的地位。

吴先生不仅是传道、授业、解惑的经师，更是为士典范、集文与教于一身的人师。他把启迪民智，兴办教育，培养人才作为自贵自强的宗旨。他不当礼部顾问官，甘作育人师。先身教，后言传，乐业尽职，过化存神，“德成而上，艺成而下”，讲信修睦，孝亲敬长，清正无私，身正成范的崇高形象和诲人不倦的循循善诱，开启一方育人新风。

纵观吴先生一生，其反帝爱国的民族精神，学贵创新的时代精神，甘做人梯的奉献精神，自贵自强的战斗精神，贯穿溶汇于他的等身著作中。这是一份珍贵的文化遗产和宝贵的精神财富，值得我们很好地珍视、传承和发扬。

现在，由先生曾孙吴洪武等整理编辑的《吴之英诗文集》，历经寒暑，终于问世，这是雅安文化建设上的一件大好事，可喜可贺！它的出版，既为研究吴先生的学术提供了宝贵的材料，也为奉扬先生的仁声仁风，提供了一份精神食粮。其历史意义、现实意义和学术价值都是值得称道的，我们理应珍视和研读这一优秀文化遗产，使其在社会主义精神文明建设，构建和谐社会中起到积极的作用。

雅安蕴藏着悠久而丰富的历史文化资源。我希望有识之士对此进行挖掘、提炼，推陈出新，众人拾柴，为雅安文化事业和产业的大发展、大繁荣作出新的更大的贡献。

中共雅安市委书记
雅安市人大常委会主任 徐益加

2007年11月

序

吴之英，1857 年生于名山县车岭镇吴沟，卒于 1918 年，享年 61 岁。据民国《名山县新志》载，吴之英幼承庭训，5 岁启蒙，8 岁即能治文辞，15 岁应府试，名列榜首。之英先生一生备极刻苦，博览群书，对经史词章造诣颇深，尤精《周礼》、《仪礼》和《礼记》，并且工于书法，乃中国近代史上的杰出学者、经学家、教育家和著名书法家。

之英先生提倡文德并重，广博深思，唯专唯精，持之始终，反对"徒知标榜，空疏肤浅"的文风。之英先生发表的《蜀学会报初开述议》、《学会讲义》、《矿议》、《赋役篇》、《政要论》等杂文，提出了严法治政，平衡税赋，奖励农兵，西学中用等一列系变法主张；之英先生于义和团运动失败、清廷被迫签订《辛丑条约》后写下的《颐和园》长诗，表达了对国家和中华民族前途命运的无比忧虑；之英先生目睹清政府的无能，辞去训导职务，回到老家，署宅"寿栎庐"，潜心著述，并将诔祭、碑铭、文稿、书信和诗词歌赋等编纂成《寿栎庐丛书》73 卷，继往开来，以启迪民智。

由雅安市社科联牵头，组织吴洪武、彭静中、吴洪泽、马国栋、蒋昭义、毕德锐、彭大辉、李本权、卢邦泰、俸金龙、韩德云、袁经鸿、欧阳崇正、吴荣才等编辑整理的《吴之英诗文集》，是对吴之英先生遗著《寿栎庐丛书》中诗文及部分专著加以标点、校注后，奉献给今人的精美文化佳肴。《吴之英诗文集》深蕴着之英先生立志救国、变法维新，体味人情、和易峻洁，居官廉介、淡泊名利的精神文化内涵和高尚品格，从中能强烈地感受到这份珍贵的文化遗产和宝贵的精神财富所具有的历史意义、现实意义及学术价值。

之英先生不仅是传道、授业、解惑的经师，而且是为士典范的人师。读《吴之英诗文集》一书，先生宁静致远、行己有耻，芳踵所及、卓有令誉的先贤形象和大师风范跃然纸上，令人油然而生敬意。这一教化万民的不朽之著，将传诸后人，历久弥新，成为中国先进文化不可或缺的重要组成部分。该书的出版发行，不仅是文化建设上的一件大事，而且是构建社会主义和谐社会中的一件好事。

陆游有诗云："官身常欠读书债，禄米不供沽酒资。剩喜今朝寂无事，焚香闲看《玉溪诗》。"（《假中闭户终日偶得绝句》三首之三）读书是一种享受，读《吴之英诗文集》一书，将让所有拜读它的人受益终身！

中共名山县委书记
县人大常委会主任 李毅

2005年10月8日

为人范为经师的吴之英

手捧《吴之英诗文集》稿本，首先映入脑海的是成都人民公园内的“辛亥秋保路死事纪念碑”。其东面的十个大字，既有隶书的质朴，兼有籀文的雄强，又融入了魏碑的凝炼，此即为名山吴之英先生手笔，“名播遐迩，享誉盛隆”①，崇敬之情油然而生！它是当年四川人民爱国主义精神的象征，也是之英先生对保路运动的永远纪念和他自己反帝爱国精神的具体体现。

之英先生不仅仅是著名书法家，还是维新派人士，杰出学者、文学家、经学家、教育家。

之英先生的爱国民本思想，贯穿始终。早年入读成都尊经书院，书院山长王闿运器之，语人曰：“诸人欲测古，须交吴伯朅。之英通《公羊》，精《三礼》，群经子史，下逮方书，无不赅贯”②。他以通经学古，切于实用为目的。研究《公羊》，成《公羊释例》，引申出发展的历史观，提出“政体因时新代故”③，“起古人而生之”，“通其变以并行之，则新法也，皆救弊之良药也”④。目睹帝国主义列强对我国瓜分豆剖，他悲愤地写道：“可怜廷议和西丑，租界通

---

①《中国书法鉴赏大辞典》。
②《简阳县志·官师篇》民国十六年(1927)版。
③《寿栎庐丛书·诗集·寄杜翰藩》。
④《寿栎庐丛书·卮言和天·法家善复古说》。

商分割剖。边徼相望尽藁街,官家何处有梅柳?”①为了挽救民族危亡,争取祖国富强,推动变法运动的开展,他于1898年(光绪二十四年戊戌)同宋育仁等组织“蜀学会”,担任主讲。创办《蜀学报》,担任主笔。先后发表《蜀学会报初开述议》、《学会讲议》、《矿议》、《政要论》、《赋役篇》、《救弱当用法家论》、《法家善复古说》等杂文,针对朝廷在政治、经济等方面的时弊,提出改革内政,奋发图强的主张。

1898年9月,戊戌政变发生,变法维新运动最终被封建顽固势力扼杀了。“蜀学会”、《蜀学报》被禁斥,宋育仁被罢黜,吴之英受审查。当谭嗣同、杨锐、刘光第、康广仁、林旭、杨深秀被害的消息传来,之英先生不顾个人安危,愤笔写下千余字的《哭杨锐》长诗,表达对先烈的悼念之情。“六人来伏一震威,鼍鼓初鸣碧血飞。如君风节跨时辈,不曾白首且同归……”

戊戌变法运动是中国近代历史上一次巨大的思想解放运动。吴之英先生的变法维新思想在四川近代第一次思想解放潮流中,起到了非常积极的作用。

吴先生是文学家,钱基博著《现代中国文学史》中载“所称吴伯朅者,名之英,四川名山人,亦(王)闿运尊经书院弟子也。熟精《(文)选》理,尤好诵说司马相如、扬子云文,曰:‘吾蜀人,当为蜀文尔。’”“名山为文出于周秦诸

①《寿栎庐丛书·诗集·东湖》。

子。刘申叔谓名山人品文学，当于周秦间人求之。”

收录于《诗文集》中的44封书信，辞高旨远，颇有魏晋风致。虽对当时人物时事背景不了解，但只要一读，定会获得美的享受。

之英先生诗歌：“以《楚辞》、《汉郊祀歌》、鲍照、吴均、薛道衡、卢思道、李白、杜甫为宗。其言曰：‘李杜之体清刚，故罕有长篇；元白之词铺叙，故特乏劲气。惟合二派而融化之，则大或千言，小或数百，兼二派之美，无二派之短矣。’”“名山不屑为近体诗。”

《诗集》中《叙感》13章，实是叙其家学渊源和半生的自况，文情并茂，感人至深。之英先生反对帝国主义侵略，反对清廷的腐败卖国行径，歌颂爱国志士，使其诗歌具有强烈的人民性和战斗性，如《颐和园歌》、《哭杨锐》、《关山月》、《东湖》等。亦有揭示深重的民族危机和民生疾苦的，如《题巫峡归舟图》、《上海行》等。《邛海谣》一诗1624字，借归人述邛海事，暗示慈禧与光绪的事，全诗达到了思想性与艺术性、批判现实主义与浪漫主义的完美结合，是一首优美的政治叙事诗。他还写了《都江堑》、《青城张陵祠》、《蒙茶歌》、《蒙山赋》等，表达了对祖国山川的热爱之情。

著名思想家、文学家、教育家吴虞评论说：“吴伯朅先生《蒙山诗录》最工。吴诗沉博郁厚，独立绝代，而又非常入古，并世未见其匹也。”①

之英先生的十篇赋，也是很有特色的。著名学者、书法家谢无量评论道：“伯揭卓发名山……蕴思成韵，放言为绮，连镳蜀郡，擢誉区内。”②

吴之英先生不仅是文学家，更是一位杰出的经学家。他认为“《五经》管道枢，礼荐之为道德”，“刑法之根孳乎礼教”，礼以经国，“古人未尝一日忘诱斯民而纳之道德也”③。“天理人情，今犹古也”④，《管子书》曰：礼义廉耻，国之四维。鉴于处在道德沦丧，法纪荡然之世，所以特致力和发愤于《仪礼》的研究，历时三十年，撰成《仪礼奭固》、《仪礼器图》各17卷、《周政三图》3卷、《仪礼事图》17卷、（已收入《续修四库全书》），称得上“精通专门之学，读尽专门之书，真有所见，出乎其外，才予下笔”，是自郑玄以来一千八百多年的杰作，集我国《仪礼》之学之大成。经学家刘申叔云：“近吴伯朅撰《仪礼注》，简（约）、明（明畅达意）、雅（正确得理）、洁（干净清爽），《图》亦较张（惠言）为优。”⑤此外，之英先生的《雅名奭固》，也可说是《尔雅》以后训诂学的又一杰作。

“这些作品使《寿栎庐丛书》成为光芒四射的精金美

---

①《吴虞日记》上，第248页，四川人民出版社，1984。
②《吴虞文续录·附谢无量骈文读本序》。
③《寿栎庐丛书·仪礼奭固序》。
④《寿栎庐丛书·仪礼事图序》。
⑤《吴虞日记》上，第45页，四川人民出版社，1984。

玉,也使伯朅先生成为才不世出的经学大师级人物。”①1972年3月,台湾商务印书馆印行的《续修四库全书提要》称:“之英字伯朅,博通群经,尤精《三礼》,所著有《寿栎庐丛书》十种,《诗》、《书》、《易》、《春秋公羊讲义》若干种。文行夙为里党重。”

之英先生以余力治声韵、乐律、经方、本草、星经、史志、诸子等,成《音韵爽固》、《经脉分图》、《天文图考》、《中国通史》、《诸子適倅》、《汉师传经表》,又是一位多才多产的学者。

刘申叔、谢无量、吴虞等均认同之英先生是上继司马相如,下至清末的古典蜀学集大成者和现代蜀学开拓者。

所谓蜀学,其内涵首先是传统的儒家经学,以及为解经而受读的小学,即文字、音韵、训诂之学。清沿明制,以八股试士,士子不读唐以前书。在这种情况下,蜀学衰微,振起无人。及张之洞为四川学政,开通经学古的尊经书院于省垣,士子遍读古经,于是“蜀学勃兴矣”!

“在这蜀学勃兴中,尊经书院是个阵地,而吴之英等就是其中的先锋突击手。”②之英先生在尊经书院学习十年,对经学研精覃思,以达经旨,然后取其有用于今日者,光大之,力行之。执教则引导学子研精悟入,开启一地文风,所以各地争相延聘,“请业者常数百人”。1884年,资州艺风书院“延蜀中名儒宋育仁、吴之英、蒲莹、吕翼文、

---

①彭静中《弘扬蜀学的吴之英》,《巴蜀史志》,1993年第6期。

②彭静中《弘扬蜀学的吴之英》。

廖平等以次主讲,资属文风从此丕变”[①]。1887年,简州知州马承基延请吴之英“主通材书院,以治小学,通经术,习辞章三者,启迪后进,时历四年,县中文风为之一变。”[②]1888～1893年,吴之英任尊经书院襄校(副院长),时吴虞“常同陈伯完、王圣游从蒙山吴伯朅先生游。侧闻绪论,始知研讨唐以前书”,“于蒙山门下为小卒矣”[③]。1892年任灌县训导,《灌县志》云:“为人和易而峻洁,学尤深邃,卓然成家,迥迈流俗,居官廉介,训迪学子,文行兼备,获益者多,盖不徒以言教也。”四川提学使瞿子玖称赞道:“吴训导大雅宗匠。”1907年,任名山县高等小学堂校长,次年被选为名山县教育会会长,与名山仁人志士一道先后办起40多所初小。《名山县志》载:“长校逾十年,裁成甚夥。至今,邑人知重古学,其遗教也!”1909年,之英先生却之礼部顾问官,甘作育人师。1910年四川提学使赵启霖、存古学堂监督谢无量礼聘之英先生执教。刘师培在《国学学校同学录序》中写道:“前清宣统二年,四川总督请于朝,设存古学校……于是,耆德故老吴之英、廖平之伦,潜乐教思,朝夕讲习,善诱恂恂。”

辛亥革命推翻了清朝的统治,建立了民国政府。1912年四川都督府设国学院,聘吴先生为院正。吴举荐刘申叔、谢无量为院副,广纳名流学者任教。拟定“研究

---

①《资中县志·学校志》(民国十八年版)。

②《简阳县志·官师篇》(民国十六年版)。

③《吴虞集》,第141页,四川人民出版社,1985。

国学，发扬国粹，沟通古今，切于实用”的宗旨，搜集地方文献，创办《四川国学杂志》，后改为《国学荟编》，传卿云之学，穷文章之奥。吴虞在《国立四川大学专门部同学录序》中云："国学专校创自民国。其时，吴伯朅师，廖平前辈，刘申叔、谢无量诸公，聚于一堂。大师作范，群士响风，若长卿(司马相如)之为师，张宽之施教。蜀才之盛，著于一时。"[①]后之英先生积劳成疾，辞去院正职。临行，将省下来的900块银元献给学院。[②]

谢无量曾撰书一联相赠。

自王(闿运)伍(崧生)以还，为人范，为经师，试问天下几大老？

后扬(雄)马(司马相如)而起，有文章，有道德，算来今日一名山。

1985年出版的《四川大学校史稿》载："锦江和尊经两院培养的学生，有的在四川大学前身的学堂(院)任教或长校，如宋育仁、吴之英、廖季平、张森楷、骆成骧、周翔、邵从恩、颜楷、张澜、吴玉章等就是很好的例子。他们对四川的高等教育和后来的四川大学，都有良好的影响。"

之英先生不仅是传道、授业、解惑的经师，更是为士典范的人师。先生宁静致远，行己有耻；芳踵所及，卓有令誉；教化万民，风气丕变。“他在弘扬蜀学，在四川和中

①《吴虞集》，第141页，四川人民出版社，1985。

②《名山县新志·吴之英传》。

国文化史上，都做出了重大贡献。”①

吴之英先生给我们留下了珍贵的文化遗产和宝贵的精神财富。为奉扬仁风，传承薪火，弘扬国学，推进和谐社会的建设，雅安市社科联组织吴洪武、彭静中、吴洪泽等将其遗著《寿栎庐丛书》加以整理，并与毕德锐、卢邦泰、马国栋、蒋昭义、欧阳崇正、吴荣才等诸先生一道，辑成《吴之英诗文集》，并予以出版，这是文化建设上的一件大事、好事！之英先生立志经世救国，宣传变法维新，饱尝世味人情，纵览名山大川，广交时贤硕彦，深探立命养生，既以文章畅言，复以诗词咏叹，加之图表说明，它的历史意义、现实意义和学术价值都是很高的！我们应该很好地接受这份文化遗产，应该认真地拜读这本难得的好书！

名山县人民政府县长 杜义

2005 年 12 月

①《弘扬蜀学的吴之英》。

文化名人吴之英

(一)

“自王(闿运)伍(崧生)以还,为人范,为经师,试问天下几大老?后扬(雄)马(司马相如)而起,有文章,有道德,算来今日一名山。”这副对联是谢无量撰写赠给吴之英先生的,全面地概括了吴先生的学识、人品。为弘扬巴蜀文化,了解、研究吴之英先生,雅安市社科联组织吴洪武、彭静中、吴洪泽、蒋昭义、毕德锐、卢邦泰等编辑校注《吴之英诗文集》一书,约 70 万字。其中辑录了吴先生的诗、文、书法作品,以及与陈宝琛、谢无量、刘师培、宋育仁、尹昌衡、张培爵等名流学者的书信,还选录了从清末、民国至今的相关研究文章、咏颂诗词。该书既有原著,又有评论,图文并茂,格调高雅,是一部文化品位和学术价值很高的好书。

(二)

吴之英先生是一位经学家。其师王闿运告诉弟子:“诸人欲测古,须交吴伯朅。之英通《公羊》,精《三礼》(《周礼》、《仪礼》、《礼记》），群经子史，下逮方书，无不赅贯。”①吴先生禀承中国历代优秀知识分子那种“经世致国”，关心国计民生的学风和态度，研究经学，疑古辨伪，正郑玄《仪礼》之“漏寤层出”②。他研究《诗》、《书》、《易》，分别写成《诗以意录》、《尚书信取录》、《周易寡过录》。鉴于处在道德沦丧，法纪荡然之世，特致力发愤于《仪礼》的研究，结集为《仪礼奭固》、《礼事图》、《礼器图》各17卷，《周政三图》3卷。“其创通大义，发疑正读，与二戴（西汉经学家戴德、戴圣）、高密（郑玄为高密人）未知孰为后先，贾公彦（唐经学家）以下弗及也”③。此三书是继郑玄一千八百多年来《仪礼》研究的集大成之作。

他生于社会动荡的时代，作为思想家和文化名流，内心的疑惑与矛盾是可想而知的。由是，他研究《公羊》，写成《公羊释例》，从“公羊三世说”中找到了发展的历史观。提出“起古人而生之，通其变以并行之，则新法也，皆救弊之良药也”，“政体因时新代故”④。这就与主张“天不变道亦不变”的封建主义的形而上学相对立了。吴先生继承利用了《公羊》中的进步传统和进步倾向，并灌注以新的内容，直接配合着变法维新的政治斗争。戊戌年初他担任“蜀学会”主讲，《蜀学报》主笔，作演讲，撰论文，宣传维

①民国《简阳县志》卷六。
②《仪礼奭固叙》。
③黄崇麟《寿栎庐丛书叙》。
④《寿栎庐诗集·寄杜翰藩》。

新变法。他大力揭发了封建社会的黑暗，大胆反映了人民的深重苦难，勇敢地鞭笞了封建官吏的迂、缓、罢、怠。提出改革内政，着重理财，平衡赋税，奖励农兵，启迪民智，西学中用等一系列变法主张。百日维新失败，杨锐等“六君子”被害，他写了《哭杨锐》长诗和挽杨锐联：“书院订知交，富子云才，存范滂志，抱义怀仁，德量汪洋波万顷；伤心悲永诀，挂徐君剑，碎伯牙琴，抚今追昔，晦明风雨梦三生。”吴先生把历史演变分为三个阶段。第一阶段为“据乱世”，杨锐等仁人志士和广大民众处于这一阶段，所以受苦难，遭迫害。经过风风雨雨的斗争，晦晦明明的探索而进入第二阶段“升平世”。吴先生把第三阶段的“太平世”看成是遥远的梦，但愿美梦成真。由此可见，吴先生不仅是位著述甚丰的经学家，还是位勇决睿思的维新派人士。

吴先生以余力治声韵、乐律、经方、本草、星经、《中国通史》等，又是一位多才多产的学者。

(三)

吴之英先生是位诗人。

他的诗词歌赋尚存二百余首，以《楚辞》、《汉郊祀歌》、鲍照、吴均、薛道衡、卢思道、李白、杜甫为宗，演化成自己的诗格。他论诗道：“李、杜之体清刚，故罕有长篇；元、白之辞铺叙，故特乏劲气。惟合二派而融化之，则大或千言，小或数百，兼二派之美，无二派之短矣。”

反对帝国主义侵略，反对清廷腐败卖国，使吴先生诗歌具有进步的思想性，如《颐和园》、《东湖》、《邛海谣》等。

揭露社会潜伏的危机，反映人民的疾苦，使其诗歌具有广泛的人民性，如《题巫峡归舟图》、《上海行》等。

歌颂爱国志士，鞭笞邪恶势力，使其诗歌具有鼓舞性和醒世性，如《哭杨锐》、《关山月》等。

赞美祖国的大好山河，讴歌劳动人民的创造精神，使其诗歌更具激励性和美学价值，如《蒙山赋》、《蒙茶歌》、《都江堑》、《青城张陵祠》等。

表达报效祖国的志向，探讨益世救国的道理，抒发壮志难酬的愤懑，使其诗歌更具启发性和感染力，如《火炮》、《寄廖平》、《咏蜘蛛织网》等。

他的诗有鸿篇巨制，也有抒情短诗。有的精雕细刻，有的直抒胸臆。语言瑰丽、朴实、通俗，用典精当，含意深邃。但也有一些生僻的词句。

吴之英先生善骈文，所著的《萤火赋》、《尺赋》等艺术性极高。"晚近以来，伯揭卓发名山，陈、宋搴声富顺，健卿华颖丕苗，姚琴后挺酉阳，并蕴思成韵，放言为绮，连镳蜀郡，擢誉区内。"①

（四）

吴之英先生是弘扬蜀学，甘为人梯的一代宗师。正

①《吴虞文续录》附谢无量《骈文读本序》。

如黄崇麟所说："有清二百年，蜀学暗黮，恒不逮他行省。及光绪初叶，（吴伯竭）先生与诸先生辐辏并出，颉颃上下，于是号称极甚。而名山自郡县以来，其以精术湛深，文章尔雅，蔚为儒宗者，先生裒然（突出）一人。"①。他们以尊经书院为阵地，在"蜀学勃兴"中，发挥了重要的作用。

吴先生不仅是传道、授业、解惑的经师，更是为士典范的人师。他把启迪民智，兴办教育作为己任。他说："新法种种，时贤辈出。""从教而得才，藉以支之。"并进一步阐述道："情识开而智愚分，智愚分而强弱见，强中有强，智之上也。智者，自强自贵之道矣！"从 1884 年至 1918 年逝世于任上，先后在资州艺风书院、简州通材书院、灌县、名山、成都锦江书院、尊经书院、存古学堂、国学院（四川大学前身）或登坛执教，或主持院事。先生宁静致远，行己有耻，芳踵所及，卓有令誉。"吴之英不愧为四川近代史上在振兴蜀学和传统文化研究上有杰出贡献的爱国学者。"②其高足吴虞在《国立四川大学专门部同学录序》中写道："国学专校，创自民国，其时，吴伯朅师，廖平前辈，刘申叔、谢无量诸公，聚于一堂。大师作范，群士向风，若长卿之为师，张宽之施教，蜀才之盛，著于一时。"③

他辞去国学院院正时，还将节省下的九百块银元，捐献给学院，资助办学。

---

①《寿栎庐丛书叙》。

②《四川通史 · 吴之英与寿栎庐丛书》

③《吴虞集》，第 253 页。

(五)

吴之英先生工书法，是书法大家。成都人民公园内的“辛亥秋保路死事纪念碑”东面的隶篆体即其手书，“名播遐迩，享誉盛隆”(《中国书法鉴赏大辞典》)。吴先生篆法籀文，隶学汉碑，楷习魏晋墓志，行游苏黄米蔡，形成自己质朴雄奇的独特风格。将其书法放到中国书法的历史长河中，放在历代墨宝中看，也是熠熠生辉的。他奇特的运笔，奇姿的笔画，独特的结构，超凡脱俗，神形兼备。吴先生书法的成功是博涉多优，兼取众美的成功，是高扬个性意识，创造独特风格的成功。这得益于他有渊博的知识，有“自贵自强是吾宗”的理想，有反帝爱国的拳拳赤心，有“不疑贾马非壮夫”的气概，有“尝疑老洫生糟粕，又叱臭腐化神奇”的魄力，有参与戊戌变法，揭露顽固派的胆量，有甘当人梯，解组侍墓的淡泊。书法是审美意识的物化表现，吴之英先生把自己的精神气质灌注其中，其书法成就自是不同凡响。

四川省作家协会秘书长 曹纪祖

四川省雅安市社科联主席 罗光泽

2007年4月5日

创千古事业　作不朽文章

——记晚清蜀学大师吴之英

一个15岁的雅州府试"头名状元",激情演绎晚清四川经学的"末代传奇";

一个匕首投枪的《蜀学报》主笔,力擎"戊戌变法"反帝救国的蜀地舆论大旗;

一座英雄丰碑的10字无泪血书,悲怆镌刻四川辛亥保路运动的百年烟云;

一个大雅不群的名蒙赤子,用满腹经纶推开名山县现代教育的历史大门……

这个"隐身"于诸多典籍和史册中、却离我们并不"遥远"的文化名人,就是1857年2月诞生于名山县车岭镇几安村(小地名叫吴沟)、蜚声川内外的一代蜀学显才和书法大师吴之英(1856—1918)。

如今,在吴之英诞辰150周年和《吴之英诗文集》即将付梓出版之际,记者一行专程来到了名山县车岭镇,去实地搜寻经学家、教育家、书法家吴之英的精彩奋斗故事,以及听他的后人们讲述吴之英所遭际的段段人生传奇——

书香宅第添香火

1857年2月18日,一声婴儿的清脆啼哭,打破了名山县车岭镇吴沟村一户书香宅第中的宁静。

吴沟饱学未显之士吴文哲、吴铭钟一大家人都高兴得不得了，这是他们一家下一代第一次喜添男丁，香火有续。

作为乡村教师的吴文哲，早就把他大半生花在传统国学上，开馆授徒，并同时教育了儿子吴铭钟。但这位老人还有所期盼的是，希望再能够把自己多年研习的传统文化，传给更多的孙辈们。大人们给生下来的这个小家伙取名吴之英，并取《诗经·卫风》“伯兮朅兮，邦之杰兮。伯也执殳，为王前驱”中所蕴含的意思，给他赐了字“伯朅”，祝福和希望他今后能有所出息。

光阴荏苒，日月如梭。小之英很快就到了该接受启蒙教育的年龄。

到了吴之英四岁四个月四天时，爷爷吴文哲开始让他跟着自己念起了书。“儿时四岁余，哑哑解言语。祖父授《五经》，句读尚离胥。”吴之英后来在他的诗中描述了这一场景。

他在爷爷的教授下，一边用心读书，一边开始了描红习字。到了吴之英6岁时，他爷爷吴文哲做了一个沙盘，教他在沙盘上用木笔练起了字；9岁时，吴之英手中的木笔已经换成了铁笔，爷爷和父亲教他练起了颜(真卿)、柳(公权)的楷书字体。

“写字如撑逆水船，气长力足破浪前。心摹手追出佳作，神不专一练枉然。”严格的家庭教育，让吴之英在书法的练习上进步很快，而吴之英对书法也产生了浓厚的兴趣，练起字来甚至常常忘记了其他的事情。

“有一次，到了十月初一这天，家里的人们按照农村习俗打糍粑。把糍粑和熬化的红糖端到吴之英的书桌上搁起，喊他吃。结果过了一会儿去看，吴之英竟然误把糍粑蘸了墨吃！”吴之英的重孙吴洪武告诉记者。

府试“状元”举茂材

到了1870年，吴之英的爷爷吴文哲给他留下“读书要专精、并慎始终”的话，就溘然去世了。此后，快满14岁的吴之英，于是完全开始随父学习经史古文。

第二年，雅州府试开考，府属各地学子也纷纷赶来考试。结果15岁的吴之英由于平时学习十分努力，学养功底扎实深厚，在考试中一举夺得头名。

“(吴之英)取得府试头名后，流露出得意之情。”在吴之英的年谱上，记者看到一段相关记载：年少便得志的吴之英骄傲起来，很快就被他的父亲看出端倪，并被重重地斥责了一顿。父亲严厉地要求他继续好好地用功学习，以图日后考取功名，光耀门楣。

拿下了“府试”，吴之英便在家人的安排下，与一位倪姓的女子结了婚。日子一晃，四年时间又很快从指缝中间溜过去了。

但闲居在家的吴之英，很快就碰上了一生中最为重要的转折机遇——

1875年春，由于洋务运动的兴起，工部侍郎、四川宜宾兴文人薛焕联络官绅，上书四川总督吴棠和学政张之洞请求建立的全省最高官办学府“尊经书院”(具体由洋务派首领张之洞于1875年创办，1880年由著名经学家王阍运主持，1902年改名四川省高等学堂，即今四川大学前身）建成了，并将在全省挑选府县的高才生百人进学。

这次，名山的吴之英入选了！

当时，博览群书的吴之英对传统国学的经史词章已经有了较深的造诣，并尤其精于《周礼》、《仪礼》、《仪记》。选拔中，工书法、善骈文的吴之英，与绵竹县的杨锐（后来的“戊戌变法”六君子之一）、井研县的廖平（后来成为晚清著名经学大家）、富顺县的宋育仁（后来成为在四川开办报业的“第一人”）一起脱颖而出，并被人称为“尊经四杰”。

来到尊经书院读书后，吴之英更是一头扎进了知识的海洋中。从许慎的《说文解字》，到熟读三史（《史记》、《汉书》、《三国志》），从屈原的《离骚》到李白、杜甫的诗歌，从《易经》到《春秋》、《公羊传》、《谷梁传》……刻苦学习的吴之英学业日渐精进，他的诗词歌赋、经史文章、声韵乐律、经方星经之学，均有所成就。

这期间，吴之英还开始深深受到湖南来的尊经书院山长（院长）、著名经学人物王闿运“经世致用”的学术思想的影响！

入京朝考览时忧

清光绪八年（1882年），吴之英和同龄的杨锐等同学一起，北上入京参加朝考。途中，一路览尽时忧。

1883年，吴之英回到四川后，写出《北征记概》和长诗《上海行》，通过描述都市的繁华外表，揭露社会潜伏的危机。

朝考回川的第三年，吴之英又带着文房四宝独游巫峡。后来，他在自己的诗中，把沿途所见记录下来，反映了浪迹江湖的游子在艰难岁月中的苦楚。

“……但见来游不见归，啼猿空为游人悲。蜀国于今已瘠土，官商犹自说天府。舻舳千里闳夔门，赵王公子楚王孙。穿矿采珠棼跟址，山神不渌江神死。窃得卓财又窃女，婵媛久滞豪华旅。近肉远丝酣舞筵，襄王一梦三千年。明月乡心归何处？莺花屡新裘马故。纵余资斧足缠腰，膏火相煎利倚刀。”吴之英以犀利的笔调，揭露出当时社会的炎凉、黑暗，以及一个个强权官绅富贾的贪婪、荒淫。

自成都九眼桥乘舟东下，经乐山往重庆途经沿岸城市，吴之英目睹清朝朝政腐败，人民穷困潦倒，列强在中国肆意横行，不禁感慨万千。他在日记中深叹“时运之极，人道之忧”的同时，还从内心深处产生了“益世救国”的强烈思想。

1884年(光绪十年)，吴之英和宋育仁、廖平等受资州(今资中)牧高培谷之邀，任资州艺风书院讲席。1886年，吴之英在尊经书院的同学宋育仁也准备到北京去应朝试。在他离开资州的艺风书院时，宋育仁推荐吴之英去顶替他主持书院的工作。

此后，吴之英又应简州(今简阳)知州马承基之邀，辗转到了简州通材书院主持工作。这时，33岁的吴之英还同时在成都尊经书院、锦江书院讲学。

在通材书院期间，由于吴之英知识丰富，成都、资阳、内江等地的学生，都纷纷来到吴之英所在的学校听他的课。后来，吴之英又出任了灌县（即今都江堰市）任训导一职。

在讲堂上，吴之英充分展现出他的横溢才学，并且十分严格地要求学生上进。如果哪个学生胆敢不听，便会受到吴之英老师的责罚。此时，吴之英不仅是传道授业的经师，更成为了学生们眼中有着良好师德的典范人物。

吴之英的弟子、近代著名书法家谢无量结联评价说："自王伍以还，为人范、为经师，试问天下几大老？后扬（雄）马（司马相如）而起，有文章、有道德，算来今日一名山。"极力推崇吴之英的学问和人品。

而吴之英的老师王闿运也赞誉说："诸人欲测古，须交吴伯朅。……之英通《公羊》，精《三礼》，群经子史，下逮方书，无不赅贯。"

维新变法图救国

吴之英在灌县任训导期间，中日甲午之战爆发。既后东西列强，虎视眈眈，沙俄占旅顺，日本吞台湾，德国索去胶州，法国窥伺两广，清朝帝国国势日益不振。

而此时，以康有为、梁启超等推动的维新变法，也开始蓬勃兴起。

由于受到维新运动的影响，清朝的光绪皇帝载湉也有志图强，并准备破格选用人才以辅佐国政。

吴之英与杨锐、刘光第、宋育仁等都受到了重用。杨、刘二人被提拔到变法维新的重要部门，在军机章京上行走。曾出国考察的宋育仁奉旨到四川主持工商矿务等，并发起组织“蜀学会”，力图实现维新变法和图强救国的目的。吴之英也积极参加了蜀学会的活动并担任了主讲。

1898年初，宋育仁受聘出任成都尊经书院院长。当宋育仁赴成都任职后，他约集同志，联为社团，将先前在重庆创办的四川第一张报纸《渝报》改名为《蜀学报》，报馆就设在成都尊经书局内。

之后，宋育仁聘请吴之英担纲主笔，增聘井研人廖平任总纂。1898年3月，经报社同仁努力，《蜀学报》终于在成都出版了。

由于完全利用原《渝报》在四川各地的发行渠道，《蜀学报》的发行轻车熟路，很快便上了台阶，发行量与当初的《渝报》不相上下。到后来，甚至一路走旺，发行突破了2000份。

宋育仁聘请的主笔吴之英和总纂廖平，都是文坛高手，精于时事诗文。尤其是吴之英，他在诗词歌赋、经史文章、声韵声律各方面均有很高造诣。担任《蜀学报》主笔后，吴之英连续写作发表了《蜀学报初开述议》、《蜀学讲义》、《政要论》、《矿议》、《救弱当用法家论》、《法家善复古说》等一批直接针砭清廷政治、经济时弊的文章。

由于宋育仁、吴之英等爱国维新志士的不懈努力，在四川形成了维新变法的热潮。维新变法思想广泛传播，变法改革之举激荡人心，促进了四川人民的思想解放和觉醒。

“《蜀学报》虽在西南僻地川省创办，但京城要闻却期期见诸文字。凡有维新变法要闻，均予编发，如京城成立强学会、保国会，维新派人物的动向等，均有报道。”

后来，《蜀学报》从第四期起，甚至还连载了《康有为呈请代奏及时发愤革旧图新摺》，并发表《拟保国会章程》。由于《蜀学报》所载文章顺应潮流，文风大胆泼辣，直指时弊，直陈强国主张，一时间影响颇大，发行量呈供不应求之势。《蜀学报》这一时期之所为，完全成了四川变法维新派的喉舌。

然而，慈禧太后很快就发动了“戊戌政变”。1898 年 9 月 21 日，她向维新派人士举起了屠刀，支持变法欲行皇权的光绪皇帝也遭到幽禁。

7 天以后，维新派人士谭嗣同、杨锐、刘光第、林旭、杨深秀、康广仁等六人遭慈禧下旨杀害。慈禧再度“垂帘听政”后，立即清查镇压一切变法活动。

吴之英任主笔的《蜀学报》自然也是厄运当头。《蜀学报》和蜀学会随即遭禁，宋育仁被罢黜回京赋闲，《蜀学报》主要责任人员均受审查。这份报纸自 3 月创刊，至 8 月被迫停刊，总共才出到了第 13 期。

杨锐等人被杀的消息传来后，吴之英十分悲痛。他不顾个人安危，专门写了长诗和挽联，哭杨锐、悼杨锐，高度赞扬“戊戌六君子”！

失意隐身未隐志

在变法之前，吴之英认为国势之所以越来越弱，外因是列强侵略，内因是官吏的迂、缓、疲、怠，“只知利身不顾君，利家不顾国”所致。由于当权者私壑难填，便产生了“叛官”、“叛民”。应“禁叛子未形，自贵自强”，即变法维新。

关于振兴政事，他主张：第一，应有知人用人之术。选择良吏与知人善任是治政的关键。选吏的标准：一德行，二忠诚。从中择善而任，“善之善者专任之”，“恶之恶者必去之”。第二，要进行严法治理。用人之后，当继之以法，首先要选好议法和执法的官。议法者，必深知法律，执法者，必至公至明至平。朝廷制定了法律，就要“执衡以立，不顾天下之议”，“饬令则法不迁”，然后“民不敢犯法，吏不敢以法遏民”，“虽圣贤才智，不敢开一言以枉法，虽千金之户，不敢用一铢以市法”。

在经济方面，吴之英认为赋税是不公允的。富豪之家拥有大量沃土肥田，赋税的负担轻，有少量贫瘠土地的贫户负担却很重。这是一个很大的弊病，朝廷应采取得力措施，平衡赋税的征收，使人民安居乐业，各得其所，避免贫民因欠租而逃亡迁徙。

吴之英还认为，开矿确是国家和百姓的一项利源，国家应采取“上下兼资”的经营办法，“治之以工，输之以商，化之以贾，平其贾而不昂，周于用而易雠”，并为之“交通运输，周海内而亡雍阏之患”，既可以供国家开支，也可解除部分贫民流亡之苦，老百姓一遇灾年，也有赈济的费用。

同时，他还提出寓兵于农的政策，认为强国之要，在于重视农、兵，“兵是强资”，“农是富资”，朝廷应设法“垦田以援农”，解决一些农民无田可耕的现象。

吴之英在论文中提出的选贤与能，严法治政，着重理财，重视农兵等一系列变法图强之见，虽大多出于“托古改制”的思想，但他并不拘泥于古人之法，而是主张相时而变，因事而变，“即起古人而更生之”。他说：“大局固遵古矣，其余目皆可变也。”“通其变以并行之，则新法也，皆救敝之良药也。”

然而让他没有想到的是，这场维新变法运动很快就失败了。吴之英经过这场惊涛骇浪之后，产生了“因感莼鲈思旧乡，挂冠我逐归鸿去”的思想，回到灌县任上，转而悉心研究天文、岐黄等术。

1900 年，清政府八国联军签订了丧权辱国的《辛丑条约》。吴之英非常愤慨，写下了长诗《颐和园》，怒斥慈禧的卖国行径，赞扬义和团的反帝爱国精神，讴歌“神拳弟子代国忧”。

晚清国势一落千丈，吴之英深感“四海已无施巧之地”，于 1901 年“泪随肠转”，回到家乡车岭，一面侍奉老母，一面闭门著书。

“凿室成偏井，因棘成短篱。藤来牵幼竹，风吹落燕泥。摊药趁日正，磨砖补溜畞。仰窥天际鸟，心与万峰齐。”在名山老家，吴之英因陋就简，过起了避世的生活。

在《贤者避世》一文中，他表白自己的真情：第一，因变法失败，祸及清流，而今“名贤遁消，支柱为难”；第二，朝政腐败，其势已不可挽回，“故波澜滔滔者，将遂有陆沉之势”；第三，“气运递降，而欲就未来之人事，姑竭吾愿力之所穷，盖不啻颠踣摧伤焉”。

所以，吴之英把他名山的栖身寓所题名为“寿栎庐”。意思是取《庄子》的“无为有为”思想，将自己比喻成一棵普通的栎树，因为“非用材”而得以苟全性命于世。实际上，这是吴之英在无奈之中，隐含了期望颐养天年的“消极无为”之意。

但吴之英在家乡的7年里，仍无时无刻不在关心国事和人事的变化，一颗爱国忧民之心犹存。与陈山民留别的诗中这样写道：

若将旧政从新政，得暇更调雕面君。

以后与人书信往来，也多次提到国家的前途问题。他十分痛恨慈禧当政，后党为乱，对人说：“料将来况而日下，皆在常事不书之列。”

推开名山新学门

吴之英虽然在政治上遭到沉重打击，救国宏愿受到压抑，但他不遗其所学，始终抱着益世的思想，致力于建学育才，把希望寄托在后一代身上。

他在资州艺风书院、简州通材书院先后任教八年，以治小学、通经术、习词章三者启迪后进，对学子潜乐教思，循循善诱，付出了艰辛的劳动。他教育学生不但要有刻苦的意志，更要有求实求是的精神，为学之道贵在博，重在精，宜深思，多考据。在《答人问博学书》中说：“唯专乃精。”

吴之英在灌县任训导时，因尽忠职守，办学有方，全县文风为之丕变。《灌县志·政绩记》赞扬他说，“为人和易而峻洁，学尤深邃，卓然成家，迥迈流俗。居官廉介，训迪学子，文行兼备。获益者多，盖不徒以言教也。”这段记述表明，作为人师的吴之英不仅以广博的知识课授生徒，且以自己的思想和德行影响后辈。他爱护学生，“且留读书种，毋与他人戮”。吴之英的弟子、著名文化人吴虞后来为国立四川大学专门部同学录写序，回忆当时的情景说：“国学专校，创自民国。其时吴伯竭师、廖平前辈、刘申叔、谢无量诸公，聚于一堂。大师作范，群士响风，若长卿之为师，张宽之施教，蜀才之盛，著于一时。”

因此，当1905年清朝废除科举之后，吴之英便在名山大力兴办新学堂，甚至在名山最为偏僻的山乡旮旯都建起了小学。

宣统元年，吴之英拒绝了清廷礼学馆顾问官的聘请，接受了四川存古学堂的工作。

他殷切期望自己的学生能够出类拔萃，青出于蓝。民国初年，他受聘为四川国学院第一任院正，刘申叔为院副。他亲自撰写了“国学院”三个大字和一副联语悬挂在学院门口：

斯道也将亡，难得四壁图书，尚谭周孔；

后来者可畏，何惜一池芹藻，不压渊云。

借以鼓励后进之士，继承发扬祖国的灿烂文化，将来为国家民族干一番事业。

1913年，吴之英因体弱多病，上书四川都督尹昌衡、张培爵，辞去了国学院院正职务。临行前，慷慨解囊，捐献了薪金九百元(大洋)，资助学院办学。

回到家乡名山后，又以多病之躯担任县教育会会长和本县第一任高等小学堂校长，最后于1918年卒于任上。

吴之英去世后，名山学校师生和乡人开了隆重的追悼会。许多文化名人也赶来悼念吴之英。素车白马，幛联林立，极一时之盛。

由于吴之英对名山的教育作出了巨大的贡献，1921年时，当时的四川省主席刘湘甚至还专门派人送来一块“通儒硕学”金字匾，以褒奖吴门之后。

2004年4月15日，在吴之英众多后人的努力下，著名学者、经学家、书法家吴之英纪念馆及碑林在他家乡名山县车岭镇几安村落成。吴之英碑林筹委会先后收到北京、上海、重庆、山东等20个省市以及美国、韩国、日本书画家、诗人、联友捐赠资金和惠赐佳作400余件，镌刻石碑150余通，篆、隶、楷、草诸体皆备，专家与群众文化相结合，为名山的文化建设构建了一道独特的艺术风景线。

“吴之英是名山人民永久的骄傲！名山几百年才出这一个‘高级秀才’，并且出在那么偏僻和封闭的吴沟，这是值得研究的事情！”名山县退休老干部蒋昭义先生说。

他说，在吴之英的著作中，有很多经典的东西，是颇扑不破的。而且忧国忧民的吴之英之所以会接受新思想，不是他凭空想出来的，而是当时中国的现实深刻影响了他。“吴之英在名山、在雅安，和在全四川及整个蜀学界有那么好的口碑，应该把他作为名山的一张文化牌打出去！”

据了解，今年5月20日上午，纪念蜀学大师吴之英诞辰150周年诗歌朗诵会暨书画展在名山县举行，有近200人参加了此次纪念活动，活动还收到诗、词、联、赋350余件。

吴之英的第四代后裔吴洪武说，目前他们希望能够在有关方面的大力支持下，将吴之英的著作出版出来，成立一个吴之英研究会，以深入研究吴之英的学术思想，并将其发扬光大。

策划团队：李国斌　钟春燕　傅小婷　罗光德
文字执行：罗光德
图片拍摄：陈俊　李国斌

（原载《雅安日报》2007年12月16日第2～3版，有修改）

编辑说明

《寿栎庐丛书》于1920年刻成，共收吴之英先生著述10种，73卷，约200万言，分订24册，包括《仪礼奭固》、《礼器图》各17卷，《周政三图》3卷，《礼事图》17卷，《汉师传经表》、《文集》、《诗集》各1卷，《天文图考》、《经脉分图》各4卷，《卮言和天》8卷。虽尝梓行，然历经磨难，存本已不多见。另有手稿52册，包括《诸子通倅》15册，《中国通史》20册，《公羊释例》7册，《小学》4册，《诗以意录》、《尚书信取录》、《周易寡过录》共4册，《蒙山诗钞》、《北征记概》各1册，则已散佚殆尽，殊为可惜。整理遗著，弘扬先烈，传承文献，斯其时矣。

此编以《寿栎庐丛书》所收诗文为主，辅以多方征集的遗稿20余篇，更将《汉师传经表》与《经脉分图》两种专著一并校点付梓，以享读者。

一、为便于阅读和引用，兹将诗文及杂著按文体编次，分为18卷：将《寿栎庐丛书·诗集》、《蒙山诗抄》、《卮言和天》中的诗、词、赋、联语及补辑遗稿，合编为一至五卷；将《寿栎庐丛书·文集》和《卮言和天》中的杂文及其他著述之叙跋等，分编入卷六至卷十二；将《汉师传经表》编为卷十三，将《经脉分图》四卷分编入卷十四至卷十七，将书法作品编为卷十八。所录为吴之英现存全部诗文及主要书法作品与两部专著，至于《寿栎庐丛书》所收之《仪礼奭固》、《仪礼器图》、《仪礼事图》、《周政三图》、《天文图考》几种专著，则留待以后再行整理付梓。

二、所收诗文，按文体归类。文体先后顺序及诗文次第，均按《寿栎庐丛书》所收《诗集》、《文集》及《卮言和天》原顺序排列，征集的遗文则编入各类文体之后，注明出处。

三、先生之文，雄深雅奥，艰于诵读。为方便读者，特对一些语辞及诗文事典加以简要注释。

四、先生著述流传不广，相关研究偏少，因此只言片语，亦属珍贵。今广为搜集，汇为附录：

(一)吴之英先生年谱；

(二)评传资料、轶事；

(三)论文；

(四)吴之英书法研究；

(五)吴之英碑林。

目 次

吴之英诗文集卷二

吴之英诗文集卷三

吴之英诗文集卷四

五　律

七　绝

七　律

诗 余

吴之英诗文集卷五

赋

吴之英诗文集卷七

杂 文

吴之英诗文集卷八

吴之英诗文集卷九

吴之英诗文集卷十

书 信

吴之英诗文集卷十一

吴之英诗文集卷十二

颂赞记

碑诔祭

吴之英诗文集卷十三

汉师传经表

吴之英诗文集卷十四

经脉分图

吴之英诗文集卷十五

吴之英诗文集卷十六

吴之英诗文集卷十七

吴之英诗文集卷十八

书 法 选

附录一

附录二

评传资料

吴之英轶事

附录三

论 文

附录四

吴之英书法研究

附录五

吴之英碑林

咏赞诗词

吴之英诗文集卷一

五古

署画兰偈[1]

妙笔补《骚经》，　　写出王者艳。
郁苍众卉中，　　宁分贵与贱？
本从香国来，　　悬岩擢秀蔓。
绿叶蔚阿若，　　新华翩巧倩。
一茎贯心出，　　孤芳邈无伴。
香生未开先，　　开后香仍敛。
一气涵清虚，　　自然辟朽烂。
花时原非聚，　　既花亦非散。
如何恋因缘？　　根尘两不辨。
臭香由识色，　　鼻为目所谩。
早知六是一，　　无妨止作观。
空假开谢名，　　世人逐闻见。
幽谷独流芳，　　孔子固已叹。
如来说不得，　　拈之示笑靥[2]。

---

①偈（jié）：义译为颂，即佛经中的唱词。
②靥（yè）：面颊上的微涡。

题《苇弯修禊图》并序

山腴仁兄，辛亥客燕，南泊修禊，延赏淑气，厌倦北尘，图而赋之。壬子[①]秋，属五言于诸贤之末。

堁壤不宜竹，　　从苇竫[②]猗猗。
回塘生绿波，　　亹曼春风迟。
往者托兴游，　　蒸茂三月时。
今观《修禊图》，　　历律振遥思。
土物更盛衰，　　人理变欢嗟。
新乐良逝水，　　旧感复如何！
松棘俱梦殖，　　几代见铜驼？
周公娭[③]洛水，　　右军[④]记永和。
圣贤各有心，　　劳佚岂足差！
春服鼓瑶瑟，　　秉蕑[⑤]欲赠谁？
试说金人剑，　　出匣化为锥。
皇恤陂林外，　　麦黍代离披。
想闻塘媪说，　　邻家洗两儿。

---

①壬子：1912年。
②竫(jìng)：安静。
③娭(xi)：同“嬉”，游戏，玩乐。
④右军：即王羲之(303—361)。
⑤秉蕑：《诗·郑风·溱洧》：“士与女，方秉蕑兮。”蕑(jiān)，兰草的一种。

答闵鋆[①]

束发驰艺圃，　　弱髦[②]截素璚。
玉工去钟阳，　　恢恢播荣英。
忽霍游羿彀，　　不虞已近名。
一空代北骑，　　再张洞庭声。
高骋豪侠窟，　　长啸时辈惊。
嗑尔二十子，　　志得和营营。
羁孱罢俗幻，　　余怀蕴纵横。
冥冥骞归翼，　　闷闷庶忘情。
居鹑无悰绪[③]，　　假修勤技系。
佳人入梦琴，　　劳思邈高谊。
檃括[④]韫经师，　　呱呱孰亲寄？
夔踔惜蚿疾[⑤]，　　貂驳怜狐粹。
吾子运弹棁，　　飞走将安辟？
哄市固立平，　　斫垩谅完鼻[⑥]。

---

①闵鋆：名山县百丈人，举人，与吴之英同入成都尊经书院。

②弱髦(máo)：即弱冠。髦，牦牛尾，泛指兽尾毛，古人用作帽缨。

③"居鹑"句：居鹑，犹鹑居。《庄子·天地》："鹑居而鷇(kòu)食。"如鹑之居，犹言不遑启处或野处之意。无悰(cóng)绪，即没有欢乐的心情。

④檃(yǐn)括：檃，裁剪组织文章的材料。

⑤"夔踔"句：夔，神话中的兽名，只一脚。踔，跳着走。惜蚿，虫名。《庄子·秋水》："夔怜蚿(xián，百脚虫)，蚿怜蛇，蛇怜风。"欲明天地万物，皆禀自然，无劳企羡，放而任之，自合天道。

⑥"斫(zhuó)垩"句：《庄子·徐无鬼》："郢人垩慢其鼻端，若蝇翼，使匠石运斤成风，听而斫之，尽垩而鼻不伤。"用指技艺高超的人，或指正错误。

散木虽肿卷，　　熙为匠者器。
美响宣空谷，　　亮规敦懿慕。
钝利贵持约，　　仂制由叶度。
斧澡维德馨，　　藏机息善悟。
北华歆其柔，　　南金珍自铸。
茯苓畜菟丝，　　理化属成数。
鞭后仍先基，　　繁实益晚莫。
以郭即闲然，　　五长执纯素。
希声格阳局，　　彼哉承窍同。
存亡靡状过，　　哓说自师宗。
鬼物讳神巫，　　弦孤涕罔从。
掘井宁谋臼？　　爰铎惧毁钟。
名山期富藏，　　常道遐可穷。
善创眷倕[1]手，　　未调忌后工[2]。
娟嬛良所希，　　揽镜憎我容。
沉郁畅永言，　　惭用属清风。

叙感

丙戌[3]秋，除[4]父丧，既禫[5]，侯除家居，勉述先王父

---

①倕(chuí)：尧时(或说黄帝时)巧匠之名。《庄子·胠箧》："攦(lì，折断)工倕之指，而天下始人有其巧矣。"

②后工：指后夔。后夔为舜掌乐之官。《文选》卷三张衡《东京赋》："伯夷起而相仪，后夔坐而为工。"

③丙戌：光绪十二年(1886)。

④除：指除服，封建礼制中，守孝期满，脱下丧服。

⑤禫(dàn)：丧家除服的祭祀。

彝训，先君子因事儆道之谊，叙感十一章，合始、乱为十三章。

始　章

故识闲中趣，　不闲且奈何！
秋风感玄鬓，　坐待壮年过。
别有悲憾心，　回曲复猗郍[1]。
深积无与说，　宛宛寄清歌。

一　章

儿时四岁余，　咿呀解言语。
祖父授《五经》，　句读尚离胥。
为奭《尔雅》名，　渐抽比北绪。
谓我喜深思，　切待求根据。
古人不虚作，　互文成次叙。
一字若可更，　全句谊为助。
一句若可疵[2]，　全篇意为予。
他经证本经，　错综无抵拒。
信之贵博征，　疑之贵历举。
疑信果犁然，　爰始出机杼。
奇辟初可惊，　平易故自忬。
要知大雅心，　务到精审处。

---

①猗郍(nuó)：《诗·商颂·那》："猗与那与。"借指祭祀颂歌。
②疵(cī)：毛病。

二 章

八岁治文辞，　　蔟蔟材力锐。
慷慨骋英华，　　儇捷写新艺。
祖父教为文，　　先须尊体制。
识深理来会，　　理积气斯厉。
造化函元气，　　静与虚空契。
虚空理所钟，　　先识在明慧。
古昔有鸿文，　　高韵何清丽！
已近恩剿袭[①]，　　已远恩缪戾。
不远亦不近，　　孤立求真谛。
理质意自卓，　　气赢辞有系。
我学非古法，　　我法非今制。
格律会精神，　　得诸天地际。
寄托已有端，　　养息善其继。
成章知何如？　　辛苦百年计。

三 章

罔罔历十三，　　祖父耄已衰。
疾痛日相续，　　论说强支持。
顾与阿父言，　　孙儿读有基。
此后课之读，　　柬量与参差。
抑甚欲其扬，　　既纵乃敛之。

①剿袭：同抄袭。

回环纠结时，　疏密视以宜。
一日适其和，　当自茁灵姿。
抚首呼孙儿，　识量不可羁。
慎毋守局促，　亦毋长骄稚。
汝从汝父读，　如我生存时。

四　章

执业从阿父，　请益未云已。
谓是受读法，　万法引条理。
阿父闻我言，　蹙然意不喜。
谓我好更端，　将入非法矣。
祖父习经法，　为汝标纲纪。
祖父论文法，　为汝析源委。
谓宜化成法，　法法见宗旨。
问我有何法？　我法祖父耳。
益汝唯专精，　持之慎终始。

五　章

十五将议婚，　计年未及冠。
阿父举《礼》意，　谓汝听醮[①]言。
我昔未生汝，　祖父望有孙。
汝生故已迟，　睘睘[②]鲜弟昆。
汝今齿虽稚，　我今齿已尊。

---

①醮(jiào)：古代结婚时用酒祭神的礼。
②睘睘(qióng)：同“茕茕”，孤独。

我望犹祖父，　　汝其念本原。
好合故云宜，　　敬德不可谖。
勖[①]帅先妣嗣，　　宗典尚存存。
宿邕裧[②]车来，　　纯衣拂寝门。
挚见初受醴，　　盥馈馂余飧。
父母俱欣然，　　为可治簋笄[③]。
闻之幸有助，　　内顾减烦冤。

六　章

初与校比法，　　我年适七赤。
桐弱举茂材，　　再试告贤获。
歆然告阿父，　　阿父殊脉脉。
徐问汝何谓？　　乃复自叱赫。
我昔姑汝试，　　挫抑原不惜。
果既加挫抑，　　增增豫相迫。
锻炼出纯质，　　晚成将坚硕。
何意材性薄，　　小激遽腾射！
电火扬汝色，　　风波夺汝液。
声名反空虚，　　汝尚何所积？
及今初震萌，　　视胜将如瘠。
纵令终闭室，　　且为身心益。

七　章

蜀都广乡学，　　石室仍新构。

①勖（xù）：勉励。
②裧（chān）：车上的帷幕。
③簋笄（guíjī）：簋，古代盛食的器具；笄，古代束发用的簪子。

郡县选高材，　弟子聿来凑。
大师据尊席，　列坐承口授。
我时与讲会，　默默无往复。
先生故设辞，　诘屈引灵窦。
颤而机初触，　捷而意与遘。
终乃搰搰[①]而，　精爽交驰骤。
先生兀惊咨，　为汝遐老耇[②]。
我为说我法，　家世传以旧。

八　章

国学兴异等，　爰复役大均。
初闻邀首荐，　既乃觏[③]冤屯。
阿父引喻言，　诏我审其真。
万物乘生机，　受气各有因。
组纳专竺者，　真力满孕娠。
当其得意时，　挤厉发精醇。
质朴不可裁，　魁而出陶甄。
运会不为逆，　变化挟鬼神。
唯是脊弱质，　局缩守柔驯。
虽迟喷泄力，　自若息养匀。
彼物且自适，　慨汝尚为人！

①搰搰(kū)：用力貌。
②耇(gǒu)：高寿。
③觏(gòu)：遇见。

九　章

光绪七年[①]秋，　　沿制举优生。
我姑会其期，　　帅然厚我庚。
所庚非我惜，　　意量始平平。
阿父察其微，　　谓我以僄轻[②]。
壮夫慎事机，　　纤细必勍勍[③]。
懆怛[④]聚精魄，　　所以贵其成。
使者江浙才，　　简炼会征令。
六千举其一，　　填然数以盈。
嘘汝沙砾质，　　的烁化瑶琼。
固非汝缋缫，　　安得汝劓[⑤]黥。
尺寸汝所得，　　铢两有时并。

十　章

与举之明年，　　随计至幽冀。
入觐[⑥]帝有咨，　　命以学官职。
归来述成命，　　阿父称嘉赐。
饬我服官箴，　　敬须后命至。

①光绪七年：1881 年。
②僄(piào)轻：轻薄。
③勍勍(qíng)：强壮有力。
④懆怛(cǎodá)：忧伤，悲苦。
⑤劓(yì)：古代割鼻子的刑罚。
⑥觐(jìn)帝：朝见帝王。

既乃顼然[1]叹，　　谓我以跋疐。
祖父昔望汝，　　不鹗将为骥。
我昔亦望汝，　　不兰将为芰[2]。
三十大男儿，　　一官称下吏。
历历教汝心，　　重重不得遂。
若曰曲遂之，　　侻官醇朴地。
闲情养毅力，　　清思扬远谊。
简重写新书，　　但作郁茂字。
匣之化珠碧，　　窖之伏妖魅。
一卷空谷中，　　颢然独灵媚。
家学将有寄，　　来者启其秘。
壮游不可再，　　我以欲传事。
岩月邈娟娟，　　海云莽沈鸷。
陆会与水都，　　万里入寣寐。
一取何重轻？　　愈令增嫌忌。

十一章

甲申[3]春正月，　　阿父犹安谧。
燕坐说我师，　　待汝特亲密。
往年反湘潭，　　书疏多乖失。
今闻且复来，　　是汝存省日。
衔命趋泮宫，　　二月月之卒。

---

①顼(xū)然：《庄子·天地》"顼顼然不自得"。陆德明《经典释文》卷二七引李颐云："顼顼(本又作旭旭，许玉反)，自失貌。"

②芰(jì)：古书上指菱。

③甲申：1884 年，即光绪十年。

我师尚未来，欲还仍自叱。
迟之勔[①]淹留，时时吹南律。
三月十一日，卒闻阿父疾。
越日底家门，涂肂[②]亦已毕。
欑[③]木知何凑？熬筐知何飶[④]？
阖以何棺盖？冒以何杀质？
大敛衣何裁？小敛裳何紩[⑤]？
袭用几何称？含又几何实？
何绞何紟[⑥]衾？何屦[⑦]何带韠[⑧]？
揜瑱幎[⑨]目设，何时加统綷[⑩]？
爪鬊[⑪]浴潘余，何人为鬋栉[⑫]？
复者致何辞？行祷何闳室？
医者执何方？属纩何急率？
阿父果何之？冥然遽殁沕。
痛极不可诘，拊帷惨悼怵。

---

①勔(miǎn)：勉力。
②肂(sì)：暂殡。《释名·释丧制》："假葬于道侧曰肂。"
③欑(cuán)：棺木。此句谓棺木是何材料，又如何摆放，即"凑"。
④飶(bì)：食物香。
⑤紩(zhì)：缝。
⑥紟(jīn)：联合衣襟的带子。
⑦屦(jù)：麻葛等制成的草鞋。
⑧韠(bì)：古代作朝服的蔽膝。
⑨揜瑱(yǎntiàn)：揜，掩盖；瑱，古人冠冕上垂在两侧以塞耳的玉。
⑩统綷(dǎnlù)：统，古代冠冕上用以系瑱的带子；綷，粗绳索。郑玄《注》："下棺以统綷绕。"
⑪鬊(shùn)：自落之发。
⑫鬋栉(jiǎnzhì)：下垂的鬓发。

稚妇与弱孙，　　茕茕若眩獝[①]。
仿皇入倚庐，　　奠事未能秩。
遗言附祖父，　　启殡窆[②]幽室。
虞祔[③]渐相续，　　忽更两祥节。
惨怛奉阿母，　　朝夕禀慈恤。

乱　章

啍啍[④]家人语，　　累累记斯篇。
未知高下节，　　古意但洫然[⑤]。
新解不复闻，　　乃今独拳拳。
录成空展读，　　何用慰重泉！

七　古

留侯歌[⑥]

《尚书》删自唐虞断，　　不说鼎湖有弓剑。

①眩獝(xù)：眼花惊恐。
②窆(biǎn)：埋葬。
③祔(fù)：古时的一类祭祀，后死者附祭于祖庙。
④啍啍：啍同“谆”(zhūn)，多言。
⑤洫(yì)然：洫同“溢”，充满深意的样子。
⑥留侯：张良(？—前186)字子房，封留侯，西汉沛郡城父(今安徽亳县东西)人。汉初大臣。祖与父相继为韩昭侯、宣惠王等五世之相。秦灭韩国后，他图谋恢复韩国，结交刺客，在博浪沙狙击秦始皇未中。传说他逃亡至下邳，遇黄石公，得《太公兵法》。秦末农民战争中，聚众归刘邦。

缑山[1]吹笙在成周，奇闻刊落《左氏传》。
惟有史迁传留侯，辟谷愿从赤松游。
始知《自叙》轻儒墨，先数道家第一流。
留侯自禀飞仙体，姗姗玉骨犹好女。
玉佩貂裘弱不胜，闭门精思赖乡李。
忽传秦将拔韩都，百炼神锤付客狙。
一击不中翛[2]然去，闲来圯[3]上听《阴符》。
老人受自何人手？皇帝燔书此独否？
夜半秘传有真诀，只教君耳接余口。
本为报韩藉沛公[4]，岂知入关又两雄。
辛苦运筹开汉业，更无私憾搆重瞳。
垓下[5]凯还事大定，万户崇封编甲令。
如何幅巾坐虚室，绵绵元牝观真性。
辟谷从此学长生，岁时朝请但存名。
深知养气致神法，便驭飞龙入上清。
后代儿孙绳祖武，真人相继司仙府。
柱笏西山摄万灵，朱印绿章奏太祖。
吕韬亡去二千年，颇闻神女擅相干。
木生火克成何语，一卷兵书误李筌[6]。

①缑(gōu)山：今河南偃师县南。
②翛(xiāo)：无拘无束，自由自在。
③圯(yí)：桥。
④沛公：即刘邦(前256或247—前195)。
⑤垓(gāi)：古地名，在今安徽灵璧县东南。
⑥李筌：唐代道士，号达观子，陇西(今甘肃境)人。相传隐于嵩山少室，著有《太白阴经》、《孙子注》、《阴符经注》等。

改铤烟生行[①]

王母当日过汉皇，　　霓车风马烂堂堂。
唯有烟吏从不及，　　倒骑鸾凤返西方。
王母归来咨仙史，　　怒追天符赐之死。
记得王会误朝班，　　大禹曾戮防风氏。
百官稽首夕香坛，　　怜他辛苦炼还丹。
欲绌明威垂恩宥[②]，　　许从薄谴谪人间。
王母霁容传口诏，　　限满百年可再到。
手赐坛花阿芙蓉，　　著世仍称烟生号。
烟吏辞谢苦悲哀，　　径携名花入世来。
爰觅天竺最高处，　　劈分灵根次第栽。
秋风析历新芽嫩，　　披雪薅耘百亩粪。
渐茁枝叶媚春阳，　　粉干离离清有韵。
四月含苞晓气和，　　美人俯首晕生涡。
五色装成亲姊妹，　　匀掠蝉鬓盖轻罗。
可怜宿花飞冉冉，　　愁看衰病风情减。
谁从黄帝问《九针》，　　数行泪下胭脂脸。
博收芳液厚苴苞，　　构炉立鼎试煎熬。
水火济时龙虎伏，　　九转蒸为玄玉膏。
换鼎开镫铸琼粒，　　玉琯传来呼复吸。
祥云顿起葫芦中，　　独窍泥丸响习习。

①行：古代诗歌的一体。其音调较自由，形式采用五言、七言、杂言的古体，富于变化。
②宥(yòu)：宽恕，原谅。

烟生从此眇无求，　一榻高卧炯双眸。
炼神还虚知有待，　纳新吐故自春秋。
后来弟子争学步，　记名都望仙师度。
洞房处处炉火青，　几见高足登云路？
唯有烟生续旧缘，　还谒王母又归班。
为度众生宏愿力，　例升烟吏作烟仙。

照像行

垂象成形天地德，　河龙衔命阊皇极。
从此左图配右书，　文章写出圣贤色。
唐虞作服五采章，　铸鼎象物伟夏王。
范金陶埴①殷人器，　《周礼》画绘肃官方。
秦汉相沿及清代，　山水物情有专派。
图人若添颊上豪，　传神尤在阿堵外。
西国油画古所希，　今观照象更离奇。
直就真形抟②生气，　天然妍媸③不我欺。
手絜④方明最轻倩，　上幂旁帷皆青绢。
交加文木鸡三足，　有似轩悬阙南面。
平斫水晶令深坳⑤，　两镜对坳一镜遥。
潜施素纸程尺寸，　正乡重璧泛轻胶。

①埴(zhí)：粘土。
②抟(tuán)：把散碎的东西捏成团。
③妍媸(chī)：美好和丑陋。
④絜(xié)：度量的意思。
⑤坳(ào)，地不平或低凹之处。

负扆[①]早设重茵座，　　伊人冠冕垂堂坐。
申命亶教青眼出，　　便便燕居毋跛嫷[②]。
微阳薄旭气候平，　　物色鲜媚风云轻。
解得庄生将入梦，　　官虽欲止神欲行。
更披虚幄详审试，　　无党无偏得位置。
乍揭镜函瞥电光，　　右袒高麾数一二。
遽彻帷次掩镜奁，　　请君色相解庄严。
还寝暂休吾亦逝，　　今看一纸尚空粘。
细斟药汁暗定影，　　金波沉浸日三省。
谁向汤泉初浴来，　　贝齿漆目蝤蛴[③]领。
敢言曲艺是当家，　　由君面目本无瑕。
止愁狂夫怯辟鬼，　　岂令悬弓变作蛇。
重劳数日盘礴赢，　　自惜风神尚婀娜。
人面不同果似心，　　与君周旋仍作我。
根尘相逐古讫今，　　久蓄清愿就浓阴。
若识此中空无色，　　公扈齐婴枉多心。
化人造象神机运，　　直点太虚成薄晕。
昔者不嫌逢氏迷，　　今日幡同罔两问。
厚弊赆[④]君归去来，　　海天蜃[⑤]气正楼台。
便驭长风无我顾，　　德机杜尽已湿灰。

---

①扆(yǐ)：牖户之间谓之扆。扆，屏风。
②嫷(tuó)：美好。
③蝤蛴(qiúqí)：蝎虫，即天牛的幼虫，色白身长。此借以形容女颈之美。
④赆(jìn)：赠给人家的路费或礼物。
⑤蜃(shèn)：此句是海市蜃楼的意思。

改学子谒龙神祠

天帝出震乘六龙，　降观下土游九宫。
云霞卓立金舆驻，　群龙吐气荡青空。
忽叱归跸回猋[①]驶，　队仗翔翱仙乐里。
青龙奋鬐趋天阊，　黄龙两服垂其耳。
赤龙左参右黑龙，　掉尾鸣鞭鳞此豸[②]。
独有白龙作鱼服，　窃游岷江入浅水。
帝怒谪之不予还，　肉翼沉沉蜚难起。
西帝从此开上闲，　栈成玳瑁间木难。
有时驾到王母处，　玉鞍金鞯勒璘斑。
颔上明珠大于斗，　闲来熟睡西江口。
井络春回风雨惊，　拿爪突目殷雷吼。

关山月[③]

孤城落日夕烟袅，　寒螿凄切鸣枯蓼。
月到关山照人新，　人在关山看月小。
可汗初浴水晶盘，　霞绮叠袭清光寒。
舞镜回鸾留不住，　亭亭蜚度玉门关。
铁衣拼冷十年秋，　一宵雪羽上乌头。
旄星怕向柳营落，　汉月偏逐陇水流。

---

①猋(biāo)：暴风。此引申为迅捷。
②豸(zhì)：指长脊兽。
③关山月：古乐府《鼓角横吹十五曲》之一，歌辞多咏边城征戍之苦。

试拭霜镡光潋滟，　　腰际铮铮响雄剑。
横吹铁笛变徵声，　　凉生刁斗银河淡。
采蟾无语共脉脉，　　空明千里海天碧。
今夜洞庭秋色多，　　有情随我度沙碛。
边草秋肥露采深，　　戍亭立傍芦花阴。
微闻赐环近赐玦，　　屡见当头圆又缺。
为想缃廉学楚弄[①]　　云鬟霜湿月华重！
空闺看成塞外愁，　　边人犹作归乡梦。
年年夹襦寄手作，　　宁知秋窗罗衣薄。
记得比目笑菱花，　　一样开奁影不著。
雨雪如丝柳如烟，　　可怜猿臂老征鞯。
凭传消息与来使，　　莫忆鬓华写少年！
只感君恩同挟纩[②]，　　骥虽伏枥心尚壮。
泪汗频沥肝胆血，　　刀笔不肯候老将。
燕北胡儿解清茄，　　辽东小妇惯琵琶。
缓吹低擪无休歇，　　声声谱出《关山月》！
大陵隐耀积尸多，　　战场鬼唱蒲梢歌。
骠骑受代仍刻石，　　都护新来可奈何。
此时对月还思故，　　旦日部曲将北渡。
荐居水草逐蛮荒，　　明年收骨知何处！

巫峡归舟图

乙酉[③]春三月，独游巫峰，后舟有扶柩侍祖言归者，

①楚弄：即楚调，指楚地的曲调，为乐府相和调之一。
②挟纩：披着绵衣，比喻受人抚慰而感到温暖。
③乙酉：1885年。

缆次来谒，出所写《巫峡归舟图》，求言为佩，赋此寄感。

游人尽道巫峡险，　年年岁岁有来舟。
但见来游不见归，　啼猿空为游人悲。
蜀国于今已瘠土，　官商犹自说天府。
舻舳①千里阏②夔门，　赵王公子楚王孙。
穿矿采珠莽跟趾，　山灵不渌③江神死。
窃得卓财又窃女，　婵媛久滞豪华旅。
近肉远丝酣舞筵，　襄王一梦三千年。
明月乡心归何处？　莺花屡新裘马故。
纵余资斧足缠腰，　膏火相煎利倚刀。
何况宦情茧纸隔，　市死半是千金客。
漆榆宛保奸侠民，　更兼椎埋有荐绅。
可怜琴鹤枉相待，　升屋遥复若闻悔。
君今扶榇返苫庐，　祖孙为命甘粗蔬。
高唐云雨应排候，　布帆安稳渡重岫。
我愧家传朝歌笔，　择言赠远诒女后。
白发从此老园亭，　莫向西风说锦城。
试问旅魂归骨处？　蜀山何似故山青！

---

①舻舳（lúzhú）：泛指船。
②阏（è）：堵塞。
③渌（lù）：同“禄”，福。

吴之英诗文集卷二

都江堑[①]

辛卯[②]夏，领灌学。县值蜀西，故汉汶江[③]属。城西有堑名都江，传称秦太守李冰筑也。然考司马迁[④]《河渠书》叙西至岷山观离堆，不言堑，书中记冰穿二江于成都中，又不言堑，堑其托始于冰邪？抑综记诸渠事略之邪？果尔亦强于为惠矣。排陈说赋之，慨井田之不可复也。

汶阜蘱蘱[⑤]函化古，　　藏精井络孕芳乳。
肌理融深经会舒，　　喷作灵泉膏天府。
漉漉东来势若何？　　娟缳自媚真力多。
忽激清湍洄且浀，　　卷然古堑状阿那。
曾闻秦守材艺夥，　　凿分新渠出江左。

①都江：指都江堰，在四川都江堰市西北，地处岷江中游。古时称为都安堰，宋元以后称都江堰。为我国著名水利工程之一。传说战国初期，蜀相开明决玉垒山，导引岷江水以排除水患，郫县、成都一带，"民得陆处"。到秦昭王时，蜀郡守李冰因地制宜，基本完成了都江堰的排灌工程，于是成都平原"沃野千里，号为陆海"。

②辛卯：1891 年。

③汶(mín)江：即岷江。

④司马迁(前 145 或前 135—?)：西汉史学家、文学家、思想家，字子长。夏阳(今陕西韩城)人。司马谈(? —前 110)之子。元封三年(前 108)继父职，任太史令。完成《太史公书》，后称《史记》，是我国最早的纪传体通史。

⑤蘱蘱(zhōng)：水气之往来运行。

幻景键声战鬼神，　至今鲛室留金琐。
垒成石堑贯竹笼，　都江名堑为当冲。
约法誓人复誓水，　蓄曳从此内外同。
忆昔公孙经九地，　辩宅阴阳物产遂。
渐秩高下成井牧，　嗣王犹自因民利。
《禹贡》[①]拟作《田赋图》，　后来水利无专书。
沟洫原是冬官事，　岂有功名到司徒！
殆由嬴氏开阡陌，　始变税法行新格。
薮泽[②]山林岁会薄，　计臣以此残地脉。
中次九经[③]故蕃滋，　上有夔牛下蹲鸱[④]。
民德果醇生理实，　宝藏原有兴辟时。
但谋矽矽[⑤]市姑息，　宁知古法戒逆泐[⑥]。
财币易穷力易竭，　五行为沴[⑦]汩皇极。
噫兮！
年年修筑苦经营，　寝殿馨香赛祷诚。
帝女无灵文命老，　二江油油春水生。

---

①禹贡：《尚书》中的一篇。用自然分区方法记述当时我国的地理情况，把全国分为九州。假托是夏禹治水以后的政区制度。对黄河流域的山岭、河流、薮泽、土壤、物产、贡赋、交通等记述较详；长江、淮河等流域的记载相对粗略，把治水传说发展成为一篇珍贵的古代地理记载。

②薮(sǒu)泽：湖泽的总称。

③中次九经：本《山海经》第五《中山经》之篇名，载岷山山系，言岷山“多夔牛”。此泛指岷江流域。

④鸱(zhī)：即大芋。《史记·货殖列传》“吾闻汶(岷)山之下沃野，下有蹲鸱，至死不饥。”张守节《史记正义》：蹲鸱，芋也。

⑤矽(zhēn)：难致之说。

⑥泐(lè)：通“勒”。

⑦沴(lì)：水流不畅。

青城张陵祠[①]

灌之西南，有山曰青城，蓊郁伟怪，百灵会冢席焉。中有道家子张陵祠，陵汉季人，范晔[②]史佚不载，杂家称其幼习《五经》，有闻太学。辟汉乱，由沛入蜀，居鹄鸣，得正一明威之道，迁青城而化，故特祀象于青城。自汉来，子孙嗣法旧矣，而陈寿[③]传张鲁[④]，追叙若有嫌焉。闲稽纪传所列仙真殊异之迹，维庶达者，盖无贬词。亦由神化万端，不必概以常名常道论耳。然山果自灵，不因人显；人果特秀，不藉山名。若相合以竞奇，乃尤滋人爱慰矣。甲午[⑤]夏，游而赋之。赋陵实赋山，赋山亦赋陵也。

地脉隆厚名山皴[⑥]，　　呼吸乾灵作态新。
元气喷泄产名德，　　精神会聚养真人。
青城古茂有佳质，　　汶阜奇经缘督出。
重重苍翠环相筑，　　明媚深沉称第一。

---

①张陵：即张道陵(34—156)，东汉末五斗米教创始人。字辅汉，沛丰(今江苏丰县)人。曾任江州令。顺帝时入鹄鸣山(汉属益州郡江原县，在今四川大邑县境内，又名鹤鸣山)修道。永和六年(141)作《道书》二十四篇，并用符水咒法为人治病，创立道派，为道教定型化之始。入道者须出五斗米，故称五斗米道。后被道教徒尊为天师。

②范晔(398—445)：字蔚宗。著《后汉书》，成纪传八十卷。

③陈寿(233—297)：西晋史学家，字承祚，安汉(今四川南充)人，著成《三国书》，后人称《三国志》。

④张鲁：东汉末天师道首领。字公祺，张道陵之孙，世为天师道教主。

⑤甲午：1894 年。

⑥皴(cūn)：肌肤受冻而拆裂。

锈然孤岭中蟠拏，龙首蛇身虎爪牙。
阶陛曲衔列彝鼎，堂房密比树鲜华。
有鼓有钟有磬钹，有殳[1]有剑有戈戟。
山灵共秉圭璋立，灵旗累累缪[2]珠碧。
传闻汉季有奇童，留侯裔孙出沛丰。
学书不宜新体格，辟谷重理旧家风。
西来紫气满林谷，新炉自煮灵药熟。
著成《道书》二十篇，独坐空山听鸣鹄。
为因肌骨忍清寒，试经镕铸便坚曼。
手从太乙[3]受真箓，总司三官勠五残。
不嫌道心过枯槁，更向深岩芟[4]蔓草。
百年说尽生灭法，石室长扃仙人老。
真空不死性仍留，幻来色相怪清遒。
从此馨香升衈糈[5]，畏神服教自春秋。
至今灵窟饶仙意，倍搴芳华长细腻。
真趣宛然次第生，可怜最是移情地。
纯牡澄澄含静专，虚牝猗猗吐娇妍。
生魂段段密乃疏，死魄虫虫断复圜。
出入风雨德机匭[6]，沐浴日月宝光藟。
阴精所奉燔壮火，阳精爰降滋少水。

①殳(shū)：古代的一种兵器，用竹竿制成，有棱无刃。
②缪(shān)：旌旗的正幅。
③太乙：道教神名。《真灵位业图》所列第一神阶之右位中，有玉天太一君，太一玉君，皆居玉清仙境。
④芟(shān)：刈除杂草。
⑤衈(ěr)：杀牲取血以供衅礼之用；糈(xǔ)：祭神用的精米。
⑥匭(guǐ)：匣子。

忽从太素感虚灵，溶溶变态发冥冥。
光景既澄众籁寂，聂辟神秀铸纯青。
高下离合形之窅[①]，晦明寒燠[②]气之变。
形还生气气生形，一动一静神与炼。
居然道体最分明，不因习见遽平平。
从容写得真理足，始信由来享重名。
我来访道聿云莫，听贯陈言总疑误。
立望迟迟意悠然，冀幸苍茫傥有遇。
古人不作奈若何？况兼陈迹又销磨。
独抱遥情未忍说，怜他桂树绿阴多。
孰云芳洁可浼也？高人寄托无苟且。
别有口诀不肯传，自应仙才归大雅。
如何土著失灵胎，言思窈窕苦裴回。
亲掇薜萝问山鬼，含睇犹待寓公来。

东皇篇[③]

东皇岁岁酿春熟，孤客贪春未为足。
今年春思感人心，无端生意满庭绿。
自然妍媚静中多，损人无奈盛年何！
欲寄闲情忽生幻，绵绵新憾猗其那。
春游怳惘[④]袭灵穴，嶷[⑤]然苍翠尔匀切。

---

①窅(xuǎn)：穴也。

②燠(yù)：暖。

③东皇：谓春神。

④怳(huǎng)：不清楚；惘(wǎng)：失意。

⑤嶷(nǐ)：形容茂盛。

清入豪毛润入骨，　芬盈肌肉甘盈血。
高楼隐约出深丛，　沿溪漫转小桥通。
平吸空秀时独立，　杂华满径向人红。
拈华遥步小鬟女，　重敛娇羞迎寄语。
待郎无那相思深，　误却门前春几许！
满地清阴茁浅苔，　檐端鹦鹉报客来。
锦鄣沉沉空阶静，　炉香淡淡虚堂开。
新装旋罢主人出，　初笄女儿十六七。
纤柔体态见矜束，　灵活精神寓翔逸。
称名再拜俨迎将，　回身仄坐太安详。
虚涵余腻蒸秾采，　漫延深秀散幽香。
独肖天倪元宛宛，　几回惊念疑翩反。
非慧非痴真性密，　若怨若瞋[①]芳情远。
迟迟转眄[②]剧相亲，　徐将心事细披陈。
自惜深闺谙[③]孤苦，　百年永托意中人。
乍解香囊已离席，　为结新欢赠瑶碧。
从此筮[④]吉数先甲，　便是说缨侍君夕。
幸承厚谊录幽遐，　纵然久驻固无他。
寂寞空房强自慰，　重来未必记妾家。
别有愁思不堪诉，　薄笑称辞慵[⑤]转步。
顾影凝息清响迟，　听入镜台最深处。

---

①瞋(chēn)：发怒时睁大眼睛。
②眄(miàn)：斜着眼看。
③谙(ān)：熟悉。
④筮(shì)：古时用蓍草占卜。
⑤慵(yōng)：困倦。

竟成久阔邈难知，　疑怪相参劳隐私。
偶向侍儿问消息，　已是小姑深病时。
不嫌造次省安妥，　出报云云今尚可。
愿言求合忽复乖，　太息哀乐常相左。
春寒薄中瘦痕深，　欲眠强起又沉吟。
如此支离憎妾命，　尚烦温慰损郎心。
怆恻[①]执辞未忍见，　微闻病候频增变。
且意诊卫符隐祝，　从容再觌[②]春风面。
忽传凶讣痛无端，　云何奄忽听摧残。
未觉盈盈出缌帐，　可怜脉脉盖椑[③]棺。
手挽辁车[④]趋边陇，　一声《薤[⑤]露》葬灵蛹。
便招香魂未肯归，　空留佩剑题荒冢。
乌呼！
造物神秀顺时宜，　赢绌无憾各歆然。
但葆幽芳调元气，　纵丽骄妒也娟娟。
知己亮为名材累，　每际感激增憔悴。
山阿兰芷死复生，　安用人间伤春泪！
阅尽物情气谊孤，　自饶雅爱寄生刍。
但答恩眷明终始，　不泥色相辨有无。
勃动归思忘旧悔，　袭人春色犹每每。
陵谷有情交牝牡[⑥]，　草木发机产神鬼。

---

①怆恻（chuàngcè）：悲伤。
②觌（dí）：见。
③椑（bì）：椑棺，即大棺材。
④辁（quán）：没有辐的车轮。
⑤薤（xiè）：多年生草本植物。
⑥牝牡（pìnmǔ）：牝，雌性；牡，雄性。

春宵独寐梦芳菲，　　觉来疑是复疑非。
起步中庭浥①晓露，　　蝴蝶栩栩向帘飞。

哭刘子雄②

圈圈散种渍茀庆，　　索索隆名炼贫病。
天地善缩不两赢，　　乘除丰啬作材命。
半之各厚圜之绌，　　赍其自虚概其盛。
元气犁然有瘦衰，　　复归于根皆曰性。
我昔浑浑缊强梁，　　试历复却畏多方。
初为支离招重忌，　　久因摧顿铸不祥。
名实溺人波潮汐，　　阴阳寇我阵玄黄。
宛折附离灭更起，　　曾思痼痛又新疮。
忽凿玄感自咄惜，　　密絜灵囊招魂魄。
窈窕掘出薜萝根，　　馨香漉尽桂兰液。
重发古佩娟娟华，　　新化藏血丝丝碧。
谷神已杜出入机，　　山鬼犹吓风雨夕。
吾兄精力故警遒，　　益随形势加雕锼。
巧逐物理钳于曲，　　险夺人情蠹以柔。
时七时九养菀枯，　　因倚因伏制恩仇。
砌平肠胃喷作沙，　　锻熟肝胆嚏成钩。
岂知疑诊固潜结，　　偶乘衰运便逆泄。
胜复主气偏虚实，　　往来客感兼寒热。

---

①浥(yì)：沾湿。
②刘子雄：德阳人。与吴之英同学于尊经书院，受业于湘潭王闿运。清光绪八年(1882)优贡。

故解《历书》辟怪符，　《内经》辩检容针穴。
铄尽肌肉销筋骨，　怆然坐与灵神诀。
乌呼！
世事疲役欲若何？　得意宁敌失意多。
假令哀乐自有主，　未必寿夭尽由他。
慧能生翳理会误，　痴故多疑数乃讹。
早知悔憾凭虚撰，　静则已而躁则那。
乌呼！
当年执业称敏锐，　壮彩精思绝伦类。
训诂《尔雅》经谊真，　论本纵横文章贵。
曲就格律顾典则，　孤鸟性情生姿媚。
一卷新书无句读，　淋漓痛洒璠瑰泪。
乌呼！
犹忆款曲共晨昏，　一时声价更知闻。
每界两难必卓见，　常矜独得又平分。
半世争名终爱我，　百年观化首及君。
别来无限伤心语，　枉托清梦诉秋坟。
乌呼！
宿知聚散良如此，　难免钟情护终始。
本为招刺种荆棘，　况复迎门树兰芷。
规矩空程温白雪，　内外交谋堂衣子。
六嗷坦通一嗷蒙，　转被高材冤君死。
乌呼！
苍茫今昔幻邪真，　欲鸣同异滋酸辛。
已见委蛇能达节，　忽复夭折且长贫。
屡锤玉环怀知己，　尚驰裙带惜余春。

年年空谷怨瑶瑟，　烦他谣诼远妒人。
乌呼！

闻陈崇哲病①

人世遭逢何足数，　文章穷达性命与。
一生得意几悲歌，　唯君能道此中语。
性情简炼叶刚柔，　魂魄经营通甘苦。
从来声价解人稀，　相思别有伤心处。
我昔鸣虚火魁而，　勃郁元气在炉锤。
浑朴未凿缘有间，　灵华欲敛坐忘机。
尝疑老洫生糟粕，　又叱臭腐化神奇。
几回冲冲成幽遇，　仅袭龙穴洗黄儿。
吾兄才思本严慎，　更瀹旧符发清浚②。
持律久坚巧累丸，　析理精熟善游刃。
五行③迭用互赢缩，　六甲④错居藏逆顺。
精神砦砦战于玄，　奇正周复阴阳阵。
当年石室⑤遂孤芳，　无端幽意感玄黄。

---

①陈崇哲：字元睿，富顺县狮市乡人。清光绪八年（1882）优贡，十一年乡试中举人。早年入尊经书院，受业于湘潭王闿运，与名山吴之英、绵竹杨锐、德阳刘子雄同为闿运高足。1891 年去世，吴之英撰《哭陈崇哲》。

②瀹（yù）：疏通；浚（jùn）：深。

③五行：指木、火、水、土、金五种物质。中国古代思想家企图用日常生活中习见的上述五种物质来说明世界的起源和多样性。

④六甲：古星名。《晋书·天文志》："华盖杠旁六星曰六甲，可以分阴阳而配节候。"

⑤石室：藏图书档案的处所。

试解钩鞶①留采佩，　　灵囊彧②若芷兰香。
习见郑、何列同异，　　不嫌贾、马更短长。
各具真识求独到，　　出我入我自门墙。
二十北游望京阙，　　东南都会多灵窟。
巫峡山精幡雨云，　　古怨未平湘竹活。
洞庭水怪窃英韶，　　移情坐待海涛没。
黄金买尽侠儿心，　　与君共醉燕台月。
从此归来便独居，　　邈绵千里旧情疏。
可怜纡折谋嘉会，　　卒卒相见未须臾。
梦中然诺屡疑信，　　道里传闻半实虚。
无限新愁难与寄，　　咄咄苦我作空书。
今秋富顺有来使，　　谓君狂惑病将死。
未必六淫③积蛊毒，　　误招外韄④乖医理。
恐因哀乐蚀内楗⑤，　　名实偶入常伏起。
人情疑妒可若何？　　造物拘拘乃为此！
十年鬼魅作比邻，　　每思知己故人真。
逆知隐疹同我结，　　更无灵药解君颦。
百家曼衍始乎故，　　一卷《卮言》托此身。
窈窕容华当自惜，　　犹有山阿睇笑人。

---

①鞶(pán)：古代皮做的束衣带。
②彧(yù)：亦作"郁"，茂盛貌。
③六淫：中医学名词，指风、寒、暑、湿、燥、火六气太过，是致病邪气的总称。
④韄(hù)：束缚。
⑤楗(jiàn)：堵塞。

哭陈崇哲

庚寅[1]初秋闻君疾，　　谓君荒忽若蒙窒。
屡从行李问消息，　　期君精爽当复出。
今年初秋闻君讣，　　已化异物委灵质。
呜呼！
疾生人邪人生疾，　　如此恢奇胡可诘？
诘君才性若偏私，　　久积迷缪生愚痴。
奈君中正帅纯德，　　颢然元气自离离。
神魂桥厉筋骨作，　　形魄清虚血脉迟。
人类阴阳二十五，　　兼合岁运调四时。
诘君境地或寒素，　　忧思伤人乖喜怒。
奈君当室袭厚訾，　　江陵旧种桔千树。
十五髫龄作秀才，　　径厕司徒论选数。
便及弱冠举孝廉，　　一官初据经师署。
才性固已见彬彬，　　境地居然又蓁蓁。
况加博学能酝酿，　　夙饶古秀号通人。
何许根荄尔萌櫱，　　竟将陈浊易清新。
未必嫌忌来毒螫，　　不信凭依感鬼神。
殆由世故矜变易，　　是非多为彼此累。
因闭五凿示六疾，　　寓言重言识吾识。
时见动静互根法，　　特处名实不入地。
此机何以骇季咸？　　此理何必让逢氏！

①庚寅：1890 年（光绪十六年）。

良巫良医尚营营，　　槁木湿灰更无灵。
密移少壮就衰白，　　故令短缩代奇赢。
四十二种幻化机，　　此中出入已惺惺。
春秋历历旦莫耳，　　觉梦自然即死生。
呜呼！
桂实桐实共生理，　　谁惠谁狂因忌喜。
诸根原赖一机抽，　　一根休复余都圮。
耳目易用有何奇？　　幻法不缘真性起。
敏达枉称周化人，　　缪迷莫过鲁君子。
呜呼！
旧诒书简未销磨，　　每逢感恸便吟哦。
谁知风雨相思苦？　　独捋华佩对江波！
秦佚岂为老聃哭？　　杨朱空望季梁歌！
且哭且歌聊怛化，　　吾质死矣奈若何！

哭闵鋆

咄咄噫嘘，　　怛夫悲哉！
辛苦酸醎臊羶气，　　人世穷愁杂滋味。
一次逼迫一啐尝，　　发愤自叱仍自慰。
如此反复辞不得，　　渐觉吾生无足贵。
分明死趣饱沈渍，　　犹将短折说忌讳。
我昔弱冠齿诸生，　　闻君鸿博有重名。
相思袗转①始相识，　　未许疑年称弟兄。

①袗(zhěn)转：转折。

久积淡白发脓腻，　每于浑浊见孤清。
大雅自然无所绌，　敛尽才识归性情。
爱君高志同学古，　感念激昂益信许。
考据务得根株出，　词旨要到朴拙处。
玄解纷投耳目窒，　精思旁落鬼神语。
屡经开悟幡生疑，　次第工力清皙数。
年年乡饮苦裴回，　言持射爵遽增哀。
忽读《贤良第五策》，　竟是成均异等材。
可怜仓卒随上计，　经营惨礉壮心摧。
出坎入坎嗟何迂，　敝裘疏屦又归来。
归来生计徒草草，　世故劳人作傎到。
五十男儿且奈何？　仍有心情未甘老。
寂寞空山只自暇，　强成旧业属残稿。
回头一啸秋风惊，　坐令华色变枯槁。
感深憾多意转遒，　慅慅更作北溟游。
遥知故人重远别，　从容寄语写离忧。
已惜壮年空自尔，　敢云迟莫有深求。
聊复藉释平生愿，　从此息心得永休。
卒有凶闻传故里，　谓君还归道中死。
一棺徒殉剑与琴，　魂魄犹滞湘沅水。
何日来同内子穴？　孤儿鹿鹿谋迁徙。
为想白发倚闾人，　朝夕拭目望行子。
乌呼！
百年身世一梦中，　如君牢落几人同？
不为茂德能永命，　总由名士例当穷！
几许危难忍自诀，　天道毒人慎始终。
一曲长谣知己泪，　重泉傥见沥血红。

乌呼！

蒙茶歌

茶，植属，其种木也。古名荼，隶省篆作茶。据《尔雅·释木》“苦荼”，取别于《释草》苦菜之荼，采其叶煮而渍之，所以酳也。《夏小正》：“四月采荼秀，七月灌荼。”《诗·豳风》九月乃称“采荼”，盖夏采其荣，以养尊贵，初秋加培溉，秋季而刈之。食农不以弱叶矣，知《夏正》所称为木荼者，既采且灌，将寻采焉。苦菜不得历三时也，知《豳风》为木荼者，与“新樗”会文，证《夏正》尤合也。然山园所蓄，礼筵弗御，故《仪礼》称酒饮浆饮，而无茶。名山城西，有山崪立，堂如房如，真灵实秘，相传《禹贡》梁州所旅之蒙山也[①]。故《志》云：“汉末，有佛子吴理真[②]，自西域天竺挈名茶一株来寓，美其地脉，植于山颠之石围六株，辅之短干三尺，癯其骨秃，神质离离，不可萎也。真人迁化，蔽芾留阴。茶贯有征，蒙茶益重，郊庙所供，取贡于蒙。制以三百六十叶，备岁之日为珍之。故每春莫夏初，有司监采制之事，瘠芽蠹蕚拣去之，坚完者炙。令理张料，贡数足，乃拾余叶以充馈遗，厥所由旧矣。英，蒙山人也，以时登陟，获啜贡余之味，感而为歌。

绵绵气母播大慈， 缩赢五运为盛衰。

①事见《尚书·禹贡》“蔡蒙旅平”，孔安国《传》称：“蔡、蒙，二山名。祭山曰旅。”

②吴理真：汉时蒙山甘露寺祖师，相传曾修“活民之行，种茶蒙顶”（《四川通志》卷四〇），开创了我国人工种茶最早的历史，被奉为“茶祖”。

万物菁华[1]不终闷，　　先时何必胜后时。
蜀都自昔称沃野，　　三十六种维宜者。
苦茶秀出蒙山巅，　　《尔雅·释木》爰名槚[2]。
闻说灵栽始吁荼，　　再经移植香色孤。
嘉树十年成美荫，　　但识主人旧姓吴。
后植两株陪左右，　　因善攀援通声臭。
更增四株作环卫，　　络绎蔚起后来秀。
岂知名种自存存，　　老干离奇孕石根。
密栉阳文忍雷雨，　　疏开阴理感风云。
小枝上缭錞錞[3]聚，　　新蘖[4]旁钩簇簇吐。
元气回薄光采充，　　贞节简炼精神古。
可怜生意日便娟，　　曼托不材养自然。
故啬华实殆缘地，　　能胜霜雪亦听天。
无奈同汇市才隽，　　重求真知不自吝。
初供琴椂受雕琢，　　终代酒浆资馈酳[5]。
凡材从此罔忌嫌，　　分长陵谷[6]久相渐。
共知良药益脏腑，　　顿令税币半鱼盐。
维时石花特矜贵，　　琼叶三百辑神瑞。

①菁(jīng)华：同精华。
②槚(jiǎ)：《尔雅·释木》："槚，苦茶。"郭璞注："今呼早采者为茶，晚取者为茗，一名荈(chuán)，蜀人名之曰苦茶。"
③錞錞(dūn)：圆转团聚貌。《管子·白心》："錞乎其圜也。"
④蘖(niè)：嫩芽。树木砍去后又长出来的新芽。
⑤馈酳(yìn)：谓赐予酒食养老。参《礼记·王制》。
⑥陵谷：《诗经·小雅·十月之交》："高崖为谷，深谷为陵。"比喻蒙茶地位起了巨大变化。

一尊清湑[1]贡郊坛，　　曾孙于穆皇灵醉。
私分嫩绿检制余，　　萼翘未壮甲坼[2]初。
薄肤签涩卷欲脆，　　细络匀曼引犹虚。
朝爽初凝露华酽，　　新火烹成色紫绀。
厚薄分明散清芬，　　甘苦浸渍归平淡。
经时蕴蓄魄力新，　　题名朴茂性情真。
信抽芳心佐水德，　　中和堪酿九州春。
一杜物机永无罅，　　坐望荣枯灭生化。
空山蟠屈二千年，　　未觉人间长声价。
偶入琼林漱真精，　　悟彻元始妙无形。
至今采采遗根蒂，　　儿辈犹说陆羽《经》[3]

上海行

癸未[4]夏，计偕入都，经上海。上海，江苏一大都会，综十八省都会称首。诸夏所积，诸戎所聚，百货华实之所入也。然盛衰一再易矣。而风化淫丽，未知所节，生事日脊，厥何以利用、正德，昭视远人邪？时运之极，人道之忧也。

天下名都称绾毂[5]，　　大抵冲衢[6]要水陆。
财货涌翔智巧归，　　勤苦自营生计熟。

①湑(xū)：原指滤过的酒，这里指以蒙茶代酒。
②坼(chè)：指发芽。
③陆羽经：指唐陆羽所著《茶经》。
④癸未：光绪九年(1883)。
⑤绾毂(wǎngū)：车辐所聚之处，比喻处于中枢地位。
⑥衢(qú)：四通八达的道路。

慊慊[1]积聚素封家，　　机权变化尚奇邪。
始任刻薄成风气，　　终蓄奢丽耗菁华。
子弟少年轻取予，　　生见豪华便矜许。
枉学书剑作侠儿，　　休事蚕织即倡女。
由来上帝罚骄淫，　　祸福伏倚机祥[2]深。
未识人情爱繁缛，　　五方输会自如林。
上海故属扬州宰，　　形势丽奇今不改。
中冲合受南北潮，　　江汉湍洄赴沧海。
厥土膏沃物产乔，　　商贾椽逐竞欢嚣。
栀姜枣栗往往出，　　丹砂铜铁千里饶。
贩脂卖浆故微简，　　洒削胃脯成生产。
张里马医业果良，　　桓发博戏术何拣。
贫贱自有卑屈存，　　富贵何必寄托尊？
厌闻男子蚩拙技，　　彼姝从此愿倚门。
小巷青楼夹道起，　　缅[3]骈尽作狭邪里。
檐前杨柳窗下兰，　　妾家姊妹偕著此。
道是近郡良家儿，　　弱龄孤苦负芳姿。
转卖成说声价贵，　　抚恤常感阿媪慈。
十三十四学缝绽，　　十五十六弦轸贯。
曾师嘐唳[4]善语言，　　颇解回还工顾眄。
长成气韵特清新，　　骨肉调适称精神。
试理铅黄有羞意，　　矜惜宛转遽柔驯。

---

①慊(qiàn)：惬意。
②机祥：祈禳求福之事。
③缅(lí)：盛装的样子。
④嘐唳(jiāolì)，象声词。嘐为鸡鸣。唳为鹤鸣。谓其调舌学声以撩人。

娉婷细步出逆客，　遥背缃帘情脉脉。
通名前拜称阿靈[①]，　侍儿留坐逼香泽。
精识审谛许丽娟，　欲行未起故迁延。
俯弄环琚晕靥赤，　小姑应是破瓜年。
感郎倾爱喜招请，　回廊叠转曲房净。
盂水清供碧玉屏，　炉香篆入菱华镜。
渐申款接更凝睼[②]，　高盘新髻贯签笄。
双鬓整欹工时式，　余发覆额细匀齐。
蛾眉修腻目清莹，　垩[③]鼻曼圆颧隐称。
的的轻唇泛丹渥，　离离密齿编贝亘。
丰硕[④]泽颈洁以遒，　削肩裁腰庄且揪。
出手纤融揎掔㲉[⑤]，　约踝端平敛足柔。
盛装华褂纨緆[⑥]照，　薄振绣裳染缋耀。
侻襦重袭宛增妍，　文履五色并呈妙。
联戴簪珥既阿那，　袀[⑦]服钗钿倍婆娑。
绚带絖[⑧]垂金碧乱，　采佩陆离珠翠多。
如此材质挺豫茂，　矧[⑨]兼资性宜和厚。
倬[⑩]态舒迟见生憨，　媚情隐约出深秀。

①靈:(líng):同“灵”。
②睼(dì):迎视。
③垩(è):用白垩涂饰。
④硕(bāi):脸宽大。
⑤掔㲉:用手发衣。掔(qiān),坚固;㲉(xiāo),如削尖之貌。
⑥緆(xì):裳的下饰。
⑦袀(jūn):服装一色。
⑧絖(huāng):丝物蔓延。
⑨矧(shén):况且。
⑩倬(zhuō):显著。

引曹博簺①戏望形，狎筵醲酒醒微醒。
便吹清笳从蔡女，争鼓鸣瑟效湘灵。
别鹤曼啭发奇响，游龙联翩成舞象。
粉痕渍怀汗渍襟，钏景摇膝袜摇掌。
欲诒荃蕙怪茅荄②，言报璠莹畏鸩③媒。
绀壶屡见泪成碧，霞裙犹有唾如苔。
因诉馽④愁叹掩抑，亦展谐谑诩雕饰。
微颦薄笑俱增娇，精采自然非人力。
还陈交接更慵装，沐膏嚼英却倚床。
代税副缨缓结束，菽乳初发麝脐香。
蛤帐留月眠羞重，谦畏将迎吐赤澒⑤。
绿波醉浴鸳鸯魂，新华暖引蝴蝶梦。
初创再三怯体胖，昔昔承御续新欢。
冯氏世传分脉术，吴姁秘受慎恤丹。
起开奁屉重梳洗，顾我晨装仍媞媞⑥。
杂组更约细纹衵⑦，药瓯特尝息肌剂。
独赢百万赠卿卿，宾筵迭飨尽识名。
亲旧并习姨私礼，相肃俨同娣姒⑧行。
景风荡暑邀僚婿，杂陈水嬉竞儇慧。

①簺(sài)：古代的一种博戏。
②荄(gāi)：草根。
③鸩(zhèn)：传说中的一种有毒的鸟。
④馽(zhí)：绊住牛马的足。
⑤澒(hòng)：弥漫。
⑥媞媞(tí)：安舒，美好貌。
⑦衵(yì)：贴身内衣。
⑧姒(sì)：古代称姐姐。

参出舷橹冒芙蕖，　归来帉帨[1]盈薜荔。
镜台恩怨枉交衔，　日日争宠便争谗。
容华十年凋谢尽，　始知盛衰变酸咸。
每怀信誓常惊眩，　再经离合相思贱。
髫龄[2]铸就黄金身，　谁何附之空疲倦？
忽忘申儆遂荒耽，　厝[3]成烽火遍江南。
郡县萧条聚落虚，　檄书四道苦骖驔[4]。
强邻责言因巧播，　径乘凋瘵[5]加抑挫。
老成有策议和亲，　中原无福输泉货。
疥癣方资针灸愈，　膏肓又待药石苏。
土著强献《河清颂》，　寓公假列《王会图》。
爰立约剂严土断，　许来关隘赘闲畔。
万国集朝会稽灵，　居然海市重辉焕。
峨峨巨舸泊繁冲，　火轮往复声淙淙。
月波空拟蓄神蚌，　鲛室无复睡骊龙。
新筑槁街远相属，　毡庐韦户自朱绿。
细琢青石切衕[6]平，　密编条楚护篱曲。
学制园沼尚工谐，　略施阑栈比安排。
异葩茉蕤[7]阴满径，　薅草鬖莎浅萦阶。

---

①帉帨：拭物佩巾。帉(fēn)，拭物大巾；帨(shuì)，古时的佩巾，像现在的手绢。
②髫龄：童年。
③厝(cuò)：放置。
④骖驔(diàn)：指驾在车两旁的马。
⑤瘵(zhài)：病。
⑥衕(tòng)：小街道。
⑦茉蕤(fúruí)：帽子上的缨子。

中具陈设饶所有， 发作文章耀前后。
龟匣象席舄①喙镫， 蛟缛犀簟②麟须帚。
桂蠹满盘扬郁芬， 火齐盈鼎散氤氲。
竹枝云诒张博望， 瓦瓿③曾进苏将军。
日中聚货恣贵卖， 形状纷杂名号怪。
鲁削羞见棘刻猴， 宋斫④徒惊著为械。
良工稷稷心手劳， 炼汁和剂酌分豪。
青白气尽真采出， 万品精魄入钧陶。
金铪⑤成镰⑥粉瓷沍， 石屑累丸瓯臾贮。
杂染新沤吉贝华， 名香旧采旃檀树。
虾丹蟹煎重群蛮， 鹄血牛湩价百锾⑦。
紫葛绹⑧索光闪尸， 石脉织锦色斓斒⑨。
余珍瑰玮荐什袭， 部种业成酋长习。
灵刍献技偃师瘠， 散木被凿神藻泣。
机心机器奇可居， 远物异物试有誉。
狂夫买璞因贩鼠， 唐肆求马北索鱼。
既变名实随仰俯， 兼权本末用文武。
壹归驵⑩侩节奇赢， 贪贾三之廉贾五。

①舄(xì)：鞋。
②簟(diàn)：竹席。
③瓿(bù)：小瓮。
④斫(zhuó)：斧斤之类。
⑤铪(yù)：铜屑。
⑥镰(jù)：古乐器。
⑦湩(dòng)：乳汁；锾(huán)：古代重量单位，一锾等于六两。
⑧绹(táo)：绳索。
⑨斓斒(lánbān)：同“斑斓”，亦作斓斑，颜色错杂灿烂。
⑩驵(zǎng)：壮马。

递更伏腊乐久淹，　时迎祆象赛吉占。
广张缯幕调鼓角，　圜施牦罽[①]羞豉盐。
家家兄兄梦相向，　白叠缠头列戏状。
胡雏技击稔[②]谣俗，　艳称鬈[③]硕有骨相。
春埒[④]舞马臂名鹰，　辔柔鞭短自庄矜。
三十轻辐蜗羸转，　鹿车唱捷已超乘。
奴辈殷实良肆意，　可怜旧主只僦[⑤]寄。
未识分界属何人？　尚谈米薪逐末利。
穷弱奔奏大众庞，　千役万仆势应降。
怪他忍心甘叱咤，　转作荣宠吓旧邦。
繄[⑥]古太朴留淡泊，　考工理备法程约。
缮性特言戒烧剔，　修德姑与喻绳削。
如何古茂知者希？　将沿讹伪安适归！
公听靡敝行奸宄[⑦]，　窃伤贫病积隐微。
呜呼噫嘻！
天地浑穆含元道，　暂吐灵和生百宝。
盈虚有数鬼神量，　用之维时啬之早。
力作自尔生理饶，　为嫌迟重根柢肴。
苦牟便捷搜奸利，　交蒙蛊媚已譊譊[⑧]。

---

①罽(jì)：用毛做成的毯子一类的东西。
②稔(rěn)：熟悉。
③鬈(quān)：形容头发美。
④埒(liè)：同等，相等。
⑤僦(jiù)：雇佣。
⑥繄(yí)：惟。
⑦奸宄(guǐ)：坏人(由内而起叫奸，由外而起叫宄)。
⑧譊譊(náo)：形容争辩的声音。

招来猾虏析豪泰，　尽令聪明疏计会。
诲淫转作诲盗媒，　天府何曾分内外？
尚持恭俭化浇风，　事会消息近不穷。
胜算有冯公私赡，　宝藏固在山渊中。

闻宋育仁赐出身①

炫炫煌煌道由一，　炎炎隆隆物之疾。
自来才命两相违，　神降名门鬼瞰室。
生徒死徒十有三，　强梁者殃柔脆吉。
苦凿婴儿干忌讳，　多材卒负高明屈。
我昔犯形入炉钧，　魂熊锐锷发硎②新。
孤挺菁华鸣坚白，　铸成大冶不祥人。
过信缘督游中地，　居然机踵③鞭后尘。
自状魁颜纱纱万，　郭目觡角未肯驯。
岂识兼贝袭縢纽，　贾成斧剃遭击掊。
鏨鏨④雄心渐沉销，　三却钩罗作退母。
俯仰怛⑤叱信复疑，　聪明摧顿衰来久。
重摩健翮踠⑥霜蹄，　明知唯唯犹否否。

---

①宋育仁(1857—1931)：清末维新派人士，字芸子，四川富顺人。与吴之英同学于尊经书院，同办“蜀学会”、《蜀学报》等。按：宋为光绪十二年丙戌(1886)科三甲第46名进士，当为赐同(进士)出身。因传言之误，故题为赐出身(二甲之称)。

②硎(xíng)：磨刀石。

③踵(zhǒng)：跟随。

④鏨(zàn)：雕刻。

⑤怛(dá)：忧伤。

⑥翮(hé)：鸟翅膀；踠(wǎn)：屈。

一朝惊柯下乔林，　白华孤蒂老凌阴。
虽云旦宅无情死，　未免骇形有损心。
每逢伏腊思羊酒，　愿涤厕牏[①]省裤衾。
咄惜景光悲迟莫，　言还顿悔违离深。
无奈饥驱仍郭索，　恩私悬悬负初约。
湘女解环调怨曲，　童乌育苗发秀萼。
哀乐逼人中岁多，　菀枯相乘生理恶。
阴阳赤白任启吪，　百炼柔钢终不跃。
从此激昂引教思，　高张绳墨共检治。
肴称经籍讹故训，　剿说文章竞舛驰。
诡幻已失敦朴谊，　雕纤都习绮弱词。
欲搴袀晬[②]修玄鉴，　孰摹驯雅乡宗师。
独抱灵篋炼玉屑，　的烁荣英络采缬。
天衣初绽九霞蜚，　癯骨苦漱高人血。
可怜鲛室堕玄珠，　贝锦织成寸寸裂。
三日两匹报机杼，　余生待息寘[③]然穴。
同术诸子蔚芬馨，　爱君气臭最忘形。
高情茂节含悽悹[④]，　丽采清思入杳冥。
谋将《哀诔》[⑤]投海若，　曾约藏书告山灵。
眷怀醉舞酣歌处，　荀草绿时烛景青。
音尘邈阔相思重，　精魂感感接神梦。

①牏（yú）：筑墙的短板。
②袀（jūn）；晬（suì）：润泽貌。
③寘（zhì）：安放。
④悹（guàn）：忧也。
⑤诔（lěi）：哀悼死者德慧数智的文章。

忽惊火耳报祥符，　转变欢肠生急痛。
力成楮[①]叶工何迟？　巧尽弩弦沓复纵。
十年操技晦灵渊，　不笑屠龙今拙用。
五月榴花烂远条，　旅寓游目托憾遥。
迷腹昔诒东家嗤，　皠[②]头今解弟子嘲。
纵令黄雀能疗妒，　未必鯚[③]鱼遂已骄。
闲窃謞效[④]假鸣命，　枯园蓬莠意萧萧。
曾释香裙委华佩，　遐愁自洗空闺泪。
寂寞罔恤晓露寒，　阿那未解东风媚。
屡寄春心诉幽兰，　仍襭[⑤]秋芳倚丛桂。
罗囊采袷[⑥]尉初服，　紫霓裔云成嘉瑞。
誓绝䍐罥[⑦]问丹砂，　吐舌钳笔暗芳华。
斟酌恒性介曼寿，　斧藻明德涤秽邪。
桥拔泥鳞在贞栗，　铪[⑧]穿丸钻尚柔嘉。
拟吸绿波实天牝，　长栽黄菌养璠葩。

---

①楮(chǔ)：楮树。

②皠(hé)：《史记·司马相如列传》"皠然白首"，《广雅》："皠，白也。"

③鯚(jì)：古代传说中的怪鱼。《山海经·北山经》："(汾水)其中多鯚鱼，其状如儵而赤麟，其音如叱，食之不骄。"

④謞(xiào)效：西汉董仲舒《春秋繁露·深察名号第卅五》云："古之圣人，謞而效天地谓之号，鸣而施命谓之名。名之为言，鸣与命也。号之为言，謞而效也。"此谓当时学者窃名逞臆说经，如蓬莠之萧然耳。

⑤襭(xié)：用衣襟兜东西。

⑥袷(qiā)：夹衣。以绣为表，以绮为里，故曰采(彩)袷。

⑦䍐罥(zhījuàn)：束缚。

⑧铪(jiā)：钻入坚物的声音。

苦病行

阴阳交炼中和性，　　重诞神灵藹生命。
化工代启殃祥机，　　万物窃司寿夭政。
上古真人顺节宣，　　假修道德体自然。
六六九九赢把握，　　消息灵文①八十篇。
后来气母袭根干，　　共宝菁华加溉灌。
攻养犹得内外平，　　补写差宜标本半。
末季人情机变多，　　不惜光景供蹉跎。
聪明减耗成衰病，　　始从草木问功过。
我生郁郁逐时尚，　　渐积症结残腑藏。
形色果如胜者癯，　　神志已非昔日壮。
苦乐逼侵关格萌，　　炎凉烝感寒热生。
偶病愁思作惊惕，　　诊经疑故命脱营。
今年运纪出玄府，　　大征阳水居分部。
少阴既与化火符，　　阳明专为地气主。
盛夏虫虫热化强，　　更值初秋收气刚。
掣移暑湿发新疾，　　心胆协热输胃肠。
假嫌肌腠歒温暖，　　继苦胸胁伏张满。
疠疹缠缘②两焦中，　　脉见钩数尺常缓。
历时解㑊③治法通，　　竟摄营卫葆从容。

①灵文：指《灵枢》八十一篇。八十篇，举成数也。
②缠缘：《史记·扁鹊仓公列传》："动胃缠缘，中经维络。"张守节《正义》："谓脉缠绕胃也。"
③解㑊（xièyì）：中医病症名。

秋深锦里悲摇落，　独攀幽桂向西风。
盖闻精神贵属续，　气充筋骨血荣肉。
真灵内守五十七，　从官分具三千六。
经奇来往互纲维，　俞穴高下定合池。
六气微淫知表弱，　五行相复里证亏。
东利砭刻南针劁，　西甘毒药北灸烧。
中土服食聚芳馨，　维宜导引节按蹻。
先别贵贱审笑颦，　再状肥瘠听吟呻。
平分呼吸调闲息，　轻重论得久新陈。
量施药饵策攻守，　熬炙等伦随色臭。
君一臣二佐三齐，　汤液醪醴[①]差涤漱。
爰依心匠考《素书》，　灵兰秘室展《藏图》。
九候详占僦贷季[②]　十世精习鬼臾区[③]。
吁嗟旧典失禁律，　人病病疾医病术。
空切手足谈赢缩，　杂投金石待甲乙。
误诊缪毒开鬼关，　挂发未工扣椎顽。
百一古方三倍法，　半居不治六条闲。
归来侍养参要道，　静酌太和识所宝。
简炼黄老悟十全，　尚膺康强引寿考。
时将淡泊易朮参，　不为成亏理瑟琴。
七圣童童无一窍，　长留浑敦阅古今。

---

①醪醴(láolǐ)：浊酒。

②僦贷季：传说中神农氏名医，岐伯之祖师。《素问》第十三：岐伯曰："色脉者，先师之所传也。"唐王冰《注》："先师谓岐伯祖世之师僦贷季也。"

③鬼臾区：传说黄帝时人。善占候，明医道，晓兵法。

资中君子泉[①]

江汉灵源接天起，　万里朝宗一勺耳。
东沱混混径资中，　别派回环钟蜀氏。
东北岩窍脉理通，　蟠宛蹲攫振重龙。
倒垂曲阿裂县窦，　珠贝玱琅笋虡[②]空。
自来土膏震拨处，　蒸作滥泉写瀑布。
为炼阳魄漱芳腴，　终泄阴华恣远注。
苌叔[③]碧血泮亦联，　小圈盈盈袭大圈。
乍腾冤液渗井络，　总歙[④]西颢注灵渊。
言观九美饶典则，　称名君子尚其德。
旧刻三言苏轼书，　焕出薜萝深秀色。
年年杂华缦[⑤]新枝，　芳草鬖莎[⑥]绿满池。
灼灼[⑦]霞唾粘石髓，　猗猗香风喷浅湄[⑧]。
葩藻芬郁鲜丽境，　共知繁缛夺清泠。

---

①资中君子泉：在资中县重龙山北麓。又名滴水弹琴。岩高十余米，有石佛千余尊，为唐宋雕刻。上有清泉，下有积翠潭。水滴入潭，声如琴瑟。岩右上方有明知县胡学文书“君子泉”三字。按：今涸无泉。

②玱琅(qiāngliáng)：玉器相击声。虡(jù)：古代悬挂钟、磬的木架。横木曰簨，直木曰虡。

③苌叔：即苌弘(？一前492)，周景王、敬王的大臣刘文公所属大夫，刘氏与晋范氏世为婚姻。在晋卿内讧时，苌弘帮助范氏，为晋卿赵鞅所声讨，他被周人杀死，传说其血三年后化为碧玉。

④歙(xí)：通“翕”。

⑤缦(màn)：没有花纹的丝织品。

⑥鬖(sān)莎：毛发蓬松。

⑦灼灼(zhuó)：形容明亮。

⑧湄(méi)：水与草相接的地方。

欲将涟漪媚春波，　　倍惜澄澈辜秋景。
一朝茂气惨销沉，　　谢尽芳华长素心。
唯余孤光涵淡泊，　　戛然美响答清音。
吟风咽雨时复易，　　怨兰愁桂感仍积。
未解出山有波澜，　　且幸空谷无潮汐[①]。
冯托高尚信威神，　　争说甘润苦嶙峋[②]。
疑经浑沌辟新窍，　　再施钻凿更无人。
有时潋滟发奇采，　　山月娟缳宛相待。
果赢湍涨溉桑田，　　不输涓滴补沧海。

与诸昆季纵论词赋

自昔师训养童蒙，　　头角崛峤[③]蹴鲲鹏。
计有尺寸绵竹素，　　羞说文字忝祖宗。
三十年来倦灯火，　　秋飙频殺[④]健猴[⑤]堕。
君恩无分及重泉，　　方知天地欲穷我。
园林从此减日晖，　　孤侍北堂昃[⑥]景微。
春草生碧莺满树，　　秋江摇绿雁初飞。
年年风月自歔嘘，　　蓬庐卧检《茂陵书》。
雕虫[⑦]铸金同官府，　　不疑贾马非壮夫。

---

①汐(xī)：晚潮。
②嶙峋：形容山石突兀、重叠。
③崛(jué)：特起；峤(jiào)：尖而高的山。
④殺(shài)：通“杀”。
⑤猴(hóu)：矢名。
⑥昃(zè)：日西斜。
⑦雕虫：比喻小技、小道。

岂意狗龙窃帝号，　　南北竞讲《咸》《茎》调。
酒黍何曾易唐乡，　　虚社无灵馁鬼啸。
怜他问景两同心，　　袭石享帚自知音。
强立汉帜易赵壁，　　坚留范魄费越金。
庄吟钟奏应殊体，　　无烦方言广国语①。
五宫代主孰君臣？　　只有黄钟②叶律吕。
可怜理解督会多，　　莫问斫工心手和。
文挚③无药医龙叔，　　薛谭有泪哭韩娥④。
俶因不材完本性，　　幡引妍媸⑤入心镜。
支离古号神人祥，　　睢盱⑥今成儒者病。
为爱老龙发狂言，　　学鸣坚白增菀烦。
枉刻楮叶三秋力，　　孰雪豫樟七年冤？
地荣奚必焕采绂？　　青目自尔藟灵窟。
果然楚产长有耳，　　遑恤徐儿都无骨。
呜呼已而！
四命相随厄终始，　　七十二化女娲死。

---

①国语：普通话。

②黄钟：十二律中第一律。

③文挚：东周时人。"尝医齐威王，曾治齐文王，使王怒而病愈。"龙叔请文挚治病，挚令龙叔背明而立，看他六窍皆通，一孔不达，是以圣智为疾，"由不达生死常道之故"(《列子·仲尼》)。

④薛谭：东周时秦人，曾学歌于秦青，未尽青技，辞归，"饯郊衢，青抚节悲歌，声振林木，响遏行云。薛谭谢返，终身不言归"(《列子·汤问》)。韩娥：东周时，韩国善歌者，过齐国雍门，"鬻歌假食既去，余音绕梁欐，三日不绝"(《列子·汤问》)。

⑤妍媸(yáncù)：美丑，犹言好恶。

⑥睢盱(hūixū)：犹睢睢盱盱，形容逞臆立说，目空一切。暗引《庄子·寓言》：《老子》曰："而睢睢盱盱，而谁与居？"

史迁雅意绍先人，　　大挠私书成甲子。
时假寓言垂矩规，　　不嫌垩质试锥椎。
窃飨《钧天》大帝醉，　　空挠佩环湘女悲。

送高培谷去资之泸[①]

秋风飒飕[②]秋云索，　　归雁警寒客思约。
忽睹素菊擢晚茎，　　且喜丛兰养新萼。
兰苗菊秀遂芳华，　　念别佳人又感嗟。
愁听吟虫调急管，　　勉酌饯酒对落霞。
君家陈留风骚主，　　曾持节钺守蜀土。
为嗣文翁拓玉室，　　重枝遗经泽天府。
缅比清才振下邑，　　都工葩藻翔艺圃。
二千年后雅弦歇，　　更无鸿达履灵武。
再兴一姓出贵阳，　　先子冯神迪耿光。
金貂银印历边郡，　　来阅犍为旧皈章[③]。
资中灵氛素钟积，　　崒[④]兀苌叔闾奇迹。
洛城终支命由天，　　冤魄不瘗[⑤]血成碧。
天喷嘉英碧播荣，　　子渊[⑥]老去四贤生。

---

①高培谷：字怡楼，贵州筑县人。光绪七年(1881)任资州知州。1883年整修资中栖云书院，更名为艺风书院，聘宋育仁、吴之英、廖平、吕翼文等为教席，本县及邻境学子来学，一时“文风甲川南”云。

②飒飕(liè)：风凛冽貌。

③皈(bǎn)章：《诗·大雅·卷阿》“尔土宇皈章”，此指版图。

④崒(cú)：高峻而危险。

⑤瘗(yì)：埋葬。

⑥子渊：王褒(约前91—51)字。蜀资中(今四川资阳)人，西汉辞赋家，宣帝时为谏大夫。其墓在资中县城北十里宁国寺附近。

物情葱郁含骁骏，土脉瘅[1]坟待渝震。
自君作宰再经年，户口饶实雅教宣。
日月会成浮吏计，岁时饮射秩宾筵。
啐酳[2]桂椒芬香苾，锵戛球剑光景鲜。
秘籍芸芸故焕若，博士莘莘俱斐然。
一朝改官三巴下，玉鞭麾出紫骝马。
野老攀辕不可留，诸生伏阙未蒙假。
我从旅寓感相知，缘爱经师惜人师。
浓露繁霜离怀邈，寒蝉衰柳夕晖迟。
旧闻泸俗习纤诡，屡历贪啬尤靡靡。
斟酌德礼饰性根，舆歌应洗𬨎轩[3]耳。
岩岩具瞻龙山石，澄澄虚照珠江水。
慷慨长谣赠君行，来秋明月共千里。

①瘅(dàn)：因劳致病。
②啐酳(cuìyìn)：古代宴会时一种礼节，食毕用酒漱口。
③𬨎(yóu)轩：古代一种轻便的车。

壽櫟廬叢書

受業顏楷署

吴之英诗文集卷三

桂湖

明新都杨慎[①]以宰相子擢修撰，博闻妶[②]通，极称翰苑。为议大礼得罪，谪永昌，肆意文酒以终。其故居邻县署，倚城筑室，湖光桂采相照耀，祀慎象其间。人士来游，辄有余爱。英尝谓吾蜀自汉室初兴，司马相如[③]以文章冠天下，厥后异代间生，虽类聚无多，皆有清拔之才震熿当世。慎之在明，亦天生使独者也。而由慎至今，未有作者，是可慨已！

江山降神才人秀，　　才人无福江山寿。
自古明德旧居游，　　一丘一壑启灵窦。
维明达者杨新都，　　少袭金珰佩卯符。
姓字无辜入丹书，　　家山有桂老绿湖。
功名幡为气节苦，　　精华仅借文章补。
春水盈塘魂未归，　　秋香满地花无主！

---

①杨慎(1488—1559)：明文学家。字用修，号升庵，四川新都人。正德六年(1511)试进士第一，授翰林修撰。世宗嘉靖三年(1524)议大礼触世宗被谪戍云南永昌，著作有《升庵集》，散曲《陶情乐府》等。近人疑其卒年，或谓升庵当死于隆庆元年(1567)。

②妶(gāi)：同"赅"。

③司马相如(前 179—前 117)：字长(zhǎng)卿，蜀郡成都人，西汉辞赋家、文字学家。

从此游车棼骖驔①，争醉风月饱蔚蓝。
岂知湘君②殉兰芷？更无《招隐》赋淮南。
我是少微第一宿，初谪蒙山著东麓。
竹石缭垣草阁新，莺华媚景春江绿。
几回开卷读故文，清才雅调猗幽芬。
卜邻愿近屈平③宅，筮冢拟凿伯鸾坟！
转慨吾蜀灵秀积，媒如荧如翕④复辟。
扬子翩翻马王法，苏家拿娇严陈迹。
二百年来绝《广陵》，林泉佳气尚葱菁。
天开秋爽延西颢，地郁⑤灵种诞先生。
先生以后竟萧索，山光淡淡水漠漠！
馨香徒荐《云中君》，归来莫识华表鹤！
曾跨嶓岷操古弄，井络高峣空谷雾。
每临奇险泣薜萝⑥，频托消息祝琴梦。
老死龙吉讱⑦狂辞，社墟鬼子摇树枝。
齐竽不吹诩长技，晋钟未调欺后师。
长技相蒙不相忌，后师讵解前师意？
且幸海鳖坐眙䴚⑧，饶他井蛙跳梁地。

---

①棼：(fén)，纷乱；骖(cān)：一车驾三马；驔(diàn)：黄色脊毛的黑马。
②湘君：《楚辞·九歌》篇名，战国楚人屈原作。湘君为湘水之神。
③屈平(约前340—约前278)：战国楚臣，原名平，字原，我国最早的大诗人。西汉刘向裒屈、宋诸赋，定名《楚辞》。东汉王逸有《楚辞章句》17卷传世。
④翕(xì)：收缩。
⑤郁(yù)：积聚。
⑥薜萝：指隐者之居。
⑦讱(rèn)：出言难。
⑧眙䴚(chìdiāo)：目不转睛，仔细看着。

我来谒君秋已深，　霜风㨃㨃晓云阴。
《赋》就投波长沙憾，　《曲》成独泣海上心。
乌呼噫嘻！
近传蓐收杖钺起，　为与王母说治理。
白天自胞金玉音，　坚白应有长鸣子。
昨宵寐思若尔尔，　美人戴胜纳珠履。
荒忽诒我双瑶琚，　寤时桂阴照湖水。

东　湖

新繁县署左湖曰东湖，唐李德裕[①]镇蜀时所凿。游客杂来为溷，守土垣而管之。

秋宵听雨意清孤，　晓云霮䨴[②]犹不舒。
西风厉济众窍虚，　翛然[③]整驾适东湖。
沿途余滴含润渥，　微闻㩧[④]戛时簌簌[⑤]。
江华自有深秋心，　江草尚作春寒绿。
庐田瓜场炊烟袅，　露积黄云新稻槁。
曲湍旋濠沙景圆，　微阳昫[⑥]树蝉声小。
谁何下里掌管键？　槛猿笼鹤或含冤。
由来西作曲潢水，　岂图南徙鞔[⑦]工垣。

①李德裕(787—850)：唐大臣，字文饶，赵郡人。

②霮䨴(dàn)：云密聚。

③翛(xiāo)然：无拘无束，自由自在。

④㩧(pō)：射中物声。

⑤簌簌(sù)：象声词。

⑥昫(xū)：温暖。

⑦鞔(mán)：鞋。

藏舟藏山已狡狯[①]，　　夜半负来仍无害。
同饮一勺转相捽[②]，　　庄蹻[③]胜人矜冠带。
尝闻朝市与山林，　　两隐维冯自酌斟。
如何耗竭土木精？　　荡荡高筑城中城。
可怜廷议和西丑，　　租界通商纷割剖。
边徼[④]相望尽槁街，　　官家何处有梅柳？
唯余蜀道接青天，　　肯容守令避腥膻。
故知高重蠢人土，　　不同卑垫寝邱田。
芰荷叶烂菱角坼[⑤]，　　蕙菊华残桂子硕。
岸仄新发夹竹桃，　　庭前旧植谷蜚柏。
年年碧波满湖中，　　井鳖辙鱼且融融。
蟋蟀好乐宁思外，　　蛤蟆善怒亦鸣公。
醉掇醨糟[⑥]奠开府，　　无地回旋垂手舞。
薄莫长歌且归休，　　不问明月谁家主！

哭杨锐

女娲阴教补阳天，　　白狐闾夏姒陈编。
《商颂》尚谭有娀[⑦]国，　　周人祖庙配姜嫄。

①狡狯(jiǎokuài)：游戏。
②捽(zuó)：抵触。
③蹻(qiāo)：脚后跟抬起。
④边徼(jiào)：边塞。
⑤坼(chè)：分裂。
⑥醨糟(lǐzāo)：薄酒。
⑦娀(sōng)国：古国名。《诗 · 商颂 · 玄鸟》："有娀方将，帝立子生商。"

聿闻赵媪称老妇，　秦汉相沿决中冓[①]。
二千余年十八家，　四代垂帘十八后。
皇亲七叶旧德纯，　惊逢辛螫报毖惩。
讴颂言归侧室子，　两宫联幄助中兴。
岂识天心犹狎祸，　弓剑更随龙髯堕。
听说鄂杜客皇孙，　且祝冥蛉同蜾蠃[②]。
东宫梦远洞庭波，　独陪凤辇追湘娥。
右几从此负中扆，　丧服新裙拖素罗。
御使连章请归政，　皇帝华年能忍性。
村疃醵酒会月吉，　译馆使节谘献令。
二十年来居摄图，　名器犹还六尺孤。
忽辟寝殿传中诰，　再见乾侯征褰襦。
当时诏狱启疑怪，　鞫对未成文有害。
仓卒太阿[③]发新硎，　当户芝兰齐萧艾。
六人[④]来伏一震威，　鼍鼓[⑤]初鸣碧血飞。
如君风节跨时辈，　不曾白首且同归。
乌呼！
有疑进取邻轻躁，　讲院通籍才检校。
遽管喉舌赞王纶，　几回军机承密诏。

①冓：宫室深密处。
②蜾蠃（guǒluǒ）：一种寄生蜂。
③太阿：亦作“泰阿”，古宝剑名。
④六人：指“戊戌六君子”谭嗣同、林旭、杨锐、刘光第、杨深秀、康广仁诸人。
⑤鼍（tuó）鼓：用鼍皮制的鼓。

九十三日登台司，　　荀爽被征申屠笑[1]。
有疑矜重侮豪门，　　高冠长佩九霞文。
立轩径蹑王世子，　　手板长揖大将军。
终知黄阁属吾辈，　　岂容奴子侍班君？
有疑伉直陵奄寺，　　骢马行辟诸常侍。
金貂虽然豫参乘，　　苴绖[2]犹思拜名士。
平酌恩威养小人，　　袁丝未抵陈寔[3]智。
有疑会议间慈宫，　　骨肉情深理自隆。
傅后逆伦叱王妪，　　石德构变证江充。
约束外家成经谊，　　唯闻第五故司空。
有疑新法隳政体，　　旧党[4]挟嫌肆排抵。
晁错[5]更令《三十章》，　半是激仇招衅语。
狂言书辩朱雀门，　　但道恬糠当恬米。

---

①荀爽(128—190)：荀卿之十二世孙，东汉经学家。历任郎中、光禄勋、司空。曾参与谋除董卓事，会病卒，年63岁。申屠：申屠蟠字子龙，东汉外黄人，家贫为漆工。郭泰、蔡邕等荐之不应，后太尉黄琼、大将军何进荐亦不应。中平六年(189)董卓召荀爽及蟠等，唯蟠不到。众劝蟠，蟠笑不应。后爽等为卓所迫，西去长安。蟠处乱末，终全高志。

②苴绖(jūdié)：苴，通“租”；绖，麻带。古时丧服上的麻带。

③袁丝(？—前148)：姓或作爰，名盎，西汉楚人，后徙安陵。文帝时为郎中，后任齐吴相，与晁错交恶。陈寔(104—187)：字仲弓，东汉颍川许人。少为县吏，受业太学，后除太丘长，有治绩。党锢事起，寔自请囚禁。遇赦出，居乡，累征不就。卒后，三万人吊之。错使吏案丝罪，废为庶人。吴楚反，丝献计“清君侧”以诛错。后病免家居，因谏止梁王为嗣，为王刺客杀。

④旧党：指以慈禧太后为首的顽固派。

⑤晁(cháo)错(前200—前154)：西汉政论家，颍川人。汉文帝时以文学为太常掌故，奉令受《今文尚书》于伏生。吴楚七国之乱，被斩于市。《汉书·艺文志》法家有《晁错》31篇。

有疑猾贼乱萧墙①，　上书宿卫惎②燕王。
渐觉《鸿范》罚阴雨，　早涸马徒吹乐章。
为藉阙于解国难，　不惜鲁葵羁宋轊。
纷持疑状无敢决，　总由刑牍慎宣泄。
《春秋》三讳尊亲贤，　经例宛为录囚设。
乳母赵娆奏簿时，　伯荣婢女有单辞。
师丹策免罗侯系，　宫禁事秘世莫知。
乌呼！
忆昔同著尊经阁，　香溢庭栏好芍药。
冠玉亭亭立晓风，　绿鬓如云春衫薄。
爱称经术稽古初，　七观在目气肃如。
解得济南老子意，　二十八篇城旦书。
射策鸿文褒训诂，　部郎新诗入乐府。
渤海杨乔寓都门，　翩翩风神动公主。
钩党何称考罪人，　廷尉何物按近臣？
方出宣室遽钟室，　犹报咎陶是狱神。
可怜朝衣赴急旨，　大学诸生半弟子。
伏阙空拟封三钱，　《广陵》一阕琴声死。
死去倘侍龙舒侯，　趣他和药禁久留。
夏门亭吏皆赤帜，　匆匆槁尸仅能收。
水涌七月知君罢，　墓碑生金白龙化。
但惜京尹失君兰，　谁何下笔妙天下？
我曾醉喝帝阍开，　与君待诏黄金台。
素米如珠薪如桂，　怯奏《钧天》招鬼来。

---

①猾贼乱萧墙：指袁世凯向慈禧告密。
②惎(jì)：憎恨，怨毒。

自从阔别罢朝谒，　　有命谪我汶山窟。
古情郁律引遥心，　　胡床一卷延秋月。
还由役车会锦官，　　清夜相劳诉往欢。
历历别愁尽不得，　　洗墨池边晓露寒。
同是孤臣悲世故，　　尊酒又分南北路。
因感莼鲈思旧乡，　　挂冠我逐归鸿去。
十年学宦枉移情，　　林壑依人爽气生。
严光[①]钓鱼不卖菜，　　更无笺简到公卿。
蜚来凶讣凄啼鸟，　　芦华满地梧桐老。
遥想归魂向绵竹，　　严霜正苦天津道。
乌呼！
丈夫许国殉德音，　　三日不汗病沉深。
纵云上比失义杀，　　犹答高皇养士心。
匆匆帷荒废泼蜃，　　深愧巨卿将素引。
寝门东望清涕零，　　空设环绖加单衫。
乌呼！
壬午乡宾四同袍[②]，　　远韵鸿名震九皋。
陈刘已执灵均节，　　哭君又溷子胥涛。
孤留老夫田南陌，　　种豆不治更种麦。
卧对青山如故人，　　久寄相思精灵泽。
闲寻石涧憩乔松，　　美人芳草怨重重。

---

①严光：名尊，字子陵，东汉初会稽余姚人。曾与刘秀同学，刘秀即位后，他改名庄陵隐居。刘秀遣使辟之，严光口授函，仅数语。使者求更足，光曰：“买菜乎？求益也？”“不卖菜”即免人求益要官。

②壬午乡宾四同袍：壬午年(1882)，杨锐、吴之英、陈崇哲、刘子雄等四人被四川省选为优贡。入京朝考，杨、吴分别考取一、二等。

辜负圣明无限事，　欲藉头颅见祖宗。

颐和园歌[①]

在昔魏阙望云物，　虞衡率职驯万族。
渐肆观游穷土木，　天苑垂形星十六。
秦宫汉殿几劫灰，　经营往往说灵台[②]。
总由劳佚殊创继，　许将奢俭卜兴衰。
皇清名园论第一，　圆明高拄西山日。
三朝天子际承平，　水衡九令凑琼室。
前湖后湖菱芰香，　御题园号水中央。
二百七十供幸处，　不数官吏诸厅堂。
嘉道相沿备游燕，　通商约改时局变。
文皇嗣位再寒盟，　天津城南鏖海战[③]。
军火无情到薜萝，　空留老监守铜驼[④]。
滦阳不醒钧天梦，　听他新苑构颐和。

---

①颐和园：我国四大名园之一。在北京西郊，原为帝王行宫花园。光绪十四年(1888)，慈嬉太后移用海军经费重建，改名颐和园。面积约二点九平方公里，水面占总面积的四分之三。

②灵台：台名，见《诗·大雅·灵台》。传为周文王所建，故址在今陕西省西安市西北。

③鏖海战：指甲午战争(1894—1895)。1894年，日本出兵侵占朝鲜，并于7月下旬突然袭击中国海陆军。8月1日，双方正式宣战，10月进攻中国东北，占九连城、安东。11月攻陷大连、旅顺等地。次年2月，日军占领威海卫军港，中国北洋舰队覆灭。清政府被迫与日本签订《马关条约》。

④铜驼：铜铸的骆驼，古代置于宫门外。《太平寰宇记》三洛阳县条下引晋陆机《洛阳记》："(东)汉铸铜驼二枚，在宫之南四会道，夹路相对。"《晋书》卷六〇《索靖传》："靖有先识远量，知天下将乱，指洛阳宫门铜驼叹曰：'会见汝在荆棘中耳。'"

辽人初芟北漠草，　太液池连琼华岛。
一月装台入照明，　金宗坐宴寒霜晓。
元京既奠扩西园，　旧岛更名万寿山。
叠石种树饶新趣，　深汲碧浪喷龙涎。
大明迁都隘元制，　联翩楼阁加壮丽。
年年三月涌玉亭，　六宫飞鸾照珠翠。
一畦芍药藉绿云，　轻香润到石榴裙。
宣宗亲陪太后辇，　慈谕谆谆嘱俭勤。
清时北闸积潭在，　再瀹三闸汇西海。
元敕近浦雩[1]龙星，　幻出五龙错精彩。
外人称西大概同，　禁内实分南北中。
积翠堆云华表峙，　金鳌右柱玉蝀[2]东。
就中仁智开正殿，　介福延和列两畔。
梁虹井藻楹蟠螭，　细粉金碧帖黄绢。
盘磴青石乳花团，　悬岩复洞费雕钻。
上到清凉幽绝地，　豁厂仙宫界广寒。
奇峰圆起三山接，　山顶多是真灵宅。
溥溥新露酤[3]金风，　珍珠如线溜荷叶。
自从梁武策郝骞，　如来象教首旃檀[4]。
三十二妙西来意，　为建宏仁利大千。
菩萨擎瓶趺一脚，　罗汉搢[5]拂袒双膊。

①雩(yú)：古代求雨的祭祀。

②蝀(dōng)：指虹。

③溥溥(tuān)：形容露水多；酤(gū)：清酒。

④旃(zhān)檀：即香檀。

⑤搢(jìn)：插。

砖造多传刘秉元，　内典概付藏经阁。
药圃参差间竹林，　沁芳室护紫藤深。
闻道赛神传嫭[①]女，　知有名花缬鬓簪。
晓听黄鹂鸣松桧，　晚瞩闲鸥啄浅濑[②]。
芸馆漪漪藻轩清，　香国南环皆色界。
缓步葛庄茗饮新，　小坐蕉房酪味醇。
每值专席休暇会，　留音机动响来真。
太官进食列时尚，　百二酱羞经暴酿。
东闸偏邻御膳房，　内务并归果园厂。
浴罢汤池试踏绳，　扑蝶婢女续分朋。
宫乐引出仪銮局，　东浦藏舟更有亭。
玉瑁按歌叶妙品，　水嬉百回饶过锦。
未必皇情稔民俗，　丝竹孅嬛[③]八风审。
钓鱼台下问庄陵[④]，　校射门前访甘蝇[⑤]。
五日中官颁艾虎，　七夕法事放河灯。
绿重香寒避暑路，　旧是君王读书处。
翰林分局管誊录，　副本校齐仿《四库》。
牧人南候寓直庐，　丰年占梦旟为鱼。
谷坛远配先蚕室，　耕织共写《豳风图》。
先朝兴筑原有意，　《无逸》作所后王例。
岂谓横坂薙桑麻，　历改阡陌营宫寺。

①嫭(hù)：美好。
②濑(lài)：从沙石上流过的急水。
③孅嬛(xiānxuān)：巧慧轻丽貌。
④庄陵：庄陵即严光。此借指隐士。
⑤甘蝇：远古时人，善射，飞卫之师，教飞卫学射，唯啮矢法不教。

东角门内望层层，　低榭高楼宝气腾。
除却长桥围玉带，　六十七所后来增。
修复圆明谋本素，　东媪无言西媪怒。
恭王几溅御阶血，　换得黄金成瓦柱。
颐乐缩遘德和衡，　因集两字署园名。
大孝但知天下养，　敢缘丰啬校重轻。
祖制劳人故宫恶，　朝回便启西门钥。
春风秋月赋闲情，　宫娃自报花开落。
穆宗升遐继德宗，　两世承欢乐事同。
帘前侍惯儿皇帝，　自然将作尽从容。
四十余年供疏懒，　止嫌老妇精神短。
神拳弟子[①]代国忧，　夕烽警辩皇华馆。
敌军驻垒四城间，　丁甲亡命竟归班。
私携威斗乘凉夜，　六飞仓卒抵秦关。
从官遥指阿房道，　灞陵秋高露盈草。
行宫萧条菊半凋，　冬雪又逼红梅老。
几回北望苦思归，　厌听行人述德威[②]。
屡说沿郊生麦饭，　犹褰渡河旧翟翚。
媾和条件冯经纬，　坚请官家诺凤尾。
春莺宛宛送回銮，　杨柳青垂芝盖靴。
更燅[③]兰麝涤战场，　昃应挥泪对林塘。
窟室金银四百库，　复壁珠玉三千箱。
既縻岁币司农苦，　重谕摧残当葺补。

---

①神拳弟子：指义和团。
②德威：指德国军队在京中的暴行。
③燅（xún）：把冷了的食物重新烧热。

早约金钱寄头须，　　却叱弓玉随阳虎。
中旨数诰病弥留，　　先皇恭默卧三洲。
潜出桐宫无走处，　　可怜糯米湿貂裘。
独往独来航大理，　　澄湖涓涓流祸水。
直惊苍狗据肩掖，　　犹斥少帝非吾子。
老佛日日住玄都，　　渐台久已待黄姑。
我皇空请不死药，　　错讱鳌山作鼎湖。
乌呼！
尚闻晏安积鸩毒，　　曾看沧海变陵谷。
况挟擅权招贿心，　　姑苏那得禁麋鹿？
乌呼！
朝来爽气又林皋，　　彼人良是士也骄。
纵然鹈鹕东飞去，　　不将露处待新朝。

寄廖平[1]

同进士季平廖平，井研人也。茂质灏[2]气，浑庉[3]孤灵，余与同学十余年。始治《春秋公羊》[4]说，后兼明《三礼》[5]。锐思深入，辄撤藩篱，袭宦奥，据所有，作主人，

①廖平(1852—1932)：原名登廷，字季平，晚号六译老人，四川井研人。与吴之英同学于尊经书院。按：廖为光绪十六年(1890)恩科，二甲(第70名)，当为赐出身。同进士为三甲之称(见《清史稿》108卷《选举三·文科》)。

②灏(hào)：义同浩，广大。

③庉(tùn)：同"炖"。《方言》："炖，赫也。"郭璞《注》曰："火盛炽之貌。"

④公羊：战国时齐人公羊高著《春秋公羊传》，专门阐释《春秋》。它是今文经学的重要经籍，历代今文经学家时常用它作为议论政治的工具。

⑤三礼：《周礼》、《仪礼》、《礼记》。

吡喈[①]指麾，肆意焉，规切弗止也。渐有成书，恒自宝不轻出。初刊《例言》，为江南北山东西学者传诵。或径述其法以撰说，是亦偏师横行者矣。英老矣，一卷空山，自鸣古趣。签签畸论，辜此年华。郁久生情，怀吾故友。憾人事违异，离索邈深，不得揎[②]肘张眉，长于红灯白酒间，辩覆短长，咨喜怒哀乐之意。长歌自遣，借寄相思，知君罪君，故无忌耳。

古人已往形骸落，曲曲心情无可托。
强留数简在人间，不写精醇写糟粕。
《六经》由来出太始[③]，帝王相袭但如此。
正因宗派过支离，常惧波澜淈淈[④]尔。
兀兴尼父[⑤]怛[⑥]苦辛，图书满目自游神。
直抉心情对古初，始见糟粕化精醇。
洓洓[⑦]波澜虽壮快，辩塞支离恢故界。
七十七子守师传，从此经说无杂派。
嬴家皇帝[⑧]不读书，纠会孔经与焚如[⑨]。

---

①喈(jiè)：赞叹。
②揎(xuān)：捋(luō)起衣袖，露出胳膊。
③六经：《诗》、《书》、《礼》、《乐》、《易》、《春秋》。太始：汉武帝年号(前 96—前 93)。
④淈淈(gǔ)：水涌出。
⑤尼父(fǔ)：对孔子(前 551—前 479)的尊称。古代常在男子字的后面加“父”以示尊敬，叫“且字”，孔子字仲尼，故加且字为尼父。
⑥怛(dá)：悲苦。
⑦洓洓(sù)：迅疾貌。
⑧嬴家皇帝：指秦始皇嬴政(前 259—前 210)，前 246—前 210 在位。前 221 年统一全国，建立了一个统一的中央集权的封建国家。
⑨纠会孔经与焚如：指秦始皇焚书坑儒。

当时博士诩灵谶[①]，　撰得谀辞作《纬书》[②]。
汉刘受命七十载，　屋壁岩穴发精彩。
可惜古乐遂雕残，　《六经》饶有《五经》在。
重说大谊尚铿铿，　前辈传经有盛名。
旧闻史迁班五艺，　鲁刘燕赵九先生。
刘歆[③]不学喜生事，　校编《七略》[④]成私例。
次略六艺补乐篇，　苦无专师扬古义。
岂知班固[⑤]亦云云，　径删《六略》志《艺文》。
已识《辑略》非要点，　余《略》犹然依次分。
首列《六艺》叙为九，　因收三艺陪其后。
三艺果非五艺法，　叙九题六已否否。
何况《论语》著纲常，　宜归《尚书》[⑥]应帝王。
《孝经》[⑦]元附《礼》家说，　小学[⑧]入《诗》是辞章。
诸子[⑨]分门流品贱，　赋为四等《诗》不变。
兵法四种数术六，　四分方技为之殿。
标目如许太纠樊，　支节难鸣断割冤。

①谶(chèn)：预言吉凶的文字。
②纬书：相对经书而言，汉代附会儒家经义的书。有《诗》、《书》、《礼》、《易》、《春秋》和《孝经》七经的纬书，总称《七纬》。东汉称纬书为“内学”。
③刘歆(？—23)：字子骏，后改名秀，字颖叔，刘向之子。西汉末古文经学派的开创者。目录学家，天文学家。撰《七略》。
④七略：包括辑略(总论)、六艺略、诸子略、诗赋略、兵书略、术数略、方技略。
⑤班固(32—92)：东汉史学家、文学家。字孟坚。继其父班彪(3—54)修《汉书》，未成，由固妹昭(？—130)续成八表，终成全帙。
⑥尚书：亦称《书》、《书经》。儒家经典之一。“尚”即上，上代以来之书，故名，西汉初存二十八篇。
⑦孝经：儒家经典之一。论述封建孝道，宣传宗法思想，汉代列为七经之一。
⑧小学：汉代指文字之学，后来成为文字、训古、音韵学的总称。
⑨诸子：指先秦至汉初的各派作者或其著作。

若解综关三艺意，　尽属《五经》言外言。
志成万篇数故牍，　出者除之入者复。
种类爰离三十八，　名家五百九十六。
种类名家都异科，　三家相校竟如何？
枝叶繁密根株简，　史迁自少刘班多。
专经诸老旧相挤，　弟子尊师还互诋。
更有同经持异说，　特为经文分三体。
今文先出龟与蛙，　古文后出龙与蛇。
更有籀文[1]中古书，　藏入秘府拱琼华。
秘府藏书不可获，　籀文知是古文格。
乡塾禅传今古文，　两家龃龉争点画。
今文立学诸经同，　时有四种解难工。
不防钩稽说漏者，　乃在古文篇第中。
《书》多十六殊莽莽，　三十九篇《礼》尤广。
《论语》故说增一篇，　《孝经》四章亦加长。
今文舍此更无嫌，　四种已闻尽鲁淹。
后来为乱他经法，　都学奇字写新缣[2]。
古有不传心独写，　今所共读可宝也。
今文虽让古文博，　古文不及今文雅。
倘能合勘俱可怜，　纵然剖别已蹄筌。
所以后师观大略，　至今密密二千年。
笃生吾兄独捷足，　忽舞文法理旧狱。

①籀(zhòu)文：也叫“籀书”、“大篆”。因著录于《史籀篇》而得名。字体多重叠。春秋战国间通行于秦国。今存《石鼓文》，即这种字体的代表。
②缣(jiān)：双丝的细绢。

初入何室窃宝书，　旋倚戴门[1]续狗曲。
谩言今古学派歧，　此派攸分据《礼》仪。
今学今礼既可考，　古学古礼将不疑。
自叱凿空得奇趣，　动有妖祥为诡遇。
说令相遇苦相难，　定按新律裁章句。
裁去若仍与律乖，　黜为杂种更安排。
最怪人情喜沿习，　坐见新说渡江淮。
吁嘘！
五艺明明五为断，　岂容史迁独通贯？
刘班造逆未整齐，　吾兄代斫得两段。
礼制何必说古今，　历代损益圣贤心。
试读郑玄[2]《三礼注》，　两文更据如瑟琴。
但道《春秋》张变例，　变出礼文成今制。
未觉今制无礼文，　咫复古法匡三世。
当年纂述赞新猷，　《六经》大旨共源流。
不然早是今古杂，　学夏学殷更从周。
吁嘘！
先师故训半沦灭，　几多疑窦待人说。
嚼得灵根清漉漉，　不成方汁自成血。
漫云奇险阎别宗，　钻来孔穴尚重重。
且饶巧借锥槌力，　破出奇险又中庸。
与君比舍素相戚，　爱君精神壮无敌。

---

①戴门：戴德，西汉今文礼学"大戴学"的开创者，字延君。与兄子戴圣（"小戴学"的开创者）同学《礼》于后苍，世称"大戴"、"小戴"。

②郑玄（127—200）：字康成。北海高密（今属山东）人。东汉经学家。世称"后郑"，以别于郑兴、郑众父子。遍注群经，为汉代经学的集大成者。

匪唯吃口郁横恣， 确有匠心助坚僻。
我今成书亦荟荟， 不袭陈言游方外。
近日幸免舛悖名， 惭愧经筵称邱盖。
每思君法我欲去， 又憾我法君不与。
拟革君法用我法， 古人心情在何许？

送楼蔷庵东归[①]

秦皇当日弃文德， 诸生避祸辩南北。
伏家[②]博士解藏书， 衡门环堵离不得。
溷迹渔樵数十年， 春华秋月佐醉眠。
后生争说新朝市， 老子唯见旧山川。
铤鹿狡兔偏闲憩， 咫望真人出天际。
处处草泽有侠儿， 相逢尽道东西帝。
苏秦[③]破股披新裘， 张禄[④]灰死舌仍留。
宾客纷盈四君座， 也教楼缓旅诸侯。
跨郡兼州习割据， 鲁连突出围城去。
纵辔来寻青衣江， 笑指蒙山朝爽气。
蒙山深处隐茅庵， 竹林石涧抱佛龛。

---

①楼蔷庵：即楼黎然，浙江诸暨人。光绪五年(1879)举人，分发四川候补知县，曾入四川总督锡良幕中，后参与革命，吴之英聘入国学院任教。

②伏家：伏生，即伏胜。西汉《今文尚书》的最早传授者。济南人，曾任秦博士。汉初，以《尚书》教于齐鲁间。

③苏秦：战国时东周洛阳人，字季子。奉燕昭王命入齐，从事反间活动，使齐疲于对外战争，以便攻齐复仇。齐湣王末年任齐相。

④张禄：即战国时秦相范睢(？一前 225)，魏国人，因事被诬，被魏相魏齐笞辱，后化名张禄入秦。他游说秦昭王，驱逐专权的秦相魏冉。秦昭王四十一年(公元前 266)任丞相，封于应。

境既无心居者静，　　自然见道阿那含。
我是岩室老𣪁父[①]，　　麋鹿比邻鸥鹭伍。
亶引陈蕃[②]下榻宾，　　不作张俭[③]亡命主。
德操衰病庞公贫，　　手拨薜萝[④]延故人。
各有艰难不可说，　　直叙闲语便酸辛。
一瓯露芽摘新翠，　　阇黎[⑤]春粝[⑥]有真味。
萝中忽得《广武吟》，　　清韵漉漉穷途泪。
幽壑答响岭云重，　　坐守玄珠养寓公。
承先家法本忠孝，　　心血杂迸到茶丛。
乍感西风怀乡里，　　三天子都出浙水。
庐山古松栖金鹅，　　雁荡石梁滴青髓。
苏李结发悲路岐，　　皓首况堪经乱离。
自别君卿无快论，　　相思寄与淮南枝。

邛海谣[⑦]

蜀西南曰越嶲[⑧]郡，汉武旧封，隶县十五，而邛都为

①𣪁父：人名。《荀子·解蔽》："空石之中有人焉，其名曰𣪁。"
②陈蕃(？—168)：字仲举，汝南平舆(今属河南)人。桓帝时任太尉，与李膺等反对宦官专权，为太学生所敬重。灵帝立，为太傅，与外戚窦武谋诛宦官，事败，入狱被害。
③张俭(115—198)：东汉山阳高平(今山东邹县西南)人，字元节。建宁二年(169)，党锢之祸再起。他逃亡所经之处，重其名行，皆愿为隐匿，虽破家灭族亦所不顾。
④薜萝：薜荔及女萝。
⑤阇黎(shéli)：泛指僧人。
⑥粝(lì)：粗米。
⑦邛海：古称邛池、邛河，土名"陷池"，在四川省西昌市东南。面积约三十平方公里，湖面海拔1180.5米，最深达34米。
⑧越嶲：县名，在四川省凉山彝族自治州北部。

首。《班志》[1]称县有邛池，道家书谓孝文时张孝子沈仇家处。每当晓霁风和，雾收云敛，注视城郭历历。甲申(1884)秋西游，讯居人，传有好奇者，深没不复。后归乡述海事，甚怪，感而作《邛海谣》，亦名从主人谊耳。

卢山溪流清弥弥，　南来潴[2]作一池水。
左边如玦右边环，　澄碧郁然三百里。
阴膏久蓄妊阳精，　丛孳怪物无种名。
蒸气炼云有分合，　朝昏相感潮汐生。
江边父老传旧说，　此名邛海最灵谲。
尾闾潜通九渊脉，　中央深闾神龙穴。
曾有乡人最善泅，　壮心贪作水府游。
初从海口腾身入，　约逼宛类金城沟。
潜行纡曲接深濑，　海天忽辟色苍蔼。
窅[3]而挢而矿矿而，　弥望纵横一都会。
圜筑杂石伟巑巑，　重门初钥晓光寒。
乍见迎门叱咤者，　丰然人貌具衣冠。
爰谒门吏乞陈奏，　为言陆国贱臣某。
敬造大邦聆风谣，　昧死上闻拜稽首。
翩然传报笑相呼，　为君请命幸无辜。
已敕驿官颁诏书，　更予龙节作信符。
舌人拥节致声请，　率尔入来讶严整。
街衢巧丽匀欲滑，　隶卒处处备巡警。
导从东部号始胎，　云是侯爵主曲隈。

①班志：指班固所著《汉书》中的《地理志》。
②潴(zhū)：积聚。
③窅(yǎo)：形容深远。

部人好仁尚姻睦，　相濡相响逐去来。
极东彧彧沤碧榭，　钱荇如荠亦如苔。
再入南部号殷夥，　云是伯爵主沙堕。
部人好礼尚舒迟，　般辟蜿蟺戒倚跛。
极南炜炜沸丹台，　莽煌高节红魁砢。
续观西部号遁踆，　云是子爵主岩囷。
部人好义尚勇力，　披坚拥锐剡嶙峋。
极西皑皑涚[①]粉阁，　芸蓬素叶自怀新。
终至北部号卷塞，　云是男爵主暗減。
部人好智尚沉深，　藏机揜窍不能测。
极北黝黝涸黛楼，　黑蕨交茎乱相织。
既历外部达周围，　因惊美富叹雄威。
不意行人持玉节，　复许寓目入邦畿。
外遂五十闻里数，　汤沐采邑错回互。
戚里联居在近郊，　近郊差于遂之步。
绿榜横书西霤国[②]，　王城故是昆金铸。
内有三公政事堂，　三孤遥邻佐机务。
其次九卿诸大夫，　再次乃为元士署。
赤瓜离离三櫰木，　老皮皵裂浓阴护。
九棘柔润吐黄葩，　养就兰实承新露。
遍阅列曹意更充，　京师气势倍崇隆。
又听奄臣传口诏，　即可偕行入禁中。
禁垣坚栗题虎脊，　黄玉琢成形浊泽。
垣中厚衬青琉璃，　一阙中开火齐赤。

① 涚(shuì)：用灰滤过的。
② 霤(liù)国：即霤里国，古国名。

短栏绕殿分三成，　旁有三阶阶三尺。
乡南正出潜德殿，　殿基砌贝尽䵯[①]硕。
玛瑙雕梁柱车渠，　玲珑裁门窗琥珀。
别有大果铲平均，　排合断板密无隙。
瓦熔玳瑁黗黗[②]澈，　时与琨质相激射。
殿间辩舒元落席，　上有完幅冰锦帟[③]。
前列九层博山炉，　炉爇沉光香自溢。
近侧双悬镫五枝，　阴火常然海肺液。
兀起悬藜藉中方，　文扇对开云母石。
曼丝坚萦石脉拂，　唾壶整凿青珉魄。
褥子帖处柔豪新，　琼花空几犹奭奭。
殿外藻精掌乐工，　鼍鼓初鸣丝竹赜[④]。
大合已成众乐寂，　浮磬一声海云碧。
殿角四隅隅一宫，　虽然降等仍赩[⑤]赫。
鱼妇鲛妾螺女儿，　各守深宫待黄册。
直前大殿凡九重，　三十六宫同一格。
最后宏启聚灵园，　细累珠巩为浅栅。
篧篧玫回十万株，　珊瑚满地媚明婳。
珠树杂植玗琪林，　扶疏相摩响磔磔。
尔犀来思憖盘礴，　角濈[⑥]耳湿驯无螫。
巢柯鳛鹊故灵禽，　戞然和鸣敛肉翮。

①䵯(tūn)：黄色。
②黗(tuān)：黄色。
③帟(yì)：张盖在上方的平帐。
④赜(zé)：幽深玄妙。
⑤赩(xè)：赤色。
⑥濈(jī)：水外流。

就疏十亩沬华池，　鳌胶漫垩称圆璧。
深滀[①]石胆活活膏，　是供蒲芦仆累龇。
游览已毕隐旁皇，　如此恩意出非望。
敦嘱寺臣呜感愧，　粤蕲放遣还旧乡。
旋有中官速召见，　并说君王甚垂眷。
频奉宠灵未敢诘，　只随来使入偏殿。
虾须帘卷冕旒[②]垂，　趋上西阶伏瑶墀。
谕旨微闻协冥数，　上客留此须经时。
俄顷退朝中班散，　谨遵明约就宾馆。
每值吉月豫参谒，　从兹《海录》娴记纂。
老王由来嗣应龙，　降居白水受崇封。
抚有西溟渐沦浃，　下邦待泽俱来宗。
灏灏浑浑滋宝窟，　沐日浴月神力发。
三千余年水运衰，　一朝仙去蜕皮骨。
小虬嗣王当冲龄，　勉帅彝训德犹馨。
忽遭雌龙惨幽絷[③]，　遽传阴令出宫庭。
雌龙自属先王配，　元是羽渊黄熊妹。
都缘淫妒绝产育，　宫人有子亦儿辈。
嗣立养子转怏然，　因逞狂谋综重权。
泼出残漦淖[④]腐浊，　高蹙逆浪自回旋。
有时昏睡及日晡，　夜夜横蜚作霪雨。
却来蜷伏市私恤，　分锡香涎饱近竖。

①滀(chù)：水停聚貌。
②冕旒(liú)：礼帽前后玉带。
③絷(zhí)：拘禁。
④漦(lì)：涎沫；淖(nào)：烂泥。

既说尺木畏渔且，　又贪炙燕解佩琚。
荒淫留滞葛陂君，　夫人屡寄谩辞书。
龟使谏言被远谪，　鲋臣鲠命予烧剔。
亲贵相目避颔鳞，　贱族呷呀渐离析。
邻海乘机耀水军，　驰檄责让问新君。
圜列旌旂已似棘，　续增壁垒尚如坟。
六师出戍都闲暇，　经茅待哭眢[①]井下。
再战无功三又北，　十万虫沙逐湿化。
当时正忌敌氛高，　横公崛起西方豪。
简练鱼丽诸子弟，　誓立宗社断新鳌。
上游初启将军幕，　揭竿愿从诸部落。
遣犒客军谢远辱，　万端缯帛谨如约。
回师靖难冤愤蒸，　蜿蜿趯趯倍威棱。
拟要母妃归大政，　再谒小王颂中兴。
倏惊先灵来考按，　仙仗排空若悲叹。
径麾老雌离故宫，　共驭霓车返天汉。
始破重扃白至尊，　宛然龙子又临轩。
情亲未忘昔日痛，　君臣忍泪都无言。
盛张公宴脍鲂鲤，　石髓香冽厚于醑。
余贳[②]鲛类报其劳，　分敕诸军还部所。
诸军受赐且欢歌，　战功未称君恩多。
但祝长年遂游泳，　春波如鉴绿沱沱。
封墓说囚罚党助，　海气沧凉若复曙。
明时乞得刀俎身，　重寻旧关出沮洳。

---

①眢(yuān)井：无水枯井。
②余贳(chí)：黄质有白点之贝。

归来白发老山林，时诵海谈说到今。
明知蜃市空即色，聊述昔人非想心。
我听此言微感动，精神有托化人众。
老子[①]不医逢氏迷，郑君未醒士师梦。
坚持常解固嫌乔，喜执妄见亦为妖。
人事浮沉泡景耳，请君听我《邛海谣》。

寄张祥龄[②]

诗家贵有秀心，特不当专求妩媚。同学张子馥颇解此义，常嗟叹之，谓时辈不及也。自甲申[③]执别二十年矣。丁酉夏[④]，山东土民与西教寻衅，哄然起争。教民不能抗，乡村袄庙尽爇，闯犯京师，外国使馆毁折过半。越三日，而有攻异端反经道之诏。西客大哗，兵舰集天津日众，步兵扰街衖，炮石声彻内殿。帝后微服奉母后西狩，支轮外无卫扈。州郡眵目[⑤]揭耳，并麦饭豆粥缺时供。两日达晋境，仪从渐及，始得裹粮而西。乘舆既驻西安，有终迁之志。执政大臣日以和议相牵率，久之得讲。外人要挟北还，诸大臣皆为请说，无敢有以留止卺上意者。时子馥以翰林任外职，供西幸之役，任轻望薄，不能宣力。戊戌秋，有自秦中录其诗归者，读之痛恻，欲招返初服，不可得也，述旧游慰之。

---

①老子：春秋时期思想家，道家学派的创始人。
②张祥龄(1853—1903)：字子馥。广汉人。与吴之英同学于尊经书院。
③甲申：光绪十年(1884)。
④丁酉：1897 年。
⑤眵(chī)目：眼睑分泌出来的黄色液体，或称眵目糊。

自古名才富文藻，　　雕刊名物斗新巧。
体格娴[①]曼感人情，　　每嫌气韵失苍老。
轻薄染就浮华落，　　福泽短弱精神小。
固疑大雅有遐心，　　但依敦厚存古道。
忆昔执业几同盟，　　翩翾[②]瑰质何聪明。
试沤秀色成丽语，　　委约闲情入韵清。
杨柳满堤唤春莺，　　梧桐月夜听秋声。
十年离索相思梦，　　幡覆荣枯半死生。
吾兄沉慧亦宛宛，　　别具风华饶偃蹇[③]。
娇低纤眉羞晕颊，　　深抱芳心迟岁晚。
一曲清角海山绿，　　笑搴灵栽归九畹[④]。
玉佩铿锵不赠人，　　凌波独步寒香远。
当时君著锦城西，　　小园曲引浣花溪。
绕树藤萝青上壁，　　晚菘早韭自成畦。
醇浆酴醾蟹螯熟[⑤]，　　蒲萄香暖碧波黎。
醉理瑶琴幡乐府，　　商量增省旧篇题。
而今重过七桥地，　　故径苔平多不记。
新晔缛草长池塘[⑥]，　　空有柔情无古意。
忽睹君诗思窈然，　　爽气泠泠生远寄。
尔来锻炼真力足，　　更洗铅华出深腻。
乌呼！

①娴(rǎn)：体态柔弱纤细。
②翾(xuān)：飞翔。
③偃蹇(yǎnjiǎn)：宛转自得。
④畹(wǎn)：古代称三十亩为一畹。
⑤醇(liáng)：清浆曰醇。酴(yàn)：醋也。
⑥晔(yì)：草木白华。缛草(rù)：繁密的草。

王道陵迟《诗》教绝，　宗庙禾黍不堪说。
美人要眇滞西方，　秋老蒹葭露如雪。
处处腥臊走龙蛇，　势将肌肉膏爪牙。
夙被奇服厌劾家，　曾知祟鬼厌人邪。
欲谒巫阳招魂魄，　归来为君话楚些。

寄杜翰藩

利害中人生好恶，　政体因时新代故。
出机入机势不穷，　古道荧然薄衰莫。
因知学道贵坚成，　精神孤迈见遥情。
辛苦自释赢绌算，　不从市井权重轻。
杜君削弱资娟腻，　丽采莹莹函深邃。
时激真气动眉妩，　肃爽逼人有侠意。
家著夔门旧精庐，　峡云深处拥藏书。
二千年内不可读，　废卷昂头思古初。
闲肆书法奭点画，　南阁祭酒传规格。
声袭阴阳魂与魄，　形谊相联如血脉。
实力中出森滕拿，　亦作龟黾亦龙蛇。
熟知篆隶本同法，　随他扁直自成家。
尤喜学诗抒特见，　六艺两科抉正变。
汉魏质重齐梁薄，　逆争理味由心战。
千回百转怅悠悠，　杂引芳心会古愁。
历落清辞长短韵，　写成孤怨寄温柔。

忽然投笔自矜束，　　幞巾箭褹更邪幅[①]。
布形候气待填实，　　虽示安仪故整肃。
发硎短剑铸寒霜，　　金锡不离色白苍。
琐石初断芙蓉出，　　振𣓨[②]扬华波满塘。
侧身曳踵却相拟，　　翔步直突伏又起。
横邪纱转阒无人，　　繁星飞入电光里。
舞罢纵镡[③]刺虚空，　　顿舒轻掔[④]接垂锋。
应是南林处女诀，　　箖箊[⑤]捷末走猿公。
从容即席仍襢袉，　　条陈经术犹炙锞[⑥]。
初月照檐酒兴新，　　耳后风吹鼻头火。
偶谭时务泪沾衣，　　西学今是旧学非。
欲行我意殹为敌，　　空令持此将安归？
乌呼噫唏！
巨子由来分孔墨[⑦]，　　用者宜言舍者默。
黄帝[⑧]自受空同业，　　神禹自师西王国。
怜君笃学感人心，　　告君常道无古今。
次第人伦作政典，　　《五经》胡可就销沉？

---

①幞(fú)：同“袱”；褹(yì)：同“褸”，衣袖。
②𣓨(pì)：劈破。《方言》卷二：“梁、益之间裁木为器曰𣓨。”
③镡(xún)：古代兵器，形似箭而小。
④掔(qiān)：牵引。
⑤箖箊(línyū)：竹名。
⑥锞(guō)：车上盛滑润油之器。
⑦墨：墨子(约前468—前376)，春秋战国之际思想家、政治家，墨家的创始人。
⑧黄帝：传说中中原各族的共同祖先。姬姓，号轩辕氏、有熊氏，少典之子。因打败炎帝而得到各部落的拥戴。传说他有很多发明创造，如养蚕、舟车、文字、音律、医学、算数等。

吴之英诗文集卷四

五　律

题龚熙台藏张船山《宴南台寺图》二首[①]

（一）

风雅乾嘉老，　　蜀才得几人？
天生名进士，　　醉过太平春。
真性随时活，　　豪情入韵新。
超然图画表，　　夷宕尚精神。

（二）

幻象安能久？　　刹那变灭多！
纵余诸佛在，　　其奈醉人何！
帝子新成魄，　　公孙旧拥戈。
先贤知有憾，　　老树太婆娑。

①龚熙台（1863—1937）：名煦春，井研人。与吴之英同事于四川国学院。好收藏古董。

天目山二首[①]

(一)

山势来不住，　卓斧向天横。
瀑流悬日色，　石罅灌松声。
跳壁藤偏健，　学钟鸟渐灵。
生机函化佛，　何处得无生？

(二)

游人三月暮，　梵唱百花颠。
岩上阿弥阁，　碑刻天宝年。
洞厂风抟湿，　林深月散寒。
空山孳古拙，　窭薮[②]独卣然。

倒泉寺二首[③]

(一)

山形如伏兕，　孤寺隐山腰。
山色无今古，　泉声不市朝。
云生岩谷漏，　风过薜萝号。

---

①天目山：俗称老峨眉山，一称老峨山，海拔一千一百米，在名山县城东南七十里马岭镇后，丹、名交界处。俗传佛入蜀，兴于老峨山，再传二峨山（峨眉山市之绥山，罗目镇境内），后上大峨山（今之峨眉山俗称大峨山），遂将最初之峨眉山称为老峨山。二山寺庙亦多同名，当非空穴来风。

②窭薮(jùshǔ)：局缩。

③倒泉寺：在车岭镇几安村。

明月分得近，　容我更筑茅。

(二)

暮霭薄山寺，　远磬若沉浮。
流泉思破月，　阴壑早藏舟。
发踵忘新息，　齐心得内游。
阴阳晦生显，　吾道亦何忧！

新筑西崖草舍四首

(一)

静坐愁人事，　出门忆故庐。
执业唯有拙，　阅世亶求疏。
险僻山都占，　清高水莫如。
役神甘臭腐，　轮扁尚知书。

(二)

茅密能支雨，　墙低颇漏云。
清音堂室满，　晨气桔椒分。
栗老猿偷摘，　菘迟鹊代芸。
竹竿饶万个，　许我擅封君。

(三)

凿石成偏井，　因棘作短篱。
藤来牵牖竹，　瀑去落檐泥。
摊药乘日正，　磨砖补留欹。
仰窥天际鸟，　心与万峰齐。

（四）

半亩开瓟圃，　　栽桑欲废麻。
野花容照水，　　新蜜试充茶。
菌树衣蓑笠，　　苔壁写龙蛇。
迳采安期枣，　　来校故侯瓜。

续成山居四首

（一）

芳兰正当门，　　溪女祭蚕神。
社回望上巳，　　娟娟芍药新。
旧俗忘善恶，　　深交略主宾。
年年寒食节，　　麦饭记宿坟。

（二）

千章绕石城，　　秾绿抗炎晴。
肥蕈阴杕杜①，　　稚笋贯芜菁。
虎精披葛出，　　木魅爇燐行。
惊沙投绝涧，　　地底旱雷声。

（三）

老桂静萧萧，　　楚魂不可招。
凉风缘落木，　　归雁逐云高。
望夜霜含菊，　　金波月满濠。

①杕（dì）杜：《诗·唐风》篇名。杕，树木孤立貌。

始知西山气，　分作广陵潮。

（四）

煨芋助朝粮，　炉火朮芝香。
罢春读《灵素》，　樵牧问羲黄。
烧雪寻虫草，　削冰入玉浆。
阳膏资五髓，　万毕不留芳。

七　绝

改《礼器图》一篇，适后圃见蜘蛛作网，口占一绝

经纬纵横意态殊，　谁知生理寄樵苏！
精神满腹竟何用？　劳汝空山自作《图》。

楼蔷庵寄辟暑所作，读毕，赋所怀却寄六首

有　约

说甚江鸥与海青，　忘机一例有三乘。
同君净发菩提愿，　代作城门引路僧。

大　慈

乾坤摩荡费神工，　十一空轮蹑世雄。
忉利天头魔胜负，　都在如来觉照中。

观道

帝王巩巩旧旋新，　　何处江山认主人？
自发杀机还自灭，　　况冯劫果种来因。

禅那

熊魂烈景茁荷光，　　坐蒻新衣竹簟凉。
碧树留云孚晓露，　　清空一气懒焚香。

煮茶

嫩绿蒙茶发散枝，　　竟同当日始栽时。
自来有用根无用，　　家里神仙是祖师。

大舍

厝火中兴伏远忧，　　陆沈无计救神州。
还求《论语》谋身诀，　　辟世原称第一流①。

戊申清明，南郭齐居未归，因饯李校翁代柬②

蒙茶初摘记寒食，　　南浦波光绿到今。
一路鹃声归去也，　　年年春树故人心。

①“辟世”句：《论语 · 宪问》：“子曰：贤者辟世，其次辟地，其次辟色，其次辟言。”

②戊申：1908 年。

因饯李校翁柬唐桐翁

春寒历略野花新，　　麦饭谁家拜古坟？
肯邀元直来相访，　　拟代庞公作主人。

戊午新春朔三日有所思①

（一）

赢得欲魔输爱魔，　　故知色界堕人多。
芥树拘尼花乱发，　　满园憾果悔如何？

（二）

道心太浅爱心深，　　又从前因结后因。
亶愿来生知宿命，　　渐培德本出稠林。

春游三首

（一）

阳春召我最当情，　　两腋春风习习生。
看遍长安花几许？　　归来眼界信空明。

（二）

兰亭觞咏雅人多，　　漫把风流诩永和。
童冠阶来春水暖，　　黄农虞友一高歌。

①戊午：1918 年。

(三)

千红万紫让人看，　　踏尽落花兴未阑。
寄语五陵年少客，　　闺中人久倚栏杆。

七 律

咏西楚霸王[1]

荆南将种旧簪缨，　　学剑学书又学兵。
百二籍名填吕雉，　　八千子弟冠田横。
关中置酒延隅坐，　　河上掀髯看膝行。
礼乐将兴天不肯，　　可怜城守鲁诸生。

和陈山民在灌留别二首

(一)

爽气西来化矞云[2]，　　三巴狂狡势纷纷。
已闻蓬岛移仙子，　　犹有桃源待使君。
自古边关资信义，　　繇来循吏重廉勤。
若将旧政从新政，　　得暇更调雕面军。

---

①西楚霸王：即项羽(前 232—前 202)。
②矞(yù)云：彩云。

（二）

昨闻海国动天风，　　高沸洪涛上碧空。
螺子无珠依老蚌，　　蛟儿有泪泣潜龙。
冤他山鸟都衔石，　　怪说水神不姓冯。
欲斩长鲸求钝剑，　　良工枉铸若耶铜。

改鉴和禄伯名太翁楚芗六十自寿元韵四首

（一）

昨宵起舞近三更，　　乍觉微行使宿惊。
山简缁旌劳远路，　　鲍家骢马旧知名。
星迎剑佩老蛟蛰，　　霜袭貂裘夜月清。
单父若教论吏治，　　宓生那不愧巫生。

（二）

朝来传说驻蒲舆，　　晨市饮羊便肃如。
爱牸[①]愚公逢旅节，　　卜邻晏子利廛居。
醇醪真味厨难治，　　霏屑清谭舟自虚。
引领南天光烂烂，　　浙江遥寄寿星书。

（三）

南风初奏六同娇，　　听说老成颔雪飘。
输国股肱宜柿柎[②]，　　跻堂羊酒且笙箫。

①牸（zì）：母牛。
②柎（fū）：花萼。

每因路险观翘踛[①]，　　特为岁寒表后凋。
直写壮心成古健，　　会看捧日上重霄。

（四）

江头江尾感缘因，　　绿水能羁久宦身。
远志自然期报国，　　良辰无那重思亲。
望云狄老空千里，　　上计吴公第一人。
长愿绳绳宣令德，　　耆年共佐太平春。

代人和吴子修游昭觉寺步其祖用曾祖韵二首

（一）

旧说吴公称上第，　　愔愔清节重同寮。
忽惊胄子鸣龙勒，　　又咏西风入凤条。
仙吏随缘寻幻蝶，　　岩泉答响彻陈瓢。
空山逸韵今犹在，　　吹万年年静不嚣。

（二）

当年姑布惜宏腰，　　明德何须长贵寮。
精气炼成浑灏质，　　文章理贯始终条。
花骢相继持三节，　　江水同来饮一瓢。
我亦收声藏热者，　　为鸣知己也嚣嚣。

①踛(lù)：跳。

落叶二首

（一）

旧是东皇爱养臣，　　又惊风气逐时新。
未应骨格高前辈，　　已把文章托后尘。
多谢斧斤宽法律，　　频蒙雨露减精神。
百年护得黄云厚，　　且听庖人话积薪。

（二）

霜华栗栗晚秋天，　　瑟缩阴岩老善卷。
夙秀定从前度种，　　归根又结再生缘。
那堪丛薄思芳杜，　　未免重扃感暮蝉。
匠石不来苔径古，　　空山逸响自年年。

续成二首

（一）

曾说宗枝最贵行，　　可怜骨肉也忘情。
黄泉见汝犹相及，　　幽谷埋他不向明。
如此飞天唯上控，　　尔来遍地是秋声。
林间老子无生趣，　　尚对新巢祝晓晴。

（二）

沉沉衰气送深凉，　　犹有残枝愿舞霜。
若辈不材皆可杀，　　是谁乘便欲当阳？
心情到处藤扳藟，　　世界而今海种桑。

故国山河乔木在，　泣成清露满衣裳。

丁巳春正，由书院过罗春圃小酌，见素心兰茂郁秀茁，有怀①

短干新苗蔚小阴，　美人韵远气沉深。
《骚经》落落成玄解，　清操绵绵入素琴。
苦我忘情观色界，　劳君到处写春心。
从来香国无闻性，　漫说《关雎》不是淫。

归后续成

道家玄旨《素书》中，　菩萨《心经》妙不穷。
分段赋形虽有色，　因春写绚果成空。
望君开径晨昏数，　譬我忘言臭味同。
过去未来归见在，　拈花笑向主人翁。

桂②

庭前桂树，短干瘰瘿，终岁作华，老而逾茂。其意欲处于材不材之间邪？攀枝淹流，为之写憾。

一月一回花事好，　最怜生意尔油油。
材因天笃幡成怪，　香被人嫌直太稠。
壮节无方能自讳，　苦心何日不经秋。

①丁巳：1917年。
②此题目据《卮言和天·目录》补，以下三首同。

相思寄与淮南客，　　赢得长年雪满头。

蕉

小园植蕉，观其苗，恂恂也；壮，落落也；老，森森也。草之束修有法者，可爱也。

栾茎小草碧鬖鬖[1]，　　初学成章布浅阴。
擢秀岐嶷[2]知有骨，　　与时舒卷本无心。
高情数幅林塘影，　　清怨一篇风雨吟。
留得新花娱老子，　　延年甘露胜参苓。

菊

菊花秋开，因晚见贵。然物之可贵，物之可惜也。

为嫌迟暮剧伤神，　　强理铅华羞向人。
未必秋风偏厚我，　　自然名种不争春。
脓蒸滋味条条苦，　　细发牢愁色色新。
历尽冰霜年已老，　　空怜白帝有生臣。

蜘蛛网

读《兵家言》毕，游后圃，见蜘蛛结网，疏密整齐，所谓不学孙、吴，暗与之合者也。《易·系辞》称圣人观鸟兽之文，旨哉。

---

①鬖鬖(sān)：毛发蓬松貌。
②嶷：形容茂盛。

重围复阵眇深思，　　一卷《阴符》只自知。
不为击虚特示弱，　　直由善退始成奇。
方员迭出纵横理，　　动静相关生死机。
若问田渔尊古道，　　老夫旧是帝王师。

火炮二首

（一）

须鬌如戟气沉深，　　纯佩么球间佩琳。
转眄云泥张瑞采，　　一时星火报纶音。
璀莹乍试王戎眼，　　空阔全推光武心。
百子千孙齐踊跃，　　年年寿嘏祝壬林①。

（二）

收冠缨组锦衣裳，　　穷裤层层助急装。
解辫从军心似铁，　　乘风欢叫气如霜。
地中鼓角殷雷震，　　天外烽烟掠电光。
释尽累囚成破竹，　　旌幢高揭报君王。

水月禅院三首②

（一）

天际月光来水底，　　此潭还似彼潭明。
万里空围无碍色，　　十分清处不容声。
何缘去住成今古，　　况说盈虚是死生。

①壬林：《诗·小雅·宾之初筵》："有壬有林。"言寿礼盛大隆重。
②水月禅院：又名水月寺，在车岭镇。宋绍兴二十五年(1155)，敕赐水月禅院。

佛性湛如慈海净，　　寄言后圣要多情。

（二）

月本忘机水亦缘，　　佛天如水月如禅。
亶思动静为清浊，　　几见昏明系阙圆？
圣者早知空有色，　　众生欲到岸无边。
慈悲特许净三业，　　法性琅琅满大千。

（三）

都说止观生定慧，　　须知不住是真如。
月无来去饶津利，　　水免送迎足静虚。
灏灏同流谁玉液？　　光光相入此冰壶。
莹然法界遗名相，　　历劫追寻见故吾。

春　游

东风昨夜送春来，　　万种名花次第开。
陌上莺声催淑气，　　溪边柳色衬莓苔。
深幽初试青骢勒，　　载酒频斟白玉杯。
但祝太平无一吏，　　年年共上嬉春台。

诗　余

浪淘沙　观荷[①]

丁未[②]初到紫霞院[③]，秋八月，观荷张祠。余素莲二枝，亭亭出水，赋《浪淘沙》一阕。

残荷弄晚香。风露清凉。美人衰病损容光。无限新愁付长夜，羞理衣裳。　晓雨破寒塘。催照晨妆。腰轻如许乳为房。强傅薄脂成底事？惭愧六郎！

浪淘沙　张祠赏荷

己酉[④]中秋，三到张祠观荷，同县君唐桐侯[⑤]、中学教员李铁夫、本堂教员王建亭、张雨兰、罗郭莲、罗春圃、主人张云皋清宴竟日，成《浪淘沙》，属丁未作。

绿衣已半卷。十顷寒烟。凌波犹自见神仙。如许风华如许瘦，待我三年。　别憾正霜天。又是离筵。玉台新屉谢丹铅。从此相思频洗泪，倘有后缘。

齐天乐　暮秋观荷

去年秋中，观荷张祠，约今年蚤期新秋将如约，适以

---

①题目为编者所加，以下四词同。

②丁未：1907 年。

③紫霞院：名山县立高等小学堂前身。

④己酉：1909 年。

⑤唐桐侯：名嗣禄，广西增生，光绪三十四年(1908)任名山县知县。

事不果。中秋后十日，偕王建亭、般德三、罗郭莲、罗春圃及学生阙、付、罗三人往。秋老华残，美人迟暮，盈盈一水，脉脉生愁。调曲写情，以续旧撰，寄《齐天乐》。

卿是何时初出水？迟我芳名在耳。黛色装青，脂痕润紫，尤怜楚楚纤腰。清肌腻理。记解佩定情，佳期重矢。忍媚含娇，相思满贮横塘里。 无缘与卿偎倚，到憾上眉尖，瘦入裙底。照景秋波，支离如许，招得归魂已是。香心半死。伈丝引肠柔，霜从鬓起。减却容华，赖风情胜尔。

摸鱼儿 咏芭蕉

辛亥[①]春三月，咏院中芭蕉，调寄《摸鱼儿》。

拚憔悴心情撩乱，报道韶光又换。春风劝妾解罗襦，只说不曾障面。回头看。才装得、小髻新成垂浅绊。呈身未便。况纤腰欲断，且待侬、褪出约袜一半。 立不惯，想来是衣单人倦。懒对落红庭院。俨明月、照热青苔鬘。怎禁雨珠如串。悄引起，泪痕淅沥流春怨。昨朝墙畔。伈教侬、斜倚碧桃短枝，奈王孙不见。

望海潮 再咏芭蕉

四月二日，闻人述旧有感，再咏芭蕉，寄《望海潮》。

修眉扫黛，新笋绾云，误托清高情性。春阴怯寒，春晴怯软，知道几时不病。亭亭立玉台，肯翩翾为郎作韵。辜负半衾，是扬州三月别离憾。 妾住此间君莫问。那更有良宵，

①辛亥：1911年。

对菱窥荇。凭谁寄信？开了又封，止层层委曲题不尽。任罗巾泪浸。听说秋风太劲，算瘦骨销成，柔肠断定，终不泄芳心一寸。

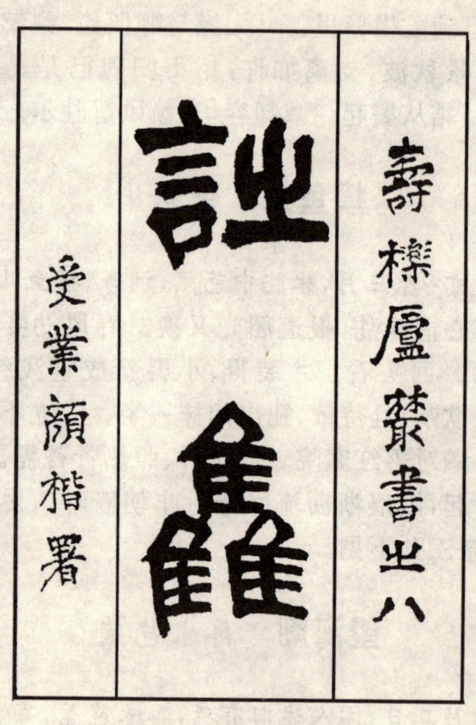

吴之英诗文集卷五

赋

霜月赋

维霜月之炯耀，迫陵阴以掞[①]精。延营胎之类产，次危垝[②]而序更。并㩜[③]气于氐冬，阏元夜之晶莹。猷相怜以相妒，验驷见于魄生。

繄阳曜之奄倏，移太阴而初上。藐弓张而弦直，伟丸累而球朗。环霞帔[④]之鳞皴[⑤]，垂雾縠之坱晄[⑥]。景冱岊[⑦]以荫湿，光凝峡而浸响。醉酴酥[⑧]于蟾眉，嘘清华于仙掌。亮金水之敷灵，曼西颢之沆砀。

尔其渍寒欲滴，虚晃若渟；蒸烟自洌，杂霭偏惺。初霏微以潜贯，继涵润以密零。渐垩[⑨]质以生白，积分寸其珑玲。同潜德以偾发，争托体于清泠。测末光之容照，知爽气之攸经。

---

①掞（shān）：舒展。
②垝（guǐ）：毁坏。
③㩜（shā）：通“杀”。
④帔（pèi）：披肩。
⑤皴（cūn）：皱纹。
⑥坱（yǎng）：尘埃；晄（tǎng）：日色暗淡。
⑦冱（hù）：冻结；岊（jié）：山角。
⑧酴（tú）酥：酒名，即“屠苏”。
⑨垩（è）：白泥。

维时繁星暧其瞢瞢，碧汉淡而溶溶。警空林之栖鹤，戛绝岭之寒钟。吐云华以练锦，宣金波以微风。剖重渊之蚌珠，踠[①]幽壑之烛龙。疑钩悬而留晕，误轮骤而临冲。函终宵之缟素，共千里之空濛。惊蝔[②]寂于群籁，觉远唳之孤鸿。

若乃凌灞岸以萧瑟，烁阶除而此豸。照疏叶之槭槭[③]，薄衰草而泚泚[④]。浮蒹葭以动华，掬涸冰其在水。煦鸳鸯以腾文，巧注瓦而成理。晞膏沐之湛如，烂金粉其秾[⑤]矣。助哀曲于纨扇，调新掺于葛履。监白发以凛然，嗟朱颜之难恃。悲帷幕之娇姝，泣关山之游子。

睹刑德之严峭，闵凡材之朽枯。遐高明之可瞰，惧凉薄以为虞。岂照胆之藏鉴，遘精采以睢盱。岂寒镡之炼锷，逼烨爚[⑥]以瞿瞿[⑦]。落姮娥[⑧]之咳唾，霏玉屑之清腴。谢铅华而弗御，流光泽以涵濡。缊真气之棱棱，袭和蔼之于于。代晓色于榑[⑨]木，剂夜气以昭苏。

月桂赋

月魄有痕，仙桂无根。阴渍瑶殿，秋满金盆。歧秀孤擢，

---

①踠(wǎn)：屈。
②蝔(yè)：没有脚的确虫。
③槭槭(qī)：槭树，落叶小乔木。
④泚泚(cǐ)：鲜明，清澈。
⑤秾(nóng)：草木茂盛。
⑥烨爚(yèyuè)：火光。
⑦瞿瞿(jù)：惊恐四顾。
⑧姮(héng)娥：即嫦娥。
⑨榑(fú)：榑木即扶桑。古代神话中海外的大桑树，据说太阳从这里出来。

乔硕以蕃。蓐收[①]实种，西母[②]之园。尔其广寒灵府，清虚仙窟。玉采离披，珠光迸发。纪绳木于黄道[③]，代桑榆[④]之西没。胡斗枢[⑤]之卮言，原《论衡》而肇揭。

精爽攸祲，炼阳自阴。有黄枚筮，昧谷琼林。金波卬濆[⑥]，木㕾多心。品先百药，性宜上岑。或维牡以维菌，亦曰丹而曰金。《山经》假之名水，《尔雅》别为称梫[⑦]。

帝苑若瓯，天根乃救。搴旗依节，有栋丽楼。次析木而翠密，缠咮柳[⑧]而荫稠。邀酒星而作酿，刳[⑨]天船以属流。鞭房之册爰折，指彗[⑩]之茎乍抽。朔当阙而干浅，望既盈而条修。

浥露葱菁，迎风婀娜。云外香飘，霜中实堕。交寒柯之杈枒，霏轻屑其淡沱。絜拂灵寿之坛，烂灼燧林之火。小山数曲，丛薄发少微之香；明水一盂，幽芬供素娥之坐。

深秀宛然，蓝蔚碧天。八株媚景，连理争妍。根堪伏兔，叶不碍蝉。冰轮重载，华盖长员。齐积薪之贵值，饮天龟以清涟。象以数成，气蒸贲隅[⑪]之彩；色缘空幻，力尽西河之仙[⑫]。

---

①蓐(rù)收：古代传说中的西方神名司秋。传为少皞氏之子，曰该。

②西母：即西王母，神话人物，亦曰金母、王母，或西姥。

③黄道：地球一年绕太阳转一周，古人认为是太阳在天空中移动一圈，故称太阳移动的路线叫黄道。

④桑榆：指日光余光所在处，此谓晚暮，指日落处。

⑤斗枢：北斗七星的第一星，名天枢，亦泛指北斗。

⑥卬(áng)：通“昂”；濆(fèn)：由地底喷出来的泉水。

⑦梫(qīn)：木名，桂的一种。

⑧咮(zhóu)：柳宿的别称。

⑨刳(kū)：剔净。《庄子·天地》：“君子不可以不刳心焉。”即洗去心之累。

⑩彗(huì，旧读 shuì)：这里是扫、拂的意思。

⑪贲隅：即番禺。《山海经·海内南经》“桂林八树在番禺东”，唐李善注孙绰《天台赋》，引作“贲隅”。

⑫西河之仙：传说西河人吴刚学仙有过，谪令伐桂。可参见唐段成式《酉阳杂俎·天咫》。

围径难量，色香独永。子或下垂，枝无旁迸。谅太液之名花，腾魍魉以干霄；庶阆扶之南条，植须弥而入镜。疑湿汁之见蚀，傥蔽堞之为梗。抑虎交晕而芦画冲，殆空水形而实地影。

慨树植之孤高，由蟠踞之得地。綮秀实之克完，孰翦拜之能至？因知白以守黑，用匿瑕而藏秽。贞松孙其凋时，尉佗惭其蠹器。吴刚有斧，非为可食而伐；诸侯所占，盖以能鸣为瑞。匪尘垢之敢侵，眂高明之有累。秉肃肃之刑德，含郁郁之生意。

樱桃赋

木精蘬火，烝化含桃。毡乡旧贡，中土蕃蔽[1]。贽别椇[2]栗，种贵槬旎。诸果之长，后黍而羞。

夫以《尔雅》聿释，《月令》攸[3]纪。叔孙洽闻，张揖小识。宋殖特奇，荆产尤异。汉献离宫，隋颁近侍。楔木[4]既名，麦英乃字。硕有蜜称，黄则蜡辟。五实居三，六果斯季。

于时平台青阳，郑儿欲装。浅碧初抽，薄阴未长。细鄂参差，赩[5]葩中章。日晞甘露，雨漉霞浆。华心渐敛，沙粒初房。清和焉睟[6]，的烁凝香。

---

①蔽(xiāo)：草。
②椇(jǔ)：木名。
③攸(yōu)：所。
④楔(xiē)木：木名。
⑤赩(xì)：大赤。
⑥睟(cuì)：颜色纯粹。

尔其春意醰醰[1]，无语自惭。体质藐幼，气均芬湛。唇膏流采，颊晕生憨。厌篱临水，醉儱全酣。四照瞰瞫[2]，扬朱散锦。玗琪[3]云柯，珊瑚莺枕。和酪酿芳，粘蝉渍沉。枝亚丹结，杪垂实稔。

由是新丛缅联，炜炜仙仙。龙颔气足，蚌腹光圆。蚳蠉[4]囊附，蠋[5]绉叶卷。望彼美其秾矣，矜一笑以嫣然。爱渥颜之尔尔，晾[6]素心之娟娟。

是盖壮士之气为赤颁，老树之精化馨孩。爰采琳国[7]之株贝，亦供瑶席之玫瑰，玉盘啜泣于鲛客[8]，璇壶洒泪于夜来[9]。味虽近寒而不忌，性虽偏热而无猜。试餐赤瑛[10]而有液，徒把虚腻之犹苔。脉已润而膏自洽，甘不和而酸乃回。

①醰醰(tán)：酒味厚，引申为醇厚。

②瞰瞫(pánshěn)：转目深视。

③玗琪：东方之美玉名。

④蚳(chí)：蚁卵；蠉(xuān)：孑孓。

⑤蠋(zhú)：鳞翅目昆虫的幼虫。

⑥晾(liàng)：鄙薄。

⑦琳国：东汉郭宪《洞冥记》卷二："琳国去长安九千里，生玉叶李，色如碧玉，数十年一熟，味酸，韩终(终，一作众)尝饵此李，因名韩终李。"

⑧鲛客：《洞冥记》卷二："吠勒国去长安九千里，在日南，人长七尺，被发至踵，乘犀象之车，乘象入海底取宝，宿于鲛人之舍，得泪珠，则鲛所泣之珠也，亦曰'泣珠'。"

⑨夜来：即薛夜来，本名灵芸。三国魏常山人。晋王嘉《拾遗记》卷七："魏文帝(曹丕)选薛灵芸入宫。灵芸闻别父母，歔欷累日，泪下沾裳，至升车就路之时，以玉唾壶承泪，壶即红色。及至京师，壶中泪凝如血矣。帝改灵芸名夜来。夜来于深帷重幄之内，不用灯烛之光裁衣，宫中号曰针神云。"

⑩瑛(yīng)：本意是玉光，亦谓玉美石。

⑪眥(qì)：省视；柎(fū)：花萼。

苔赋[①]

苍翠[②]幕翳[③]，芳缛绸绪[④]。县[⑤]涛作绠，纺线族堆。灭始卒[⑥]之耑[⑦]兆，包经纬以洑洄[⑧]。由湿块之纤绩，遂而命之曰苔。

原其著称藫[⑨]草，兼名垢藓。昔邪[⑩]旁曼，陟厘[⑪]上引。泽葵[⑫]类莃[⑬]，垣衣[⑭]比袗[⑮]。重钱[⑯]辨辨，石发参参[⑰]。织棕[⑱]文其错综，篆蜗[⑲]次而密缜。象阴凝之为窭薮，辟暑烝而成蕈菌。

吐秀怀青，黛均光亭。浮沉异德，燥湿殊形。濡夕露而

①本文所咏之苔，指水苔，又名石衣、石发。生水底，可食用。

②苍翠：青绿。

③翳(yì)：遮蔽；隐藏，隐没。

④绪(kāi)：大丝。

⑤县(xuàn)：拴系之意。

⑥始卒：开始和终止。

⑦耑：即端。

⑧洑洄：盘旋的水。

⑨藫(tán)：生于水底的苔藻。

⑩昔邪(yé)：生长在墙垣的苔类。

⑪陟厘：蕨类植物。

⑫泽葵：青苔。

⑬莃：植物名，名菟葵，晒干人药。

⑭垣衣：墙背上的苔藓，覆盖如人之衣。

⑮袗(zhěn)：单衣。

⑯重钱：苔的别名，又名重泉。

⑰参(zhēn)：同“鬒”，形容头发黑而密。见《诗·鄘风·君子偕老》“参发如云”。

⑱棕(zōng)：即棕榈，可制蓑衣。

⑲篆蜗：像篆字形的蜗牛。

披华，浥朝爽以扬荣。随缘著以横直，冯结媾于浊清。入有间以无厚，宛貌虚而神盈。助莿藨以垂荫①，谅风日其靡樱。

孅孅芴芴②，髟髟③勃勃。轻折细绉，平拨浅拂。圆蚀生晕，邪理散孛。荷旃熨帖④，濯缨冲汩⑤。学欧榑野之丝⑥，代栉鲛女⑦之发。似新蓑罥烟而无缝，疑薄絮沤池而有骨。道虽瓦甓，其亦在洁。与苹藻而清越⑧。漪漪蹙石壁之波，溶溶养大湖之月。

若夫废圃荒楼，蚓蚩⑨鼋咻。晴沙碧水，蟹出虾游。长漻萧之凉意，供喁嗛于中流。妙婆娑以弄姿，复荡转以善泅。设芳林之华春，媚孤屿之素秋。时抽豪而鼓泡，觉生趣之油油。

观呼雾而吸澜，恒斟酌以饱满。涤邪秽以饰性，欲说帉⑩而就盥。爰薄采而渗沥⑪，卷齐纨⑫之篹篹⑬。试属疏⑭

①莿(jiàn)：山莓。藨(pāo)：莓的一种。
②芴芴：同"忽忽"。
③髟髟(biāo)：毛发长。
④熨帖：即熨贴，妥帖，心情平衡舒畅。
⑤冲汩(zhú)：水流出貌。《文子·道原》："原流汩汩(原注"音骨")，冲而不盈。"
⑥欧：同"殴"，捶打；榑(fú)：同"扶"，指扶桑，日出之处神木。
⑦鲛女：传说中的人鱼。
⑧此处疑有脱漏。
⑨蚩(chǎn)：虫曳行也。《说文解字》第十三篇上："蚩，虫申行也。从虫屮声。"
⑩说帉(tūofēn)：取出擦手巾。
⑪渗沥：滴漏。
⑫齐纨：名贵丝织品。
⑬篹篹(zuán)：聚集貌。《文选·潘岳·笙赋》："咏圆桃之夭夭，歌枣下之纂纂。"篹同"纂"。
⑭属疏：宗族关系疏远。

以泛泊①，返鲁缟②之空窾③。嘘枯槁之唾华，犹来苏于久暵④。合肤寸之绿云，长歆腴以缦绾。

蛱蝶赋⑤

有物孑捷，质薄体摄。其气清腴，其色焜晔⑥。感寒燠而时变，传蛹蜕而性惬。怜娟好以媥嬛⑦，粤称号为蛱蝶。

候虫蚑蚑⑧，野茧成时。蠓初龟甲，胥乃穴丝。延枯麦之余孽，寄乌足之旧枝。化青蚨⑨而引须，解游鮆以修鳍⑩。勒毕怀蓄草之胎，詹山养媚花之姿。《博物》稽挞蘖之异⑪，《释名》辨螌蚨之歧⑫。

---

①泛泊（bó）：飘荡，飘浮。

②鲁缟：古代鲁地出产的白色生绢。

③空窾（kǒngkuǎn）：洞穴。

④暵（hàn）：干涸。

⑤蛱蝶：蝶类的总称。庄周《齐物论》作“胡蝶”。胡一作蝴。《文选》载张协《杂诗》之八：“借问此何时，胡蝶飞南园。”杜甫诗《曲江》：“穿花蛱蝶深深见，点水蜻蜓款款飞。”

⑥焜晔（kūnyè）：光明。

⑦媥嬛（piānhuán）：媥同“蹁”，蹁跹飞舞的样子。

⑧蚑蚑（qí）：虫名。

⑨青蚨（fú）：古代传说中的虫名。也叫“鱼伯”。刘安《淮南万毕术》（《太平御览》卷九五〇引）有“青蚨还钱”之说，谓以其子母血涂钱而交互使用，钱能自还，后因用以指钱。

⑩鮆（jì）：鱼名，即棱鳀；鳍（qí）：亦指鱼脊。

⑪博物稽挞蘖之异：按：《博物》当为《古今（注）》。《古今注 · 鱼虫第五》云：“蛱蝶一名野蛾，一名风蝶。江东呼为挞末，色白背青者是也。其大如蝙蝠者，或黑色，或青斑，名为凤子，一名凤车，一名鬼车。生江南柑桔园中。”

⑫释名辨螌蚨之歧：按：《释名》当为张揖《广雅》。《广雅》卷十《释虫》云：“蛱蝶，螌蚨也。”

首俯纤眉，足钩弱距。锦褶皤腹，钱叠荚羽。阳软目运，阴魄脂乳。饥感我风，恩忘吾雨。嘘啜[①]而露华滋，被服而霞采聚。妙丽续燕玉之欢，轻儇袭楚女之舞。

尔乃春树初生，春草微青。篱深菜秀，溪浅沙平。戴金翠其聿烁，裼罗袿[②]而愈明。擢珠缨以跕跕[③]，障纨扇以盈盈。试新葩之芬馥，戏绿叶之娉亭。斗文翰而墙复，击芳藻而波清。

若夫萎桑曲畔之乡，衰柳秋阳之地。繁英缀穗而发香，老卉炼芽而滋味。园径虚而帘景疏，池槛氏而叉光腻。栩栩厌兰膏之温，依依薄鬓云之媚。桂花沥湿以染裙，菊跗[④]旁出而比翼。若簪短而带长，常啄拄而心醉。傑狂眄[⑤]以夷犹，旋怒胗[⑥]而引辟。棘挂豪而绮丝抽，蜩缳翮而雾縠[⑦]隧。

猗嗟蛱蝶兮，游道之方。孰解技系兮，与化翱翔。天倪震转兮，物机辟张。生遂则殖兮，性适则忘。离嚣浊之疾妒兮，炳伟怪之文章。甘静笃以自放兮，美要眇[⑧]以相羊。嫭好逑之窈窕兮，卵慧种以灵长。达《寓言》于物化兮，谅大觉之芒芒。

---

①啜(chuò)：喝、吃。

②裼(xī)：袒开或脱去上衣，露出身体沿；袿(guí)：妇女的上衣。

③跕跕(dié)：下堕样。

④跗(fū)：脚背。

⑤眄(miǎn)：斜视。

⑥胗(zhěn)：安重镇定。

⑦縠(hú)：绉纱一类的丝织品。

⑧眇(miǎo)：渺小，微小。

蛤蟆赋

阳和闿洛，蛰虫偾[①]震。裸卵忻蔚，蛤蟆斯振。因通鼆媒，豫裹鹓娠。出入维机，司春效信。

尔其藟[②]山孕精，湖水产奇。形谐科斗，名借活师。县针趯趯[③]，蛤鱼离离。雷初蜕尾，穴始拨籭[④]，别庞揪之异象，验水陆之移居。《周官》乃蝈[⑤]氏所掌，《尔雅》以活东释之。种仄介鳞，体函虫豸。生或灶间，游亦井底。瞋眽[⑥]鼠壤之粮，呷谍蟹堁之水。性辟兵而善跷踛[⑦]，舞应律而憙伏跽。颐石罅以被苔衣，袭蜗孙而嗣蠃子[⑧]。气柏乎小暑之节而音沉，数极乎六月之望而身死。

若夫绿野新晴，麦秀秧青。陇草宵润，池波夕生。晚香匝树，凉翠薄亭。春月欲魄，裊裊盈盈。倏激清以播响，旋戛迭以扬声。杂啁咮[⑨]以竞弄，融蹇顿以合成。起郁阏之疹痼，歆茂豫之勾萌。由函咙以寓感，审粥粥之齐情。

既北望以效燕歌，亦南徙而操楚奏。答龟言而讯鳖咳，

①偾(fèn)：奋起。
②藟(lěi)：堆积。
③趯趯(tì)：跳跃。
④籭(lí)：涎沫。
⑤蝈(guō)：一种象蝗虫的昆虫。
⑥瞋眽(shēnmò)：瞪大眼凝视。
⑦踛(lū)：跳。
⑧蠃(luǒ)：倮虫。
⑨啁(zhāo)：鸟嘴；咮(zhòu)：声音繁杂。

倡蚓吟而属䴕[①]咒。尝陷膝而瞪目,复翘足而鼓脰[②]。役鬼同下隶之勤,怒它作勇夫之斗。忌焚菊而请雨工,感铸金而吐阁漏。岂繄狎铜鼓之侏离,乃犹幻火炉之諔缪。

嗟虚城之代王,怅青山之远家。伤肃肃于莕藻[③],长唯唯于泥沙。虽乳菜其有毒,实医猘[④]其可嘉。谅孔窍之穿凿,肇文字于呷呀。载一元以震荡,约万籁之菁华。终号而远咣嗄,离句而节淫哇。幸吾曲之有和,永言之而不哗。卜昼夜以作息,达公私之等差。

萤火赋

秋晚凉深,空庭积阴。夕晖暧暧,夜景沉沉。雁声逐水,菊英散金。苔径木落,阶砌蛩[⑤]吟。驰案户之斜汉,罢邻女之清砧。融猋[⑥]胚于爝[⑦]火,赩[⑧]霞起于枫林。

萤火焰焰,燿乱珑玲。千年血碧,一缕烟青。袭腐草之余气,胎久竹以成形。始蠕蠕其腾踔[⑨],终耿耿以飘零。辟莹澄之初月,抗寥落之晨星。解瞻阕以生白,忘守黑于冥冥。

①䴕(liè):即啄木鸟。
②脰(dòu):颈项。
③莕(xìng)藻:多年生水草。
④猘(zhì):狗发疯。
⑤蛩(qióng):蟋蟀。
⑥猋(biāo):通"飙",旋风。
⑦爝(jué):古谓束苇为炬,烧之以祓除不祥。
⑧赩(xì):赤色。
⑨腾踔(chuō):跳越状。

汸鼓翼以来游，遽垙尾而自衒[①]。闳声臭以觊觎[②]，时周回而瞪眄[③]，疑问景而识机，知趋炎而乘便。依高明以瞰室，俨游魂之为变。

伺阳波之初静，嘘阴火以潜[④]烘。偶征逐夫小丑，辄炫耀于大空。既西顾而眊眊[⑤]，又东徙以熊熊。恃重燔之熺炭，将沃灭以终瞢[⑥]。

役狐兔以先驱，据荆榛而观衅。犯凛冽之严霜，矜奄忽之微烬。烜赫[⑦]不过终宵，翱翔不过数仞。任燎原之难扑，总焚身以自殉。

异烛龙之博照，等镫蛾之见戕。薪火传以待化，兰膏煎而歇芳。况的然以成性，弗返鉴以韬光。遏抱火而入幕，徒慕膻以循墙。

维是矫虿[⑧]翻蜚，卷曲旁顾。闪尸陵谷，煌焜逵路[⑨]。察察徼巡[⑩]，眈眈嫉妒。伏见述茫，纵横驰骛。适何来而遽集，恒翩然以诡遇。经挫抑其若瞋，遭砉解而犹怒。允宜锄糜烂之根株，爇埤[⑪]湿之朽蠹。断蠢蠢之荧，或扬光华兮灿布。

---

①衒(xuàn)：炫耀。

②觊觎(jìyú)：非分的希望或企图。

③眄(miǎn)：斜视。

④潜(qiàn)：暗中或秘密地。

⑤眊眊(mào)：亦作贸贸，蒙昧不明貌。

⑥瞢(méng)：目不明。

⑦烜(xuān)：形容声名或气势很盛。

⑧虿(chài)：鳞介属，蝎子一类的毒虫。长尾末曲上卷螫人。唐陆德明《经典释文》引《通俗文》云："长尾为虿，短尾为蝎。"

⑨逵(kuí)路：四通八达的大路。

⑩徼巡(jiào)：巡察。

⑪爇(ruò)：点燃；埤(bì)：低洼之地。

尺　赋

考法物之利民，懿兹尺之足珍。伟皇初之嘉制，实御物以平均。由累黍以肇始，阅百粒以为伦。比人体而适合，起璧羡而相因，乃鐕[1]金而琢玉，更断木以刊筤。形道降而形器，取物等于取身。验体制之精切，信知创之有神。

据尸陈以为质，复乙乙其作识。推施引之区称，究扶肤之同意。夏以十而殷九，周八寸其递次。管九算之橐籥，式正名于五器。思比絜于汤文，辟合符而制事。协《地官》之市平，资《考工》之程纪。感彝得于物则，铄施用之纯备。

尔其极天地之圆方，括日星之缠度。穷山海之高深，应图书之成数。万物待其缩赢，百工由其巨矱。既身受夫雕斫，持守坚于平素。计能匠之散木，料可缝之断布。弗吐刚以增长，讵损短而柔茹。舍扶拨而自耑，就平准之常度。虽入绳墨之中，游方外其有故。谅高下之在心，时纵横而罕误。恃成算其无讹，每直行而不顾。或曲卷之偶违，犹拊循以安步。眂操持之缓急，虽愆失其殆庶。

固取裁之有节，亦信义之可宗。要共鉴其经历，孰分寸之敢蒙？约积累以会计，审断制之从容。靡招怨于浅狭，故受功于恢宏。务探本而齐末，罄材质之攸穷。匪计较夫纤豪，羞寻常以自封。亶酌用而己效，何小大之殊功！配权衡以并曜，卬[2]斗斛于垣中。遐逃名于天市，抱孤直以长终。羡庄生之《齐物》，嘉墨氏之《尚同》。会大同之文治，反浑朴

---

①鐕（zàn）：雕凿金石的工具。

②卬（yǎng）：仰仗。

于黄钟。

帘　赋并叙

帘，琐物也。资于用而制约，经传罕纪。《周礼·幕人》"掌帷幕以待王次"，训者以旁帷上幕释之，辟尘之属也，皆以缯[①]帛而未始有帘名。后世制竹垂于门闼[②]，盖师其意而少革焉。或以帘帘强通，是淆于缯竹之别也。然帘乃常器，非关宝贵，特以高下适度，屈信维宜。抱朴以游，符于有德。不闭之闭，老子所谓"无关键而不可开"者邪？夫体物寓言，岂拘大小？随触所见，堪摅[③]本怀。因假命篇，聊为短述。其辞曰：

维劲节之篂笼[④]兮，负阴崖而攒[⑤]植。孰挑截以揉掞[⑥]兮，拟象形而制器。始剸[⑦]节以平均兮，渐断箭而比次。继箬剖而筤[⑧]析兮，终筊栉而筰致[⑨]。固等贵于缣帛兮，匪借饰于金翠。配籧篨[⑩]而体殊兮，齐幕帟[⑪]而用异。緊衡阈[⑫]而掩

①缯(zēng)：古代对丝织品的统称。

②闼(tà)：小门。

③摅(shū)：发抒。

④篂(zhōng)笼：竹名，可以作笛子。

⑤攒(cuán)：聚集，集中。

⑥掞(yǎn)：同"剡"，削。

⑦剸(tuǎn)：割，截断。

⑧筤(mín)：竹皮。

⑨筊(jiāo)：竹索；筰(zuó)：竹索。

⑩籧篨(qú)：亦作籧篨，用苇或竹编的粗席。

⑪帟(yì)：罩顶平帐。

⑫阈(yù)：门槛。

枨[①]兮,乃梁柣[②]之所寄。

尔其从绳正影,应矩张维。短长中节,舒卷随时。性本直而维折,势既高而能卑。信出入以利用,知迎拒之无私。将同功于管钥,讵炫采于门楣。忻皎皎以特立,听昏昏之迁移。缊金玉之内藏,安风雪之外欺?虽久羁于堂衖,实私效于庭帷。常蒙垢而忍污,故光明以缉熙。

若夫缕株承旭,判簜[③]蔽雨。温室转阴,凉宵乍煦。晨露霏珠,炊烟贯组。潜障阋[④]墙,默骈环堵。清箪共其娆娆,华箦[⑤]同其俣俣[⑥]。误飞燕之来巢,禁寒霜之入户。月到影以横铺,飙翻棱而仄舞。隐睡花之一枝,隔秦筝于数武。绛夕香于金炉,通巧语于鹦鹉。每含纽以忘机,讵钩边而被土。象贤杰之清晖,仿轻侠而御侮。纵力弊而心疏,犹阙罅之能补。

伊虚心之素质,却恶氛以自臧。惧防闲之易弛,视空阔而难量。假浑朴以为质,资朗密以成章。譬瞻阕之虚白,忽机踵于微茫。披层云于虚廓,发重窔之幽光。涵阴德之蓊蓊,闾阳波之汤汤。齐万化于一宇,何竹箭与琳琅!

①枨(chéng):古时门旁所竖的长木柱。

②柣(zhì):门槛。

③簜(dàng):大竹。

④阋(xì):争斗。

⑤箦(zé):床席。

⑥俣俣(yǔ):容状魁伟。与上句娆娆(ráo)柔弱相对而言。

蒙山赋

咨蒙山之岃崱①，諔造化之劈剨②。扰西徼③之旁唐，络益都之褰襞。涵嶓岭以嵫厘④，缊岷陬之崒嵯⑤。琐剑阁其崟嶜⑥，越峡峰而臬坼⑦。溥沆瀣⑧以澄凝，圜卤碛之蹇迫。累日丸于霄冥，嘘风窍于巽白。

烂金碧于阴阳，馨婴瘗之冢席。聩赑屃⑨之神功，纪封奠之灵迹。敞疏寮而望远，步纡阜以遐窥。兀眩眯于坱⑩莽，遻灭殟⑪以骇疑。严精魂以驱骎⑫，揆隅乡之幅维。䚕⑬朕端于劳悦，瑑状兆之阒⑭丽。冠晓霞而蔚擢，浥⑮宵霭而润滋。殗缛绸于新翠，薄光晷⑯于阳曦。诡昏旦之异气，渺伏露其无时。浮葩盖之圆顶，构曾墙之虚基。括掍素以亡鄂，惘諔化之离奇。

---

①岃崱(lìzè)：山高耸貌。
②剨：(huò)：东西破裂的声音。
③徼：(jiào)：边界。
④嵫厘：嵫(zī)即栗，干木。比喻山峰如剖开之柴，参差杂列。
⑤缊(yù)：包含、蕴藏；陬：音邹，角落；崒嵯(ězuò)：山势高。
⑥崟嶜(yínjīn)：形容山高。
⑦臬坼(nièchè)：山裂。
⑧沆瀣(hàngxiè)：夜间水气。
⑨赑屃(bìxì)：猛壮有力貌。
⑩坱(yǎng)：高低不平。
⑪殟(wēn)：突然失去知觉。
⑫骎(qīn)：马快走。
⑬䚕(lì)：看。
⑭阒(qù)：形容寂静。
⑮浥(yì)：沾湿。
⑯晷(guǐ)：日影。

巡虚止之骫[①]周，脉磴阶之般枉。陟运裛[②]而猥回，践隘害而怯仰。悸垂足于二分，栗陷滦乎寻丈。倏诞登于狋嶷[③]，羞贻睢于氛坱。坟地脉之沃膏，萦星峦之森爽。启蠢菌之荒图，亘蜿蟺[④]之异像。涧積皱而泉洑，穴谺𧮪而沙磢[⑤]。阴气积以凝寒，清音作而应响。增瞠矇[⑥]于幽霾，暗傑傂[⑦]之遥崵。辑珍怪之纠棼，徒目厌而心赏。

蔼林薮之莼[⑧]豫，灌卉木之芳菁。族绮绵之阳蕊，中蓁梶之寒英。缘阤[⑨]峭而铺绣，掩湿呈[⑩]以拿茎。宗霮霸[⑪]而互雨，扬郁烈以蒸晴。剖苞房之窋窋[⑫]，醖醴蜜之醒莤[⑬]。华叶杂其骈逼，朱紫错而峥嵘。秾纤次而接亚，茂悴隐以代更。匪藉力于莳艺，自应节以时成。

繄飞走之殊生，孽胎卵以攸托。营窟巢以栖息，时鸣嗥而驯若。莓苔别其蹄远，芝菌储其饮嚼。雾花舒而交咻，霜柯零而惊跃。猝翩翻以骍骙[⑭]，纷瞿[⑮]吓以蹲躩。遂雌牝之

①骫(wěi)：纡回屈屈。

②裛(yì)：书囊。

③狋嶷(chíníng)：险峻貌。

④蜿蟺(wānshàn)：象地龙一样盘曲。

⑤谺(xiǎ)：开阔貌；𧮪(liáo)：深；磢(chuǎng)：磨擦。

⑥瞠矇(kēngméng)：视不分明。

⑦傑傂(cíchí)：参差不齐。

⑧莼(ruì)：草初生的样子。

⑨阤(zhì)：山坡。

⑩呈(jié)：同"呈"，山曲折隐秘处。

⑪霮霸(dànduì)：云密聚。

⑫窋(zhà)：中空貌。

⑬醖醴：甘甜的水；醒莤(chéngsù)：酒。

⑭骍骙(pīsì)：马小步快走叫骍，缓步慢行叫骙。

⑮瞿(jù)：惊顾的样子。

孕字,达豵雏之蠢弱。熠章采于羽皮,鲞[①]腥羶于岩壑。疲毕罗之罥结[②],惫缴铤之拯斮[③]。

畅和煦之开动,昌毓产之萋萋。天俯囷而山黝,云转径而树齐。歌呼聚夫樵牧,还往淆夫臧奚。循采采于回磴,聆丁丁于故蹊。延峨嵋之素魄,翦绿菜之新荑。俟翠冢以夷犹,倚滑壁之黯黳。盈掬襘而提负,洁襭筥[④]以招携。意淰跃[⑤]其恐队,神忽罔而复稽。

浮微茫之莫景,晢骨折以阒睽。惟神秀之隩区,实仙灵所垞徙[⑥]。眺振锡以寓庐,迎飞凫而纳履。淫湑湑之天浆,渗泠泠于石髓。飘衣带之襂纚[⑦],寅苔栗之猗薿[⑧]。唳绝巘之笙簧,冽深溪之江水。霭囷云于鹿车,缀石花于鹤轨。杳乘光以降迎,恒戴胜而徙倚。

感积刑之峭刻,悟乐仁之屼峣。识颐性于寂靓,期选形乎湫嚣[⑨]。伟藏疾之蕃富,铄任重之竦乔。跨洝窍而念远,跋峪复而情超。监疲羊之腾趫[⑩],怅痡马而栗憀。彻涂石之砉解,虞岸氏之演摇。忻油油之蓲蘛[⑪],惧戚戚以賨凋。希

①鲞(xiǎng):散布、弥漫。

②罥结:缠缚。《文选·张衡·西京赋》:"但观罝罗之所罥结,竿殳之所揘毕。"吕向注:"绢,绊;结,缚也。"

③拯(bì):推击;斮(zhuó):斩断,斮即斫。

④襭(xié):用衣襟兜东西;莒(jǔ):圆筲箕。

⑤淰跃:淰(niǎn)同"淰",跳跃。《文选·潘岳·射雉赋》:"瞻挺穟之倾掉,意淰跃以振踊。"

⑥垞(chá):小土山。

⑦襂纚(sěnshī):下垂的样子。

⑧薿(nǐ):茂盛貌。

⑨湫:清静;嚣,喧哗。

⑩趫(qiáo):行动敏捷,善于攀木升高。

⑪蓲蘛(qiūyù):花盛开貌。

迈长其芺[1]蔓，永厚利之赢饶。怀贞一以蟠峙，荟细媪而蒸敲。抿得止于纯素，眇五岳之遥遥。

联　语[2]

周冕墓联[3]

以后谁可继先生？每回思御史弹章，琅琅磕磕，传闻失仿像，忆畴昔梦杳衣冠，今日卮酒荒苔，为幸归迁谪遗体；

未必精魂依堆墓，但留此空山华表，郁郁葱葱，岁时荐馨香，诸子孙涕零羔韭，将来豸服素斑，何敢忘忠孝家风？

(《资中县志·附录》第 824 页，巴蜀书社，1979)

墓联选

魂气无不之也，骨肉于兹归焉。

诗书无忘启后裔，魂魄猷然依故乡。

山号黄龙龙头预卜，阜名白虎虎榜期登。

---

①芺(ǎo)：草木盛长。

②吴之英宅名曰"寿栎庐"，著述刻为《寿栎庐丛书》，但平生所撰联语未辑入。今辑录于此，总称"寿栎庐联语"。

③此为吴之英在资州艺风书院执教时，为明嘉靖二十年(1541)进士、授太常博士、擢贵州道试御史资州人周冕墓所撰书。

星辰是赉，预知松槚无恙；神明所化，将为金玉之精。

挽杨锐联

书院订知交，富子云才，存范滂志，抱义怀仁，得量汪洋波万顷；

伤心悲永诀，挂徐君剑，碎伯牙琴，抚今追昔，晦明风雨梦三生。

寿栎庐联语[①]

茅密能支雨，墙低颇漏云。

险僻山都占，清高水莫如。

齐天地于一指，殖兰茝之千畦。

地中鼓角殷雷震，天外烽烟掠电光。

传《书》称欧阳歙，说《礼》有高堂隆。

亶有丹砂却无句漏，偶约鸡黍亦是桃源。

---

①1901 年，吴之英愤归故乡，在名山县车岭镇吴沟鹿子岩下，盖了三间茅屋，侍母力田，著书立说。因痛恨清廷腐败，人亡国瘁，而又无能为力。遂以《庄子·人世间》中的不材之木“寿栎”自况，取其“无用”有用，“无为”有为之意，将茅屋署名“寿栎庐”。时际春节，撰此春联。此下数条，则为陆续收集到者，附于其后。

名山县立高等小学联语[①]

夫子文章可闻矣，吾党狂狷尚斐然。

门 联[②]

无怨无尤游方外，勤读勤耕乐道中。

存古学堂联语[③]

江淹昏亡，犹握秃管；张华老病，强对册文。

国学院楹联[④]

斯道也将亡，难得四壁图书，尚谭周孔；

---

①1907年，名山县立高等小学开办，请吴之英任校长，他手书此联，贴于校门。用《论语·子路》中“狂者进取，狷者有所不为也”之典故，要学生立大志，富有进取精神。成为狷介之士，学以致用，斐然成章，为国效力。

②1909年，清廷计开礼学馆修明礼教，编纂《通礼》一书，聘吴之英先生为礼部顾问官，自公卿至布衣视为重选，然而吴先生却之不就，世人哗然。吴先生书此联于门，弟子得之。

③1910年，四川提学使赵启霖在成都开办存古学堂，谢无量为监督（校长），诚聘吴之英任教。吴先生撰书此联，表明自己虽年高体弱，仍愿为培育蜀士“握秃管”，“对册文”，呕心沥血。

④民国元年(1912)元月，四川都督府开办国学院。吴之英先生受聘担任国学院第一任院正，手书“国学院”三个大字于校门，并撰写此联。“渊”指汉代辞赋家、四川资中人王褒子渊，“云”指汉代文学家、哲学家扬雄子云，以表达其对后辈的期望。

后来者可畏，何惜一池芹藻，不压渊云。

附：友人撰赠联语

自王（闿运）伍（崧生）以还，为人范，为经师，试问天下几大老？
后扬（雄）马（司马相如）而起，有文章，有道德，算来今日一名山。①

——谢无量撰书

拜母尤忆升堂，异境不消千古恨；
故人实伤陟屺，重行遥帐九秋情。②

——进士　宋育仁

品节在严郑之间，白首孤行，自有千秋型蜀士；
文学继卿云而后，玄亭重过，空悲一国失人师。

——学者　吴　虞

义蕴阐高堂，制待五百年来重熙礼乐；
典型存石室，窃随三千人后共拜衣冠。

——翰林　颜　楷

蜀士号能文，自扬马而还，旷世逸才人几个？
名山留胜迹，览蔡蒙毓秀，南州冠冕独先生。

——举人　赵正和

知交零落，旧雨难忘，对我体恤周旋，一年提携紫霞舍；
斯道将亡，老成凋谢，如今文章德行，千秋不朽寿栎庐。

——举人　王炳阳

孝慕终身，香积天花，是佛说佛恩深旨；

---

①这副对联后来镌刻在吴之英祠堂里。

②此下十四联，为1918年吴之英逝世于任上后，友朋挽赠联语。

斯文既表，茂林风雨，有谁求《封禅》遗书。

夫子究何归？忆昔绛帐传经，共座春风沾教泽；
人师难再遇！从此玉楼待诏，每逢佳节动遐思。

锦水溯渊源，契少三生，愧我未能亲问字；
蒙山观教化，缘悭一面，令人何处再谈经？

四方来观，礼习延陵季子；
万流景仰，谥为文苑先生。

步趋景杏坛，春风同坐三年永；
云落悲槐市，泪雨横飞五月寒。

昌黎起八代衰颓，北斗泰山，汗流籍湜追随晚；
高密阐群经异义，今辰来巳，梦到龙蛇礼乐崩。

大道已难行，尚留孔鼎汤盘，一代典型钦北斗；
斯文真欲丧，无奈泣麟悲凤，两楹俎豆奠东山。

经学忌汗漫，辞章忌排优，先生已做到约而精，浑而奇，谈何容易！
儒林为模范，乡党为冠冕，我辈从今后疑于问，心于服，谁当乡辈？

壽櫟廬隸書廿九

卮言和天

受業顏楷署

吴之英诗文集卷六

叙 跋

《周易寡过录》叙[①]

《易》以卜筮书，不毁秦火，而七十子遗说遂湮。今所传《易传》，非卜氏书也。

汉兴，田何[②]三传而有杨何[③]，史迁[④]以言《易》者本杨何，谓何传盛耳。班固以为本田[⑤]，何，误字也。田生四传费直[⑥]，高相不在列，而东汉多传费氏，马、郑[⑦]其最著也。晋王弼[⑧]亦治费氏，乃托辞忘象。圣人设卦观象，安得云忘？《易》以天道示人事，持论高，则道详而事略。又辟互体，直谈

---

①周易：一般叫《易经》，传为伏羲、文王、孔子所作，伏羲画卦，文王作《系辞》，孔子作《十翼》。

②田何：汉淄川人，精治《易》，师东武孙虞，而传王同、周王孙、丁宽、伏生。

③杨何：汉淄川人，从王同等受《易》学。

④史迁：即司马迁。《史记·儒林传》："要言《易》者，本于杨何。"

⑤本田：班固认为司马迁说的"本于杨何"，这句话中的何字是错误的，应该是"田"字。

⑥费直：汉东莱人，治《易》，东汉时陈元、郑众皆传费氏《易》，马融传郑玄，郑玄注《易》，三国魏人王肃、王弼也作注，费氏之学大兴。

⑦马、郑：指汉代治经大学者马融和郑玄。

⑧王弼(226－249)：三国魏山阳人，字辅嗣。好论儒道，辞才逸辩，卒年24岁。注《周易》，黜象数而言义理，杂以老、庄，开后来谈玄之风。故吴之英在下文批评王弼，说他"托辞忘象"。

六爻,《易》义全晦。唐时学者喜诵王学,汉学用微。今唯王《注》全存,不可尽信。

窃《易》经四圣人论著,理、气、象、数毕具。深及天人之际①,显见事物吉凶,非可以一体窥一兆考②。自受书,辄能诵,未尝专治之。今行年五十矣,追思先师学《易》之义,时有冥会。著录于篇,作一体一兆观,以为瘉③于夜行云耳。

《尚书信取录》叙④

《书》以尚乎帝王之道也,岂古之云。《易》古矣,辞变象占尚焉,而周之以是知圣人之贵人事也。百篇既阙⑤,伏生⑥衍其传述,今文二十八篇,叙一篇。逮孔安国⑦古文出,以考论,今文增多二十五篇,综五十三篇。又离《虞书》为《尧典》,离《益稷》、《皋陶谟》为二,《盘庚》为三,《康王之诰》、《顾命》为二,则五十八并叙为五十九。余乱灭者四十一篇,不可知解,藏之于官。自安国写为隶古定⑧,今文悉合古文,当时经

①天人之际:指汉代天人之学,即天人相与之学,说明天象与人事的相互关系。语出汉董仲舒《对策》:"以观天人相与之际,其可畏也……"

②一体、一兆:体指卜兆。兆,指卜吉凶的巫官把龟胛、牛骨胛用火烧后,出现裂痕,这种裂痕就叫兆象。卜官细看兆象,断定吉凶。

③瘉(yù):通"愈",好过,胜过。

④信取录:吴之英把他谈《尚书》的主张命名《信取录》,盖取《孟子·尽心下》"尽信《书》,则不如无《书》,吾于《武成》取二三策而已"之义。

⑤百篇既阙:《尚书》原本有100篇,已失传71篇。

⑥伏生:秦代博士,汉济南人,传《尚书》29篇。西汉学者,皆出其门下。

⑦孔安国:汉曲阜人,字子国,孔子十二世孙,武帝时官谏议大夫。安国受《诗》于申公,受《尚书》于伏生。

⑧隶古定:用通行隶书去译写籀文。今文即隶书,古文即籀文(大篆)。

师多传之。

汉末道微，经学渐熄，晋豫章内史[1]上《古文》，非孔旧矣。唐陆德明《释文》叙录称安国献《尚书传》，伪传名由此兴，《汉书·艺文志》无此说也。宋儒说书，多疑古文。国朝梅鷟[2]作《尚书考异》，讥其传《禹贡》瀍水出河南北山，传积石山在金城西南羌中，河南、金城名皆在安国后。朱彝尊[3]《经义考》谓："《书》叙传称'东海驹骊、扶余肝陌之属'，驹骊王朱蒙，汉元帝建昭二年建国，安国当武帝时预知。"阎若璩《古文疏证》谓其注《秦誓》"虽有周亲不如仁人"，与《论语》注反。又传本有《汤誓》，而注《论语》，以为《墨子》引《汤誓》之文，诸家征引所出，伪迹甚著，《传》伪，则古文伪可知。

英据文以决其伪，凡今文皆奇奥精丽，理富辞达；古文鄙浅平薄，如出一手，远于事理而气不联属，非有所畸重，直嫌其少义耳。如张俨记《后出师表》，令人齿冷。此非可以口舌争，读者将自得之。

英自受《书》，合读今、古文，久觉其谬，近则喜读今文。孟子云："尽信书，不如无书。"取其可信，以伏生所授为断，旧分叙于篇首及末，今依汉师编次，厘为一篇，著于首，学者得识古焉。

---

①晋豫章内史：指梅颐，晋西平人，元帝初官豫章内史。孔安国作《古文尚书传》，因武帝时巫蛊事起，未及立学而亡。颐得孔氏传而奏之，后人疑其伪造，至清阎若璩作《古文尚书疏证》，其伪愈明。

②梅鷟：明旌德人，官国子监助教，著《尚书考异》及《尚书谱》。此处吴之英说："国朝梅鷟"，似误。梅鷟著书力排伪孔，并找出了相当证据，为清代阎若璩、惠栋、丁晏证明伪孔奠基。

③朱彝尊（1629—1709）：字锡鬯，号竹垞，清秀水人。工诗、文、词、曲、经学考据，著有《经义考》300卷。

《诗以意录》叙①

《五经》唯《诗》为文章之书。子贡所谓得闻者，古以叶乐，歌于堂上，皇王代有之。孔子删《周诗》，以为吟咏之盛，观止矣。分三名：先在观民俗，故首风；次国家之政体，谓之雅；次告神明，谓之颂。而直赋与比物，与托兴，别三体焉。风具体，雅、颂赋体维多，《周官》②错为六义③，会经纬④尔。

旧称子夏作《诗序》，盖亡于秦。今毛本⑤引序⑥，冠诸篇，有古义焉。然《后汉·卫宏⑦传》称宏作《毛诗序》，今传之，未必及先贤微言也。

《二南》⑧题为风，始标王业所基，《邶》、《鄘》因《卫》⑨存纪旧封，亦为崇先圣后，并原三监⑩之亡为世戒，是兼四义⑪。

---

①诗以意录：吴之英取“持吾志以通《诗》作者之志”之义以名篇，语本“诗言志”，“以意逆志”（《孟子·万章上》）。

②周官：即《周礼》。

③六义：指风、雅、颂、赋、比、兴。

④经纬：经，指经书，纬指傅会经义的纬书，如《诗纬》等。

⑤毛本：指毛亨、毛苌所作《诗传》。

⑥引序：序指《毛诗序》。序有大小之分，传说大序为子夏作，小序为子夏、毛公合作。

⑦卫宏：东汉东海人，字敬仲，受学谢曼卿，作《诗序》。

⑧二南：指《诗》中《周南》、《召南》。

⑨邶鄘卫：指《诗经》中的《邶风》、《鄘风》、《卫风》。邶、鄘、卫，古国名。《诗经·国风》中所收邶、鄘、卫之诗，经前人考证，都是卫国之诗，故云“因卫存纪旧封”。

⑩三监：周初封纣子武庚以续殷嗣。周武王命弟管叔、蔡叔、霍叔监之。

⑪四义：指风、赋、比、兴。

《王风》[1]继卫，闵西京之陵夷。卫旧方伯也[2]，自平王东迁，王道废阙，然礼当冠冕群侯，故降于风，而仍以王号。郑为畿内国，周公迁所，依新洛方伯之职，起与旧卫同。齐本倡霸，诗应次王，辟郑所以存周。魏为大名，国由先建，不与诸侯专封，因发继绝之例，所以开唐启宇义等。邶鄘且张，七国争强，魏与韩、赵半天下，晋之余烈及远也。唐题始封晋，因水名，本录晋而识先灭之功，目诸侯一同之礼，赵、韩于是括焉。《齐诗》编至襄，《唐诗》编至献，以为桓文之事，具《春秋》，孟子所谓"《诗》亡然后《春秋》作"，知《诗》与《春秋》通，进退之典，构终始之兆焉。秦受西京之封，有代周之业，西戎霸主，故得采录，尤《书》叙《秦誓》然。观古知今，后事灼见，孔子不亡宗周之本旨也。陈备三恪[3]，南方之伯，录与郑同，起夷狄主盟之渐。郐郑氏陆修四子之胄，曹邾氏陆终五子之胄，曹叔振铎，实媲其德，乃联编焉。《春秋》所以通九皇也，殿《豳风》，与《二南》相起，昭恭俭为后王式。农桑，王政之本，世不可革也。

郑康成据《七月篇》，分风、雅、颂。英以《七月》为风，《鸱鸮》、《东山》为雅，《破斧》、《伐柯》、《九罭》、《狼跋》为颂，不至割离章次。亦使后六篇各有所属，以符《周官》籥[4]章之守。

《小雅》、《大雅》，序谓以政之大、小名。盖《小雅》义促，时近于风；《大雅》鸿深，辞趣近颂。皆有政变焉，观其事理可知也。郑《谱》谓皆西都时《诗》。读诸篇所称，唯文、武、成、

---

①王风：《诗》十五国风之一，其音哀以思，后以象征王道之衰微。

②方伯：周代一方诸侯之长。后泛指地方长官。

③三恪：周封虞、夏、商三朝之子孙于陈、杞、宋。

④籥(yuè)：古管乐器。

厉、幽、宣六王，信矣。

周之作颂，太平盛德，配天享庙，歆神和物，巨典也。鲁编颂而不风，摄天子后郊祭及祖，白牡荐公，秉周之礼，四国[①]以宗，非故府无文，行父敢以私意僭请，故说《春秋》者，直以为托王于鲁也。

《殷颂》本存周史，太师所授，孔子宜事有专习，而仅得五篇，则藏书难讳散佚。存《殷颂》次鲁，所以故宋不与周诗厕，义主尊周。周乐备六代，而上篇不及夏诗，以为文献无征，亶志节奏而失意解，则古乐就灭之验尔。

昔之学者，兴于《诗》，成于《乐》，故家塾读之，东序[②]习之，成均闲之，治经故宜以为首。自孔子传卜商[③]，授鲁申[④]，而李克[⑤]，而孟仲子，而根牟子[⑥]，而荀卿[⑦]，率有撰述，故《诗纬·含神雾》有上统元皇、下序四始、罗列五际之说，引而极之，少疏博离趋，不可具陈已。汉兴，浮邱伯[⑧]授申培[⑨]，名《鲁诗》，辕固生[⑩]名《齐诗》，韩婴[⑪]名《韩诗》，三家最重。毛亨[⑫]受业荀卿，以授毛苌[⑬]，虽未立学，而传习者众。厥后，三

---

①四国：四方邻国。
②东序：与下文"成均"并指大学。
③卜商：即孔子弟子子夏（前 507—?）。
④鲁申：鲁人曾申。子夏传《诗》于曾申。
⑤李克：曾申授《诗》于战国初魏人李克。
⑥根牟子：李克授《诗》于鲁人孟仲子，孟仲子授于根牟子。
⑦荀卿（约前 313—前 238）：即荀子，根牟子授《诗》于赵人荀卿。
⑧浮邱伯：西汉齐人，从荀卿授《诗》。
⑨申培：鲁人，独以《诗》为训以教。后称《鲁诗》。
⑩辕固生：西汉齐人，治《诗》，称《齐诗》。
⑪韩婴：燕人，有《诗内外传》数万言。后仅存《外传》，称《韩诗外传》。
⑫毛亨：荀卿授《诗》于鲁国毛亨，后称《毛诗》。后世称亨为大毛公。
⑬毛苌：毛亨授《诗》于赵人毛苌。苌或作长，世称小毛公。

家不嗣，郑康成特为《毛传》作《笺》，故今言《诗》祖毛。唐以后，《诗》注颇多，宋朱子《诗传》[①]为世尊尚，唯"诗无达诂，近《尔雅》则精"。教主温柔敦厚，理性情以约，说无取劓，理贵乎彻，是以告往知来，已非本章正诂。文辞无害，曾是孟子专经，郑于毛犹用砥相成，朱《传》之略可补也。持吾志以通作者之志，成《以意录》。

宋芸子《问琴阁丛书》序[②]

人与世相需也，所以贵生，谓世事有必待吾行者。行之而尼，天也。托空言焉，其有所不得已也。芸子宿共学，英以不与举，重自黜，甘涸老农，暇辄读，课有常限，暇辄钓。芸子举进士以出，才名震甚。潘翁[③]诸大老皆爱重之，始荐主广西乡试。覆旨，又命副使英。驻英未期，日本犯台湾，廷臣会谋，无敢执咎。战事闻海外，君以《春秋》之义，大夫出竟有遂事专名，请英师水队，乘悬军捣日都，虚约必胜，许以千五百万金犒来舰。电传往复，私费六百余金。书始上，留中久之。和议决，乃答复罢所约。台湾既割，有闻乞师事，必咄咄惜。芸子由英还，锐气弗熸，凡时政所急，持议迕俗[④]，辄抗疏论列，若财政，若币制，若商务，前后若干疏，俱请大臣代之奏。终于自劾一疏，宛转披诉，述往陈情，痛哭辞诀，已知事势之必不可为矣。呜乎！壮夫立朝，拳拳招忌，不断头即万里谪

---

①朱子诗传：指朱熹著《诗集传》。

②宋芸子：宋育仁字，与吴之英为尊经书院同学。

③潘翁：指潘祖荫（1830—1890），江苏吴县人，字伯寅，号郑庵。咸丰二年一甲第三名进士。光绪间，官至工部尚书。卒谥文勤。

④迕（wǔ）：违背，不顺从。

耳，何望今日而犹以黄冠归也！故有著录，言其所不能已也。为虑习辞赋者，趣纤丽，辟古拙，存《文录》、《诗录》。经国变，感遭遇，存《哀怨集》。慨学唐诗者之眯于气运也，作《三唐诗品》。慨学古文者之罔顾典则也，作《夏小正文法今释》。

简州傅润生《淡齐集》叙

道未有体，微所寓而寓焉。天地丞之，万化咻然。灵华婥其有研，而謷聋孑躄，不可册贤，知怵之虑。将息心于和静，咫物累谓之省。托身于夷远，咫形累谓之诎。如不克放事以游也，乃始彀吾机以迎利害，轩骈冠弁相赫，冤汩龉格过半，迓趣亟而拯之，为德可名也。由时有专惠，又厘件而豫之，为言可立也。由时有修辞，故曰：有德者必有言。其实德不必言，不获已，豫法以埶[①]德，故曰：辞达而已矣。为德之缀而道之穷也。

往岁东游简，恢其山脉，自西奔注，若骏马顿衔，若伏虎前踠，若翥凤回翔而运昒，若怒鼋蹬龟，腾蛇相迕相逐，而濡呴各啬，贞秀若闸若翕[②]，若盈乎羞而以蹇蕈为贡者。其民气钝而句[③]，童童焉齐山[④]，性胎仁，殆可变于道尔。

润生傅君，简君子，始遘[⑤]之，纳然无所任。居数月，郭

---

①埶：至也。

②闸（pēng）：无隙貌；翕：闭合。

③钝而句：质朴而谦恭。《大戴礼记·曾子立事》“与其奢也宁俭，与其倨也宁句”，孔广森注：“此以数术喻，倨言过，句言不及。凡三角，过于矩为倨，不及矩为句。古言倨句，今言钝锐。”

④齐山：像山一样。

⑤遘（gòu）：遇见。

如有蒸焉。期年，醰曼[1]与沈，弗忍别，别乃恤然自聩矣！尝语人曰：润生粉聂简山之神以铸德，实忘实知，鳍[2]而整婧，假依乎道，匪容声[3]者。

阅八年，读其诗，其人古矣！则泫然曰：润生犹有诗耶？乌呼！此自以为居业也。虽然，润生之不传偒[4]于德，润生之可传，不在诗。

简州《王氏谱》叙

古者宗法[5]，盖有谱[6]记。大宗[7]之谱，纪其所分；小宗[8]之谱，纪其所出。故司马迁称：读《牒[9]记》，自黄帝以来，皆有年数。《五帝系牒》，世代可稽。又称"读《春秋历谱牒》，多记世谥"，然则左氏所述，金天[10]、帝鸿[11]、高阳[12]之子孙。《大戴》记孔子答宰我，帝系姓之支别，宗谱[13]也。景王[14]数孙，伯

---

①醰(tán)曼：谓感情亲密醇厚。醰，醇美。

②鳍：通"遒"，急迫，迫近。

③容声：使用语言，说话。意为无劳更事辞费，容其声说也。

④偒：古荡字，放荡。《尚书·伪毕命》："以荡陵德，实悖天道。"

⑤宗法：古代以家族为中心，按血统、嫡庶来确立统治社会的法则。吴之英用此词，是指"尊祖收族"，"佐国家、养民、教民之原本"等家族系统的制度而言。说详见《礼》、《仪礼》。

⑥谱：按照事物的类别或系统编排记录。

⑦大宗：宗法社会以嫡系长房为大宗。

⑧小宗：嫡子一系为大宗，其余子孙为小宗。

⑨牒：本指刻在木上的文书，此指谱牒，即家谱。

⑩金天：即金天氏，古帝少昊的称号。王以金德，故名。

⑪帝鸿：《史记·五帝本纪·集解》引贾逵云："帝鸿，黄帝也。"

⑫高阳：古帝颛顼。建高阳国，因号高阳氏。

⑬宗谱：即族谱。

⑭景王：指周景王姬贵(前544—520，在位二十五年)，与孙子同时。

黡为籍谈祖[①],证为晋司典之后。范宣子[②]所记:虞以上为陶唐,夏为御龙,商为豕韦,周为唐杜,晋为范,支谱也。宗以收之,谱以记之,古于合族密矣。

汉无宗法,然自史迁作《年表》,旁行衺[③]上,刘杳[④]以为全依《周谱》,知家谱[⑤]法如史谱。故史迁自叙家世甚审,是为谱之由存。

晋自胡羯冓[⑥]乱,族姓错居,然士类贵族、通人,犹能举其家世。唐初,启宗勋臣,多非望族,太宗怒其区择,武后贵其私暱,谱系之传,不关典要。宋时有欧阳修《谱》、苏轼《谱》[⑦],立例近雅,故说谱者多善欧、苏。

王之先有二源,一出于毕万[⑧],魏裔也。今诸王谱,罕闻称载者。一出王子[⑨]晋,周宗也。裔孙在明时,居楚北,不能记所迁。可录者四世,由楚迁蜀之简,历十世,有户三百,皆

①伯黡为籍谈祖:伯黡是籍谈的祖父。伯黡,春秋晋大夫,因管理晋之典籍,以官为姓;籍谈,伯黡之孙。

②范宣子:春秋晋大夫。

③旁行衺上:衺同"斜",故亦作"旁行斜上"。旁行斜上,即横行斜线,后用指以表格形式排列的系表、谱牒。

④刘杳:梁人,尝引汉桓谭《新论》:"太史《三代世表》,旁行邪上,并效《周谱》。"见《梁书》卷五〇《刘杳传》。

⑤家谱:记载一姓世系及其家人事迹的书。也叫族谱、宗谱。

⑥冓:通"構",造成。

⑦欧阳修谱:指欧阳修所著《欧阳氏谱图》。苏轼谱:当为苏洵谱,洵著有《苏氏族谱》。

⑧毕万:春秋晋人封于魏,毕万系出姬姓,周文王系毕公高之后。为王姓所出之一。

⑨王子:复姓,本姬姓,周大夫王子孤,王子城父之后。王氏,天子之裔,所出有四:(一)姬姓之王;(二)有妫姓之王;(三)有子姓之王;(四)有虏姓之王。吴依此说,认为简州王氏是子姓王氏后裔,是比干的后代。

能操专业，营生产，无忝先宗①，可谓繁盛矣！

今年秋，远孙耿光，谱入蜀以来宗系。谱成，为言谱牒所自并宗法不复宜于家谱，存敬宗收族之谊②，诒③其后人。

《佛经挈要》叙④

佛说《经》，文备理备，阿难⑤奉旨辑《经》，文理如佛。《经》传于中国则为译本，识学暗薄，无论已。深西学者，或失之繁；深东学者，或失之晦。必蕲默探佛谛，委折畅宣，简练成章，不杂不蔓，而后《经》之威神鼓舞，佛之慈悲流贯焉。

三藏⑥鸿博《十二经》，《经》赅三善⑦，然能记诵者盖寡。译文会理有名者，《金刚》⑧、《楞严》⑨、《法华》⑩、《维摩》⑪、《华严》⑫、《涅盘》⑬，讫《观音心经》最，而《金刚》、《心经》尤多持受，得传口耳，闲简而达也。

学者耽烦恼，既少暇，使读难尽之辞，通难尽之意，将望

①忝：辱；先宗：祖先。
②收族：谓以尊卑、亲疏的顺序团结族人。语出《礼记·大传》："尊祖故敬宗，敬宗故收族。"谊，同"义"。
③诒：遗传。
④佛经：佛所讲述的教义，佛家以佛所说为经。
⑤阿难：佛的十大弟子之一，释迦从弟。
⑥三藏：即唐释玄奘法师。
⑦三善：指臣事君，子事父，幼事长三种道德规范。
⑧金刚：《金刚般若波罗密心经》略名。
⑨棱严：即《楞严经》，佛所得三昧之名，万行总称。
⑩法华：《玄妙法华经》。
⑪维摩：《维摩诘所说经》。维摩诘是佛在世时居士。
⑫华严：《华严经》，佛成道后第一次说法所化经。
⑬涅盘：佛经名，有大乘、小乘二部。

藩篱而却，犹睎窥堂窔[①]乎？解人不遇，大道日汩。世尊[②]教求善知识而礼事之，知相謦之道促绝也。英迟奉遗教，阂锢[③]见闻，每读方等[④]真言，不胜欢爱，因掇录典要，标一偈[⑤]一咒，招引方来。

夫拘尼芥种[⑥]，报力万斛，蒟酱奇羞，生香盈案，质重之文，约易简而理得，一勺分甘[⑦]，"谁谓河广"[⑧]？"卬[⑨]须我友"，试共苇航[⑩]。

杨伯平钩《吴让之墨迹》跋[⑪]

书于六艺差礼乐，形谊为之椹胶，以声古无不傅，籀文之篆，因有损易，变隶将遁乎形。汉习者或晓李、程[⑫]，趋魏晋姿势浸巧，故韩愈[⑬]以为俗。贤士夫争拙蕲会古，古缊[⑭]秀见拙，

①堂窔(yào)：深奥境界。窔，幽深，屋中东南角。

②世尊：佛十号之一，受一切人、天、凡圣之尊重。

③阂(ài)锢：闭塞。

④方等：佛教语，谓所说之理方正而平等。

⑤偈：佛家唱词，颂语。以四句为一偈。咒：佛教中叫真言。

⑥芥种：诸相皆非真，巨细可以相容之义。

⑦一勺分甘：分给甘美之味。

⑧谁谓河广：此句引自《诗·卫风·河广》，咏母子知礼畏义之作。

⑨卬(áng)：我也。《诗·邶风·匏有苦叶》："卬须我友。"

⑩苇航：小船。《诗·卫风·河广》："谁谓河广？一苇航之。"

⑪吴让之(1799—1870)：名熙载，原名廷飏，号晚学居士，江苏仪征人。诸生，包世臣的学生，清篆刻家、书画家。

⑫李、程：指李斯、程邈。秦相李斯据"小篆"以定文字，程邈则采民间俗字为隶书，对汉字的统一与规范有一定贡献。

⑬韩愈(768—824)：字退之，唐宋八大家之首。

⑭缊(yùn)：通"蕴"，渊奥之处。

庄厚宜雅,淫婧[①]无与干。世鲜知伯平知书,模家让之迹不失实,惜一再遇,未及于卒也。冯春乔达其素志,以即刻缀书事焉。伯平交谊如此,操行书法可知。让之,咸同间有书名。

《卮言和天》叙言

尼父之文,与人流通。屈平[②]稿未定,不予上官大夫[③]。古者言之不出,贵于讱[④]也。孔门列科,言语次德行。《春秋》尚聘问,《左氏》[⑤]载其问答之辞。郑笃邦交,修文章四易而成命。《国语》[⑥]达国书上及王官所述,诘裔乎炜矣。汉之相如最有法,司马迁稍遁于典,然学亦有本焉。他则瓦豆沙木,伏案争句读、声律,未知为天精地华,先圣贮道之符宝也。英幼受读,祖父教为文,取最古朴之辞以授,积读久,渐知有厚味,顾其所以,酞醇弗可得,曰姑舍旃。且观天地人物之所为立,所为成,以相与缔接于其间者,何事能析言而有仑,会言而相贯?则于是见文焉,其实无文也。试语有暇,故多能鄙事。谓将质周、孔不误耶?英谨识而袭藏,至今不克喻。间有述造,录为一集。其他一笘一简,书成即置之。宣统之元,岁在庚戌[⑦],寓城南精庐,学子殷德三偶读书疏,曰:"是

①婧(tuǒ):美好。

②屈平(约前340—约前278):名平,字原,楚人,战国时期著名的诗人。

③上官大夫:战国时楚国大臣,因嫉妒屈原才能,向楚怀王进谗言,使疏远屈原。

④讱(rèn):出言难貌。

⑤左氏:指左丘明所著《左秋左氏传》。

⑥国语:传为春秋时左丘明辑。二十一卷,以记西周末年和春秋时期周鲁等国贵族的言论为主。

⑦庚戌:1910年(宣统二年)。

不可弃也,存之为先生年谱。”是其说,续录之,亦记旧作二三,时间出,不得迳次。当春鸟一声,山华初笑,秋月淡淡,溪响清越,时开簿记,泛诵一篇。无端绮语,发我古狂,条理相思,故人入坐,半生阅世,历历本原,都在披陈。寻出喜怒,亦山中之要典矣。然则殷生者,固我苍崖碧涧间一功人也。乙卯[①]七夕后一日,西蒙愚者书。

《仪礼奭固》叙[②]

《五经》管道枢[③],礼荐[④]之谓道德原兆,爰人犹影响也。人维肌肉筋骨之亲,会愜[⑤]束固,乃据而立,其齐胥于父子、兄弟、夫妇、君臣、朋友,赍[⑥]居豫,茅局已节,攸废驿者[⑦]。弇腊尞[⑧],俶腷[⑨]三,三而五[⑩],如筭如器[⑪],咫[⑫]握以天道假,地道甲,人道放,尊卑与贯。自黄帝,历日月,依鬼神,托吉焉。

①乙卯:1915年(民国四年)。

②本文原载《寿栎庐丛书·卮言和天》卷二之首,兹据《仪礼奭固》卷首辑录。仪礼:十三经之一,古称《士礼》;奭固:训诂,对生字难句作出解释。

③道枢:道指宇宙万物之本源、道德、道义等;枢,中心。

④礼荐:指礼仪规范。荐,古称无牲的平时祭礼。

⑤愜(qiè):恰当。

⑥赍(jī):送给。在下葬经过道路的途中,设祭奠礼品叫赍。

⑦驿者:疑“驿”当作“译”,即指传译、传递。

⑧弇(yǎn):遮盖,向里收拢;腊(xī):干肉;尞(liào):柴祭天地。

⑨俶(chū):始也;腷(bì):郁结。

⑩三:指从本身算起,上推至父、祖、曾祖、高祖,下推至子、孙、曾孙、元(玄)孙;五:指五伦,一、父母,二、兄弟,三、夫妇,四、君臣,五、朋友。合之称亲疏之伦,伦统于五。

⑪筭(suàn):同“算”,古代计数筹码;器:指有形的具体事物,与“道”相对。

⑫咫(zhǐ):古代长度名,周制8寸叫咫,合市尺6寸2分。

说死难亡，侯象伏物，托凶焉。振五兵①，服蚩尤②，托军焉。玄堂监，辑诸侯，禺巡合符，托宾焉。男女闾交而合夫妇，为设俪皮，托嘉焉。至《唐典》③，在伯夷④，渐周勺⑤，贺损益，宗伯尸之⑥。盖周公宏例，函三王，猎六代⑦，上达九皇⑧，故饮之有玄酒，食之有大羹，衣服之有市韠⑨，视之昭律⑩，先矩也。

秦任刑法，礼教弗章，未稔刑法之根孳乎礼教耳。失礼而姡⑪之，罚匪权其相直，令之贸绾⑫在经。楔⑬马之足，欲倍其程；刻龟之背，欲寿其灵。故就屦綦⑭者不问縢⑮，鼓锻炉者不问蒸，几其自成矢后登焉尔。

老子、韩非皆礼家，司马迁合传，为皆原本道德之意，古人未尝一日忘诱斯民而内之道德也。

①五兵：泛指军队。或指戈、殳、戟、酋矛、夷矛。

②蚩尤：人名，曾与黄帝作战。

③唐典：少昊、颛顼、高辛、唐尧、虞舜之书谓之五典，《唐典》即唐尧之书。

④伯夷：人名，商孤竹君墨胎初之子，其弟叔齐。周武王伐商，夷、齐兄弟耻食周粟，弃官而走，采薇而食，饿死首阳山。

⑤周勺：周公所作乐名叫《勺》。

⑥宗伯：官名，即后世礼部之官，主礼之官；尸：古代祭礼时，代死者受祭的好人，或神主牌，或主持人。

⑦六代：指黄帝、尧、舜、夏、商、周。

⑧九皇：古代传说中的九个皇帝。人皇九个兄弟，分治天下。

⑨韠(bì)：古代朝觐或祭祀时遮蔽衣裳前面的一种服饰。

⑩昭律：昭，古代宗庙制度，在始祖庙之左者为昭。律，法纪、规则。

⑪姡(huó)：狡诈。

⑫贸绾(wǎn)：变通。

⑬楔：补缺使之坚固。

⑭屦(jù)：草底鞋；綦：鞋带。

⑮縢(téng)：封闭，约束。

汉兴，叔孙通[①]草具朝仪，多袭秦故，齐鲁士羞之。文景之盛，斞[②]可改作，有爱黄老言，不奭其试，肆底三十九篇[③]，奄佚无师。迨孝武明诏议制，略成《汉仪》。光武因之辟垫，二千余年相嗣，或颇损革，皆汉典也。

今述十七篇[④]，高堂生[⑤]所授，校合古文，渊茂奥博。周京[⑥]旧法，匪但句读，离瑰微谊[⑦]，往往寄焉。汉儒命曰《士礼》，而《公食[⑧]大夫》、《聘》、《觐》列其中。班固以上推天子为病，固非服练[⑨]礼体[⑩]者，不与谿[⑪]也。大要礼那士[⑫]起，迭[⑬]效变以畛[⑭]文，嫌则异之，不嫌而同之，趣别等威[⑮]而已。言之激厉震震然，大雅弗庶也。十七篇简矣，吉、凶、宾、嘉

---

①叔孙通：汉薛人，初仕秦，降汉，拜博士。定朝仪，采古礼与秦代杂用之，汉之朝庙典礼多由通订。

②斞(yǔ)：古容器名，量也。

③三十九篇：指西汉所传之《逸礼》39 篇，书未传，争论最多。今存而不论。

④十七篇：戴德(大戴)和他的侄儿戴圣(小戴)均传《仪礼》。今《十三经》中的《仪礼》是刘向《别录》本，亦为郑玄所注之现在通行本。由于大、小戴皆尊、卑、吉、凶杂乱，故郑玄不从。

⑤高堂生：汉鲁人，传《礼书十七篇》，言《礼》者多宗之。

⑥周京：指周之京城，泛指周朝。

⑦离瑰：分散的美玉，引申为大义；微谊：即微言。句谓微言大义。

⑧公食：享受国家的俸禄。

⑨练：白色熟绢。

⑩礼体：礼节、规矩。

⑪谿(xì)：耻，辱骂。

⑫礼那士：说明《仪礼》所载多半是士的礼。那，多也。

⑬起迭：交替而起，接连出现。

⑭畛(zhěn)：界限，根本。

⑮等威：与一定的身份、地位相应的威仪。威仪的等差。

具[①],唯军礼缺。然宾而德,凶而谊,视之题为通可已。姬朔[②]宜纯,著之云尔。汉郑玄《注》存,漏瘠屡出。藉吾李诊,写吾菀滕[③],为氏诵肄专业也。孰知固则秽洛,何闻何听?轸谅甑不堕井,簪不凑燐。壮魄腾娆[④],黄神孤啸[⑤]。昆来帖人情[⑥]、狃[⑦]道德之君子,垂冠裳而悬卫民物[⑧]。则英书眑[⑨]赞高裁,犹睎[⑩]其不终霣[⑪]也。

光绪二十有五年季夏六月,吴之英叙。

《仪礼奭固礼器图》序[⑫]

读经宜图,《三礼》器事夥,图尤宜。《仪礼》,《礼》之干也。汉《图》久佚,唯郑玄《注》存。帅据《注》图,所以读经歧谊恖歧,《图》未决一也。英旧撰《仪礼奭固》篇,弟仍刘向《录》。据谊时午注,由为《礼器图》正它图,是为《仪礼奭固》之《图》。

---

①吉凶宾嘉具:指《仪礼》仅有吉、凶、嘉、宾四礼,缺失了军礼。

②姬:指周代;朔:指周王在冬季发布来年政事于诸侯。

③李:通"理";诊,查考;菀滕(藤):郁结。

④壮魄腾娆:强壮的精神也猛烈烦扰。

⑤黄神孤啸:黄神即黄帝之神。《淮南子·览冥》:"黄神啸吟。"高诱注:"黄帝之神,伤道之衰,故啸吟而长叹也。"

⑥昆来:即后来;帖:贴近。

⑦狃(niǔ):执守。

⑧民物:泛物人民、万物,民情、风俗。

⑨眑(yǎo):深远,幽静。

⑩睎(xī):望。

⑪霣(yùn):霣同"殒",死的饰语。此谓书稿的消灭散失。

⑫本篇辑自《寿栎庐丛书》之二《仪礼器图》卷首。

光绪二十五年[①],太岁干在屠维[②],支在大渊献[③],辜月[④]月阳在修[⑤]。名山吴之英标意。

《仪礼器图》跋[⑥]

十七篇,五百六十三图。有复见者,同实异名,同名异实,名实不远,而义有嫌,非复不可别。名实同而义无嫌,不再图,从同。同有枝蔓,其义旁及者,博征为洽,晓人如是。其他猷多待说,则已在《训故》中,不悉具。首列《宫室三图》,在经散见,该举之要谊也。终附《周政三图》,其事也,非器也。事之繁而难理同,于器之当说,撮以补经,钜纲之不可阙者也。

《礼事图》序[⑦]

善言《礼》者达于事,事有大小,经有详略,冓而会之,罔不贯者。古仪不必适今,图训之何也?曰:德与才故犂焉,天理人情,今犹古也。《管子书》曰:"礼谊廉耻,国之四维。"造劳因佚,损益维斞。错其文,帅其意,盖有不可与民变革者,那氏亮圣人议制

①光绪二十五年:1899 年。
②屠维:亦作"徒维",十干中太岁(木星)在己的别称。
③大渊献:《尔雅·释天》:"太岁在亥曰大渊献。"
④辜月:阴历十一月的别称。
⑤月阳在修:《尔雅·释天》:"月阳犹岁阳。(月)在丙曰修,在丁曰圉。""月阳在修"即冬月二十日(公历 12 月 24 日)。
⑥本篇辑自《寿栎庐丛书》之二《仪礼器图》卷末。
⑦本篇辑自《寿栎庐丛书》之三《仪礼事图》卷首。

之本旨也。往者奭《仪礼》有《器图》，今撰《事图》证器，亦用启《奭固》。宣统辛亥八月望，名山吴之英图成标意。

《天文图考》序[①]

《易·系辞》称：庖牺氏仰观天文，为说天始。《国语》称：颛顼命南正重司天以属神，为天官始。《尚书》称"璇玑玉衡以齐七政"[②]，为言日月五星始。羲和授时秩星，鸟星、火星、虚星、昴[③]，夏政因之，为言二十八舍[④]始。《春秋》书"恒星不见"，为言恒星始。恒星世有异名，亦不可具名也。《诗》称"月离于毕"[⑤]，为测候[⑥]始。《尔雅》释寿星大辰诸名，为周天[⑦]分次始。左氏述子产云"商邱主辰"，"大夏主参"，为列宿分野始。山川百物丽于土，道形而上，道之形即天之象，人亲地而尊天，故子产以为远。盖见占验分岐，莫适所信。司马迁谓甘石之占"凌杂米盐"者也。加之星体大小，光章隐不常，或且减益，疆里日辟，远徼来通，

---

①本篇选自《寿栎庐丛书》之五《天文图考》卷一。

②璇玑玉衡，以齐七政：各有两说，前者一说是我国古时测量天体坐标的仪器，即浑仪的前身；一说是"北斗七星"。七政者，一说为北斗七星，一说为春、夏、秋、冬、天文、地理、人道。

③昴(mǎo)：星名，二十八宿之一。

④舍：古称一宿为舍。

⑤毕：二十八宿之一。《诗·小雅·大东》："有求天毕。"

⑥测候：古称观测天文、气候为测候。

⑦周天：观测者眼睛所看到的天球上的大圆周。《礼记·月令》孔颖达《疏》："凡二十八宿及诸星皆循天左行，一日一夜一周天。"

海①人有占，率持新解，无繇②根荄③其说，历数家又改疏用密，就行度缩失，坚排旧术，久复参差。此实气数悬阂，协时乃适，要后说之精，由师古之略，当其时不谓略也。故据列旧谊，取实今法，首次三天，讫于杨隋，作《天文图考》，耆古者取正焉。

壽櫟廬篆書

天文圖攷

受業顏楷署

①海：天文学上指月球比较平坦的部分。

②繇(yóu)：通“由”，从。

③荄(gāi)：根源。

吴之英诗文集卷七

杂　文

论文篇

大素产奇采，纯朴[①]扬茂葩，夺素之采不华，败朴之葩不寿。善画绘者理其素，采将自奇；善凋削者厚其朴，葩将自茂。文者，纪道体以藏其用者耶？其以饰吾质也。

唐虞以前[②]，荒远失实已，《五经》其矞[③]灵哉！古拙而伟丽，典正而宏深，兼物理而无类，函象数而不名。眇矣！謏乎不可以器量求已。

诸子[④]各操帝王之法，究其短、长、奇、正之谋，试锤以自锻，设捣以自筑，利坚不得相入，终身持之无与变，及综其纲目而论列之，譬军将建节，简精锐而麾之行阵也。

---

①大素、纯朴："素"、"朴"这两个概念，以及本文中一再出现的"大素"、"纯朴"、"夺素"、"败朴"、"理其素"、"厚其朴"、"葆其素"、"完其朴"等，应本自《淮南子·原道》："所谓天道纯粹朴素，质直皓白，未始有与杂糅者也。"素，本意指白色丝绸。孔子提出："绘事后素。"老子："见素抱朴。"庄子："朴素而天下莫能与之争美。"直到嵇康"志在守朴，养素全贞"，"素"、"朴"成了汉民族著文立论、为人立身行事的基本概念。素在这里借指纯真的品质或本性；朴本义指未成材的木头，转义指朴实、厚重的本性。

②"唐虞以前"一则：大意谓《诗》、《书》、《易》、《礼》、《春秋》五部书才是最好的文章。

③矞（yú）：象征祥瑞的彩云。

④"诸子"一则：意谓诸子之作，肆其一端，各适其用，自有独得之妙。

杂家①始于秦，专家微于汉。然宗师近古，时有艳逸之作，论其才杰者，乃能敛意沈浑，抗节激昂，孤写情思，自成结构。虽初别辞赋为一集，犹剑佩翩翩，扬砻笑于康庄矣。

后汉讫魏②，旨意舒徐，寝尚缅骈，徒尊体制。然创为格局而工雅，传以考据而整齐，登降翼如，亦蹇裳而翔步者也。

晋、隋间③，识力已促，法律自严，绮语缦言，争为纤靡。然字得隽而为壮句，段生姿而为遒篇，籍重茵而霏玉屑，亦正席而踞坐者也。

唐、宋④名贤嗣起，计矫薄习，导之庄肃，使驯褊陋。然柔弱者渐乎平易，刚毅者极之溜泄，亢厉者肆其悍粗，质重者因为诡涩，成学不过数人，其余则于于⑤而卧矣。

元、明⑥委惫甚矣，阔引雕其笃实，杂称揜其清畅，勤于细碎而津液槁，疏于体要而孔嗽窒，惷然丰盛，鬲中虚索，偏痹忌医，久成衰病，而菁华乃澌然灭矣。

盖世运历有转嬗，相执略止两端，凿曲而僻，疑遁而骄，不贯不赍，键其门户。处浇俭之居，诶诶争鸿博之辩，蕲胜以立名号，而声贾自娱。至于老死倔诘，犹罔然不识其所归，此不待榜拨而别其缪枉矣。

命曰详说，诶谌⑦维秘，比袭维似，酌之寸铢，以张故例，改

①"杂家"一则：谓杂家师法古人，激昂情思，发为辞藻，自成一家。

②"后汉讫魏"一则：谓东汉以后辞尚骈俪，追求形式，但也工整可观。

③"晋隋间"一则：谓晋、隋文章只讲形制，纤弱靡丽，究其所得，炼字炼句而已。

④"唐宋"一则：谓唐宋力矫前代纤薄之失，重归庄严，然只成就了几名大家，其他人则各持一端，所失自多。

⑤于于：自得之貌，语出《庄子·应帝王》："其卧徐徐，其觉于于。"

⑥"元明"一则：谓元明二代，文运衰弱到了极点。

⑦诶谌：妄语多言；诶，妄语；谌，多言。意为妄谈治乱。

而仍之为善徒，倚而就之为幻学，内自窘而常费绌，因瞰其羸而显劫之。暨乎浸渍已贯，则遂冒垢毒而不屑振濯[①]矣，若是犹有鉴焉，知假之模范以自冯依也。

命曰托拟[②]，两者相与，游而不为，喻谓各如其志也，我以为未闻其方也。

凡为文者[③]，识欲淫以丰其种[④]，智欲约以贵其纳[⑤]，神欲啬以宝其藏[⑥]。等材为之计数，均訾为之剂量。无谄耳谓炼聪，无谄目谓炼明，无谄心与肾谓炼精。[⑦] 朋之，强之，瀹之，泽之，筋骨既而植，血肉既而滋。神爰降性，魂阳日帝；鬼爰幻情，魄阴日水。唯是踵机焉，未尝有与强如泄之也。

故驰骤而风，卷舒而云，调以徵均，奇响而雷震。腴润而雨，密腻而雾，感乎商律，劲肃而霜露。憺憺犄疑若空，郁郁犄疑若充，犹马犹龙，运造化之神工，而莫得经纬之所从，是为黄钟之宫。莽邈者原，高旷者坟，羽音亮作，伊激其曼络冈峦而陗崿。

---

①振濯：振，振衣，抖去尘土；濯，濯足，洗去污垢。晋左思《咏史》八首中有句云："振衣千仞岗，濯足万里流。"

②命曰托拟：托，凭借，依赖。拟，比拟。

③"凡为文者"一则：近人杨世骥在 1944 年《新中华杂志》上撰文介绍本文，认为吴之英提出了写作好文章的三个必备条件，即必须有充实的内容、精密的组织和深厚的含蓄。

④"识欲淫"句：指见闻不怕过多从而丰富其创作的源泉。淫，过分，过多。种，种子，根源。

⑤"智欲约"句：指构思文章时要把握关键从而突出重点。约，关键。贵，使……贵重。纳，接收。

⑥"神欲啬"句：指写作时要深藏主题以使文章更加含蓄。神，精魂，指行文之主题。啬，爱惜。藏，心。

⑦"无谄"三句，疑典出《管子·五辅第十》："淫声谄耳，淫观谄目，耳目之所好谄心。""谄"作藏、隐瞒解。谓作文章要做到耳聪目明，心智清醒，才能做到洞察入微，表述精准。

幽曲只谷，洄洑只渎，角律如何，吁秀其委蛇江海而漪波。俯卬纡盘，蒸蒸绵绵，或息之昼卫夜营而洶譞焉，不啻乎喷写之间，以谓沓之牙括而待发已。夫能缄縢若噤，错树若谶，裁折若晕，蹇重若钝，不夸新故醂味厌，不争险故健步疲，损所贪故抒辞简，多所悔故成书迟，其有尊文者存，其游于绳墨之外矣。

若夫才力薄者，如植根核于中土也，谨按节候，齐其土脉，灰燥粪湿，毋伤牙孽。岁纪既得，乃灌乃茁，盖树之十年而生意达焉。而其为櫑[1]蔓然，为芝菌然，为荀与杜蓃蓃然[2]，为芷与兰猗猗[3]然，条然椒与桂之馨然，干然楠与松之阴然。一叶一华，彬郁而遂芳，娟蔚而自媚。不必支离散种之奇，仆累寄生之巧，固已葆其素而完其朴矣。

至于大音穆沕[4]，响满堂室。在今犹古，成者密密。则再使黄帝之兄同年，龙伯[5]之民增长，上士宜有此卮言[6]焉。我所由愿请息，而未知息所者也。解者曰：是天地之积元气也。

阴历阳历爽谊[7]

历者，所以御阴阳也。天不能有日而无月，人不能有男而无女。大明生东，月生西，阴阳之分，夫妇之位也。天道远矣！历之何也？曰：圣人为敬授民时而有历象，俶黄帝作《调历》，爰

①櫑(lěi)：虎豆。
②荀：草名。杜：即杜梨，甘棠。蓃蓃：草盛貌。
③猗猗：美盛貌。《诗·卫风·淇奥》："绿竹猗猗。"
④穆沕：深微。
⑤龙伯：龙伯国的巨人。
⑥卮(zhī)言：谓支离无当无首尾之言。《庄子·寓言》："卮言日出，和以天倪。"
⑦历：推算日月星辰运行及季节时令的方法。爽谊：解释文义。

是有《颛顼历》、《夏历》、《殷历》、《周历》、《鲁历》六历，各树历元，诒说猷可检也。

其法奈何？曰：《虞书》称“历象日月星辰”，知“钦若[①]”之意，成象攸存焉。原容成推步之法，首命大挠编甲子以记日，日数十天以六为节，因而六之为当期日，用符天度。故曰：期三百有六旬有六日，亮首法本以日纪。左氏述史，赵据亥文，核绛老甲子[②]，士文伯以二万六千六百六旬释之，援此例也。日之积不可远，纪必有所节月节日者，朔、望、弦、晦，其候也。校其候，剖甲子半六而月，半月置气，三分候之乘三，变气以命四时，倍六而岁为常岁，概以岁为节月者。假之曰：以闰月正四时成岁，因有奇分焉，不闰猷不得为成也。闰成而奇，积不理历为漏法，叞七闰十九，岁以为章，四章以为蔀，二十蔀以为纪，三纪而复以为元，而五星伏逆迟留胥会焉。故曰：在璿玑玉衡以齐七政[③]，为稽古同天之功密也。

秦、汉以来历家，帅沿古谊。近贬称阴，乃传阳历之名，基西国创法纪日名阳。岁首十一月为正，月皆三十或逾一，唯二月叞二十八日，四岁而二月闰一日，讫冬至，律十二月成岁，为常法新甚！谭说之士异之。

解之曰：中西地鬲，数学分门，欧人巧慧，未与究诎。然有三

---

①钦若：敬顺。语出《书·尧典》：“乃命羲和，钦若昊天。”

②绛老甲子：事见《左传》襄公三十年（前 543），绛县老人无子，有人问他年龄，他说：“臣生之岁，正月甲子朔，四百有四十五甲子矣，其季于今三之一也。”师旷认为他“七十三年矣”，士文伯称“二万六千六百有六旬也”，后因称高寿之人为“绛老”。

③七政：古天文术语。说法不一：①指日、月和金、木、水、火、土五星；②指天、地、人和春、夏、秋、冬四时。

说焉，法眦于日，理不直以月计，一也；月竞赢阅减闰偏居二月，二也；积销与分销一致，配日之尊，徒撰盈阙于虚界，周年而十二作，既采名幡弃质，三也。有此三疑，故阴历可得而说也。何也？至阴肃肃，月袥灵曜，继日虃物，大用无名，景星代月，犹铄嘉瑞。宁有重明丽照等之幻人，粗胪茂烈以章陈趣，其余功用，可排证而析也。

其关于天者，元精沕穆，灏然壹运，犁为昼夜，赋月主阴，助阳宣化，月有生成，延其气，则夏至日南，秋冬局纳，司半岁焉。扩其运，则否塞之世，溃汩酿杀，驶由正化，弛趍闲化，剂晦出明，司降气焉。所谓斡以道也。虚作致满，满为招亏，方于中昃，无愆九轨。流转根静，恒久不息，昭其德也。色如丹砂，焦急桑麻。道假房南，连月炎炎，占日用之。五星陵犯，忧在兵乱，占星恶之。传曰："冒以鳖，其应雪。席以龟，其应雷。入箕为风，重晕之缺。从丽毕而雨，出房北，霖未已。"又曰："亘帷雾，沈黔沍。渟无云，露华新。"又曰："月中人被蓑，高壤欢歌。月中人持戈，车骤马驰。"距年钛为咏谣，井里服习而有验者也。

其关于地者，《春秋·运斗枢》曰："月中实者地景，空者水景也。"语曰："天钩入月，地为之坼。枢星摩，地如波。"故海运潮汐，准月轮张缩。枚乘观涛广陵，积在八月之望，正以金水之气动而有孚，则《淮南子》援以立说焉。

其关于人者，方诸津水，以配玄尊，大事用之，藉以教孝；夜明设祭，姊长伦兄，拜出西门，时巡特典，藉以教弟；《素问》施针，按死生为痏，循穴补写，藉以教仁；铜盘存液，甘润合饵，藉以教和；摄斗建命，舍则《周髀》，家之故斧，藉以教谊；六律六同，禀气名，察清浊，藉以教信；至于孤寒，宵愤光凝，蠹简索绚，假耀红女代烛，故月得四十五日，藉护勤俭；生离胎娠，十月为筭，丧服制衰发，二十五月而差，藉尼性情；对蚀也，救以弓矢，演萦社而鼓之，天子素服省刑，后修阴，令卿士主其适，藉敕眚罚；明堂肆觐，闰月居门，甸服来祀，诸侯异位，藉张王制；群吏之守，国用恒秭，月有要，百工执技，禀赐所及，月有试，藉稽浮冗。尤重者十有二番悬书，顺时颁宪，则礼、乐、兵、刑庇焉。

其关于物者，牛胞黄珀，注日而吸。虎合牝牡，弇灵而翳。犬吠其蛊，鸽尾其雏。燕来春中，雁归秋半。熊兔蟾诸蝎蛇之属，巢户穴窔，枷搰高下，妊孚迕气，或复或奇，饮啄攸柬，由到由慎，三五启敛，陆产所坚宓也。犀角通闭，鱼脑增损，蟹膏日槁，虾颗日益，羸蚌函肉，鳖龟裹珠，仰观盛衰，效其精髓，水种之承畀也。牡桂晔晔，渗华伏霸。芦灰播圜，画离抱珥。月继受朔，月尽则凋。黄杨蔽芾，逢闰鞠句。昙华收光，宵霪歁实。蓂箑章荫，叶谢还舒。三千余族，难与单录。草木有心，无忘恩殖矣。

然则月者，体尊用宏，不能具也。而固遗之，是擅副日耦也。夫岁之首至，历法也，亦周正也。改朔所以张革，故《革》象曰："君子以治历明时。"而常事咸用寅正者，阳闿气发，民析任作，子丑阳微。董仲舒所谓："空虚不用之地，阴所积也。"《颛项之法》曰：正月朔，日月五星起于天庙，故纪月所谓正，即冬至，阳始岁首，实用寅也。汉《太初法》，月二十九日八十一分，日之四十三，先藉半日，月先朔见，命曰阳历，不藉月见，后朔曰阴历。式宜朝会从阳，肇奠斯名，仍依月判。先王正时所为，履端举正，归余故首，朔合元通，调阴阳之钛，不宜得偏称也。

或谓孔子修《春秋》，书日遗月，疑于彼月维常，不知日食之书，为月立典，食魁举朔，起月辰所集也。至阳灭彰，他不敢蘸，起食日者月也。大其用，讳其迹，犹书恒星，不见夜中，星贯如雨。然以谓书月，正例也。何以不揭阴？虽有美从阳而成，所谓实予而文不予也。弟子之问公羊子也，曰何以不月，不问何以不日，知圣人重阴之俌阳以成道矣。

世称欧人善言天数，询其历乃主日而忘月，譬诸亲父而忘母也。亲父忘母果学也，先其名母可也！其俗又贵女而抑男，学与俗错，历其端已，是殆别有微理而故衔舛谲邪？欧人之巧慧，良不得一二寻流也。

赋役篇

古者敛法①，必量其地势所阔狭，田邑所高下，物产所贱昂，人民所多少，而为之制其轻重。故《虞书》②正界域，《禹贡》③别土性，《周官》④辨物谊，《汉志》⑤详民数。贡因其所出，赋酌其所输，市井服简媮⑥，便老死不识胥史。会上有急厄，一夫登戍亭而呼，则稿秸可应，鸣鼓而至。厥后事变剧而征敛亟，巧宦者复得张设条目以邀利，民穷困而怨讟⑦兴，而《大东》⑧《硕鼠》⑨之刺作盖由此，历代无均法⑩焉。

①敛法：收税之法。敛，指赋税。
②虞书：《尚书》中的篇名。
③禹贡：《尚书》中的篇名。
④周官：《周礼》的本名。
⑤汉志：指《汉书·地理志》。
⑥媮：乐于。
⑦怨讟(dū)：痛怨之言，见《左传》昭公元年(前 541)“民无怨讟”。
⑧大东：《诗·小雅》篇名。甚怨之词。
⑨硕鼠：《诗·卫风》篇名。讽刺赋税太重。
⑩均法：指患赋税之不均。

大清约令省赋，额外无杂征，匪颁有节取，足军用而已。川省既轻减于他省，名山尤轻减于他郡县。盖省属边徼，县地僻远，邻内属夷落，多山阜不可耕植，又偪仄[①]，幅直百里。国初户口离希，弃货贱土，就度平衍，爰制正供。渐暨生齿繁庶豪，家兼贳[②]膏腴，于是求昂直者，利尽产业，幸割卖居奇，则税积而不偿，固以殷厚而赋役薄，壤地促恶而累逋负[③]。大聚者久，乃速化转迁，荐处岩坂以垦治其荒秽，林隰及冈陵童童若薙烧[④]，石穴之粪，引灌新畬[⑤]，茹汤粪骨，沃入肤寸，峻无通泉，则莳粱菽于湿岊沙窦[⑥]间也。惰者不能一亩，勤劬者不必刈获，馌[⑦]麦芋而筵姜韭，计岁畜不更伏腊[⑧]之费，里著不复跕屣[⑨]，田庸[⑩]不入编籍[⑪]，安得奇羡新辟？盖于法无常程，亦即微奇羡之应征诛，官吏用劳闵焉，未忍重竭之也。

咸丰中，李逆猖狡，支贼犯城。城乡昔亡驻守，邑人知破业之不足以供亿援师也，乃奋臂而驱之，裹饭而饷，裂缠而营，荷锄铻以当矛钩，是免铸械挽粟之用。故列县急追呼租给军伍，而名山无名求献纳，令长且宽之矣。

---

①偪(bī)：即逼，狭窄。

②贳(shì)：借贷。

③逋负：拖欠赋税。逋(bū)，拖欠，逃亡。

④薙烧：用火烧草。薙：除。

⑤新畬(yú)：开垦过二年的田，此泛指田地。

⑥岊(jié)：山峰；窦(dòu)：孔穴。句谓把粮食种在湿地、山上、沙土孔穴之中。

⑦馌(yè)：给耕作者送食物。

⑧伏腊：本指伏祭和腊祭，此处借指生活用品。

⑨跕(tiē)：拖着鞋走路；屣(jī)：木鞋，草鞋。

⑩田庸：种田的人。

⑪编：编入；籍：簿书，指贡赋、人事及户口等档册。

县水迟土重，率受气朴质，当春秋之限，发征趣期[①]，每谨填丝杪，惧司会者咄唶[②]也。故里谚曰："人欲舒，毋欠租。家欲祥，早完粮。"往往内府有蠲除，穷檐[③]无逋免，淮南[④]谓"高土人蠢愚"，太史公称"地重，重为邪"是也。其木宜茶，宅岭谷者习种植。畜宜牛、豕，居村落者解刍牧。茶以时采，牛豕以时字乳，废著[⑤]而平，估雠尚速，亦有征焉。然商贾屠贩，通易都会之交，牟赢而供，弗病也。余捐次正赋，眂[⑥]长官益损无常，稽条[⑦]著其目，以备览观，撰《赋役篇》。

《春秋》书日食释义

自伏羲画卦象气，而治历明时，义取诸《革》。黄帝因之，始作《调历》[⑧]。少皞之衰，九黎乱德，颛顼乃命火政司地，南政司天，于是有《颛顼历》[⑨]。三苗又乱，两官失职，尧复重黎之后，立羲和之官，故曰"历象日月星辰，敬授民时"。唐虞以来，历法渐密，星辰有行，日月有常，理数显矣。而《春秋》书日食三十有六，读者疑焉，谓历家之说曰："月在日下，障日揜其光，故谓之食，食于月也。其端合者，相食是也；如袭璧者，食既是也。"王充尝论

①趣期：按时。
②咄唶(duōjié)：叹息。
③穷檐：穷人住的地方。
④淮南：指西汉淮南王刘安。
⑤废著：贱买贵卖。废，出卖；著，买进。
⑥眂(shì)：同"视"。
⑦稽条：查考条令。
⑧调历：古历法名，传说出于黄帝时容成之手。
⑨颛顼历：历法名，秦统一后颁行，共行117年，到汉武帝太初元年止。

之矣。此无与灾异而书之，何也？曰：此其所以为经也。天，阳也，假明于日；日聚阳气，火之精也，至高且明，有君父之象焉，不宜有所蔽尔。

梓慎曰："二至、二分，食不为灾。分同道至相过也。其他月则为灾，阳不克也。"①《记》曰"日食，天子素服而修六官之职"，恶阳德之有变也。伐鼓用币，申责让焉，非不知黄道中行也。救之以弓矢，非不知有四十二月之稘也，以为犯吾君父者，义当扞之，不敢问数，亦不忍归乎数也。设有善数者告人曰，某日人将贼汝君，某日人将弑汝父。为臣子者，必计其时而厚为防御焉，以为臣子之恩义也。如闻之而怡然曰："此有定数者，防御与不防御一也。"则灭心理，弃人伦，而大有害于族类者，圣王所必诛也！

《春秋》书日食三十有六，书弑君亦三十有六。读《春秋》者，观其大旨，则有悟焉。不必论其前后远近之相值之与否，如灾祥家之牵引为据也。但以为天事恒象，君子垂戒之意，深远焉尔。且日食之文，旧史也。据君子之修"星賈如雨"知之也。旧史之书日食，因古史也，据《竹书》夏仲康五年已书日食知之也。

夫古之人非不知有黄道中行也，非不知有四十二月之稘也，以为犯吾君父者，义当扞之，不敢问数，亦不忍归乎数也。其不曰日为月食，而曰日有食之者，拟而书之之辞，实不见月焉尔。其不书月食者，阴之犯阴，无所责焉。《诗》所谓"彼月而食，则维其常"②是也。

月固常阙，食亦阙耳，非所为诟病也。犹夷狄之相侵伐，许之者不一而足也。

---

①《左传》昭公二十一年。

②《诗·小雅·十月之交》。

今西学凿言历象，即嫌书日食无取焉，捄之无义，自责亦无谓也。是西学实不言伦常，他有心理，而与我异族，不宜以中国之法治之，则不当与争也。昔欧洲犹太之伐吕氏亚也，战时适当日食，二国皆以为天变示警而议和焉。贝里革之师言日为石体，雅典人怒欲杀之，可知西人非本不知此理者，特喜新奇而悖常典，故矫为是说焉尔。彼即凿于言数，曾亦知星贾、木冰[1]、震雷、雨雹之有数乎？是皆非兀然而骤合者也，皆有始焉，有渐焉，有终焉，皆托气以生形。精于数者，历占焉，而皆可豫决其为常事者也。西学犹未及此也，据其言彗之难凭而决之也。而《春秋》乃复历书焉，则又各自为义矣。更仆不可得而详也。

然则即今之释日食，亦期万有一得耳，知未必尽叶于君子之微言也。然则《春秋》果宏奥之书，万世不能尽其业矣。如之何其有可疑也？

伯、子、男辞无所贬解

《春秋》托王以为治，故列爵以见黜陟。五爵，周旧也。《春秋》从殷分为三等。上公、王者后称公；大国称侯；小国称伯、子、男，以比天子，上、中、下大夫。然公一、侯一，有贬则例尤明，而伯、子、男为一，有贬则例不显。于郑忽[2]见法，即于郑忽发，

---

①木冰：雨雪霜依附树木凝结成冰。语出《春秋》成公十六年："王正月，雨木冰。"

②郑忽：春秋时郑国郑庄公的嫡子，郑庄公死后本应由郑忽袭爵，但却由庶子郑突继位。郑忽出奔卫国。《公羊传》在解释《春秋》桓公十一年（前 701）"郑忽出奔卫"时说："忽何以名？《春秋》伯子男一也，辞无所贬。"谓《春秋》对伯、子、男爵的嗣君一律称名，而无贬义。本文就此展开讨论，并钩辑《春秋》中的相关记载加以说明。

《传》忽以从丧贬称名者，明忽不可以称郑伯也。贬称子，则伯子男无称子之例，故从未葬之例称名。考公卒二十有三，侯卒四十有四，伯子男卒七十有八。公、侯丧，未踰年，俱有称子之文，而伯子男无焉，有在未踰年中，不见无称者，有见称“人”者，其称爵者，必有他事相起，余例皆名。盖起其为一等，故以称“子”为嫌也。

然则伯、子、男无居丧称“子”之礼邪？非也！其在国自称可也。有贬则有嫌。

《春秋》非丧纪之书也，《传》言一者，不一也，明始封不一，而《春秋》一之也。伯不贬从子，子不贬从男，例以男亦一伯，伯亦一子耳。伯称子嫌贬，则男称子嫌褒，不以次贬，即不得以次褒，从可知也。唯郑与杞于例有差，一进一绌之法也。

凡王者之兴，必有伯叔之封，郑于内亲而相接数，故特进以恩礼，卒葬有大夫，眂等大国。终《春秋》之世无异词，明待亲亲无始终厚薄之差也。

鲁之有郑，犹周之有鲁，进郑伯以等卫侯，此《春秋》意也。仍其伯而不进侯者，托王非真王也。于滕、薛见法，不于郑见法者，滕、薛可以言朝，鲁公为方伯所旧统也。郑不可以言“朝”，但言“来会”、“来盟”，盖《春秋》之先，郑尝为伯，故见进滕、薛文，不见进郑文，其实名例见于滕、薛，实例见于郑也。杞降称子，因起其灭，灭则并子亦不能称。称子不称伯也，明在周已无杞伯。《春秋》因存之，以起绌文，复国称爵，伯去子，以起其复也。起《春秋》子、男，可以比周之伯，故书子以存伯。起周伯不能下同子、男，故复伯以反正。盛、谷亦失地，而不称子者，异杞有绌文。前又不见本爵，其失地亦由一见朝奔起之称伯，以见盛、谷始封列三等也。

《春秋》兴灭继绝,因闵录盛、谷之不复,故仍本爵不降。杞以后复,故降称子,且录绌文,两见谊也。盖杞绌在《春秋》前,郑强亦在《春秋》前,侯滕、薛以张进例,子杞以张绌例耳,非《春秋》真能擅黜陟之权也。

其余进退诸例,皆因事见法,不以伯、子、男见法,亦有以伯、子、男见法者,则三世之异文也。如传闻,但录大国闻世,录微国见世,录夷狄、吴、楚进人称子。北燕于越,附庸成国,虽统以伯、子、男,而地有远近,世有亲疏,时有治乱,故待之有升降详略。及其渐进,则一也。固不得以治法之异,为有贬辞也。

锊锾考[1]

锊、锾二字,诸说异义。《尚书》伪孔传及马融、王肃皆云:锊重六两,锾即锊。康成以为锾重六两,大半两锊,即锾虽轻重略不等,而大体无异。

考二字,字不同,音不同,部不相沿,《注》以许说证之,许云:"锊,锾也。"《尚书·释文》引《说文》云:"锾,六两。"今宋本《说文》误脱六字,锊、锾之义遂不可通。《说文》非《尔雅》,何必多为六两之权赘造一字?若广《方言》,当云某地,谓锾为锊,或曰古文锾,今文作锊。自误本《说文》盛行,学者又为解说,淆乱乃混。锾、锊为一,谓二字同义,亦可蚩矣。

---

①锊(lüè):量词,一锊重六两又大半两。《说文》:"锊十铢二十五分之十三也。"锾(huán):量词,一锾重十铢二十五分之十三,一说为六两大半两,一说为六两。作者赞同"文字所以同五方之声"之说,反对"锾、锊均六两"之说,并反对段玉裁擅改许慎《说文》的做法。

至锊之重，许本云："锊，十一铢二十五分铢之十三也。"即其数推之，百黍为铢二十五者四分之也，合之得一百三十者，除四十八黍，而得五十二黍也。二十四铢为两，一两应得二千四百黍，锊数但有一千一百五十二黍，必合四十八黍，始为十二铢，乃得半两。《周礼》戈、戟皆重三锊，计三千四百五十六黍，一两十二分两之五。余若剑重九锊，次七锊，次五锊，皆可类推。概从其轻者，亦见圣人尚德不尚力之意，且兵以轻为利故也。若以锊为六两大半而解同于锾，则力不同科，固不宜有九锊六十两之重剑。而许又云："北方以二十两为三锊。"是直以八两大半两锊也，前后舛谬，与其所谓十二铢二十五分铢之十三者不合。且文字所以同五方之声，而今反引《方言》以定文字，执子证母，许所不为。"北方"二字，殆后人妄加耳。意"北方"二字当衍，而"二十两为三锊"六字，应移注"锾"字之下。盖《说文》多宗贾逵，逵以俗儒六两为"锊"之说为是，故注《说文》者多谓"锾"、"锊"均六两。且又谓"逵六两"下脱"大半两"三字，当是锊、锾均六两大半两，不知"六两大半两"之"锊"，别为一说。盖锾为三锊，一锾必六两三分两之二，二锊得十三两三分两之一，则一锾二十两，适三锊。《周书》墨辟罚百锾，为铜二千两。《周礼》："刑新国用轻典，平国中典，乱国重典。"以墨辟而罚百，正得中典遗意。如作十一铢有奇之锊，则六锊止六十九铢二十五分铢之三，二两八分两之七，百锾仅得七千二百铢，三百两无余，不太轻乎！

诸家皆谓锾、锊适均，皆只六两，故并二字俱未能解。郑康成以为六两大半两，但解"锾"字。惟近日段玉裁改许书"锊"下原文"十铢"为"十一铢"，云许本有而后人减之，似得"锊"之义矣。然其于二十两为"三锊"之下，仍注"锊六两大半两"，则知其于罚金不通而作解也。

今将“锊”注下“二十五两为三锊”移注于锾，而广异训于锾，存正训于锊，二义了然矣。又锾字，今文《吕刑》作率，《史记》亦然，遂有谓锊亦作率，义可相通者。经无明文，殆主于转注者曲证其说也，殊不足据。

矿议

伏闻建议启矿销金，为孳财笃生之计，众庶喁喁①，争鸣嚣沸，虑始之难，恐见阻异，乃欲少荐葑菲②，祛沈蔽之惑。意为天地山川之储，充牣③盈溢而不可纪，嵩岳④主中土，实为五谷桑麻鱼盐之所生。其外珠玉金石，又皆蒸气播精，积为常华、衡、霍⑤之美，盖封之以纾元元⑥之困，非出之以赡豪滑之欲，故必得善于主斡之人为之交通转输，乃可以周海内而亡雍阏⑦之患。

高辛⑧以前尚已，《书》载唐虞，金有三品。《管子》云：“禹铸历山之币，汤铸庄山之金。”《周礼》⑨矿人掌金玉锡石之地，而为之厉禁。历代各有典司，务取足赒急而已，非有割剥自利之心。

---

①喁喁：众人向慕，如鱼张口向上。

②葑菲：《诗·邶风·谷风》：“采葑采菲，无以下体。”郑玄《诗笺》：“此二菜者，蔓菁与葍之类也。”二菜根苦，采时或并弃其叶，后因以“葑菲”用指鄙陋而或有一德可取之谦辞。

③充牣(rèn)：满也，充牣，即充满。

④嵩岳：指河南嵩山，为五岳中之中岳。

⑤衡霍：即湖南南岳衡山，衡山一名霍山。

⑥元元：老百姓。元，善也。民善，故庶民称元元。

⑦雍阏(è)：阻塞。

⑧高辛：即帝喾。黄帝曾孙，受封于辛。

⑨周礼：书名，本名《周官》，亦称《周官经》。

其意非不欲予以利权，恐由人不若由己之薄，故敛之以为散，私之以为公。

自古圣帝明王，独不欲藏财于天下哉？势有所不可也。秦汉至今，数千年矣。中间正始受命之主，率以安静为治，务与时息。薮泽①之富，胥澹之民②，一锱一铢，天子亡所豫，而富商大贾，因沿为奸，昆仑之磺，苗山之铤③，青澒④赤丹，白埃黑砥，列卢连铁⑤，穿窟相望，朝熔夕炼，宝藏涸竭。炼金液为器饰，铸铜鋊⑥为泉布⑦，甚或杂之铅铁，殽⑧以链⑨锡，罔上巧法，赀多钜万。乃席厚锑⑩，仰埒贵游，策肥乘坚⑪，履丝曳缟，躓贿⑫役贫，比户仄目⑬弃居。居邑痛物腾跃，而不纾公家之急，于是始严市井之禁，重廛肆之科，较之补牢顾犬⑭而愈迟矣。

故矿者利之源，上下兼资，必智者为导，然后灌江注河，膏土脉而润千里。使一夫锢之，则不能前矣。

---

①薮泽：水草茂密的沼泽湖泊地带。
②胥：皆也；澹：即赡；胥澹：皆供给大众。
③铤(dìng)：铜铁矿石。
④澒(gǒng)：水银。
⑤列卢连铁：即炼矿之炉。铁即铁熔炼之物。
⑥铜鋊：铜屑。
⑦泉布：货币。泉，古代钱币名称；布，古代钱币。
⑧殽：混杂。
⑨链：铜或铅。
⑩锑(qí)：利。
⑪策肥乘坚：驱良马，乘好车。形容生活奢侈。
⑫躓(zhì)贿：犹躓财，谓蓄积和聚敛钱财。
⑬比户仄目：家家户户畏惧。
⑭补牢：丢了羊去修牢；顾犬：看见兔，想起猎犬。意为设法补救。

驱鹰犬而赴林莽，挈罭罟[1]而从泽澨[2]，愚者一获，则曳载归耳。及巧者指纵张维，烈山涸泽，手搏蛟螭[3]，足藉虎兕[4]，则将割鳞颁尾，裂肩分蹄，仍使日获一首而归，虽尽水陆之藏，不能及人也。

议者或谓，县官自渔，海鱼不出；守令贪惏[5]，钟乳不生。物类自然而不可强，民情质而不可欺，此犹拘墟[6]之见耳。

夫薄贳齐民之居产转厚，鬻于负贩之徒，强取重出，侵牟亡厌[7]，故有地气郁而不舒，民心怒而不首[8]，此献子戒鸡豚[9]之察，而公仪所以弃机妻也[10]。

今为巡其禁令，置廉平之长司之，顾山僦费之直当，则内于两府以供军国赏赐之用，疾疫凶荒有给焉。如是，则山灵不擅封积，而蚩蚩者孰敢给长官？必至银涌金溢，阜登棋错，诸所饶衍[11]之畜，亡患墐塞[12]矣。其平时力役为庸卒者，因计

①罭(yù)：捕小鱼用的细眼网；罟(gǔ)：用网捕鱼。

②泽澨：水聚汇处曰泽，水边曰澨(shì)。

③蛟：古代传说以为能发洪水的一种龙；螭(chī)：古代传说中一种没有角的龙。

④虎兕：虎和犀牛。

⑤贪惏：不知足，贪婪。

⑥拘墟：喻孤处一隅，见闻狭隘。语出《庄子·秋水》。

⑦侵牟：侵害掠夺；亡厌：不知满足。

⑧不首：不伏罪。

⑨献子：即春秋时鲁宗臣仲孙茂孟孙孟献子。曾道“畜马乘不察于鸡豚”，“谓国家不以利为利，以义为利”(见《礼记·大学》)。指古代贵族不能去养鸡、猪与民争利。

⑩公仪弃机妻：指战国鲁穆公相公仪休。他毁掉妻子织机，理由是不能与民争利。见《史记·循吏列传》。

⑪饶衍：富饶。

⑫墐塞：用泥土涂塞。

工而食之，采铸益蕃，冶镕炊炭者，云属雾集，而贫民亦免流亡于道路矣。故治矿之利至广且大也。

俗儒狃于习见，辄相哗以妨民。夫农夫日中交易，退安其业，食耕衣织，讵能相病？矧其治之以工，输之以商，化之以贾，平其贾而不卬，周于用而易雠。理财之要，经世之法，殆未有踰乎此也。今议者乃执先王已陈之刍狗[①]，而文绣巾箧[②]之有不至迷眯[③]者鲜矣。请以此议，布告县道，附诸令甲，出矿之区，具以上闻，设官董之，不识时宜者，毋徒奋舌，以棼[④]国宪。谨议。

政要论

皇初未有君长，逮人物滋而情识开，情识开而智愚分，智愚分而强弱见。强为弱君，智役愚也，强中有强，智之上也。故曰，亶聪明作元后。其始也，各长其长，长者又有所长，则皇之帝之，其分统之长如故也。原草昧初开，先有分统之长，而后有总理之帝王，《子墨子·天志》篇之义也。帝王世袭而建公侯，师长积厚而权重焉，则帝王所智者，贵之使强；帝王所愚者，贱之使弱。盖世袭之局变，则先有帝王，而后有分统之长，《尚书》命官之义也。禅让[⑤]不复，世及相承，则有所智

①刍狗：古代祭祀时用草扎成的狗。喻微贱事物、言论。

②文绣巾箧：文绣指辞藻华丽。巾箧指学问著作。意思是说，玩词藻的学问会使人视线模糊。

③迷眯：视线模糊。

④棼：紊乱。

⑤禅让：皇帝把帝位让给他人。相传尧、舜、禹、皋陶曾通过推举考察的形式选择继承人，从而完成统治权的移交，这就是古人津津乐道的“禅让”。

者，非智而亦贵；所愚者，不愚而亦贱。贵虽可以役贱，而愚不能役智，乃有征诛之局。然则征诛者，智者自强自贵之道也。

自征诛局启，而中国征诛不衰。有叛官焉，有叛民焉，既叛而后威之，则不如禁之未形也。禁叛于未形，要在知人善任耳。知人之术，古称为难，然有体用焉，《灵枢》阴阳二十五人，第六十四通天，第七十二据形色骨度为善恶也。《逸周书·官人》[①]第五十八据德行志意为善恶也，《淮南子·坠形训》[②]第四据水土高下为善恶也。水土高下，得其概也，而不尽合也；形色骨度，举其端矣，而时有变也；德行志意则有所试焉，观其诚矣，而所以用之之理未备也。善有所蔽，蔽者避之；恶有所长，长亦柬之。善有大小，善之善者专任之；恶有轻重，恶之恶者必去之。使其人之善恶不足以溷治事之善恶，治事之善恶不足以溷其心之善恶，则通于用人之权矣。

用人有术，世遂无叛人乎？曰："未也。"用人者但求贵智而贱愚耳，顽者未必服也。唐虞有叛官矣，四凶[③]是也。唐虞善用人者也，而犹有叛官叛民，则以下不可具数也。何以谓之叛？曰：叛有十端焉，叛官有三，叛民有七。所谓叛官者，非必兴义师，称靖难，挟篡弑之谋，如九江所谓亦欲为若所欲为者，而后为叛官也。坏我法纪，虐我人民，则叛矣，亦非必裂冠毁冕，锐意朘剥[④]，而后为叛官也。依托旧制，坐失

---

①逸周书：原名《周书》，连序共 71 篇。

②淮南子：亦称《淮南鸿烈解》，现存 21 篇。西汉淮南王刘安（前 179—前 122）及其门客苏飞、李尚、毛被等著。

③四凶：古代传说舜所流放的四人或四族首领。《尚书·尧典》："流共工于幽州，放驩兜于崇山，窜三苗于三危，殛鲧于羽山，四罪而天下咸服。"

④朘(juān)剥：搜刮，剥削。

事机，积为因循，以败国家之宏绩，则叛矣。所谓叛民者，非必出草泽，据城邑，别赤眉之号，假黄天之名，而后为叛民也。树党以胁官，横行以欺民，则叛也，亦非必匣剑露戟，矜夸游侠，而后为叛民也。舍业嬉戏，逸谚而诞，则叛也，亦非独弃业之民谓叛也。怪诞说经，以戾常典，谓之叛士；树艺杂种，以害谷食，为之叛农；妄作淫巧，荡诱人心，为之叛工；贩居异物，以夺用物，谓之叛商。此十叛者，当较其等差过怙[①]而置之法。

法者，官司之守也，庶民之表也。故用人之后，当继以立法，《管子·法法》第十六曰："不法法则事无常，法不法则令不行。"然则治国者，不法法不可，法不法不可也。何以必法法？势也。法何以法？理也，理与势相辅者也。理者法所出，势者法所行也。法出于理，则礼是也。行法以势，律为断焉，故管子礼家也，而言法最精，其势能行之。春秋之制，皆管子变周公法而利其用，考其礼体似缪于古，而宗师古意特深焉。然则欲救叛国，当以法家为宗，说法家者，当由管子始。

议法之始无定。英昊之世，非黄帝之世，十教立而道化成，适于时也。商君称古不可法，礼不可循，即法后王意耳。法之既立则有定，行之、止之、甘之、苦之、贱之、尊之、生之、死之，一于法而不可革。执衡以立，不顾天下之议，故曰：疑事无成，疑行无功。商君重徙木之赏，眂之以定趋耳。法家戮弃灰于道，而世人惊其苛，不知其原本于殷法也。孔子曰：弃灰易矣，而丽重刑，则重刑远矣。秦罢敝之国也，商君律之

---

①怙（hù）：凭恃。

以法，因遂富强，灭六国，称皇帝，惜商君早抱烹狗之痛，不得为更定承平之法。李斯[①]辈拘于成格，大失法家之意，秦以不祀而令商君受惨急之名，悲夫！

法家善复古说

世尝谓法家喜变古，非也。法家善于复古者也。何言之？曰：古犹今也。

三皇[②]陋矣，五帝[③]肇其制；五帝质矣，三王[④]加之文；文治弱矣，五霸[⑤]持以武。古而无变，则至今一三皇之天下耳。以三皇之治，治五帝之世可乎？曰：不可。以五帝之治，治三王之世可乎？曰：不可。以三王之治，治五霸之世可乎？曰：不可。然则治今之天下，又安用古法为耶？夫古亦安得有法，不过因天运之流极[⑥]，确见夫时势之有不容已者，详而议之，审而定之，诰而誓之，悬书而申命之，犹有不用命者，挞之，罚之，刑之，杀之，而法之名以立，法之效遂神焉。继世守法者，相时势而变通之，厥有新法之名，新法名与旧法殊，其为治之实一也。即起古人而更生之，亦将曰此法意也。

法其法，即法吾法也。不知法者，娖娖悫悫[⑦]，动惟旧法之循，一则曰王章也，再则曰祖制也，迨积于罢苶而不可振举

①李斯（？一前208）：秦代政治家。
②三皇：泛指远古帝王，后世有天皇、地皇、人皇或伏羲、神农之说。
③五帝：泛指远古帝王。《史记》以黄帝、颛顼、帝喾、唐尧、虞舜为五帝。
④三王：指夏、商、周三代开国之君。
⑤五霸：一说指齐桓公、晋文公、秦穆公、宋襄公、楚庄王。
⑥天运：即天命，天体的运转；流极：去向。流、极皆放也，故释流极为流放。
⑦娖娖悫悫：谨慎质朴。娖娖（chuò），谨慎；悫悫（què），恭敬。

也，乃曰：吾无咎焉，直旧法之误也。旧法若果误也，当日何以行之而治也？然则今之所守者非旧也。故吾谓变古莫守法者若也，知守法者之变古，则知变法者之复古矣。

今欲用法家以复古，古可复乎？曰：可。今犹古也，今之天下敝矣，将欲复古则莫如先议迁都。迁都古耶？曰：古也。汉以后始重迁，古人之不忌也。然则将何迁？曰：今之强敌聚予东北，则迁都宜在西南，以南较西，都西为尤胜耳。西将何都？曰：关中①旧都也。都既迁矣，法遂不变乎？曰：恶恶②可天下之势，东北与西南异，当断为两以制之，制东北一法，制西南一法。

制东北何法？曰：封建③是也。东北既不靖矣，封建不滋乱乎？曰：不能也。向之所以不靖者，敌人争之，官吏委之，以为此地不可居，则复我邦族而已。封建世其家矣，此地不可居，其它无可复矣。天下有爱其身家妻子，反薄于爱君爱国者乎？此其自守自战，必百倍其力可知也。幸而得才藉以支之，由是可以弥乱。不幸则委而饲之，其资我西南扞蔽④，必足数十年矣。然则何省之宜？曰：直隶、盛京⑤、山东、安徽、江苏、江西、浙江、福建、广东、广西其宜也。略及南省何也？曰：东北举大判⑥耳。

①关中：今陕西省，别称关中，因地居东函谷、南武关、西散关、北萧关之中而得名。

②恶恶：因其不善而憎恶之。

③封建：封邦建国，王者以爵位、土地分封诸侯，而后使建国于封域内。

④扞蔽：屏藩，即疆土的防御设施。

⑤盛京：即今沈阳市。清太祖迁都于此，名曰盛京。

⑥大判：大致。

制西南何法？曰：省分为乡，复管子轨里连乡之旧可也。何以异于东北？曰：环都之省，当自驭之，而后可以临制东北也。轨里连乡①有益于兵政乎？曰：管子尝寄军令矣，五人为伍，轨长帅之，五十人为小戎，里有司帅之，二百人为卒，连长帅之，二千人为旅，乡良人帅之，万人一军，五乡之师帅之。农闲而习之，春秋而阅②之，教练已成，令人毋得迁徙。有此教士，可以横行天下矣。陕西、山西、甘肃、四川、云南、贵州、湖南、湖北、河南其宜也。

此二法者，皆遵古而不变乎？曰：大局固遵古矣，其余目皆可变也。以封建论之，始封之君，天子所自简也。其建置世子③，必请命于天子，天子择贤而立之，不为置监国之大夫，大夫亦不必请命于天子。世否听之，其租税所入，政令所谊，无问也。则诸侯皆有自专之权，而无牵掣之虑也。以农兵论，今之省会地里，犹逾于古之王畿④。大县可乡，小县可旅，府属之地已足以当五乡矣。厅州之大者，比于府，计一省、府、厅、州以二十为算，胜兵近二百万。练兵之期，日有程，月有校，器械维其所利，皆市于近，不使异物得以耗其精神，短其志气，滞其手足，则当于用矣。练法维地所宜，多山陵练之登，多沟壑练之游，多树木练之缘，多草泽练之伏，器械则因其登也、游也、缘也、伏也而施用焉。至于技击之善，超距之捷，凡在兵者，无不熟也，此不假西学而自足者矣。

①轨里连乡：古代户口编制，五家为轨，五轨为里，四里为连，十连为乡。
②阅：检阅所率军队。
③世子：王、诸侯的长子。
④王畿：古指王城周围千里的地域。

夫封建古也，农兵亦古也，诚通其变以并行之，则新法也，皆救敝之良药也。至易危而安，转弱而强，而后知复古之有益也，而后知变法非悖古也，而后知法家之善于复古也。

救弱当用法家论[①]

或问吾子数称法家[②]，何也？曰：于救弱宜也。其救弱奈何？曰：柔者弱之根也，法家健甚；缓者弱之干也，法家急甚；疲惫不振者，弱之颠末也，法家坚忍而齐一甚。其健奈何？曰：果于断。其急奈何？曰：缩之密。其坚忍齐一奈何？曰：拨摇不可倾，疑贰不可争，辟辟然信守而莫敢更，故曰：王道犹绳。

操持若此施张，不太隘乎？曰：恶乎隘？隘生于私。利私利者，利其身不顾君，利其家不顾国。法家之法，害于君者害其身，害其国者害其家。使人知利君之所以利身，则爱君犹身；知利国之所以利家，则卫国犹家。如是则君即身也，国即家也，人之身家，即我之身家，一人之身家，即千万人之身家，天下虽大，综可以一身一家概亲之。而犹谓有自私焉？无有也！而犹谓有遗利焉？无有也！则恢阔孰甚也。

其要何在？曰：一在农，一在兵。然则其他无可取以佐

①此文1898年发表于《蜀学报》。

②法家：战国时的一个重要学派。起源于春秋时的管仲、子产，发展于战国时的李悝、商鞅、慎到和申不害等人。法家为实现其政治主张，曾与旧贵族进行激烈的斗争。

治者乎？曰：商君[1]言之矣。谈说之士资在口，则民游而轻君；处士资在意，则民远而非上；勇士资在气，则民竞而轻其禁；技艺之士资在手，则民剽而易徙；商贾逸且利，资在身，则民缘而议其上。此五民者，资皆在身，而托势于外，挟重资归偏家，汤武[2]之所畏也。

其重农与兵奈何？曰：农，富资也；兵，强资也。垦田以授农，练农以为兵，法家之大体如是耳。其用何在？曰：农兵相资，当以赏罚驭之。其驭农也，上农有赏，下农有罚；其驭兵也，公战有赏，私斗有罚。其赏罚之目不一也，则编而为之法令，议法之官必深知法意。议定以上于天子，天子下所司之官，所司之官以下其吏。天子为禁室置铤钥，藏其一，殿中陈其一，有敢擅发禁室之藏者，杀！有敢刊剟[3]殿中所陈者，杀！殿中之陈如禁室式程，所司之官受于天子者如殿中式程；属吏所受于长官者，如长官所受式程。岁时集而读之，有闻之而未谕者以问吏，吏据法告之。读与告有增损法中一字一义者，杀！此商君治秦之格也。故曰饬令[4]则法不迁，法平则吏无奸。民不敢犯法，吏不敢以非法遇民，则虽贤良辩智，不敢开一言以枉法；虽千金之产，不敢用一铢以市法。民知上之私我以富，而富之由农，公富也；知上之私我以强，而强之由兵，公强也。故驱天下为农为兵而不肯怨也，以为适以济其私也，驱天下之死之生而不敢议也，见持法者之至公

①商君（约前390—前338）：即公孙鞅，亦称卫鞅、商鞅，战国时政治家。公元前340年，因战功受封商（今陕西商县东南）十五邑，号商君。
②汤武：又称武汤、武王、天乙、成汤，或称成唐。商朝的建立者。
③刊剟（duō）：移除。
④饬（chì）令：上级命令下级（多用于旧时公文）。

而至明也，如此则何令之不行？何为之不成也！

今国势弱矣，议变法者众矣，亦有切中事机者乎？曰：半空言矣。其切中事机者，非得法家行之，虽百变犹之无益也。是其故何也？持法之无人，奉法者仍以平日之迂缓罢怠为安也。然则是天下无一商君，而徒有千百申不害[①]，于事何能有济也？譬之药石，错陈其中非无良饵也。苟俞、扁、仓、华[②]无一在侧，任迷缪者臆料而杂投焉，则《素问》三剂，《伤寒论》[③]百一十三方，皆毒法也，其亡可立而待也。曰：有疑法家惨刻奈何？曰：子不记韩非子[④]之说耶？"沐者有弃发，除者伤肉血，见其难而释之，是无法术者也。"虽然，子习言孔孟者也，言法家得毋近于杂乎？曰：法家祖管子，管子习《周礼》者也，宗虙子[⑤]，虙子习《尚书》者也，安在其非孔孟之道也？

前后蜀辨亡论[⑥]（上）

在昔帝王缔创，数稽于天，谋惎[⑦]于人，天人与叶而神灵

①申不害：战国时思想家，法家主要代表之一。

②俞扁仓华：俞指俞跗（或附），扁指扁鹊，仓指仓公，即淳于意（约前205—?），华指华佗（约141—208），均为古代名医。

③伤寒论：汉末南阳张仲景著，总结了汉以前的医学成就。

④韩非子（约前280—前233）：战国末思想家，法家主要代表人物。

⑤虙子：虙（fú），亦作"伏"、"宓"。《颜氏家训·书证》：孔子弟子虙子贱为单父宰，即伏羲之后。济南伏生，即子贱之后。

⑥前蜀：五代十国之一，王建于907年在成都建立蜀国，925年灭于后唐，称"前蜀"。后蜀：五代十国之一，孟知祥于934年在成都建蜀国，963年亡于宋，称"后蜀"。

⑦惎（jì）：谋划。

之略继运焉。非啻①岨嵎画澨②，窃名号以自娱也，实有谊声懋绩③，驭远长世之规。故力殚而功成，身卒而望一。盖深植其根蒂，虽时有风雨雷震撼杌之，而未尝有颠拔之道。其托据者，宜高厚之势使然耳。唐末德厌，王、孟并蜀④，皆身为僭⑤始，再嗣而夷⑥。呜呼！何其遽邪？

夫蜀天险攸制⑦，辽阂齐夏⑧，东界靡莫⑨，北比身毒⑩，西藩牂牁⑪，南极夜郎⑫，近则巴渝⑬之堠斥⑭，远则江汉之沟池。控弦带甲之士，捷庐聚屋，弥山塞谷，震沸撞泌⑮。约以数百巨万攻城野战之资，保境自强之力，厥为最盛者。然而公孙覆族，刘宗肉袒，基干危陧，动成眚灾⑯。

故高祖⑰据汉中而起，先封殖本，实维久长之计。出陇⑱

---

①啻(chì)：但，只，仅。
②岨嵎(zǔyǔ)险要山川；画：决定疆界；澨：水边地。
③谊声懋绩：有符合道义的声望和很大的功绩。
④王孟并蜀：指王建(847—918)和孟知祥(874—934)两人，先后割据四川。
⑤僭：冒用上位者的职权。僭始，越分称王。
⑥再嗣而夷：指前、后蜀均只传到第二代就灭亡了。
⑦攸制：所导致。
⑧辽阂齐夏：远隔华夏九州。阂(hé)，阻隔不通。
⑨靡莫：指古代西南地区少数民族族名。
⑩身毒：印度古代译名。
⑪牂牁：古郡地名，在今贵州境。
⑫夜郎：汉时南方少数民族国名，在今贵州境。
⑬巴渝：指重庆一带，蜀古地名。
⑭堠斥：即斥侯，侦察。瞭望敌情的土堡。
⑮撞泌：撞倒。
⑯眚(shèng)：眼病。眚灾，因过失而造成灾害。
⑰高祖：指汉高祖刘邦。
⑱陇：甘肃省简称。陇右，泛指陇山以西之地。

右而三秦[①]服，师垓下[②]而六王[③]归，揆厥所由，蔑有异，故为天下图成败，不争宴乐于一隅，为一身量利害，仅能假视息于旦莫[④]也。

乡使王、孟踵高祖之法，鉴二主[⑤]之弊，缮戎储饷，观时罅以趋善，绥蛮獠预掎仆之效，天下事犹未定也。幸分裂之机摧昏乱而自富，谓可卫身以隔翳也，不知代命者不肯画而弃也。夫扼要害之关，背荒阔之势，所以论守非论战也。豪杰争棱，捷足者胜，志舒量周，奋长鞭而笞，则人将自救，无暇我危者，仅有自保，患将及之，敌兵随其后，鹊鸢营颠，彻土绸缪[⑥]，维悆[⑦]已乳，罔忘于物，鸠鸱所夺毁[⑧]，僮稚探而燔之，虎豹爪牙自卫，狂犇徒噬，穴居者辟，窟伏者逐，矰缴罻[⑨]罿[⑩]莫捷于锐，以婴毒患，虫鱼同性，正命相袭，况含权诈以游，面事会之衅[⑪]而未测动静存亡之异数邪？

虽然，王、孟之于蜀也，亦乘衅肆奸，图徼幸于一时也。

---

①三秦：秦亡后，项羽三分关中，封三王，号曰三秦。

②垓下：安徽灵璧县东地名，项羽战亡地。

③六王：指齐、楚、燕、魏、韩、赵六国。

④旦莫：日出和日落。莫通"暮"。

⑤二主：指前、后蜀开国君王建、孟知祥。

⑥彻土绸缪：指举国备战。

⑦悆(yù)：贪欲。

⑧鸠鸱所夺毁：为贼鸟所夺毁。

⑨矰缴：系有绳的短箭；罻(wèi)：扑鸟的小网。

⑩罿(chōng)：捕鸟网。

⑪衅：争端。

传曰:“其父析薪[①],其子弗克负荷。”况非能析之材,获傥来之薪而遽冀其终荷哉!故曰:泉竭则流涸,根朽则叶枯。古所谓垂无疆之休,奠万年之丕基者,曾构有自维始墉止,匪期卒成,非营朽蠹之散材,摭彖圮断之瓦砾而自以免于颓废也。由哲愚之用殊,故得丧之验别也。

前后蜀辨亡论(下)

盖闻瘠土之民劳,劳则善。沃土之民逸,逸则淫。善民思治,乱且无患;淫民长乱,治亦易变。

蜀自秦汉后,富庶乐愉,积滋怙侈,量日而娭[②],以般游[③]相庆,俗习凋弊。高材每辟之,虑其酖酖于宴逸,忘勿勤劬[④],久则筋肉缓驽,支神惰惫,虽欲勉有经画[⑤],亦以肠腐而性伐[⑥]。

王、孟之窃据也,非资以息,故贪而利焉。以谓两川诸道之储,蓄逾四隩[⑦]九土[⑧]之府藏也。其痛过者,不先军国赏赐,唯舆服狗马之供,诲淫与盗,疾缘自媒,启钥胠箧[⑨]耀暴

---

①其父析薪:见《左传》昭公七年(前535):“其父析薪,其子弗克负荷。”为郑国子产引古语以答复晋国大夫韩宣子问话的外交辞令,后用来指能继承父业。这里指王衍、孟昶两人不堪继承父业,故灭亡。

②娭(xí):嬉玩,玩乐。

③般游:游乐(不恤国事)。

④劬(qú):劳累。

⑤经画:经营筹划。

⑥性伐:危害身心。子女玉帛,伐性之源,伐性之斧。

⑦四隩:四方。隩,屋隅为隩。四方之宅。

⑧九土:中国九州之土。

⑨启钥:开锁;胠箧:指盗窃。

者，先失也。

张仪[①]有言曰："争名者于朝，争利者于市。"蜀非市朝，宜无争者，则衍与昶[②]实予之也。虽然，蜀之先桓拨[③]，又武略收诸边。逮乎易字建元[④]，勤劳以至矣，后代嗣守，尹辑犹承流化，好文内谏，时一升闻嘉德，非有甚穷虐也，无贤杰以维持之也。

夫大厦之构，有为辅焉，堤障之固，有与堵焉。故曰：盲者任相，跛者任杖。命与力穷，福始祸终。辅败堵移，则无为立支矣。善生有胎，恶积有渐。山溜穿石，汲绠[⑤]断干，此言物理之相因也。

秦越人之视疾也，能洞见五脏之症结，然其所见，见有形者也。今视之以丰颐泽肤，其病不在形也，形骸未始有异，而精神积就殟殁，则不能为之方矣。

凡谓困于人者，运馈空匮，甲卒顿弊之谓也。若夫廪有兼岁之蓄，兵有重城之守，坐视销铄，而无以待之，此孙吴不能救也。《春秋》书"梁亡"，《公羊传》曰："此无伐之者，其言亡，何也？盖鱼烂而亡也。"前、后蜀之谓矣。[⑥]

---

①张仪(？一前310)：战国魏人，曾为秦相、魏相，倡连衡以游说六国。

②衍与昶：指王衍和孟昶。

③桓拨：谓大治。《诗·商颂·长发》："玄王桓拨，受小国是达。"毛《传》："桓，大；拨，治。"

④易字建元：指改朝换代，建立年号。

⑤汲绠：水井提水的绳索。

⑥孙吴：指春秋孙武、战国吴起两位军事家。"《春秋》书'梁亡'"一段见《春秋》僖公十九年，意指梁国之亡，不因被人攻伐，而是梁伯荒忽政事、沉湎酒色，以致"民惧而溃"。此处借喻前蜀亡国之君王衍荒于酒色；后蜀亡国之君孟昶好打球走马，君臣务为奢侈，都是自取灭亡。

人伦说[①]

人道以彝伦为重，而西学谓“人受天地之气以生，父母特托焉”，故立敬天之说，据公法以割私情。其议炽，若将燎焉。学会开讲，以此发端，因撰是篇，原其所自。

中土以人伦立国，校、序、庠、学皆以明伦。伦，伦次也。人类固有次第焉，谓皆天地所生似也，而人实未见天地之生之也。父母之生人故实见焉尔。据实见有我身，我身亲甚，据实见父母生人，知生我之父母，先我而亲我身，父母亲甚。父母非我身，何以亲我如身？以我身则父母之委和也。委，积也；和，顺也，强阳气也。我而为父母亦若是焉已矣。由父母而亲祖至高，由子而亲孙至玄，三而五、五而九，旁通如其数，五服所以断也。

姑、姊、妹、女子子[②]，适人为姻，母党、妻党为婚，虽杀犹有恩，外亲所以缌也。由是合亲疏立之伦，伦统于五；生我身者亲之，则父母为一伦；同我生者亲之，则兄弟为一伦；与我牉合以生子者亲之，则夫妇为一伦；养教我父母、兄弟、夫妇、君臣之道者亲之，则君臣为一伦；规正我以践父母、兄弟、夫妇、君臣之道者亲之，则朋友为一伦。

---

①人伦：指《孟子·滕文公上》所云：“人之有道也，饱食暖衣，逸居而无教，则近于禽兽。圣人有忧之，使契为司徒，教以人伦，父子有亲，君臣有义，夫妇有别，长幼有序，朋友有信。”今则指封建礼教所规定的人与人之间的关系，特指尊卑长幼之间的等级关系。

②女子子：即女儿。《仪礼·丧服》：“女子子在室为父。”即女子未出嫁要为父亲服丧三年。

五伦之所以分也,其有非亲非朋友与我同类而居者,人也;其与人杂居而异族者,物也。物之外乃推及天地焉。天地远矣,非远也,无情焉尔,非无情也,不得通吾情焉尔。惟圣人能通天地之情,而其通不自天地始,故《中庸》称至诚尽己性[①]、人性、物性而后可以赞天地之化育,其实能赞化育之力,乃寓于尽己性、人性、物性中焉,非有他矣。

圣人果人伦之至也,天地之道果远矣,故其制为礼也。庶人祭祢于寝,士祭祖祢于庙,大夫祭五祀,诸侯祭社稷,天子乃祭天地,以其祖配之。故《诗》曰:"履帝武敏歆[②]。"《颂》曰:"天命玄鸟,降而生商[③]。"末言之尔。

识解有近远,诚敬有粗密,品仪有所不能备,有可以加之使隆,因而为之序焉,非有强也。

今西学,饮食、衣服与中国同亲其身矣,二十理男事,视父母如路人,然则父母之伦废,废父母之伦,则其他不得其伦矣!故兄弟各谋其生,害不相恤,利不相分,醵财而贾,必得其平,兄弟之伦因废矣。男下女,女帅男,女置外男,男不得有贰室,渎而无别,夫妇之伦因废矣!国或女主或男主,多由民主,亦阳有世及之主,而议院植党专政,上拥空名,至于篡弑辈出,视等仇怨之常,夷然不谓为诟耻,则君臣之伦废矣!

---

①至诚尽己性:《中庸》原文是:"唯天下至诚,为能尽其性。能尽其性,则能尽人之性,能尽人之性,则能尽物之性。能尽物之性,是可以赞天地之化育。可以赞天地之化育,则可以与天地参矣。"

②履帝武敏歆:传说后稷的母亲姜嫄脚踩巨人足迹之大拇指而怀孕,很欣然。见《诗·大雅·生民》。履,践踏;帝,巨人;武,足迹;敏,脚的大拇趾(因敏通"拇");歆,欣喜。

③诗见《诗·商颂·玄鸟》。

俗尚商贾，始以利亲者，亦每以利疏，则朋友之伦因废矣！其余外亲，绝不闻有所亲也，由五服先不自亲也。

然则所谓能自亲其身者，亦伪也，安在其能敬天耶？敬天之云，盖到其序而逆推之耳。其必舍最近、最亲之身，而远亲于天者，岂平昔考名核实之学耶？我未之能解也！

虽然，西人言之可也，行之可也。西人固灭五伦，弃外戚，畔五服，不知我身之何属？而肇造天地者也。今居中国，去人伦，无君子，如之何其可也？

贤者辟世[①]

忍于辟世，贤者之心苦矣。夫贤为世生，岂有贤而辟世者？至不得已而辟，则已无如世何矣！所以不没其贤之名欤？且古今所以能长存此世而不坏者，恃有数名贤为之支柱也。至名贤道消，支柱为难，不获已而作退遁之计，此中之忉怛[②]，良有不能自解者，而其人遂已第一流矣。不然，贤者而犹肯避世哉！辟世而犹称贤者哉！积累数十代，发此精华，父母生之，国家养之，以为吾君亲将居此世也。扶日月以调元气，知此事自关门户而不问功名。迢递[③]数千年犹之旦暮，圣贤俟之，豪杰推之，固知吾师友欲留此世也。宗道德以振文章，知授受自有根源，而羞言学问，曾是贤者，而犹肯辟

①贤者：有道德有才能之人。《论语·宪问》："子曰：贤者避世，其次避地，其次避色，其次避言。"

②忉怛(dāodá)：痛苦哀伤貌。

③迢递：远。

世哉？曾有辟世而犹称贤者哉？草昧[①]之初，玄黄交战，智识稍浅，莫由测王气之所钟，或且徘徊以待其定者有之。而贤者不辟世，群盗虽纵横，首出者必阔达大度，故草茅中能物色天子而后佐命，奠开创之基。守成既久，法制渐隳，才略稍疏，直叹为皇灵之难振，或因畏葸以藏其身者有之，而贤者不辟也。列朝有经纬，恢复者惟强断精明，故储副[②]时即教诵法家，而后宣威成中兴之盛，独奈何其生当末世也！黄农虞夏之忽焉没兮，而不可复作也。气运递降，苍苍者久不加苴补之功，而欲从已定之天时，强鸣吾心，情所难已，将不止流沫骇汗焉，计惟有辟之耳。风鹢[③]来边徼之怪，大震电则坏我房墉[④]，陨石为中原之妖雨，木冰[⑤]则灾延禾黍，今而知山林苦趣，亦深长也，鬼神其囚我矣。天下事尚可为，以此辟为负我君亲焉已尔。凤鸟《河图》之远引潜深，而不可复知也。时故波澜滔滔者，将遂有陆沉之势。而欲就未来之人事，姑竭吾愿力之所穷，盖不啻颠踣[⑥]摧伤焉，计惟有辟之耳。方幸伏腊[⑦]有间，忽传户口之征颁新例，每憾伏阙无路，又闻罗织之祸及清流，今而知槃涧[⑧]寐言多悲愤也，卿相其葬我矣。此中语何足道，以此辟为负吾师友焉已尔。呜呼！啸歌无心，语言易触忌讳；讲授不已，植党犹干禁条。谓贤者托为高

①草昧：蒙昧，原始未开化的状态。
②储副：储君，太子。
③鹢(yì)：古籍中的鸟名，能高飞。
④墉(yōng)：垣墙。
⑤木冰：亦作“木介”、“禾稼”，雨着木成冰。
⑥踣(bō)：仆倒。
⑦伏：夏天的伏日；腊：冬天的腊日。
⑧槃涧：槃(pān)通“般”，快乐。《诗·卫风·考槃》“考槃在涧”。

尚,非也!坐谈书剑,早已惜烈士之违时;老溷渔樵,偏无奈穷人之多寿。谓贤者托为养生亦非也,而世事盖可知矣!

子曰视其所以[①]两章

观人在穷廋,作师宜习故矣。盖历观其所以由,安非廋地?而加之以温故中,仍有新机,此维世之意也。夫自《相法》不言《心术》,而后世有《非相》之篇。经学不忌支离,而弟子以师说为病。岂知一事之督缘其间,相士祇在精神,一卷之书立之师,说经无忘根底。局外已窥全窍,无老洫[②]之可疑。先生仍读旧书,谅理解之足据,则精明既寓于浑厚,不待时七时九而流品章,臭腐复化为神奇,无取《寓言》《重言》而师道贵矣。不然,观人多术矣。削瓜者,植髻者,童而去须麋者,形状诡也;晳者、黧[③]者、跳者、扁者、颀而望羊者,气色幻也。目仰而躁,喙长而愚,膺突而残,趾高而傲,纯于窳[④]。多取观仁,多予观让,数与期以观信,诱之利以观廉笃于良。若夫重形状,矜气色,内窳而外良,不可相方焉者,此廋法也。子曰:"是必有以也,必有由也,必有安也。"吾因以视之、观之、察之。

礼有三本,师居一焉。师以新人,而人每厌故,故之落师之咎也。天地万物始乎故,惟好新故遗故,不自故则常新耳。

①语见《论语·为政》:"子曰:视其所以,观其所由,察其所安。人焉廋哉?人焉廋哉?"

②洫(xù):败坏。

③黧(lí):黑色。

④窳(yù):器物粗劣。

子曰：故吾专业也。浥[1]之不竭，引而愈出，殄殄而不知所息，非假旁魄广蓄之力学者，亦于故基焉。驳者眯，多者惑，谄[2]耳非所以炼聪，谄目非所以炼明，谄心与肾非所以炼吾神。毋郭郭，毋索索，毋猎毋玃[3]，尺捶[4]之取，一树之获，不渠损而益我获要之长者，以为之师，非为厚古人而薄我，非为拙古人而灵我。宛折洄洑[5]，以册媮惰，薪传于火，乃适乎可。

嗟夫，古者农工商贾尽传家，少习若沿天性，迨三年以大均考行艺，凡士类尤得自献其才。至饰貌饰情托名大雅，知末世已渐浇俗矣。因其羞恶犹存，大节或无毁败，特留此一法申之鉴，庶努力迟暮，犹见澡浴之吉人。

先王诗书礼乐以造士，六艺务取宏通，故京师以乐正掌教条，乡大夫犹与门侧之坐，至一才一艺，负誉经筵，知学宫已少通人矣。犹幸遗文未坠，专门自可名家，故揭此一语示之宗，庶解经不穷，犹堪专席之博士。两章云云，非第人伦之见，后师之规也。

---

①浥(yì)：水下流。

②谄(tāo)：作藏、隐瞒解。

③玃(jué)：大母猴。

④捶(chuí)：通"棰"，鞭子。

⑤洄洑(huífú)：水回旋伏流。

壽櫟廬隸書之七

文集

受業顏楷署

吴之英诗文集卷八

众述奭固[①]

粤昆庉祖坼[②],神化宁魂。品殖函机,授生萌然。珞珞离离[③],罔藉乎脉。率洎宇宎[④],部扁厥畊。攸重谐专,命其穜[⑤]出。醇醾就酏[⑥],则挢[⑦]孕割。族者恂[⑧]运,裻[⑨]长之喙。神泰壹已,熬蒸灵和。精气膏铭[⑩],菆姓[⑪]纯栗,莫适柬名故焉。皇运[⑫]降迁,贞朴施佚。宗孽忲黩[⑬],菑戾偾驍[⑭]。嗣世[⑮]官物者,陟百神,辩之宗,咫[⑯]我日我月,我雨我云,我霜

①众述:指百家著述,即典籍;奭固:释疑解惑。奭(shì),释也,明也;固,坚也,陋也。

②本句谓混沌初开。昆庉(dùn),混沌;坼(chè),裂开。

③珞珞离离:谓分支众多。珞珞,坚挺貌,《老子》“珞珞如石”;离离,茂密貌。

④洎(jì):及。宎(yǎo):房屋东南角。

⑤穜(zhǒng):同“种”,种族。

⑥酏(yǐ):甜酒。

⑦挢(jiǎo):假托。

⑧恂(xún):信。

⑨裻(dú):衣背中缝,引申为中。

⑩膏铭(yù):磨光。

⑪菆姓:犹言百姓,泛指诸子百家。菆(cuán),堆聚在灵柩四周的木材。

⑫皇运:大运。

⑬宗孽忲黩:指族系庞杂混乱。宗孽,嫡子与庶子;忲(tài),即忕,奢侈。

⑭菑戾偾驍:指宗族受害而衰败。偾驍(fènróng),骏马倒毙,喻衰败。

⑮嗣世:继位。

⑯咫(zhǐ):连词,相当于“则”、“就”。

我雪，我电我霆，蹶奏已衡；伏百祇，冯①所守，咫为山为陵，为坟为原，为沟为谷，为川为渊，歙歖已宣；诏百鬼百魅，复其命，咫倮②由壤，翼由蜚，毛由跬③，鳞由游，介④由潜，扶植⑤由丛丛，昌葆已丰。所径无与纽，所卫无与幅，错邪欲离，而续帝运⑥。又革变管，悆棘相觳⑦。蕲腾靡讳，魕⑧魄三王，各乘于厄。赢节禅若绎，蹙次禅若积，长杀禅若敌，赘尚制焉禅若密，豳豳⑨而乙乙，故皇而落之，帝而约之，王而博之，弊矣！王运终殗⑩，后圣剿⑪如。发[illegible]septed⑫历世，神列荒窅⑬。泆⑭耀荡狎，刑理⑮阆朴。

卝⑯于《六经》，仲尼睿筦倬震⑰，介挺乎仄隰，御蓂柩

①冯(píng)：依恃。

②倮：即裸，无毛羽鳞甲的动物。

③毛：指兽类；跬：跳着走。

④介：带有甲壳的昆虫和水族。

⑤扶植：栽种之意。

⑥帝运：皇室的世运。

⑦悆(yù)棘：安危；觳(jué)：同“角”，较量。

⑧魕(qǐ)：奉事鬼神的风俗。

⑨豳豳(bīn)：犹彬彬，文彩貌。

⑩殗(yān)：衰亡。

⑪剿(jiǎo)：绝灭。

⑫�(fǔ)：铲除。

⑬荒窅：隐没不显。窅(yǎo)，幽暗。

⑭泆(yì)：放荡。

⑮刑理：刑法，法律。

⑯卝(guàng)：“矿”古字，此处作动词用，意指开发、发凡。

⑰睿筦(guǎn)：明智的法则。筦同“管”，法则，《荀子·儒效》：“圣人也者，道之管也。”倬(zhuō)：大。

藏①,骿且厘适②,搰且绋适③,摩揉且栚凿适④,沥瀹且澂沤适⑤。杨媌华猗舞⑥,姚芳鐩媥稘⑦,苓拔腑蕨⑧,以然黤郁⑨,殒绝贲提⑩。蜀拟⑪皇象,帝袭王亢⑫。高题⑬为复祀主,儒赈厥纶,[illegible]尚郭橐,由氏朴嫷骫⑭,无擅冓关楔键⑮。

众述乃叟,剺刉支肆⑯,搴服孑蓻⑰,抠苞其妊核⑱,营睘肾鬲⑲,徇纠⑳于尾膵所束韄㉑。故《易》之为书也,道錾而象谲。道家祖之,阴阳家宗之,邕之为蓍龟,降之为杂占,丽之

①菉(lù):通"录",收录。

②骿(pián):通"胼",指手脚掌长出老茧。厘:整理。且、适:语助词。句谓因整理典籍而手足长茧。

③搰(hú):挖掘;绋(fú):下葬时引柩入穴的大绳索。

④栚(zhèn):横木;凿(zào):隧道。《汉书·刘向传》:"其后牧儿亡羊,羊入其凿。"颜师古注:"凿谓所穿冢臧者。音在到反。"

⑤沥瀹(yuè):水滴浸渍;澂(chéng)沤:长时间被清水浸泡。以上数句言考古发掘典籍的不易。

⑥媌(miáo):纤美;华(huā):花;猗(yī):美。

⑦姚芳:好花;鐩媥:同"蹁跹";稘(jī):周年。

⑧苓拔:草木漂落掩盖;苓,通"零"。腑蕨(huì):腐草。

⑨黤(yǎn)郁:变黑朽烂。

⑩贲(fèn)提(dǐ):断绝。

⑪蜀:独。《方言》第十二"一,蜀也",郭璞注:"蜀,犹独耳。"

⑫亢(kàng):通"康",维护。

⑬高题:顶端,起始。

⑭嫷(tuǒ):美好;骫(wěi):骨弯曲。《玉篇·骨部》:"骫,骨曲也。"

⑮冓(gòu):即"構"字,材木交积。

⑯剺刉(líjī):割裂;支肆:分解。

⑰搴:撩起;蓻(zí):草木生长貌。

⑱抠苞其妊核:指违背自然生长规律,掰开花瓣,探查内孕。

⑲营睘:环绕;鬲(gé),通"膈",横膈膜。肾鬲代指事物内部。

⑳徇纠(xún):取法。纠,本指镶边用的细丝带,引申有规范、法则之义。

㉑尾膵(cuī):尾骶骨,借指末端;束韄(hù):即束缚。以上数句比喻诸子百家肢解《五经》,不求全部了解,只得皮毛末节,各随一端,便自成家立说。

为房中①,化之为神仙。《书》之为教也,旧典宿而治业迫,法家祖之,墨家宗之,约为农,抉②为天文,莸为五行,迸③为形法④。《诗》为教也,词达而韵远,纵横家学之,绮为诗赋。《礼》之为教也,等数白而眦仁腹,兵家学之,厚为医书,证为医方。《春秋》之为教也,治声重而治实曲,名家学之,条为历谱,滥为小说。而《易》、《书》、《诗》、《礼》、《春秋》之意末罄也。

唯年系谬衰,祖习悬属,故夕涤涤,驲钬痎腊⑤,庸捷逞收,饶强而仆⑥,腬来弟旰⑦,矜约贳窦⑧,呴案痺挌⑨,鞠无徭延,剂其青殰⑩。式难税弃,硋岐极其舋⑪,烬材勚竺⑫,张一氏之师,易具范物,仑而旌末裔矣⑬。杂说枳⑭儒之注,汩耳方移索窅⑮,繄莓莓其窾鏧⑯,周抡察韧,实庚佻藐,猷胄专

①房中:节欲养生之术。

②抉(jué):发掘。

③迸:分散,离析。

④形法:指堪舆、骨相等术。

⑤驲(rì):驿车;钬(xù):引导;驲钬在此借指著述之道;痎腊(jiēxī):病到极点。痎,隔日发作的疟疾。

⑥仆:奴隶,附庸。意谓失去传统的新学,就算传播快,绩效大,但盛到极点也不过是为人作奴。

⑦腬(róu):肥美,隆盛;旰(hàn):兴盛貌。

⑧矜约贳窦:言无根之说尽管盛极一时,终不免坠入死穴。

⑨呴案痺挌:形容垂死挣扎之状。呴(hǒu),号叫;痺(bēi),通"庳",矮小,低下;挌(gé):格斗。

⑩殰(dú):胎死腹中。《礼记·乐记》:"胎生者不殰,而卵生者不殈。"

⑪硋(ài):妨碍;舋(xìn):间隙,过失。

⑫勚(yì):劳苦;竺(dǔ):通"笃",厚重。

⑬此数句大意指因最初走错了路,最后想苟延残喘,也难免短命而亡。就算不辞辛劳地收拾残局,另辟门径,重建模范,也不免沦入旁门左道了。

⑭枳:通"歧"。

⑮汩(gǔ):乱;移(chǐ):同"侈";窅(xuǎn):洞穴、隐秘之处。

⑯繄(yī):发语词,惟。;莓莓:草盛貌,言众多也;窾鏧(kuǎnkōng):空洞。

执。然秦汉泺埊孺鬡①,拯学积读,它庀吻谊,硾法②屁灭,祟肞③衅久,的精孤向琅鸣,长龙壹歇斯绁,引辄职掇,猎渠尼居④淫富,己炳偫穑⑤,则时距今历曼⑥。

滋世禫杂说⑦,傺溜余氏之胤⑧,几谫谫与当《五经》系诂,抑儒业蕃石滂缏⑨,势可亶东廗⑩而宾之矣。

乐任雅经,兀空个种,前学沓靡,就息杂辑,廑瞢撮宏例,固卒不副,振会节乱为状也。

后轨既缺,专宗旁论者,胥与测谂,洙咯醷号,剪抟滴酌,于蚤掔⑪之钧,睟血肯之植成⑫,锈然或惵佹魋谧⑬,能举其胲⑭,噭攸蠢纳⑮。

爰是司马迁叙六家⑯,抵放鼏匶⑰,诒称综兆,驳牷⑱之端

---

①泺埊:湖水渟蓄,此指少年积学;孺鬡(rúméng):幼稚,童蒙。
②硾(zhuì)法:坠落之方。
③祟肞:指歧说。祟,饰;肞,同"肢"。
④尼居:指孔子门庭。孔子名丘,字仲尼,古人尊称为尼父。
⑤偫穑(zhìxù):积蓄。
⑥历曼:久远。
⑦禫(tǎn):袒护;杂说:驳杂之说,指西方的学说。
⑧胤(yìn):后嗣。
⑨滂缏(pāngruǎn):大大萎缩。
⑩廗(dài):通"席"。
⑪蚤(zháo):通"爪",手指;掔(wàn):同"腕",手腕。
⑫睟:视作;血肯:血肉;植:生长。
⑬锈然:肃然;惵(dié):恐惧;佹魋(guǐshén):神怪诡异。
⑭胲(gāi):牲蹄。
⑮噭(jiào):号呼;纳:通"呐",木呆。
⑯六家:阴阳家、儒家、法家、墨家、名家、道德家,指先秦至汉初主要学术流派。
⑰鼏匶:古代遗迹。鼏:不久以前;匶,古"柩"字,装着尸体的棺材。
⑱驳:马毛色不纯;牷(quán):毛色纯一。

汜，旋经洲惜，棁[①]隙其庖，朕弗艾。刘向[②]斞[③]次，谓《七略》且可剔黹胭窳[④]，游颂齐袀[⑤]，然朿陈肤渍，踆缩迁史之要核。班固拌秩二十二家[⑥]，允其亭方，缅汇诉据，维庑有以耿出[⑦]，所从异守，刺北而越。请腹巽乎向《录》之砥驯[⑧]，遽贯遵君参爽，悦荣拣佩，则假假窕视众述。如众述翅[⑨]瞒瞒也，故一二闿墢[⑩]来馈，谓眯乡诵囮铨斛[⑪]。

相法爽固

相法闳奥，所由悠假[⑫]，代有衍说，故非谲怪之谭。仲尼论著《六艺》，皆有采辑。七十子推赞其传，无外辞焉。荀况作《非相篇》，戾古蔑经，以干师论。后学帅以

①棁(ruì)：尖锐。

②刘向：汉楚元王四世孙。中国目录学之创始人刘歆之父。编有《别录》，由子刘歆继为《七略》，系集《六艺》群书篇目而成，其书久佚。

③斞(yǔ)：容量名。

④剔黹(zhǐ)：刺绣、缝纫；胭窳(yǔ)：突起的肌肉；窳(jùn)：凹陷。《史记·孔子世家》"生而首上圩顶，故因名丘云"，唐司马贞《索隐》："圩顶，言顶上窳也，故孔子顶如反宇。"胭窳连用，意指补阙。

⑤袀(jūn)：相同。

⑥拌秩：搅和调匀与依次排列。二十二家，指二十二子。

⑦庑：廊屋，借指《汉书·艺文志》；耿出：突出。

⑧向录：指刘向校阅皇家藏书时所撰《别录》，为我国最早的目录学著作；砥驯：平直的训导。

⑨翅：通"啻"，只。

⑩闿墢(fá)：开垦、点拨。墢，耕地翻起的土块。

⑪眯：视线不清；乡诵：乡间评论。囮(é)：囮子、诱饵，此意为抛砖引玉；铨斛：权衡、评述。此句为谦语。

⑫悠假：悠久。

方技士所操也，罕为辨者。方技之士固不能辨也，为纠李[①]其本而说之。

无寓道，厷厷[②]云云，谓之道。道寓气，离离索索，谓之气。气寓形，块块木木，谓之形。形寓数，朌朌[③]班班，谓之数。道朴，为物宗，其质素疑[④]，景耀[⑤]以为灵。气茂，为物养，绵绵嘘注，回转而贲。形植，为物守，菀滞之魄，抟粘湿液，匀蒸以造顽，其稚其葂，其角其圜，其融其缩，其挺其邪，其泊其腴，其约其羸，其窒其穹，其猷其妭，其脊其华。数断为物节，阳以五为节，阴以五为节，历之则有节，到之则有节，错而乘之又有节，半者馈于节，完者馈于节，捷者馈于节，复者馈于节，壮而弟孤馈于节，弱而老隧[⑥]馈于节，傅名而劾之予之，墨厚闭而坚成者也。道也，气也，形也，数也，皆有昌泼[⑦]焉。狎其昌泼已庚制而奭喻之[⑧]，爰是有相名。

最上相道，清光腹若溷，若内烔之沈，若时灼铄，孤作黔黔[⑨]，有间而庚出，神啬则艾，动则泄，反革互也。次相气，气吁则瘖而善幻，极幻之为伏，伏亦为幻。幻而来见，乃复瘖。激之生声，有所感而越，有所戹而歇，一气为周达也。而有泮

①纠（xún）李：犹条理。

②厷（hóng）："宏"古字，大也。

③朌朌（pā）：分明貌。

④疑（níng）：通"凝"，静定。

⑤景耀：阳光照耀。三国魏吴质《在元城与魏太子笺》："耀灵匿景，继以华灯。"

⑥隧（suì）：本指墓道，此指死亡。

⑦昌泼：兴衰。

⑧"狎其"句：意谓熟练掌握道、气、形、数变化的规律从而加以阐释。狎，熟习；庚，道理，规律；奭，释也。

⑨黔（yīn）：同"阴"，阴沉。

焉，则祲祥之兆也。次相形，孤形自妠而般圈，袭成则专尊，专尊无施也。有妃降之，咫为柔牝。柔牝扶雄，嫡牝厌雄，扶为从从，其色厌为逆。逆其色，相乳也，相赫也，相笮也，而德刑日嬻[①]矣。相数末矣，骨干支张，据引一端建其局。端端重驾，那有历局。绚端而阅，积阅而会之，是鬼神之所由死生也，以是为相之大体矣。

天有道，有气，有形，有数。地有道，有气，有形，有数。人有道，有气，有形，有数。万物有道，有气，有形，有数。天道沕漻而密緎[②]，暗爽迭居。气纾，骤其寒燠，帅之以风，敕之以电霆。形娄句[③]焉，苍然黝然，日实月阙，繁星烂而虓皞。其数奇，立端于一。

地道靖栗，禀填渎渎，其若为泽。其气郁卷自冱[④]，巩巩然[⑤]；漂泆而壳[⑥]者，为雾，为烟，为虹，为霞，为云，焬焬[⑦]然；冤淤而还队者，为雨，为露，为霜，为雪，为雹，谡谡然[⑧]。其形深隘为溪，曲施为谷，埤膏为隰，荡燥为原，累核为陵，延峻为山。夹然委然，蕤然移然，挛然遒然，枯疏将黄，墩沃润封之油油尔。其数乘一聂偶于二者也。

人道泼如蜿蟠，瘗如讳窅蝉，板如招约秀采，涤沥而荡

①嬻（dú）：亵渎。

②沕漻：深藏不露。沕（mì），潜藏；漻（liáo），高远。《韩非子·主道》："寂乎其无位而处，漻乎莫得其所。"緎（cì）：麻缕，古时钱币。

③娄句：缠绕。

④冱（hù）：冻结。

⑤巩巩然：郁结貌。

⑥壳（qiào）：外形。

⑦焬（yē）：同"暍"，炎热。

⑧谡谡（sù）然：劲急貌。

决。其气感味滋元，津华温酴，勃熏而缦腑藏，所切摩缜充已，乃外穿呼吸，理其机焉。其形，头为始冒之，颈承头摄之，肩承颈格之，膺承肩枢之，腹承膺需亩[1]藉之，背维其后包之，足直手衡面尻股间嗷之，是皆皮脉筋骨肉所侠所凑，已见荣也。其数三，兼天数、地数者也。

万物棼杂，其道蹇菌，熠熠有精。其气亦淡亦浊，亦腐亦芗，然如其有邕擢。其形，羽者，毛者，蠃者，鳞者，介者，植者，旱坼寒蹙，变夺其肤章。其数四，盈于地数则重阴也。

他造意而逆成者，工巧所冓合。其数五，氐地数参之人数，而生生之数鞠饶其配数，皆以成所生矣。是故古初皇者，能相天道者也。见其处空而善运也，若而则之，乐官相天气，候时节，测分至，吹律吕应之，客气调之，故世有授时之文。相天形者，盖天、宣夜、浑天之驿说也。冯相氏典之，秩三辰，会其位，凡以神士者叙辨焉。南正相天数，方伯述其业，后则为史巫专职。别九天远近之宅，析分度，纪闰余，以十甲为之算，积三百六十日岁一终，奇分无正，法差则有更历书，题经例耳。于九数旁要赢不足，其法也。帝者，能相地道者也。假其安守而重完也，若而则之，相其气：自泰以东，葱苍若茎；衡以南，条条若初浴；华以西，肃勍而环，垂垂若实；恒以北，秾绛以敕，敦敦如囷仓；嵩高之中错，斐然覃覃。此外，平原之气，如幕如幄；薮泽之气，如乱丝，如积材。其奏而为变，则为霖霪，清溧眂祲。主瞭望保章之联事也。相其形，牝牡分其状也，亢湿之情自交也。匠人所营，城郭宫室，沟洫之会，觇所偎所乡焉。冢人所兆墓，大夫所图经，度其左右焉。黎

①亩(lǐn)：同“廪”，谷仓。

土青，刚土赤，蘽土白，垆土黑，粘埴土黄唐，久复就化，则乡遂所由井牧也。相其数，四隩四荒之数，匹于十二支以纪之。北政肇其术，恂相距之步为之里。《禹贡》略为五服，后来职方加括焉于九数，方田方程，其法也。王者，能相人道者也。省其剡迁剡止，而未有尼也。若而则之，相人气：中土人气如冠带，四夷气为髳，为毡，为畜牧、骑兵、大船，博相其似也。笃相之，壮气，相其食，食䊵之使生少气。相其生，掣其生，毋使食，故悲气嘶，惧气慑，忧气滮，怒气濆[①]，憙气塠[②]，舒乃调焉。要其实，息者沈硈秠[③]，竭者涌淡按摩，助之散宣。道助之行，则道德家，专以致柔，冲以为和，驭气之方也。相形者，治其身材，督其三部，钩斛弦绉，内验营输，决色于明堂，以鉴别人类。《灵枢篇》称为二十五人，《周书·文王》官人所取决也。其忽狄者，《山海经》所次列，《王会》篇褒见之矣。相数者，掌后骨间以为寸，擥[④]至肘以为尺，身长八尺以为丈，人体法具寸尺丈数分合之，而皆与料焉。则本藏五色之撰，灵兰石室之藏也，于九数差分，少广其法也。

伯者，能相物道者也。谌其丛如肴涠而謦报于件伦也，若而则之。相物气者：鸟气疾，兽气缓，蛙黾气射，鱼龙气宛宛而没，龟鳖气伏，草木气菐菐[⑤]，水气瀸絮，火气茀煴，金铁气藟蔓，珠玉珍宝气栗墣，相衔而莳謦。庶氏、穴氏、折蔟氏、翦氏、赤犮氏、蝈氏、壶涿氏、庭氏，毒之攻之杀之，各以其物，

---

①濆(pēn)：喷涌。

②憙(xǐ)：同“喜”；塠(duī)：同“堆”，小山丘。

③硈(qià)：坚固。

④硈(wàn)：同“腕”，手腕。

⑤菐菐(pú)：繁复。

识忌气也。夷隶貉隶，掌其教扰，译其语言，惠生气也。柞氏、薙氏，因夏冬变其水火，达化气也。相其形：疏质者刚兑，细理者杪臑，刚兑有所割，杪臑有所蛰。其不常产者，录所自产之形相之，九鼎不尽铸，《尔雅》不尽释，《本草》不尽编，杂称家不能尽详其族也。而有征验焉：则博物者象其形，拟其形而说之也。相其数，二千一百有六十种，种为之区，每区各为量，亦有所极于九数，均输粟米，其法也。其人工所为者，相形与气，略如其所自生，其数则百工等其齐杂。占器具者，晓其凑无常数，而有常数者于九数商功，其法也。是其所以为相，有隐钊焉，毙丰焉，毁就焉，薄肶焉，瘁胜焉，贱尊焉，减益焉，夭寿焉，皆徇所固然也。愚者郡[①]从其定号，仍之骇歒，未知有自鞠之理也。中材轵漏，部于孔穴之间，时有窒焉，疑于滕佮[②]矣。睿者察之，觌其纱轮而黍胶，黍胶而纱轮者也。故善解相者解众相，而各有属焉，愚者不与踣裂[③]也。相道兼解气，相气兼解形，相形兼解数，相数兼叶乎道，则以浸副孕结归化之机权，中材不得而踣裂也。若相道者知道之函气敛形而纳数，相气者知气之写道传形而首数，相形者知形之任道盛气而登数，相数者知数之笎形龠气而嫁仆于道，解一相而众相姟[④]矣，睿圣者不肯为踣裂也。若夫数还于形，形还于气，气还于道，道还入于无，无则不知其所始也，而后无可为相也。

①郡：乃。《尔雅注疏》卷一："郡、臻、仍，……乃也。"

②佮(huà)："化"的古字。

③踣(bó)裂：破解。

④姟(gāi)：古数名，通作"垓"。《国语·郑语》"收经入，行姟极"，韦昭注："姟，备也。数极于姟也，万万兆曰姟。"

音均奭固[①]

资中讲舍[②]，五学[③]训学僮，同术诸子[④]，以读书先字，识字先音，为得音，原始韵读注归，不可意为典要。竞求厥趋，日三四报，复断断如也。列焉不能既，诵之不能辨，乃揭牒而命之曰：

音韵者，烝气于虚，寄响于数。气有清、浊、短、长、高、下、疾、纾之节，响之厉翕应焉。因正变为候，各象所悇。叶比之而后生，生之情无交牾，自山陵溪谷，以至风霆雨露之韵，杲乎、杳乎、淖乎、卒乎[⑤]。其端熙熙[⑥]，腾降而日有所接，其间羽毛之叫号，赢鳞之呼咏，阳产阴化，品殖众顽之所由，偾震皆以迎答，絪缊通坦气而和运命。物有宣泄，器有仇匹，机祥感应之灵兆，启窍自状。类性之托始，邪真究别，唯圣人能知之。

昔者，朱襄氏[⑦]解乾元之郁，采富媪之精，修身静心，遹以关橐，籥而音孩。葛天氏[⑧]考中声，厘五音，辨八风，制八阕，天钧播歊，操旄投足以歌之，是气魂而声霸，犹无与为图肖也。

---

①音均：即音韵。古无韵字，概写作均。魏晋间，始造韵字。

②资中讲舍：即资中艺风书院。光绪九年(1883)，吴之英26岁时，任资州艺风书院主讲。

③五学：《诗》、《书》、《礼》、《易》、《春秋》。

④同术诸子：指一起在资州艺风书院讲学的宋育仁、廖季平、吕翼文等人。

⑤杲(gǎo)：明亮；杳(yǎo)：幽暗；淖(zhòu)：调和；卒：同“崒”，高峻貌。

⑥熙熙：和乐貌；广也。

⑦朱襄氏：炎帝的别号。

⑧葛天氏：古帝号或古部落名。

黄帝听凤凰于阮隃[①]，其鸣咮咮油油[②]，忻然乐帝心焉。于是命伶伦，均雌雄以理之，荣将镏律吕以谐之，仓颉造文字以纪之，文皆有法象，以定号名，故明德昭，而物度轨则生。

厥后，颛项倡灵鼍[③]之鼓，帝喾致《天翟[④]之歌》，神瞽游精，写象大史，依数而牒谱之。

陶唐氏[⑤]麋鞈置缶，徽合牝母，万噭之呕噫，拟方以穷其变动，爰辑《九招》[⑥]、《六列》、《六英》之成，用备坛壝[⑦]寝庙之飨，民人亦免寒热疹痼之疾，发为诗歌之辞，则钟而藏诸学宫，质夔[⑧]主之。胄子世适以下，国中俊茂异等，入学受教，春秋分肄其业，违戾者罚且绌，受益者简别而进论之。若会吉、凶、军、宾、嘉之仪，咸得赋颂，以协大雅。盖由州里谚谣，达乎乐府，堵肆之鸿准，淫泺声教，莫不规一而比齐，故亦命曰成韵，言德音谐洽，中和道成也。

逮有虞，嫔有娀之两佚娈[⑨]，隘谥之遗卵[⑩]，爰操冀俗，为《燕燕》之章，北音始由此作。

---

①阮隃：阮、隃均古地名，阮在今甘肃泾川县，隃在今山西代县。

②油油：形容浓密而饱满润泽。

③鼍(tuó)：同“鼍”，即扬子鳄。生活在长江流域，皮可以冒鼓，有灵气。

④翟：长尾野鸡。

⑤陶唐氏：传说中部落名。

⑥九招：舜时乐曲名。

⑦壝(wěi)：围绕祭坛的矮墙。

⑧夔(kuí)：相传舜时乐官，夔始制乐。

⑨嫔有娀(sōng)之两佚娈：舜得到有娀氏两位美女。佚，美也；娈(luǎn 卵)，美好。

⑩隘谥之遗卵：隘(è)与搤古字通，班固《西都》“搤猛噬”即持而吞食之。谥以同音假为鸟乙(玄鸟)，即燕子。有娀氏取燕子卵吞食之而生契(成汤)。

夏后行功[①],涂山女[②]与妾氏宾待苦之,歗《候人兮猗》[③]而嘘,是为南音之始。

孔甲[④]收旅娠育之,惜刖足而吟《破斧》[⑤],习东音者祖焉,实为《萯阴之谣》。

商殷整甲,湛于武王之都,强宅河南而思故,乃悲望而讽西音。讫辛余縻[⑥]之就封,犹颛颛耳,庸服孰以变焉,抑感其哀思之深远也。暨亢厉罔识所踰,沉阏縻识所纪,若蝇之欢然,狐之嗥然,嶅噪以骇人也。《韶夏》《大濩》[⑦],无与救止,然后侈声[⑧]千钟,泰吕巫音[⑨]嗣作,方音之繁赜,盖有开之先矣。

周初,思复九代之乐,度天下之口,赞宣《大武》《三象》[⑩]之文章,设大师属官二十,大小胥佽治而经纬之,凡三纪[⑪]、六平、十二成,六十律之齐量,俱听正于瞽矇[⑫]。是故内和出

①夏后:指夏后氏,禹受舜禅而建立的夏朝,禹曰夏后;行功:论功。

②涂山女:相传夏禹娶涂山之女,四日后即出门治水。涂山所在地有三说:①浙江绍兴,②四川巴县,③安徽怀远。

③候人:禹行功,涂山氏之女乃令其妾,待禹于涂山之阳,女乃作歌曰“候人兮猗”,是为南音之始(《吕氏春秋·季夏纪·音初》)。

④孔甲:夏王不降之子,在位三十一年。

⑤破斧:孔甲所作歌名。孔甲因养子被斧断足,感而赋《破斧之歌》。实始为东音,即《萯阴之谣》(《吕氏春秋·季夏纪·音初》)。

⑥辛余縻:西周昭王之武臣。随昭王征荆,为王右,还返涉汉,梁(造舟为梁)败,王及蔡公溺于水中。辛余縻救王北渡,又回救蔡公。周王乃封他侯于西翟,实为长公(《吕氏春秋·季夏纪·音初》)。又参《宋书·乐志一》。

⑦韶夏:舜乐和禹乐;大濩(hù):商汤时乐名。

⑧侈声:指腹小口宽的钟所发出的声音。

⑨泰吕:春秋时钟名,即大吕,起于齐;巫音:巫歌舞时用的音乐,起于楚,故后人有“齐庭陈大吕,荆国起巫音”之诗。

⑩大武:周代乐舞;《三象》:周公所作乐名。

⑪纪:古代纪年月的单位,十二年为一纪。

⑫瞽矇:乐官。古代乐官多为盲人。

美而宪令从，荡秽涤邪而殖养固，三五浑浑，制尚庶几，次叙稽合焉。及其衰也，乐祖失祀于辟雍[①]，輶轩[②]不省乎国俗，行人象胥，隶役巫祝之徒废厥职，用是《宾客之诰》莫能宣，《荒徼之誓》莫能译，鸟兽虫蛊之鸣欢，神祇鬼魅之志意，莫能诏谕而晓诵之。

史籀因读内赐册命[③]，校外达书名，慨雅道微而训词棼黩，乃取保氏[④]六书古体，增正其文，授畴人[⑤]子弟整理。惜师挚、师襄、钟仪、师旷、师涓、苌叔、师乙、州鸠、邹忌、雍门周[⑥]之代生散处，竞弗克宏邕伦绪，列辟亦幸故籍废坏，莫不倦古韵而好新声，鼓缶弹筝，歈竽击筑，凋凋乌乌，和呼适意而已。洎乎荒乱淹积，政乖民流，卒用师心，悖古以召覆败也。

秦燔灭诸典，乐章澌然尽毁。他书可温吟强识，口简而耳录之，故后皆间出，复得藏书，纫缀佚字句犹属说尔。乐理幽妙，传业固稀，又章句悉圈纪围标，不宜节读。一二复税，重勤删改，即屋壁有不克护之完以故灭。悲夫！唯《投壶》[⑦]章存半以下，兼存《燕射》[⑧]，用其全廑二国时尚，异目以革古见掇拔，但鼓鼙非乐正精要典实，《乐记》[⑨]中固无戛击搏拊

---

①辟（bì）雍：周天子为贵胄子弟所设之大学。取四周有水，形如璧环为名。大学有五，南为成均，北为上庠，东为东序，西为瞽宗，中曰辟雍。

②輶轩：古代使臣代称。秦、周常以八月遣輶轩使采异地方言。

③册命：古代帝王封继承人、后妃及诸王大臣时任命、赏赐的命令。

④保氏：官名，掌谏王恶而养国子之道。以《六艺》《六仪》教国子。与师氏以《三德》（至德、敏德、孝德）《三行》（孝行、友行、顺行）教国子。

⑤畴人：家业世世相传为业叫畴。畴人也指称精通天文历算的学者。

⑥“师挚”至“雍门周”十人：并为春秋战国时期著名乐官。

⑦投壶：古代宴会礼制。

⑧燕射：指宴饮之射。

⑨乐记：《礼记》（第十九）篇名。

之伦第，盖已不得其数，不得其人矣。

李斯、赵高、程邈、胡母敬等，始各以己意增减古籀，苟视同文，鏫[①]为秦令，原乐辞亡而后字书作，谓字书则音律之枢机也。

汉兴，古乐遐远难征，制氏放其声而不能记其词，盖公识其说，而未尝传其操。厥后毛生、王禹辈钵意解，颇相师授，以证刘向所校篇次，多舛缪不驯，遂用浸微弗嗣。自是以降，更无复问其铿锵鼓舞者矣。于时识字通音之儒，若司马相如、扬雄、史游、李长、班固等，先取乡塾所传五十五篇古文，渐增集至百有三篇，凡六千百八十文，皆酌定无复出。张厂受诏，作《字读解诂》，采拾较简，其外孙杜林亦训行之。诸道古说经，壹用法守，渐远穿凿。

许慎辑会诸家之书，主以师说，旁考通人，为《说文解字》十四篇，共九千三百五十三文，重一千一百六十三，得八千一百九十，解说十三万三千四百四十一字，使声谊统附于形，用补正前书阙误，谊以正假赅之，音则兼有某声、亦声、省声、读若诸例，由合形顾独行，他字证本字，就点划曲直，刓然于得声之纵敛，音韵附丽不队，盖亦仅矣。

魏氏承两都流派，音读尚罕出入。晋初沿魏，亦自琅琅。继以南北杂啾，积染移易，闾里俗师，泥所习见，转苦正音剡棘，虽名士述称，时犹不免乖誖，而喜事士夫吏胥之属，争用誉扬，讽效谓庄声矣。孙炎因注《尔雅》为反音，盖惩忕贯者之慭遗也。李登、周颙、吕静等继之，皆有扬抉，事类未具，然由宋历齐，文人辈振，按稽声读，多通其说。

①鏫(lì)：剥裂。

梁沈约等会撮为三百六部，维幅邕而纲目阔，谭韵者往往因宗焉。

唐人分均，兼名曰切，至陆德明[①]用其法，通释经典，略参酌以革所非，是四声之谊例大著，为治词赋成学者之用矜式矣。

释氏子神珙[②]为《九弄反纽图》，推衍其方。其徒类守温[③]复约之，作《字母图》，图三十有六字母，皆旁行子兼，衡直互见，韵书之作，又将以存字书之本音也。览观者狎其简而安之。

所谓见、溪、群、疑，端、透、定、泥，知、彻、澄、孃，邦、旁、并、明，非、敷、奉、微，精、清、从、心、邪，照、穿、床、审、禅，晓、匣、影、喻、来、日是也。字母分为五属，牙、舌、唇、齿、喉是也。五属又分十呼，牙（今名舌根）、舌头（今名舌尖中）、舌上（今名舌面前）、重唇（今名双唇）、轻唇（今名唇齿）、齿头（今名舌尖前）、正齿（今名舌面前）、喉（今名舌根）、半舌（今名舌尖中）、半齿（今名舌面前）是也。十呼统于四等，洪大为上，清扬次之，细纤又次之，微弱者等最下，以括平仄诸文。如见、溪、群、疑，牙音也，四等兼出，有群母属三等；端、透、定、泥，舌头音也，有一等四等；知、彻、澄、孃，舌上音也，有二等三等；邦、旁、并、明，重唇音也，亦四等兼出。同牙音，非、敷、

①陆德明（约 550—630）：唐苏州人，名元朗。历仕陈隋，为国子助教。入唐为秦王府文学馆学士拜国子博士。以五六年之力，集汉魏六朝音切 230 多家，又采诸儒训诂，辨正异同，考镜源流，成《经典释文》（含《老子》《庄子》30 卷）。

②神珙：唐代西域僧人，撰《四声五音九弄反纽图》，为后世用字母论音韵最早著作。

③守温：唐僧人，三十字母创始人。宋人始增为三十六字母。

奉、微，轻唇音也，专属三等；精、清、从、心、邪，齿头音也，有一等三等，邪母属三等；照、穿、床、审、禅，正齿音也，有一等二等，禅母属三等；晓、匣、影、喻，喉音也，有一等三等。同齿头，有喻母属三等。来，半舌音也，亦兼出四等，同牙与重唇。日，半齿音也，亦专属三等。同轻唇，一等有牙、舌头、重唇、齿头、正齿、喉、半舌诸音，无舌上、轻唇、半齿诸音，而牙无群母，齿头无邪母，正齿无禅母，喉无喻母，共得二十三母；二等有牙、舌上、重唇、正齿、半舌诸音，无舌头、轻唇、齿头、喉、半齿诸音，而牙无群母，正齿无禅母，共得十五母；三等有牙、舌上、重唇、轻唇、齿头、喉、半舌、半齿诸音，无舌头、正齿诸音，而牙有群母，齿头有邪母，正齿有禅母，喉无匣母，有喻母，共得二十七母；四等有牙、舌头、重唇、半舌诸音，无舌上、轻唇、齿头、正齿、喉、半齿诸音，而牙杂有群母，共得十三母。

盖五属所以激束十呼，十呼出而四等见，要以开口、阖口为断耳。余复有撮口、缩舌、弹舌、撮唇、齐齿、收鼻诸名，区画大违驯雅，益谫杂，无足论述。

凡反切，上用同母，下用同部。同母综曰双声，同部综曰叠韵。酌两字为反切，缓之仍两字，急则成一音。读反切者，先决定其正声，帅呼而中取之，斯得反切者之所读，与我之所以读焉。其次则必横推上字之属何母，再求下字之类，直上字之居者，则本字之音可识，亦与一呼而得者不异也。

夫字母分处，犹以正嫡收众支，诸字柬谱也。反切合读，犹以庶族归大宗，一字音释也。韵学家弗揆旨趣，鲜得根荄之震萌，六代老师之专业，西域浮屠所创录矣。盖上世讶泰运之冲穆，袭气母之困敦，民气纯如，质而有节，自能达物情而调万籁。中古运气响响，机嗷渐凿，然神兆潜感，犹能延慁，众孔洞如闳通，故贡两伯之乐，告后土以方谣焉。乘两龙而请得上帝之辩歌焉，和斯盛矣。而斛剂常虚，季运醇和，日醨气化，晳而分数显，则量厚薄侈弇为乐器，取注胑旁，翼胸众鸣，为雕斫笋虡。抑之欲其奥如，扬之欲其唱如，翕辟之术肆张，而百家流习撰著，遂有内言、外言、大言、细言、疾言、徐言、曼言、短言、从言、衡言之书以耀道，而谋国知略之士采焉。东郭邮跖枱之夫[1]也，执席食以上视，见口之呿而不唫[2]，以识莒音，非素习书师舌人之巧也，形貌可拟议也。

刘熙[3]之《释天》云：呼以舌腹曰显，呼以舌头曰坦。其《释风》也云：横口含唇则曰氾，假口开唇推气曰放。同是文而呷谍岐呼，各以动荡之势得之，故曰：凡听宫如牛鸣窌中；听商如离群羊；听角如雉登木以鸣，音疾以清；听徵如负猪豕，觉而骇；听羽如鸣马在野。比事而得喻，宛宛而摹服，辩实音于齐平，拟虚声之近类，此字母五属十呼、四等所由矣。

不律之为笔，扶摇之为飚，勃提之为披，於菟之为虎，鞠䓖之为芎，邾娄之为鄹，皆离之合之，为声训不嫌两出，而犹若有讳然，然反切之大源也。

盖古者固无四声之区择，韵读匪以求通叶也。尝稽经籍相通之文及纪传所存别体，但简平适易解为类，约六百余言，而注笺凡例，故书今文误字不在列。此内有同声，有转声，有

---

①东郭邮跖枱之夫：东郭邮，一作东郭垂，或作东郭牙，春秋齐桓公时人。跖（足掌）枱（lì 利）即耒耜类农具。时桓公与管仲谋伐莒国，东郭见管仲之口开而不闭，知是莒；桓公臂指莒之方向，因知将伐莒。见《管子·小问篇》、《吕氏春秋·重言篇》、《说苑·权谋》等。

②唫（jìn）：口急也，谓口紧语吃。

③刘熙：熙字成国，东汉北海郡（今山东潍坊西南）人，撰《释名》8 卷 27 篇，以同声相谐，推论称名之由。

古有声今无其呼，与古无其呼今有其声者，纠见错集，知古人用韵之理，疏博善变矣。故声音者，一变而谐俗，再变而远根，则时运积缪之为也。凡五沃水土异齐，稟荷丽则播施也泮奂。管子称，五施三十五赤之苍泉，渎田再易而糗薄；四施二十八赤之赤泉，赤垆历而肥强，其糗甘疑；三施二十一赤之黄泉，黄唐也，其糗迤流；二施十四赤之咸泉，斥埴而流徙；一施七赤之黑泉，黑埴而糗苦。刘安亦谓下湿之土，窍通于目；燥湿之土，窍通于耳；四达之土，窍通于口；沆砀之土，窍通于鼻；幽蔆之土，窍通于阴。

大抵轻沃之水土，音柔滑；痺濇之水土，音迟拙。故泰岱[①]之域，饮淮泗[②]之波，啜望诸大野之华，沂沭维为之浸，淈洌以养肝而筋力属焉。人气毳而倬，其音汋汋[③]。衡阳之域，环江汉[④]之湍，饶具区云梦[⑤]之利，颖湛五湖为之沃，挹酌以养心而血脉聚，人气燥而傀，其音哆哆[⑥]。嵩山地中也，洛汭[⑦]洄其足，汝沔写其腹，游息乎甫田之薮，而波溠滥之涤溉其肠胃而肤肉盈，人气章彻而修明，听内者闳，采喷乃聂于中，其音觥觥[⑧]隆隆。华岳[⑨]之域，俯泾渭二漳之滴，厌弦蒲扬荂之毛，沿沂乎灉沮而取求淡焉，以漱肺而皮革强，人气质

①泰岱：即泰山，泰山又名岱宗。
②淮泗：指淮河和泗水。
③汋汋：水自然涌出貌。
④江汉：长江和汉水。
⑤云梦：古泽名，在湖北。
⑥哆哆(chī)：口张大貌。
⑦洛汭：洛水入黄河处。
⑧觥觥：刚直貌。
⑨华岳：西岳华山。

以方，其音琅琅[①]。恒霍[②]之域，浴河泲[③]之余沫，稵豯[④]养昭余祁之穜扰，登下乎医无间之坂，决灌乎菑时涞之浸，杂会乎呼沱呕夷之坻，而歌哭恒狎驯焉，以育肾而骨干舒，人气刚以苦，其音吾吾[⑤]。

凡五泉五土[⑥]所成熟，渴确膏坟之所笃殖也，是有鱼盐鸡豚秫稻果瓜之旨，羽皮、麻菒、绵絮、緆丝之温，各安食被服以自愉乐也。人皆假食味以生，气臭食纯则音纯，音纯则方土分味入，不纯则佚佚有转更之名。寒燠偏服外气之感，亦有蒸变之名。而要各佚其平，各变其宜，由之披拂噫气，咫与成俗焉。故鲁不别祝，即齐不辨得登，楚以琴为种，燕以忘为无，吴谓善稻为伊缓，狄谓贲泉为佚台，亦犹貉子不肯踰汶以灭生，鸲鸟不为东徙以改鸣，地宜方居故耳。

圣知有所不克移，今欲斟酌饱满以饰性，而先倔强支离以求协，非自然之节奏也。盖《国语》之分编，非以对证于《方言》；《方言》所次列，非有待补于《广雅》[⑦]。时革则俗岐，地广则语哤[⑧]。其转呼而失所据依，犹昔先作方者之汩大和也。

今之去古，万有千岁，四边辟而户口日密，谓一切举可以字母五属、十呼、四等、反切而等一之，难矣。夫沙水，沙读为蔡，郐亭，郐读如树，桂水音同鸡水，身毒字作捐竺。今匪一

①琅琅：象声词。形容声音清朗。
②恒霍：恒指北岳恒山，在河北。霍，指南岳霍山（衡山）。
③河泲：黄河与济水的并称。
④稵（zī）：堆集已收之禾也；豯（xī）：小猪。
⑤吾吾（yú）：象声词，形容声疏远。
⑥五土：指山林、川泽、丘陵、水边平地、低洼地这五种土地。
⑦广雅：魏张揖撰《广雅》。
⑧哤（máng）：言语杂乱。

隅生齿，即古匪一同井邑，通人兼著异读，类徵则纱转尤邕，故字母不可呼也，反切不可合也，观其通而置之无阂也，非谊也。

本字之音流矣，非律也，先王之乐敝矣。学者析偏旁以察孕孳所从，数旧典以测传徙所极，《诗》篇入韵之文二千，他经传有韵之言可按也。旁据子、史，故辑求其是，则枝叶脉而本实朴韧矣。宏其例，则牛之鸣，鸟之叫，赵之牛铎，蜀之桐鱼，验之故解而平也。

州里旗称勿勿，宗庙祟曰譆譆，赋《夏屋》者识《权舆》[①]，举大木者呼邪谔[②]，参诸都尉而协也。引申触长以宰所傀幻，故缘平直之督经也。若好濮[③]上而听《白雪》，铸无射[④]而为《大林》，《九变》与昧任[⑤]同陈，《七始》[⑥]与优倡竞进，侲嫭[⑦]不能况谕，承后嗷者眯眩矣。

今世无蜚龙、咸黑之操技[⑧]，单穆公、钟子期之审辨，但比其纯而艾其驳，窃庶乎司商之吹鳃宗生耳[⑨]，调不调未或辟执焉。我与若与人未必能相知也。藉由精言，复嬗无言，后来或有能别之者。

---

①夏屋：大屋。权舆：起始。夏屋、权舆两词出自《诗·秦风·权舆》"于我乎夏屋渠渠"。

②谔(yú)：虚夸。

③濮：古水名，在今山东、河南境内。今湮。

④无射：周景王所铸钟名。

⑤九变：多次演奏，古乐名；昧：昏暗，愚昧。

⑥七始：乐名，黄钟、林钟、太族为天地人之始；姑洗、蕤宾、南吕、应钟为春夏秋冬之始，合称"七始"。

⑦侲(zhèn)：古时指驱鬼的童男、童女；嫭(jù)：骄纵。

⑧蜚龙：飞龙；咸黑：古代传说中的乐师名。

⑨司商：官名，掌赐族授姓。《国语·周语上》："司民协孤终，司商协民姓。"韦昭注："司商，掌赐族受姓之官。商，金声清。谓人姓生，吹律合之，定其姓名也。"

吴之英诗文集卷九

雅名爽固[1]

（一）

降、汪、牟、扈、闾、名、重、蕃、宠，大也。

屯、瘴、敦、竺、封、醇、懞、腹，厚也。

安、案、弭、济、画、绥、孰，定也。

肇、审、延、极、竫、督、朴，正也。

致、窅、奥、宎、洫、窖，深也。

最、萃、戢、钟、儽、湊，聚也。

既、单、索、刻、减，尽也。

怫、牾、厥、蘁、窢[2]，逆也。

若、儃、康、惠、儒，顺也。

同、就、凑、州、都，会也。

徕、周、假、冲、挚，至也。

渍、溃、沴、哤，乱也。

蔑、眇、鄙、边，小也。

掫、斟、掇、攓，取也。

尔、亵、戚、濒，近也。

枝、扣、掺、管，持也。

诘、听、驭、庀，治也。

故、采、士、物，事也。

奋、荼、革、楚，盛也。

可、慊、詹、壤，足也。

保、亿、愉、柔，舒也。

孤、偎、衣、体，爱也。

撅、掊、荆，撞也。

扢、擉、皶，刺也。

絪、纯、纂，束也。

攞、蠡、劙，析也。

斯、携、砉，离也。

惮、忌、囍，阨也。

大、历、傺，过也。

评、诐、讪，啼也。

谗、隟、谍，间也

伉、媮、挑，偷也。

迁、回、违，袤也。

①雅：训诂的书多以“雅”名，雅指合乎规范；名：指文字。本篇解释的稀见字义，为一般字典所无。如“爽”字，本篇解作“爽：释也；明也”。

②窢（xù）：逆风声。

省、胠、距，去也。
贾、募、市，求也。
控、衍、杍，引也。
眡、覛①、眺，视也。
角、䳬②、鼓，量也。
规、徇、鮹，随也。
入、览、禀，受也。
与、胜、刺，举也。
亢、直、对，当也。
投、接、摩，合也。
时、䟗、尼，是也。
成、揣、处，守也。
穆、辑、翕，和也。
佴、佽、铦，利也。
弥、固、淫，久也。
姟、晐、赅，备也。
王、坚、龙，长也。
且、自、兆，始也。
磨、殀，殇也。
刬、襄，残也。
勒、锲，刻也。
挨、枕，攵也。
係、纽，系也。

婴、葛，牵也。
繇、铙，摇也。
偾、蔃，仆也。
破、顿，败也。
匡、挫，亏也。
瀹、阙，穿也。
拌、杀，分也。
列、亭，别也。
略、褫，夺也。
殃、蠹，害也。
漫、湔，污也。
迮、隘，迫也。
肆、艺，鞠也。
仮、阪，反也。
苛、慁，烦也。
玩、沓，黩也。
悗、兜，或也。
役、滥，贪也。
慆、缦，偶也。
慆、惆，忧也。
亲、悝，狎也。
讇③、腾，僭也。
谌、泝，溺也。

串、毋，习也。
优、誂，戏也。
脱、仙，轻也。
食、雁，伪也。
俳、锢，废也。
卑、琐，微也。
诒、绐，欺也。
唐、糠，虚也。
枸、痀，曲也。
埤、垫，下也。
痺、僔，屈也。
洒、汗，散也。
綎、瀫，迟也。
阕、阒，空也。
税、舍，释也。
复、剔，除也。
妄、全，荒也。
噬、譆，叹也。
侯、曷，何也。
俞、瘉，愉也。
写、泄，出也。
㳅④、漻，流也。

①覛（mì）：斜视，观察，寻求。
②䳬（zhōng）：同“钟”，古容量单位。
③讇（chǎn）：同“谄”。
④㳅（liú）：《玉篇》古文流字。

炯、蝡[1]，动也。
相、酌，度也。
谂、某，谋也。
命、谒，告也。
胪、驿，传也。
恪、挌，格也。
没、转，入也。
据、宇，居也。
奓、劈，启也。
噜、吻，緦也。
凿、汩，疏也。
径、纪，纲也。
宗、秩，常也。
述、钵，导也。
效、输，效也。
恂、紃，循也。

搰、溜，发也。
注、累，属也。
刹、稽，黏也。
浃、瀸，洽也。
将、巡，行也。
粥、售，贾也。
咨、评，谪也。
岠、崛，挺也。
栽、扶，立也。
仪、綍，准也。
畜、穑，储也。
镇、权，重也。
劝、赍，进也。
有、右，又也。
佞、隽，才也。
廪、囊，积也。

鬲、缉，明也。
光、熙，广也。
确、砼，坚也。
只、轵，犄也。
仍、荐，再也。
久、雍，有也。
劳、伐，勋也。
兼、德，得也。
胄、尾，后也。
逞、甘，快也。
娓、娋，美也。
胜、膏，肥也。
飏、庑，丰也。
表、剽，标也。
卿、旌，章也。

（二）

貍，霾也。
浘，窆也。
丧，藏也。
茹，臭也。
鱢，臊也。
歾，烂也。
腑，腐也。

朘，殑也。
吞，没也。
鲜，夭也。
謳，诎也。
芩，洛也。
菑，禔也。
憀，僇也。

疈[2]，磔也。
轧，轹也。
剿，斩也。
刭，到也。
副，剖也。
犷，宫也。
刉，刎也。

[1] 蝡(ruǎn)：蠕动。
[2] 疈(pì)：同副，剖开。

邓，斫也。
梨，剺也。
刘，芟也。
践，翦也。
捶，筑也。
撤，挞也。
掾，挑也。
猎，搛也。
稾，敲也。
拍，抶也。
杖，械也。
禽，捕也。
韄，缚也。
蹄，窨也。
䋐，纂也。
腰，维也。
雒，络也。
赘，缀也。
垒，累也。
絯，约也。
撄，羁也。
縻，縶也。
嗝，啖也。
啮，嚼也。
龂，龁也。
掐，搔也。

昧，梔也。
掣，曳也。
拸，批也。
搕，拉也。
揉，抑也。
锁，撮也。
跐，蹋也。
蹍，蹑也。
墙，围也。
偎，缒也。
硾，沈也。
旗，覆也。
圾，危也。
蔽，断也。
抎①，贯也。
殒，队也。
隧，堕也。
矫，坏也。
槎，折也。
澌，列也。
陊，圮也。
谿，詈也。
詾，诋也。
吡，訾也。
诟，辱也。
猲，喝也。

谪，叩也。
嚣，欢也。
謲，譁也。
胸，匈也。
砉，劫也。
缺，短也。
砀，毁也。
阻，诅也。
增，憎也。
袭，掩也。
糺，纠也。
夌，陵也。
硋，碍也。
敺，逐也。
阉，阏也。
荣，弃也。
出，遣也。
谪，贬也。
偋，远也。
陆，跳也。
巽，遁也。
竣，退也。
硈，亟也。
傲，虐也。
蠚，毒也。
蜇，螫也。

①抎（yǔn）：有所失也。

圉，御也。
艾，报也。
孽，病也。
脊，疾也。
餧，馁也。
羸，癯也。
瘠，瘦也。
膲，焦也。
蒿，耗也。
镕，销也。
瘁，顇也。
溯，诉也。
讼，辨也。
谯，忾也。
悁，忿也。
鞔，懑也。
怼，憾也。
望，怨也。
钝，弊也。
穹，穷也。
晻，黯也。
黣，晦也。
央，辛也。
邮，罪也。
贷，忒也。
衰，差也。
慝，匿也。
贯，忕也。
黔，阴也。
輮，柔也。
盂，侈也。
禫，檀也。
砀，荡也。
夸，放也。
曼，靡也。
僄，狂也。
坌，挠也。
裾，倨也。
倍，悖也。
很，乖也。
犅，麤也。
咷，佻也。
抏，玩也。
謟，恣也。
冒，抵也。
稚，骄也。
毚，狡也。
菅，奸也。
颉，滑也。
嗛，欲也。
喭，吃也。
昃，侧也。
餝，饰也。
蟜，獝也。
佹，诡也。
憰，獝也。
恑，宄也。
觭，奇也。
贰，疑也。
猾，弄也。
狙，诈也。
嬻，媟也。
惼，躁也。
芒，迷也。
伣，细也。
陕，狭也。
嵬，委也。
么，鉞也。
需，懦也。
阿，回也。
棁，忽也。
射，斁也。
壆，疏也。
窳，惰也。
湿，滞也。
卷，疲也。
解，佚也。
茍，芜也。
蕨，秽也。
不，否也。
郤，隙也。
毳，瞀也。
勯，恐也。
慗，惵也。

怍，羞也。
归，愧也。
诟，震也。
遽，惊也。
骚，蠢也。
讋，廪也。
轸，忧也。
谦，损也。
展，允也。
翼，严也。
稷，肃也。
俨，敬也。
静，默也。
清，寒也。
忍，耐也。
嗑，盍也。
蕲，祈也。
晞，冀也。
承，拯也。
恤，闵也。
左，佐也。
又，佑也。
慨，已也。
諜，解也。
闲，息也。
置，舍也。

醳，释也。
微，无也。
缘，著也。
波，润也。
欣，戴也。
内，纳也。
芘，托也。
藾，荫也。
扪，抚也。
叽，噢也。
症，结也。
证，谏也。
敩，教也。
比，辅也。
嚽，赞也。
邀，遇也。
反，本也。
还，旋也。
麼，厉也。
砻，磨也。
面，覫也。
知，见也。
商，议也。
墓，謩[①]也。
材，裁也。
抡，拣也。

它，彼也。
燀，然也。
[illegible]，向也。
捃，拾也。
练，濯也。
弗，祓也。
式，拭也。
敊，粪也。
漱，浣也。
狎，更也。
幪，复也。
辕，易也。
唉，诺也。
朕，兆也。
泠，晓也。
蛊，变也。
憯，曾也。
虑，乃也。
虖，邪也。
主，尚也。
直，特也。
霍，倏也。
漕，转也。
指，之也。
流，注也。
抵，据也。

①謩：同"谟"，谋划。

輎，附也。
觐，仅也。
廑，少也。
放，依也。
御，追也。
徛，具也。
资，赍也。
嗽，矢也。
抠，探也。
挹，挈也。
揄，抽也。
梯，冯也。
胥，能也。
烝，升也。
涂，由也。
蓬，环也。
错，措也。
毗，并也。
軥，肄也。
军，屯也。
砡，悫也。
芚，浑也。
谨，竺也。
趋，敏也。
律，则也。
濬，理也。
敻，远也。
缅，遥也。

诶，呫也。
谡，诵也。
辖，诰也。
摠，综也。
繜，樽也。
聘，骋也。
扰，驯也。
渐，染也。
潏，浸也。
淳，沃也。
滥，渍也。
噆，啜也。
縠，养也。
淹，留也。
踆，汔也。
字，孳也。
彔，弟也。
錞，圜也。
隋，椭也。
乡，响也。
处，名也。
胙，阼也。
懋，专也。
信，伸也。
砥，平也。
俏，肖也。
眏，轶也。
翅，啻也。

廉，挺也。
悊，哲也。
哲，圣也。
献，贤也。
傰，曹也。
畴，俦也。
列，位也。
竱，等也。
童，同也。
击，一也。
僱，态也。
止，仪也。
都，闲也。
僩，雅也。
莙，威也。
崇，饬也。
稠，多也。
毓，生也。
殖，蕃也。
趚，集也。
昌，茂也。
壤，穰也。
哝，酞也。
磏，劲也。
凝，夙也。
軨，軪也。
附，培也。
师，周也。

遵，尊也。
坒，密也。
弡，张也。
炅，光也。
熏，熏也。
煐，温也。
鐊，华也。
龙，荣也。
石，硕也。
兹，滋也。
臾，腴也。
校，效也。

驾，加也。
杨，扬也。
婴，婉也。
傒，媛也。
佼，姣也。
媌，娥也。
潘，般也。
泑，盘也。
鼎，桓也。
嬉，怡也。
僊，欢也。
曼，延也。

神，冲也。
黦①，素也。
函，封也。
歙，敛也。
孺，孺也。
财，哉也。
术，道也。
缁，青也。
赨，赤也。
黅，黄也。
皦，白也。
黮，黑也。

（三）

札，疫死也。
瘆，旁击也。
耛，摩平也。
騼，折声也。
綮，结处也。
軱，大戾也。
偝，不面也。
慭，不动也。
氛，凶气也。
糉，气降也。
噆，微语也。
呹，气过也。
侉，疾呼也。

虫，伏动也。
觇，暂见也。
喙，气短也。
蒸，上淫也。
通，旁淫也。
詑，不信也。
慊，不足也。
齰，相错也。
捷，旁行也。
貆，疏慢也。
窐，污下也。
䩉，色和也。
偎，小促也。

慬，小信也。
枳，私厚也。
缗，细合也。
阅，积数也。
劦，用力也。
朝，毗东也。
夕，毗西也。
祥，吉气也。
禋，絜祀也。
是，所以也。
苐，丛密也。
乃，语之止也。
来，辞之助也。

①黦（yuè）：白色的缟（丝织品）。

唈，气不舒也。
嘀，吹有声也。
窕，不满密也。
倚，体不具也。
溪，中有函也。
僦，货贷物也。
朴，物之本也。
夭，未成而败也。
掎，从后仆之也。
洵，无声而哀也。
嗄，气欠无声也。
吓，口怒拒声也。
兰，不知所出之物也。

（四）

殑：肆也，瘗也。
殪：灭也，毙也。
踣：颠也，破也。
殚：单也，弊也。
孩：羸也，老也。
旄：眊也，耄也。
抓：推也，弹也。
拂：犯也，断也。
剟：芟也，凿也。
胣：分也，割也。
批：斥也，击也。
猎：陵也，震也。
赦：惧也，害也。
甲：入也，函也。
浚：瘦也，煎也。
蹶：走也，顿也。
潞：罢也，露也。
釦：扣也，衔也。
靡：摩也，縻也。
罢：惰也，病也。
责：罚也，负也。
诛：责也，治也。
衅：熏也，衅也。
瘵：悔也，傎也。
殙：闷也，矜也。
泣：凝也，涩也。
痠：酸也，疾也。
淖：湿也，浊也。
僭：曾也，敖也。
驵：阻也，狙也。
氾：泛也，滥也。
譂：单也，惮也。
侵：怠也，侮也。
姚：冶也，遥也。
琱：凋也，雕也。
铍：披也，陂也。
釬：急也，险也。
柴：积也，塞也。
宥：拘也，蔽也。
慑：聂也，谍也。
谩：迂也，缓也。
洫：虚也，泛也。
秃：兀也，突也。
憯，速也，甚也。
渎：轻也，卑也。
窈：细也，邈也。
踊：落也，登也。
详：伪也，祥也。
扁：偏也，辩也。
部：剖也，厚也。
勧：怠也，劳也。
拔：提也，祓也。
肥：弱也，重也。
交：夹也，齐也。
说：媚也，除也。
嫁：迁也，卖也。
遇：敌也，待也。
离[①]：肆也，安也。
整：碎也，和也。
滑：乱也，大也。
摄：拊也，整也。
纽：狃也，正也。

①离（tài）：离宧（bǐng），人名。《列子·周穆王》“离宧为右”。

貇：垦也，恳也。
啬：濇也，爱也。
造：遽也，始也。
亶：单也，厚也。
振：亟也，拯也。
羸：弱也，劬也。
关：阻也，管也。
弟：小也，柔也。
括：刊也，并也。
撚：捋也，从也。
苟：且也，诚也。
苑：郁也，茂也。
揄：引也，摇也。
夷：伤也，平也。
隩：隐也，内也。
憖：闲也，愿也。
敖：游也，熬也。
殆：近也，始也。
祺：稔也，其也。
姬：其也，居也。
其：之也，至也。
然：乃也，即也。
应：当也，和也。
辨：便也，辩也。
料：简也，数也。
禺：区也，端也。
离：历也，丽也。
利：便也，饶也。
搏：专也，聚也。
遌：牾也，遇也。
谭：谈也，覃也。
缮：治也，善也。
肩：炳也，肩也。
魄：声也，刑也。
奭：释也，明也。
势：力也，形也。
衡：横也，平也。
遮：重也，兼也。
厚：大也，益也。
畜：居也，养也。
营：固也，聚也。
靖：始也，和也。
衷：中也，善也。
窜：容也，微也。
妃：比也，配也。
中：得也，身也。
辂：还也，迎也。
赞：道也，左也。
集：至也，成也。
謕：辩也，察也。
谆：左也，专也。
类：惠也，善也。
掉：作也，使也。
擐：贯也，具也。
创：劈也，启也。
缩：引也，取也。
设：托也，假也。
仅：裁也，谨也。
挺：宽也，直也。
媾：和也，交也。
那：于也，美也。
殖：立也，长也。
乱：终也，治也。
赋：役也，分也。
委：畀也，饲也。
卫：扈也，纬也。
选：数也，万也。
在：察也，存也。
贾：市也，价也。
况：谕也，益也。
葆：保也，宝也。
蠲：除也，絜也。
登：高也，成也。
为：成也，化也。
竞：力也，强也。
给：捷也，足也。
般：颁也，乐也。
化：过也，道也。
诋：繄也，譩也。
喤：湮也，噎也。
欧：抠也，壳也。
欿：舒也，欠也。
跰：缅也，骿也。

蹁:欹也,蹮[①]也。
偻:曲也,痀也。
貌:图也,额也。
题:识也,额也。
麋:靡也,眉也。
脤:振也,唇也。
吻:殁也,呡也。
頣:大也,叵也。
蚤:豫也,爪也。
掔[②]:惋也,臂也。
凶:兇也,膺也。
湩:饮也,乳也。
跪:坐也,足也。
胞:庖也,膜也。
募:力也,膈也。
肯:可也,骨也。
漦:滑也,次也。
脔:肴也,李也。
膧:育也,孕也。
饵:芗也,餧也。
餥:饮也,浆也。
洎:暨也,谙也。
糟:薄也,粥也。
职:主也,胑也。
缨:温也,绵也。
布:货也,絮也。
制:正也,幅也。
絻:俯也,冕也。
擅:能也,禅也。
袾:朱也,衣也。
裷:卷也,衮也。
縻:絮也,带也。
谢:却也,榭也。
郎:良也,屋也。
圂:烦也,厕也。
阖:止也,扉也。
著:联也,宁也。
阸:阻也,墙也。
偞:尼也,堞也。
苏:生也,爨也。
炀:炙也,炊也。
莫:谧也,幕也。
奕:显也,帟也。
椅:掎也,几也。
丈:杖也,枝也。
屑:杂也,札也。
絣:骈也,绳也。
赤:文也,尺也。
横:称也,权也。
杓:直也,准也。
范:氾也,刑也。
溢:涌也,镒也。
摈:排也,币也。
货:祸也,财也。
苴:藉也,苞也。
裹:约也,囊也。
匮:穷也,椟也。
助:辅也,锄也。
基:止也,玉也。
苗:弱也,矛也。
剡:铦也,锋也。
鼛:声也,鼓也。
志:识也,帜也。
沤:湅也,鸥也。
阴:私也,雀也。
鳣[③]:鸷也,鱑[④]也。
㕙[⑤]:狡也,兔也。
蔺:茂也,骅也。
虎:武也,虎也。

①蹮(xiān):行。
②掔(wàn):腕。
③鳣(zhān):鳝、鲟、鳇鱼的古称。
④鱑:同鳣,又作鳙。
⑤㕙(jùn):狡兔。

噣:食也,喙也。
骼:支也,角也。
全:善也,牷也。
𣹷:刻也,牺也。
魅:惑也,鬼也。
魋:信也,神也。
邻:吝也,燐也。
丛:林也,庙也。
屮:苗也,草也。
筌:筲也,荃也。
蔋:𦬁也,蒞也。
柒:染也,黍也。
硌:顽也,石也。
父:甫也,阜也。
壝:平也,场也。
畏:死也,限也。
案:按也,界也。
渠:遽也,沟也。
綦:极也,基也。
拊:抚也,鄂也。
竟:尽也,畺也。
羸:缓也,过差也。
捽:支也,交对也。
呺:号也,虚大也。
詌:钳也,妄言也。
跣:跣也,徒行也。
蹎:踣也,跬足也。
步:徒也,六尺也。
武:迹也,半步也。
板:植也,二尺也。
墨:法也,五尺也。
寻:再也,八尺也。
杖:扑也,十尺也。
宿:夙也,一昔也。
信:任也,再宿也。
次:恣也,过信也。
庸:用也,佣力也。
理:治也,吏事也。
浹:叶也,周数也。
易:竟也,阴阳也。
房:方也,农祥也。
施:弛也,陈尸也。
脹:张也,腹病也。
瞤:惊也,肉动也。
眏:侠也,闭目也。
盱:大也,眙目也。
腎:强也,肉劲也。
蹠:跋也,足胫也。
跼:局也,足跗也。
胲:妎也,足拇也。
龀:童也,毁齿也。
免:去也,生子也。
秴:生也,米瘠也。
乞:汔也,终饭也。
褍:端也,正幅也。
絿:束也,衺幅也。
綼:㛹也,浣衣也。
丽:明也,屋橠也。
闳:闲也,辟门也。
稔:年也,禾孰也。
稂:良也,童禾也。
机:禨也,禾穗也。
觚:棱也,酒器也。
服:败也,矢橐也。
弢:斂也,弓鞬也。
遽:迫也,驲车也。
㺔:跳也,小禽也。
妖:幼也,小兽也。
蝝:篆也,蝠陶也。
蠭:微也,小蝱也。
㲨:说也,毛落也。
翁:公也,颈毛也。
川:通也,后嗽也。
衈①:污也,血祭也。
荐:聚也,藉草也。
堇:廑也,毒草也。
圮:败也,水毁也。
碬:固也,坚石也。

①衈(èr):古代祭名。

衕:洞也,下写病也。

瞍:瘦也,无牟子也。

龁:入也,齿断物也。

鼕:空也,冒虚皮也。

呿:椭也,口微开也。

唫:圜也,口袳开也。

颜:华也,眉目间也。

骪:弱也,骨肉间也。

麸:祛也,煮麦饭也。

裻:督也,衣中幅也。

署:题也,所以表位也。

姟:盈也,万有千兆也。

绲:缠也,丝组十首也。

栝:括也,矢端衔弦也。

靳:禁也,马当膺带也。

膍:僗也,牛胃百叶也。

坺:发也,一耦之伐也。

墐:瘗也,沟边小道也。

桴:朴钝也,小柎也。

頯①:大而朴也,高而露也。

矇:昏也,有牟子而蔽也。

厉:疠也,戾也,灾也。

沮:败也,阻也,濡也。

渍:疾也,脊也,眚也。

颤:惊也,动也,羶也。

唫:噤也,闭也,呻也。

咄:反也,黜也,服也。

瞢:愚也,惭也,梦也。

宾:服也,摈也,谨也。

扣:乱也,穿也,发也。

苛:重也,疴也,可也。

爽:伤也,贰也,明也。

越:于也,失也,扬也。

剗:尽也,戮也,并也。

悛:止也,改也,顺也。

普:废也,代也,庆也。

姑:乎也,且也,缓也。

遻:牾也,迎也,合也。

灵:霖也,暴也,善也。

蜜:谨也,密也,甘也。

征:惩也,召也,成也。

絜:挈也,治也,举也。

顾:反也,念也,问也。

称:量也,副也,平也。

扔:争也,引也,因

①頯(kuí):颧骨。

也。

论：别也，择也，理也。

赖：蒙也，利也，赢也，

向：囊也，响也，飨也。

阜：安也，众也，厚也。

倅：卒也，副也，睟也。

繄：维也，乃也，是也。

方：旁也，法也，大也。

班：分也，辩也，次也。

鸠：久也，聚也，安也。

豸：止也，庶也，直也。

典：礼也，常也，法也。

奏：会也，事也，趣

也。

更：续也，偿也，叟也。

负：恃也，责也，厮也。

支：拄也，枝也，职也。

眴[①]：恂也，徇也，瞑也。

要：险也，中也，腰也。

吕：律也，戉[②]也，膂[③]也。

墽：薄也，隔也，膈也。

兑：说也，锐也，噉也。

偃：伏也，屏也，厕也。

稽：齐也，籍也，戟也。

垸：圜也，卵也，丸也。

堀：深也，尘也，窟

也。

陇：发也，隆也，坟作也。

仇：用也，售也，相校也。

咫：只也，则也，八寸也。

晐：赅也，晦也，十经也。

常：法也，物也，倍寻也。

贲：鬲也，愤也，皮向也。

峈[④]：格也，咯也，唾血也。

髻：旋也，鸡也，会撮也。

旒：缀也，垂也，繁露也。

縢：絭也，縢也，足缠也。

稯：茂也，稯也，十筥也。

①眴（xuàn）：以目示意。

②戉（yuè）：古兵器。

③膂（lǚ）：脊骨。

④峈（kē）：呕，吐。

秉：执也，柄也，十籔也。

轶：失也，越也，车辙也。

质：贽也，正也，夫质也。

答：合也，荼也，疾藜也。

卢：虚也，栌也，善犬也。

璞：本也，玉也，僵鼠也。

蝎：螫也，蠹也，伏虫也。

鄜：攦也，摩也，砥石也。

埴：直也，原也，黏土也。

滨：近也，厓也，渠弭也。

鍱：坚也，鐇也，金冒物也。

翳：繄也，殪也，蔽兵器也。

累：聚也，重也，盛土器也。

和：会也，棺题也，军门也。

觳：相角也，不润也。足骨也。

荒：败也，远也，空也，大也。

党：如也，所也，偏也，多也。

辟：除也，辟也，譬也，积也。

共：与也，供也，恭也，拱也。

御：进也，治也，致也，制也。

路：潞也，露也，大也，通也。

鼻：始也，大也，畀也，准也。

袭：入也，重也，协也，衣也。

经：道也，理也，绳也，书也。

仞：忍也，治也，识也，镵也。

椎：钝也，捶也，栚[①]也，椊也。

佳：维也，唯也，饰也，堆也。

薄：捍也，荡也，乘也，亳也。

夙：速也，宿也，肃也。昧爽也。

丑：极也，等也，众也，习恶也。

载：处也，事也，成也，盟书也。

適：谪也，敌也，啻也，主也，嫡也。

雍：痈也，臃也，壅也，拥也，雝也。

庚：偿也，易也，更也，刚也，实也。

遂：既也，尽也，决也，长也，术也。

腊：亟也，孰也，毒也，臊也，瘠也。

訾：毁也，疵也，量也，等也，货也。

牣：忍也，充也，纫也，韧也，刃也。

齐：一也，脐也，剂也，壸(kǔn)也。

---

①栚(zhèn)：相关之省文，搁架蚕箔的横木。竖曰槌，横曰栚。

回:旋也。
骜:誟也,敖也,轻也。
乐:章也。
骏:马也。
落:废也,始也,生也,包也,聚也,络也。
魁:高也,安也,大也,首也,灰也,自也。
招:志也,要也,蓺也,质也,埻也,的也,鹄也。
几:尽也,危也,岂也,欲也,冀也,近也,察也,微也。
厌:禁也,揜也,按也,引也,合也,验也,足也,静也,长也。
排:推也,挡也,拨也,扶也,柲也,榜也,檠也,栝也,隐也,平也,阖也。

(五)

菉录:录戮也。
黖黡:黡疵也。
僾郁:郁蕴也。
隐痛:痛急也。
骇虢:虢拘也。
伊推:推求也。
撅厥:厥掘也。
攘却:却去也。
阋很:很戾也。
个介:介偏也。
酋老:老极也。
睘环:环营也。
遮阏:阏按也。
奄弇:弇揜也。
傓噏:噏闭也。
薰屾:屾兆也。
楛苦:苦毳也。
佻偆:偆缓也。
屈鞠:鞠穷也。
咳垓:垓竟也。
底著:著连也。
氏止:止留也。
间司:司职也。
巩魕[1]:魕祥也。
选为:为乃也。
伉抗:抗救也。
从旁:旁侍也。
柬简:简汰也。
辁铨:铨称也。
资与:与许也。
诊胗:胗占也。
搢振:振发也。
滕胜:胜慎也。
兀独:独蜀也。
劃劓:劓亶也。
摄聂:聂合也。
戾帅:帅率也。
数术:术述也。
洵恂:恂都也。
世生:生性也。
渞育:育达也。
撩料:料数也。
僚住:住算也。
帛吃:吃法也。

---

①魕(qí):古越人奉信鬼的风俗。

剷奖:奖成也。
斸絜:絜举也。
观进:进劝也。
佯故:故然也。
钧等:等成也。
丽参:参三也。
锫伍:伍五也。
条仑:仑绪也。
佚栗:栗确也。
歆飻:飻食也。
专任:任将也。
鲩䡪:䡪圜也。
翠脺:脺肥也。
忍韧:韧完也。
钞杪:杪末也。
徼要:要终也。
鱼吾:吾吴也。
侠幼:幼说也。
廓郭:郭满也。
襜淡:淡赡也。
突高:高贵也。
考成:成重也。
假遐:遐格也。
知闻:闻名也。
劲强:强余也。
胡寿:寿保也。
顡呐:呐不平也。
傎颠:颠踬,踬到也。
遗废:废寘,寘放也。
妪呕:呕响,响咻也。
考稽:稽同,同通也。
瘨颠:颠瞋,瞋填,填镇也。
抑安:安案,案焉,焉于是也。

(六)

亦:易也;易,亦也。
以:已也;已,以也。
固:故也;故,固也。
示:视也;视,示也。
挢:桥也;桥,挢也。
从:恣也;恣,从也。
空:孔也;孔,空也。
形:刑也;刑,形也。
生:姓也;姓,生也。
昔:夕也;夕,昔也。
情:请也;请,情也。
进:尽也;尽,进也。
饬:饰也;饰,饬也。
毳:脆也;脆,毳也。
蘳:俚也;俚,蘳也。
讲:搆也;搆,讲也。
授:受也;受,授也。
至:致也;致,至也。
属:适也;适,属也。
谓:为也;为,谓也。
为:伪也;伪,为也。
而:如也;如,而也。
而:如若也。
而:尔也;尔,而也。
而:尔矣也。
由:犹也;犹,由也。
由犹:脜①也。
犹②:猷也;猷,犹也;猷犹,道也。
趣:趋也;趋,趣也;趣趋,稷也。

①脜(yáo):或作"谣",徒歌,即不用乐器伴奏的歌唱。脜或作"犹",一声之转。

②犹(yōu):同猷,犹、猷一字。凡图谋义,《诗》作犹,《书》作猷。

趣:取也;取,趣也;趣取,晋也。

(七)

赟然、愁然:静也。
块然、腺然:大也。
嗑然、輾然:笑也。
蔓然、樊然:肴乱也。
府然、偯然:曲从也。
况然:砰然:大声也。
訾乎:大也。
犹兮:畏也。
荒兮:远也。
剡然:削也。
庬然:肿也。
恢然:鬲也。
恇然:怯也。
洒然:惊也。
妪然:欲也。
瞿然:遽也。
荐然:怒也。
薄然:下也。
喟然:叹也。
闔然:止也。
砉然:解也。
慧然:悟也。
锈然:夙也。

倓[①]然:明也。
晘然:白也。
诱然:晋也。
嘆然:阒也。
傀然:伟也。
浩然:质也。
逌然:适也。
祺然:安也。
彝然:丰也。
飂兮:无止也。
苔焉:体惰也。
豫焉:无定也。
鬲如:断绝也。
嵮如:蒸实也。
皋如:宰而也。
滀乎:愤起也。
崔乎:遬动也。
悗乎:宛顺也。
阚然:虓赫也。
瞲然:惊视也。
黚然:卒至也。
超然:自远也。
傥然:自丧也。

锟然:不满也。
倜然:疏远也。
闵然:卑下也。
委然:降就也。
成然:委顺也。
厌然:柔弱也。
佛然:勃变也。
嚗然:有声也。
茀然:气短也。
僔然:尽力也。
荼然:疲劳也。
齫然:齿落也。
髐然:骨见也。
佖然:有得也。
潢然:广大也。
离然:迅捷也。
犂然:分明也。
翛然:无系也。
泠然:轻举也。
罄然:共夙也。
辄然:静立也。
跫然:足音也。
连然:涟而也。

---

①倓(tán):一作倓、淡、谈。从火之字,均有光、照、明、亮诸义。

涓然：泫然也。
造然：蹙然也。
怳然：惘然也。
霍然：忽然也。
扁然：番然也。
訾然：哓然也。
窅然：洫然也。
犹然：舒也；笑也。
孑然：介然而纯然也。

（八）

窃窃，詹詹，嗛嗛：小也。
邴邴，炤炤，悤悤：明也。
殷殷，英英，报报：盛也。
搜搜，蹷蹷：动也。
泯泯，匈匈：乱也。
詻詻，噘噘：争也。
振振，辈辈：众也。
顿顿，淫淫：渐也。
空空，种种：悫也。
俞俞，徐徐：安也。
闲闲，漻漻：大也。
怛怛，翕翕：自足也。
偈偈，搰搰：用力也。
濯濯，彀彀：水声也。
厌厌，聂聂：轻且小也。
分分，缅缅：有秩叙也。
翂翂①，翐翐②：鸟飞迟也。
碌碌：顽也。
介介：梗也。
役役：黠也。
暖暖：柔也。
姝姝：夭也。
拘拘，挛也。
纤纤：细也。
局局：微也。
翦翦：浅也。
廉廉：薄也。
察察：刻也。
刺刺：探也。
恈恈：欲也。
嚾嚾：喧也。
掝掝：扰也。
淯淯：沸也。
总总：纷也。
肫肫：泯也。
洒洒：寒也。
暍暍：暑也。
喝喝：喘也。
适适：惊也。
憧憧：蒙也。
睆睆：瞢也。
愠愠：歉也。
弗弗：拂也。
悗悗：忧也。
缦缦：蔓也。
侧侧：多也。
邑邑：菀也。
漂漂：浮也。
媒媒：默也。
黮黮：黑也。
弊弊：劳也。
瞿瞿：勤也。
闵闵：切也。

①翂（fēn）：飞也。
②翐（zhì）：鸟飞舒缓的样子。

亹亹[1]:勉也。
惴惴:慑也。
祇祇:敬也。
晦晦:靖也。
宾宾:谨也。
绳绳:慎也。
茀茀[2]:兴也。
提提:举也。
乌乌:飞也。
稷稷:齐也。
闲闲:别也。
凑凑:会也。
稯稯:聚也。
修修:治也。
越越:易也。
汸汸:滂也。
漫漫:长也。
妥妥:安也。
临临:厚也。
湛湛:深也。
贲贲:文也。
桓桓:武也。
魂魂:气也。
熊熊:光也。
焞焞:显也。
元元:善也。

栩栩:喜也。
招招:标也。
魏魏:高也。
皇皇:大也。
落落:顽钝也。
溪溪:刻溪也。
啖啖:吞食也。
偘偘:不厌也。
脊脊:相藉也。
员员:摇动也。
调调:标摇也。
暴暴:卒起也。
辟辟:坚促也。
责责:切急也。
哼哼:少知也。
规规:自小也。
惟惟:诺声也。
覤覤:骇惧也。
睆睆:穷视也。
厉厉:不和也。
具具:备数也。
驹驹:气散也。
项项:自失也。
淅淅:寒意也。
儽儽:无归也。

倮倮:蜎动也。
蘧蘧:有觉也。
仙仙:轻动也。
挠挠:自申也。
淳淳:流动也。
滴滴:微荡也。
职职:繁殖也。
填填:质重也。
颠颠:专壹也。
密密:深谨也。
畜畜:仁厚也。
印印:特起也。
暶暶[3]:静审也。
入入[4]:安徐也。
就就:和调地。
豚豚:浑沌也。
豆豆:员融也。
潐潐:明静地。
相相:美善也。
快快:肆意也。
雕雕:章明也。
腄腄:坚实也。
区区:自得也。
杅杅:自足也。
熇熇:歊热也。

①亹(wěi):勤勉不倦貌。
②茀(fú):半山腰的路。
③暶(xuàn):目好貌。
④入入(rù):《孙子·行军》:“徐言入入者。”杜佑注“言安徐之貌也”。

裾裾:服盛也。
夫夫:大夫也。
飍飍:长声也。
濯濯:气鸣也。
向向:气声也。
洛洛:清澄也。
洸洸:涌流也。
誙誙:语之悖也。
渠渠:不自安也。
折折:如在侧也。
监监:坚而缓也。
壤壤:众而小也。
莽莽:大而治也。
吾吾:不自亲也。
翂翂:棼而理也。
乡乡:心有趣也。
呐呐:口有噍也。
吩吩:嗌有物也。
吸吸:欲言而懦也。
䡴䡴[①]:气之往来也。
溃溃然:乱也。
儃儃然:缓也。
潓潓然:闷也。
嗷嗷然:嘚也。
瞑瞑然:不审也。
諰諰然:慑惧也。
䁛䁛[②]然:厘见也。
儢儢然:迟徐也。
尽尽然:竭力也。
狄狄然:幽远也。
倜倜然:远阔也。
埵埵然:满足也。
莫莫然:清静也。
瞒瞒然:无见也。
瞀瞀然:不谛视也。
离离然:不亲事也。
缀缀然:不乖离也。
齺齺[③]然:相迎值也。
芬芬:纷纷也。
央央:怏怏也。
懋懋:贸贸也。
喀喀:咯咯也。
墨墨:默默也。
姁姁:煦煦也。
高高:歊歊也。
憯憯:淡淡。淡淡,动也。
亭亭:淳淳。淳淳,浑也。
储储:轩轩。轩轩,广也。
缪缪:胶胶。胶胶,错加也。
沈沈:涔涔。涔涔,溱溱也。
绳绳:歙歙。歙歙,赫赫也。
屯屯:博也,圜也。
缺缺:锐也,械也。
云云:运也,多也。
濛濛:湿也,失气也。
于于:舒也,张大也。

---

①䡴䡴(zhōng):也作冲冲,中医指人体内的血气运行。字出《素问·阴阳离合论》、《搜真玉镜》。

②䁛(guī):视也。

③齺(zōu):如齿上下相迎。

（九）

从生：人也。
僬侥：小也。
侏儒：短也。
吕钜：矫也。
卑陬：羞也。
隐曲：旋也。
就世：即世也。
几何：不久也。
辟易：震避也。
屏营：不宁也。
彷徨：相翔也。
薛越：播弃也。
戕囊：伧攘也。
儇诇：巧察也。
谿髁：深刻也。
沟瞀：无知也。
于于：夸诞也。
孟浪：肆放也。
解㑊：懈佚也。

诶诒：倦怠也。
踦跂：蹇顿也。
弟靡：易弱也。
绰约：纤柔也。
婑媠：靡缦也。
连犿：婉娈也。
赵缭：柔长也。
偃佒：宛转也。
弟佗：委蛇也。
伛拊：呕抚也。
款启①：小明也。
悗密：专谨也。
炊累：微动也。
常累：支拄也。
复格：重缀也。
谥隘：婉声也。
喑噫：气聚也。
欺魄：神凝也。

溟涬：浑沦也。
旁薄：宏阔也。
莽眇：轻虚也。
横生：动物也。
百昌：品生也。
丽谯：高明也。
挫针：黹纫也。
乔诘：意不平也。
敝跬：用力过也。
羊䰻：美而臁也。
注错：有定作也。
少选：选间。选间，须臾也。
旁魄：般礴。般礴，盘桓也。
登年：相年；相年，距年；距年，竖年；竖年，陈年也。

---

①款启：语出《庄子·达生》。款与空双声，故有明义。

八总督箴[①]

天气所居，随地势高下而变。地气攸异，民俗物产，因遂阂鬲。自皇帝画野，历代相袭，而长短广狭，易置错然，考古辄眯焉。然则理棼丝而就综经，尽唯以山水为标题，而圣贤名士遗迹次之。

先汉司马迁《地书》既缺。班固徒分识名目，荒落失要。后魏郦道元注《水经》，庶举其绪。又攈[②]柬少而疏漏多，地舆不可说，得失难为纪矣。

自元敕诸路行省，事外署，得省名。明省官，例用督巡抚[③]，不皆常驻。

皇清分中土为十八省，省设巡抚、总督兼制者八：直隶[④]也、两江[⑤]也、陕甘也、闽浙也、湖广也、四川也、两广也、云贵也。驻督无抚之省四：直隶、帝都顺天府尹假抚事，不名抚，统一尊也，督驻保定省会摄抚事，昭简敬也。

陕甘督驻甘肃，闽浙督驻福建，皆摄抚邻夷，濒海虑曳掣也。

四川督，特督一省，亦摄抚与直隶同，包夷部接西羌，幅员险廓，为天下冠也。

驻督仍有抚之省四：两江督驻江苏之江宁，抚驻苏州，安

---

①总督：清代省级最高长官；箴：文体的一种。表达主题为规戒。如治病箴石然。

②攈(jùn)：拾取。

③巡抚：清代省级地方政府长官。

④直隶：旧省名，今名河北省。

⑤两江：指江南与江西，今江苏、安徽地，清初设江南省。

徽抚驻安庆，江西抚驻南昌，各驻其省，俱统一督，江苏为安徽分省，以边海驻督，节名两江，实督三省也。

湖广督驻湖北武昌，抚同驻称湖广，仍明号也。

两广督驻广东。

云贵督驻云南，抚皆同驻，省会地要事殷，宜有分任也。

其湖南、广西、贵州之抚亦各驻其省，小事专治，大事会谋乃达，抚宜咨于督也。余则有抚不隶督之省三：山东、山西夹直隶也，河南直隶在其北，督任重近畿为逼，且畈章狭而事省矣。

尝辑史传、杂说、图籍，参稽先代沿革，时得其概，治乱兴衰之端，肃乎可鉴，守土者将得师焉。

爰陈往昔典法之词，按纠今之时势，广虞人之志，为《八总督箴》，不更箴巡抚，其合者统于总督。逼处者归所重附见之。

直隶总督箴

于赫直隶，神京实在。函育荒极，凌俯岳海。昔维古冀，再建幽并。周末竞逞，燕赵纵横。秦北五郡，汉为三边。晋失其政，错处腥膻。隋州复古，地乃因周。周兼其地，魏人所留。唐属河朔，强镇与仇。石入契丹[①]，周界北沟。宋路元京，明都所由。

大清既都，保定行省。申命宰臣，扬灵内屏。山东山西，齐晋为臂。足践河南，周洛未坠。盛京[②]作枕，光气魂熊。皇泽遐卺，蒙古承风。匪緊近服，天威尺咫。匪緊要隘，险远

①石：指五代晋开国主石敬瑭，引契丹兵灭后唐。

②盛京：今沈阳市，清太祖建都于沈阳，号曰盛京。

难恃。有箕有毕，有济有河。垂象成形，取鉴孔多。敢布执事，曰清曰寅。懋树明德，以帅远臣。

两江总督箴

两省联错，江水泱泱。东南名都，实称古扬。九派来凑，大禹时巡。会稽会计，玉帛万千。周则南荒，属吴与楚。秦络其北，四郡以叙。汉复禹迹，西为一州。彭城旧都，以王诸刘。孙氏带江，假息于此。魏人略地，亦跨淮水。晋代沿汉，江州分岐。渡江以后，乃属京畿。宋增三州，齐又增五。梁之所增，繁不可数。陈人积弱，江北以没。豫章故隶，存之捏抚。隋初克陈，三郡周蟠。置蒋州，则又改丹阳。置熙州，则又改同安。洪州设府，还袭晋号，而领二郡之官。唐人两道，江南再分。杨行密[①]遂窃吴会，而李昪终并淮军。宋初四路，迄于南渡。再分两浙，自蹙其步。元建三省，陈贼以冯。明室北徙，南望金陵。

今置江西，南昌胜区。南省之东，更分江苏。重臣攸司，时维左右。府治廿五，星运于斗。洪逆斁典，屑播皇威。既绥胁从，爰歼乃魁。故玩安者危，习盈者虚。知有初之鲜终，将善终以保初。日下慎昃，万名戒大。救之于未凋，防之于未谢。夫差何以能亡？勾践何以能霸？淫乐之狃，厄[②]会所因。尚鉴前车，无迷后人。

---

①杨行密(852—905)：五代吴开国主(902—905在位)。初名行愍，字化源，庐州合肥(今安徽合肥)人。唐天复二年(902)封为王。据淮南、江东之地。在位四年，谥忠武，又改谥孝武王，庙号太祖。

②厄(è)：险要之处。

陕甘总督箴

撦撦[①]陕甘，骈干于西。西岳之封，鹑鸟攸宜。三危阻险，帝功时叙。活活河渭，道由神禹。维周作京，巩砝金城。胡轻赐嬴氏，以弃我数世之经营。秦守咸阳，四塞自蔽。既扶诸戎而蹴六国，因列五郡而称皇帝。汉都关中，三辅财雄。更历置河西诸郡，而匈奴折其右肱。东汉既迁，司隶依然。魏画秦凉，而官司犹不改焉。晋复雍州，甘为狄道。寇窃相寻，以迄北周。而宋、齐、梁、陈，均不克保。隋建京尹，郡乃因周。唐袭隋都，则甘州屡据于虏仇。宋初分陕，旋属金土。甘肃之域，续入蒙古。元设总管，两省怀顺。明仍陕西，省甘作镇。

今启元宇，黑水终南。西安开府，兰州则甘。更辟新疆，黄河作带。玉门之西，又一都会。土脉之厚，以枚以条。畜牧之美，自昔称饶。为包羌戎，时服时畔。还师衽席[②]，胜由多算。董之而后劝，悦之而后来。项氏所不能守，汉武所不能开。法庸中克，庶绥回仄。曰康而色，曰典而德。

闽浙总督箴

七闽荒遐，斗牛之区。浙江所出，三天子都。淮夷旧居，吴越以宅。楚人并之，雄于战国。秦兼百越，郡错东西。汉遭闽乱，而浙境媞媞[③]。三国繄分，孙吴窃有。晋裂扬州，相

---

①撦(qiáng)：扶持。

②衽席：借指太平安居生活。

③媞媞(tì)：安祥。

为钳纽[①]。齐宋两世，江扬是因。梁副东扬，陈亦增闽。隋人分州，均为扬地。建安余杭，各有隶治。唐时所置，有福有杭。至于衰季，王审知据闽而封王，钱镠阻制水以为防。周以平闽，宋复降浙。福建虽完，两浙斯决。元人置省，盗魁继起。两省之合，又分三矣。明放元略，复断为两。蛇种蜃族，习复君长。

今通梯航，互市海关。控引所极，至于台湾。定海环海，东海魄胎。生聚繁实，气势犹台。闽维跛跌[②]，用慎边徼。浙维触轄[③]。用戒轻僄[④]。兵不宜失备，不可以黩武。政不宜大简，不可以蔑古。亮功熙绩，职絜纲维。式敷兹诚，以代元龟[⑤]。

湖广总督箴

湖水攸会，广乃大名。江汉瀼湿，禹甸维荆。楚长南邦，诸姬实尽。天方授之，比翼连轸。佚豫成昏，汰复失群。管氏曾小惩而责苞茅[⑥]，屈子乃托词而吊湘君。嬴姓灭芈[⑦]，甚焉毒苦。竞誓亡秦，必之三户[⑧]。汉郡江夏，亦列王国。秦时三郡，并归荆域。长沙此投，壮士多愁。赤壁之战，霸主包

①钳纽：相互夹持结为纽带。

②跛跌：相互用脚踢。

③触轄（kǎi）：不平，阻碍。

④轻僄：轻浮、急躁。

⑤元龟：大龟。古代用龟甲占卜。比喻可资借鉴往事。

⑥苞茅：束成捆的菁茅，祭祀时用以过滤酒中渣滓。苞，通"包"。《左传·僖公四年》："尔贡苞茅不人，王祭不共，无以缩酒，寡人是征。"后以"责苞茅"指托辞讨伐。

⑦芈（mǐ）：春秋时楚国祖先的族姓。

⑧三户：谓楚虽仅存三户（仅留存三户人家），终于灭亡秦国。

羞。然而金三品而重币，木丑核而丑荥。锦有玄纁之善，龟有十种之稠。名山郁秀而生玉璞，清水淖弱而决上游。是以襄阳小城，终摀孙氏。武昌秋月，共爱南楼[①]。宋革晋州，割分为四。齐不加更，而梁乃错置。陈失江北，周以授隋。曰鄂，曰潭，混一新规。唐初三道，继又分三。狼豕迭兴，时北时南。宋作军府，州如隋故。元因离析，既省复路。明摀元制，两湖周合。

今称明号，亦广元法。咸丰之末，流寇狂纵。岂逐逐夫汉池与方城？乃竟亡弊众力于罔用。孙叔[②]有言，求封贱壤。盖徒知硗确之无与争，而不知沃若之利固广。富而不有，利亦无已。贫而多贪，争亦不止。乂尔大邦，重戎骄淫。民勤不匮，令佩昔箴。

四川总督箴

岷嶓峨峨，井鬼西俯。四水涓环，中廓天府。古维梁州，蔡蒙肇禋。牧野时会，乃眷西人。《周官·职方》，并梁于雍。蜀乃国举，巴以人通。秦兼楚地，郡名仍夕。沛公兴汉，武帝称益。昭烈告天，武担之南。布谊讨贼，其气郯郯[③]。天不祚刘，卒为魏翦。晋复汉称，叠失关键。宋无所革，齐亦因宋。梁末入西，魏人所重。隋初废郡，两置行台。继袭周法，军府复开。唐置经略[④]，更擢节度[⑤]。宋时降升不常，且历剖

①南楼：在湖北省鄂城县南，又名玩月楼。

②孙叔：即春秋楚人孙叔敖（即蒍敖，字艾猎），助楚庄王兴楚富强。

③郯郯（tán）：深邃貌。也可写作“谈谈”。

④经略：官名，唐初边州置经略使。

⑤节度：官名。唐分天下州县置为诸道，每道置节度使。

为四路。元建行省，季年而明贼在竟[①]。明初平贼置官，而张逆又为衰运之眚[②]。

巫峡栈道，东北称奇。灵关邛崃，西南所威。故土司即其约发，酋伏其罪。孕千里之镠铁，牣边庭之货贿。然而公孙宅矣，李氏据矣，王、孟迭兴，劳仆驭矣。二世而亡，俟其遽矣！勿谓僻陋，莫我为虞。勿谓广衍，恃富以娱。前茅执鞫，后劲磨镝。谨顾四徼，以振嘉绩。

两广总督箴

两广膴膴[③]，扬荆外区。帝王肇封，不隶舆图。百越秦禽，象郡桂林。尉佗[④]乘弊，窃拥南金。汉置荆交，晋平吴壤。宋剖为三，而齐梁陈，尤厘析穰穰[⑤]。讫隋杨而合一，俱待治于扬州之长。乃萧铣[⑥]之畔隋，兼窃据夫湘广。唐平岭南，续分两道。马氏既冯，还为南汉。刘氏所保，宋号广州。亦分两路，清宁静江，均设节度。元置广东，属之江西。广西以西，湖广所羁。明建使司，两省相望。疠氛所绛，驭以要荒。终始明世，难为督董。海舸出没，山猺蠢动。

圣武定业，富庶维兼。逆命粤匪，既刘既歼[⑦]。犹矜狼狙，怙其强暴。详命来臣，要囚教诰。御阴柔之，民当以威。

---

①竟：通“境”，疆界。

②眚(shěng)：灾异。

③膴膴(wǔ)：土地肥美。

④尉佗：赵佗(？—前137)，汉真定人，秦二世时任摄行尉事，故称尉佗。汉时曾自尊为南越武帝，后去帝号，仍为藩臣。

⑤穰穰：纷乱。

⑥萧铣(583—621)：后梁宣帝曾孙，617年被推为梁王，次年称帝，621年兵败降唐，被斩首于长安。

⑦既：全；刘：杀戮；歼：灭尽。

御横悍之，民当以礼。逆其情所，以正土风。顺其俗所，以全国体。五刑用敕，五教用磨。知耻则格，渐底休和。

云贵总督箴

僻矣云贵，古隶于梁。秦楚之末，更阎边疆。骠信来汉，因扩益交。施及南境，牂牁所包。晋置校尉，始号宁州。宋齐帅服，靡德靡仇。梁改南宁，爨蛮与争。陈不能讨，而隋帝乃复梁名。唐恃其力，覆军南土。宋人鉴之，画以玉斧[1]。元建云省，贵属四川。明设两司，各整幅员。六诏八番[2]，獠俗致菲。蒙段自王，罗施犹鬼。

我皇丕兴，回部狐蜮。虽曰招抚，戾气未息。疾疫流行，户口凋残。网结虽密，觚剖宜圜。勿为戎夷，灭情忍性。渐以礼乐，维眡秉政。《诗》云父母，《书》曰君师。驯乎大顺，由王往归。

---

①画以玉斧：传宋太祖用玉斧，将现今汉源县大渡河以南，画一条界，作为疆界，以南不再征服。

②六诏：西南少数民族称王曰诏。六诏指蒙舍、蒙西、摩些、浪穹、登睒、施浪，后并为一，总称六诏；八番：元代居住在今贵州贵阳、惠水一带少数民族的总称。

吴之英诗文集卷十

书信

寄湘绮楼先生禀[①]

违侍久日阙禀，正怳[②]焉精移。丙戌[③]奉书，教言不降，疑未达，或人事忽遗。爱望覃覃[④]，白云南下。寻复恩护，热歊肝脾。青衣东流，遥趋湘沅。石华孤秀，长滞蒙云。虽羞褚大之岐说，有愧张生之纪传。辄寻旧听，俚附新紬[⑤]，仅成《仪礼奭固》六册，《图》四册。以未正录不寄。他有缀术，都差微心，未敢径告也。大道云晦，振起无人。藏之传之，是在帝命。固亦非啻名山之灵，特能专予厚注矣。先生名德填俗，养素邱园，蛤蜊[⑥]有实，椒兰盈把。君山接案，斑竹垂檐。至静生阳，固饶动趣。即不然，细数琴叠，唤龟招凤，寄之役性，谓可摄生。将谢乞言之敕，宁烦传经之女。兄弟等鸿博敦重，家政无劳翁思。不驳《骊驹》，是东平山林大幸。伏生

①湘绮楼先生：王闿运，字壬秋，号湘绮楼主人，湖南湘潭人，著名学者。主讲成都尊经书院数年。四川的文人学者吴之英、杨锐、廖季平，宋育仁、吕翼文等皆是其受业弟子；禀（bǐng），禀告。

②怳（huǎng）：迷迷糊糊。

③丙戌：1886 年。

④覃覃（tán）：深深。

⑤俚（lǐ）：俚俗；紬（chōu）：缀辑。

⑥蛤蜊（gélí）：文蛤的通称。

长颐鲐[①]背，为汉宫庠序增光。寝兴消息，偏稔道路。谒候何期，御者慎卫。

覆伍先生书[②]

违侍杖履，一再经秋。真人謦欬[③]，忽逮空谷。英去冬由简归灌，牒县请假以修墓，开缺上闻。诚知谫才薄学，无裨明圣也。慈君年老传祭，喜惧交并。白发含饴，兴居颇健，正人子难得之日。简州人士留著经筵，今已辞聘。南望蒙山，驰神日夜。学生等岁试在迩，即当检束行李，归慰倚闾。伻来传命，知张观察拟设报局，延请主笔。先生不忘驽弱，遂欲驱舞衢路。英散人也，二十年内之书，竟未披读。若使执笔公所，鼓舌纵谈，翻理惠施、邓析之书，张皇贾谊、晁错之说，虑不达事机，长为大方家笑耳。曩者宋芸子旧好，牵羁栖迟报局，旋闻有旨禁斥，谣诼踊翔。因疑身膏鼎俎，何堪惊魂甫定，攘臂重来，尚冀先生怜之！陋薄寡闻，敢言撰述，旧经学辞章数种，发愤所寄，聊为不得已之鸣，不愿刊行，将欲藏之崖壁，以待来者。寄归久矣，恳款垂教。中心感怆，未知再侍何期？已向刘荣华询明。寒燠[④]时变，寝食何如？

---

①鲐（tái）：鲐鱼。

②伍先生：即伍崧生（1826—1915），名肇龄，邛州人（出生地今属大邑）。清道光二十七年（1847）二甲第 23 名进士。曾长锦江书院，兼长尊经书院。拟办《蜀报》，请吴之英任该报主笔，吴复信婉言谢绝。

③欬（kài）：咳嗽。

④燠（yù）：暖。

覆陈宝琛书[①]

秋中月满，星驰简书。重九鞠[②]新，邮蜚珠玉。深知阴社散栎[③]，苦费匠心。竽[④]从今听，削待徐观。久婴衰疾，文辞疏滞。咫以饬修嗣音，不容盈讳。聊献所怀，适诒北若[⑤]笑尔。

来书斐蔚，理催意周。撝谦之孚[⑥]，广询之挚，应有尽有。如瑟如琴，续读《凡条》，例为十九，故问："先贵议道，自君簸之扬之。中经合舞，言出于智信，当家之鸿文矣。"终及坊民，待成别卷。此次议礼[⑦]要领，无赖㪺材[⑧]，窃谓捄时枢管[⑨]，不亶《礼》文。元气酏澌[⑩]，民性日敝。欲移之情德，礼

---

①陈宝琛(1847—1935)：字伯潜，号韬庵，福建闽县(今福州)人。同治七年二甲第二十五名进士，授翰林院庶吉士。历任内阁学士、礼部侍郎等职。光绪十七年被黜回原籍赋闲。宣统元年起复原官，特命掌礼学馆，据宋育仁之荐聘伯竭为礼学馆顾问。陈后怂恿溥仪复辟，1931年10月参加伪满政权，受郑孝胥排挤南返。卒赠太师，谥文忠。

②鞠：即菊。

③散栎：不成材的树木，比喻无用之人，乃吴自嘲之语。典出《庄子·人间世》："匠石之齐，至于曲辕，见栎社树……曰：'已矣，勿言之矣！散木也，以为舟则沈，以为棺椁则速腐，以为器则速毁，以为门户则液樠，以为柱则蠹。是不材之木也，无所可用，故能若是之寿。'"

④竽：古代竹制簧管乐器。

⑤北若：即北海水神若的缩称，借指北方学者。

⑥撝谦之孚：撝(huī)，泛指谦逊，退让。孚，指诚信。

⑦议礼：指宣统元年礼部开馆修礼书，因吴之英精通《三礼》，被聘为礼学馆顾问。吴复陈宝琛书，讨论礼事。

⑧㪺(jū)材：舀水的工具。㪺是古代丧礼必用器具，故言㪺材。

⑨捄(jiù)时：即救时。枢管：关键，亦指中央政务。

⑩酏澌：逐渐消亡。酏(yí)，稀粥；澌，消亡。

其砭石[①]耳。皇上既垂听岑春煊[②]之奏，轸眷民俗。礼可为国，则亦先刑名而揲[③]政体者也。维滋养之药，不忌平缓；攻泄之剂，利在峻速。时当反经，决其泰甚。失则求野，况有古文。楚谚、齐谣，扬雄方数以为典；高说[④]、戴志[⑤]，班固又取以为通。眂[⑥]所可行，无甚高论！其篇第或分题五教，各列吉、凶、军、宾、嘉之异节，依章作注，是在大君子柬勺驯雅，令归大同。总稘啐爵以成蛇[⑦]，不必食时而奏赋。然后会通钩比，悬之国门。永著令甲，以教学子。将来圜桥挟矢，无烦仲氏誓言[⑧]；乡塾谋宾，不羡徐生[⑨]善颂。虽曰观德之小方，亦渐睎中美之外畅矣。若夫补《冬官》[⑩]之断简，思柱下[⑪]之误书，探甲戌之传疑[⑫]，证已亥之沿谬[⑬]。先生振华扬藻，共服荀卿秀才；诸君进冠逢衣，旧称言放弟子。累丸则掇蜩无

①砭石：古代治病的石针。

②岑春煊(1861—1933)：广西西林人。原名春泽，字云阶。光绪举人。曾任两广总督、四川总督。吴写此信时，岑奉命出任四川总督会办，但未到任，清朝即亡。

③揲：古代政事以占卜决疑，揲即数占卜蓍草之数，以卜吉凶。

④高说：指汉代礼学大师高堂生的学说。

⑤戴志：指汉代《礼记》大师戴圣、戴德之说。

⑥眂(shì)：即视。

⑦稘(jī)：同“期”，周年；啐(cuì)爵：古代祭毕饮福酒以成礼。

⑧仲氏誓言：指仲长统赋诗著论以表不出仕之志，见《后汉书·仲长统传》。

⑨徐生：西汉鲁人。从高堂生受《士礼》，即《仪礼》。善为颂(容)，汉文帝时，任礼官大夫。

⑩冬官：古代官名，即工部。

⑪柱下：相传老子为周柱下史，后人以柱下为老子或老子《道德经》等典籍的称谓。

⑫传疑：传授有疑义的问题。

⑬证已亥之沿谬：比喻抄写的错字。如把“三豕”写成“己亥”。

贯[①]，提刀则目牛不全[②]，谔谔[③]众积，以辐治辩，奏御经筵，藏诸故府。此后礼续《汉志》，伟为我朝粹编焉。

英坐校陈篇，空山孤啸。北云天际，徒喜蛩音[④]。何裨奉常[⑤]之朝仪，惭对兰陵之祭酒[⑥]。在朝言礼，颇闻五帝因时；入国问俗，犹记君子不变。爰质雅教，几叶爕和。赖有典型，身为道爱[⑦]。

覆赵启霖书[⑧]（一）

癸未偕计，一百五十六甲子矣。黄金成台，郭隗[⑨]与选。冀北多马，伯乐[⑩]空群。共游洛中几人，叔乔[⑪]亦诸贤之一也。广陵绝响，玉树长埋。世路坎坎，天道难论。感今伤昔，

①“累丸”句：典出《庄子·达生》，喻自己虽贪进不已，但时运不济。

②“提刀”句：典出《庄子·养生主》，喻自己没有庖丁那样一提刀即不见全牛的神妙技艺。

③谔谔：迟缓，舒徐。

④蛩音：蟋蟀的叫声。

⑤奉常：秦九卿之一，管宗庙礼仪。

⑥兰陵祭酒：本指荀卿，因荀卿曾三为祭酒，终兰陵令，此借指年长位高者。《史记·孟子荀卿列传》：“荀卿三为祭酒焉。”司马贞《索隐》：“谓荀卿出入前后三度处列大夫康庄之位，而皆为其所尊。”

⑦道爱：厚爱。道，敬词。

⑧赵启霖：字芷孙，湖南湘潭人。光绪十八年(1892)二甲第五名进士。1909—1911任四川提学使，在成都创办存古学堂，多次来函聘吴之英任教。

⑨郭隗(kuí)：战国时燕国人。燕昭王欲报齐仇，拟招徕人才，向他问计。他说“请先自隗始”，昭王即为其筑宫而敬以为师，于是乐毅等相继而至。

⑩伯乐：相传古之善马者。

⑪叔乔：杨锐(1857—1898)字叔乔，四川绵竹县人。“戊戌六君子”之一，吴之英在尊经书院时的同学。

何所言念。曾作古体一篇哭之，聊寄不得已之情尔。碧血荧[1]然，洛城如故。是殆有命焉，莫之致而至也。足下芳苑植根，清流擢秀，人著金马，出长墨卿。贾谊[2]执业，方对左氏[3]。文翁[4]建节，遂振相如。自徇铎以来，一切议论之直方，治事之条理，劝学之详挚，信道之专精，蜀人士早狄听而倾心，非有阿而过为夸语也。尔来学术，弊在蔑古荒经。部臣乃见及之，可谓救时之参术矣。尊祀先贤，因与道古。廉顽立懦，百世闻风。学堂大体于斯已立，创始有基，经营心苦，何忍遽言别乎？大夫人颐和养素，乐居旧园。休德集祥，仁寿必永。即或蒲舆奉御，使署消摇，亦足偿三迁之劳[5]，答倚闾之望，可以收兼尽之谊焉。英少不竞时，长不闻道。樗栎[6]无补，见弃圣明。托慈母之福，种树灌园，弄孙课子。出薪不期老莱[7]，垂钓不近严光[8]。饭牛不问宁戚，饲豕不随御

①荧(yíng)：光线微弱。

②贾谊(前220—前168)：西汉政论家，文学家。

③左氏：指左丘明，春秋时史学家，鲁国人。双目失明，曾任鲁太史。相传曾辑《左传》，又传《国语》亦出其手辑。

④文翁：西汉庐江舒县(今安徽庐江西)人，景帝末，为蜀郡守，曾派小吏至长安，就学于博士。又在成都市设学校，入学者得免除徭役，并以成绩优良者为郡县吏。这些措施对当地文化的发展有所促进。

⑤三迁之劳：典出刘向《列女传·邹孟轲母》，孟子的母亲，为给其子创造一个好的学习环境，曾迁居三次。

⑥樗(chū)栎：无用之材。《庄子·逍遥游》："吾有大树，人谓之樗，其大本拥肿而不中绳墨，其小枝卷曲而不中规矩。立之涂，匠之不顾。"

⑦老莱：又叫老莱子，春秋楚人，著书十五篇，言道家之用。孝养二亲，行年七十，著彩衣以娱亲。

⑧严光：字子陵，东汉初会稽余姚(今属浙江)人。曾与刘秀同学。刘秀即位后，他改名隐居。后被召到京师洛阳，任为谏议大夫，他不肯受，归隐于富春山。

寇。采药不见王烈，作锻不得嵇康[1]。侧身天地，古憾悠然。独抱遐心，往灵不照。何处陈人，能作故语。周孔将落，我辈何所存邪？竟辱足音，恢张圣绪。《五经》炳蔚[2]，来者有师。特恐一朝翩然东归，此局终成泮奂耳。君犹在此，未敢固辞。恳款寄言，使我心醉。诸依来命，为慰轸忧。学子将知感激，英不能一二为谢也。谅融风扇暑，未遽首途。尚有启闻，书意不尽。为道自重，本非闲身。

覆赵启霖书（二）

五月初十日接足下四月二十八日书。近日邮政，尚无愆稘，由省至名不过三百余里，而延至十数日始达。约期既促，不能豫事，是有误矣！交篆果在望后，则五月不必成行。英受体癯脊，生于疾痛，寒热蒸感，逐衰相欺。近日患咳，纏缘两旬，为读君书始起耳。本学堂甲班，毕业试期，已拟望八，当俟既试，乃得戒途。二十年年好，三千里湖湘，上到江源，同盟绿水，相思不见，未免有情。计月晦未复，当抵省会。几回废卷，怯见嵇康之书；犹有闲愁，遥为桓伊之弄，足下不亦闻而悲之否？谢君（指谢无量）既为工倕，所鉴自是东山名才。会当迳造德公，俟元直来共语尔。南风大竞，暑气乍深，烦热中人，以时爱护。

覆赵启霖书（三）

中年多感，不堪为别。大上忘情，冤钟我辈。南郭共醉，

---

①嵇康（224—263）：三国魏文学家、思想家、音乐家。字延祖，崇尚老庄，讲求养生服食之道。为“竹林七贤”之一，后为司马昭所杀。

②炳蔚：形容文彩的鲜明华美。

泪洒新亭。孤桨秋风，遂成千里。锢愁无俚，得君赠言。再到郊垌，独步明月。故人何处？悽听啼螿。此行次顿，遂用徽纆。莫畅往心，展转依违。略与时会，引商刻羽。执德以孤，南望思君。忧来成疹，计或委蛇卒岁。藉答高怀，处今道古，殆北天机。凡未始亡，楚未始存。假思纠匜，悲极为笑。有种必蘖，消息相环。其不能以七十子金泥，覆五百年酱瓿可知已。各称先古，不累吾存。后来有作，宜寻斯契。匪轴匪轐，宁与晦焉。世变难从，豫逆摄王。非真尚希，成治私欲，贾生善用之。谚曰：甚需邻废，甚坚邻脆。跛夫观跳，翘足揎臂。方今仓颉氏丙，麒麟忌申。第一流且尽，相怜未忍相责。唯自念倚灶觚而听《春秋》，益间痛尔。勉矣足下，厚自检持。年伯母太夫人，缅笄[①]颐和，鱼菽传祭。叕[②]北堂之杼，文伯退朝；展皮弁之裙[③]，莱子画采。精神硊茂，血气为舒，是即悆[④]强一助焉，足下可用自宽矣！若英计者，戒弋惊鸿，不息荒岸。俯剥蛤蚌，睸注玄云。兀者同席，人悬易解。边生闻嘲而失寐，王氏阳醉而思归。乔木春深，庶不废我啸歌尔。别意拳拳，实重作报。迟写郁轸，遥慰苦心。绿江东湍，相思何极？

与宋育仁书（一）

初秋致书，计达执事[⑤]。今因弟子汪回龙，学宦游楚，溯

---

①缅(shǐ)：束发的帛；笄(jī)：簪子。

②叕(zhuó)：连缀。

③裙(qún)：古为下裳。

④悆(yù)：同“豫”，喜悦，安宁。

⑤执事：书信中用执事为对称，以示谦让之意。即对对方的敬称。如言：殿下、阁下。

行问书，复寓书。近日人事，渐就萧条。土匪狂且，横行白昼。当道官吏，匪猾即顽。土偶桃梗[①]，詹詹炎炎[②]。流者如醉[③]，著者如睡。窄襟短后，武灵老饿之衣；黜杞新周，董子自王之语。居然因非因是，坐诩北溟大鹏[④]。未知白马非马何益？州外九土[⑤]，横陋相师[⑥]。猋骛电烛[⑦]，料将来况而日下，皆在常事不书之列。特际此造端，不能无切怛耳。

孔道浸微[⑧]，见闻所及，无非忍事[⑨]。如来[⑩]何处？可买祇园[⑪]；庄陵持竿，不逢清濑[⑫]。尚寐无吪，更何闲为苍生痛哭也。

回忆当日，从容文酒，高谈巢、许、伊、皋[⑬]。岂知君出我处，异趣同愁。鬼神囚人，卿相葬我。邂逅不仁世界，直随刍狗辈，听其陈毁已耳。

方今青城烟萝，猗然怜我。蒙山芳草，东望思君。念君

---

①土偶：泥塑的人像；桃梗：用桃木雕制的木偶，比喻任人摆布的傀儡。

②詹詹炎炎：见《庄子·齐物论》："大言炎炎，小言詹詹。"形容喋喋不休之状。詹詹，言词烦琐；炎炎，猛烈。

③流者如醉：放纵无节制的人如醉汉。

④诩：说大话；北溟：古人意识中的北方最远的大海；大鹏：传说中的大鸟。

⑤九土：古分中国为九州，九土指九州的土地。

⑥相师：本意为相互学习，仿效。此地为同恶相济，效尤之义。

⑦猋（biāo）骛：迅速奔驰；电烛：如闪电照耀。

⑧浸微：逐渐衰败。

⑨忍事：以忍耐态度对待各种事情。

⑩如来：佛的别名。

⑪祇（qí）园：印度佛教圣地之一，后为佛寺代称。

⑫濑：流得很急的水。

⑬巢：指巢父；许：指许由，尧时隐士，隐居不仕；伊：商代名相；皋：舜之大臣；伊皋喻指良相贤臣。

远寄江皋，置身沅芷澧兰[①]间，但见湘君，不逢山鬼。眂[②]英或校胜也。相思难罄，寝兴[③]自卫。

与宋育仁书(二)

汶阜邮达，君搴白芷。潇湘书至，我对青林[④]。简书误人，则宦辙随水；《考槃》多寐，则蓬径没云。南斗横直，北斗阑干，乱我相思久矣！

暇拣断烂旧报，知君内移礼馆[⑤]。何意湘潭老子[⑥]，竟从柱下小史。掌达书名，白发盈弁。刺促青牛[⑦]，良可叹也。

旋读《奏稿》，疑未列名，再接陈君伯潜书，纂订增多，亦未牵及一语。覆省数过，不测其繇。岂新章需才，兼摄重政，抑叠奉灵宠，一月三迁。天路多岐，因迟北雁。龙门过远，致苦鲤鱼，则史迁阙然不报之罪也。

英自假归故里，落落寡欢，觞酒无余，彩衣不补，入笠饲豕，时代追羊，近村相牛，颇闻呼马。王霸[⑧]见客，止有历齿

---

①沅芷澧兰：指宋育仁在湖北作官。典出《楚辞·九歌·湘夫人》："沅有芷兮澧有兰。"沅水中有茂盛之芷，澧水中有芬芳之兰。此信写于宣统元年(1911)，两人均五十二岁。

②眂(shì)：视。

③寝兴：睡下和起床。泛指日夜或起居之事。

④青林：指云烟、云雾或寺庙别称，也可指知己朋友所在之地。

⑤内移礼馆：指宋育仁在1909年(宣统元年)由湖北调京入礼学馆。

⑥湘潭老子：指吴和宋的老师王闿运。王被赐翰林院检讨。

⑦刺促：忙碌急迫；青牛：指老子，或指《道德经》。

⑧王霸：东汉太原广武人，字儒仲。少有清节。王莽称帝，弃冠带，绝交宦。建武中，征为尚书，霸称名不称臣。司徒侯霸让位于霸，阎阳毁之遂止。以病归，隐居守志，累征不至。

之儿童；老莱出薪，徒率散发之弟子。寤言半伤心之语，书空成怪事[①]之文，悲默为生，已大恶矣。

尔来官吏横行，诛求无厌。失业既重，匪党蕃炽。击柝相闻，枕戈待旦。针毡无寐，一夜数惊。管仲之恩[②]，难遍于大盗；牛缺[③]之命，将寄于强徒。

曩与君避人之言，今且验焉。方今贾、晁[④]之书尚可高议，跖、蹻[⑤]之祸，不及清流，姑与委蛇，宁作君耳。儿辈可试一官，能为君谋三径之资乎？盗圣智之法者将至矣。黯然别去，江淹[⑥]思旧之情；魂兮归来，宋玉[⑦]怀人之痛。十年不见，梦远路迷，长夜漫漫，我劳何极！厚自爱卫，以待后会。

与宋育仁书(三)

离居既永，积忧良深。天涯故知，凋零略尽。痛何如之！自沅澧蜚音，佩环不嗣。更接来问，知君回翔湘水，仍集上

---

①书空(kōng)怪事：语本南朝宋刘义庆《世说新语·黜免》，殷浩(？—356)被废后，在信安终日书空作"咄咄怪事"四字。后用"书空咄咄"指无可奈何的处境。

②管仲之恩：管仲以为国家当严法禁。凡废法制者必负以耻，财厚博惠以私亲于民者，正经而自正矣。

③牛缺：战国时秦人。尝往邯郸遇盗于耦沙之中，尽取其衣装车牛，无忧色。盗问其故，曰："君子不以所养害其养。"见《淮南子·人间》。

④贾晁：指贾谊和晁错。

⑤跖蹻：指春秋时大盗跖、战国时楚人盗庄蹻。

⑥江淹(444—505)：字文通，南朝梁济阳考城(今河南兰考)人，著名文学家。起家宋南徐州从事，历齐、梁任官。其著述今传明朝胡之骥编《江文通集汇注》(中华书局1984年版)。

⑦宋玉：战国楚国鄢人，传为屈原弟子，顷襄王时为大夫。有《招魂》、《神女赋》、《高唐赋》等。

林。本以侍从旧臣，复饬章甫玄端，从宗伯后。公西之素志[①]，子游之当家[②]，尼父所深许也。顾问如果名官，郯子[③]老聃合传矣。文绮鸳鸯，故心尚尔。妾心古井，辜此寒泉。往与群贤游洛，至今四海一子由耳。抱眠夜夜，结怀未宣。那堪十年，愁说一纸。唯念旧约再数，谋作长会。共结精庐，呼吸蒙云。扳援桂树。细草同坐，乱石相扶。子孙隔墙，犬豚识路。掘相如之琴瓮，买严光之钓矶。十亩闲田，赢供国税。松柏长荫，芝菌长甘。不为人牺[④]，则曳尾[⑤]终耳。若百亩之计，顾力有未能。迟我数年，辩问生产，略加安排。无他绁牵，当能报命。然就此数年中，说有经过，来存故人。尊酒只鸡，山中可具。即使投辖裴回，经时周岁，尚不至戛羹示俭，截发[⑥]为供，英将坐是自豪矣。尝谓不足之望，是生穷愁。有待之欢，便成苦趣。英托慈母德福，偃息衡门。老莱之妻，尚高于德曜；渊明之子，犹长于童乌。坐守石田，默占春雨。

---

①公西之素志：公西赤（前 509—?）字子华，春秋鲁国人。孔子弟子，尝在孔子前言志说："宗庙之事如会同，端章甫，愿为小相焉。"《论语·先进》以为赞成育仁参加礼学馆之事。

②子游之当家：子游（前 506—?）即言偃，春秋时吴国人。字子游，孔子弟子，列文学科，仕鲁为武城宰，以礼乐教民。孔子过武城闻弦歌声，深嘉之（《论语·阳货》）。此亦赞成育仁任礼学馆事。

③郯（tān）子：春秋时郯国（今山东郯城西南）国君。昭公十七年（前 525）秋朝鲁，与鲁昭子（即叔孙昭子）论少皞氏以鸟名官之缘由。孔子 27 岁时见郯子而学之。

④人牺：古代用作祭祀的人。此指不为人利用。

⑤曳（yè）尾：即曳尾途中。语出《庄子·秋水》："（神龟）此龟者宁其死为留骨而贵乎？宁其生而曳尾途中乎？"二大夫曰："宁生而曳尾途中。"比喻与其显身扬名庙堂之上而毁身灭性，不如贫贱隐居生活而得逍遥全身。

⑥截发：晋陶侃（259—334）少家贫，一日大雪，同郡孝廉范逵往访，侃母剪发卖以治馔待客。此喻伯踽母贤而好客，邀育仁来客。

时巡蕙畹，薰沐晚风。自有芳心，因饶古趣。止嫌屋梁月满，琼树花香，差君聚首尔。

近《易》、《书》、《诗》，新成略说，有寄张子馥、廖季平。尔来颇有撰著否？古道沦弃，解人难索。归来何日？重论《楚些》①。强力餐饭，傥有会期。

覆宋育仁书（一）

九九寒深，腊梅无信。山枯涧静，生意索然。来书述怀，益我焦悴。白杨未死，德公渡江。青鸟闷音②，西母停驭③，伊可念也。

闻当道请士，絷维上宾。授粲方勤，且酣厚醴。英蚤传省问，以时当东返，未遽相闻。茫茫世路，雅业将衰。道义尚是虚谭④，文章岂复有价？然犹谓朱公叔⑤之论，不薄清流；阮嗣宗⑥之哭，非伤同志。岂知七十子心服尼冉，而子夏不能假；盖三千士客寄孟尝，而冯骧仅为凿窟。英憾无栾针⑦之力，出君于淖；又无曹丘⑧之誉，重君于时。但望故人分

---

①楚些：泛指屈、宋著作。

②青鸟：指信使；闷音：阻隔或断绝音讯。

③西母停驭：指西王母没有派青鸟传书。驭，驾驭车马。

④虚谭：脱离实际的言论。谭同“谈”。

⑤朱公叔：朱穆（100—163）字公叔，东汉南阳宛人。《后汉书》卷七三有传。穆尝著《绝交论》，以“抑朋游之私”。

⑥阮嗣宗（210—263）：阮籍字嗣宗，三国魏人，“竹林七贤”之一。嗜酒，常驾车出游，途穷恸哭而返，又尝哭素不相识的兵家女。

⑦栾针（？—559）：春秋晋人，公元前575年晋楚鄢陵之战，针为晋厉公车右，厉公车陷于淖，针出之。

⑧曹丘：即西汉楚辩士曹丘生。

金、分米,尤思大吏一字一缣。事会难测,达人知命。菟裘之营,竟知何日?姑悬此心,以待来者。新书成订,幸寄数册。讽诵人多,不徒下吏。季平昔诒书,刺语有“辨四声莫解圣哲”之云,寻属王万震谗口。

英生平知爱,怯犯疑嫌。白首相闻,愈增惨痛,固亦不欲置喙也。东西相望,后会何期?努力嘉德,寝食自检。

予宋育仁书

细雨蜚沫,轻寒生郁。续得君书,清阳为阖。春莺一声,岩萼[①]四笑。夙不习书,半成误字。为我思误,已是解人。铣儿[②]来候,辱惠教言。烦累馆人,增我心痗[③]。欧生[④]之胄,都传经学;王霸之儿,未知礼体。恃在通家,嫌为仪谢也。

再读《同文解字》,乃觉专册,竟无多本,向者略读,误会意矣。季平所注,有是有非。许君多未尽之词,不能无望于后人之善补。四国有各用之字,终必合成为画一之文章。故欲关通中外,护持六书,自当由形生义、生声,主以篆文。引各国字体,有与六书相近者,就而通之,以启其悟。使西方学者,积久得例,恍然于此理之坚不可移。当今古人坌集,文字亟需厘正,故曰:时哉不可后也。唯此事繁重,卒难责成。其次则由声溯形,亦为曲范外字,逐音正音。无几,据中母起例,傅收外音,要以我主彼宾,为外人请业者造端立标。将来

①岩萼:起伏的山峦。
②铣儿:吴之英次子,时奉父命迎接宋育仁到名山。
③痗(mèi):病,忧伤。
④欧生:指欧阳生,汉代治《尚书》专家,数代相传。

若有举似，因可回指一隅。如此成书，或校简短耳。凡人精神心思不能一，概必使子皮同子产[①]之面，齐婴易公扈[②]之心，则六经不分科，百氏不异趣。是在足下深思而远计之，故曰："季平之说，有是亦有非也。"

春气和畅，温德时强。

寄宋育仁书

去年十一月接兄书，时旅南郭，匆匆作报。越五日归里，方矢不践城市，坐老西山。谢无量款款寄言，又以院生借录诸稿，意将收回改订。偶尔来城，不图张列五[③]议开国学[④]，延及老朽。时以南郊羁绊，姑与委蛇[⑤]。五月言归，已有辞书，直列情愫[⑥]。钓石未温，驿使频来。英思暂临经画，倘得代飞。岂知箧书徒存，王仲宣长此作客；骚心罔寄，杜审言不见替人。黾俛[⑦]随流，遂讫卒岁。念君一枝江左，两地为家。西风南吹，当怀锦里。十年不见，发短须长。旧井有波，故庐

---

①子皮（？—前 529）：郑国执政，让贤子产。子产即公孙乔（约前 580—前 522），字子产，一字子美，孔子盛赞其贤。

②齐婴、公扈：齐婴即晏婴（？—前 500），春秋齐大夫，著有《晏子春秋》。公扈指指汉代韩婴。所传之《诗经》，称《韩诗外传》。

③张列五：张培爵（1876—1915），字列五，四川隆昌人，时为四川副都督，1915 年被袁世凯杀害。

④议开国学：指四川都督府于民国元年（1912）开设的四川国学院（川大前身），吴之英为首任院长。

⑤委蛇（wēiyí）：敷衍酬应。

⑥情愫：真情、本心。

⑦黾俛：勉强低头附和。

无恙。执经弟子，远忆东邱[①]之名；抠衣[②]先生，豫虚翁思[③]之坐。蚤知汉阴灌圃[④]，全息机心。南山种田，唯防芜秽。松竹虽云留爱，荆榛当不滞行。英近来历涉多苦，衰病日增。家慈君行年七十有七，礼戒远游，谊难役事。君以鸿文硕学，长寓他乡。相思路迷，来日苦短。果令郱卿[⑤]整装于淮南，幼安[⑥]还辕于辽海。则春江绿水，请郑婢鼓枻[⑦]而前；紫气函关，命郄奴[⑧]埽榻以待。

覆宋育仁书（二）

自昔之别，各抱怆恻。出处异路，难语顾扶。道听升沈，梦生哀乐。云共心蜚，泪随肠转。何图白首，尤庆生还。锦水初波，青城无恙。蚕从鱼腹，望帝[⑨]遂化鹃而隐；碧鸡金马，子渊得托祭而逃[⑩]，又不幸中之一幸也。

英道成媚虎，学就屠龙。深山结忘机之交，四海无施巧

①东邱：孔子西邻不知孔才学，轻蔑地称之为“东家丘”，喻才德不为人知。

②抠衣：提起衣服前襟迎客，表示恭敬。

③翁思：西汉东平新桃人王式字翁思，为昌邑王刘贺师，授《鲁诗》。昭帝卒，昌邑王立，以荒淫废。昌邑群臣未谏皆下狱诛。式以《诗》谏王，免死。

④汉阴灌圃：指东汉汉阴老父抱灌圃之事，后用为退隐学道的典故。

⑤郱卿：郱，通“彬”，指淮南王刘安门客，后世传为神仙。

⑥幼安：三国魏人管宁（158—241）字幼安，北海朱虚人，后避难辽东。山居三十多年，魏文帝、明帝征召不就。

⑦郑婢：指汉代学者郑玄的丫环；鼓枻，击桨划船。

⑧郄（xi）奴：即郄家奴，见《世说新语·品藻》。

⑨望帝：战国末杜宇在蜀称帝，号望帝，后禅位退隐西山，蜀人思之，时值二月杜鹃啼鸣，以为望帝化杜鹃。

⑩“子渊”句：相传蜀有碧鸡、金马之神，可醮祭而致。王褒字子渊，奉旨到蜀祭金马、碧鸡之神，道卒。

之地。周孔厌世，蛤蟆告天。日理藏书，凿楹穿石，以是为子孙计矣。故人爱我，远惠瑶篇[①]。句短韵长，辞约旨厚。喜动谷神，笑闻山鬼。十年积郁，一旦豁如，不知涕之何自也！买山卜邻，昔也同愿。阅世成暮，云何肯忘。亶罄刘梁[②]之赀，不填陶潜之径。请迟来限，当畅往心。反仄怀思，益内疚尔。儿辈成家，谅已过半。市井末故，诚足累人。然婚礼牢豚，姻费卖犬。先民高矩[③]，傥可遵由。若必婴我大和[④]，豫彼用具，将违养生之术。以就委蜕之悬，非至人所用心也。宿闻反辔量程，数日绕室叹嘘。时辄引眄[⑤]东云，只以泸江告警，灵关戒严，伪言相惊，一日百变。家君闻报生愁，屡谋辟地。重以年耄多病，未敢违离。念足下垂老还乡，或无再出之志。联床把臂，不虑无时。宁息神魄，以定藏府。耳目并废，则支体顺调。平日论道探玄知非，竹林诸子[⑥]所及见也。

颜伯琴蚤岁狂薄，令人齿冷。暨今相见，详询壮游。识远才高，非复吴下解死生之趋。持止足之戒，近著青羊道院，可与过从。又大慈寺主僧，博识佛籍。瞿昙[⑦]贤嗣，明晓宗派。兼差止观，虽所得未多，亦今时支遁、维摩[⑧]。宏植因

①瑶篇：优美的文章。

②刘梁：指汉文帝第二子刘武，封于梁，谥孝，称梁孝王，曾建梁园，方三百里，广纳宾客。

③高矩：崇高的规范、法度。

④大和：天地间冲和之气，人的精神、元气。

⑤眄(miǎn)：斜视，看，望。

⑥竹林诸子：指晋代阮籍、山涛、嵇康、向秀、刘伶、阮咸、王戎七人，常集会于竹林之下，世称“竹林七贤”。

⑦瞿昙：释迦牟尼的姓，佛的代称。

⑧支遁：晋高僧，字道林，与王羲之等结交；维摩：佛经中人名。

缘，谢傅[①]特重情感。法海[②]逆汇，诸天可观。如此栖息，衡门可乐。成都百年，不过壶中旦暮耳。

相会当不在远，幸善宽譬，可以尽年。甘泉先竭，直木必伐。寡欲孙言[③]，天和[④]将会。

覆宋育仁书（三）

昨有书问君，藉行商告投。接来书，知未达也。蚤岁同居，相勖令德。岂谓白首，觏此艰难。半夜问它[⑤]，索处防恙。山高水远，弟瘦兄肥[⑥]。相思生疑，得书为庆，有痛何如？

自国运告穷，绿林啸聚。亲知姻娅，劫盗频仍。犹幸涿聚豪贤，狐邱贫病。盗果有道，我愧多藏。政恐南塘暂出，还逢故人。胡床胪传[⑦]，来作弟子尔。

季平厚念，善咒善祷。然子敬止有青毡阿奴[⑧]，固出下册也。

君蓬累[⑨]半生，凿窟未定。全家作寓，良非缓谋。唯卜

①谢傅：指晋谢安，因卒赠太傅，故称谢太傅，省称谢傅。

②法海：谓诣法深广如海。佛教语。

③孙言：谦顺的话。

④天和：自然和顺之理，天地之和。

⑤问它：它，蛇的古字。上古草居患蛇，故相问："无它乎？"

⑥弟瘦兄肥：《后汉书·赵孝传》：西汉末，天下乱，人相食，赵孝弟礼为饿贼所得，孝即自缚往贼所，称："礼久饿羸瘦，不如孝肥饱。"后用为兄弟相爱的典故，这里指吴宋二人间的亲切情谊。

⑦胡床：坐具；胪传：传告皇帝诏旨。

⑧青毡阿奴：晋人王子敬因家被盗，大呼："石染青毡是我家旧物。"事见《太平御览》卷七〇八《毡》。后以青毡泛指仕宦之家相传旧物。

⑨蓬累：喻人行迹无定。

地卜邻，当慎于始。威远既直东道，野樗[①]况是主人。其间地势物情，非英旧稔，未敢豫测。如英计酌山洞回曲处，先购田数十亩。可树桑麻，移家因资。子孙易学农圃，君且假宅严肆，毋遽遄归。俟三径华肥，琴台月上，则谢公[②]归老，妓乐尤新，庶不嫌于落度尔。

英近病懑，愿君勤加珍卫。

覆宋育仁书（四）

来挽及书[③]，文深情挚。闵予小子，遭此凶灾。慰唁多方，尤发故人诚厚。读事亲有终之语，悲怛无极！

伯父母旅宦吴越[④]，琴鹤久寄。复魂公馆，哀满江南。吾子以稚龄在疚，扶杖称孤。双槥[⑤]就辁[⑥]，千里还葬。此中艰苦，不问可知。

英自北都归来，仓卒赴省。家严君含敛，竟未躬亲。伤昔思来，不敢违侍，岂知属纩[⑦]之惨若是。沉毒藏气澌澌，无药可救。注视离诀，五内焚如。英譬痹槁之木，重削根蒂。茫茫身世，忽忽梦魂。未知死生，何心天地。乌呼！吾子此

①樗(chū)：臭椿，或指无用大树。
②谢公：晋谢安(320—385)字安石，东晋陈郡阳夏人，指挥淝水之战，败苻坚军队。李白《示金陵子》诗云："谢公正要东山妓，携手林泉处处行。"
③来挽及书：指1918年吴之英母殁，宋育仁寄来挽联和慰问信。
④伯父母旅宦吴越：指宋育仁父亲母亲均死在浙江县丞任上。育仁五岁丧母，十一岁丧父。
⑤槥(huì)：棺材。
⑥辁：小车轮。
⑦属纩：指临终。

痛焉穷。合封防[①]邑，既惭先圣，说法天上，又愧如来。此后唯当散发裸身，涸迹鹿豕。心齐（斋）身祷，坐待衰枯。种兹善根，回向佛觉。证道来生，七祖[②]或得解脱之果。百年有几？人命速于坚疾，父母犹忍终别。世事宁堪留念。君住陆沈之地，寝初积之薪。淅米矛头，授经狱里。忍生而生难忍，观化而化将及。谓亦持地遇毗婆尸如来之日，牟尼招须跋陀罗之会矣。

二儿代殖，不足奉生。疟病新疗，将有报命。使租入不须移济，时寄余赀，积得三百石可供食指。回忆南城晚眺，夙愿未达。来日逼人，历劫见性。法界常住，无佛有佛。得君偕老，共话无生。庶有后缘，得终好会尔。

至经席分座，余病未能。先君兆域[③]虽卜，犹未入窆。且任小学校务，亦难分身。春雨生寒，随时检摄。晤颜伯琴时，为我致谢！

答禄勋书[④]（一）

使节远届，自夏历秋。羸体多疾，未遑造谒。卒辱赐书，弥增歉仄。

---

①封防：指父母合葬之地。封（biǎn），通“窆”，棺木下葬。

②七祖：佛教称传法相承的七代。华严宗、禅宗、南宗、北宗均有各自传法的七祖。

③兆域：墓地四周的疆界。

④禄勋：字伯铭，荆州旗人，副贡。光绪三十二年（1906）任名山县知事。到任后，即致信归居车岭镇吴沟的吴之英。吴答书以“乡绅之谊，不当谒请贵游”为由，不到县城拜谒县尊，仅在信中大讲安邦之道，并称：“将来外国民权之说，必将浸及中国，但恐英与君侯不及见耳！”观此，则吴之英在清末已预言“民权之说必将浸及中国”，实有先见之明。

敝邑辟在西荒，民情质素。蟋蟀思居，故近唐俗。尔来浇敝[①]，日盛月新。守土者或严重简出，或煦煦慈惠。强梁侥幸，寇劫相寻。重典[②]需才，等于三輔[③]。

府君来莅，渐就安和。惠我无私，已闻舆诵。居之无倦，岁计必饶矣。

英散人也，无补世事，空返故庐。凿井耕田，图息美阴。不虞好问察迩[④]，乃逮刍荛[⑤]。府君勤慎周挚，聪明无蔽。诚求有道，无待借箸[⑥]为筹。但贤大夫绥我桑梓[⑦]，自不与寻常俗吏同科。弱体粗适[⑧]，固将走见。昔抱婴卧户，君子责其饰情。过书举烛[⑨]，达者巧于会意。还附来使，遥讯兴居[⑩]。

答禄勋书（二）

英自归乡井，经年束书，羞闻说剑。喜人学圃，与客相牛。此外莽莽，嫌落吾事。

惠书至再，恳恳拳拳。远扳汉法，近伦新政。区列宾主，

①浇敝：社会风气不好和衰败。

②重典：指重法。

③三辅：泛指京城附近地区。

④察迩：谅察、体察。

⑤刍荛：自谦自己见解浅陋。刍荛指割草采薪之人。

⑥借箸：为人谋划。

⑦绥我桑梓：安抚我的故乡。

⑧粗适：即初适。

⑨过书举烛：比喻曲解书信原意以讹传讹。《韩非子·外储说左上》："郢人有遗燕相国书者，夜书，火不明，因谓持烛者曰：'举烛！'云而过书举烛。'举烛'非书意也。燕相受书而说之，曰：'举烛者，尚明也；尚明也者，举贤而任之。'燕相白王，王大悦，国以治。治则治矣，非书意也。"

⑩兴居：指日常生活、起居。

扩延访之。方知作牧之难，任分土之重，不肯仓卒苟且，坐俟瓜期①，今之厚于自待者也。

英不祥人也，许由名实之旨，都无所为。嵇康不堪②之弊，惧有或干。故敢略弃人事，冀免天刑。新法种种，时贤辈出。故宋新周，士诩董子③。兀衿小袖④，家谈武灵⑤。周孔道微⑥，王纲解系。新法变诚善矣，但未识祖宗旧法尚有存焉者乎？汉道安静，黄老之遗。后尊《六经》，犹沿此意。光武⑦嗣守不革，故两京⑧称盛治焉。今欲求安静之吏，何可易得！然英常谓：中兴前，权在部臣⑨，中兴时，权在督抚⑩，今则权在州县。将来外国民权之说，必将浸及中国，但恐英与君侯不及见耳⑪。然待时乘势，孟子所称⑫。由今之道，行今之俗。州县得才，犹可少挽。故曰："与我共治者，其唯良二

①坐俟瓜期：坐等任期届满。

②嵇康不堪：嵇康(223－263)字叔夜，官拜中散大夫，世称嵇中散，"竹林七贤"之一。其友山涛字巨源，投向司马昭，升散骑常侍，荐嵇康代任，被严辞拒绝，信中有"七不堪""甚不可二"，并嘲讽司马氏政权，后被杀。

③士诩董子：董子即董仲舒(前79—前104)，西汉信都广川人。汉武帝时，提倡罢黜百家，独尊儒术。清末经今文家扬其学说。

④衿：衣领，指古代读书人穿的衣服；小袖：短小的衣袖。

⑤家谈武灵：武灵即战国赵武灵王雍(？—前295)尝进行军事改革，胡服骑射，攻灭中山等国。后传位于子何(即赵惠文王)，自称主父。前295年(惠文王四年)在内斗中被李兑围困于沙丘宫饿死。

⑥周孔道微：周公和孔子之道衰败。

⑦光武：东汉开国皇帝刘秀(前6—后57)。公元25—57年在位。

⑧两京：东汉长安(西京)和洛阳(东京)称两京。

⑨部臣：中央各部的长官。

⑩督抚：总督和巡抚的并称，明清两代地方最高长官。

⑪君侯：称禄勋为君侯，表尊重之称。达官贵人皆可称君侯。

⑫语出《孟子·公孙丑上》："齐人有言曰：虽有知慧，不如乘势；虽有镃基，不如待时。今时则易然也。"

千石乎①?”英中国土著，滔滔在目。何土非吾乡，言之俱增疴痛。阮嗣宗醉啸终老，徐孝穆②悲默为生，材不材之间未居易也③。

君侯在名言名，实事求是，英心知感矣。乡绅之谊，不当谒请贵游。惟货惟来，《吕刑》④所禁，重烦行李，益于汗颜。起居何如？为国自爱。

答禄勋书(三)

假归之人，阖门自检。学殖既废，才用无征。只以官守有却，言责罔任。幸藉闲景，扫葺⑤先茔。不图使命要招，行人⑥日至。冥冥⑦逸羽，远谢宏景⑧。翩翩书记，又愧元瑜⑨。

①语出《汉书》卷八九《循吏传》，汉宣帝曰："庶民所以安其田里而亡叹息愁恨之心者，政平讼理也。与我共此者，其唯良二千石乎?"后因以良二千石称贤郡守或地方长官。

②徐孝穆：指南朝人徐陵(507—583)，字孝穆，东海郯(今山东郯城)人。梁朝东宫学士，中书监。

③语出《庄子·山木第二十》：木以不材而得终天年，雁以不鸣而被屠宰，弟子以此为问，庄周说："周将处夫材与不材之间。材与不材之间，似之而非也，故未免乎累。"

④吕刑：《尚书》篇名，刑法之书。

⑤扫葺：清扫修整。

⑥行人：指禄勋派来的使者。

⑦冥冥：高远的空际。

⑧宏景：即陶弘景(456—536)，字通明，号华阳隐居、华阳陶隐、华阳真逸、华阳真人，时人谓之山中宰相，谥贞白先生，丹阳秣陵(今江苏南京)人，南朝梁道教思想家、书法家。

⑨元瑜：即阮瑀(？～212)，字元瑜，陈留尉氏(今属河南)人，建安七子之一。曹操征为司空军师祭酒，后徙丞相仓曹掾属。擅长章表书记，与陈琳齐名，曹丕称他"书记翩翩，致足乐也"(《又与吴质书》)。

摭古昔之遗芳，每节句而略事。岂敢望聚伏波之米[①]，原本山川；劚长吉[②]之竹，藻绘青素。鸿篇飒沓以振丽，故解抽绎以见诘。周览再三，浩汗无涘。方婴痼疹，不得近接咳唾，共赏文心。感喟之深，非言所罄。新章宏茂，勍鳞壮翮，日见骞腾。勉崇令德，蔚标时望。

答张培爵书[③]（一）

十五日接来书，解㑊[④]不得发。二十一日强起读，术创始之谟，陈经国之谊。宏纲肆振，王卫代宣。礩舄[⑤]奏任，榱[⑥]栋襄力，接闻命矣。足下沐先圣之遗芳，值天时之否闭。穷途揽辔，中夜闻鸡。冯井络以泐[⑦]地仪，知大江良须东溉。登五担以思帝子，憾广武遂少英雄[⑧]。然神州竟沉，固坐夷甫[⑨]。江山如此，当有伯符。足下既已设尊逵路，拥楫中流。

①伏波：东汉马援（前 14—49）拜伏波将军，尝于光武帝前聚米为山谷，指画形势，向众军展示消灭隗嚣的布署。见《后汉书》卷五四《马援传》。

②长吉：唐代诗人李贺（790—816）字长吉，唐福昌（今河南宜阳西）人。宗室远支，生活困顿，有《昌谷集》。

③张培爵（1876—1915）：字列五，四川荣昌县人。参加辛亥革命，曾任蜀军政府都督，四川军政府副都督。吴之英积劳成疾，上书请辞国学院院正一职，并推荐谢无量、刘申叔（师培）、曾笃斋、廖季平继任。

④㑊：脉病。

⑤礩舄（zhìxì）：柱脚石。

⑥榱（cuí）：屋檐屋角的总称。

⑦泐（lè）：通“勒”，引申为铭刻、书写。

⑧语出《三国志·魏志·阮瑀传》裴松之注引《魏氏春秋》曰：“（阮籍）尝登广武，观楚、汉战处，乃叹曰：‘时无英才，使竖子成名乎！’”少：鄙薄。

⑨语出《晋书》卷九八《桓温传》：温与僚属北望中原，慨然曰：“遂使神州陆沉，百年丘墟，王夷甫诸人不得不任其责。”王夷甫，即王衍（256—311），西晋大臣，唯尚清谈，不理政务。

室秽不除，达陈蕃[①]之远略；韭白可种，觇庾亮[②]之治实。颁生聚为一书，检儒林之列传。上续三代之制，泛稽六艺[③]之文。虽老生之陈言，实拔乱之要典也。

院中人士，美尽西南。德行如伯春[④]，鸿括如季雅[⑤]，记室如傅毅[⑥]，主簿如崔骃[⑦]。辐凑毂函，谓皆翘足独步。至于谢、刘、曾、廖[⑧]，脱颖出囊。尤堪宗主关西，弁髦岷嶓[⑨]。

英五十无闻，衰老日渐。不胜人事，自休山樊。家慈君行年七十有六，喜浅惧深。往者弄孙，庶可忘子。今则爱子转愈爱孙，虽相见未有他言，而在侧为快。数年般辟在外，有牵曳焉，匪初志也。避暑归来，倚床养病。虚中倦听，精爽烁销。徒存喂蚊之心，难受芸瓜之杖。计将来徐就平疴，唯当下帘。授《老》闭户，笺《庄》不耐。抠衣经筵，再称邱盖。亶睎[⑩]新政，旁被邹鲁同俗。犬不夜惊，羊无晨饮。则英树疏

---

①陈蕃(？—168)：字仲举，东汉汝南平舆(今属河南)人。桓帝时任太尉，与李膺等反对宦官专权，为太学生所敬重，被称谓"不畏强御陈仲举"。灵帝任他为太傅。与外戚窦武谋诛宦官，谋泄，被杀。

②庾亮(289—340)：东晋颍川鄢陵(今河南鄢陵西北)人，字元规，妹为明帝皇后。历仕元帝、明帝、成帝三朝。

③六艺：即"六经"。亦称古代学校的教育内容，即礼、乐、射、御(驭)、书、数。

④伯春：东汉召驯字伯春，九江寿春人。以志行称，乡里称为"德行恂恂召伯春"。事见《后汉书》卷七九《召驯传》。

⑤季雅：西晋褚陶字季雅，钱塘(今浙江杭州)人，文学家。博学，张华称为"东南之宝"，以比陆机兄弟。事见《晋书》卷九二《褚陶传》。

⑥傅毅(？—约90)：字武仲，东汉文学家，扶风茂陵(今陕西兴平东北)人。和班固等同校内府藏书，大将军窦宪击匈奴时，以毅为记室。

⑦崔骃(？—92)：字亭伯，东汉文学家，涿郡安平(今属河北)人。少与班固、傅毅齐名。窦宪为车骑将军，辟骃为掾属。

⑧谢、刘、曾、廖：指谢无量、刘师培、曾培、廖平四人，皆执教于四川国学院。

⑨弁髦岷嶓：指冠盖蜀中。弁髦，指加冠；岷、嶓，蜀中山名。

⑩睎(xi)：仰慕。

畏垒，种豆南山。可以疗饥，可以观化。书无掣肘，将卧听单父[①]之琴；道在惠人，更跂望东里[②]之火。房心南正，帝咨详刑。顺时秩德，以延和气。

答张培爵书(二)

再承惠简，具稔宏猷。王允[③]收书尚七十乘，刘表[④]兴学得千余士。是以郑玄[⑤]有通注之《三礼》(《周礼》、《仪礼》、《礼记》)，宋忠有后定之《五经(章句)》。唯英痼疾历时，精力茶蘼。愿养素以终志，将藏拙以辟言。

足下审徒善徒法之偏，权仁言仁声之次。起潜宓[⑥]之豹，驱蒙童之鹤。耀李业之迹，贺樊英之礼。平子攸思，寄愁世运。茂先之教，戒作常谈。远谊遥情，炜炜盹盹。英亦何敢癖守独行，致妨政体。亶祝寝门安善，负兹[⑦]渐平。则冯驩[⑧]何好，来寄豪贵之门；鲁连无求，犹作诸侯之客。拟期秋

---

①单父(shànfǔ)：古邑名，一作亶父。相传为虞舜师单卷所居，故名。

②东里：古地名。春秋郑国大夫子产居此，故世称东里子产。

③王允(137—192)：字子师，东汉太原祁县(今属山西)人。初为郡吏，曾捕杀宦官党羽。献帝即位，任司徒，后与吕布谋杀董卓。

④刘表(142—208)：东汉末山阳高平(今山东鱼台东北)人，字景升。初平元年任荆州刺史。据湖南湖北地方，战争破坏较少，中原人前来避难者很多。表卒，子琮降曹操。

⑤郑玄(127—200)：字康成，北海高密(今属山东)人。是汉代经学的集大成者，或称“经神”。

⑥宓(mì)：安静。

⑦负兹：诸侯患病之称，亦为年老有疾之称。

⑧冯驩(huān)：一作冯煖。战国时孟尝君的门下食客。曾替孟尝君到封邑薛收取债息，得钱十万，把不能还息的债券烧掉，替孟尝君沽名钓誉。

中，俶[①]治行李。规模商定，应谒回车。热化大强，顺达金气。国肥身瘦，兼养而俞。

与胡文澜书[②]

英体癯婴疾，学业久废。夙鲜昆季，孤奉慈堂。惧多喜浅，礼无远出。前因牵帅，留滞南郭。重缀院务，逮五月归省，已有辞书。张列五苦相逼促，娄传驲[③]问。是以俯黾到院，略为简料，豪无补益。今斗杓回建，日在东陆。游子思乡，驰神春酒。用氏致简，更写初心。足下蓄匡时之略，负知人之鉴。郭林宗清流领袖，庞士元月旦人伦。方稘[④]广益集思，安辑父老，岂虑经筵倡谊，专席无人？院士彬彬，颇尽西南之美。况廖季平，一廛近市，绛帐垂门。近与刘申叔清语，便如忘食忘寝。令与同治院事，尤为身臂相扶。迩来商筹再三，都愿勉竭贤劳，息我事外。双鹤齐唳，自感灵胎；一凫高蜚，何伤海峤？谨具辞告别以闻。

---

①俶(chù)：开始。

②胡文澜(1878—1950)：名景伊，巴县人。1901年赴日入成城学校，两年后升士官学校。1903年锡良(1853—1917)任四川总督，1904年胡自日本返川，被任为四川武务学堂监学兼教习，旋任弁目学堂总办。1907年随锡至云南，任云南讲武堂总办。辛亥初，调广西任新军协统。武昌首义，广西新军中同盟会员推胡任广西都督，遂逃回川。1912年，尹昌衡任胡为四川陆军军团长，7月护理川督，镇压四川二次革命。1914年追随袁世凯，次年调京。抗日战争中，蒋介石任为第一届参政员。

③驲(rì)：古代驿站专用车。

④稘(jī)：同“朞”，亦作“期”。

覆胡文澜书

中历四月十三日接惠书，忾然感念，直异说簧刿[1]之会。古道就湮，秉钧者犹肯索风教之本，图民德所归。礼乐将兴，昔人用是属望名贤也。

唯英幼不植德，长不立誉。穷庐养素，晞慰慈心。夙鲜弟兄，能分省候。并无姊妹，时助欢娱。莱子治春之妻，王霸荷锄之子。田彼南山，藉供菽水。望云占岁，长溷老农。匪有高情，即成远计。亶愿托《溱洧》之乘舆，波涛无警；留《甘棠》之蔽芾，鞅掌来苏。吾乡可乐，则拜赐多矣。院中群才萃止，更得足下大力之纲维。英来何裨？适繁费耳！士憎多口，人难户说，子产招褚衣谁嗣[2]之谣，宣尼致章甫麛裘之议。为国将护，贤者任劳。

①簧刿(jì)：簧指簧口，指进谗言或巧言惑众。刿，众口喧哗。

②褚(zhǔ)衣谁嗣：郑简公二十三年(前 543)，郑子产从政一年，舆人诵之“取我衣冠而褚之”，“孰杀子产，吾其与之”，及三年又诵之曰：“我有子弟，子产诲之。子产而死，谁其嗣之?”《左传》襄公三十年(前 543)。

吴之英诗文集卷十一

覆陈廷杰书[①]

受性暗弱，文质罔效。学不闻道，力不竞时。蒙先人之业，侍慈母之侧。樗栎自放，养疴旧庐。辱惠德音，备陈古谊。周孔不嗣，礼乐将衰。扶轮柱国，是资贤者。足下学萃行卓，奇才不隐。西方之美，赫赫具瞻。乡党所称，饥溺待命。方望继文翁之政事，玉室重开；振武侯之风流，汉仪复见。然后佚步衢路，顾景中原。挹大江以溉清流，济黄河而澄浊涨。宁谓孟尝鱼飧，专待冯驩；叔孙茅蕝，需议鲁生哉。

英荒业离群，久歇弦诵。寝门进退，喜惧交并。啜菽饮水，深愧贱贫。赐沥奉觞，尤嫌孤露。经席邱盖，亮无补于学僮；白云菌如，总结愿于游子。成都冠裳之会，鸿达攸集。鄭侯知人，必有国士；瀛洲栖鸟，幸纵蜚鸿。国务劳人，兴居多护。

辞国学院院正致尹昌衡、张培爵书

政府宏道，国学用兴。降意求贤，不遗葑菲[②]。自维疏

---

①陈廷杰（？—1939）：字幼孳，巴县人。晚清举人。历任广西巡抚署文案，直隶州知州。1913 年 5 月，任四川省川西观察使。次年改任四川巡按使，与胡景伊镇压四川民众。1915 年调至北京，以受贿被劾。后任蒙藏院副总裁。抗日战争时期，搞亲日活动等。

②葑菲：语出《诗·邶·谷风》，后用为有一德可取之谦辞。

薄，敢与重责。咫以栖迟近廓，于谊无谢。斯文未坠，先圣冯神[①]。气运渐更，人心不死。庶藉诸君子高材雅望，肆振风流。遂以开院之初，略张大例。嗣复集会，再酌缓亟之叙。造端所由，咸为平议。编辑庶务[②]，理不宜阙。考镜保存留其名，不必遽设其任。调查视事为限，无常职诸科。自杂志始与方土志相维，先责其成，渐及其次。司专科者给薪饩[③]，属平议者赠舆资[④]。佥谓可行，以是定论。规模仅具，徐俟贤劳。

唯英夙瘠多病，暑气日隆。既将归慰寝门[⑤]，兼欲自谋药饵。深歉高情，寓书辞谢。院中群才济济，譬入瑶林。最著者谢无量，硕学通敏；刘申叔，渊雅高文；重以曾笃斋、廖季平，淹该多方，历年历事之数子，佚足绝驭，负重致远。谓喻驽马，亦副驽牛。相知已稔，平时皆耐申英归养之愿。

风闻出车在迩[⑥]，马蹄士怒。将来玄戈西指，秋令时行。遥企凯歌，夷则入管。所谓桓大将军[⑦]亲揔戎政，诸名士始得有挥麈清谈之日也。诸葛渡泸，方持羽扇。黄巾伏地，且读《孝经》。叔出季处，等是绥我孓民。故知东山泉石，尤将远托棠荫耳。

嫌扰军机，驰笥布怀。为国自卫，为道自卫。

---

①冯(píng)神：冯犹依附，即《左传》僖公五年(前655)"神听冯依"之意。

②庶务：杂务。

③薪饩：薪指柴，饩指粮食。总指俸禄。

④舆资：即车马坐轿的钱。

⑤寝门：泛指内室之门。

⑥出车：指尹昌衡离成都进军西藏。

⑦桓大将军：指晋大将军桓温。

答谢无量书（一）

前惠书，指谒意白，不复承报书引趋，摇畅采丽[①]，庚胥前书。芷荪得请，予谊毋留。生实有宏道之才，雅量禫如。轫腹克士，永施人思。濒行覆书，当有答，料归息传诉之。足下锬猋跅荡[②]，氐几阙破，积谈久，浚阔若理窟，庞公[③]良知人，获此假德不易也。

还忆后园敷席，二斗迳醉。迨今赵绾归去，谢该孤馽[④]，英婴锢咳，结约亡奇。盖关靖颐，将几却湿。畒谢炎厉，不能持竿问水，重招郁溽[⑤]。好会郁郁，益欢念尔。

刘君质学，听揣在中材下，精识远趣，有为孙前使者，然士之检修不可豫也。安石[⑥]驰教，守令共张。灵运[⑦]山贼，余子竭作，时势异耳。

锦城如沸如蒸，来时颇历倦苦。趋炎者夥，乃肯游方之外，取独清乎？学宫托始焉尔。

搢绅大夫，未皇新政。宁与斯观。英疾澌间，或及薅收，乘兑告祖戒行。思君轸转，未忘旧要。热化大强，自护为念。

---

①摇畅采丽：畅指香草。采丽即绚丽色彩。

②锬：矛；猋：疾风；跅荡：狂放而不守规矩。

③庞公：东汉人，居隐鹿门山，采药以终。见《后汉书·庞公传》。

④馽（zhí）：拴马足的绳子。

⑤溽（rù）：夏季潮湿而闷热的气候。

⑥安石：指谢安石（320—385）。

⑦灵运：指谢灵运（385—433），南朝宋陈郡阳夏人，谢玄孙。幼寄养于外，故称“客儿”。晋时谢封唐乐公，因称谢客。入宋为永嘉太守，后辞官。因触犯太守，被诬谋反遭杀。

答谢无量书（二）

榆桑未翦，羊叔探环①松柏合围，客儿识墓。族尼麟凤，半是清才。姻系阮王②，多由贵种。征舅速兄之暇，闲作玄谭；求田问舍而归，尚堪高卧。豚酒祭灶，人尽藏驱；肴蔌迎年，君独怀旧，吁可感也。

英自武担南发，輶车辞饯。回觇石镜，香草如云。王道虽忧，反侧井间。尚喜平直，一樽椒华③。慈君燕荐，所赐半簋豆粥，先灵歆饫之余，陈《二南》④于房中，奠四韭⑤于席上。喧遝⑥桃饼，模索颜刘。方掇菅蒯⑦于空谷，渠落九天之珠玑。东山⑧名亭，元无恶趣。犍为旧部，是生古心。尔来情思，大略可会。但以张华⑨老病，强封册文；江淹昏忘，犹握秃管⑩。譬诸臭味，草木有灵。若披肝鬲，尤怜雅素。唯颂春晖日豫，高桥远阴。马首东瞻，还旅南馆。郭泰⑪爱士，传

①羊叔探环：羊叔即晋羊祜(221～278)，字叔子。《晋书·羊祜传》载，祜五岁时，令乳母取所玩金环，乳母说："汝先无此物。"祜即从邻居李氏家桑树中探得金环，李氏说是亡子失物，时人因此认为"李氏子则祜之前身"。后因以"探环"借指转世。

②阮王：指晋大族阮籍(210－263)和王戎(234－305)。

③椒华：即椒花，常用作春节之典，或言正月初一敬酒于家长。

④二南：指《诗》之《周南》、《召南》。

⑤韭：古代献祭必备之物。

⑥遝(tà)：及也。

⑦菅蒯：茅草之类，喻微贱的人或物。

⑧东山：谢安(320－385)早年曾辞官隐居会稽之东山，朝廷屡征，出为重臣。后泛指名高望重之士。

⑨张华(232－300)：晋人，字茂先，文学家，为赵王伦所害。

⑩"江淹"句：指江淹(449－505)年老才尽，仍然舞文弄墨。

⑪郭泰(128－169)：字林宗，东汉太原界休人。与李膺友善，后归乡，屡征不就。党锢祸起，闭门教授，弟子数千人。《后汉书》卷六八有传。

食茅容[①]之蔬；梁鸿[②]避言，藉息伯通[③]之庑。

答刘师培、谢无量书

稷下[④]之宴，旁贯六家。南皮[⑤]之游，消摇百氏。为乐难再，咸谓无忘。既而追思，幡生他感。羊叔子[⑥]何与人事？王处仲[⑦]差有豪情，可怜亦可笑也。果令《纬书》近征，子骏作帝。文人宿慧，灵运成佛。将使韶译输台，无取中国文字。法传宝树，不关地上语言。若谓通爽，左邱犹存章句。移书博士，尚播人间。故当抗奋东邱，弁覆南土。学以为己，文仪不假孔融之荐[⑧]；和而不同，曼山可投庚桑之迹[⑨]。

英婴疾归卧，精采顿偢。不治琴书，无心耕钓。政使司

①茅容：东汉陈留人，字季伟。郭泰曾宿茅容家中，茅杀鸡奉母，以蔬菜款待郭泰，郭敬之。

②梁鸿：字伯鸾，东汉扶风平陵人。《后汉书》卷八三有传。

③伯通：东汉人，姓皋，贤梁鸿，曾將侧房给梁鸿夫妻居住。事见《后汉书》卷八三《梁鸿传》。

④稷下：春秋齐国招学者议论的地方。喻指学者荟萃之地。

⑤南皮：称述朋友间雅集宴游的典故。

⑥羊叔子(221—278)：晋尚书羊祜字叔子。及卒，因有德于民，为之立碑岘山，望其碑者皆流涕，时称堕泪碑。

⑦王处仲(266—324)：晋大将军王敦字处仲，琅琊临沂人。西晋亡，与王导拥戴东晋元帝司马睿。后以被抑，率兵攻打建康，谋夺政权，后病死军中。

⑧典出《后汉书》卷一〇九下《谢该传》。谢该字文仪，精《春秋左氏》，仕为公车司马，以父母老托疾去官。孔融(153—208)上书荐之，征拜议郎。

⑨典出《后汉书》卷一一〇下《刘梁传》。刘梁字曼山，尝撰《辨和同之论》。后举孝廉，除北新城长，有“文翁在蜀，道著巴汉；庚桑琐隶，风移碨磥”之语，因以儒学教化一方。庚桑即庚桑楚(见《庄子·庚桑楚》)，得老聃之道，北居碨磥之山三年，碨垒之人视为圣人。

徒袁逢，揖赵壹[1]而致礼；郎中高彪，刺马融[2]而诒书。不复耐纾节委时，循文考谊。老之将至，忧来无端，两君夙知之见之矣。顾念杜辛五世，欧阳[3]八叶，斯文遂衰，岂责家运？继绝振替，是资贤劳。茂肩厥难，以启后劲，将豫涤耳。

遥伫佳音，善惠宗气。勺纳闲和，无量大痊。甚念！

答刘师培书

今病小愈，腹疾又作。重辱雅命，狄写高情。瘖聋[4]有道，自顾未学。跛断遂生，乃成新政。盖王骀[5]鼓舌论道之日，正支离攘臂分米之年。不意张生[6]肆恢今文，竟与通校《五经》之刘驹骖[7]，同此玄解，美夫造物者之于我拘拘也。

唯幼舆断谋东归，意将长寄邱壑，方谈天人之际，胡叟宁合远适邪？正赖惠施，深契庄子。傥违支老[8]，更愁谢公。足下肯曲达此情，浼之暂驻否？望深望切。

计中秋以后，当可合堂接席。但能商定大局，仍当归侍

①赵壹：东汉汉阳西县人，字元叔。灵帝光和初，举上计至京师，十辟公府，皆不就。著《刺世疾邪赋》中有句云："文籍虽满腹，不如一囊钱。"

②马融(79—166)：字季长，东汉扶风茂陵人。为世通儒，郑玄尝从学。

③欧阳：汉代治《尚书》大儒，从欧阳生到欧阳歙，共传了八世，皆为博士。

④瘖(yín)：缄默；哑：失音病。

⑤王骀：春秋鲁人，虽受刖刑而有贤名。行不言之教，有潜移默化之功，孔子称之为圣人(《庄子·德充符》)。

⑥张生：指张兴，字君上，习梁丘《易》以教授，建武中举孝廉为郎，谢病去。明帝时为祭酒，拜太子少傅，弟子万人，为梁丘家(之)宗。

⑦刘驹骖：东汉宗室，安帝时人东观为校书郎，永宁元年(120)奉诏与刘珍等撰《建武以来名臣传》。

⑧支老：晋高僧支遁(314—366)，即支道林，与谢安、王羲之为友。

上寝。院事一切都倚贤劳，愧歉何极，不耐具谢。西山在望，秋爽逼人。引首金风，唯祺厚护。近接府报否？尊人康娱。

附：刘师培《致吴伯朅书》四首（一）

猥惠佳音，仰寻惠渥。开题伸纸，益增延结。先生味精道度，弥纶玄史。相如之赋，不自人间。子云之书，可悬日月。素钟戒律，金商袭序。综研物化，谅符元赏。培侔莫犹人，猗违连岁。一入广都，事与愿谢。轸慨迷阳，讵云通美？发精广泽，竟成乖爽。纵缅晋贤，犹伤准的。希迹子骏，儗岂匹伦。然考乐阳城，庶赓钟律，肆言翁孺，滋企辅轩。接挹余流，允资蜀彦。顷绳前绪，稽业素臣。方将攟摭逸謦，旁勼隐显。不逢李撰，焉测《指归》？幸觌杨终，应酬删定。聊申悁蕴，延伫德辉，蔡蒙在望，乞慰引领。

（二）

顷阅致长吏函。孝思惟则，允昭来迓。然龙蛇罢赋，始隐绵山。骆马怀归，斯伤周道。未闻地非京洛，李疏《陈情》。室迩邛崃，王车税驭。至若赤斧颐真，南遐睹化。君黄（谯玄）却轨，西土全高。暴背陇亩，考室山阿。屯故孔臻，音响斯闷。先生冲明在襟，德义渊澈。华衮石榻，素简宵辉。委羽金华，丹葩晨绚。自世政峻促新故更，贷兴道之论，思假景君《迈德》之篇，弥思龚壮。纵使栖迟闲远，心贞筠箭，犹当阔迹灵岑，规武稷下。庶几许慈《三礼》，综芳先轨，杨宽《七经》，播流奕绪。士宣《鹿鸣》之风，乡集《鹤珠》之瑞。顾乃严僖蹐迹，终侣颍阳。长公不还，常淹洛下。居今行古，蜕此尘冥。以道抚时，宁谐夙志。窃以蜀廛载酒，靡间草《玄》。卜肆垂帘，犹闻肄《易》。流黄尘土，莫限限嵎，行参圣师，泥蟠奚滓。幸驱东辙，用践宿盟，峆嶓无极，愿申息壤。

（三）

执别锦里，嗣音阻阔。引领光惠，川陆迥薄。师培沉绵肺疾，精思越渫，加以咳逆，极成委弊。既乏收视之术，复乖修生之辨。未入中年，百罹并集。孤桐半生,四序非我。秋风华落,是用悲心。方将俦田仲于于陵,从梁生于海曲。望前轨而致策,抱礛仁以殁世。若夫典掌旧文,沙汰众学。细芳绚于金匮,综逸绪于石室。尘露之微,靡裨山海。提衡一隅,允资乡耋。执事洞精《坟》籍,剖判艺文。轶湛思于子云,识绝言于翁孺。虽复耽景岩壑,慕情玄渚。然动寂同遣,事等神钧。语默不殊,理归元感。尚祈税辙广都,祐术黉序。煦阳韶于伶管,运神锋于郢斤。庶几《七经》播业,同风齐鲁。奕世载英,炳灵江汉。企望尘躅,书不尽言。

(四)

执别锦市,暄萋互袭。湛湛江水,未通西梦。彭君旋蜀,粗述尊况。昨辱手[illegible]贶,益用悁悒。自君行迈,院馆合并。多士莘莘,弘崇文蓺。三冬淬业,噩没忘劳。自维才僿,文质无底。拳石勺波,靡裨狱渎。郊居暇豫,稍振宿业。近抱羸疾,丧眠淹旬。肢寒颊热,咯血盈升。容色燋薄,昕暮呻苦。覆审疾态,知繇肝郁。医师数什,诊各殊词。自婴迍僿,久寡欢笑。顾兹玄发之谢,知近西山之薄。彼茹朮延年,摭兰续魄,直虚冀耳。所幸庄生《齐物》,均彭殇于一致;贾生《赋鹏》,识迟数之有命。委心以俟,境亦滋适。静念朋好,时复悁蕴。追惟畴昔,激昂文雅。斯须小别,弥若岁年。衡泌之欢,期葆终始。不虞一旦,挈阔死生。析谭欢剧,顿成今昔。巴山暮雨,良难为怀。江介悲风,想同斯契。迩闻探胜灵岩,结庐尘境。伯鸾赁庑,知近皋桥。贞白寻山,或饶灵药。青阳司春,想保清善。惟是垂帘卜肆,靡损湛冥。载酒蜀廛,足耽清静。傥眷乡关,冀回西辙。学子延企,院职无改。庶林閒殊语,播流陬遐。张叔《七经》,牖术来叶。余详别简,书弗尽言。师培拜启。

(《左庵外集》卷一六,录自《刘申叔遗书》第2册第1737—1738页,江苏古籍出版社,1997)

答颜辑祜书[1]（一）

八月二十日接来书，悉起居。明者处世，莫尚于中。道与时迁，我犹我素。岂有成心，天司之柄耳。宪和因何到京？殆为尹叔权事耶？雍耆[2]尚留侍否？书中叙旧，待我良深。少年浮薄，英所未满。中岁折节，自知何明？达孝能继，立身有方。教子退抑，令闻不坠。再见惊嗟！不意阿蒙一日千里举。素所心许，诸时辈皆却在后尘。君自幸，英亦代幸也。

由性根夙近老子，豫戒知足。终归平淡，则不嫌东坡[3]壮岁之峥嵘。并述家法，用戒诸子。授之谋议，上论孙、韩衽席[4]还师之术也。唯《孙子》要旨，全出孔门，不战屈人，全国斯上。综天地之道，而分数厘然，本道德而动成罚也。韩子[5]法家言，原出礼家，故史迁合传李耳，意有所闭，喻以开之。其文繁，读者眯。今以孙为行政，要在教也。韩为用兵，要在养也。不祥之用，非圣人所得已也。伏读《叙文》，有伦有要。湘潭衰也，犹作旅人。北风其凉，当忆莼菜。芳洲搴

①颜辑祜：字伯琴，一作伯勤，号函庵，晚号函叟。颜楷之父。曾任河南固始县知县。光绪二十六年（1900）冬，帝、后筹备回銮，在开封修行宫，辑祜奉委内廷供支局。后成《汴京宫词》一百首。

②雍耆：颜楷（1877—1927）字雍耆，四川华阳（今成都）人，受业吴之英。1902年中举人，1904年甲辰科中进士，留学日本。1911年被推选为铁路股东会会长。1914年主持四川法政学堂，1919年辞职回家，鬻字三成自给，七成赈济慈善事业。此似伯褐先生之捐款办学育才之崇高义举。

③东坡：地名，在湖北黄岗东，北宋元丰年间苏轼谪黄州，尝居此地，自号东坡居士。

④衽席：床席。

⑤韩子：即韩非，战国末期法家的主要代表人物。

杜，不见伊人。寐歌兴思，有怀莫告。计君必同之也。闻刘六先生员成金液，归神太清。世事缧帚[①]，固应尔尔。斯道无主，谁与替人？将来拟以耕钓之暇，肃造崆峒。共君说五千秘典，其许我乎？迩来有新诗否？英近写《仪礼奭固》毕，因学子殷德三有作，遂成《颐和园歌》一章，顺命五儿录笺附寄，用代谭笑，请予雍耆阅之。秋凉养善，守静致虚。可清可期，尚待君筹料尔。季平同候，不更作书，大慈寺尚有善识，今之支遁，时一过否？

答颜辑祜书（二）

初秋兆凉，山居思远。接读来问，若饥感风。芸子深交，肯发密寄，为传刘四，唾及娄公，适堪笑尔。

足下老成卓识，蕴于年少。偶露锋廉，终摄平易。持身教子，历验素心，见阿恭知元规非假也。题芸子数语洞彻。垣方与君近结德邻，攻补兼施，当耐振起。桑榆奋翼，补牢匪迟，英亦多病，不善卫生。周妻何肉，都北玄解。未审将来，许驾棱严十仙否？枯杨不润，荑生少阴。芙容晚烟，香娱野老。昔湘谭叟谓英："嘘风歙露，不若滞雨眠云。"英谓害取其轻，实则物无非累也。后园半亩，新蔬自供。时得野花，旁篱播子。倚菜抽茎，灌圃有暇。聊复锄粪，列畦揉土，翦叶掠虫。一华含苞，香清入户；二斗迳醉，啸咏其间。以为天下之美，尽在己矣！足下登老子之堂，受张陵之诀。就彼兰室，有开香国，视英何如河伯也？亶愿家君安和，秋清人健。当挟

① 缧帚：束缚。缧，古时拘系犯人的大索。

琴贯酒，来扣玄关。有指不至，欲咨乐令。是空即色，苦怀支公。谢傅中年之伤，嵇生千里之兴。古心不远，余情信芳。怅惘何极！维希爱护。若遇芸子，为道思相。

答颜辑祜书（三）

二儿归，颇述状，辱书更详。人生境遇，丰约迭尝。事会之来，势难一概。简素者趋平善，豪奢者媾奇穷。芸子已幸邻君，前书固计及矣。自来啬于财，必俭于义。昌黎[①]谀墓，贤辈倾囊。不谓喜辟新径者，乃承古人之噭[②]公议。诸老友廉而不忮[③]，义以成仁。季平夜气感思，当亦怨而不怒尔。忆乙酉[④]秋中，偕诸学子往游新都。过升庵之里，陟城西之亭。蒹苍露白，伊人不见。试撷苹藻，秋水盈塘。飒飒清风，香流老桂，怅焉不豫久之。还寻古寺，喜得一善知识僧，与之纵横十二部经文。时有弟子侍侧调琴，堂室音满，周复楣[⑤]栋。辩谒五百圣僧，证二万劫菩提新果。岂意刹那续代，遽已三十余年。未知君调水烧猪，共阐玄机者，孰道安，孰支遁也？翠竹黄花，道无不寓。我兰君芷，臭味元同。草木有知，素心无谢。何好何恶，要属色相因缘，有不与共生共灭者矣。生不可卫，理良精�›[⑥]。差剖烦恼，犹是内卫。即观即止，即

①昌黎：郡名。唐代昌黎韩氏为一时著姓，文学家韩愈字退之，虽著籍河南，亦每以昌黎自称，故后世称为韩昌黎。

②噭（jiào）：号呼声。

③忮（zhì）：违逆。

④乙酉：光绪十一年（1885）。

⑤楣（méi）：房屋的横梁。

⑥綷（cuì）：五彩杂合。这里通“粹”。

止即观。寇我阴阳，俱成和气。观音由闻，思修渐尽。以入三摩地，此二十一住后之十行也。英，钝人也。每因折寠求纲，辄虞治丝失绪。拟断生种，或远死因。逐日试习，欲积于贯心齐，若久许我坐忘普贤①道谛，自然不立空觉之号，以为括文殊②之体用也。旧读《楞严》妙极，佛顶如来，所以垂教菩萨，何敢忘参语言。唯所论列诸仙，不越生老病灭，校英无大胜耳。刘君高谈了义，自是当家。王、谢姻戚，罔非麟凤。葛巾麈尾，早榜门宗。戴氏才高，夺席宜盛。五鹿名重，折角未嫌。立决诸缘，遂成无漏，大涅槃之本趣也。乡约清秋气凉，来入柱史之室。细议无生之旨，乃嵇康方命吕安③之驾，孔融已登李膺之门④。芸子心契羊求，言寻蒿径；君肯力忍劳瘁，来饮蒙泉否？闻当日解组，实侍太夫人晨昏，信否果也。向者大疏，即烦叱候。

答罗元黼、谭焯书

十年阔隔，忽枉存书。执笺反覆，如对故人。足音清遐，空谷答响。风回兰迳，春满薜萝。东眄停云⑤，嗑然成笑。

英自谒假言归，闭门灌園。薄修菽水⑥，无益欢情。禄君宰名，屈节请士。数嬲⑦不止，遂点经筵。李君嗣来，辞不

①普贤：大乘佛教中的菩萨之一，以“行愿”著称。与文殊均作为释迦的助侍，侍右边。塑像多骑白象。

②文殊：大乘佛教中的菩萨之一，以“智慧”知名，塑像多骑狮子。

③吕安：东平人，与嵇康友善。事见《晋书》卷四九《嵇康传》云：“东平吕安服康高致，每一相思，辄千里命驾，康友而善之。”

④孔融：字文举，《后汉书》卷一〇〇有传。少年尝登李膺之门求学。

⑤停云：陶潜《停云》自序称“停云，思亲友也”，故后世多用作思亲友之意。

⑥菽(shū)水：豆与水。意谓供养长辈，生活清苦。

⑦嬲(niǎo)：纠缠，相扰。

得命。坚约至再，又与委蛇。多病长愁，时荒学课，忽忽不乐久矣！知好笃旧，厚意拳拳。托与斯文，以伤雅道。幸鲁淹之仅在，祝济南以期颐[①]。诚当今之畸人，实吾道之御侮也。

胡雨岚太史赞表章之新政，振蜀学于邹鲁[②]，风声所逮，向已熟聆高情。唯英旧业失殖，夙愧通材。离群日多，不闻近过。加以吾党小子，尚虑狂简难裁，敢云石室重席，或可蹇蹶[③]而就。

尚烦执事，径抒素心。惭续举烛之文[④]，谨反行人之币[⑤]，宿知推毂[⑥]，鲍叔优于莞子，饶舌丰干[⑦]，即是阿弥。论著云何，身为道重。

与朱聘坤书[⑧]

灌城风雨，历历在目。十年相思，会地难期。时从戚旧，略访兴居。弟瘦兄肥[⑨]，传闻无验，吁可叹矣！

---

①期颐：一百岁。
②邹鲁：孔子鲁人，孟子邹人，后世用邹鲁指文教称盛之地。
③蹇蹶：困顿颠蹶；步履缓慢貌。
④举烛之文：见《韩非子·外储说左上》："郢人有遗燕相国书者，夜书，火不明，因谓持烛者曰'举烛'，云而过书'举烛'。……燕相白王，王大悦，国以治。治则治矣，非书意也。"后以"举烛之文"比喻曲解原意，以讹传讹。
⑤行人之币：行人，使者之称。币：指使者送来的礼物。
⑥推毂：举存贤才。
⑦饶舌丰干：指多嘴多舌。
⑧这封与朱聘坤信，当写于禄勋在光绪三十二年(1906)至三十三年任名山县知县时，禄勋开办高小学校，聘吴之英任校长。从信中云"禄君宰县，约长邑庠"推定，吴时年 50 岁。
⑨弟瘦兄肥：指兄弟恩爱，事见《汉书·赵孝传》。

学子来持君刺[①]，知行李东迈，寄语相存，鞍马西风，故心尚尔。爱而不见，我劳如何！闻一行作吏，暂羁锦官，分理乡庠，九流斯会。时或访相如之馆，登君平[②]之台。与后来辈释《七略》[③]之遗文，邕《八书》[④]之大义。掀髯一笑，白云在天。古人不作，寄心何处。修然自远，岂不宜然。

英自挂冠归来，闭门养素。一竿绿水，两岸青莎。若遇酒徒，亦怀清圣。偶遇樵子，便说山精。闻所闻，见所见，陆云自笑[⑤]，阮籍自哭[⑥]。槃涧寤言[⑦]，外人不识也。

禄君宰县，约长邑庠[⑧]。嬲我不置，牵率至此。余情未已，又属学局。谈士纷纷，不违市井。复以小学征费，涉讼经时，兼乞达意。从人就假鸿猷，助为整理。深明律令，吕望是西伯先生[⑨]；暂作讼师，邓析乃东国才子[⑩]。一切事略，具附书后，故人谅之。

---

①刺：名片。古人书启往来，及姓名相通，皆以竹木为之，所谓刺也。

②君平：指汉蜀人严君平，在成都行卜筮，日得百钱，闭肆而读《老子》。

③七略：书名，刘歆撰，久佚。为我国分类书目之祖。

④八书：《史记》有礼、乐、律、历、天官、封禅、河渠、平准八书。

⑤陆云自笑：晋吴郡人，陆机之弟。后被杀。《世说新语》载："陆云好笑，尝著缞帻上船，因水中自见其影，便大笑不能已，几落水中。"

⑥阮籍自哭：阮籍(210－263)三国魏陈留尉氏人，字嗣宗，阮瑀之子。齐王芳时任尚书郎，249年后任步兵校尉，封关内侯，蔑视礼教，为竹林七贤之一，常率意命驾，途穷辄恸哭而返。

⑦槃涧：《诗·卫风·考槃》："考槃在涧，硕人之宽。"槃，乐也；涧，山夹水曰涧，指山林隐居之地；寤言：寤，通"悟"，晓也，欲一言而寤也。

⑧邑庠：庠，古乡学名。县学叫邑庠。

⑨吕望：即姜子牙，周文王遇之，号太公望，武王尊为师尚父；西伯：指周文王、周武王。

⑩鄧析：春秋乡大夫，曾作刑法，书于竹简，叫竹刑，后因改革旧制而被杀；东国：上古指齐、鲁等国。

寄楼藜然书(一)

束书周挚[①],文蔚情丰。结想频年,一朝握手,积郁难次,未得从容。方幸共解世羈,获永朝夕。谭燕有稘,无劳促迫。岂意逢此鞠忧,卒焉迁变,惘惘岐道,卜日云何?

英孤处空山,旁岩凿户,蒸薇翦韭,不堪延引贵流。以足下排弃尘鞅,游神方外。孔子不尤不怨,得素位行;如来即色即空,唯真实在。固可乘凉整驾,接枕快谈。谢支中年,犹说别憾[②]。李苏离远,皓首为期[③]。今者骊驹乍歌,他时东西相望。道里悠远,白云在天。后会未筮,梦中迷路。噬肯适我,且遂淌桓。无令《葛生》蔹蔓[④],寄念美人;当知《风雨》鸡鸣,渴思君子。谨遣行李,赞奉玉麈以从。

寄楼藜然书(二)

丞相柏阴[⑤],会文消夏。故侯瓜径[⑥],请宴围炉。匆匆惜别,三秋日永。道路口耳,若沉若浮,疑问久之。

---

①周挚:至为真诚。

②谢支中年,犹说别憾:语出《世说新语·言语》,谢太傅语王右军曰:“中年伤于哀乐,与亲友别,辄作数日恶!”王曰:“年在桑榆,自然至此,正赖丝竹陶写。恐儿辈觉损欣乐之趣!”文中谢指东晋谢安,支指沙门支遁,字道林。

③李苏离远,皓首为期:语出《文选·李陵与苏武诗》,有句云:“努力崇明德,皓首以为期。”

④葛生:《诗·唐风》篇名,诗中有句曰:“葛生蒙楚,蔹蔓于野。”葛即荆条,蔹即蔓生植物。诗描写对亡夫深切悼念。

⑤丞相柏阴:指成都武侯祠。

⑥故侯瓜迳:汉初有召平者,本秦东陵侯。种瓜长安城东,瓜美,世称东陵瓜。

少君来莅敝邑，详话出处。始知归侍寝门[①]，鸡豚犹逮。田禾再稔，庐墓未终。简书星飞，北游遂再。斟酌留去，辟重就轻。锦里华新，乌皮几在。琴台东望，卜肆西邻。虽知郑坊入乡，无嫌晏宅近市。平生行检，严重有法，不自今日信也。

夫人[②]既肯就养，何妨西蜚紫气。来醉蒙云，亦勤下车。安静悃愊[③]，胥吏称令长得贤，士民知使君有子。所谓阙里家风[④]，闻《诗》闻《礼》，乌衣儿辈，亦凤亦麟者矣。

英近录《礼事图》成卷，若弛重担。且愿息心，不急新课。日唯般回桑田，纡折菜圃。行吟坐啸，即用训子教孙。嫌其都无深慧，止能以一经一艺，拾级相延。势难速成，听其渐化。暑气喷歊，谷水燂燂。竹竿长悬，畏钓石之温也。

宋芸子与足下有旧否？家华封时过从否？大慈寺僧员澄近有进否？时辈星晨，受斤无质，何以自排？当有新制，傥肯寄我，欣赏奇文。凉风天末，以时厚护！

与唐嗣禄书[⑤]

英受性倞栗[⑥]，文质靡任。休沐在告[⑦]，坐老空山，不与

①寝门：内室之门。

②夫人：犹众人，人人。

③悃愊：至诚也。

④阙里家风：孔子之家风。

⑤唐嗣禄在光绪三十四年(1908)继禄勋后出任名山县知事，仅在职一年，为人清洁自好。吴之英在这封信中，表示自己不愿再担任高等小学校长，愿回家去“坐老空山，不与世役。种豆南山，全足溱水”。

⑥倞(jìng)栗：刚劲。

⑦休沐在告：在家休养。

世役久矣！

禄君牵帅，来长乡校。淹迟多豫，马首遽东。李儆翁慭然解意，力莼欢情。之子握椒①，遐心不嗣。君侯观政，积素落宣②。詹詹③畸谭，或隤省听。尔来宕曼，阅三月矣。

胥余（箕子）招妒，则乌集有邻。胡床闻曲④，则心知不介⑤。虽赋狙自得平数⑥，而媚虎终刺天机。尚维老氏知足之说⑦，覆循东方卷舌之谊⑧。以知三揖⑨在侧，斫⑩不可代；且信一辞而退，《礼》有其文。谨谒⑪却还，式避贤俊。马曹⑫何处？爽气朝来。牛背灼然，目光斯在。从此种豆南山，宿

①握椒：《诗·陈风·东门之枌》："视尔如荍，贻我握椒。"后以指男女互赠表示爱情的礼物。

②积素：犹积愫，多年的真情；落宣：落，得到；宣，协和。故旧得到协和。

③詹詹：喋喋不休。

④胡床闻曲：胡床，坐具。晋桓伊下马据胡床取笛《三弄》，每闻清歌，辄唤"奈何"。

⑤不介：不被甲。

⑥赋狙：事见《庄子·齐物论》："狙公赋芧，曰：'朝三而暮四。'众狙皆怒。曰：'然则朝四而暮三。'众狙皆悦。"本指变换名目、不变实质以欺人，后借喻变化多端；平数：相等之数。

⑦老氏知足之说：《老子·三十三章》："知足者富。"

⑧东方：西汉东方朔，长于文辞，喜谈谐滑稽。卷舌：闭口不言。谊：同"义"，正确的道理。

⑨三揖：《礼记·表记》子曰："事君难进而易退，则位有序；易进而难退，则乱也。故君子三揖而进，一辞而退，以远乱也。"三揖，古人做客要与主人三次互行揖让之礼而后进门。

⑩斫(zhuó)：雕饰。《礼记·檀弓》："木不成斫。"意思是说，送葬礼品如是木器，应不加雕饰（斫）。

⑪谒：指名帖。

⑫马曹：管马的官署。指闲散官职或卑微小官。

防芜秽。全足溱水①,违会堂席。鸾鹤可媒,松石当主。若调雅操,自然室有丛兰;倘奉仁风,亶愿门无吠犬②。强植茂德,以代晤言③。

与李士则书④

贵科兵书⑤高醴泉,英弥甥⑥也。其兄廉泉以庶人在官,毁家从事。妻孥死丧,家计萧然。孑然一身,千里为客。时附书疏,略道行止。阖门相慰,极望停云。昨岁由黔至涪,尚有闻问。今年夏仲,乃得彼同事致其子培安书云:"春仲感寒,延至夏孟,速召省视。"言外有不起之占。此子恂恂秀发,英未尝望以府史⑦终也。噩耗如此,天命可知。涪水书来,又匝⑧月矣!

方今四壁空存,荜门⑨犹旧。茕茕⑩弱子,未识奔丧之仪;白发嫠亲,徒挥倚闾之泪。

醴泉以兄弟急难,陈诉君侯⑪,乞假一月,赴涪省候。犹

①全足溱水:《诗·郑风·溱洧》:"溱与洧,浏其清矣。"咏古代郑国人在三月要到溱水、洧水河边去洗掉污垢,祓除不祥。

②吠犬:喻供人差使者。

③晤(wù)言:面对面谈话。

④李仕则:字孝堂,甘肃伏羌人。光绪九年(1883)三甲第173名进士。三十三年(1709)任名山县知县,励行新政。任期一年以疾废免。

⑤兵书:指官署中管兵事的佐助人员或幕友。

⑥弥孙:远孙。曾孙之子曰弥孙。高醴泉是吴之英远亲也。

⑦府史:古时管理财货文书出纳的小官。

⑧匝(zā):满。

⑨荜门:用竹荆编织的门。指房屋简陋。

⑩茕茕:孤零。

⑪君侯:尊贵者之泛称。原意为列侯尊称。

来无死，陟冈予季之悲[①]，尚幸生还。班超玉门之请[②]，威约有渐。蓄意未宣，托英转述，泪与声并！

英以孤寒阅世[③]，恻痛亲戚。感旧生劳，不能自已。侧闻连称求代，列国有更番[④]之卒；不疑偿金，汉庭有休沐之吏。公牍重事，当得任人。若及钱谷，亦须完输。或可暂宽役限，慰彼亲情。昔者肥牡速舅[⑤]，叹古人寄咏《伐木》；今日脊鸰在原[⑥]，想君侯恩笃锡类[⑦]。南兄北弟，六载相思。一笺告疾，已非亲书。共被[⑧]何日？分梨无期[⑨]。天伦之戚[⑩]，君侯鉴之！

答武藨书[⑪]

英性渐滫[⑫]，学略章句[⑬]。不教不议，久负重筵。君侯过

①典出《诗·魏风·陟岵》："陟彼岗兮，瞻望兄兮。兄曰嗟予弟行役，夙夜必偕。上慎旃哉，犹来无死。"谓以兄弟急难，不胜思念，幸而平安无事。

②班超玉门之请：汉班超出玉门使西域三十一年，年老始代还。

③阅世：经历时世。

④更番：轮流替换。

⑤肥牡：《诗·小雅·伐木》："既有肥牡，以速诸舅。"本宴请朋友故旧之诗；肥牡：鲜美小羔羊；速舅：请长辈来尝尝。

⑥脊鸰在原：语出《诗·小雅·棠棣》："脊鸰在原，兄弟急难。"脊鸰为水鸟，在原则失其所，喻兄弟有难而不能相顾。

⑦恩笃锡类：语出《诗·大雅·既醉》："孝子不匮，永锡尔类。"这里指赐恩给高醴泉，以使其兄弟相见。

⑧共被：同被而寝。

⑨分梨无期：梨通"蔾"(lí)，分离。意为兄弟分离，不知何时才能相会。

⑩天伦之戚：父母兄弟不能团聚一堂。

⑪武藨(biāo)：字子芬，甘肃陇西人。清光绪十五年(1889)三甲第128名进士。宣统二年(1910)任名山县知县，以蹂躏警务、学务免职。

⑫滫(xiǔ)：本指酸臭的淘米水，此指酸腐，为自谦语。

⑬章句：剖章析句，为经学家解说经义的一种方式。

听党我之言，再下留客之令。学道爱人，高情自尔。伐轮坎坎[①]，古谊可思。唯称未修聘币，岁运将终。窃恐王寿耆学[②]，先生负书而远行；钟会挚文[③]，弟子叩门而却退。爰题校目，分书致礼。脩脯[④]之数，都咨公论。为别兴学，大体不容久稽。暂代劳勚[⑤]，非任事之征也。至若公牍，枉逮再返，为狭庋之不为。达观旁求，更有贤者。尝叹《史记》终麟[⑥]，宝书犹须续订。且幸曲仪不狗，《骊驹》可以静听[⑦]。方今传经既非左氏，修书不止董生[⑧]。加君侯延问勤劬，人思宏道。若使英养鸡[⑨]无应，赋狙有闲，偶思误书，方成玄解。循屐模而得意[⑩]，周锻灶而缀编[⑪]。不瘉于高、张、稷下之阑辞[⑫]，坐

①伐轮坎坎：《诗·魏风·伐檀》："坎坎伐轮兮，置之河之漘兮。"嘲不劳而获者。

②王寿耆学：見《元史》卷一七六《王寿传》："王寿字仁卿，涿郡新城人，幼颖敏嗜学。"耆(shì)，爱好，后作"嗜"。

③钟会挚文：晋钟会善于模仿别人手迹。曾仿侄儿荀济手迹，从荀母手中骗取荀之剑。

④脩脯：干肉，旧时指送给老师的礼物或酬金。

⑤劳勚(yì)：劳苦。

⑥史记终麟：《史记·太史公自序》："于是卒述陶唐以来，至于麟止。"武帝获麟，迁以述事之端，上包黄帝，下至麟止，犹《春秋》终于获麟也。

⑦骊驹：古代所赋逸诗篇名，告别时所赋歌词。后指告别，明人有"肠断《骊驹》声惨切"句。

⑧董生：指汉《春秋繁露》作者董仲舒。

⑨养鸡：参见本书卷七《矿议》"献子戒鸡豚"注。指古代士大夫不应养鸡而与民争利。

⑩循屐模而得意：春秋晋文公焚山搜求故臣介之推，推抱木死。晋文公伐木以制屐。

⑪周锻灶而缀编：晋钟会为大将军，造访嵇康，康方大树下锻铁，扬槌不辍，不为之礼，旁若无人，移时不交一言，钟起去。钟后来谮康，康被杀。

⑫稷下：齐国地名，齐宣王聚天下贤士于稷下；阑辞：妄语。

听桑氏之呻吚[①]邪！

夫适人之适[②]与自适其适[③]，古有间[④]矣。乐之钟鼓，爰[⑤]居将重，谢鲁侯假以日月，壶公为加惠费老[⑥]。不敏之尤[⑦]，君侯尚垂鉴焉。

与周凤翔书[⑧]

十年阔别，性懒作书。高韵清才，时人籓语。闻东溟观日，万里乘风破浪归来，布帆犹在，甚善！

京都人士，才品何似？近日政府议论如何？湘潭先生官在何曹？宋芸子得迁转否？英一竿清濑，孤啸迟云。木瓢响亲[⑨]，玉珂声远[⑩]，疏弃人事久矣！

---

①桑氏：指汉桑弘羊，有功于国，后被杀；吚（xī）：叹息。

②适人之适：达到他人境界。适他人天性。

③自适其适：满足自身境界。适，自身天性。语出《庄子·骈拇》："夫不自见而见彼，不自得而得彼者，是得人之得而不自得其得者也，适人之适而不自适其适者也。夫适人之适而不自适其适，虽盗跖与伯夷，是同为淫僻也。"

④间：有距离。指适人与自适，古已有距离。

⑤爰居：本鸟名。此处指迁居。

⑥壶公：《后汉书·费长房传》："市中有老翁卖药，悬一壶于肆头，及市罢，辄跳入壶中，市人莫之见。唯长房于楼上睹之。"加惠：于正礼之外增加的优惠待遇。

⑦尤：过失。

⑧周凤翔（1860—1927），后名周翔，字紫庭，号嗣芬，彭山县人。在尊经书院与之英同学，光绪十七年（1891）举人，次年中二甲第128名进士。1903年去日本考察学务，11月回川任东文学堂监督。1909年任四川高等学堂总理。1914任成都高师校长。曾与人在彭山办同益曹达厂。有《周紫庭先生遗诗》行世。

⑨木瓢响亲：响，应也。言家贫，不能享鼎食。

⑩玉珂声远：玉珂本指玉做马络饰物，借指高官显贵。

周生来过，知君返辙成都。文翁倡教，相如作师，谓君兼之。生以旧学秀才，颇习新政。落拓不偶，迫望大力之援。然烂死泥沙，不屑乞怜摇尾。素有侠心，止以家徒壁立，献赋无门。思处孟尝之囊，犹揭冯驩[①]之剑。托英为之介绍，君傥肯垂意乎？

春风高厉，再见何日？当有近作，不吝寄读。顺时珍摄，以慰怀念！

答罗泽周书[②]

拨函抽册，情谊苇如。文谭旨洽，欢逾晤语。英为托王尸位，判责贤劳。未敢徇俗，以丑文仲。辄思洀桓林薄[③]，藉护夙疴。虽力谢髦士，而心契古人。每叹巨游不嫌入刘咸之狱，大逊自甘堕鲁平之沟。自禄伯名，一再相促，固虑及此。且幸周党未谒，范升免纠。王霸不臣，阎阴辍奏。戴德之业，庶传于庆普；樊英之学，望寄诸陈寔。开堂张座，越布幅巾。貌近于天，心远于地，谅宦趣见疏矣。往复诘问，专欲无成。咫以空名，说经孔门。特典升筵，息议王骀。专科牵引，老夫齐轮。贤圣都讲，诸君子同此分疚焉！

李久翁以中山公子牟游，方自外绥绥。近若有营，怏怏不足。其所理之，将有意乎？春气兆休，福庆方来。尊人纳

①冯驩：冯驩为孟尝君食客，以食无鱼，出无车，无以家为，弹铗而歌，孟尝君便满足了冯驩三项要求。

②罗泽周：名山人。此信当写于光绪三十三年(1907)吴任名山高等小学校长时，罗任该校体操教员。

③洀桓林薄：指退居于家。洀(pán)桓，盘桓；林薄，指草木丛生。《楚辞·九章·涉江》："露申辛夷，死林薄兮。"借指隐居之所。

戬，令叔祥善！

答人问博学书

古论学问，唯专乃精。约礼未能，博文无当。周公亮德，偶勤小物。孔子成名，亶取执御。自《易》称蓄德，《书》美文思。郯子尚闻官制，葛卢偏译牛鸣。史过曲谈神灵，子产旁通鬼趣。因斯以降，闳[①]丽相夸。相如厉其锋，扬雄引其绪。然而汉文护短，贾长沙空诵《墨经》；梁武[②]忌才，刘孝标徒识锦被。究之多言幸中，子贡见斥；数典诒羞，籍父忘祖。是以疏通知远，专主《书》说。多识物名，总归《诗》教。孟子习《诗》，尚记《周官》。伏生传《书》，兼及《曲礼》。要所以成此专执，荟精一家，固无害其通材，乃有裨于雅教。不然涉猎失御，枉媚心目。泛滥忘归，犹矜口耳。将绕梁求和，独搏广庭之鼠；若贯虱共诩，谁识空石之人。

覆罗郭莲书[③]（一）

郭莲姻兄左右：

管子奇才，宿工榷算。萧何伟略，兼领度支。屈君已久，抱憾殊深。学子鳞集，大师雨化。修饩微薄，俱承含纳。英以素食，犹托推惠。综核详至，有枚有条。阳历虽终，阴历未

①闳（hóng）：宏大。

②梁武：即梁武帝萧衍（464—549），南朝梁的建立者，长于文学，精音律。

③以下三封书信，采自吴之英手稿，是其任四川国学院院正时写给罗郭莲的。罗郭莲，又作罗国廉，名山县高等小学教师，管理财务。

暮。省会学馆，挪备薪金。宁有吾乡，枵腹课业。曾益无多，招列师笑。依来旨如数分支。季冬之朔，将治行李。祁寒自慎，炙光在即。

英顿首

覆罗郭莲书（二）

郭莲姻兄左右：

知事同胡理之来，苦加逼迫。理之复助风火，辞之不得。事势至此，碍难到堂散学。目前所急，关聘其最也。兄可代我书送，人唯旧，薪水唯旧。理之称张子英加薪及魏理轩监学与收支更调事，一切如命。唯理轩宽缓，兄须助力。赵顺堂能回顾院事否？能，则最善，幸为我达意，诸君子先商酌。为此，当无参差，若稍行违左，魏文帝所谓置我炉火之上，则唯返吾初服尔。明岁开学何日？幸与知闻。并问张雨兰病。

英顿首

覆罗郭莲书（三）

初六日接来书，始知团捐附粮，诸君皆以为可。诸君皆梓里贤能，父老子弟所倚赖以存活者，既谓可行，必有可行之事理。唯英阔处狄远，卒闻窃名加税，又闻政府已许暂收。英夙不干公，行路所谅，于民果利，何待藉名？又恐今称暂征，明年补禀，遂成永定。世变方张，将来征税名目，度无极已。古有言曰：无先福无首祸。诸君子肯赞此议，此后托仗正多。

英以不材，闲散于今。种种华颠，袖手田庐。负恧邻里，出之水火。将在诸君，已令互释。来函即息讦状，前闻状时，已函政府。以后公牍，凡列英名，俱属假窃。若再有似此，幸诸君力止之。书来尚未投公状，若迟一二日者即无及也。

杨宙翁果勤于事，甚善。院政偏劳，学僮日益知赖陶铸，逆风加厉，以时慎卫。

十月八日，吴之英顿首

王护院许将尊经锦江书刻移存古书院启

官书甫通，辱来嘉命。开读函纸，喜溢心颜。瑕邱公方虞呐口①，公孙弘②无从借书。

乍闻玉板金纯，量移秘府。赤文绿字，长付灵兰。转益多师，如入宝肆。将令犍为董杜，都说《诗》《礼》，广汉李景，俱习文章。自非紬思鸿谊，默探微言，爱古之情，不能纯蓺至此。此后两文读传，可证淮雨别风③；三体书石，再核鲁鱼帝虎④。庶几伯鸾窃通人之号⑤，曼山据卖书之赀⑥。旧业复兴于礼堂，重贶乃逾于刀布。如曰石室道古，文翁是第一循良；

①瑕邱公：指申阳，张耳嬖臣；呐口：指说不出讨好取巧的话。

②公孙弘：西汉人，官封丞相。少时家贫，为人放牧，借书苦读。

③淮雨别风：以讹字求新被称为“别风淮雨”。典出《文心雕龙·练字》；《尚书大传》有“别风淮雨”，《帝王世纪》写作“列风淫雨”。

④鲁鱼帝虎：谓文字因形似而传写讹误也。《抱朴子·遐览》：“书三写，鱼成鲁，帝成虎。”

⑤伯鸾：梁鸿字伯鸾，东汉扶风平陵人，《后汉书》卷八三稱其“受业太学，家贫而尚节介，博览无不通，而不为章句学”。

⑥曼山：刘梁字曼山，东汉东平宁阳人，《后汉书》卷一一〇下称其“少孤贫，卖书于市以自资。常疾世多利交以邪曲相党，乃著《破群论》，时之览者以为仲尼作《春秋》，乱臣知惧”。

拟之天禄搜奇，刘向则《七略》主校。令尹受代，当无新旧之嫌；博士更迁，尚识岩壁之宝。仁言利溥，吾道大光。颇有遐心，不为私谢！

拟谢双眼翎表

乾元[①]出首，袭《河》《洛》以成图[②]；明两作离，悬日月而继照。盖繇圣天子道体大圜[③]，仁育灵鸟[④]。勇掉大尾，智运重瞳[⑤]。福轻于羽，维皇擅专锡之权；德辅如毛，小臣惭负戴之重。将傅使蜚，摩顶为利。其仪可用，观国之光[⑥]。无任雀跃拜舞之诚，臣中谢[⑦]。

改铤拟桃源处士与渔父书

桃华有灼，春风如旧。征帆不驻，故人远归。别来怀念，寓目停云[⑧]，谅摄卫有方，寒燠无损。一篙绿水，空销送别之魂；四壁青莎，犹闻欸乃之响。方望故里之榆梓，遽就同井之

①乾元：《易·乾》"大哉乾元"，后以此形容天子之大德。元是乾德之首。

②河洛：《河图》《洛书》的简称。《易·系辞上》：河出图，洛出书。河指黄河，出了一匹神马，背上画作图，伏羲照作画出八卦。洛指洛水，出了神龟，禹照龟背文字写出了《洪范》（《尚书》篇名）。

③圜：天体。《易·说卦》："乾为天，为圜。"圜（yuán）通"圆"，指圆形。

④灵鸟：指太阳。相传太阳中有三足鸟，故称。

⑤重瞳：谓眼球中有两个瞳孔。代指舜。

⑥观国之光：国光，本指国家礼乐文物，后多指国家的威望和荣誉。《易·观》："观国之光，利用宾于王。"

⑦中谢：臣子上谢表，例有"诚惶诚恐，顿首死罪"套语，表示恭谦。编印文集时往往从略，而旁注"中谢"二字。

⑧停云：义为思亲友也。

邑庐，剔甲馈鲂，煮鳌咀蟹，乐何似焉。

仆自接闻人事，忽忽不欢。幸素性空落，颇善排遣。家本秦俗，室有赵女①。筝缶并奏，奴婢解歌。近罍酌瓶，则浮香溢座；顿足奋袖②，则杂佩翻澜。时或池深梁浅，垒沙石以为窝；窗厂棂疏，牵藤萝而作界。偶陟邻啵③，孤写闲情。新雨沾衣，相思盈抱。遥因蜚雁，寄问双鱼④。但使春树长黛，小溪无波，忘机驯鸥，努力餐饭。将踰我里，为话三生之因；毋摇尔精，倘有再来之路。

①赵女：泛指美女。

②奋袖：挥动衣袖。表示情绪激动。

③啵：同“唁”，对遭遇非常事故者的慰问。有事，朋友唁之。

④双鱼：指书信。

壽櫟廬叢書之一

儀禮奭固

受業顏楷署

吴之英诗文集卷十二

颂赞记

诰封奉政大夫周君鼎臣暨刘安人六秩寿言

盖闻《鸿范》五福[①]，称一曰寿，二曰富。考致福之繇，因协极而皇[②]锡之。协极，好德也。故曰：凡厥正人，既富方谷，然则皇之敛福以敷锡者先寿邪？将富而后寿之也！

《中庸》嘉舜之大德曰“必得其寿”，次在位、禄、名之末。得福似先富也，不与《九畴》迕乎？曰：富而加教，皇之极也，谷而锡福，以保极也。正人获富，极之昌也。富不失谷，永康色也。然则富非人，寿非天邪？皇何为而俱锡也？曰：繇人以合天，富而谷矣。寿必茂焉。富亦天耳，寿亦人耳。皇极即人极，恶可知天而不知人也？人极本天极，皇恶乎不得专锡也？繇人合天。

五福何以先寿也？曰：康色者好德之祥，皇于康色征谷乃后锡之，实自寿引之，皇因富焉尔。其次固与礼次环贯也。曰：正人必寿，寿且富，时不待锡。抑有说乎？曰：至和者含

---

①鸿范：即《洪范》，《尚书·周书·洪范》。五福：一曰寿，二曰富，三曰康宁，四曰攸好德，五曰考终命。

②因协极而皇：语出《尚书·周书·洪范》：“五，皇极，皇建其有极，敛时五福，用敷厥庶民，惟时厥庶民于汝极。”皇极指帝王统治天下的准则。皇，大也；极，中也。施政治民，当使大得其中。无有邪僻。

大生，常不虐其生。以生天地之生，生物因而聚之，伺其养也。故正人者，天委和气焉，婴皇极而不贯者也。

若周君鼎臣者，乃时谓正人矣。君生琼江，宅于迎龙门之阳。父揖升公，以勤俭持业，有中产。君生而母氏关安人见背，继母石安人抚之立。君自幼受经传庭训，日诵经文过万。为说要义，辄犂然关通。来客有策，所对出意表，咸动色相语，期为重器。

揖升公豪施予，邻里乞贷无不诺。有负千余金不能偿者，以故用渐绌。君奋然曰："诸弟弱而母政烦，父乃羸矣。儿今读，薪水无为补，读乃苦。儿将贾。"揖升公笑许之。君以异物，利在居息，厚以徐用，物利在化。化居而贱，贸积数多，以料息价乃倍居。谚曰："食最迫，衣最迫，兼之苦无册。与其饱食无人怜，不如美衣出见客。"长物适我用，衣比食为切。计为谷贾，利同异物，将逊于布贾。乃挟纩数百里，往来三巴间，度其中，张布肆于铜梁之市。千丝之绵，千缕之幅，穰穰莽莽，塞篝盈车，一切用文用武之略，变化之数。君持权而操纵之，不数年而称素封。司马迁《货殖传》所未及也。铜梁布肆大蕃息，又分肆于渝城置筦笮焉。渝肆复饶，鼓舟出巫峡，贸于荆楚之会。布飒曳云，蜚舸衔尾，湘沅儿女，咸识渝城橦布焉。后辈来学贾，诫之曰："汉史所纪，贾有贪廉。贪三廉五，廉似有嫌。廉久更富，变苦作甘。我有厚息，不待筮占！"

君既盛于赀，贾事责之掌计，坐而待收，不复出。乃建寝庙于铜梁市之西，谓先人所凭依，弗敢后也。要族姓而诏告之，谓："凡我宗亲，不可不自强以法祖考也！"择戚属有志成立者挽拔之，谓外亲不可薄也；眂乡里贫困者赒恤之，谓缓急有相通之义也。唯不接长令，无干谒，不言官事。絜身守道，著为家法。喜形势家言，著《新说》，补郭、杨之论。诗集两卷，出游得半，家居半之。

居父忧，毁瘠过《礼》。德配刘安人至失明，其平时之闲《内则》，修阴教，所以成君志者可知也。今年冬，君与安人岁周甲矣，亲党称觞，择言为寿，颂曰：

姬宗再振①，君佩德符。唐孙来配②，名德不孤。慨彼家难，儒冠而贾。贤媛佐之，宜规宜矩。有子承家，两挺琼葩。季自鼓箧，伯能牵车。洗腆用酒，欢歌稽首。亲宾来集，咸祝大有。祝君长富，有谷诒孙。祝君长寿，植德弗谖。

陈君宝田孝弟坊赞

简东陈君宝田，事父母有至性。父母先后殁，事继母能色养，历三十六年如一日。尽礼于兄，未尝于财产间有私计。乡人爱其诚厚也，为请旌，弗肯旌；既得旌，如例许建坊，弗肯坊，乡人为之坊。坊成，赞曰：

《易》称正家③，《记》曰家肥④。六行⑤兴善，《周官》

---

①姬宗再振：本文主人姓周，周姓来源于姬周。《通志·氏族略二》："（周）赧王为秦所灭，黜为庶人，百姓号曰周家，因为氏焉。"周姓周朝之后，周朝开国者为姬氏，故说"姬姓宗族再振"。

②唐孙来配：指周鼎臣的夫人刘氏，刘姓出陶唐氏，故言"唐孙来配"。

③正家：使家庭关系正常有序。《易·下经·家人》："父父、子子、兄兄、弟弟、夫夫、妇妇，而家道正；正家而天下定矣。"

④家肥：指家庭和睦。《礼记·礼运第九》："父子笃，兄弟睦；夫妇和，家之肥也。"

⑤六行：六种善行。《周礼·地官·大司徒》："六行：孝、友、睦、姻、任、恤。"

攸嘉。王教衰瘠，司徒失叙。彝伦用斁[①]，先进乃野。君有父兄，自私其私。天爵何龙？不假制科。皇祖有谕，首敦孝弟。君饬家法，实崇国体。令闻无间，束帛来旌。成之不日，是谓灵坊。君以硕德，天锡胡耇！有子成宗，青衿结绶。本实栗茂，支叶蕃滋。岂弟干福，休征方来。无谓庸行，尧舜之道。无曰需拘，君子慥慥[②]。

庆佛生赞

茫茫天地，几经成坏？浑沌未凿，莹然佛界。既清既浊，有人有天。地狱修罗[③]，七趣[④]回旋。光音化生，兜率再降。慈悲愿深，非由欲障。无生之生，如来遂来。业不入世，识不处胎。恒星不见，《春秋》实录。娑婆世界，诞之使独。辩度三世[⑤]，无量恒沙。是法非法，一笑拈花[⑥]。无明妄作，真性难悟。爱取相缠，世不可度。涅槃留戒，人死于情。唯苦我佛，至今犹生。

息机洞记

寿泉陈君俯潜溪而庐，名曰高卧。庐右葺[⑦]勇退亭，左

①斁(dù)：败坏。《书·洪范》："彝伦攸斁。"义为：治国常理因此被败坏了。

②慥慥(zào)：笃实貌。《礼记·中庸》："君子胡不慥慥尔。"

③修罗：佛教语，列为天龙八部之一。是恶神，常与天神作战。

④七趣：佛家指众生轮回趋向的七个地方：地狱、饿鬼、畜生、人、天、仙、修罗。

⑤三世：佛家以过去、未来、现在为三世。

⑥一笑拈花：即拈花微花，事见《宗门杂录》上所记王安石读佛经，有"世尊登座、拈花示众……"之语。

⑦葺：即构建。

为大观楼，启[①]洞窕，而余为题曰息机[②]。记曰：

箕颍[③]何识？古无名号。莘渭[④]忘情，今沿耕钓。达人鹑居，珞珞[⑤]于于[⑥]。因时因地，帝皇攸服。维君之德，穆穆清远。胥余[⑦]见宗，兰室香满。潜水喷沙，洞掩灵莎。潜水喷玉，洞育奇璞。桃源谷口，别御阴阳。此中美人，梦想羲皇。

移川主庙建登阁募捐叙[⑧]

《史记·天官书》云文昌六星在内阶前[⑨]，《甘石》旧说[⑩]皆以为主人间禄数，故《周官》槱燎，秩及司命、司禄，以六星

①启：开拓，开创。

②息机：息灭机心。《楞严经》卷六："息机归寂然，诸幻成无性。"

③箕颍：箕山和颍水。尧时贤者许由隐居箕山之下，颍水之阳。

④莘渭：莘指伊尹耕于有莘之野；渭指文王举太公望吕尚于渭水之滨故事。

⑤珞珞：刚正貌。《老子》："珞珞如石。"

⑥于于：无思无虑，自得貌。《庄子·应帝王》："泰氏其卧徐徐，其觉于于。"泰氏指伏羲氏。

⑦胥余：村落的角隅。《尚书大传》："爱人者兼及其屋上之乌，不爱人者及其胥余。"

⑧本文录自名山县车岭镇原碑（拓片见《书法选》）。川主庙：或云祀李冰，或云祀二郎神，川中各县多有之。

⑨史记：原作"史纪"，据《史记》改。《史记》卷二七《天官书》云："斗魁戴匡六星，曰文昌宫：一曰上将，二曰次将，三曰贵相，四曰司命，五曰司中，六曰司禄。在斗魁中，贵人之牢。"

⑩甘石旧说：指《甘石星经》，是世界上最早的天文学著作，由战国时期楚人甘德、魏人石申分别撰写，后人合而为一，称作《甘石星经》。宋以后失传。

中有是名，与三台等，亦无合祀也。晋粤嶲张亚子[①]以孝友慈和，蔚为人典。其没也，皆神之，《戴记》[②]所谓“有功德于民者”耶？其以文昌名，盖亦取《礼经》之谊。暨我皇清，列入中祀，而报荐始隆。川主之在，典礼无考，先民相传云祀秦太守李冰，亦或以为二郎。昔先达何子贞[③]使蜀时，以神号疑异奏劾。文皇帝[④]以蜀人节祗其功德之可宗，求之凿，将罔攸劝，非蜀人意，先生因是见斥。然则川主之名氏里居，宗伯无碻据[⑤]。其有功德可祀，蜀人是因上命为不刊矣。是山神者，吾乡市尝貌祀之，繇灵爽之通，无乎不在也。昔建庙不同时，川主先文昌于前，若为鄣[⑥]。后嫌其负焉，乡人议错移之：文昌仍其殿，川主徙微左，差若肩，更建奎阁于文昌前，以敞堂屋，壮外观，非敢有轩轾也。议成，质邑令长，鸠赀共营之。属予叙，乃啚愿意，弁于口口。口应之理，天人罔阂，积善余庆，则后日财货之赀充，簪笏之代起，应得之符险[⑦]，冥冥无爽，报焉不缀也。亦略末之，以告乐施者。现任灌县训导吴之英叙。

①张亚子：即文昌帝君，或称“文昌帝”、“梓潼帝君”，粤嶲（即越嶲郡，在今四川西昌东南一带）人，居梓潼七曲山。仕晋战死，人为立庙。宋时封英显王，元代加号帝君。道家称其掌文昌府事及人间禄籍，故天下学校多祀之。

②戴记：原作“代记”，指戴德、戴胜所传《礼记》，据改。《礼记·王制》云：“有功德于民者，加地进律。”

③何子贞：即何绍基（1799—1873），字子贞，号东洲居士，湖南道州（今道县）人。著名书法家、学者，工经术词章及考订之学。咸丰初年任四川学政。

④文皇帝：指清咸丰皇帝，名奕詝，庙号“文宗”，谥号“显皇帝”。此称“文皇帝”，不确，文皇帝乃皇太极。

⑤碻据：确凿的证据。碻（què），同“确”。

⑥鄣（zàng）：同“障”，屏风，屏障。

⑦险：久远。

碑诔祭

资州刺史怡楼高培谷植兴艺风书院碑

赞曰：玉室云瞟，文翁道谢。天启陈留，遹①宏蜀化。一姓再兴，贵筑相承。爰闿艺风，宾养贤能。月吉读法，时饶计会。善诱勤劬，来习释菜。佩玉鸣珂，蔼蔼峨峨。日华芒耀，月采金波。学士岂弟，升歌降洗。斧藻令德，媚依君子。睎山斯阜，睎骥则骐。说经铿尔，摛辞②曼兮。岁时讲艺，目营心醉。一朝去官，奉觞有泪。龙山崪崪③，珠水汤汤。鸣琴唳④鹤，美响在坑。言观简牍，琳琅秘录。识旧蓄新，藉答还毂⑤。公劳在兹，公德式垂。后贤有作，视此丰碑。

灌县重修安澜桥碑

灌西有绳桥，砻岸而质，剖筡为繘⑥。设旁帷，横江栽之，牵面齐氐⑦。栽若股，牵若觷⑧，氐若臂，加衡木，其间尺树柱二列，有[illegible]René⑨疏楗布干周。氐属干，帷栽属柱，钩系之。

①遹（yù）：遵循。
②摛（chī）辞：传播文辞。
③崪崪（zú）：崪亦作“崒”，高难而危险。
④唳（lì）：鹤、鸿雁高亢地鸣叫。
⑤毂（gǔ）：车轮的中心部分。
⑥筡（tú）：剖开竹子为长条；繘（yù）：绳索。
⑦氐（dǐ）：地。
⑧觷（jué）：足骨。
⑨楬（xiè）：同“楔”，楔子。

正中柴栵，以庋[1]于彼，是阙耑㞒堂尔[2]。

范君万选莅灌之二年，野庐慢火毁焉。帷为燋[3]，栽为燎[4]，氐为灰，柱、梢、柴、栵[5]炭焉。质之硈[6]者殒，砾[7]者硰[8]，磊砢[9]纵横[10]，离[11]然为丹、为粉。则喟曰："是桥通道西南，不可以弗治也！"乃壁岸新礐之[12]，胜其股，丰其臂，壮其彀，求柱梢以乡心而远根者，傅柴、栵以直理而闿明者。土有工，石有工，竹有工，金有工，木有工，陶埴[13]有功，杂以会错。然而李穹梁既[14]，亢堂阙遒[15]。而乡父老执事[16]请曰："斯役也，材拙而用完，工块而制坚，业在述而伟巑[17]倍乎前，盍系言焉。"君曰："不然，水涸成梁，时之令也。茀[18]夷道路，官之职也。营因旧规，未敢信其有加也。特以吾民乐输其力，忠之属也。是则可以志也。"

---

①庋(guì)：擎起。
②阙耑㞒堂尔：指修造起来的桥墩。
③燋：同"焦"。
④燎：火烧。
⑤栵(liè)：柱上支承梁的方木。
⑥硈(qià)：坚。
⑦砾(lì)：小石。
⑧硰(suǒ)：石破碎。
⑨磊砢：很多石头聚积在一起。
⑩纵横：纵向和横向交错纷乱。
⑪离：指开裂崩坏。
⑫礐(què)：用大石使坚固。
⑬陶埴：烧制砖瓦。埴(zhí)：细腻的黄黏土。
⑭李：治理；穹，大；梁：水桥。
⑮亢：高；堂：办公处所；阙：短少，缺少。
⑯执事：主管其事；对对方的敬称。
⑰巑(cuán)：高耸。
⑱茀：草多路阻。

直英在灌学，间巡劳[①]焉，志之曰：

蜀道般纡[②]，山蹇[③]川矜[④]。旧史所称，有栈有绳。岷精络井，江华初进。有桥编竹，衡跨其颈。作鳞动鬣，蠕蠕延延[⑤]。仰欲素沫，喷为清湍。大火西流，祝融戒驾。竟蜕皮骨，一朝神化。乃度故止，斫石削岩。名材新奂，丽构重开。密织老筤，截空排鞅。邓林[⑥]之篃[⑦]，渭川[⑧]之簜。工师献技，成绪嵯峨。洌寒写翠，淼淼深波。经计何力？子来帅谊。慎告后人，毋荒葺[⑨]治。

万福桥碑

夹门关，约江而峡，旧有桥，六、七月江水涨，冒桥蚀岸，厉者溺焉。

宣统之元，杨君绍涟以其师母杨氏节孝闻于朝，报旌如例，始成坊，议改营桥。绅耆集百五十人，佥曰：材质夥则费过繁，劳力久则人易倦，为之未必成；成，未必适于议也。

君曰："涟诚贫窭[⑩]，不足与计重役，然是桥之当改营，先

---

①巡劳：巡视慰劳。
②般：旋转；纡：曲折。
③蹇：阻塞。
④矜(jīn)：凶危。
⑤蠕蠕(rūo)：昆虫爬行的样子；延延：长远。
⑥邓林：古代神话中的树林。
⑦篃(wéi)：竹名。
⑧渭川：指渭水流域，在陕西。
⑨葺(qì)：整治。
⑩窭：泛指贫穷。

君尝有遗命，今醵[①]诸义财而彻会之，节其可节，费其可费，庶有当诸君子意乎？策其成以蕲[②]适于议，懋哉！懋哉！未敢期也。”

甲寅(1914)春三月，桥成。英为之题石。

岸相去二十丈，石洞七，高二丈，阔半之，阁道二十二间。是役也，土之工，石之工，木之工殆准也。縻万金有奇，息役而筹赀者再。中经国变，兵火震荡，几将一篑止焉。盖历六年而后蒇[③]事。

君之起而顿，转而仆，自力而振，以跻于其所极者，与善所推施，半有恫于君之坚苦也。

英尝谓善量无阂，至和者与物大同。儒者每称博施济众，不如欲立欲达。毗舍[④]浮佛，亦谓但平心地，世路自平。然谓子贡非仁人[⑤]不可也，谓持地非菩萨不可也。

普济桥碑[⑥] 一名南桥

大江历松、茂来灌城西，犂为两，外江右出，内江摩山足。啮离堆，鲵蟠为渊，洒城南，玦然东注，故南门外路不达郭。出城瞰江澳，县流激泻，时闻沙石相争鸣，不可涉也。

光绪戊寅(1878)冬，令长陆葆德，相可梁之地，直城门数

①醵：会聚凑钱。
②蕲：通“祈”，祈求。
③蒇(chǎn)：完成，解决。
④毗舍：大居士所居地。
⑤仁人：有德行的人。
⑥普济桥碑：吴之英先生撰书于1898年。此文未收入《寿栎庐丛书》。录自《灌县志·文征》卷三《碑志上》。

十步，壁其岸，对岸约半里，亦石其壁，江底比栉为之礩[①]柱，贯巑柱间，格木向以横傅，缩木联之，亵之，齐之，旁为之楹，构榕桷[②]瓦而覆之，容三轨焉。

越二十有一年，岁在戊戌(1898)夏，水时至，浅拨长榷累属，篙工失钳，扱力触梁柱，戛札梁柱，三数邪楼，且震扤栗栗。陈令长伟勋摄灌事，帅邑士马顺璋、易象恒、王盛基、张家骏、唐应麟、吕文华、梁履中、仰光炘、刘华谦、晁元鼎、贺鸿涛等理而新之，复其旧。记曰：

西渎东注，溃溃洸洸。未可方舟，岂曰为梁？灌城之南，离堆之下。有桥嶷[③]然，交积松樌。陆经其始，陈复修之。人士输力，落祭以时。一再勤勩，成此令绪。后来嗣者，续旧罔坠。

重修唐隐居祠碑

道有晦时，必欲行之，为人病。必欲言之，为文章病。病焉而咎道，实非道之系婴[④]之也。

唐以诗举士，士皆争为自雕饬。凡曼声亮节，锵戛流韵，皆蜚踊翰林，乘册轩驷[⑤]。洎于衰季犹相激，帅无倦然。

---

①礩(zhì)：柱下石，即础。
②桷(jué)：方的椽子。
③嶷(nì)然：特立。
④系婴：婴，古穿贝为婴，作妇女颈饰。婴，系于颈也。是说：道不是饰品。
⑤轩驷：轩，车；驷，一车四马。谓乘四马之车，喻高贵。

味江唐求，淡泊喜静，不求溷浊之名。旧记称：王建①延为参谋，弗肯屈。因共号为唐隐居。不传其字，居味江山麓以终。尝袭巢父故，剖瓠作瓢。所为诗，辄丸而实之，积有几，无筦数也。既而瓢泛于下流新渠，识者曰："此隐居瓢也，胡至此？近死耶？"拣丸录之，得诗篇数十。今唐诗中，所集一卷是已。嗟夫！隐居身已不显，将不必以诗显，而犹留此瓢，其有不行之行，不言之言者在邪！可谓修道真者已。

有记隐居为大邑人，或又记为崇宁。考味江源出青城，青城唐称丈人山，然则味江山青城支别也。青城今属灌西，故灌西旧有隐居祠，学子辈尚论文献，慕思其行义文章，拓祠宇新之，请为记。记曰：

> 白藏西运，令主秋揫。盛隆之会，功实所收。若遘衰微，名材多隐。江饶蚌蛤，山蒸芝菌。青城孤峰，爽气丛丛。支分汶阜，江水以潀。历阅前辈，因时养晦。翩翩荷衣，绎绎兰佩。有唐之季，乃传隐居。高卧味江，其道则腴。孤介难容，厉节忍性。悲愤所激，成此危行。姑为巽语，寄之于诗。辅轩若采，尚闵狂辞。瓢亦随波，漂流失志。今所传录，十无三四。或赋或比，理韵清醇。后生薄古，号曰诗人。呜呼先生！名德弗荐。瞻望祠堂，精神犹见。用加培护，托始经营。植之朴斫，亦饰丹青。春秋吉日，霓车风马。馨香昭假，肃乎来下。文献攸系，怆动予怀。由识嘉德，以告方来。

---

①王建：五代时前蜀开国主，少时以屠牛盗驴贩私为生，唐昭宗时任西川节度使，黄巢攻占长安后，王建攻陷成都。唐亡，自立为蜀帝，史称前蜀。王建墓现在成都市内。

宋公兆熊祠堂碑

光绪二十有一年春，水利同知宋君梦侯卒于官，篋无藏赀，都人士为之敛具。并其父、母、妻柩之寄殡省城者，迁而窆诸北山之腹，又于南郭立祏①，祠而祝之。越六年，朱君樾卿摄厅事，过其祠，曰："材脆而工窳，圮将及焉！"为掘土茸木，施垩加漆，历月祠成。记曰：

几上操刀，人为搔背。井上弄瓢，人为揎袂。权能媚人，亦为人媚。一脔为欢，一勺为惠。君司沟洫，顺时启闭。职属冬官，在灌如寓。如何人士？感念恩私。祁祁丰墓，洫洫清祠。乃知权尊，不如德厚。醇德厌人，秾于赵酒。欲见交情，一死一生②。寝庙再新，乃劳故人。故人爱君，亲笃乃尔。非君笃故，何繇至此？呜呼！忆昔朔风，高笠浅屐。霏雪满衣，奔沙满席。行歌江天，孤炼寒魄。霍如摧折，风流永隔。呜呼！堂塾更肃，鼎俎维闲。魂兮归来，有芷有兰！

毛公墓志

公姓毛，讳锡纯，字文昭。先世由关中迁彭城，再迁罗江。迨公四世，公父羽傅，善居货用时，出廉而归，饶喜推予。

①祏：宗庙中安放神主的石室，谓之宗祏，即宗庙主，藏之庙室之西，因室用石以防火。

②一死一生：《史记·汲黯传》上说：汲黯为廷尉，宾客阗门；及废，门外可设雀罗。后再任廷尉，宾客欲住，汲黯在衙署门上写道："一死一生，乃知交情。一贫一富，乃知交态。一贵一贱，交情乃见。"

母向氏弼之,施有善名,生公与季仲常,母遂殁。越四年,父亦殁。公以冢適[①]督家政,爽迈排恩,壹决于谊,懋先德之迪。孺人王氏,纯靖宜室。公与谋无疑遌,奉继母躬。寝膳以孝称,嫠姑李,亲老子弱,贫无生业,先竺恤[②],廞[③]厥志昆,得旌表之坊。仲常蚤卒,教三子如子,长庆源,入邑庠,有闻横舍[④]。二子耐,自振试家律。

公生平朇[⑤]仁而佻利,析家产曰:"卜式吾师也。"待族戚、乡里廉俘,与亟贷曰:"陶朱吾师也。"诰子庆均曰:"和惠可来,孤寒忍让,不聘长官秩𪓰[⑥]者。"

贤子妇何氏。女三,长适何,次适李,次适吴,皆名族。

宣统纪元冬十月朔九日病卒,享年七十有七。壬子冬十月二十日,窆于北乡之麓。志曰:

道消于盈,器倾于满。春之嬗秋,敛以为散。君根孝友,干道蒣[⑦]仁。差及闾党,条遂亲亲。渔招川泽,牧会山薮。富而不有,富亦何咎?三族举火,有待无争。交养姻睦,上善遗名。出不怀刺,入不假器。跂足北窗,真人天际。褰裳就化,诒诚宿然。质直中正,《曲礼》佚编。著书数简,录竟藏家。填壶揭衖,都为古华。高峰之西,长蕹玉树。灵气郁葱,遐阴后武。

①冢適:嫡长子。

②竺(dǔ)恤:从重抚恤。

③廞(xīn):兴喜。

④横舍:学舍。

⑤朇(pí):厚赐。

⑥𪓰:同"黾",意为黾勉。

⑦蒣(yú):茂盛。

庐江令张君碑[①]

江油古隶广汉县，在涪雒间，地于蜀号脊弇[②]，文采不达上都。

清兴二百有四十余年，张君琴，以赐进士入侍，华葩窕窞，炜射京师，尝洇桓李申甫、王壬秋先生处，深殖遐邕，故迳废不穷。越三年，出宰庐江。自文翁守蜀郡，阊文教经义，辞章雅嗣，二千年负此责，不答旧矣！

君高材茂藻，积思偿之。江南经发逆久踞，列郡为虚。庐江近贼都，彫落甚！君为招游婧、劝农桑、通水利，春蚕大为。入秋，禾黍登苞又获，乃拓学塾，柬博士，时巡月试，宾其贤者，能者礼升之。民于北郭，祏[③]而祝曰："有人来西，方揭弓长。千顷陂子，涤新万石。秔赍而刀，币报而锦。章姬我文，氏诒之良。稔劳叙弟，四流贤杰，或称耀焉！"

中兴政弛，士夫忕[④]，故侍史业，在木瓜之三，请索歉，将与嬴帅瘢癣州县市大吏。

君繇强项，会弹事[⑤]，笑曰："吾不能纳瓦缶脂韦，佐刀笔儿欢。"免官。归钓于支江之隈，听来渔之歌曰："斫木弓

---

①张琴(1855—1901)：江油县人。光绪十四年举人，二十年中二甲第六十名进士。次年散馆，改授安徽庐江县知县，因政绩上考，保升府同知。

②脊弇：脊，原意为背中骨、脊骨。喻意为关键或要害的地方。弇(yǎn)：掩蔽，口狭中宽为之弇。

③祏：为张琴立神主祀之。

④忕(tài)：奢侈。

⑤弹事：弹劾之事。

菐[①]，曷旦谺赵[②]。求夜者栖之轩，求晨者敛于灶。孰为绣衣而埋轮[③]当道？素而出，归而皂[④]，曾我高蹈[⑤]。

光绪三十有一年，大驾由西京北返，录原官，固不出。明年辛丑正月九日卒于里，年四十有六。恭人某氏，后君一年卒，合葬东山之阳。

君无子，以弟叔玙子大承嗣，大承贤。

候铨知县胡孝廉碑

君讳体仁，字乐山。世居名山东廓，号著姓。儿时，父升阳公授读，伯父禄阳曰："栗擢忍性，其简胜事。"公曰："爱其弱，以后兄。"曰："弟嫡也，大宗不可无后，支不忌出嫡，弟执礼过也。"君遂后伯[⑥]。族人基亲姻厘谊，伯命师之。府学长张澍直方，说《书》《诗》，醰儶识归，读《史》《汉》，善证略爽。许书，君出师之。垫江李惺习歌诗，翰林称丽则，由祭酒得请，吏延讲省学，君就师，久之，凡闻要焉。咸丰初，湖北(南)进士何绍基贵公子，蚤岁华重，宏博接宠，遇时召见，文名翔瀵[⑦]，特旨试蜀学。惜蜀士陋，当试多抉财闿捷者，乃扑而拔之，君为举首，邮所作。视诸学，问所师，曰："本强也！归，试

①菐(pú)：众多。

②谺(xiā)：山谷；赵：疾行，言行路者。

③绣衣而埋轮：指东汉梁冀派张纲等八人为绣衣使者巡视全国，独张纲埋车轮不赴任，并弹劾大将军梁冀专权。后以"埋轮"为不畏权贵，直言正谏之典。

④皂：黑。

⑤高蹈：举足顿地，犹远行也。此指隐居。

⑥后伯：指碑主胡体仁过继给他父亲胡升阳的哥哥胡禄阳承嗣。为伯之后。

⑦瀵：地下涌出的泉水。

专《毛诗》。”

乡人哗贼至，蓝与何、李逆[①]将次犯雅，俱驻名。君以秀才督乡兵，偕孝廉樊铁戎、高峻安犄三边逐踣之，《碧血录》具其事。役罢，料军赀赢贷所需，责维时均子母之积息。伤有医，死有祀，痌孤有恤，广乡谊，比年大均，暨婚葬无力，差与助，以故城东乡勇冠诸甲。

同治丁卯，秋试报贤，获铨县令俟除。诏缉故业，从游莘仆，谓术贯咸晓达鸿趋，珠葩而璞李[②]，答问辄曰：“先师遗教也！”

生耆酒，饮酣，论时事，张目輮耳，击案有声。或径造所司，考批纰午[③]，皆慑谢。既醒，则内咎，经年月不肯啐爵[④]，解疑怪者曰：“若辈可计事邪？益狂名耳！先君之治命也。”再试礼官，帅因辟捻贼壁失禊[⑤]。光绪十有六年，舆疾行，闻荐，疾增。归有亟，某月某日，衣冠告祖，命家人曰：“先人高矩，孝友为政。内政茂，速治平，师法不更家法。若辈好为之！”顾存璞曰：“以汝嗣伯祖[⑥]，祖意也！”执存琮嘱曰：“老夫怜少子，惎[⑦]其立，今累汝！”遂卒，年五十有四，以某年某月某日葬于东毕之原。

君原配李，生存璞，纯慈而懦，亮法有闻，以笃行式庠。

---

①蓝与何、李逆：指咸丰九年(1859)滇人蓝朝鼎、何崇政、李永和率起义军攻占名山，围攻雅安之事件。

②璞李：璞玉得以雕琢成器。李，通“理”，治；璞，未经雕琢的玉石。

③纰午：纰漏。午通“忤”，不顺从。

④啐爵：饮爵，指上任。

⑤失禊：禊即期，失禊，错过了再试礼官考试日期。

⑥伯祖：父亲的伯父。

⑦惎(jì)：启发，教导。

子女一，适陆氏，故雅安名族。继配李。再继毛，生存琮，帅旧德，迪兄教，亦豪长于学宫。三孺人先后皆合窆。孙六：先德，诸生；嗣德、健德、毅德、强德、壮德。赞曰：

英幼不获谒，流誉绎然。前辈张日明，大父[①]弟子，岁时来拜，及见之，轩硕严讷，古所谓吉士[②]。几属纩[③]，门人泣曰："生不讳[④]，将焉放。"忾[⑤]而曰："有胡乐山先生者，蹷相识，可师也。"门人余士先，英戚好，闻述命如此。

拣选知县张孝廉墓道碑

君讳锡衡，字与九。其先江南歙县人。祖明宦蜀，令内江，殁而葬内江，遂家焉。子嗣奇，由内江迁名山，距君盖十有一世矣。君为大伦公季子，大伦公善居货，权其赢以时出所居，辄中十四，故廉取而用给，田宅、畜牧日以饶。然慷慨尚气，不任封殖[⑥]，常急人之急，假贷者趾错于门。

英童龀时未识公，闻父老谈公往故，眉张耳热，赫叱相矜诵，有忾唏声，知其中有受恩者也。英既冠，以优行荐，则大伦公已殁。谒君于城南，就坐，熟目之，驰想君为明德后，端凝宜尔。既而纵谭及保甲，君曰："戎事在习，胆略天所予，亦宜习。忆咸丰之末，滇匪扰蜀，贼将帅万骑轹邛犯雅，而名山

①大父：祖父。

②吉士：善士。

③属纩：用新绵置于临死者鼻前，察其是否断气。

④不讳：死亡的婉辞。

⑤忾(xì)：叹息。气满胸膛。

⑥封殖：谓聚敛财货。

当衢冲驻垒焉。承平既久，民不见寇，盖已二百余年。遥望烽火旌旗，亟帅逃匿，傎蹶啼号满崖谷。余亦扶老挈幼避中山，贼去言归，而室庐毁矣！医伤敛死，吊唁戚里无虚日。而贼复至，余简乡兵，拳踵而矛戟之，伍两而进退之，约樊铁戎、高峻安、胡乐山诸孝廉间归间出，多设奇而数击之，料贼败遁之数，不过千余人耳！以是知习与智长也。”时予将北，问燕赵风土之宜，君曰：“往丙子，予计偕入都，留再试，夏气大歊，流汗相续。杲日初落，皎月在户，苦热久之。已而西风作厉，黄河早霜，绨帷周室，曾冰入研，冬雪莽沍，积地三尺，春草不青，老树如僵。北气蒸变如斯，非南人所贯，以是知行路之难也。”英喜闻快论，时与人再复之。

癸卯冬十有一月，朔二日，君遘疾，终于正寝，享年六十有七，景命不延，典型斯坠，哀哉！即以是年十有二月既望，卜葬于李氏之原，礼也。

君父大伦公，配戴孺人，早卒。君兄弟四人，皆姜孺人所出，继母也。君三易配，原配姚孺人，生子秉春，入赀为国学弟子。继配杨，生子四，秉太不禄，秉清、秉良、秉洁俱幼读。再继官氏，无出。姚孺人生女二，一适黄，一适罗。有四孙：树棠已夭，树楠、树森、树桐亦执业于学。女孙五。曾孙国祥，曾孙女一。

曩者，门生晚交为欲茂其传也，请为之碑。碑曰：

科名叙长，英实后生。牵比姻娅，君则辈行。伊昔刺君，礼持长幼。君外形骸，劳我甚厚。我因久役，罙匆淹留。长违咳唾，阒此风流。君守先德，人心藏写。侠民所称，袧然大雅。国家遘瘥，赋役繁多。护恤桑梓，唯君与罗。县有惠政，是繇良宰。谁其成之？佥曰君在。

闻君博丽，寄情邈深。时抒《骚》韵，以佐琴心。英之归来，君已长诀。遗稿空存，《广陵》终绝。爰历祠堂，穆穆皇皇。秋水满塘，芰荷晚香。为君手植，笃君旧爱。搴君遗芳，结我长佩。

吴先生述状[①]

《礼》云："葬者，臧也。"臧也者，欲人之弗得见也。先生性仁厚，孝友克敦，乐善而好施，见谊事罔不为。课子弟以耕读，怡怡然有以自乐其天也。孔子所谓不践迹之善人邪？伯朅吴之英述状。

王湘绮先生诔

岁在丙辰[②]冬十月十有一日，四川名山吴之英闻湖南湘潭九月二十有四日赴清赐进士湘绮楼清介先生王壬父卒，乌呼哀哉！诔曰：

世道交丧，灵和潜藏。喷作宗师，余为将相。大清中叶，皇运下夷。驳雄骄戛，蛇豕怒驱。谊徒环集，天方授楚。云梦多材，干城心吕[③]。帝眷名世，宏振道宗。君山舞鹤，湘水吟龙。罢试贤良，出参军务。帅府文檄，特劳崔傅。祁门战

①此碑为吴姓乡人作，题目为编者所拟。拓本见《书法选》。

②丙辰：1916 年。是年 10 月 11 日，吴之英得知其师王闿运字壬秋，号湘绮于 9 月 24 日去逝，致哀悼文。

③干城心吕：干，盾碑，干和城都比喻捍卫者。"干城"见《诗 · 周南 · 兔罝》。心吕，喻亲信得力之人。《急就篇》卷一"偏吕张"颜师古注："昔者太岳为禹心吕之臣，故封吕侯，以譬身有脊吕骨也。"

后，国命来苏。围城久居，颇忆莼鲈[①]。揭剑南归，不婴簪组。鲁连何求？非商非贾。衡门曲几，周护薜萝[②]。一编蠹简，击案高歌。《公羊》专业，董君旧体。兼习《郑学》，通说《三礼》（注：《周礼》、《仪礼》、《礼记》）。《诗》补叙谊，《书》信今文。《尔雅》观古，辨言解纷。煌煌《论语》，《尚书》遗派。《汉志》失列，故训弇蒯[③]。先生嘅嘘，都为整齐。据高意远，例密事犂。剔芟巧淫，缦文赤里。古趣渊回，如金如砥。辩读史故，史迁实长。班范陈寿[④]，蹇[⑤]撅成章。《晋书》以降，《表》《志》昏茫。宜汰宜簸，遑论欧阳？文律旧宗，阴阳奇耦。理胜思质，气调斯厚。泮[⑥]洑秦汉，跷踊六朝[⑦]。我法无忌，雅韵刁刁。施先降抑，不乐教授。大泽操鞭，生徒竞凑。东游泰岳，海日初生。西出函谷，爽浥青城。乃溯江源，聊寄疏散。文翁讲堂，相如宾馆。执业升来，郡县高材。乡筵会饮，礼殿重开。许商之门，四科备选。占谊觥觥，师法增衍。古艳奇采，矫俊出新。是雕比鹗，匪凤亦麟。淮南《招隐》，洞庭波绿。久绊《白驹》，还嘶空谷。《八笺》入奏，供奉翰林。束

①莼鲈(chúlú)：《晋书·张翰传》：翰因见秋风起，乃思吴中菰菜、莼羹、鲈鱼脍，曰：'人生贵得适志，何能羁宦数千里，以要名爵乎？'遂命驾而归。"后称思乡之情为"莼鲈之思"。

②薜萝：薜(bì)，薜荔；萝，女萝。《楚辞九歌·山鬼》"若有人兮山之阿，被薜荔兮带女萝"，说山鬼以薜为衣，以女萝为带。后用以称隐士的服装，有时也借指隐者的住处。

③弇蒯：埋没，失传。弇(yǎn)，遮蔽；蒯(kuǎi)，草名，生长于水边或阴湿处。

④班范陈寿：班，指东汉史学家、文学家班固(32—92)；范，指南朝宋史学家范晔(398—445)；陈寿(233—297)，西晋史学家，著《三国志》。

⑤蹇(jiǎn)：跛足。

⑥泮(pān)：同"般"，盘旋。

⑦六朝：指三国的吴、东晋及南朝的宋、齐、梁、陈都以建康为首都，史称六朝。

帛戋而，何损道心？樊英六辞，臣朔中隐。九畹华新，其室则近。忆昔文会，雨篁风帘。乡学与举，曾是孝廉。今者皤然，贾生遂老。依眷东皇，徒搴芝草。皇德告谢，西岭蕨肥。月旅少微，处士星归。乌呼哀哉！嬴运既迁，伏生[①]有待。刘祚虽衰，康成犹在。天将悔祸，且愿淹留。云何不吊？遽殒东丘！乌呼哀哉！尝闻早岁，对议京国。老辈相惊，诸生动色。五侯七族，虚榻式庐。君卿卷舌，子云辍书。风流电逸，璘瑸秀出。曾侯所称，天下第一。买宅兰皋，晚听浙涛。王霸有妻，慭赞贞高。子传新学，女通古篆。江夏黄童，诸孙无羡。外辛内杜，比舍通家。名士厚福，擅此清华。宜享耆年，主持大雅。不教不议，用优尊者。翁思润色[②]，董遇读经[③]。目击道在[④]，为尚典型。鹏止鵀[⑤]集，奄凋文献。他身可赎，宁惜千万！乌呼哀哉！今辰来巳，岁与秋缠。苍葭泣露，斑竹啼烟。乌呼哀哉！呼起兆别，美人永诀。痛想风节，寄之衰绖[⑥]。乌呼哀哉！哭临设位，旧寝堂坳。无主无奠，伏藉菁茅。乌呼哀哉！遥望九衡，峻德莫称。俯瞰大江，清流失镜。乌呼哀哉！先生冯神，自有存存。容呼《楚些》，勉代招魂。乌呼哀哉！

---

①伏生：孔子弟子子贱，为单父宰，即伏羲之后。济南伏生，即子贱之后。

②翁思润色：王式，字翁思，西汉东平新桃人。为昌邑王刘贺师，授《鲁诗》。昭帝卒，昌邑王嗣位，旋以荒淫废，昌邑群臣未谏者皆下狱。式以《诗》朝夕授王，虽无谏书，亦得免死，后征为博士，为江公辱，谢病归。

③董遇读经：董遇（生卒年不详），三国魏弘农人，字季直。质讷好学。举孝廉，稍迁黄门侍郎，明帝时为大司农，尝言"书读百遍而义自见"，为学"当以三余"，即冬者岁之余，夜者日之余，阴雨者时之余。

④目击道存：出《庄子·田子方》"眼光一接触，即知道之所在"。形容悟性好。

⑤鵀（rén）：鸟名，即戴鵀，也称戴胜。

⑥绖（dié）：古代丧服中的麻带。

改铤祭陈君绍虞文

天道右善，概诸两途。出兼富贵，处擅清福。富贵之家，声势豪华。取精既庶，造孽亦多。一乡善士，良贵夙胎。知足不辱，知止不殆。唯君先世，敦仁竺义。父子宿宿①，兄弟怡怡②。代种灵和，阴德阳波。嗣承法矩，历振秀才。念君艰难，生于孤寒。家无旧物，守此青毡③。垂髦执业，来侍我祖。春诵夏弦，冬《书》秋《礼》。有诏大钧，君为宾介④。料贡多贤，君在数外。甘执罚爵，让彼贤能。两阶舞羽，青青子衿。弛弓来归，开堂讲授。雒诵⑤积年，以迄白首。经义忽陈，师道遂新。博士惊褚⑥，弟子嘲边⑦。乃罢生徒，顺时迟隐。教子课孙，使存周孔。颓然一翁，不絿不竞。痀瘘忘机，林类知命。忆昔弱龄，君策先路。对算甲辰，长我廿五。曾

①宿宿：犹肃肃，悚敬貌。

②怡怡：安适自得貌。

③青毡：指故家遗物。

④宾介：贤宾。介，贤宾之次。

⑤雒诵：反复通读。《庄子·大宗师》："副墨之子，闻诸洛诵之孙。"洛通"络"，雒用同"络"。

⑥博士惊褚：褚即褚大，西汉东海兰陵（今山东峄县境）人。从胡毋生学《公羊春秋》，通《五经》，为博士，官至梁相。汉武帝时，曾遣其循行天下，存问鳏寡废疾，举荐遗逸君子，奏治奸滑污吏，事见《汉书·儒林传》。

⑦弟子嘲边：边即边韶，东汉陈留浚仪（今河南开封市西北人），字孝先，以文章知名，教授数百人。汉桓帝时为太中大夫，著作东观。韶善口辩，白昼假寐，弟子嘲曰："边孝先，腹便便。懒读书，但欲眠。"韶应声对嘲，弟子大惭。事见《后汉书·文苑传上·边韶传》。

是辈行①，调胶䌷茧。巩坚比石，散②馥犹兰。我转青萍，君束白菅。一别十年，几回相见。相思梦迷，相见凄其。计说组绶，鸳鸯并栖。何痞离阔，仍叱仓卒。坚约有闲，伤心同醉。今春献岁③，樱桃始苞。爰扶季子，寻君精庐。脍鱼炙蟹，炊粱煎韭。鬓雪婷婷，出拜老嫂。杂说古今，更谭家政。终及君国，涕来不禁。州闾旧会，春仲望八。还约携手，共步桑麻。别来未月，讣从天降。我质竟亡④，循斫⑤生痛。呜呼哀哉！白马嘶绋⑥，玉树⑦埋土。重泉⑧且听，巫阳招女⑨。乌呼哀哉！

①辈行：辈分行次，同辈之人。

②石散：用矿物药类制成的粉末。

③献岁：进入新的一年。

④我质竟亡：质，当按《论语·卫灵公》"君子以义为质，礼以行之"句中"质"讲，指做事要符合道义的原则。

⑤斫(zhuó)：砍也。

⑥白马：古代用白马为盟誓或祭祀的牺牲；绋：下葬时引灵柩入墓穴的绳索，及葬，止绋恸哭。

⑦玉树：美材之喻。

⑧重(zhòng)泉：水极深处，指地下，哀挽死者用语。

⑨巫阳招女：巫阳，人名，古之善卜筮者。《楚辞·宋玉·招魂》："帝告巫阳，曰：有人在下，我欲辅之。魂魄离散，汝筮予之。"女，通"汝"。

吴之英诗文集卷十三

汉师传经表[①]

司马迁《儒林列传》云：自孔子论次《六艺》，七十子之徒，散游诸侯，受业者多为王者师。至秦始皇焚《诗》《书》，坑儒士，而《六艺》缺。

汉兴，高祖以干戈定海内，未皇庠序。孝惠时，公卿皆武力功臣，希言学。孝文颇征用，然本好刑名家言。孝景不任儒，而窦太后又好黄老术，故博士具官未有进者。武帝招方正贤良，文学之士。是后，“言《诗》，于鲁则申培公，于齐则辕固生，于燕则韩太傅[②]。言《尚书》，自济南伏生。言《礼》，自鲁高堂生[③]。言《易》，自菑川田生[④]。言《春秋》，于齐鲁自胡毋生[⑤]，于赵自董仲舒[⑥]。”

窦太后崩，田蚡[⑦]为丞相，绌黄老刑名百家之言。延文学儒者。而公孙弘[⑧]以白衣为三公，请为博士，置弟子，高第异

①本篇原载《寿栎庐丛书》之四。
②韩太傅：即韩婴，西汉燕人，传《韩诗》。
③高堂生：字伯，西汉鲁人，官博士，传今本《仪礼》者多宗之。
④田生：字子庄，西汉齐人。即汉初传《易》之田何，又名杜田生。
⑤胡毋生：字子都，西汉齐人，治《公羊春秋》，景帝时为博士。
⑥董仲舒（前 179—前 104）：信都广川人。少治《春秋》，景帝时为博士。好言阴阳灾异。武帝听其言，尊崇儒术，罢黜百家，朝廷议事，引经为据。
⑦田蚡（？—前 131）：孝景王皇后同母异父弟，武帝时封武安侯，迁丞相，用儒术。
⑧公孙弘（前 200—前 121）：习《春秋》，汉武帝时任丞相，封平津侯。

等，可为郎中，太常籍，奏通一艺以上，补文学掌故，缺下材不通一艺罢之，其以文学礼仪为官迁擢选其秩，著为令，制曰可。

班固《儒林传》又称：昭帝时增弟子员五十人为百人。宣帝末增倍之。元帝好儒，通一经皆复①。数年用度不足，更为设员千人，郡国置《五经》百石卒史。成帝末增弟子员三千人，岁余复故。平帝时，诏元士之子得受业如弟子，勿以为员。岁课甲科四十人为郎中，乙科二十人为太子舍人，丙科四十人补文学掌故云。

王莽搆乱，文献凋落。光武中兴，敦常雅道。范晔《儒林传》称：建武之初，四方学士，若范升②、陈元、郑兴③、杜林④、卫宏⑤、刘昆、桓荣⑥之徒，云会京师，于是立《五经》十四博士。《易》施孟⑦、梁丘⑧、京氏⑨。《尚书》欧阳、大小夏侯⑩。

---

①复：免徭赋。

②范升：东汉代郡人，习梁丘《易》，博士，为东汉今文学者。

③郑兴：东汉河南开封人，字少赣。好古学，尤明《左传》、《周礼》。讨公孙述后，留屯成都。

④杜林（？—47）：字伯山，东汉扶风茂陵人。传《尚书》，古文学者。

⑤卫宏：字敬重，东海人。光武时为议郎，治《毛诗》，古文学者。

⑥桓荣（？—约59）：字春卿，东汉沛郡人。习欧阳《尚书》，封关内侯。

⑦施孟：指治《易》学者施雠和孟喜。雠，西汉沛人，字长卿。受《易》于田王孙，后拜博士。宣帝甘露中，曾论《五经》异同于石渠阁。喜，东海兰陵人，字长卿。从田王孙受《易》，喜以卦气言《易》，宣帝以异师法，不为博士。

⑧梁丘：即梁丘贺，西汉琅邪人。汉《易》学传人，京房弟子。

⑨京氏：即京房，汉武帝时治《易》，为杨何弟子。为太中大夫、齐郡太守。传《易》于梁丘贺。

⑩欧阳大小夏侯：指汉时传《尚书》之学的欧阳生和夏侯胜、夏侯建。胜，东平人，字长公。从夏侯始昌及欧阳氏学《尚书》及《洪范五行传》，为大夏侯《尚书》学开创者。建为胜之从子，字长卿，从胜学《尚书》，宣帝时为博士。胜视建为章句小儒，而建视胜为学疏略，世称建为小夏侯。

《诗》齐、鲁、韩、毛。《礼》大、小戴。《春秋》严颜。其后，复为功臣子孙四姓[①]末属立校舍，选高能受业。期门羽林之士[②]，亦令通《孝经章句》。匈奴亦遣子入学，盖明帝永平之时称盛焉。

章帝建初中，大会诸儒于白虎观，考同异，如石渠[③]故事，命史臣著为《通义》。又诏高才生受《古文尚书》、《毛诗》、《谷梁》、《左氏春秋》，虽不立学官，皆擢高第为讲郎，给事[④]近署。

和帝亦数幸东观。

邓后称制，学者颇解，时范准、徐防[⑤]奏请敦学，乃复诏简儒职。

安帝薄于艺文，学舍颓毁。

顺帝感翟酺之言，修学二百四十房，千八百五十室，试明经下第，补弟子，增甲乙之科员各十人，除郡国耆儒皆补郎舍人。

冲帝一年崩。

质帝太初元年，梁太后诏曰：大将军下至六百石，皆遣子就学，每岁辄于乡射[⑥]，月飨会之，游学增至三万余生，而章句疏矣。

桓帝时，党人相倾，高名善士，多坐流废，遂至忿争相告，有私行金货，定兰台漆书经字，以合其私文者。

熹平四年，灵帝诏诸儒正定《五经》，刊于石碑，为古文、

---

①四姓：指汉外戚樊氏、郭氏、阴氏、马氏。

②期门羽林之士：期门，官名；羽林：禁卫之称。

③石渠：汉未央宫中之石渠阁，藏书之处。

④给事：官名。

⑤徐防：字谒卿，后汉沛国人，倡"《诗》、《书》、《礼》、《乐》定自孔子"之说。反对治经，不修家法，以意说为得理，尊师为非义。

⑥乡射：古代射箭饮酒的礼仪。

篆、隶三体，以相参检，树之学门，使天下取则焉。

初，光武迁洛，凡载经牒秘书二千余两[1]，后乃参倍于前。

董卓移都，凡辟雍、东观、兰台、石室、宣明、鸿都诸藏简策焚弃，缣帛割为帷盖縢囊。王允收而西者，裁七十余乘，道路复弃其半，长安之乱，莫不泯尽焉。

此两汉兴学之太略也。西汉大师备矣，东汉人士皆为前师支，亦时有铮铮者。汉以来皆两汉遗法也。故特表汉师，分为两表，附简明图。

西汉传经表

《易》

孔子授鲁商瞿[2]子木，瞿授鲁桥庇子庸，庇授江东馯臂子弓，臂授燕周丑子家，丑授东武孙虞子乘，虞授齐田河子装。汉兴，何徙杜陵，号杜田生。

杜田生何授：
- 东武王同子中，同授淄川杨何叔元，何授京房，房授琅邪梁丘贺。
- 雒阳周王孙，王孙亦以古义授丁宽。
- 梁丁宽，宽距吴楚号丁将军，作《易说》三万言，曰《小章句》，授同郡砀田王孙。
- 齐服生，生与王同、周王孙皆有《易传》数篇。

其他齐即墨成、广川孟但、鲁周霸、莒衡胡、临菑主父偃，

①两：一车谓之一两，车有两轮，故称为两。

②商瞿（前 522—?）春秋时鲁国人，字子木。孔子学生。

皆以《易》至二千石。史迁以为要本杨何，班固以为要言《易》者，本之田何。迁数王同授杨何，不及他家，固称田何所授四家，故各据为义。其实五人皆在文景世，迁不容不知其师，固护其文，没传授之次。田何大师本不必言，以有歧说，仍不列杨何下。

- 田王孙受学丁宽授
  - 沛施雠长卿雠授
    - 梁丘贺、子临。
    - 张禹，禹授
      - 淮阳彭宣。
      - 沛戴崇子平。
    - 琅邪鲁伯，伯授
      - 泰山毛莫如少路。
      - 齐琅邪邴丹曼容。
  - 东海兰陵
    - 孟喜长卿，喜授
      - 同郡白光少子。
      - 沛翟牧子兄。
    - 梁人焦延寿自云尝从孟喜问《易》，以授京房，白光、翟牧以为非。是成帝时刘向校《易》，以延寿托之孟氏，实独得隐士之秘，乃别为京氏学，
      - 京房授
        - 东海殷嘉。
        - 河东姚平。
        - 河南乘弘。
  - 琅邪诸人梁丘贺长翁，亦受杨何弟子京房，学以授子临。
  - 临授
    - 琅邪王吉之子骏。
    - 五鹿充宗君孟授
      - 平陵士孙张仲方。
      - 沛邓彭祖子夏。
      - 齐衡咸长宾。

东莱费直[①]长翁，治《易》长于卦筮，亡章句，徒以《彖》《象》《系辞》十篇、《文言》解说上下经，琅邪王璜平中传之。璜又传古文《尚书》，费未立学。

---

①费(bì)直：字长翁，东莱(郡治今山东掖县)人。官单父令。治古文《易》，为“费氏学”的开创者。长于卦筮，无章句，专以《易传》解说经文。

沛高相[1]治《易》，与费直同时，亦亡章句，专说阴阳灾异，自言出于丁将军，亦未立学，授子康及兰陵毋将永。

《易》师图

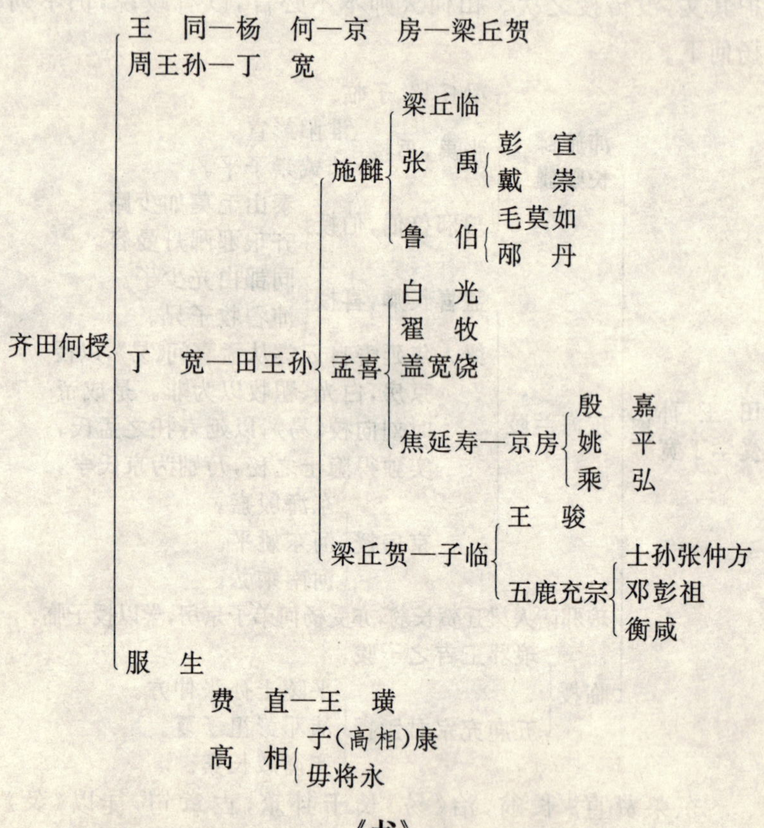

《书》

汉定天下，秦博士济南伏生，求其藏《书》，亡数十篇，得

①高相：沛(今江苏沛县东)人。治《易》，自言所学出自丁宽。

二十九篇，教齐鲁间。孝文使掌故，晁错往受之伏生，世传之。其后鲁周霸、雒阳贾嘉亦能言之。

- 济南伏生授
  - 济南张生，生授夏侯都尉，都尉授族子始昌，始昌授夏侯胜，胜又事同郡蕑卿。胜传从兄子建，建又事欧阳高为小夏侯。建授平陵张山拊长宾，山拊五弟子
    - 同县李寻，善说灾异。
    - 郑宽中少君，有俊才，授东郡赵玄。
    - 山阳张无故子儒，善修章句，授沛唐尊。
    - 信都秦恭延君，增师法百万言，授鲁冯宾。
    - 陈留假仓子骄，以谒者论石渠。
  - 胜又授
    - 齐人周堪少卿，堪授
      - 牟卿，牟卿授孔霸子光。
      - 长安许商长伯，商善为算，著《五行论历》，授
        - 沛唐林子高，号德行。
        - 平陵吴章伟君，号言语。
        - 重泉王吉少音，号政事。
        - 齐炔钦幼卿，号文学。
    - 孔霸，霸授子光。
  - 千乘欧阳生和伯，事伏生，授倪宽，宽又受业孔安国。
  - 宽授
    - 欧阳生子，世世相传，至曾孙高子阳，高孙地馀长宾、地馀少子政皆传高学。
    - 蕑卿。
  - 高又授
    - 济南林曾长宾。
    - 夏侯建。
    - 尊授
      - 平陵平当，平当授九江朱普公文，上党鲍宣。
      - 梁陈翁生，翁生世其业，又授
        - 琅邪殷崇，
        - 楚国龚胜。

孔安国受业欧阳生。孔氏有《古文尚书》①，安国以今文字读之，因起其家《逸书》得十余篇，司马迁亦从安国问故。

安国授都尉朝，朝授胶东庸生，庸生授清和胡常少子，常

---

①古文尚书：儒家经典《尚书》的一种，亦称《逸书》。据说为汉武帝末年鲁恭王从孔子宅壁中发现，较《今文尚书》多16篇，因用秦汉以前的“古文”书写，故名。

亦明《谷梁春秋》，又传《左氏》。常授虢徐敖，敖又传《毛诗》。敖授王璜、平陵涂恽子真，恽授河南桑钦君长。

东莱张霸，传《百两篇》，分二十九篇为数十，又采《左氏传》、《书序》为作首尾，凡百二篇。成帝时，征霸以校中书，非是。霸辞受父，父有弟子尉氏樊并，以谋反黜其书。

《书》师图

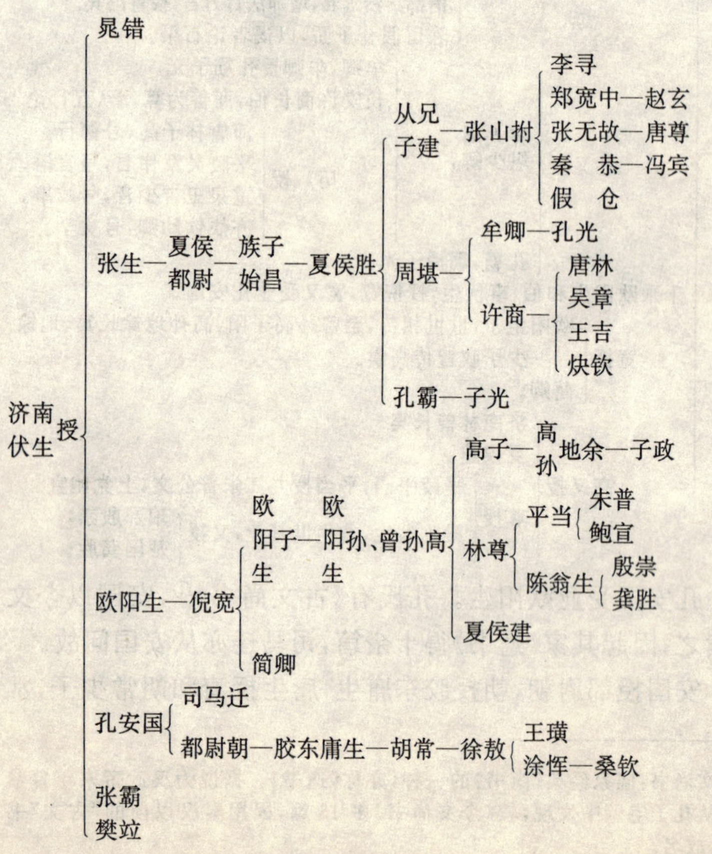

《诗》

- 齐人浮丘伯以《诗》授
  - 楚元王交　楚郢王子戊
  - 申培公，培公授
    - 兰陵王臧
    - 代赵绾
    - 孔安国
    - 周霸
    - 夏宽
    - 砀鲁赐
    - 兰陵缪生
    - 徐偃
    - 邹人阙门庆忌
    - 瑕丘江公尽传其《诗》及《春秋》，大江公又有《孝经说》，公授韦贤。贤又治《礼》，授
      - 子玄成
      - 兄子赏
    - 鲁许生，生授
      - 韦贤
      - 王氏
    - 免中徐公，徐公授王式，王式授
      - 昌邑王贺
      - 山阳张长安幼君，长安授兄子游卿，游卿授
        - 元帝，
        - 琅邪王扶
        - 陈留许晏
      - 东平唐长宾
      - 沛褚少孙
      - 薛广德，广德授龚舍
  - 交子郢

齐人辕固生治《诗》，为孝景博士，授夏侯始昌，始昌通《五经》，授东海郯人后苍近君，苍亦通《诗》、《礼》。

授
- 翼奉
- 萧望之
- 匡衡，衡授
  - 琅邪师丹
  - 伏理游君，家世传业
  - 颍川满昌君都，满昌授
    - 九江张邯
    - 琅邪皮容

燕人韩婴治《诗》，为孝文博士，推诗人意，作《内外传》数万言。亦以《易》授人，推《易》意而为之《传》。燕赵间好《诗》，故其《易》微。淮南贲生受其《诗》，婴亦以《诗》传子。后其孙商为博士。孝宣时，涿郡韩生以《易》征，其后也。生曰："《易》即先太傅所传也，尝授《韩诗》，不如韩氏《易》深，太傅故专传之。"盖宽饶本受《易》于孟喜，闻涿韩生说《易》而说之，更从受焉。婴以《诗》

传
- 淮南贲生。
- 其子孙商。
- 河内赵子，赵子授同郡蔡谊。
- 蔡谊授
  - 同郡食子公，子公授泰山栗丰，丰授山阳张就。
  - 琅邪王吉，吉授淄川长孙顺，顺受东海发福。

赵人毛公治《诗》，为河间献王博士，授同国贯长卿，长卿授解延年，延年授徐敖，敖授九江陈侠。

《诗》师图

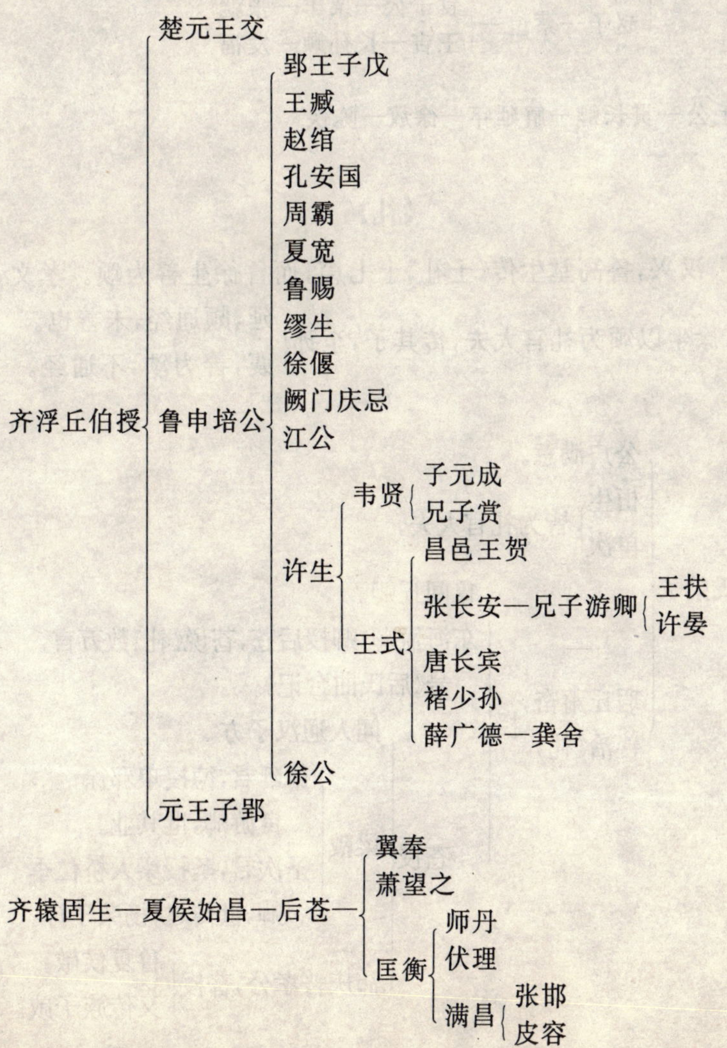

楚元王交
郢王子戊
王臧
赵绾
孔安国
周霸
夏宽
鲁赐
缪生
徐偃
阙门庆忌
齐浮丘伯授
鲁申培公
江公
韦贤
子元成
兄子赏
昌邑王贺
许生
王扶
张长安—兄子游卿
许晏
王式
唐长宾
褚少孙
薛广德—龚舍
徐公
元王子郢
翼奉
萧望之
齐辕固生—夏侯始昌—后苍—
师丹
伏理
匡衡
张邯
满昌
皮容

燕韩婴—
- 淮南贲生
- 婴子—婴孙商—涿郡韩生—盖宽饶
- 赵子—蔡谊—
  - 食子公—栗丰—张就
  - 王吉—长孙顺—发福

赵毛公—贯长卿—解延年—徐敖—陈侠

《礼》

汉兴，鲁高堂生传《士礼》十七篇，而鲁徐生善为颂。孝文时，徐生以颂为礼官大夫，传其子，至孙
- 延，颇通经，未善也。
- 襄，善为颂，不通经。

徐氏弟子
- 公户满意。
- 桓生、单次，皆为礼官大夫。
- 瑕丘萧奋，善治《礼》，授
  - 鲁闾丘卿。
  - 东海孟卿，卿授后苍，苍说《礼》数万言，号《后氏曲台记》。
  - 苍授
    - 闻人通汉子方
    - 梁戴
      - 德延君，德授琅邪徐良游卿，世其业。
      - 圣次君，圣授梁人桥仁季卿，世传之，杨荣子孙。
    - 沛庆普孝公，普授
      - 鲁夏侯敬。
      - 又传族子咸。

《礼》师图

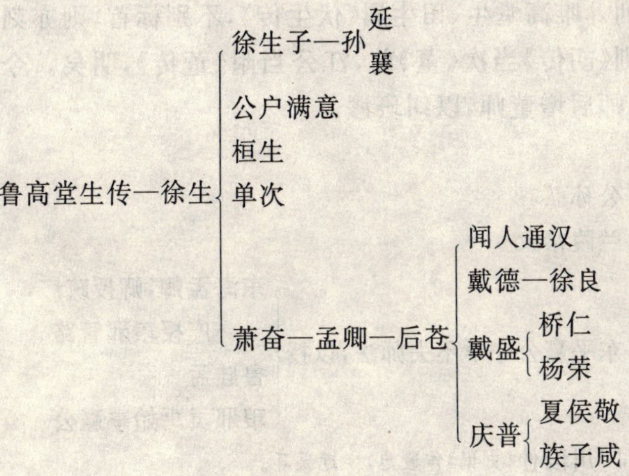

《春秋》

《汉志》:齐人胡毋生子都治《公羊春秋》,为景帝博士,与董仲舒同业,仲舒著书称其德。年老归教于齐,齐之言《春秋》者宗之,公孙弘亦颇受焉。而董生为江都相。史迁《儒林列传》列董仲舒于胡毋生前,云“以治《春秋》为孝景博士”,又云“传子至孙,皆以学至大官”,又云“弟子遂之兰陵褚大、广川殷忠、温吕步舒”。班固以三人皆胡毋生弟子,而入董仲舒于《胡毋生传》中。既云“仲舒著书称其德”,又云“董生为江都相,自有传”,与他传叙弟子例同,固盖不知董学所出而阑入之也。史迁称,言《春秋》于齐鲁自胡毋生,于赵自董仲舒,盖汉初《公羊》先兴,实二家开之,异时同业,非师弟也。迁于《儒林》序先胡,而《传》先董者,后人刊订之错简也。《瑕丘江公传》属胡毋生后，且多叙董事，不伦，知当并入《董传》叙中。唯称申、辕、韩、伏、高、田、胡、董八师，江公不在列。考其传，亦如叙之列。唯高堂生、田生属《伏生传》，不别标首，则亦刻误也。然则《胡传》当次《董》前，江公当附《董传》，明矣。今据史迁，胡师后增董师，以纠班谬。

齐胡毋生授
- 公孙弘
- 兰陵褚大
- 东平嬴公守学不失师法，以授
  - 东海孟卿，卿授疏广，广授琅邪管路
  - 鲁眭孟
  - 琅邪贡禹始事嬴公
- 广川段仲《史记》作殷忠，字近误耳。
- 温吕步舒
- 眭孟授
  - 东海下邳人严彭祖公子，彭祖授琅邪王中、中世其业，又授同郡
    - 公孙文
    - 东门云
  - 姊子鲁国薛人颜安乐公孙，
  - 安乐授
    - 淮阳泠丰次君，丰授
      - 马宫
      - 琅邪左咸
    - 贡禹，禹初事嬴公，成于眭孟
    - 淄川任公
    - 琅邪管路
    - 泰山冥都
  - 禹授颍川堂溪惠，惠授泰山冥都

赵广川董仲舒治《公羊春秋》，传世业，史称弟子遂之者：

- 兰陵褚大。
- 广川殷忠。班固《汉书·儒林传》以褚大、段仲、吕步舒为胡毋生弟子，殷形近段，忠仲同声，盖古字作中，实一人也。
- 温吕步舒。

鲁申公以《谷梁春秋》及《诗》授瑕丘江公。瑕丘江公以《谷梁》传：

- 子至孙为博士，江博士授：
  - 胡常，常授梁萧秉君房。
  - 刘向。
- 鲁荣广王孙、广授：
  - 沛蔡千秋少君，千秋授：
    - 汝南尹更始翁君，更始又受《左氏传》，取其变理合者以为章句，传子咸。
    - 梁周庆幼君。
    - 翟方进。
    - 琅邪房凤。
  - 丁姓子孙姓授楚申章昌曼君。
- 皓星公，星公亦授蔡千秋。

汉兴，修《春秋左氏传》者：

- 北平侯张苍。
- 梁大傅贾谊，谊为《左氏传训故》，以授赵人贯公，公以授清河张禹长子，禹授尹更始翁君，尹更始传：
  - 子咸，咸授刘歆。
  - 翟方进，方进亦授刘歆。
  - 胡常，常授黎阳贾护季君，护授苍梧陈钦子佚。
- 京兆尹张敞。
- 太中夫刘公子。

《春秋》师图

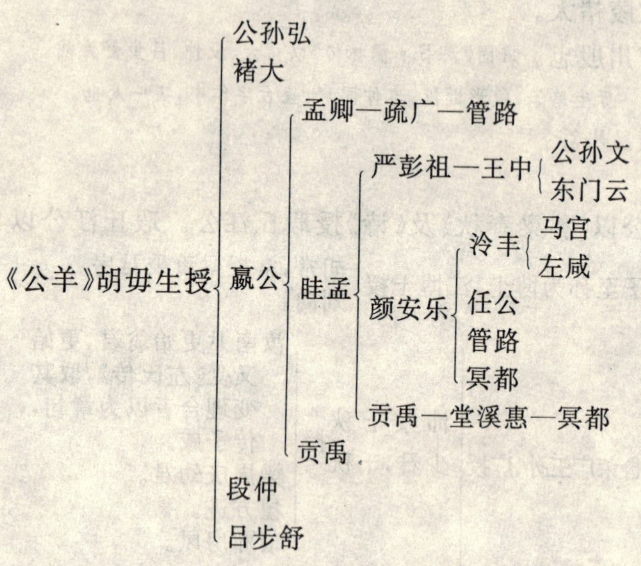

《公羊》董仲舒弟子
- 褚大
- 殷忠
- 吕步舒

《谷梁》申公—江公
- 江公子—江公孙
  - 胡常—萧秉
  - 刘向
- 荣广
  - 蔡千秋—尹更始
    - 子咸
    - 翟方进
    - 房凤
  - 周庆
  - 丁姓—申章昌
- 皓星公—蔡千秋

《左氏》
- 张苍
- 贾谊—贯公—子长卿—张禹—尹更始
  - 子咸 } 刘歆
  - 翟方进 } 刘歆
  - 胡常—贾护—陈钦
- 张敞
- 刘公子

汉兴之初，《书》唯欧阳，《礼》后，《易》杨，《春秋公羊》。孝宣复立大小夏侯《尚书》，大小戴《礼》。施、孟、梁丘《易》、《谷梁春秋》。元帝复立《京氏易》。平帝又立《左氏春秋》、《毛诗》、《逸礼》、《古文尚书》。

东汉传经表

《易》

陈留东昏刘昆，桓公梁孝王之胤。少习容《礼》，平帝时，受《施氏易》于沛人戴宾。能弹《雅琴》，知《清角之操》，授恒五百余人。每春秋飨射，备列典仪，以素木瓠叶为俎豆，桑弧蒿矢，以射菟首。光武命入授皇太子、诸王、小侯，子轶君文传其业。

南阳育阳洼丹子玉，世传《孟氏易》，作《易通论》七篇，世号《洼君通》。

中山觟阳鸿孟孙，亦以《孟氏易》教授。

广汉绵竹任安定祖，游太学，受《孟氏易》，兼通数经，又从同郡杨厚学《图》《谶》，时称曰："欲知仲桓（杨厚字仲桓）问任安。"又曰："居今行古任定祖。"

京兆杨政子行，从代郡范升受《梁丘易》，京师语曰："说经铿铿扬子行。”

颍川鄢陵张兴君上，习《梁丘易》，教授。子鲂传其业。

汝南平舆戴凭次仲，习《京氏易》，光武正旦朝贺，令能说经者相难，义有不通，夺其席以益通者，凭遂重坐五十余席，京师语曰：“解经不穷戴侍中。”

南阳魏满叔牙，亦习《京氏易》。

济阴成武孙期仲彧，习《京氏易》、《古文尚书》。

陈元传《费氏易》。郑众传《费氏易》。马融为《费氏易》，传授郑玄，玄作《费氏易注》。

荀爽作《费氏易传》。

《易》师图

《施氏易》—戴宾—刘昆—昆子轶

《孟氏易》
- 洼丹
- 觟阳鸿
- 任安

《梁丘易》
- 范升—杨政
- 张兴—子鲂

《京氏易》
- 戴凭
- 魏满
- 孙期

《费氏易》
- 陈元
- 郑众
- 马融—郑玄
- 荀爽

《书》

乐安千乘欧阳歙正思，自欧阳生传伏生业，至歙八世，皆为博士，以赃罪死狱。歙授济阴曹曾伯山、平原礼震，曾授子祉。

陈留陈弇叔明，受《欧阳尚书》司徒丁鸿，时沛国桓荣亦习《欧阳书》，世其学。

乐安临济牟长君高，习《欧阳尚书》，著《尚书章句》，俗号《牟氏章句》。子纡传其业以教授。

京兆长安宋登叔阳，传《欧阳尚书》，教授顺帝，以登明习《礼》、《乐》，使持节临太学，奏定《曲律》。

济阴定陶张驯子俊，少游太学，能诵《春秋左氏传》，以《大夏侯尚书》教授，与蔡邕共奏定《五经》文字，典领秘书近署。时北海牟融，习《大夏侯尚书》，东海王良习《小夏侯尚书》。

南阳堵阳尹敏幼季，初习《欧阳尚书》，后受《古文》，兼善《毛诗》、《谷梁》、《春秋左氏传》。世祖令校《图》《谶》，以为多近鄙别字俗辞。帝不纳。乃因其阙文，增之曰"君无口，为汉辅"，帝深非之。

汝南汝阳周防伟公，师事徐州刺史盖豫，受《古文尚书》，撰《尚书杂记》三十二篇，四十万言。

鲁国鲁人孔僖仲和，自安国以下世传《古文尚书》、《毛诗》，又与崔篆、孙驷友善，同游太学。习《春秋》，传子长彦，好章句学；传子季彦，守其家业。

陈留东昏杨伦仲理，师司徒丁鸿，习《古文尚书》。

扶风杜林，传《古文尚书》，授东海卫宏、济南徐巡，宏有

《古文尚书训旨》。

扶风贾逵为《古文尚书》作《训》。

马融为《古文尚书》作《传》,授郑玄《注解》。

《书》师图

- 《欧阳尚书》
  - 欧阳歙
    - 曹曾—子祉
    - 礼震
  - 丁鸿—陈弇
  - 桓荣
  - 牟长—子纡
  - 宋登

- 《大夏侯尚书》
  - 张驯
  - 牟融

- 《小夏侯尚书》—王良

- 《古文尚书》
  - 尹敏
  - 盖豫—周防
  - 孔僖—子
    - 长彦
    - 季彦
  - 丁鸿—杨伦
  - 杜林
    - 卫宏
    - 徐巡
  - 贾逵
  - 马融—郑玄

《诗》

平原般人高诩季回，自曾祖父嘉以《鲁诗》授元帝，父容传嘉学，授诩。

会稽曲阿包咸子良，受业长安，师博士右师细君习《鲁诗》、《论语》。建武中，授皇太子《论语》，为其章句。子福亦以《论语》授和帝。任城魏应君伯，诣博士受业，习《鲁诗》。时会诸儒于白虎观，论《五经》同异，帝亲临称制，如石渠故事，使应专掌难问，侍中淳于恭奏之。

琅邪东武伏恭叔齐，司徒湛之兄子，湛弟黯稚文以明《齐诗》，改定《章句》，作《解说》九篇。无子，以恭为后。恭传其学，减父黯《章句》为二十万言。

蜀郡繁人任末叔本，习《齐诗》，教授。

广汉梓潼景鸾汉伯，少随师学，涉七州之地。能理《齐诗》、《施氏易》，兼受《河》、《洛》图纬，作《易说》及《诗解》，文句兼取《河》、《洛》，以类相从，名为《交集》。又撰《礼内外记》，号曰《礼略》。又抄《风角杂书》，列其占验，作《兴道》一篇。又作《月令章句》，凡著述五十余万言。数上书陈救灾变之术。

淮阳薛汉公子，世习《韩诗》，父子以章句著名。汉传父业，尤善说灾异谶纬，教授常数百人。

弟子：
- 犍为武阳杜抚叔和，受（薛）汉业，作定《韩诗章句》。所作《诗题约义通》，学者传之，曰杜君法。
- 会稽山阴赵晔，受杜抚业，著《吴越春秋》、《诗细历神渊》，蔡邕以《诗细》长于《论衡》，学者传之。
- 会稽淡台敬伯。
- 钜鹿韩伯高。

九江寿春召驯伯春，习《韩诗》，博通《书传》，以志义闻，乡里号之曰“德行恂恂召伯春”。

巴郡阆中杨仁文义，习《韩诗》，教授。

山阳张匡文通，习《韩诗》，作章句。

东海卫宏敬仲，从九江谢曼卿受《毛诗》。曼卿有《毛诗训》，宏又作《毛诗序》。宏又从大司空杜林受《古文尚书》，为作《训旨》，传济南徐巡，巡后亦事杜林。宏作《汉旧仪》四篇，载西京杂事。又著赋、颂、诔七首。

郑众传《毛诗》。

贾逵传《毛诗》。

马融作《毛诗》传授郑玄，玄作《毛诗笺》。

《诗》师图

- 《鲁诗》
  - 高嘉—子容—孙诩
  - 右师细君—包咸—咸子福
  - 魏应
- 《齐诗》
  - 伏黯—子恭
  - 任末
  - 景鸾
- 《韩诗》
  - 薛子—子子汉
    - 杜抚—赵晔
    - 淡台敬伯
    - 韩伯高
  - 召训
  - 杨仁
  - 张匡

《毛诗》—谢曼卿—卫宏—徐巡
《毛诗》—郑众
《毛诗》—贾逵
《毛诗》—马融—郑玄

《礼》

中兴以后，立《大》、《小戴》博士，未有显者。建武中，曹充习庆氏学，传其子褒，遂撰《汉礼》，事在《褒传》。

犍为资中董钧文伯，事大鸿胪王临，习《庆氏礼》。永平中为博士，时草创五郊祭祀及宗庙礼乐威仪章服，辄令钧参议，多见从用。

孔安国所献《礼古经》五十六篇及《周官经》六篇，前世传其书，未有名家。中兴，郑众传《周官经》，马融作《周官传》，授郑玄，玄作《周官注》。玄本习《小戴礼》，后以古经校之，取其义长者，故为郑氏学。玄又注小戴所传《礼记》四十九篇，通为《三礼》。

《礼》师图

《庆氏礼》—曹充—子褒
《庆氏礼》—王临—董钧

《周官经》—郑众
《周官经》—马融—郑玄

《春秋》

山阳东缗丁恭子然，习《公羊严氏春秋》，授汝南汝阳钟兴次文，拜郎中，世祖诏令定《春秋章句》，去其复重，以授皇太子。又使宗室诸侯从兴受章句。恭又授太常楼望[①]、侍中承宫、长水校尉樊儵。

北海安丘周泽稚都，习《公羊严氏春秋》。

北海安丘甄宇长文，习《公羊严氏春秋》，传子普，普传子承，承尤笃学，世其业。

豫章南昌程曾秀升，习《公羊严氏春秋》，著书百余篇，皆《五经》通难，又作《孟子章句》，传会稽顾奉。

河内河阳张玄君夏，习《颜氏春秋》，兼通数家法，为《公羊颜氏》博士。诸生以玄兼说《严氏》、《冥氏》，不宜专为《颜氏》博士，世祖令且还署，未迁而卒。

扶风漆人李育元春，习《公羊春秋》，尝谓《左氏(传)》有文采，而不得圣人深意，作《难左氏义》四十一事。建初四年，育以博士论《五经》于白虎观，以《公羊》义难贾逵，往反皆有理证。育意不宗严、颜，盖自为李氏学也。

任城樊人何休邵公，作《春秋公羊解诂》，题曰“何氏学”，亦不主严、颜。又注训《孝经》、《论语》、风角七分，皆经纬典谟，不与守文同说。又以《春秋》驳汉事六百余条，得《公羊》意。休善历算，与其师博士羊弼追述李育意，以难二《传》，作《公羊墨守》、《左氏膏肓》、《谷梁废疾》。

河南荥阳服虔子慎，受业太学，作《春秋左氏传解》。又以《左传》驳何休之所驳汉事六十条。

陈国长平颍容子严，博学多通，善《春秋左氏》，师事太尉杨赐，著《春秋左氏条例》五万余言。

南阳章陵谢该文仪，明《春秋左氏》。河东人乐详条《左

---

①楼望：字次子，陈留雍丘人。

氏》疑滞数十事以问，该皆为通解之，名为《谢氏释》，行于世。

建武中，郑兴、陈元传《春秋左氏》学，尚书令韩歆求为《左氏》立博士，范升与歆争，未决。陈元又上书讼《左氏》，遂以魏郡李封为《左氏》博士，后群儒蔽固者数争之。世祖重违众议，封卒，不复补。

范晔《春秋叙引》前书瑕丘江公传《谷梁》，而《公羊》下、《左氏》前不传《谷梁》师，殆亦如《礼》学大、小戴之例，无显名者邪？

《春秋》师图

严氏—丁恭{钟兴、楼望、承宫、樊儵}

《公羊春秋》{周泽；甄宇—子普—普子承；程曾—顾奉}

《颜氏公羊春秋》—张玄

《李氏公羊春秋》—李育

《何氏公羊春秋》—羊弼—何休

《传左氏春秋》{服虔；杨赐—颍容；谢该—乐详；郑兴；陈元；韩歆；李封}

汝南召陵许慎叔重，博学经籍，时语曰“《五经》无双许叔重”。以《五经》传说臧否不同，撰《五经异议》，又作《说文解字》十四篇。

汝南南顿蔡玄叔陵，学通《五经》，顺帝命讲《五经》异同，甚合帝意。

兼习五经—{许慎
　　　　　　蔡玄

班固《儒林传》已逊马迁，然犹知分经传授之意。范晔传《儒林》，掇无益之说，与他列传等耳。今据其可见者表之。

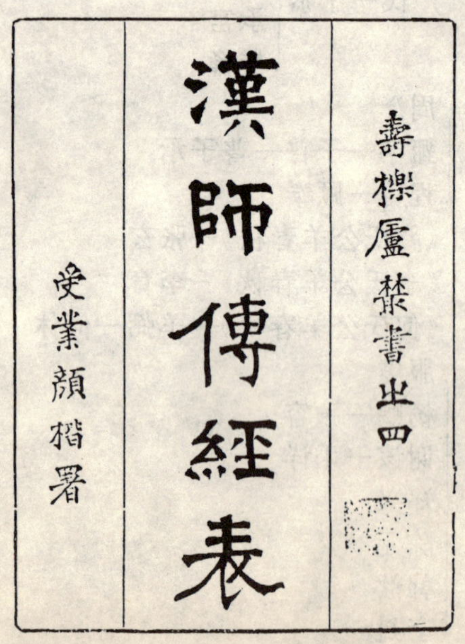

吴之英诗文集卷十四

经脉分图[①]

寿栎庐经脉分图序

甲午[②]夏，在灌读《内经》[③]，因为图，属稿未终，以撰《仪礼奭固》，且息。越七年，寓简，复采秦越人《难经》[④]，主以皇甫谧[⑤]《甲乙经》，兼及王冰[⑥]《素问》注，酌经谊增之说之，续前图为分图二十图，辑会经文，次三十八论附焉，都一集，取简易。待证后之读《内经》者。庚子[⑦]冬十月望，名山吴之英自识。

---

①本篇原载《寿栎庐丛书》之六。经脉分图：经脉是人体中气血运行的经络。有手三阳、手三阴、足三阳、足三阴十二经脉和冲、任、督、带、阳蹻、阴蹻、阳维、阴维八脉，为人体经络系统的主体。《分图》以《甲乙经》为蓝本，综合分析《内经》、《难经》文和王冰注释，分别绘出十二正经和奇经八脉的图形和穴位，共绘有穴名五百七十五、穴位一千零六十二，除去重复，实有穴名三百五十三、穴位六百五十七个，比号称记载穴位最多的《甲乙经》多出八个穴位。并详细论述经脉起止点、循行路线和该经的穴位，列举了各穴的针刺深浅、留针时间、施灸壮数、注意事项及误治的不良后果，是有关针灸学的珍贵文献，对按摩、拔罐、刮痧、理疗及烧灯花等，都有重要的参考价值。

②甲午：1884 年。

③内经：中医学书名。《黄帝内经》的简称。现分为《素内》、《灵枢》两书。

④难经：原名《黄帝八十一难经》，旧题战国秦越人（扁鹊）撰。

⑤皇甫谧(215－282)：幼名静，字士安，自号玄晏先生，安定朝那（今甘肃平凉西郊）人。魏晋间医学家，著《甲乙经》。

⑥王冰：自号启玄子。唐医学家，有《黄帝内经素问》注释九卷。

⑦庚子：1900 年。

经脉分图卷一

手太阳

少泽 金也，一名小吉。在手小指端，去爪甲一分陷中。手太阳脉所出为井。刺一分，留①二呼②，灸一壮。

前谷 水也。在手小指外侧本节前陷中。脉所溜为荥。刺一分，留三呼，灸三壮。

后溪 木也。在手小指外侧本节后陷中。脉所注为俞。刺二分，留二呼，灸一壮。

腕骨 在手外侧腕前起骨下陷中。脉所过为原。刺二分，留三呼，灸三壮。

阳谷 火也。在手外侧腕中兑骨下陷中。脉所行为经。刺二分，留二呼，灸三壮。

养老 手太阳郄③，在手踝骨上一空腕后一寸陷中。刺三分，灸三壮。

支政 手太阳络，在腕后五寸，别走少阴。刺三分，留七呼，灸三壮。

三阳络 在臂上大交脉支沟上一寸。英谓脉宜络之。不可刺，灸五壮。

小海 土也。在肘内大骨外去肘端五分陷中，伸臂得之。脉所入为合。刺一分，留七呼，灸七壮。

---

①留：指针刺手法中的留针。

②呼：指呼吸一次所需的时间。

③郄（xì）：通“隙”，孔隙、缝隙。

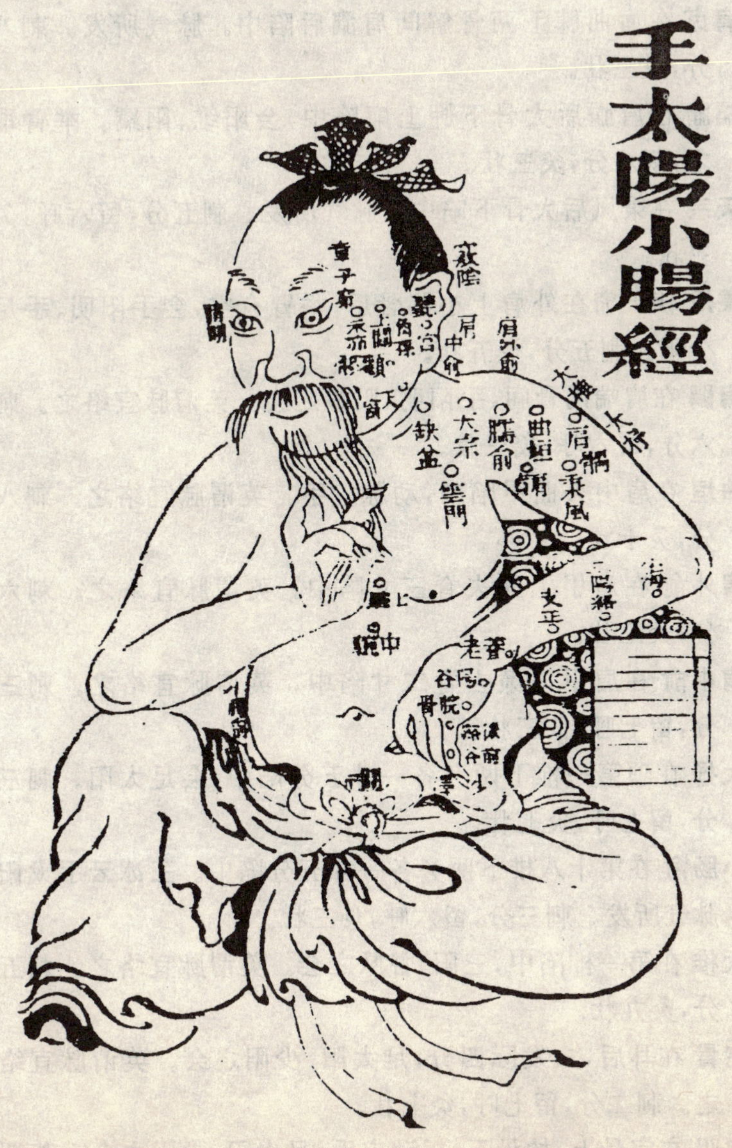
手太陽小腸經
天窗
缺盆
天宗
臑俞
曲垣
秉風
小海
支正
養老
陽谷
腕骨
上脘
中脘

肩贞 在肩曲胛下两骨解间肩髃后陷中。脉气所发。刺八分,灸三壮。

臑腧 在肩臑后大骨下胛上廉陷中,会阳维、阳蹻。举臂取之,刺八分,灸三壮。

天宗 在秉风后大骨下陷中。脉气所发。刺五分,留六呼,灸三壮。

秉风 侠天窌在外肩上小髃骨后,举臂有空,会手阳明、手足少阳。刺五分,灸五壮。

肩髃 在肩端两骨间,手阳明、阳蹻之会。英谓脉宜络之。刺六分,留六呼,灸三壮。

曲垣 在肩中央曲甲陷中,动脉应手。英谓脉宜络之。刺八分,灸十壮。

肩外俞 在肩甲上廉去脊三寸陷中。英谓脉宜络之。刺六分,灸三壮。

肩中俞 在肩甲内廉去脊二寸陷中。英谓脉宜络之。刺三分,留七呼,灸三壮。

大抒 在项第一椎下两旁各一寸五分陷中,会足太阳。刺三分,留七呼,灸七壮。

小肠俞 在第十八椎下两旁各一寸五分陷中。王冰云手太阳脉气所发。刺三分,留六呼,灸三壮。

大椎 在第一椎陷中,三阳、督脉之会。英谓脉宜络之。刺五分,灸九壮。

完骨 在耳后,入发际四分,足太阳、少阳之会。英谓脉宜络之。刺二分,留七呼,灸七壮。

窍阴 在完骨上,枕骨下,摇动应手,足太阳、少阳之会。英谓脉宜络之。刺四分，灸五壮。

听宫 在耳中，珠子大如赤小豆，会手、足少阳。刺三分，灸三壮。

角孙 在耳郭中间，开口有孔，手阳明、手足少阳之会。王冰云手太阳会之。刺三分，灸三壮。

上关 一名客主人。在耳前上廉起骨端，开口有孔，手少阳、足阳明之会。王冰云手太阳会之。刺三分，留七呼，灸三壮。刺太深，令人耳无闻。

禾窌 在耳前兑发下横动脉，会手、足少阳。刺三分，灸三壮。

瞳子髎 在目外，去眦五分，会手、足少阳。刺三分，灸三壮。

睛明 一名泪孔。在目内眦外，会足太阳、阳明。刺六分，留六呼，灸三壮。

颧窌 一名兑骨。在面頄骨下廉陷中，会手少阳。刺三分。

天窗 一名窗笼。在曲颊下扶突后动脉应手陷中。脉气所发。刺六分，灸三壮。

缺盆 一名天盖。在肩上横骨陷中。王冰云手、足阳明之会。英谓脉宜络之。刺三分，留七呼，灸三壮。刺太深，令人逆息。

云门 在巨骨下，气户两旁各二寸陷中，旁去任脉各六寸。动脉应手，手太阴脉气所发。王冰云手太阳脉气所发。举臂取之，刺七分，灸五壮。刺太深，令人逆息。

上脘 在巨阙下一寸五分，去蔽骨三寸，会足阳明、任脉。刺八分，灸五壮。

中脘 一名太仓，胃募也。在上腕下一寸，居心、蔽骨与脐之中，手太阳、少阳、足阳明所生，任脉之会。刺三分，灸七壮。

关元 小肠募也，一名次门。在脐下三寸，足三阴、任脉之会。

英以为手太阳脉气所发。刺二寸，留七呼，灸七壮。王冰云刺一寸二分。

《灵枢经·脉篇》云：小肠手太阳之脉，起于小指之端，循手外侧上腕，出踝中，直上循臂骨下廉，出肘内侧两筋之间，上循臑外后廉，出肩解，绕肩胛，交肩上，入缺盆，络心，循咽下鬲，抵胃，属小肠。其支者，从缺盆循颈上颊，至目锐眦，却入耳中；其支者，别颊上䪼抵鼻，至目内眦，斜络于颧。

《灵枢经·筋篇》云：手太阳之筋，起于小指之上，结于腕，上循臂内廉，结于肘内锐骨之后，弹之应小指之上，入结于腋下。其支者，后走腋后廉，上绕肩胛，循颈出足太阳之前，结于耳后完骨；其支者，入耳中，直者出耳上，下结于颔，上属于目外眦。

《灵枢经·别篇》云：手太阳之正，指地，别于肩解，入腋走心，系小肠。

《经脉》又云：手太阳之别，名曰支正，上腕五寸，内注少阴。其别者，上走肘，络肩髃。

《灵枢·脉度篇》云：手太阳脉，从手至头，长五尺，二五一丈。

手太阳脉所经三十五名①，惟大椎、上脘、中脘、关元一穴，余皆两穴，都六十六穴。三阳络，晋皇甫谧《甲乙经》以入手少阳，其例无复，实则太阳、阳明所共络。肩髃、完骨、窍阴、缺盆、关元，《甲乙经》不名手太阳；缺盆且不名经。据《经脉篇》"支者从缺盆循颈上颊，别者络肩髃"，当增缺盆。肩髃，《经筋篇》"支者由腋后廉上结耳后完骨"，当增完骨。增

①名：指穴位名称。下同。

窍阴者，近完骨，标手、足太阳脉气之相通，故足太阳有窍阴，亦有完骨，关元其募也。云门，《甲乙经》作手太阴。王冰注《素问·刺热篇》作手太阳。冰所见多古说，当采之，不可没。肩外俞、肩中俞、曲垣，《甲乙经》不名经，《内经》未有说，然无所属，非穴也。由肩至大椎皆手太阳、手阳明脉气所过，络必引焉。存之《手太阳篇》，兼标手阳明绕肩胛夹脊之可通取。其他《甲乙经》不名经，而王冰名之者，或冰见本有之，当经录出，不论也。

手阳明

商阳 金也，一名绝阳。在手大指、次指内侧，去爪甲如韭叶。手阳明脉所出为井。刺一分，留一呼，灸三壮。

二间 水也，一名间谷。在手大指、次指本节前内侧陷中。脉所溜为荥。刺三分，留六呼，灸三壮。

三间 木也，一名少谷。在手大指、次指本节后内侧陷中。脉所注为俞。刺三分，留三呼，灸三壮。

合谷 一名虎口。在手大指、次指岐骨间。脉所过为原。刺三分，留六呼，灸三壮。

阳溪 火也，一名中魁，在腕中上侧两旁间陷中。脉所行为经。刺三分，留七呼，灸三壮。

偏历 络也。在腕后三寸，别走太阳者。刺三分，留七呼，灸三壮。

温溜 一名逆注，一名蛇头郄也。在腕后，少士三寸，大士六寸。刺三分，灸三壮。

下廉 在辅骨下去上廉一寸，辅齐兑肉，其分外邪。英谓脉宜络之。刺五分，留五呼，灸三壮。

手陽明大腸經

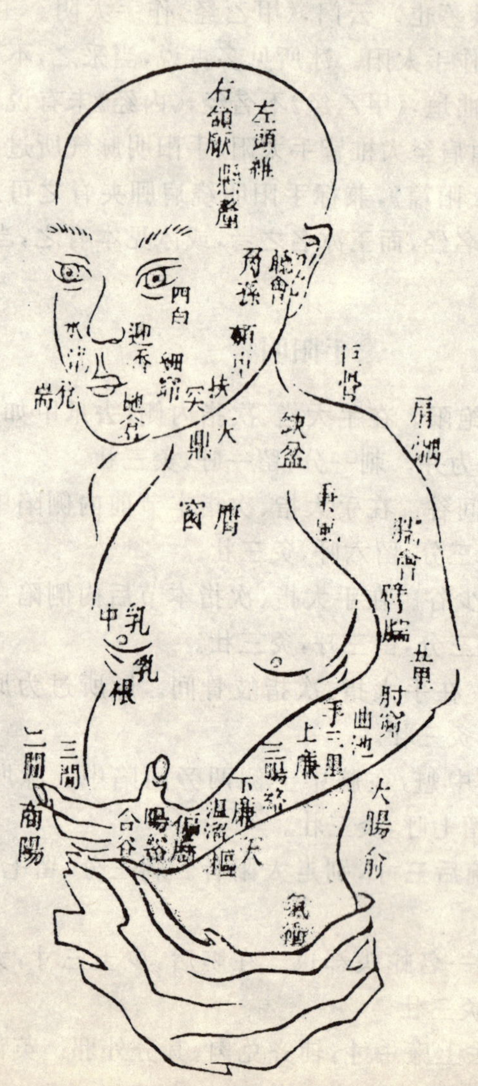

頭維
四白
迎香
地倉
扶突
天鼎
缺盆
巨骨
肩髃
臂臑
五里
肘髎
曲池
手三里
上廉
下廉
溫溜
偏歷
陽谿
合谷
三間
二間
商陽
乳中
乳根
大腸俞
氣海

三阳络 在臂上大交脉支沟上一寸。英谓脉宜络之。不可刺,灸五壮。

上廉 在三里下一寸,其分抵阳之会外邪。英谓脉宜络之。刺三分,灸三壮。

手三里 在曲池下二寸,按之肉起兑肉之端。英谓脉宜络之。刺三分,灸三壮。

曲池 土也。在肘外辅骨、肘骨陷中。屈臂得之。脉所入为合,以手按胸[①]取之,刺五分,留七呼,灸三壮。

肘窌 在肘大骨外廉陷中。英谓脉宜络之。刺四分,灸三壮。

五里 在肘上三寸,行向里大脉中央。英谓脉宜络之。禁刺,灸三壮。

臂臑 在肘上七寸䐃肉端,手阳明络之会。刺三分,灸三壮。

臑会 一名臑窌。在臂前廉去肩头三寸,手阳明络也。王冰云与手少阳结脉会。刺五分,灸五壮。

秉风 侠天窌在外肩上小髃骨后,举臂有空,会手太阳、手足少阳。刺五分,灸五壮。

肩髃 在肩端两骨间,会阳蹻。刺六分,留六呼,灸三壮。

巨骨 在肩端上行两槎骨间陷中,会阳蹻。刺一寸五分,灸五壮。

大肠俞 在第十六椎下两旁各一寸五分。英以为手阳明脉气所发。刺三分,留六呼,灸三壮。

扶突 在人迎后一寸五分。脉气所发。刺三分,灸三壮。

颊车 在耳下曲颊端陷中,开口有空。足阳明脉气所发。英谓脉宜络之。刺三分,灸三壮。

---

①胸 原作“匈”,同“胸”,今统一作“胸”。下同,径改。

听会 在耳前陷中，张口得之。动脉应手，手少阳脉气所发。王冰云正当手阳明脉之分。英谓脉宜络之。刺四分，灸三壮。

角孙 在耳郭中间，开口有孔，会手、足少阳。刺三分，灸三壮。

悬厘 在曲周颞颥下廉，会手足少阳、足阳明。刺三分，留七呼，灸三壮。

领厌 在曲周颞颥上廉，手少阳、足阳明之会。英谓脉宜络之。刺七分，留三呼，灸三壮。

头维 在额角发际侠左本神旁一寸五分，足少阳、阳维之会。英谓脉宜络之。刺五分，禁灸。

四白 在目下一寸，向頄骨颧空。足阳明脉气所发。英谓脉宜络之。刺三分，灸七壮。王冰云不可灸。

近香 一名衡阳。在细窌上鼻下孔旁，会足阳明。刺三分。

细窌 一名禾窌。在直鼻孔下，侠水沟旁五分。脉气所发。刺三分。

水沟 在鼻柱下人中，会足阳明、督脉。直唇取之，刺三分，留七呼，灸三壮。

兑骨 在唇上端。脉气所发。刺三分，留六呼，灸三壮。

地仓 一名会维。侠口旁四分如近下，会足阳明、阳蹻。刺三分。

天鼎 在缺盆上直扶突、气舍后一寸五分。脉气所发。刺四分，灸三壮。

缺盆 一名天盖。在肩上横骨陷中。王冰云手阳明脉气所发。刺三分，留七呼，灸三壮。刺太深，令人逆息。

膺窗 在屋翳下一寸六分，旁去任脉各四寸。英谓脉宜络之。刺四分，灸五壮。

乳中 旁去任脉各四寸，禁刺灸。灸刺不幸生蚀创，有脓血，清汁可治。有息肉若蚀创者死。英谓脉宜络之。

乳根 在乳下一寸六分陷中，旁去任脉各四寸。足阳明脉气所发。英谓脉宜络之。仰而取之，刺四分，灸五壮。

天枢 大肠募也，一名长溪，一名谷门。去肓俞一寸五分，侠脐两旁各二寸陷中。足阳明脉气所发。英谓脉宜络之。刺五分，留七呼，灸五壮。

气冲 在归来下，鼠溪上一寸，旁去任脉各二寸。动脉应手，脉气与足阳明同发。刺三分，留七呼，灸三壮。灸之不幸，使人不得息。

《经脉》云：大肠手阳明之脉，起于大指、次指之端，循指上廉，出合骨两骨之间，上入两筋之中，循臂上廉，入肘外廉，上臑外前廉，上肩，出髃骨之前廉，上出于柱骨之会上，下入缺盆，络肺，下鬲，属大肠。其支者，从缺盆上颈贯颊，入下齿中，还出挟口，交人中，左之右，右之左，上挟鼻孔。

《经筋》云：手阳明之筋，起于大指、次指之端，结于腕，上循臂，上结于肘外，上臑，结于髃。其支者绕肩胛，挟脊，直者从肩髃上颈；其支者上颊，结于頄，直者上出手太阳之前，上左角，络头，下右颔。

《经别》云：手阳明之正，从手循膺乳，别于肩髃，入柱骨，下走大肠，属于肺，上循喉咙，出缺盆，合于阳明。

《经脉》又云：手阳明之别，名曰偏历。去腕三寸，别入太阴。其别者，上循臂，乘肩髃，上曲颊偏齿；其别者，入耳，合于宗脉。

《脉度》云：手阳明脉，从手至头，长五尺，二五一丈。

手阳明大肠脉所经四十名，右颔厌、左头维、兑骨、水沟止一穴，余皆两穴，都七十八穴。颊车、右颔厌、左头维、四白、听会、膺窗、乳根，《甲乙经》不名手阳明，然《经脉》称“别者上曲颊，颊车其所经”，《经筋》称“直者上左角，络头，下右颔”，则左头维、右颔厌其所经。《经》盖据左筋为说，右筋上右角，络头，下左颔而右头维与左颔厌，可知。又云“别者，入耳，合宗脉”，听会其所过。又云“支者，上颊结頄”，则四白其所会。《经别》云“其正循膺乳”，则膺窗乳根所必络。《甲乙经》乳中不名经，英以为与乳根等矣。三阳络固有手阳明络也，大肠俞俞也，天枢募也。虽《甲乙经》无文，例宜录也。下廉、上廉、手三里、肘窌、五里，《甲乙经》列手阳明篇，不名手阳明。英以手阳明脉所直散络必及，故亦录之。有未录者，如《经脉》称“支者入下齿”，又云“别者上偏齿”，一也，当无穴处者也。又云“入耳，合宗脉”，何以合，合何穴？行于内，不可理也。《经筋》称“支者绕肩胛，挟脊”，无适穴也。他有不收，例此可知也。

手少阳

关冲 金也，在手小指、次指端，去爪甲角如韭叶。手少阳脉所出为井。刺一分，留三呼，灸三壮。

液门 水也，在手小指、次指本节前陷中。脉所溜为荥。刺三分，灸三壮。

中渚 木也，在手小指、次指本节后陷中。脉所注为俞。刺二分，留三呼，灸三壮。

阳池 一名别阳。在手表上腕上陷中。脉所过为原。刺二分，留三呼，灸五壮。

手少陽三焦經

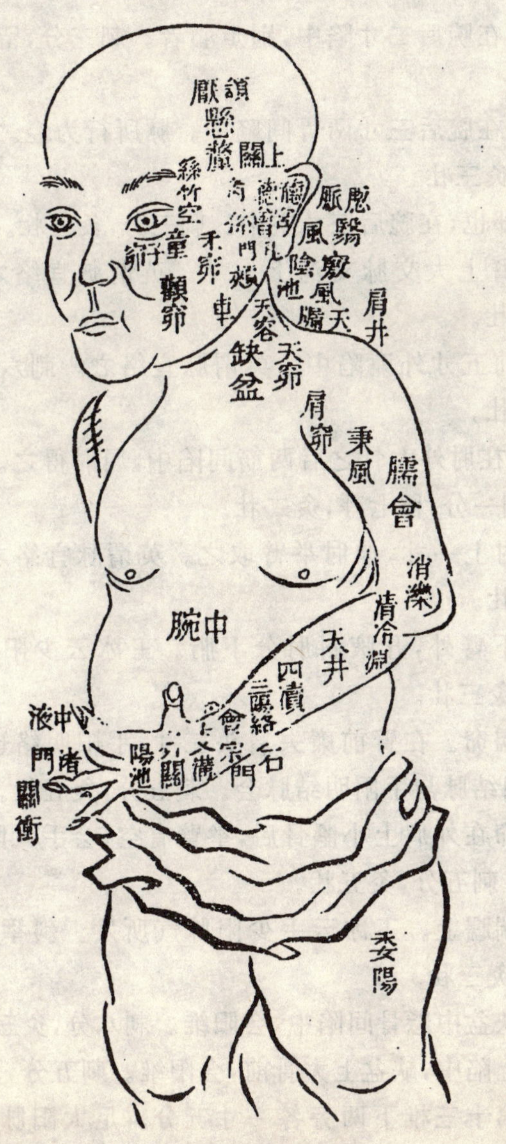

絲竹空
瞳子髎
顴窌
頰車
天容
缺盆
天窌
肩井
肩窌
秉風
臑會
消濼
清冷淵
天井
四瀆
三陽絡
會宗
支溝
外關
陽池
中渚
液門
關衝
中脘
委陽
天牖
翳風
瘈脈
顱息

外关 络也，在腕后二寸陷中，别走心者。刺三分，留七呼，灸三壮。

支沟 火也，在腕后三寸两骨间陷中。脉所行为经。刺二分，留七呼，灸三壮。

会宗 二穴郄也，在腕后三寸空中。刺三分，灸三壮。

三阳络 在臂上大交脉支沟上一寸。英谓脉宜络之。不可刺，灸五壮。

四渎 在肘前五寸外廉陷中。英谓脉宜络之。刺六分，留七呼，灸三壮。

天井 土也，在肘外大骨之后两筋间陷中，屈肘得之。脉所入为合。刺一分，留七呼，灸二壮。

清泠渊 在肘上一寸，伸肘举臂取之。英谓脉宜络之。刺三分、灸三壮。

消泺 在肩下臂外，开腋斜肘分下胻。王冰云少阳脉之会。刺六分，灸三壮。

臑会 一名臑窌。在臂前廉去肩头三寸，手阳明络也。王冰云手少阳结脉与手阳明结脉会。刺五分，灸五壮。

秉风 侠天窌在外肩上小髃骨后，举臂有空，会手太阳、阳明、足少阳。刺五分，灸五壮。

肩窌 在肩端臑上。王冰云手少阳脉气所发。斜举臂取之，刺七分，灸三壮。

天窌 在肩缺盆中毖骨间陷中，会阳维。刺八分，灸三壮。

肩井 在井上陷中，缺盆上大骨前，会阳维。刺五分，灸三壮。

三焦俞 在第十三椎下两旁各一寸五分。足太阳脉气所发。英以为手少阳脉气所发。刺五分，灸三壮。

天容 在耳曲颊后。脉气所发。刺一寸，灸三壮。

天牖 在颈筋间，缺盆上，天容后，天柱前，完骨后发际上。脉气所发。刺一分，灸三壮。

翳风 在耳后陷中，按之引耳中，会足少阳。刺四分，灸三壮。

风池 在颞颥后发际陷中，足少阳、阳维之会。王冰云手少阳会之。刺三分，留三呼，灸三壮。

窍阴 在完骨上，枕骨下，摇动应手，会手太阳、足太阳、少阳。刺四分，灸五壮。

瘈脉 一名资脉。在耳本后鸡足青络脉，刺出血，如豆汁。英谓脉宜络之。刺一分，灸三壮。

耳门 在耳前，起肉当耳缺者。英谓脉宜络之。刺三分，留三呼，灸三壮。

听宫 在耳中，珠子大如赤小豆，会手太阳、足少阳。刺一分，灸三壮。

听会 在耳前陷中，张口得之。动脉应手，脉气所发。刺四分，灸三壮。

角孙 在耳郭中间，开口有孔，会手阳明、足少阳。刺三分，灸三壮。

上关 一名客主人。在耳前上廉起骨端，开口有孔，会足阳明。刺三分，留七呼，灸三壮。刺太深，令人耳无闻。

禾窌 在耳前兑发下横动脉，会手太阳、足少阳。刺三分，灸三壮。

颔厌 在曲周颞颥上廉，会足阳明。刺七分，留七呼，灸三壮。王冰云：刺深，令人耳无闻。

悬厘 在曲周颞颥下廉，会手阳明、足阳明、少阳。刺三分，留七呼，灸三壮。王冰云：刺深，令人耳无闻。

丝竹空 一名巨窌。在眉后陷中。足少阳脉气所发，王冰云手少阳脉气所发。刺三分，留三呼，不宜灸。灸之不幸，令人目小及盲。

瞳子窌 在目外，去眥五分，会手太阳、足少阳。刺三分，灸三壮。

颧窌 一名兑骨。在面頄骨下廉陷中，会手太阳。刺三分。

颊车 在耳下曲颊端陷中，开口有孔。足阳明脉气所发，英谓手少阳宜络之。刺三分，灸三壮。

缺盆 一名天盖。在肩上横骨陷中。王冰云手、足阳明脉气所发，英谓手少阳宜络之。刺三分，留七呼，灸三壮。刺太深，令人逆息。

中脘 一名太仓，胃募也。在上脘下一寸，居心蔽骨与脐之中。手太阳、少阳、足阳明所生，任脉之会。刺三分，灸七壮。

石门 三焦募也，一名利机，一名精露，一名丹田，一名命门。在脐下二寸。任脉气所发，英谓脉宜络之。刺五分，留十呼，灸三壮。女子禁刺，灸中央，不幸令人绝子。

委阳 三焦下辅俞也，在足太阳前，少阳后，出腘中外廉两筋间，承扶下六寸，足太阳之别络也。英谓手少阳宜络之。屈身而取之，刺七分，留五呼，灸三壮。

《经脉》云：三焦手少阳之脉，起于小指、次指之端，上出两指之间，循手表腕，出臂外两骨之间，上贯肘，循臑外上肩而交出足少阳之后，入缺盆，布膻中，散落心包，下鬲，循属三焦。其支者，从膻中上出缺盆，上项，系耳后，直上出耳上角，以屈下颊至顺；其支者，从耳后入耳中，出走耳前，过客主人前，交颊，至目锐眦。

《经筋》云:手少阳之筋,起于小指、次指之端,结于腕,上循臂,结于肘,上绕臑外廉,上肩走颈,合手太阳。其支者,当曲颊入系舌本;其支者,上曲牙,循耳前,属目外眦,上乘颔,结于角。

《经别》云:手少阳之正,指天,别于颠,入缺盆,下走三焦,散于胸中。

《经脉》又云:手少阳之别,名曰外关,去腕二寸,外绕臂,注胸中,合心主。

《脉度》云:手少阳脉,从手至头,长五尺,二五一丈。

手少阳三焦脉所经四十名,中脘一穴,余皆两穴,都七十九穴。三焦俞、颊车、石门,《甲乙经》不名手少阳,然俞其脉气所发也。《经筋》云"支者,当曲颊入系舌本",则经颊车,石门其募也,与俞等。缺盆,《甲乙经》不名经,《经筋》云"循臑入缺盆",则经缺盆。《灵枢》录诸脉,每称缺盆,《甲乙经》乃不名一经者,亶欲据肩上为地也。夫缺盆博矣,刺灸可酌尔。又三阳络、四渎、清泠渊、瘈脉、耳门,《甲乙经》亦不名经,然络名三阳,固不遗少阳。四渎、清泠渊皆在侧之穴,《甲乙经》固以入《手少阳篇》已。《经脉》云"支者,从耳后入耳中,出走耳前",则瘈脉、耳门且为隅举,知足少阳络耳前后之穴,经气无不相通矣。

手太阴

食窦 在天溪下一寸六分陷中,旁去任脉各六寸。足太阴脉气所发,王冰云手太阴脉气所发。仰而取之,刺四分,灸五壮。

中府 肺募也,一名膺中俞。在云门下一寸,乳上三肋间陷

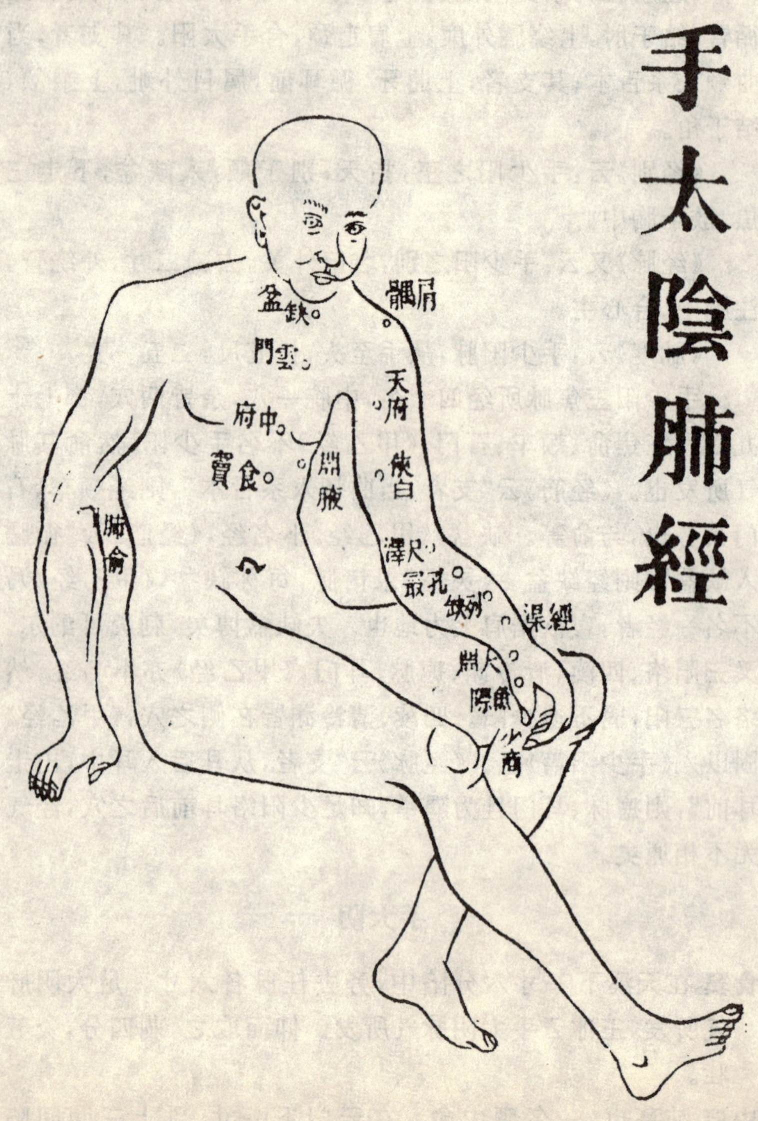
手太陰肺經
缺盆
雲門
中府
食竇
淵腋
肩髃
天府
俠白
尺澤
孔最
列缺
經渠
太淵
魚際
少商
肺俞

中，动脉应手，旁去任脉各六寸，手太阴之会。仰而取之，刺三分，留五呼，灸五壮。

云门 在巨骨下气户两旁各二寸陷中，旁去任脉各六寸，动脉应手。脉气所发。举臂取之，刺七分，灸五壮。刺太深，令人逆息。

渊腋 在腋下三寸宛宛中，举臂取之。英谓脉宜络之。刺三分，不可灸。灸之不幸生肿蚀马刀伤，内溃者死；寒热生马疡可治。

缺盆 一名天盖，在肩上横骨陷中。英谓脉宜络之。刺三分，留七呼，灸三壮。刺太深，令人逆息。

肺俞 在第三椎下两旁各一寸五分。英以为脉气所发。刺三分，留七呼，灸三壮。

肩髃 在肩端两骨间，手阳明、阳蹻之会。英谓脉宜络之。刺六分，留六呼，灸三壮。

天府 在腋下三寸臂臑内廉动脉中。脉气所发。禁灸，灸之令人逆气。刺四分，留三呼。

侠白 在天府下去肘五寸动脉中，手太阴之别。刺四分，留三呼，灸五壮。

尺泽 水也，在肘中约文上动脉。脉所入为合。刺三分，灸五壮。

孔最 手太阴之郄，去腕七寸，专金水二七之父母。刺三分，留三呼，灸五壮。

列缺 络也，去腕上一寸五分，别走阳明者。刺三分，留三呼，灸五壮。

经渠 金也，在寸口陷中。脉所行为经。刺三分，留三呼，不可灸。灸之，伤人神明。

大渊 水也，在鱼后一寸陷中。脉所注为俞。刺二分，留二呼，灸三壮。

鱼际 火也，在手大指本节后内侧散脉中。脉所溜为荥。刺二分，留三呼，灸三壮。

少商 木也，在手大指端内侧，去爪甲如韭叶。脉所出为井。刺一分，留一呼，灸一壮。

《经脉》云：肺手太阴之脉，起于中焦，下络大肠，还循胃口，上鬲，属肺，从肺系横出腋下，下循臑内，行少阴心主之前，下肘中，循臂内上骨下廉，入寸口、上鱼，循鱼际，出大指之端。其支者，从腕后直出次指内廉，出其端。

《经筋》云：手太阴之筋，起于大指之上，循指上行，结于鱼后，行寸口外侧，上循臂，结肘中，上臑内廉，入腋下，出缺盆，结肩前髃，上结缺盆，下结胸里，散贯贲，合贲下，抵季胁。

《经别》云：手太阴之正，别入渊腋少阴之前，入走肺，散之大肠，上缺盆，循喉咙，复合阳明，此与阳明为第六合。

《经脉》又云：手太阴之别，名曰列缺，起于腕上分闲，并太阴之经直入掌中，散入于鱼际。

《脉度》云：手太阴脉，从手至胸中三尺五寸，二三六尺，二五一尺，左右共七尺。

手太阴肺脉所经十六名，都三十二穴。肩髃，《甲乙经》不名手太阴。《经筋》云“结肩前髃”，固历肩髃。渊腋、缺盆、肺俞，《甲乙经》不名经，《经别》云“别入渊腋少阴之前”，《经筋》云“上结缺盆”，则其所入所结也，肺俞其俞也，三穴应录者也。惟足有悬钟以会阳络，即有三阴交以会阴络，三阳络为手阳络之会，而三阴无会络，意者其孔最邪？《甲乙经》称

“专金水二七之父母”，今作“金二七水”，传书误文。夫金水一气，谓本经与膀胱[1]二七火也；谓手少阴与厥阴心主，专犹综也。是必为三阴交络言，然以其为手太阴郤，郤属本经，不必移也，刺灸者当有悟尔。

手少阴

心俞 在第五椎下两旁各一寸五分。英以为手少阴脉气所发。刺三分，留七呼，禁灸。

睛明 一名泪孔，在目内眥外，手足太阳、足阳明之会。英谓手少阴宜络之。刺六分，留六呼，灸三壮。

巨阙 心募也，在鸠尾下一寸。任脉气所发，英谓脉宜络之。刺六分，留七呼，灸五壮。

脐中 禁刺，刺之令人恶疡，遗矢者死不治。英谓脉宜络之。

乳中 旁去任脉各四寸，禁刺灸。灸刺不幸生蚀创，中有脓血清汁者可治，中有息肉若蚀创者死。英谓脉宜络之。

乳根 在乳下一寸六分陷中，旁去任脉各四寸。足阳明脉气所发，英谓手少阴宜络之。仰而取之，刺四分，灸五壮。

渊腋[2] 在腋下三寸宛宛中。英谓手少阴宜络之。举臂取之，刺三分，不可灸。灸之，不幸生肿蚀马刀伤，内溃者死，寒热生马疡可治。

极泉 在腋下筋间动脉入胸中。脉气所发。刺三分，灸五壮。

少海 水也，一名曲节，在肘内廉节后陷中，动脉应手。脉所

---

①膀胱：原作“旁光”。膀胱为穴名、经脉，本书或作“旁光”，或作“膀胱”，今从《黄帝内经》，统一改作“膀胱”。下同，径改。

②渊腋：原作“渊液”，据《手少阴心经图》改。下同，径改。

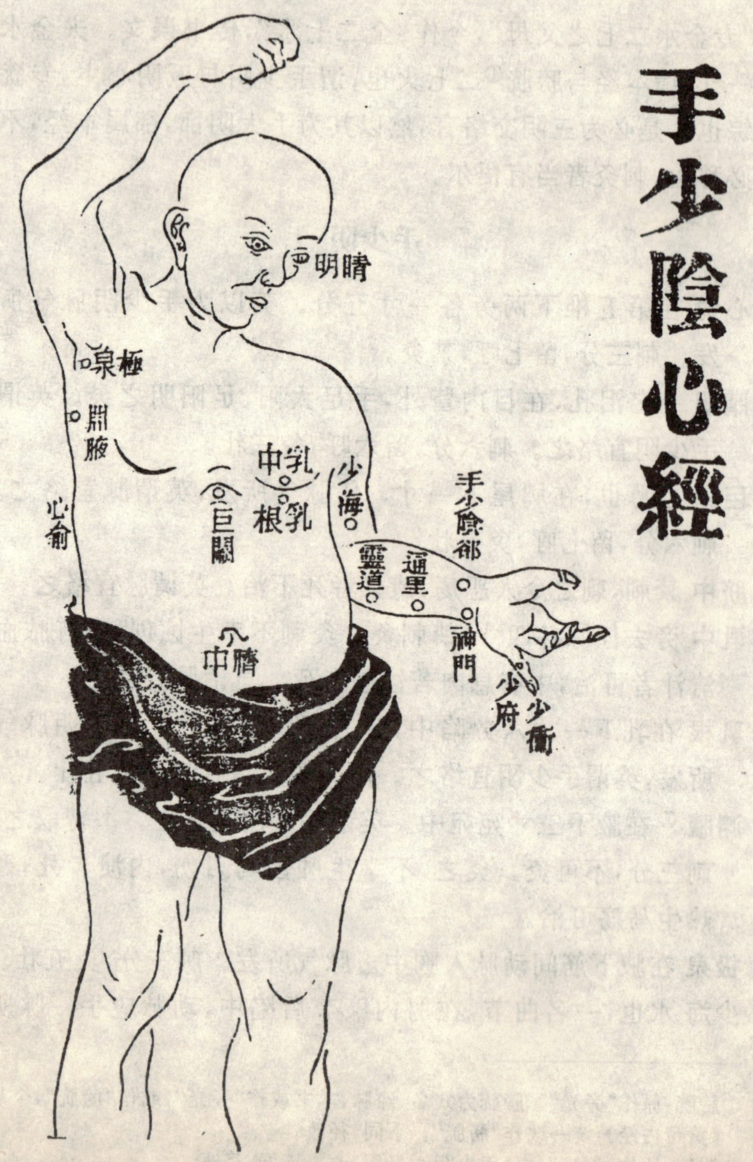
手少陰心經
睛明
極泉
淵腋
心俞
乳中
乳根
巨闕
少海
手少陰部
靈道
通里
神門
少府
少衝
臍中

入为合。刺五分，灸三壮。

灵道 金也，在掌后一寸五分，或曰一寸。脉所行为经。刺三分，灸三壮。

通里 络也，在腕后一寸，别走太阳。刺三分，灸三壮。

手少阴郄 在掌后脉中，去腕五分，刺三分，灸三壮。

神门 土也，一名兑冲，一名中都。在掌后兑骨之端陷中。脉所注为俞。刺三分，留七呼，灸三壮。

少府 火也，在手小指本节后陷中，直劳宫。脉所溜为荥。刺三分。

少冲 木也，一名经始。在手小指内廉之端，去爪甲如韭叶。脉所出为井。刺一分，留一呼，灸一壮。手少阴自腋至小指八穴，其七有治，一无治者，邪弗能容也，故曰无俞焉。

《经脉》云：心手少阴之脉，起于心中，出属心系，下鬲，络小肠。其支者，从心系上挟咽，系目系；其直者，复从心系却上肺，下出腋，下循臑内后廉，行手太阴与心主之后，下肘内，循臂内后廉，抵掌后锐骨之端，入掌内后廉，循小指之内出其端。

《经筋》云：手少阴之筋，起于小指之内侧，结于兑骨，上结肘内廉，上入腋，交太阴，挟乳里，结于胸中，循胸，下系于脐。

《经别》云：手少阴之正，别入于渊腋两筋之间，属于心，上走喉咙，出于面，合目之内眥，与太阳为第四合。

《经脉》又云：手少阴之别，名曰通里，去腕一寸半，别而上行，循经入于心中，系舌本，属目系。

《脉度》云：手少阴脉，从手至胸中三尺五寸，二三六尺，二五一尺，左右共七尺。

手少阴心脉所经十有五名，巨阙、脐中各一穴，余皆两穴，都二十八穴。《甲乙经》睛明、乳根不名手少阴。《经别》云“别者，出面，合目内眥”，内眥，睛明也。《经筋》云“挟乳里”，乳根在焉。乳中、渊腋、巨阙、脐中、心俞，《甲乙经》不名经。乳中同乳根，亦即乳里也。《经别》云“入渊腋两筋间”，《经筋》云“循胸，下系于脐”，则渊腋、脐中有显目，巨阙其募，心俞其俞也。他图有增一穴于极泉、少海间者，曰青灵，云在肘上三寸，伸肘举臂取之，不言刺灸，《内经》、《针经》、《甲乙经》不具其名，不当录也。

手厥阴

膈俞 在第七椎下两旁各一寸五分。英以为手心主之俞，手厥阴脉气所发。刺三分，留七呼，灸三壮。

完骨 在耳后入发际四分，足太阳、少阳之会。英谓手厥阴宜络之。刺二分，留七呼，灸七壮。

天池 一名天会。在乳后一寸，腋下三寸，著胁直腋撩肋间，会足少阳。刺七分，灸三壮。

渊腋 在腋下三寸宛宛中。英谓手厥阴宜络之。举臂取之，刺三分，不可灸。灸之，不幸生肿蚀马刀伤，内溃者死，寒热生马疡可治。

极泉 在腋下筋间动脉入胸中。手少阴脉气所发，英谓手厥阴宜络之。刺三分，灸五壮。

天泉 一名天温。在曲腋下去臂二寸。英谓脉宜络之。举臂取之，刺六分，灸三壮。

曲泽 水也。在肘内廉下陷中，屈肘得之。脉所入为合。刺

手厥陰心主經

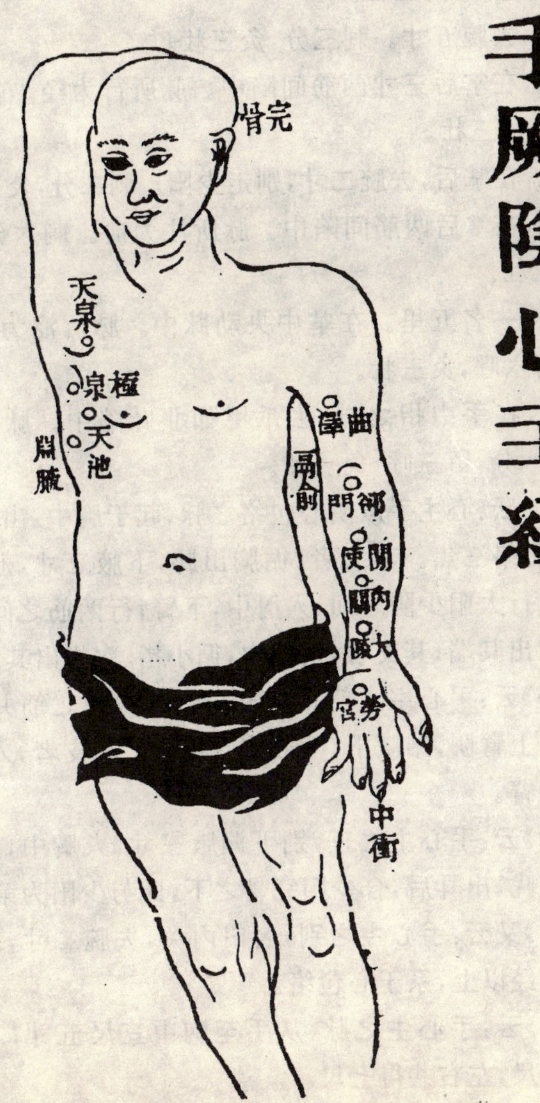

三分，留七呼，灸三壮。

郄门 郄也，去腕五寸。刺三分，灸三壮。

闲使 金也，在掌后三寸两筋间陷中。脉所行为经。刺六分，留七呼，灸三壮。

内关 络也，在掌后，去腕二寸，别走少阳。刺二分，灸五壮。

大陵 土也，在掌后两筋间陷中。脉所注为俞。刺六分，留七呼，灸三壮。

劳宫 火也，一名五里。在掌中央动脉中。脉所溜为荥。刺三分，留六呼，灸三壮。

中冲 水也，在手中指之端，去爪甲如韭叶陷中。脉所出为进。刺一分，留三呼，灸一壮。

《经脉》云：心主手厥阴心包络之脉，起于胸中，出属心包络，下鬲，历络三焦。其支者，循胸出胁，下腋三寸，上抵腋，下循臑内，行太阳少阴之间，入肘中，下臂，行两筋之间，入掌中，循中指出其端；其支者，别掌中，循小指、次指出其端。

《经筋》云：手心主之筋，起于中指，与太阴之筋并行，结于肘内廉，上臂阴，结腋下，下散前后挟胁。其支者，入腋，散胸中，结于臂。

《经别》云：手心主之正，别下渊腋三寸，人胸中，别属三焦，出循喉咙，出耳后，合少阳完骨之下，此与少阳为第五合。

《经脉》又云：手心主之别，名曰内关，去腕二寸，出于两筋之间，循经以上，系于心包络。

《脉度》云：手心主之脉，从手至胸中三尺五寸，二三六尺，二五一尺，左右共得七尺。

手厥阴心主脉所经十有三名，都二十有六穴。《甲乙经》

于完骨、极泉、天泉不名手厥阴，渊腋、鬲俞不名经，然《经别》云“出耳后，合少阳完骨之下”，又云“别下渊腋三寸”，则完骨、渊腋有其目。《经脉》云“上抵腋”，《经筋》云“结腋下”，则极泉、天泉其所经，鬲俞其俞也。鬲俞何以知为手心主之俞？曰：《甲乙经》十四俞中心俞下有鬲俞，无心主俞，以鬲俞当心主俞也。《素问·灵兰秘典》目十二官藏府具，心主无官，而有膻中，臣使之官，出喜乐焉。膻中，鬲上也。喜乐者，因心为笑而傅合之，以其有气无形类三焦，又与三焦合，故官之膻中，而俞之鬲也。腹无募，以为统于心募焉尔。《经脉》云“手心主起于胸中，出属心包络”，固不言起于心包络。又云“上系心包络”，言别络亦注于心，犹于三焦言布膻中，散络心包也。心包，微者也，故秦越人《难经》二十五云“心主与三焦为表里，俱有名而无形”，而后人乃有图三焦心主者，可骇也。

足太阳

中极 膀胱募也，一名气原，一名玉泉，在脐下四寸，足二阴、任脉之会。英以为足太阳脉气所发。刺二寸，留七呼，灸三壮。王冰云刺一寸二分。

肩髃 在肩端两骨间，手阳明、阳蹻脉之会。英谓足太阳宜会之。刺六分，留六呼，灸三壮。

缺盆 一名天盖，在肩上横骨陷中。英谓足太阳宜络之。刺三分，留七呼，灸三壮，刺太深，令人逆息。

大迎 一名髓孔，在曲颔前一寸三分骨陷中动脉。脉气所发。刺三分，留七呼，灸三壮。

四白 在目下一寸，向頄骨颧空。足阳明脉气所发，英谓足太阳宜络之。刺三分，灸七壮，王冰云不可灸。

足太陽膀胱經

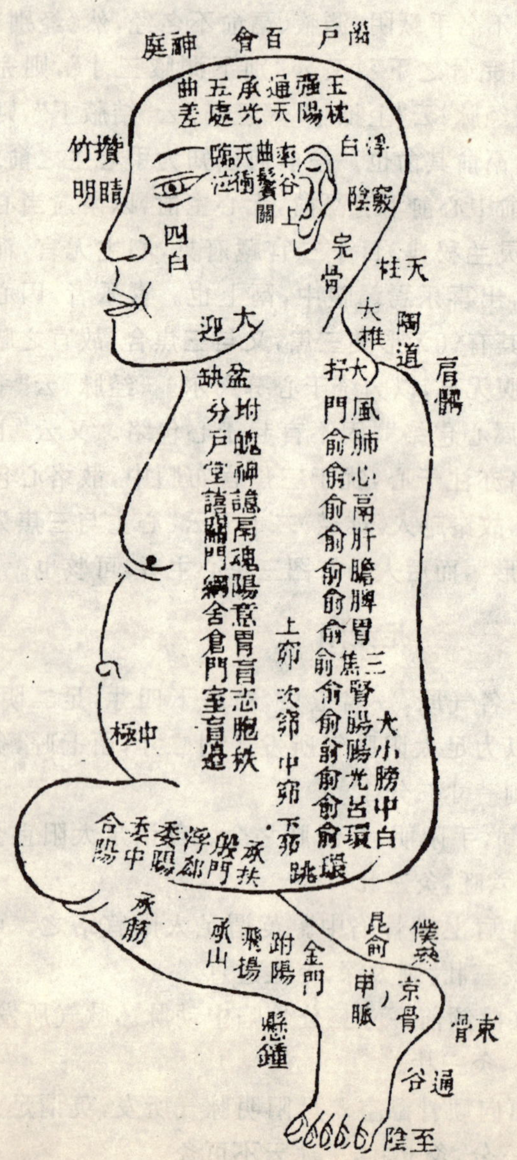

神庭
百會
腦戶
曲差
五處
承光
通天
玉枕
浮白
竅陰
完骨
天柱
攢竹
睛明
四白
大迎
缺盆
大杼
大椎
陶道
肩髃
風門
肺俞
心俞
膈俞
肝俞
膽俞
脾俞
胃俞
三焦俞
腎俞
大腸俞
小腸俞
膀胱俞
中膂俞
白環俞
環跳
上窌
次窌
中窌
下窌
中極
承扶
殷門
浮郄
委陽
委中
合陽
承筋
承山
飛揚
跗陽
金門
崑崙
僕參
申脈
京骨
束骨
通谷
至陰
懸鐘

睛明 一名泪孔。在目内眥外，会手太阳、足阳明。刺六分，留六呼，灸三壮。

攒竹 一名员在，一名始光，又名夜光、明光。在眉头陷中。脉气所发。刺三分，留六呼，灸三壮。

神庭 在发际直鼻，会足阳明、督脉。禁刺，令人颠疾，目失精。灸三壮。

百会 一名三阳、五会。在前顶后一寸五分，顶中央旋毛中陷，可容指，会督脉。刺三分，灸三壮。

脑户 一名匝风，一名会额。在跳骨上强间后一寸五分，会督脉。此别脑之会，不可灸，令人瘖。

曲差 一名鼻冲。侠神庭两旁各一寸五分，在发际。脉气所发。正头取之，刺三分，灸五壮。

五处 在督脉旁，去上星一寸五分。脉气所发。刺三分，不可灸。王冰云灸三壮。

承光 在五处后二寸。脉气所发。刺三分，禁灸。

通天 一名天臼。在承光后一寸五分。脉气所发。刺三分，留七呼，灸三壮。

络郄 一名强阳，一名脑盖。在通天后一寸三分。脉气所发。刺三分，留五呼，灸三壮。

玉枕 在络郄后七分，侠脑户旁一寸三分，起肉枕骨，入发际三寸。脉气所发。刺三分，留三呼，灸三壮。

上关 一名客主人。在耳前上廉起骨端，开口有孔，手少阳、足阳明之会。王冰云足太阳会之。刺三分，留七呼，灸三壮。刺太深，令人耳无闻。

临泣 当目上眥直入发际五分陷中，会足少阳、阳维。刺三分，留七呼，灸五壮。

曲鬓 在耳上入发际曲隅陷中，鼓颔有空，会足少阳。刺三分，灸三壮。

率谷 在耳上入发际一寸五分，曾足少阳。嚼而取之，刺四分，灸三壮。

天冲 在耳上如前三分。王冰云足太阳之会。刺三分，灸三壮。

浮白 在耳后入发际一寸，会足少阳。刺三分，灸二壮。

窍阴 在完骨上，枕骨下，摇动应手，会手太阳、足少阳。刺四分，灸五壮。

完骨 在耳后入发际四分，会足少阳。刺二分，留七呼，灸七壮。

天柱 在侠项后发际大筋外廉陷中。脉气所发。刺二分，留六呼，灸三壮。

大椎 在第一椎陷中，三阳、督脉之会。英谓足太阳宜络之。刺五分，灸九壮。

陶道 在大椎节下间，会督脉。俯而取之，刺五分，留五呼，灸五壮。

大抒 在项第一椎下两旁各一寸五分陷中，会手太阳。刺三分，留七呼，灸七壮。

风门 热府，在第二椎下两旁各一寸五分，会督脉。刺五分，留三呼，灸三壮。

肺俞 在第三椎下两旁各一寸五分。王冰云足太阳之会。刺三分，留七呼，灸三壮。

心俞 在第五椎下两旁各一寸五分。王冰云足太阳之会。刺三分，留七呼，禁灸。

鬲俞 在第七椎下两旁各一寸五分。英谓脉宜络之。刺三分，留七呼，灸三壮。

肝俞 在第九椎下两旁各一寸五分。王冰云足太阳之会。刺三分，留六呼，灸三壮。

胆俞 在第十椎下两旁各一寸五分。脉气所发。正坐取之，刺五分，灸三壮。

脾俞 在第十一椎下两旁各一寸五分。王冰云足太阳之会。刺三分，留七呼，灸三壮。

胃俞 在第十二椎下两旁各一寸五分。王冰云足太阳脉气所发。刺三分，留七呼，灸三壮。

三焦俞 在第十三椎下两旁各一寸五分。脉气所发。刺五分，灸三壮。

肾俞 在第十四椎下两旁各一寸五分。王冰云足太阳之会。刺三分，留七呼，灸三壮。

大肠俞 在第十六椎下两旁各一寸五分。王冰云足太阳脉气所发。刺三分，留六呼，灸三壮。

小肠俞 在第十八椎下两旁各一寸五分。王冰云足太阳脉气所发。刺三分，留六呼，灸三壮。

膀胱俞 在第十九椎下两旁各一寸五分。王冰云足太阳脉气所发。刺三分，留六呼，灸三壮。

中膂俞 在第二十椎下两旁各一寸五分，侠脊胂而起。王冰云足太阳脉气所发。刺三分。留六呼，灸三壮。

白环俞 在第二十一椎下两旁各一寸五分。脉气所发。伏而取之，刺八分，得气则泻，泻讫，多补之，不宜灸。

上窌 在第一空腰髁下一寸侠脊陷中，络也，会足少阳络。刺三分，留七呼，灸三壮。

次窌 在第二空侠脊陷中。英谓脉宜络之。刺三分，留七呼，灸三壮。

中窌 在第三空侠脊陷中。英谓脉宜络之。刺二分，留十呼，灸三壮。

下窌 在第四空侠脊陷中。王冰云足太阳所结。刺二分，留十呼，灸三壮。

附分 在第二椎下，附项内廉两旁各三寸，足太阳之会。刺八分，灸五壮。

魄户 在第三椎下两旁各三寸。脉气所发。刺三分，灸五壮。

神堂 在第五椎下两旁各三寸陷中。脉气所发。刺三分，灸五壮。

谚諱 在肩髆内廉侠第六椎下两旁各三寸，以手痛按之，病者言谚諱是穴。脉气所发。刺六分，灸五壮。

鬲关 在第七椎下两旁各三寸陷中。脉气所发。正坐开肩取之，刺五分，灸三壮。

魂门 在第九椎下两旁各三寸陷中。脉气所发。正坐取之，刺五分，灸五壮。

阳纲 在第十椎下两旁各三寸陷中。脉气所发。正坐取之，刺五分，灸三壮。

意舍 在第十一椎下两旁各三寸陷中。脉气所发。刺五分，灸三壮。

胃仓 在第十二椎下两旁各三寸陷中。脉气所发。刺五分，灸三壮。

肓门 在第十三椎下两旁各三寸，入肘间，与鸠尾相值。脉气所发。刺五分，灸三壮。

志室 在第十四椎下两旁各三寸陷中。脉气所发。正坐取之，刺五分，灸[①]三壮。

胞肓 在第十九椎下两旁各三寸陷中。脉气所发。伏而取之，刺五分，灸三壮。

秩边 在第二十一椎下两旁各三寸陷中。脉气所发。伏而取之，刺五分，灸三壮。**环跳** 在髀枢中，侧卧伸下足屈上足取之。足少阳脉气所发。王冰云穴在髀枢后，足太阳会之。刺一寸，留二十呼，灸五十壮。

承扶 一名肉郄，一名阴关，一名皮部。在尻臀下股阴肿上约文中。英谓脉宜络之。刺二寸，留七呼，灸三壮。

殷门 在承扶下四寸。英谓脉宜络之。刺五分，留七呼，灸三壮。

浮郄 在委阳上一寸，屈膝得之。英谓脉宜络之。刺五分，灸三壮。

委阳 三焦下辅俞也，在足太阳前，少阳后，出腘中外廉两筋间，承扶下六寸。此足太阳之别络也，屈身而取之。刺七分，留五呼，灸三壮。

委中 土也，在腘中央约文中动脉。脉所入为合。刺五分，留七呼，灸三壮。

合阳 在膝约文中央下二寸。英谓脉宜络之。刺六分，灸五壮。

承筋 一名腨肠，一名直肠。在腨肠中央陷中。脉气所发。

---

①灸：原作“刺”，据上下文例改。

禁刺，灸三壮。

承山 一名鱼腹，一名肉柱。在兑腨肠下分肉间陷中。英谓脉宜络之。刺七分，灸三壮。

飞扬 一名厥阳。在足外踝上七寸，络之别走少阴者。刺三分，灸三壮。

悬钟 在足外踝上三寸动脉中，足三阳络。按之，阳明脉绝，乃取之。英谓脉宜络之。刺六分，留七呼，灸五壮。

跗阳 阳蹻之郄，在足外踝上三寸，太阳前少阳后筋骨间。英谓脉宜络之。刺六分，留七呼，灸三壮。

昆仑 火也，在足外踝后跟骨上陷中，细脉动应手。脉所行为经。刺五分，留十呼，灸三壮。

仆参 一名安邪。在跟骨下陷中，拱足得之。脉所行为经。刺五分，留十呼，灸三壮。

金门 郄也，一空在足外踝下，一名关梁，阳维所别属也。刺三分，灸三壮。

申脉 阳蹻所生，在足外踝下陷中，容爪甲许。英谓脉宜络之。刺三分，留六呼，灸三壮。

京骨 在足外侧大骨下赤白肉际陷中，按而得之。脉所过为原。刺三分，留七呼，灸三壮。

束骨 木也，在足小指外侧本节后陷中。脉所注为俞。刺三分，灸三壮。

通谷 水也，在足小指外侧本节前陷中。脉所溜为荥。刺二分，留五呼。

至阴 金也，在足小指外侧，去爪甲如韭叶。脉所出为井。刺三分，留五呼，灸五壮。

《经脉》云：膀胱足太阳之脉，起于目内眥，上额交颠。其支者，从颠至耳上角；其直者，从颠入络脑，还出别下项，循肩髆内，挟脊抵腰中，入循膂，络肾，属膀胱；其支者，从腰中下挟脊，贯臀，入腘中；其支者，从髆内左右，别下贯胛，挟脊内，过髀枢，循髀外从后廉下合腘中，以下贯腨内，出外踝之后，循京骨至小指外侧。

《经筋》云：足太阳之筋，起于足小指上，结于踝，邪上结于膝，其下循足外侧，结于踵，上循跟，结于腘。其别者，结于腨外，上腘中内廉，与腘中并上结于臀，上挟脊上项；其支者，别入结于舌本；其直者，结于枕骨，上头下颜，结于鼻；其支者，为目上网，下结于頄；其支者，从腋后外廉，结于肩髃；其支者，入腋下，上出缺盆，上结于完骨；其支者，出缺盆，斜上出于頄。

《经别》云：足太阳之正，别入于腘中，其一道下尻五寸，别入于肛，属于膀胱，散之肾，循膂当心入散。直者，从膂上出于项，复属于太阳，此为一经也。

《经脉》又云：足太阳之别，名曰飞扬，去踝七寸，别走少阴。

《脉度》云：足太阳脉，从足至头八尺，二八一丈六尺。

足太阳膀胱脉所经八十名，中极、神庭、百会、脑户、大椎、陶道止一穴，余皆两穴，都百五十四穴。中极、肩髃、四白、大椎，《甲乙经》不名足太阳。中极，募也，《经筋》云“支者为目上网，结于頄”，四白宜络。又云“支者从腋后廉，结肩髃”，肩髃宜络。大椎近陶道，《甲乙经》固谓三阳、督脉之会也。缺盆、鬲俞、次窌、中窌、承扶、殷门、浮郄、合阳、承山、悬钟、跗阳、申脉十二名,《甲乙经》不名经。《经筋》云“支者,入腋下,上出缺盆”,固显标缺盆。鬲俞与胆俞、三焦俞、白环俞等,次窌、中窌与上窌等在背之穴,足太阳脉气必及。承扶、殷门、浮郄、合阳、承山,《甲乙经》固以入《足太阳篇》,且又皆当足太阳所经历之道也。跗阳、申脉以阳蹻脉不名足太阳,然《脉度》称阴蹻为足少阴别,则阳蹻宜为足太阳别,悬钟则络之会矣。他图有增入五穴者 一眉冲,云直眉头上,在神庭、曲差间;二手厥阴俞,云在第四椎下,旁去脊二寸;三督俞,云在第六椎下,旁去督脉二寸;四关元俞,云在第十七椎下,旁去督脉二寸;五膏肓,云在第四椎下五椎上,去脊骨三寸半。五名十穴,俱不言刺灸之度,《经》无其目,《甲乙经》、王冰《素问》注亦未有也。其名眉冲,嫌神庭、曲差间无穴;名手厥阴俞、督俞、关元俞,嫌三者之无俞也。四椎十七旁,直无穴处也。督俞在六椎下,旁则直譩譆,皆去脊二寸,以《甲乙经》大抒下四十一穴,自第一椎侠脊一寸五分,附分下二十六穴,自第二椎侠脊三寸,拟出其间也。膏肓在第四椎下,以心俞在第五椎下两旁,谓必高于心俞,去脊三寸半,又在附分三行外也。然《气府论》称头上五行,神庭以督脉当中行,曲差以太阳当二行,本神以少阳当三行,于数已足。头维以阳维会少阳,犹以维名,不在五行之列,则神庭、曲差间无须穴,手厥阴固须俞,而旧穴无之,不得共解。而撰名料补,则自用之过也。《甲乙经》有中膂俞,《说文》膂为或体,吕为本字,以吕象脊椎相联故,然则中吕俞即督俞,督俞即任俞,不得再出督俞,更何得缀以关元俞?左氏称肓之上膏之下,杜预注“肓,鬲也,心下为膏”,实用贾逵、服虔旧说。鬲俞在第七椎下旁矣，而犹复出一穴，且高心俞，可邪？

足阳明

颊车 在耳下曲颊端陷中，开口有孔。足阳明脉气所发。刺三分，灸三壮。

下关 在客主人下，耳前动脉下空下廉，合口有孔，张口即闭，会足少阳。刺三分，留七呼，灸三壮。耳中有干糙，不可灸。

上关 一名客主人，在耳前上廉起骨端，开口有孔，会手少阳。刺三分，留七呼，灸三壮。刺太深，令人耳无闻。

悬厘 在曲周颞颥下廉，会手阳明、少阳、足少阳。刺三分，留七呼，灸三壮。

颔厌 在曲周颞颥上廉，会手少阳。刺七分，留七呼，灸三壮。

阳白 在眉上一寸直童子，足少阳、阳维之会。王冰云足阳明之会。刺三分，灸三壮。

头维 在额角发际侠本神，两旁各一寸五分，足少阳、阳维之会。英谓脉宜络之。刺五分，禁灸。

胃俞[①]在第十二椎下两旁各一寸五分。英以为足阳明脉气所发，刺三分，留七呼，灸三壮。

神庭 在发际直鼻，会足太阳、督脉。禁刺，令人颠疾，目失精。灸三壮。

睛明 一名泪孔，在目内眥外，会手、足太阳。刺六分，留六呼，灸三壮。

承泣 一名鼷穴，一名面窌，在目下七分直童子，会任脉、阳蹻。刺三分，不可灸。

---

①此条原附本经篇末，注云“此穴在头维后”，今移此。

足陽明胃經

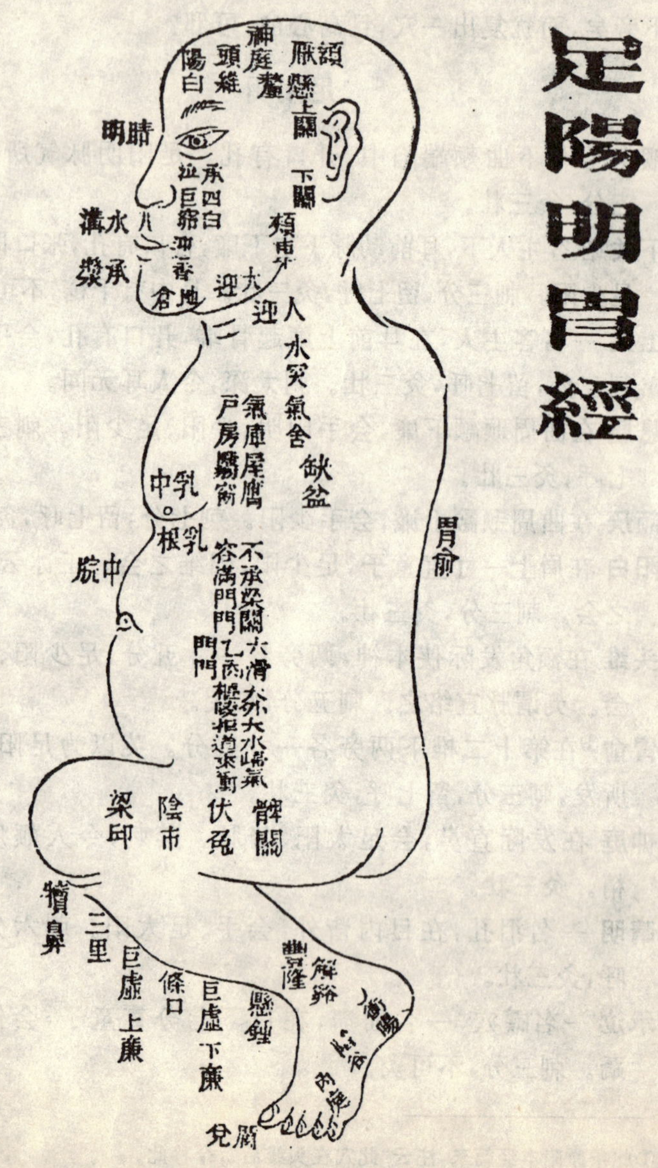

頭維
陽白
神庭
頷厭
懸顱
上關
下關
睛明
承泣
四白
巨髎
水溝
承漿
頰車
地倉
大迎
人迎
水突
氣舍
缺盆
氣戶
庫房
屋翳
膺窗
乳中
乳根
不容
承滿
梁門
關門
太乙
滑肉門
天樞
外陵
大巨
水道
歸來
氣衝
中脘
胃俞
髀關
伏兔
陰市
梁丘
犢鼻
三里
上巨虛
條口
下巨虛
豐隆
解谿
懸鍾
衝陽
陷谷
內庭
厲兌

四白 在目下一寸，向烦骨颧空。脉气所发。刺三分，灸七壮。王冰云不可灸。

巨窌 在侠鼻孔旁八分直童子，会阳蹻脉。刺三分。

迎香 一名冲阳，在和窌上，鼻下孔旁，会手阳明。刺三分。

水沟 在鼻柱下人中，会手阳明、督脉。直唇取之，刺三分，留七呼，灸三壮。

地仓 一名会维，侠口旁四分如近下，会手阳明、阳蹻脉。刺三分。

承浆 一名天池，在颐前唇下，会任脉。开口取之，刺三分，留六呼，灸三壮。

大迎 一名髓孔，在曲颊前一寸三分骨陷中动脉。足太阳脉气所发，英谓脉宜络之。刺三分，留七呼，灸三壮。

人迎 一名天五会。在颈大脉动应手，侠结喉以候五藏气。脉气所发。禁灸，刺四分，过深，不幸杀人。

水突 一名水门。在颈大筋前直人迎下，气舍上。脉气所发。刺一寸，灸三壮。

气舍 在颈直人迎下侠天突陷中。脉气所发。刺三分，灸五壮。

缺盆 一名天盖。在肩上横骨陷中。王冰云足阳明脉气所发。刺三分，留七呼，灸三壮。刺太深，令人逆息。

气户 在巨骨下，输府两旁各二寸陷中，旁去任脉各四寸。脉气所发。仰而取之，刺四分，灸五壮。

库房 在气户下一寸六分陷中，旁去任脉各四寸。脉气所发。仰而取之，刺四分，灸五壮。

屋翳 在库房下一寸六分，旁去任脉各四寸。英谓脉宜络之。

刺四分，灸五壮。

膺窗 在屋翳下一寸六分，旁去任脉各四寸。王冰云足阳明脉气所发。仰而取之，刺四分，灸五壮。

乳中 旁去任脉各四寸。禁刺、灸。灸、刺，不幸生蚀创，中有脓血清汁，可治；有息肉若蚀创者死。英谓脉宜络之。

乳根 在乳下一寸六分陷中，旁去任脉各四寸。脉气所发。仰而取之，刺四分，灸五壮。

不容 在幽门旁各一寸五分，去任脉二寸，至两肋端相去四寸。脉气所发。刺五分，灸五壮。

承满 在不容下一寸，旁去任脉各二寸。脉气所发。刺八分，灸五壮。

中脘 一名太仓，胃募也。在上脘下一寸，居心蔽骨与脐之中。手太阳、少阳、足阳明所生，任脉之会。刺三分，灸七壮。

梁门 在承满下一寸，旁去任脉各二寸。脉气所发。刺八分，灸五壮。

关门 在梁门下，太乙上，脉居中间，穴外延，旁去任脉各二寸。脉气所发。刺八分，灸五壮。

太乙 在关门下一寸，旁去任脉各二寸。脉气所发。刺八分，灸五壮。

滑肉门 在太乙下一寸，旁去任脉各二寸。脉气所发。刺八分，灸五壮。

天枢 大肠募也，一名长溪，一名谷门。去盲俞一寸五分，侠脐两旁各二寸陷中。脉气所发。王冰云在滑肉门下一寸，正当脐。刺五分，留七呼，灸五壮。

外陵 在天枢下，大巨上，旁去任脉各二寸。脉气所发。刺八分，灸五壮。王冰云在天枢下一寸。

大拒 一名腋门，在长溪下二寸，旁去任脉各二寸。脉气所发。刺八分，灸五壮。王冰云在外陵下一寸。

水道 在大拒下三寸、旁去任脉各二寸。脉气所发。刺二寸五分，灸五壮。

归来 一名溪穴。在水道下二寸，旁去任脉各二寸。王冰云足阳明脉气所发。刺八分，灸五壮。

气冲 在归来下，鼠溪上一寸，动脉应手，旁去任脉各二寸。脉气所发。王冰云在脐下毛际横骨两端。刺三分，留七呼，灸三壮，灸之不幸，使人不得息。

髀关 在膝上，伏兔后，交分中。英谓脉宜络之。刺六分，灸三壮。

伏兔 在膝上六寸，起肉间。脉气所发。刺五分，禁灸。

阴市 一名阴鼎。在膝上三寸，伏兔下，若拜而取之。脉气所发。刺三分，留七呼，禁灸。

梁邱 郄也，在膝上二寸。刺三分，灸三壮。

犊鼻 在膝下胻上，侠解大筋中。脉气所发。刺六分，灸三壮。

三里 土也，一名下陵。在膝下三寸，胻外廉。王冰云胻外廉两筋间分间。脉所入为合。刺一寸五分，留七呼，灸三壮。

巨虚 上廉足阳明与太阳合，在三里下三寸。王冰云在犊鼻下六寸。刺八分，灸三壮。

条口 在下廉上一寸。脉气所发。刺八分，灸三壮。

巨虚 下廉足阳明与小肠合。在上廉下三寸。刺三分，灸三壮。

丰隆 络也，在外踝上八寸下廉，胻外廉陷中，别走太阴者。刺三分，灸三壮。

悬钟 在足外踝上三寸动脉中，足三阳络，按之，阳明脉绝，乃取之。英谓脉宜络之。刺六分，留七呼，灸五壮。

解溪 火也，在冲阳后一寸五分腕上陷中。脉所行为经。刺五分，留五呼，灸三壮。

冲阳 一名会原。在足跌上五寸骨间动脉上，去陷谷三寸。脉所过为原。刺三分，留十呼，灸三壮。

陷谷 木也。在足大指、次指上，中指内间本节后上行二寸陷中，去内庭二寸。脉所注为俞。刺五分，留七呼，灸三壮。

内庭 水也。在足大指、次指外间陷中。脉所溜为荥。刺三分，留二十呼，灸三壮。

厉兑 金也，在足大指次指端，去爪甲角如韭叶。脉所出为井。刺一分，留一呼，灸三壮。

《经脉》云：胃足阳明之脉，起于鼻之交頞中，旁纳太阳之脉，下循鼻外，入上齿中，还出挟口环唇，下交承浆，却循颐后下廉，出大迎，循颊车，上耳前，过客主人，循发际，至额颅。其支者，从大迎前下人迎，循喉咙，入缺盆，下鬲，属胃，络脾；其直者，从缺盆下乳内廉，下挟脐，入气街中；其支者，起于胃口，下循腹里，下至气街中而合，以下髀关，抵伏兔，下入膝膑中，下循胫外廉，下足跗，入中指内间；其支者，下膝三寸而别下入中指外间；其支者，别跗上，入大指间，出其端。

《经筋》云：足阳明之筋，起于中三指，结于跗上，邪外上加于辅骨，上结于膝外廉，直上结于髀枢，上循胁，属脊。其直者，上循骭，结于膝；其支者，结于外辅骨，合少阳；其直者，上循伏兔，上结于髀，聚于阴器，上腹而布，至缺盆而结，上颈，上挟口，合于頄，下结于鼻，上合于太阳，太阳为目上网，阳明为目下网；其支者，从颊结于耳前。

《经别》云：足阳明之正，上至髀，入于腹里，属胃，散之脾，上通于心，上循咽出于口，上頞䪼，还系目系，合于阳明。

《经脉》又云：足阳明之别，名曰丰隆，去踝八寸，别走太阴。其别者，循胫骨外廉，上络头项，合诸经之气，下络喉嗌。

《脉度》云：足阳明脉，从足上至头长八尺，二八一丈六尺。

足阳明胃脉所经五十七名，承浆、水沟、中脘止一穴，余皆两穴，都百一十一穴。头维、大迎，《甲乙经》不名足太阳。《经脉》云“循发际至额颅”，则头维宜录。又云“循颐后下廉，出大迎”，又云“支者，从大迎下人迎”，则大迎非足太阳专穴。屋翳、乳中、髀关、悬钟、胃俞不名经，屋翳上库房，下膺窗，皆本经穴，则络所必及。乳中上直膺窗，下直乳根，与屋翳同。髀关，《甲乙经》固列《足阳明篇》，又直膝上，本经所历也，悬钟其络，胃俞其俞矣。

足少阳

秉风 侠天窌在外肩上小髃骨后，举臂有空，足少阳与手太阳、阳明、少阳之会。举臂取之，刺五分，灸五壮。

肩井 在井上陷中，缺盆上大骨前，手少阳、阳维之会。英谓脉宜络之。刺五分，灸三壮。

风池 在颞颥后发际陷中，会阳维。刺三分，留三呼，灸三壮。

脑空 一名颞颥，在承灵后一寸五分，侠玉枕骨下陷中，会阳维。刺四分，灸五壮。

承灵 在正营后一寸五分，会阳维。刺三分，灸五壮。

正营 在目窗后一寸，会阳维。刺三分，灸五壮。

完骨 在耳后入发际四分，会足太阳。刺二分，留七呼，灸七壮。

足少陽膽經

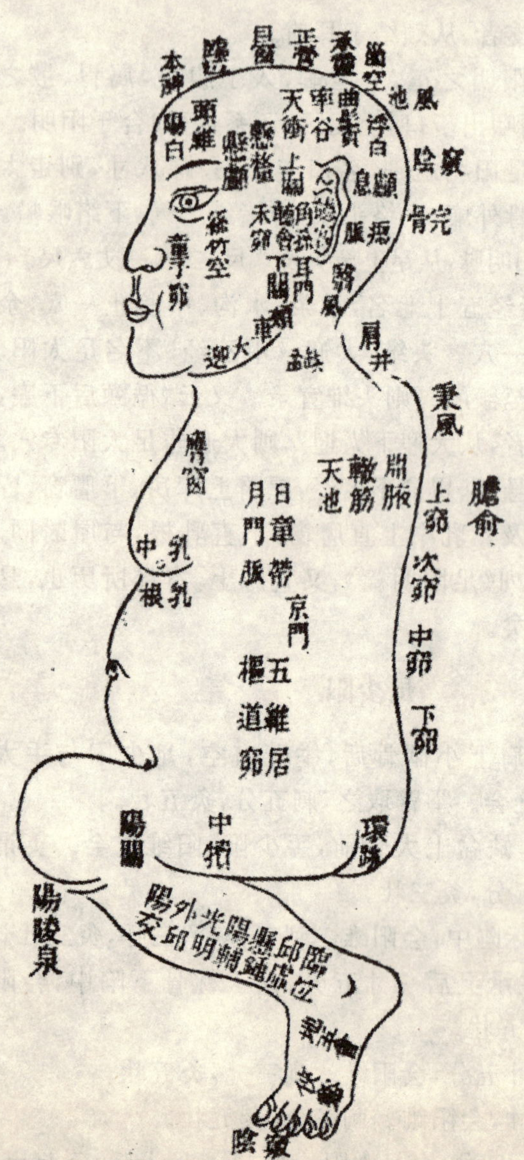

本神
臨泣
目窗
正營
承靈
腦空
風池
頭維
陽白
天衝
率谷
曲鬢
浮白
懸顱
懸釐
上關
竅陰
顱息
完骨
絲竹空
禾髎
聽會
角孫
瘈脈
童子髎
下關
耳門
翳風
頰車
大迎
缺盆
肩井
秉風
淵腋
輒筋
天池
膺窗
日月
章門
帶脈
膽俞
上髎
次髎
中髎
下髎
乳中
乳根
京門
五樞
維道
居髎
中瀆
陽關
環跳
陽陵泉
陽交
外邱
光明
陽輔
懸鍾
邱虛
臨泣
竅陰

窍阴 在完骨上，枕骨下，摇动应手，会足太阳。刺四分，灸五壮。

浮白 在耳后入发际一寸，会足太阳。刺三分，灸二壮。

天冲 在耳上如前三分。王冰云足少阳之会。刺三分，灸三壮。

率谷 在耳上入发际一寸五分，会足太阳。嚼而取之，刺四分，灸三壮。

角孙 在耳郭中间，开口有孔，会手阳明、少阳。刺三分，灸三壮。王冰云：在耳上郭表之间，发际之下。

颅息 在耳后间青络脉。脉气所发。刺一分，出血多则杀人，灸三壮。

翳风 在耳后陷中，按之引耳中，会手少阳。刺四分，灸三壮。

瘈脉 一名资脉。在耳本后鸡足青络脉。刺，出血如豆汁。英谓脉宜络之。刺一分，灸三壮。

耳门 在耳前起肉当耳缺者。英谓脉宜络之。刺三分，留三呼，灸三壮。

听宫 在耳中珠子上，大如赤小豆，会手太阳、少阳。刺三分，灸三壮。

听会 在耳前陷中，张口得之。动脉应手，手少阳脉气所发。英谓脉宜络之。刺四分，灸三壮。

下关 在客主人下，耳前动脉下空下廉，合口有孔，张口即闭，会足阳明。刺三分，留七呼，灸三壮。耳中有干擿抵，不可灸。

上关 一名客主人，在耳前上廉起骨端，开口有孔。手少阳、足阳明之会。王冰云足少阳之会。刺三分，留七呼，灸三壮。刺太深，令人耳无闻。

禾窌 在耳前锐发下横动脉，会手太阳、少阳。刺三分，灸三壮。

曲鬓 在耳上入发际曲隅陷中，鼓颔有空，会足太阳。刺三分，灸三壮。

头维 在额角发际，侠本神两旁各一寸五分，会阳维。刺五分，禁灸。

目窗 一名至荣。在临泣后一寸，会阳维。刺三分，灸五壮。

临泣 当目上眥直入发际五分陷中，会足太阳、阳维。刺三分，留七呼，灸五壮。

本神 在曲差两旁各一寸五分，在发际会阳维。刺三分，灸三壮。

阳白 在眉上一寸直童子，会阳维。刺三分，灸三壮。

悬厘 在曲周颞颥下廉，会手阳明、少阳、足阳明。刺三分，留七呼，灸三壮。

悬颅 在曲周颞颥中。脉气所发。刺三分，留七呼，灸三壮。

丝竹空 一名巨窌。在眉后陷中。脉气所发。刺三分，留三呼，不宜灸。灸之不幸，令人目小及盲。

瞳子窌 在目外去眥五分，会手太阳、少阳。刺三分，灸三壮。

颊车 在耳下曲颊端陷中，开口有孔。足阳明脉气所发。英谓脉宜络之。刺三分，灸三壮。

大迎 一名髓孔。在曲颊前一寸三分骨陷中动脉。足太阳脉气所发，英谓脉宜络之。刺三分，留七呼，灸三壮。

缺盆 一名天盖。在肩上横骨陷中。英谓脉宜络之。刺三分，留七呼，灸三壮。刺太深，令人逆息。

膺窗 在屋翳下一寸六分，旁去任脉各四寸。英谓脉宜络之。

刺四分，灸五壮。

乳中 旁去任脉各四寸。禁刺灸。灸刺不幸生蚀创，中有脓血清汁，可治；中有息肉若蚀创者死。英谓脉宜络之。

乳根 在乳下一寸六分陷中，旁去任脉各四寸。足阳明脉气所发。英谓脉宜络之。仰而取之，刺四分，灸五壮。

天池 一名天会，在乳后一寸，腋下三寸，著胁直腋撅肋间，会手厥阴。王冰云在乳后二寸。刺七分，灸三壮。

辄筋 在腋下三寸，复前行一寸著胁。脉气所发。刺六分，灸三壮。

渊腋 在腋下三寸宛宛中。王冰云足少阳脉气所发。举臂取之，刺三分，不可灸。灸之，不幸生蚀马刀伤，内溃者死，寒热生马疡可治。

日月 胆募也，在期门下一寸五分，会足太阴。王冰云在第三肋端，横直心，蔽骨旁各三寸五分，上直两乳。刺七分，灸五壮。

章门 脾募也，一名长平，一名胁窌。在大横外，直脐季胁端，会足厥阴。侧卧屈上足，伸下足，举臂取之。刺八分、留六呼。灸三壮。

带脉 在季胁下一寸八分。王冰云足少阳、带脉之会。刺六分，灸五壮。

京门 肾募也，一名气府，一名气俞。在监骨上腰中挟脊，季肋下一寸八分。英谓脉宜络之。刺三分，留七呼，灸三壮。

五枢 在带脉下三寸，一曰在水道旁一寸五分。王冰云足少阳之会。刺一寸，灸五壮。

维道 一名外枢。在章门下五寸三分，会带脉。刺八分，灸三壮。

胆俞 在第十椎下两旁各一寸五分。足太阳脉气所发。英以为足少阳脉气所发,正坐取之。刺五分,灸三壮。

上窌 在第一空腰髁下一寸,侠脊陷中。络也,会足太阳络。刺三分,留七呼,灸三壮。

次窌 在第二空侠脊陷中。英谓脉宜络之。刺三分,留七呼,灸三壮。

中窌 在第三空侠脊陷中。英谓脉宜络之。刺二分,留十呼,灸三壮。

下窌 在第四空侠脊陷中。王冰云足少阳所结。刺二分,留十呼,灸三壮。

居窌 在章门下八寸三分,监骨上陷中,会阳蹻。刺八分,灸三壮。

环跳 在髀枢中,侧卧伸下足,屈上足取之。脉气所发。刺一寸,留二十呼,灸五十壮。

中犊 在髀骨外膝上五寸分肉间陷中。脉气所发。刺五分,留七呼,灸五壮。

阳关 在阳陵泉上三寸犊鼻外陷中。英谓脉宜络之。刺五分,禁灸。

阳陵泉 土也,在膝下一寸胻外廉陷中,伸足得之。脉所入为合。刺六分,留十呼,灸三壮。

阳交 一名别阳,一名足窌。阳维之郄,在外踝上七寸,邪属三阳分肉间。英谓脉宜络之。刺六分,留七呼,灸三壮。

外邱 郤也,脉之所生。在内踝上七寸。刺三分,灸三壮。英谓穴宜在外踝上七寸。

光明 络也，在足外踝上五寸，别走厥阴者。刺六分，留七呼，灸三壮。

阳辅 火也，在足外踝上四寸，辅骨前绝骨端如前三分，去邱虚七寸。脉所行为经。刺五分，留七呼，灸三壮。

悬钟 在足外踝上三寸动脉中。足三阳络，按之，阳明脉绝，乃取之。英谓脉宜络之。刺六分，留七呼，灸五壮。

邱虚 在足外廉踝下如前陷中，去临泣一寸。脉所过为原。刺五分，留七呼，灸三壮。

临泣 木也，在足小指、次指本节后间陷中，去侠溪一寸五分。脉所注为俞。刺二分，灸三壮。

地五会 在足小指、次指本节后间陷中。英谓脉之直行者，刺三分，禁灸。灸之，令人瘦，不出三年死。

侠溪 水也，在足小指次指二岐骨间，本节前陷中。脉所溜为荥。刺三分，留三呼，灸三壮。

窍阴 金也，在足小指、次指端，去爪甲如韭叶。脉所出为井。刺三分，留三呼，灸三壮。

《经脉》云：胆足少阳之脉，起于目锐眥，上抵头角，下耳后，循颈行手少阳之前，至肩上，却交出手少阳之后，入缺盆。其支者，从耳后入耳中，出走耳前，至目锐眥后；其支者，别锐眥，下大迎，合于手少阳，抵于䪼，下加颊车，下颈合缺盆以下胸中，贯鬲，络肝，属胆，循胁里，出气街，绕毛际，横入髀厌中；其直者，从缺盆下腋，循胸中过季胁，下合髀厌中，以下循髀阳，出膝外廉、下外辅骨之前，直下抵绝骨之端，下出外踝之前，循足跗上，入小指、次指之间；其支者，别跗上，入大指之间，循大指岐骨内出其端，还贯爪甲，出三毛。

《经筋》云：足少阳之筋，起于小指、次指之上，结于外踝，上循胫外廉，结于膝外廉。其支者，别起于外辅骨，上走髀，前者结于伏兔之上，后者结于尻；其直者，上乘胁季胁，上走腋前廉，系于膺乳，结于缺盆；直者，上出腋，贯缺盆，出太阳之前，循耳后，上额角，交颠上，下走颔，上结于颀；其支者，结于目外眥为外维。

《经别》云：足少阳之正，绕髀入毛际，合于厥阴；别者，入季胁之间，循胸里，属胆，散之上肝，贯心，以上挟咽，出颐颔中，散于面，系目系，合少阳于外眥。

《经脉》又云：足少阳之别，名曰光明，去踝上五寸，别走厥阴，并经下络足跗。

《脉度》云：足少阳脉，从足上至头长八尺，二八一丈六尺。

足少阳胆脉所经六十六名，都百有三十二穴。《甲乙经》肩井、听会、颊车、大迎、乳根、胆俞不名足少阳，缺盆、耳门、瘛脉、膺窗、乳中、京门、次窌、中窌、阳关、阳交、悬钟、地五会不明经。《经脉》云"下耳后"，瘛脉宜录。又云"循颈至肩上"，肩井宜录。又云"出走耳前耳门"，听会宜录。又云"入缺盆"，又云"支者，下大迎，加颊车，合缺盆"，则大迎、颊车、缺盆显为目。《经筋》云"直者，乘季胁，系膺乳"，则膺窗、乳中、乳根、京门所必络。胆俞，俞也。次窌、中窌与上窌同。阳关其所历也，与阳交同。《甲乙经·足少阳篇》题阳维四穴，厪注阳交一名，疑二穴即阳关，以无显证阙之。阳交虽阳维之郄，实足少阳别络耳。悬钟，络会也。地五会在足小指、次指本节后间陷中，则与侠溪为前后穴矣。有增风市一穴于膝上外廉者，云伸手著腿指尽处是穴，不言中旁与刺灸之数，《素问》、《针经》、《甲乙经》无其文。不知而作，宜从芟剔，以标古谊。

足太阴

隐白 木也，在足大指端内侧，去爪甲如韭叶。足太阴脉，所出为井。刺一分，留三呼，灸三壮。

大都 火也，在足大指本节后陷中。脉所溜为荥。刺三分，留七呼，灸一壮。

大白 土也，在足内侧核骨下陷中。脉所注为俞。刺三分，留七呼，灸三壮。

公孙 在足大指本节后一寸，别走阳明，太阴络也。刺四分，留二十呼，灸三壮。

商邱 金也，在足内踝下微前三分陷中。脉所行为经。刺三分，留七呼，灸三壮。

三阴交 在内踝上三寸骨下陷中，会足少阴、厥阴。刺三分，留七呼，灸三壮。

漏谷 络也，在内踝上六寸骨下陷中。刺三分，留七呼，灸三壮。

地机 郄也，一名脾舍。别走上一寸空在膝下五寸。刺三分。灸三壮。

阴陵泉 水也，在膝下内侧辅骨下陷中，伸足乃得之。脉所入为合。刺五分，留七呼，灸三壮。

血海 在膝膑上内廉白肉际二寸半。脉气所发。刺五分，灸五壮。

箕门 在鱼腹上越两筋间，动脉应手，太阴内市。脉气所发。

足太陰脾經

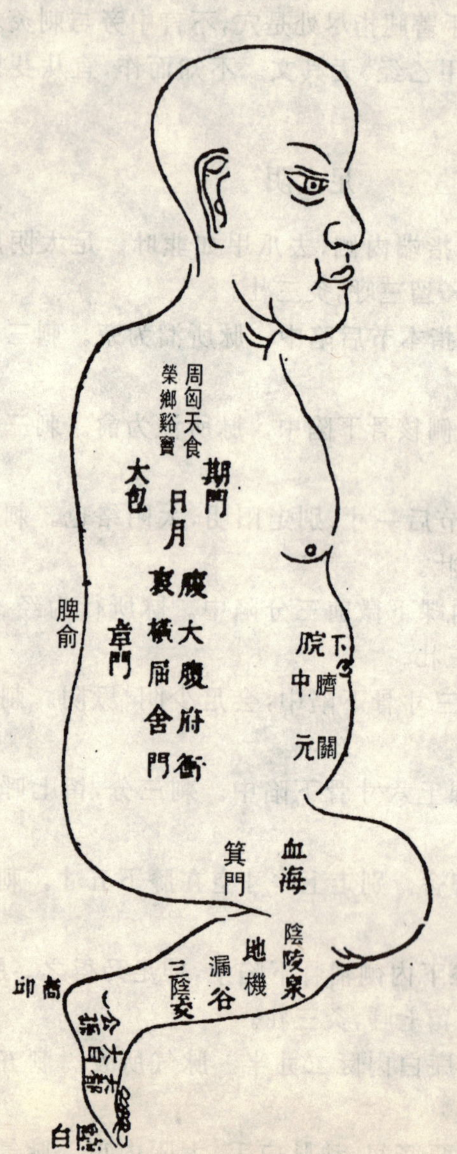

周
胸
天
食
榮
鄉
谿
竇
大包
期門
日月
腹
哀
大
橫
腹
屈
府
舍
衝
門
章門
脾俞
下
脘
中
臍
元
關
箕門
血海
陰陵泉
地機
漏谷
三陰交
商丘
公孫
太白
大都
隱白

王冰云直五里下宽鞏足单衣，沈取乃得之。刺三分，留六呼，灸三壮。

冲门 一名慈宫。上去大横五寸，旁去任脉各三寸五分，在府舍下横骨两端约文中动脉，会足厥阴。刺七分，灸五壮。

府舍 在腹结下三寸，旁去任脉各三寸五分，会足厥阴、阴维。此脉上下入腹，络胸，结心肺，从胁上至肩，比太阴、郄三阴、阳明支别。刺七分，灸五壮。

腹屈 一名腹结。在大横下一寸三分，旁去任脉各三寸五分。英谓脉宜络之。刺七分，灸五壮。

大横 在腹哀下三寸，直脐旁各三寸五分，会阴维。刺七分，灸五壮。

章门 脾募也，一名长平，一名胁窌。在大横外直脐季胁端，足厥阴、少阳之会。英以为足太阴脉气所发。侧卧屈上足，伸下足，举臂取之。刺八分，留六呼，灸三壮。

腹哀 在日月下一寸五分，旁去任脉各三寸五分，会阴维。刺七分，灸五壮。

日月 胆募也，在期门下一寸五分，会足少阳。王冰云在第三肋端，横直心、蔽骨旁各三寸五分，上直两乳。刺七分，灸五壮。

期门 肝募也，在第二肋端，不容旁各一寸五分，旁去任脉各三寸五分，上直两乳，会足厥阴、阴维。举臂取之，刺四分，灸五壮。

大包 在渊腋下三寸，脾之大络，布胸胁中出九肋间及季胁端、别络诸阴者。刺三分，灸三壮。

食窦 在天溪下一寸六分陷中，旁去任脉各六寸。脉气所发。

仰而取之，刺四分，灸五壮。

天溪 在胸乡下一寸六分陷中，旁去任脉各六寸。脉气所发。仰而取之，刺四分，灸五壮。

胸乡 在周营下一寸六分陷中，旁去任脉各六寸。脉气所发。仰而取之，刺四分，灸五壮。

周营 在中府下一寸六分陷中，旁去任脉各六寸。脉气所发。仰而取之，刺四分，灸五壮。

下脘 在建里下一寸，会任脉。刺一寸，灸五壮。

脐中 禁不可刺，刺之，令人恶疡，遗矢者死不治。英谓脉宜络之。

关元 小肠募也，一名次门。在脐下三寸，会任脉。刺二寸，留七呼，灸七壮。王冰云刺一寸二分。

脾俞 在第十一椎下两旁各一寸五分。英以为足太阴脉气所发。刺三分，留七呼，灸三壮。

《经脉》云：脾足太阴之脉，起于大指之端，循指内侧白肉际，过核骨后，上内踝前廉，上腨内，循胫骨后，交出厥阴之前，上循膝股内前廉，入腹，属脾，络胃，上鬲，挟咽，连舌本，散舌下。其支者，复从胃，别上鬲，注心中。

《经筋》云：足太阴之筋，起于大指之端内侧，上结于内踝。其直者，上络于膝内辅骨，上循阴股，结于髀，聚于阴器，上腹，结于脐，循腹里，结于胁，散于胸中；其内者，著于脊。

《经别》云：足太阴之正，上至髀，合于阳明，与别俱行，上结于咽，贯舌中，与足阳明为第三合。

《经脉》又云：足太阴之别，名曰公孙，去本节后一寸，别走阳明。其别者，入络于肠胃。又云：脾之大络，名曰大包，出渊腋下三寸，布胸胁。

《脉度》云：足太阴脉，从足至胸中六尺五寸，二六一丈二尺，二五一尺，左右共一丈三尺。

足太阴脾脉所经二十八名，下脘、脐中、关元各一穴，余皆两穴，都四十九穴。《甲乙经》章门不名足太阴，腹屈、脐中、脾俞不名经，然章门募也，腹屈下直府舍，上直大横，皆去任脉二寸，经气贯输，穴则名焉。《经筋》云"直者，上腹结脐"，则历脐中，脾俞其俞矣。

足少阴

涌泉 木也，一名地冲，在足心陷中，屈足卷指宛宛中。足少阴脉，所出为井。刺三分，留三呼，灸三壮。

然谷 火也，一名龙渊，在足内踝前起大骨下陷中。脉所溜为荥。刺三分，留三呼，灸三壮。刺之多见血，使人立饥欲食。

大溪 土也，在足内踝后跟骨上动脉陷中。脉所注为俞。刺三分，留七呼，灸三壮。

大钟 在足跟后冲中，络之别走太阳者。刺二分，留七呼，灸三壮。

照海 阴蹻脉所生，在足内踝下一寸。英谓脉宜络之。刺四分，留六呼，灸三壮。

水泉 郄也，去大溪下一寸，在足内踝下。刺四分，灸五壮。

交信 在足内踝上二寸、少阴前、太阴后筋骨间，阴蹻之郄。英谓脉宜络之。刺四分，留三呼，灸三壮。

复溜 金也，一名伏白，一名昌阳。在足内踝上二寸陷中。脉动不休，脉所行为经。刺三分，留三呼，灸五壮。

足少陰腎經

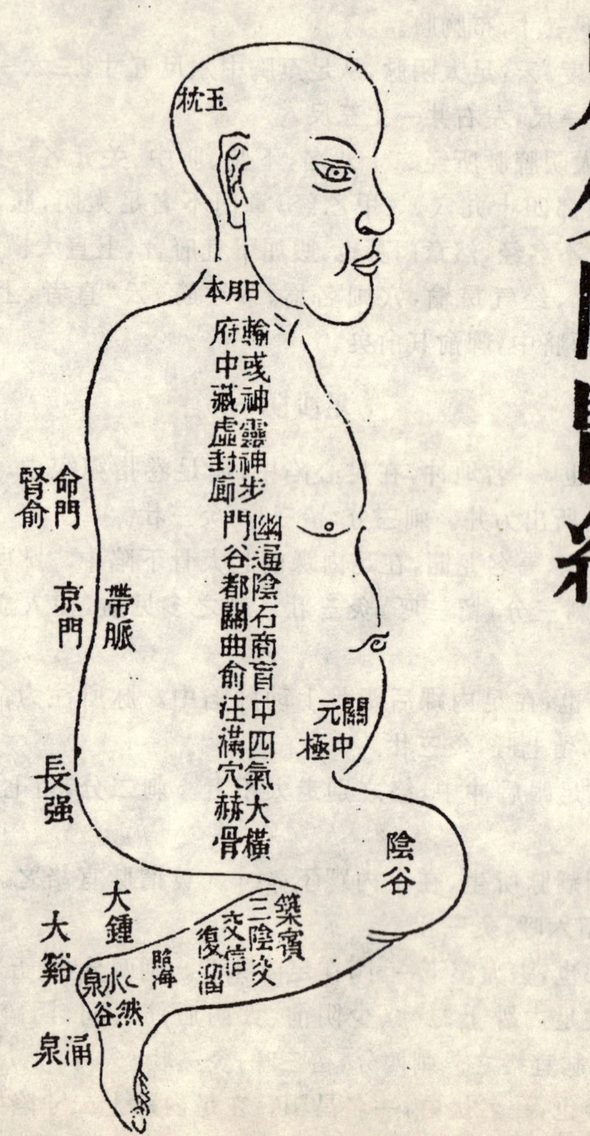

玉枕
命門
腎俞
京門
帶脈
長強
俞府
或中
神藏
靈墟
神封
步廊
幽門
通谷
陰都
石關
商曲
肓俞
中注
四滿
氣穴
大赫
橫骨
關元
中極
陰谷
築賓
三陰交
交信
復溜
照海
大鍾
大谿
水泉
然谷
湧泉

三阴交 在内踝上三寸骨下陷中，会足太阳、厥阴。刺三分，留七呼，灸三壮。

筑宾 阴维之郄，在足内踝上腨分中。英谓脉宜络之。刺三分，灸五壮。

阴谷 水也，在膝下内辅骨后，大筋下，小筋上，按之应手，屈膝得之。脉所入为合。刺四分，灸三壮。

中极 膀胱募也，一名气原，一名玉泉。在脐下四寸，会任脉，刺二寸，留七呼，灸三壮。王冰云刺一寸二分。

关元 小肠募也，一名次门，在脐下三寸，会任脉。刺二寸，留七呼，灸七壮。王冰云刺一寸二分。

横骨 一名下极。在大赫下一寸，旁去任脉各五分，会冲脉。刺一寸，灸五壮。

大赫 一名阴维，一名阴关。在气穴下一寸，旁去任脉各五分，会冲脉。刺一寸，灸五壮。

气穴 一名胞门，一名子户。在四满下一寸，旁去任脉各五分，会冲脉。刺一寸，灸五壮。

四满 一名髓府，在中注下一寸，旁去任脉各五分，会冲脉。刺一寸，灸五壮。

中注 在肓俞下五分，旁去任脉各五分，会冲脉。王冰云在脐下五分，两旁相去任脉各五分。刺一寸，灸五壮。

肓俞 在商曲下一寸，直脐旁五分，会冲脉。刺一寸，灸五壮。

带脉 在季胁下一寸八分。英谓脉宜络之。刺六分，灸五壮。

京门 肾募也，一名气府，一名气俞。在监骨上腰中，挟脊季胁下一寸八分。英谓脉宜络之。刺三分，留七呼，灸三壮。

商曲 在石关下一寸，旁去任脉各五分，会冲脉。刺一寸，灸五壮。

石关 在阴都下一寸，旁去任脉各五分，会冲脉。刺一寸，灸五壮。

阴都 一名食宫，在通谷下一寸，旁去任脉各五分，会冲脉。刺一寸，灸五壮。

通谷 在幽门下一寸陷中，旁去任脉各五分，会冲脉。刺五分，灸五壮。王冰云刺一寸。

幽门 一名上门，在巨阙两旁各五分陷中，会冲脉。刺五分，灸五壮。王冰云刺一寸。

步廊 在神封下一寸六分陷中，侠任脉各二寸。脉气所发。仰而取之，刺四分，灸五壮。

神封 在灵墟下一寸六分陷中，侠任脉各二寸。脉气所发。仰而取之，刺四分，灸五壮。

灵墟 在神藏下一寸六分陷中，侠任脉各二寸。脉气所发。仰而取之，刺四分，灸五壮。

神藏 在彧中下一寸六分陷中，侠任脉各二寸。脉气所发。仰而取之，刺四分，灸五壮。

彧中 在输府下一寸六分陷中，侠任脉各二寸。脉气所发。仰而取之，刺四分，灸五壮。

输府 在巨骨下去璇玑旁各二寸陷中。脉气所发。仰而取之，刺四分，灸五壮。

日月 本《素问·气府论》谓之舌下脉，王冰云名曰日月。本在人迎前陷中动脉，足少阴脉气所发。刺四分。

玉枕 在络郤后七分，侠脑户旁一寸三分，起肉枕骨入发际三寸。足太阳脉气所发，英谓足少阴宜络之。刺三分，留三

呼，灸三壮

命门 一名属累，在第十四椎节下间，督脉气所发。英谓足少阴宜络之。伏而取之，刺五分，灸三壮。

肾俞 在第十四椎下两旁各一寸五分。英以为足少阴脉气所发。刺三分，留七呼，灸三壮。

长强 一名气之，阴督郄督脉别络，在脊骶端，少阴所结。刺三分，留七呼，灸三壮。

《经脉》云：肾足少阴之脉，起于小指之下，邪走足心，出于然谷之下，循内踝之后，别入跟中，以上腨内，出腘内廉，上股内后廉，贯脊，属肾，络膀胱。其直者，从肾上贯肝鬲，入肺中，循喉咙，挟舌本；其支者，从肺出络心，注胸中。

《经脉》云：足少阴之筋，起于小指之下，入足心，并足太阴之筋，邪走内踝之下，结于踵，与太阳之筋合而上结于内辅骨之下，并太阴之筋而上循阴股，结于阴器，循脊内挟吕，上至项，结于枕骨，与足太阳之筋合。

《经别》云：足少阴之正，至腘中，别走太阳而合，上至肾，当十四椎，出属带脉。直者，系舌本，复出于项，合于太阳。此与太阳为第一合，成以诸阴之别，皆为正也。

《经脉》又云：足少阴之别，名曰大钟，当踝后绕跟，别走太阳。其别者，并经上走于心包，下外贯腰脊。

《脉度》云：足少阴脉，从足至胸中六尺五寸，二六一丈二尺，二五一尺，左右共一丈三尺。

足少阴肾脉所经三十七名，关元、中极、长强、命门各一穴，余皆两穴，都七十穴。照海、交信，《甲乙经》以阴蹻名，然蹻固少阴之别也。筑宾，《甲乙经》以阴维名，然阴维起于诸阴交,少阴实主之。玉枕、命门,《甲乙经》不名足少阴。肾俞、京门、带脉,《甲乙经》不名经,然京门其募,肾俞其俞也。《经筋》云"上项,结枕骨",则玉枕也。《经别》云"上至肾,当第十四椎,出属带脉",第十四椎则命门也,出属带脉,据带脉之环背者言,然与肋下带脉一也。则刺灸者,刺灸十四椎下,谓兼刺灸带脉可也;刺灸季胁下,谓刺灸足少阴之邪可也。《素问·气府论》称足少阴舌下各一,王冰注谓之日月,本今《甲乙经》无其名,据王注录入。

足厥阴

大敦 木也,在足大指端去爪甲如韭叶及三毛中。足厥阴脉所出为井。刺三分,留十呼,灸三壮。

行间 火也,在足大指间动脉陷中。脉所溜为荥。刺六分,留十呼,灸三壮。

太冲 土也,在足大指本节后二寸,或曰一寸五分陷中。脉所注为俞。刺三分,留十呼,灸三壮。

中封 金也,在足内踝前一寸五分陷中,摇足取之,伸足乃得之。脉所注为经。刺四分,留七呼,灸三壮。

三阴交 在内踝上三寸骨下陷中,会足太阴、少阴。刺三分,留七呼,灸三壮。

蠡沟 络也,在足内踝上五寸,别走少阳。刺二分,留三呼,灸三壮。

中都 郤也,在内踝上七寸胫中,与少阴相值。刺三分,留六呼,灸五壮。

膝关 在犊鼻下二寸陷中。脉气所发。刺四分,灸五壮。

曲泉 水也,在膝内辅骨下大筋上小筋下陷中,屈膝得之。脉

足厥陰肝經

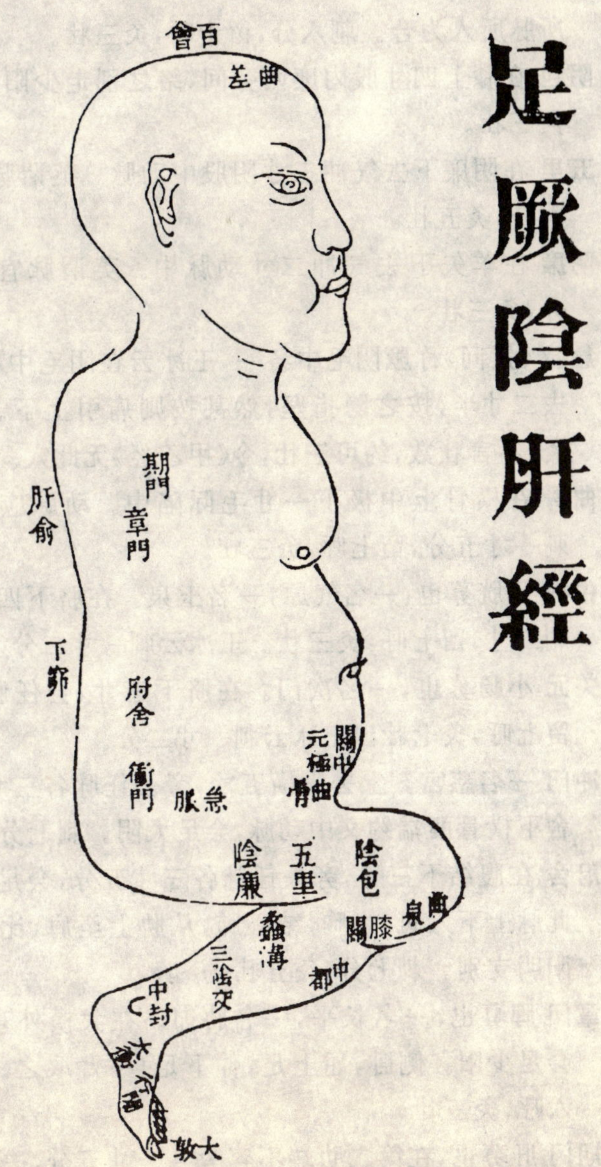

所脉所入为合。刺六分，留十呼，灸三壮。

阴包 在膝上四寸股内廉两旁间，络之别走少阳者。刺六分，灸三壮。

五里 在阴廉下去气冲三寸阴股中动脉。英谓脉宜络之。刺六分，灸五壮。

阴廉 在羊矢下去气冲二寸动脉中。英谓脉宜络之。刺八分，灸三壮。

急脉《素问》称厥阴毛中各一，王冰云在阴毛中，阴上两旁相去二寸半，按之隐指坚，然甚按则痛引上下。不可刺，可灸，不言壮数，约可三壮，今《甲乙经》无此穴。

曲骨 在横骨上中极下一寸毛际陷中。动脉应手，会任脉。刺一寸五分，留七呼，灸三壮。

中极 膀胱募也，一名气原，一名玉泉。在脐下四寸，会任脉。刺二寸，留七呼，灸三壮。王冰云刺一寸二分。

关元 小肠募也，一名次门。在脐下三寸，会任脉。刺二寸，留七呼，灸七壮。王冰云刺一寸二分。

冲门 一名慈宫。上去大横五寸，旁去任脉各三寸五分，在府舍下横骨两端约文中动脉，会足太阴。刺七分，灸五壮。

府舍 在腹结下三寸，旁去任脉各三寸五分，会足太阴、阴维。此脉上下入腹，络胸，结心肺，从胁上至肩，比太阴郄三阴阳明支别。刺七分，灸五壮。

章门 脾募也，一名长平，一名胁窌。在大横外直脐季胁端，会足少阳。侧卧，屈上足，伸下足，举臂取之。刺八分，留六呼，灸三壮。

期门 肝募也，在第二胁端不容旁各一寸五分，去任脉三寸五分，上直两乳，会足太阴、阴维。举臂取之，刺四分，灸五壮。

曲差 一名鼻冲。侠神庭两旁各一寸五分，在发际。足太阳脉气所发，英谓脉宜络之。正头取之，刺三分，灸五壮。

百会 一名三阳五会，在前顶后一寸五分，顶中央旋毛中陷可容指。足太阳、督脉之会。英谓脉宜络之。刺三分，灸三壮。

下窌 在第四空侠脊陷中。王冰云足厥阴所结。刺二分，留十呼，灸三壮。

肝俞 在第九椎下两旁各一寸五分。英以为足厥阴脉气所发。刺三分，留六呼，灸三壮。

《经脉》云：肝足厥阴之脉，起于大指丛毛之际，上循足跗上廉，去内踝一寸，上踝八寸，交出太阴之后，上腘内廉，循股阴入毛中，过阴器，抵小腹，挟胃，属肝，络胆，上贯鬲，布胁肋，循喉咙之后，上入颃颡，连目系，上出额，与督脉会于颠。其支者，从目系下颊里环唇内；其支者，复从肝别贯鬲，上注肺。

《经筋》云：足厥阴之筋，起于大指之上，上结于内踝之前，上循胫，上结内辅之下，上循阴股，结于阴器，络诸筋。

《经别》云：足厥阴之正，别跗上，上至毛际，合于少阳，与别俱行，此与少阳为第二合。

《经脉》又云：足厥阴之别，名曰蠡沟，去内踝五寸，别走少阳；其别者，经胫上睾，结于茎。

《脉度》云：足厥阴脉从足至胸中六尺五寸，二六一丈二尺，二五一尺，左右共一丈三尺。

足厥阴肝脉所经二十四名，曲骨、中极、关元、百会各一穴，余皆两穴，都四十四穴。《甲乙经》于曲差、百会不名足厥阴，五里、阴廉、肝俞不名经。《经脉》云“上出额，与督脉会于颠”，以由目系上出，故曲差、百会录焉。五里、阴廉直足厥阴所繇之道，皇甫谧固以入《足厥阴篇》者也，肝俞其俞也。《素问·气府论》称足厥阴毛中急脉各一，今《甲乙经》无其名，仍据王冰注录入，从《足少阴篇》日月本例。

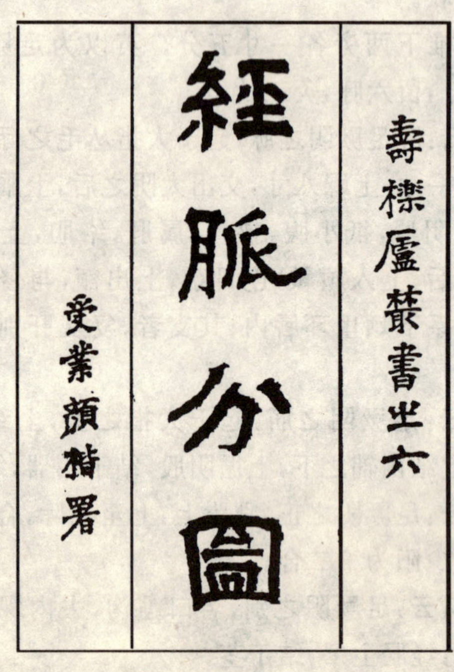

吴之英诗文集卷十五

经脉分图卷二

督脉

龂交 在唇内齿上龂缝中。王冰云督脉之会。刺三分，灸三壮。

兑骨 在唇上端，手阳明脉气所发。英谓脉宜会之。刺三分，留六呼，灸三壮。

水沟 在鼻柱下人中，会手、足阳明。直唇取之，刺三分，留七呼，灸三壮。

素髎 一名面王。在鼻柱上端。督脉气所发。刺三分，禁灸。

神庭 在发际，直鼻，会足太阳、阳明。禁刺，令人颠疾，目失精，灸三壮。

上星 一穴在颅上直鼻中央，入发际一寸陷中可容豆。脉气所发。刺三分，留六呼，灸三壮。

顖会 在上星后一寸骨间陷中。脉气所发。刺四分，灸五壮。

前顶 在顖会后一寸五分骨间陷中。脉气所发。刺四分，灸五壮。

百会 一名三阳五会，在前顶后一寸五分，顶中央旋毛中陷可容指，会足太阳。刺三分，灸三壮。

后顶 一名交冲，在百会后一寸五分枕骨上。脉气所发。刺

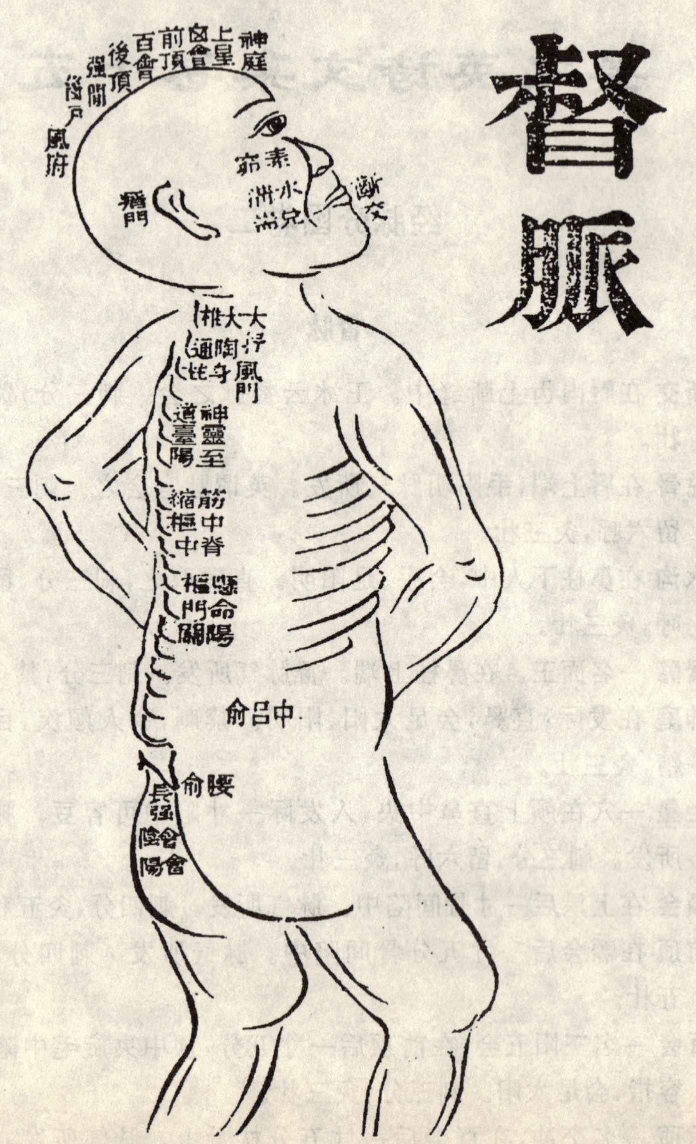
督脈
神庭
上星
囟會
前頂
百會
後頂
強間
腦戶
風府
素髎
水溝
兌端
齗交
瘖門
陶道
身柱
風門
神道
靈臺
至陽
筋縮
中樞
脊中
懸樞
命門
陽關
中呂俞
腰俞
長強
會陰
會陽

四分，灸五壮。

强间 一名大羽，在后顶后一寸五分。脉气所发。刺三分，灸五壮。

脑户 一名匝风，一名会额。在跳骨上强间后一寸五分，会足太阳。此别脑之会，不可灸，令人瘖。

风府 一名舌本，在项上入发际一寸大筋内宛宛中。疾言，其肉立起；言休，其肉立下。会阳维。禁灸，灸之令人瘖。刺四分，留三呼。

瘖门 一名舌横，一名舌厌，在后发际宛宛中，入系舌本，会阳维。仰头取之，刺四分，不可灸，灸之令人瘖。

大椎 在第一椎陷中，三阳、督脉之会。刺五分，灸九壮。

陶道 在大椎节下间，会足太阳。俛而取之，刺五分，留五呼，灸五壮。

大杼 在项第一椎下两旁各一寸五分陷中，手、足太阳之会。王冰云督脉别络。刺三分，留七呼，灸七壮。

风门 热府。在第二椎下两旁各一寸五分，会足太阳。刺五分，留五呼，灸三壮。

身柱 在第三椎节下间。脉气所发。俛而取之，刺五分，留五呼，灸三壮。

神道 在第五椎节下间。脉气所发。俛而取之，刺五分，留五呼，灸三壮。

灵台 王冰云在第六椎节下间。督脉气所发。俛而取之，刺五分，留五呼，灸三壮。今《甲乙经》无此穴。

至阳 在第七椎节下间。脉气所发。俛而取之，刺五分，灸三壮。

筋缩 在第九椎节下间。脉气所发。俛而取之，刺五分，灸三壮。

中枢 王冰云在第十椎节下间。督脉气所发。俛而取之，刺五分，灸三壮。今《甲乙经》无此穴。

脊中 在第十一椎节下间。脉气所发。俛而取之，刺五分，不可灸，灸则令人瘘。

悬枢 在第十三椎节下间。脉气所发。伏而取之，刺三分，灸三壮。

命门 一名属累，在第十四椎节下间。脉气所发。伏而取之，刺五分，灸三壮。

阳关 王冰云在第十六椎节下间。督脉气所发。坐而取之，刺五分，灸三壮。今《甲乙经》无此穴。

中吕俞 在第二十椎下两旁各一寸五分，侠脊髀而起。英以为督脉气所发。刺三分，留六呼，灸三壮。

腰俞 一名背解，一名髓空，一名腰户。在第二十一椎节下间。脉气所发。刺三分，留七呼，灸五壮。

长强 一名气之阴郄，督脉别络，在脊骶端，足少阴所结。刺三分，留七呼，灸三壮。

会阴 一名屏翳。在大便前少便后两阴之间，任脉别络，侠督脉冲脉之会。英谓脉宜络之。刺二寸，留三呼，灸三壮。

会阳 一名利机。在阴毛骨两旁。脉气所发。刺八分，灸五壮。

《素问·骨空论》云：督脉起于少腹以下骨中央，女子入系廷孔。其孔，溺孔之端也。其络循阴器合篡间，绕篡后，别绕臀，至少阴与巨阳中络者，合少阴上股内后廉，贯脊，属肾，与太阳起于目内眥，上额交颠上，入络脑，还出别下项，循肩髆内，贯脊抵腰中，入循膂络肾。其男子循茎下至篡，与女子等。其少腹直上者，贯脐中央，上贯心入喉，上颐环唇，上系两目之下中央。

《经脉》云：督脉之别，名曰长强，挟吕上项，散头上，下当肩胛左右，别走太阳，入贯膂。

秦越人《难经·二十八》云：督脉者，起于下极之俞，并于脊里，上至风府，入属于脑，上颠循额至鼻柱，阳脉之海也。

《脉度》云：督脉之长四尺五寸。

督脉所经三十三名，大抒、风门、会阳、中吕俞各二穴，余皆一穴，都三十七穴。兑骨，《甲乙经》不名督脉，然上直水沟，下直龂交，不应为手阳明专穴。中吕俞，《甲乙经》不名经，然十二经俞当属足太阳。督与任、冲，脉之大者，特标其俞，亦当与足太阳会也。灵台、中枢、阳关，今《甲乙经》无名，王冰《气府论》注俱有之。冰所见当为完本，据以录入。又冰注《气府论》脊椎脉法不数会阴，会阴既侠督脉，督脉在任络中矣，亦图之标督、任为一脉也。

任脉

会阴 一名屏翳。在大便前少便后两阴之间，任脉别络，侠督脉、冲脉之会。刺二寸，留三呼，灸三壮。

曲骨 在横骨上中极下一寸毛际陷中，动脉应手，会足厥阴。刺一寸五分，留七呼，灸三壮。

中极 膀胱募也，一名气原，一名玉泉。在脐下四寸，会足二阴。刺二寸，留七呼，灸三壮。王冰云刺一寸二分。

关元 小肠募也，一名次门。在脐下三寸，会足三阴。刺二寸，留七呼，灸七壮。王冰云刺一寸二分。

石门 三焦募也，一名利机，一名精露，一名丹田，一名命门。

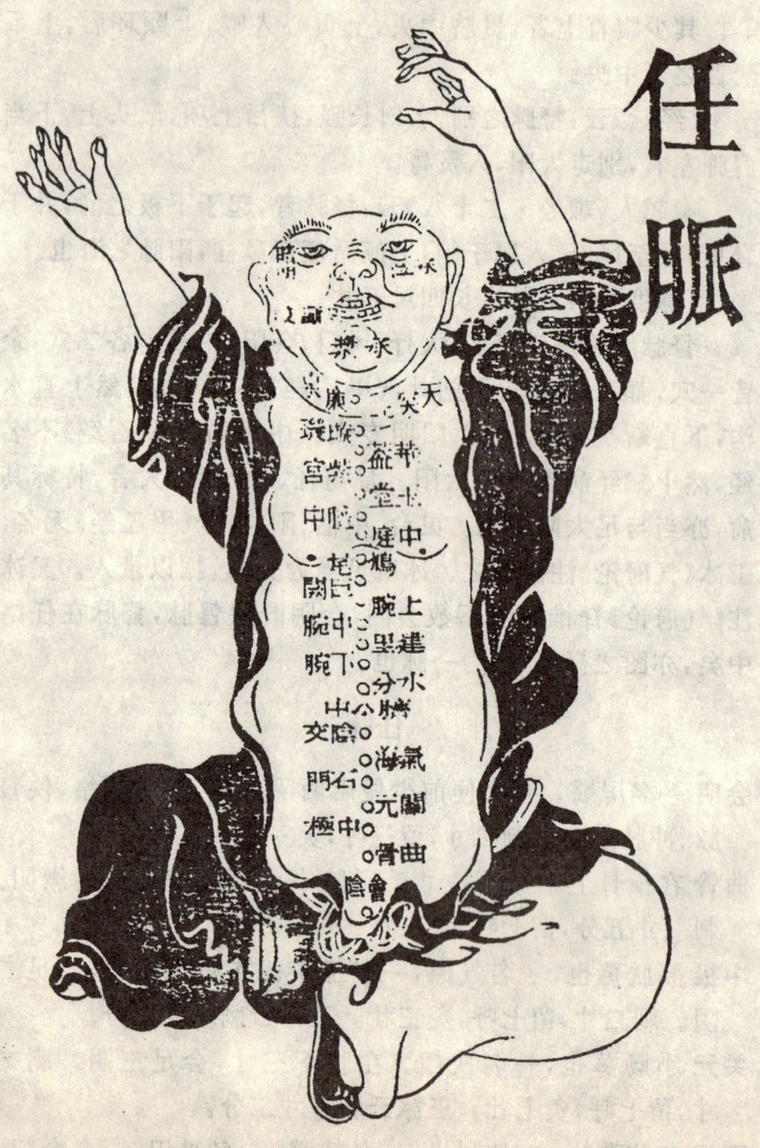

任脈
承漿
廉泉
天突
璇璣
華蓋
紫宮
玉堂
膻中
中庭
鳩尾
巨闕
上脘
中脘
建里
下脘
水分
臍中
陰交
氣海
石門
關元
中極
曲骨
會陰

在脐下二寸。脉气所发。刺五分，留十呼，灸三壮。女子禁刺，灸中央，不幸使人绝子。

气海 一名脖胦，一名下肓，在脐下一寸五分。脉气所发。刺一寸三分，灸五壮。

阴交 一名少关，一名横户。在脐下一寸，任脉气冲之会。刺八分，灸五壮。

脐中 禁刺，刺之令人恶疡，遗矢者死不治。王冰云任脉气所发。

水分 在下脘下一寸，脐上一寸。脉气所发。刺一寸，灸五壮。

下脘 在建里下一寸，会足太阴，刺一寸，灸五壮。

建里 在中脘下一寸。王冰云任脉气所发。刺五分，留十呼，灸五壮。

中脘 一名太仓，胃募也。在上脘下一寸，居心蔽骨与脐之中，手太阳、少阳、足阳明所生，任脉之会。刺三分，灸七壮。

上脘 在巨阙下一寸五分，去蔽骨三寸，会手太阳、足阳明。刺八分，灸五壮。

巨阙 心募也。在鸠尾下一寸。脉气所发。刺六分，留七呼，灸五壮。

鸠尾 一名尾翳，一名骬骭，在臆前蔽骨下五分。任脉之别，不可刺灸。

中庭 在膻中下一寸六分陷中。脉气所发。仰而取之，刺三分，灸五壮。

膻中 一名元儿，在玉堂下一寸六分陷中。脉气所发。仰而取之，刺三分，灸五壮。

玉堂 一名玉英，在紫宫下一寸六分陷中。脉气所发。仰头取之，刺三分，灸五壮。

紫宫 在华盖下一寸六分陷中。脉气所发。仰头取之,刺三分,灸五壮。

华盖 在璇玑下一寸陷中。脉气所发。仰头取之,刺三分,灸五分。

璇玑 在天突下一寸中央陷中。脉气所发。仰头取之,刺三分,灸五壮。

天突 一名玉户。在颈结喉下二寸中央宛宛中,会阴维。低头取之,刺一寸,留七呼,灸三壮。

廉泉 一名本池,在颔下结喉上,舌本下,会阴维。刺二分,留三呼,灸三壮。

承浆 一名天池,在头前唇下,会足阳明,开口取之,刺三分,留六呼,灸三壮。

龂交 在唇内齿上龂缝中。王冰云任脉之会。刺三分,灸三壮。

承泣 一名鼷穴,一名面窍。在目下七分,直童子,会足阳明、阳蹻。刺三分,不可灸。

睛明 一名泪孔。在目内眥外,手足太阳、足阳明之会。英谓脉宜络之。刺六分,留六呼,灸三壮。

《骨空论》云:任脉者,起于中极之下,以上毛际,循腹里上关元,至咽喉,上颐,循面入目。

《经脉》云:任脉之别,名曰尾翳,下鸠尾,散于腹。

《脉度》云:任脉之长四尺五寸。

任脉所经二十七名,承泣、睛明各二穴,余皆一穴,都二十九穴。《甲乙经》睛明不名任脉,据《骨空论》云与太阳起于目内眦，则精明[①]也。

冲脉

巨虚下廉 足阳明与小肠合，在上廉下三寸。英谓冲脉之输。刺三分，灸三壮。

巨虚上廉 足阳明与大肠合，在三里下三寸。英谓冲脉之输。刺八分，灸三壮。

会阴 一名屏翳，在大便前小便后两阴之间，任脉别络，侠督脉、冲脉之会。刺二寸，留三呼，灸三壮。

横骨 一名下极。在大赫下一寸，侠任脉各五分，会足少阴。刺一寸，灸五壮。

大赫 一名阴维，一名阴关。在气穴下一寸，侠任脉各五分，会足少阴。刺一寸，灸五壮。

关元 小肠募也，一名次门。在脐下三寸，足三阴、任脉之会。英谓脉宜络之。刺二寸，留七呼，灸七壮。王冰云刺一寸二分。

气穴 一名胞门，一名子户，在四满下一寸，侠任脉各五分，会足少阴。刺一寸，灸五壮。

四满 一名髓府。在中注下一寸，侠任脉各五分，会足少阴。刺一寸，灸五壮。

中注 在肓俞下五分，侠任脉各五分，会足少阴。刺一寸，灸五壮。

肓俞 在商曲下一寸，直脐旁五分，会足少阴。刺一寸，灸五壮。

商曲 在石关下一寸，侠任脉各五分，会足少阴。刺一寸，灸

①精明：据上下文义，当作“睛明”。

衝脈

五壮。

石关 在阴都下一寸，侠任脉各五分，会足少阴。刺一寸，灸五壮。

阴都 一名食宫，在通谷下一寸，侠任脉各五分，会足少阴。刺一寸，灸五壮。

通谷 在幽门下一寸陷中，侠任脉各五分，会足少阴。刺五分，灸五壮。

幽门 一名上门，在巨阙两旁各五分陷中，会足少阴。刺五分，灸五壮。

大抒 在项第一椎下两旁各一寸五分陷中，手、足太阳之会。英谓冲脉之输。刺三分，留七呼，灸七壮。

《骨空论》云：冲脉者，起于气街，并少阴之经，侠脐上行，至胸中而散。

《素问·举痛论》云：冲脉起于关元，随腹直上。

《素问·痿论》云：冲脉者，经脉之海也，主渗灌溪谷，与阳明合于宗筋，阴阳总宗筋之会，会于气街，而阳明为之长，皆属带脉，而络于督脉。

《灵枢·海论》云：冲脉者，为十二经之海，其输上在于大杼，下出于巨虚之上下廉。

《灵枢·逆顺肥瘦论》云：少阴之脉独下行，何也？曰：冲脉者，五藏六府之海也，五藏六府皆禀焉。其上者，出于颃颡，渗诸阳，灌诸阴精；其下者，注少阴之大络，出于气街，循阴股内廉入腘中，伏行骭骨内，下至内踝之后，属而别；其下者，并于少阴之经，渗三阴；其前者，伏行出属跗，下循跗入大指间，渗诸络而温肌肉，故别络结则跗上不动，不动则厥，厥则寒矣。

《灵枢·动腧》云：足少阴因何而动？曰：冲脉者，十二经之海也。与少阴之大络起于肾下，出于气街，循阴股内廉邪入腘中，循胫骨内廉并少阴之经，下入内踝之后，入足下。其别者，邪入踝，出属跗上，入大指之间，注诸络以温足胫，此脉之常动者也。

《灵枢·五音五味论》云：冲脉、任脉皆起于胞中，上循脊里，为经络之海。其浮而外者，循腹上行，会于咽喉，别而络唇口。血气盛则充肤热肉，血独盛则淡渗皮肤，生豪毛。今妇人之生，有余于气，不足于血，以其数脱血也。冲、任之脉不荣口唇，故须不生焉。宦者去其宗筋，伤其冲脉，血泻不复，皮肤内结，唇口不荣，故须不生。其有天宦者，天之所不足也。其任、冲不盛，宗筋不成，有气无血，唇口不荣，故须不生。

冲脉所经十六名，惟关元一穴，余皆两穴，都三十一穴。巨虚上下廉、关元、大抒，《甲乙经》不名冲脉，据《海论》云其输上在大抒，下出巨虚上下廉，《举痛论》云起于关元，则皆有显目之穴。起于阴而输在阳者，阴附少阴，阳附太阳，以与督、任为一故也。

带脉

带脉 在季胁下一寸八分。王冰云足少阳、带脉之会。刺六分，灸五壮。

京门 肾募也，一名气府，一名气俞。在监骨上腰中挟脊季肋下一寸八分。英谓脉宜络之。刺三分，留七呼，灸三壮。

五枢 在带脉下三寸，一曰在水道旁一寸五分。王冰云带脉

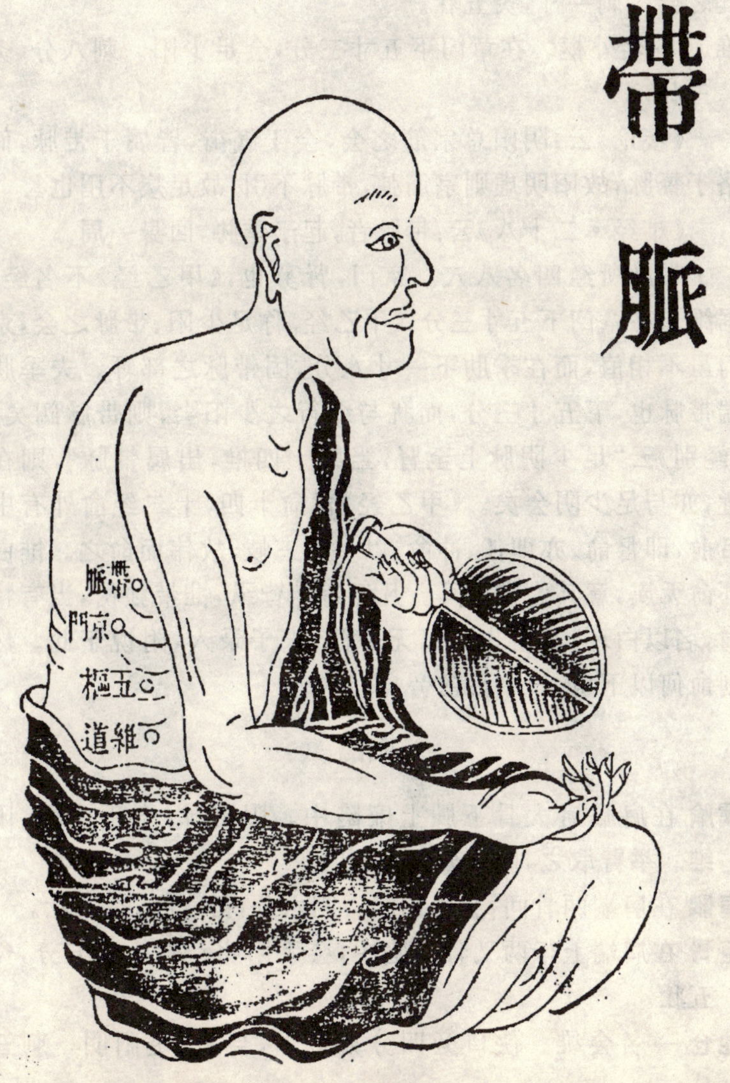
帶脈
帶脈
京門
五樞
維道

之会。刺一寸,灸五壮。

维道 一名外枢。在章门下五寸三分,会足少阳。刺八分,灸三壮。

《痿论》云:阴阳总宗筋之会,会于气街,皆属于带脉,而络于督脉,故阳明虚则宗筋弛,带脉不引,故足痿不用也。

《难经·二十八》云:带脉者,起于季胁,回身一周。

带脉所经四名八穴。京门,肾募也,《甲乙经》不名经。据维道在章门下五寸三分,《甲乙经》称足少阳、带脉之会,京门虽不相值,而在季肋下一寸八分,固带脉之部耳。夫季胁端带脉也,下五寸三分,而犹与缩行之少阳会,则带脉阔矣。《经别》云"足少阴脉上至肾,当第十四椎,出属带脉",则在背,亦与足少阴会矣。《甲乙经》背俞十四,十二经俞外有中吕俞,即督俞,亦即任、冲俞,以一脉三岐,故伟而俞之。惟白环俞无属,意其为带俞耳。凡经奇脉皆纵,惟带独衡,当有特俞,名以白环,其谊也。以无旁徵,未予录入,附说于此。然则俞何以下也,曰中吕俞旁矣。

阳蹻

臑腧 在肩臑后大骨下胛上廉陷中。阳蹻脉,会手太阳、阳维。举臂取之,刺八分,灸三壮。

肩髃 在肩端两骨间,会手阳明。刺六分,留六呼,灸三壮。

巨骨 在肩端上行两叉骨间陷中,会手阳明。刺一寸五分,灸五壮。

地仓 一名会维。侠口旁四分如近下,会手、足阳明。刺三分。

巨窌 在侠鼻孔旁八分,直童子,会足阳明。刺三分。

陽蹻脈

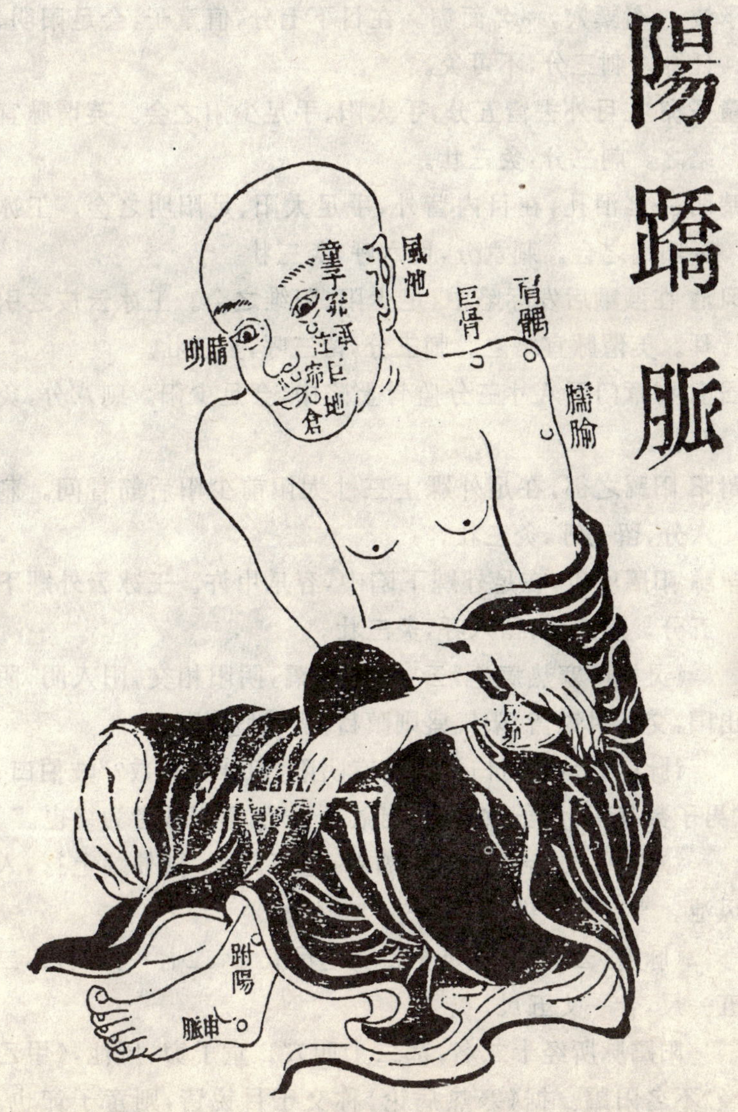

承泣 一名鼷穴，一名面窌。在目下七分，值童子，会足阳明、任脉。刺三分，不可灸。

童子窌 在目外去眥五分，手太阳、手足少阳之会。英谓脉宜络之。刺三分，灸三壮。

睛明 一名泪孔，在目内眥外，手足太阳、足阳明之会。王冰云阳蹻之会。刺六分，留六呼，灸三壮。

风池 在颞颥后发际陷中，足少阳、阳维之会。王冰云按之引耳。英谓脉宜络之。刺三分，留三呼，灸三壮。

居窌 在章门下八寸三分监骨上陷中，会足少阳。刺八分，灸三壮。

跗阳 阳蹻之郤，在足外踝上三寸太阳前少阳后筋骨间。刺六分，留七呼，灸三壮。

申脉 阳蹻所生，在足外踝下陷中，容爪甲许。王冰云外踝下五分。刺三分，留六呼，灸三壮。

《灵枢·寒热病论》云：阴蹻阳蹻，阴阳相交，阳入阴，阴出阳，交于目锐眥，阳气盛则瞋目，阴气盛则瞑目。

《脉度》云：黄帝曰："蹻脉有阴阳，何脉当其数?"岐伯曰："男子数其阳，女子数其阴，当数者为经，不当数者为络也。"

《难经·二十八》曰：阳蹻者，起于跟中，循外踝上行，入风池。

《脉度》云：蹻脉从足至目长七尺五寸，二七一丈四尺，二五一尺，合一丈五尺。

阳蹻脉所经十二名，都二十四穴。童子窌、风池，《甲乙经》不名阳蹻。据《寒热病论》称交于目锐眥，则童子窌也。《二十八难》称上行入风池，风池有显目也。

陰蹻脈

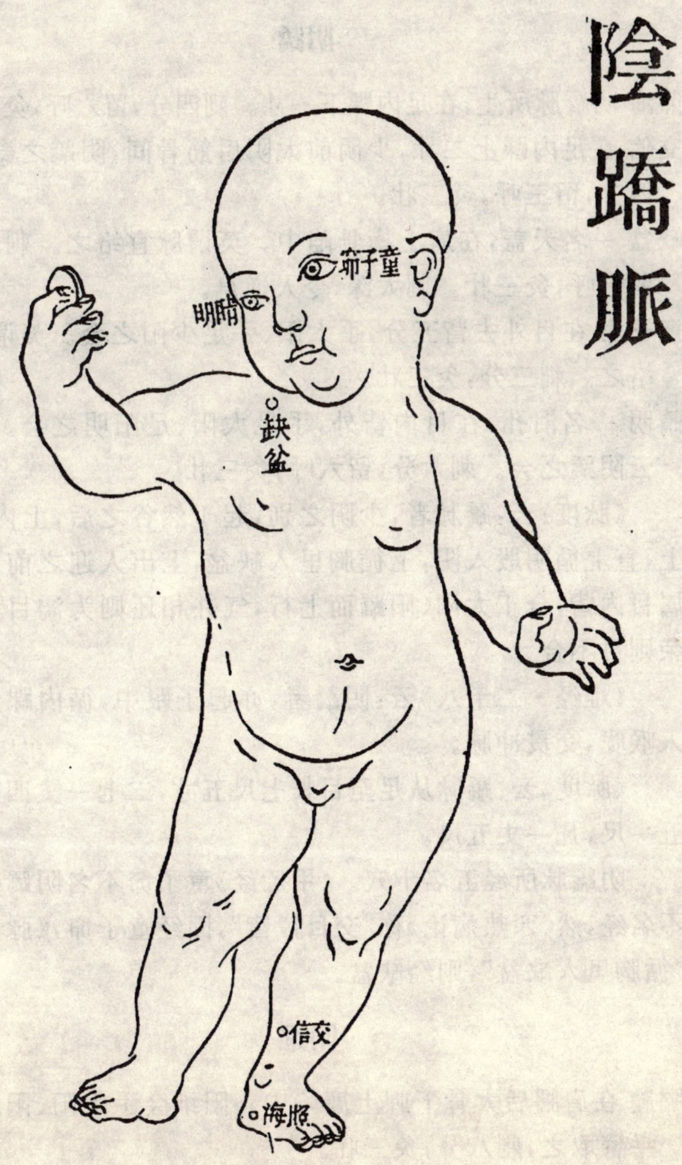

阴蹻

照海 阴蹻脉所生，在足内踝下一寸。刺四分，留六呼，灸三壮。

交信 在足内踝上二寸，少阴前太阴后筋骨间，阴蹻之郄。刺四分，留三呼，灸三壮。

缺盆 一名天盖，在肩上横骨陷中。英谓脉宜络之。刺三分，留七呼，灸三壮。刺太深，令人逆息。

童子窌 在目外去眥五分，手太阳、手足少阳之会。英谓脉宜络之。刺三分，灸三壮。

睛明 一名泪孔，在目内眥外，手足太阳、足阳明之会。王冰云阴蹻之会。刺六分，留六呼，灸三壮。

《脉度》云：蹻脉者，少阴之别，起于然谷之后，上内踝之上，直上循阴股入阴，上循胸里入缺盆，上出人迎之前，入頄属目内眥，合于太阳、阳蹻而上行，气并相还则为濡目，气不荣则目不合。

《难经·二十八》云：阴蹻者，亦起于跟中，循内踝上行，入喉咙，交贯冲脉。

《脉度》云：蹻脉从足至目长七尺五寸，二七一丈四尺，二五一尺，凡一丈五尺。

阴蹻脉所经五名十穴。《甲乙经》童子窌不名阴蹻，缺盆不名经，然《寒热病论》称“交目锐眥”，固经童子窌，《脉度》称“循胸里入缺盆”，则经缺盆。

阳维

臑腧 在肩臑后大骨下胛上廉陷中。阳维会手太阳、阳蹻脉。举臂取之，刺八分，灸三壮。

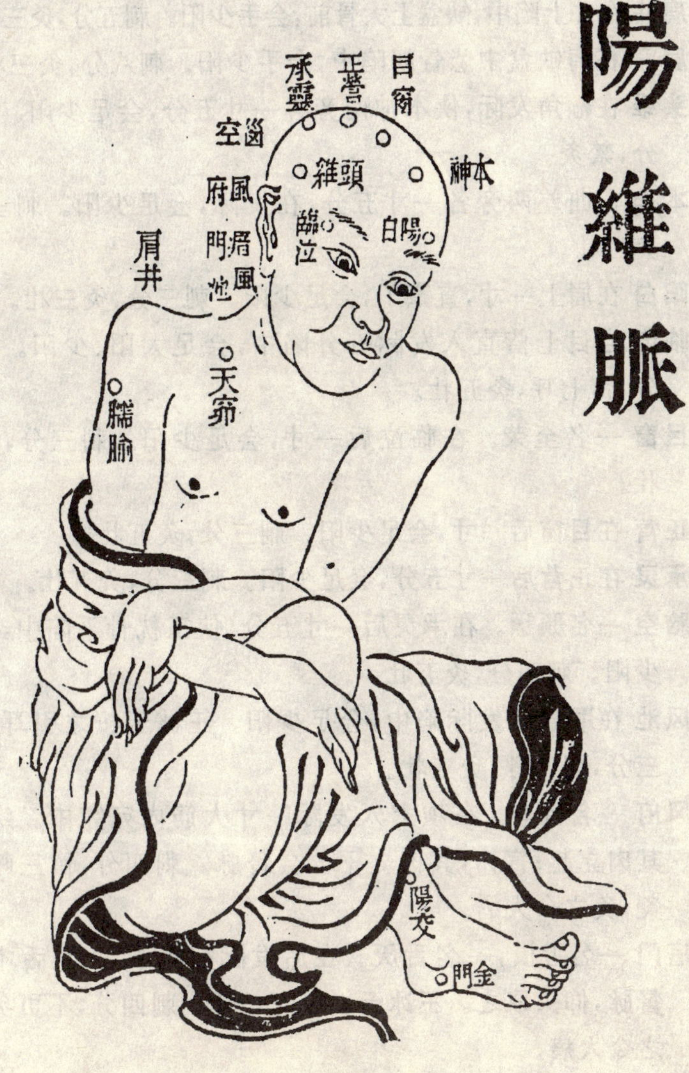
陽維脈
承靈
正營
目窗
腦空
頭維
本神
風府
臨泣
陽白
瘂門
風池
肩井
天窌
臑腧
陽交
金門

肩井 在井上陷中,缺盆上大骨前,会手少阳。刺五分,灸三壮。

肩窌 在肩缺盆中毖骨间陷中,会手少阳。刺八分,灸三壮。

头维 在额角发际,侠本神两旁各一寸五分,会足少阳。刺五分,禁灸。

本神 在曲差两旁各一寸五分,在发际,会足少阳。刺三分,灸三壮。

阳白 在眉上一寸,直童子,会足少阳。刺三分,灸三壮。

临泣 当目上眥直入发际五分陷中,会足太阳、少阳。刺三分,留七呼,灸五壮。

目窗 一名至荣。在临泣后一寸,会足少阳。刺三分,灸五壮。

正营 在目窗后一寸,会足少阳。刺三分,灸五壮。

承灵 在正营后一寸五分,会足少阳。刺三分,灸五壮。

脑空 一名颞颥。在承灵后一寸五分,侠玉枕骨下陷中,会足少阳。刺四分,灸五壮。

风池 在颞颥后发际陷中,会足少阳。王冰云按之引耳。刺三分,留三呼,灸三壮。

风府 一名舌本。在项上人发际一寸大筋内宛宛中。疾言,其肉立起;言休,其肉立下。会督脉。刺四分,留三呼,禁灸,灸之令人瘖。

瘖门 一名舌横,一名舌厌。在后发际宛宛中,入系舌本,会督脉,仰头取之。王冰云去风府一寸。刺四分,不可灸,灸之令人瘖。

阳交 一名别阳,一名足窌,阳维之郄。在外踝上七寸斜属三阳分肉间。刺六分,留七呼,灸三壮。

金门 在足太阳郄一空在足外踝下，一名关梁，阳维所别属也。刺三分，灸三壮。

《难经·二十八》曰：阳维阴维者，维络于身，溢畜不能环流溉灌也，故阳维起于诸阳会，阴维起于诸阴交也。

阳维脉所经十六名，瘖门、风府各一穴，余皆两穴，都三十穴。络也附少阳行于头肩，以行头肩名阳，同阳府也。《难经·二十六》称十五络，十二经络外，有脾络、两蹻络，不数维络，何也？曰：维络小矣。

阴维

筑宾 阴维之郄，在足内踝上腨分中，王冰云在内踝后。刺三分，灸五壮。

府舍 在腹结下三寸，会足太阴、厥阴。此脉上下入腹络胸结心肺，从胁上至肩比太阴郄、三阴、阳明支别。刺七分，灸五壮。

大横 在腹哀下三寸，直脐，旁去任脉三寸五分，会足太阴。刺七分，灸五壮。

期门 肝募也、在第二肋端不容旁各一寸五分，去任脉三寸五分，上直两乳，会足太阴、厥阴。举臂取之，刺四分，灸五壮。

天突 一名玉户。在颈结喉下二寸中央宛宛中，会任脉。低头取之，刺一寸，留七呼，灸三壮。

廉泉 一名本池，在颔下结喉上，舌本下，会任脉。刺二分，留三呼，灸三壮。

阳白 在眉上一寸，直童子，足少阳、阳维之会。王冰云足阳明、阴维之会。刺三分，灸三壮。

《难经·二十九》曰：阳维维于阳，阴维维于阴，阴阳不能相

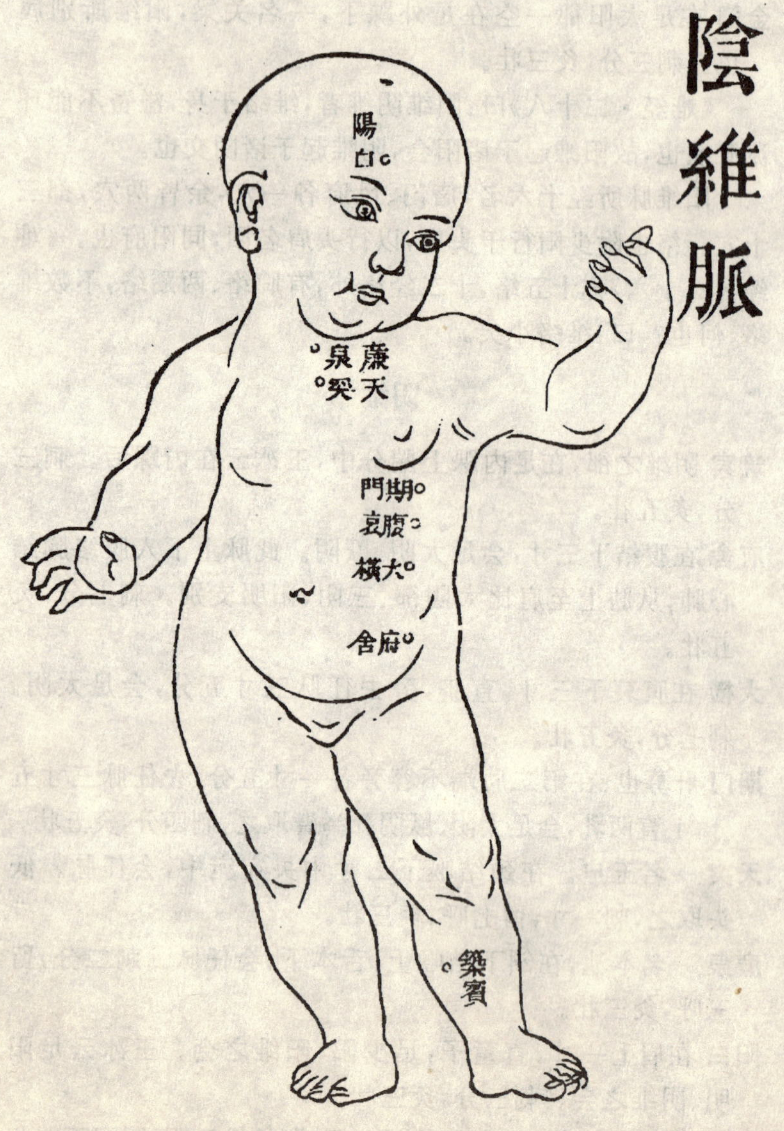
陰維脈
陽白
廉泉
天突
期門
腹哀
大橫
府舍
築賓

维为病，腰腹纵容如囊水之状，则怅然失志，溶溶不能自收持。

阴维脉所经八名，十有六穴。附厥阴行于腹，以行腹名阴，同阴藏也。阳维与督脉会于瘖门、风府，阴维与任脉会于天突、廉泉，一后一前，同归于太阳矣。

据《甲乙经》所录诸穴，凡禁刺者五名，神庭、五里、三阳络、脐中、承筋是也。禁灸者十九穴，头维、五处、承光、风府、瘖门、脊中、心俞、白环俞、丝竹空、承泣、素窌、阳池、经渠、渊腋、天府、阴市、伏兔、阳关、地五会是也。不言灸者七穴，颧窌、巨窌、迎香、禾窌、地仓、少府、通谷是也。皇甫谧所谓不言灸，不宜灸也。刺灸并禁者三穴，脑户、乳中、鸠尾是也。女子禁刺灸者一穴，石门是也。刺不可过深者七穴，悬厘、颔厌、颅息、上关、人迎、缺盆、云门是也。灸不可过多者一穴，气冲是也。

手之三阳，从手至头；手之三阴，从胸至手。足之三阳，从头至足；足之三阴，从足至腹。《灵枢·经脉》之敍也，图从其例，因他经纵到无常，不可式也。阴阳蹻维，俱无手穴，则以图足阳足阴例图之。督脉自头而下，任脉自腹而上，冲脉并任脉而行，图冲图如任之图，以其为直束之纵脉也。带脉横中图之，当其部书图左如次也。

《甲乙经》不目经之穴五十名，天冲、肺俞、心俞、膈俞、肝俞、脾俞、胃俞、肾俞、大肠俞、小肠俞、膀胱俞、中吕俞、次窌、中窌、下窌、龂交、耳门、瘛脉、肩窌、肩外俞、肩中俞、曲垣、缺盆、屋翳、膺窗、乳中、渊腋、建里、脐中、归来、腹屈、五枢、天泉、下廉、上廉、手三里、五里、四渎、清冷渊、消泺、五里、阴廉、脾关、地五会、阳关、承山、合阳、浮郄、殷门、承扶。而《手少阳篇》之三阳络，与《足少阳篇》之悬钟，《足太阴篇》之三阴交，犹不在列。就中王冰《素问》注目有专经者二十二穴，天冲、肺俞、心俞、肝俞、脾俞、胃俞、肾俞、大肠俞、小肠俞、膀胱俞、中吕俞、下窌、龂交、肩窌、缺盆、膺窗、渊腋、建里、脐中、归来、五枢、消泺。余二十八穴，英酌经补入，当文有注，论复及之，惧其慁也，读者可以识古焉。

凡诸脉之目，本《甲乙经》为质，旧题单四十八穴，双三百有八穴。今本一穴者四十六，两穴者三百有二，缺八名。据《素问·气府论》增足少阴舌下脉，足厥阴急脉二名，皆两穴，犹缺其四。据王冰《素问·气府论》注，增督脉，灵台、中枢、阳关三名，皆一穴，乃增其一。合之，尚缺三名，都为三百五十三名。《甲乙经》以人体为目，从头至腹，乃及手足，例不再出。今据经题穴，则有重者。其重也，其会也，节阅而数之：手三阳一穴者九名，两穴者九十六名；手三阴一穴者二名，两穴者五十五名；足三阳一穴者九名，两穴者百九十有四名；足三阴一穴者十一名，两穴者七十八名。凡手足三阳一穴者十八名，两穴者二百九十名；手足三阴一穴者十三名，两穴者百三十有三名；十二经一穴者三十一名，两穴者四百二十有三名，都八百七十有七穴。奇经八脉中，一穴者五十七名，两穴者六十四名，都百八十有五穴。正经奇经二十脉，一穴者八十八名，两穴者四百八十有七名，都千有六十二穴，实则一穴者四十有九，两穴者三百有四，都六百五十七穴尔。申言之，备复说也。

脉行于外，无穴者不可知；行于内，不及知矣。据《针经》所称，脉筋正别终始，分属见之，宜于考也。

吴之英诗文集卷十六

经脉分图卷三

三十八论

圣智全形

《素问·上古天真论》云:“上古知道者,法于阴阳,和于术数,食饮有节,起居有常,不妄作劳,故能形与神俱,终其天年,百岁乃去。有真人者,提挈天地,把握阴阳,呼吸精气,独立守神,肌肉若一,故能寿敝天地,无有终时,此其道生。中古有至人者,淳德全道,和于阴阳,调于四时,去世离俗,积精全神,益其寿命而强者也,亦归于真人。其次有圣人者,处天地之和,从八风之理,适耆欲于世俗之间,无恚嗔之心,外不劳形于事,内无思想之患,以恬愉为务,以自得为功,形体不敝,精神不散,亦可百数。其次有贤人者,法则天地,象似日月,辨列星辰,逆从阴阳,分别四时,将从上古合同于道,亦可益寿而有极时。”

四时调气

《素问·四时调神大论》云:“春三月,此谓发陈。天地俱生,万物以荣,夜卧早起,广步于庭,被发缓形,以使志生,生而勿杀，予而勿夺，赏而勿罚。此春气之应，养生之道也。逆之则伤肝。夏三月，此谓蕃秀。天地气交，万物华实，夜卧早起，无厌于日，使志无怒，使华英成秀，使气得泄，若所爱在外。此夏气之应，养长之道也。逆之则伤心。秋三月，此谓容平。天气以急，地气以明，早卧早起，与鸡俱兴，使志安宁以缓秋刑，收敛神气，使秋气平，无外其志，使肺气清。此秋气之应，养书之道也。逆之则伤肺。冬三月，此谓闭藏。水冰地坼，无扰乎阳，早卧晚起，必待日光，使志若伏若匿，若有私意，若已有得，去寒就温，无泄皮肤，使气亟夺。此冬气之应，养藏之道也。逆之则伤肾。"

六气应时

《素问·六微旨大论》云："显明之右，君火之位也。君火之右，退行一步，相火治之；复行一步，土气治之；复行一步，金气治之；复行一步，水气治之；复行一步，木气治之；复行一步，君火治之。相火之下，水气承之；水位之下，土气承之；土位之下，风气承之；风位之下，金气承之；金位之下，火气承之；君火之下，阴精承之。"王冰以君火当春分后六十日有奇，斗建卯，至巳正为二之气。少阳当夏至前后三十日，斗建巳正，至未中为三之气。土气当秋分前六十日有奇，斗建未正，至酉中为四之气。金气当秋分后六十日有奇，自斗建酉正至亥中为五之气。水气当冬至前后各三十日，自斗建亥至丑中为六之气。木气当春分前六十日有奇，自斗建丑至卯中为初之气。冰所谓初气至六气，即本篇经文用以步时之法，故又曰"步者六十度有奇，二十四步积盈百刻而成日"也。惟冰据节气以限日数，与秦越人所见微差耳。

《难经·第七》云："冬至后，得甲子少阳王，复得甲子阳明王，复得甲子太阳王，复得甲子太阴王，复得甲子少阴王，复得甲子厥阴王。王各六十日，六六三百六十日，以成一岁，此三阴三阳之王时日大要也。"越人据甲子立算，少疏于王冰。但越人言王脉合阴阳盛衰，不关五行生数也。

六气应天地阴阳纳行纳干支

《素问·天元纪大论》云："鬼臾区曰：寒暑燥湿风火，天之阴阳也，三阴三阳上奉之；木火土金水火，地之阴阳也，生长化收藏下应之。应天之气，动而不息，故五岁而右迁；应地之气，静而守位，故六期而环会。"又云："天以六为节，地以五为制。周天气者，六期为一备；终地纪者，五岁为一周。君火以明，相火以位，五六相合而七百二十气，为一纪，凡三十岁；千四百四十气，凡六十岁，而为一周。不及太过，斯皆见矣。甲己之岁，土运统之；乙庚之岁，金运统之；丙辛之岁，水运统之；丁壬之岁，木运统之；戊癸之岁，火运统之；子午之岁，上见少阴；丑未之岁，上见太阴；寅申之岁，上见少阳；卯酉之岁，上见阳明；辰戌之岁，上见太阳；巳亥之岁，上见厥阴。少阴所谓标也，厥阴所谓终也。厥阴之上，风气主之；少阴之上，热气主之；太阴之上，湿气主之；少阳之上，相火主之；阳明之上，燥气主之；太阳之上，寒气主之。所谓本也，是谓六元。"

《素问·五运行大论》云："岐伯曰：臣览太始天元册文，丹天之气经于牛女戊分，黅天之气经于心尾己分，苍天之气经于危室柳鬼，素天之气经于亢氐昴毕，玄天之气经于张翼娄胃。所谓戊己分者，奎壁角轸，则天地之门户也。"论言天地者，万物之所上下，左右者，阴阳之道路。上下者，岁上下见阴阳之所在也。左右者，谓上见厥阴，左少阴右太阳。见少阴，左太阴右厥阴；见太阴，左少阳右少阴；见少阳，左阳明右太阴；见阳明，左太阳右少阳；见太阳，左厥阴右阳明。所谓面北而命其位也。王冰云："主岁者位在南，故面北而言其左右，左西右东也。"又曰："厥阴在上，则少阳在下，左阳明右太阴；少阴在上，则阳明在下，左太阳右少阳；太阴在上，则太阳在下，左厥阴右阳明；少阳在上，则厥阴在下，左少阴右太阳；阳明在上，则少阴在下，左太阴右厥阴；太阳在上，则太阴在下，左少阳右少阴。所谓面南而命其位也。"王冰云："在下者位在北，故面南而言其左右，左东右西也。"又曰："上下相遘，寒暑相临，气相得则和，不相得则病。气相得而病者，以下临上，不当位也。上者右行，下者左行，左右周天余而复会也。"

《六微旨大论》云："岐伯曰：非其位则邪，当其位则正。邪则变甚，正则微。当位者，木运临卯，火运临午，土运临四季，金运临酉，水运临子，所谓岁会，气之平也。非位者，岁不与会也。土运之岁，上见太阴；火运之岁，上见少阳少阴；金运之岁，上见阳明；木运之岁，上见厥阴；水运之岁，上见太阳。天与之会也，故《天元册》曰天符。天符岁会者，太乙天符之会也。天符为执法，岁位为行令，太乙天符为贵人。邪之中也，中执法，速而危；中行令，徐而持；中贵人，暴而死。"又云："言天者求之本，言地者求之位，言人者求之气交。上下之位，气交之中，人之居也。气之升降，天地之更用也。升已而降，降者谓天；降已而升，升者谓地。天气下降，地气上升，升降相因，而变作矣。气有胜复，胜复之作，有德有化，有用有变，变则邪气居之。”又云：“出入废则神机化灭，升降息则气立孤危，故非出入则无以生长壮老已，非升降则无以生长化收藏，故无不出入，无不升降。四者之有而贵常守，反常则灾害至矣。有不生不化者，与道合同，惟真人也。”

《至真要大论》云：“三阴三阳司天，其化以六气。司地与司天同候，间气皆然。司左右者，谓间气也。主岁纪岁，间气纪步也。厥阴司天为风化，在泉为酸化，司气为苍化，间气为动化；少阴司天为热化，在泉为苦化，不司气化，居气为灼化；太阴司天为湿化，在泉为甘化，司气为黅化，间气为柔化；少阳司天为火化，在泉为苦化，司气为丹化，间气为明化；阳明司天为燥化，在泉为辛化，司气为素化，间气为清化；太阳司天为寒化，在泉为咸化，司气为玄化，间气为藏化。如厥阴在泉，风行于地，所谓本也。余气同法。”

六气标本中见

《素问·六微旨大论》云：“上下有位，左右有纪，故少阳之右，阳明治之；阳明之右，太阳治之；太阳之右，厥阴治之；厥阴之右，少阴治之；少阴之右，太阴治之；太阴之右，少阳治之。此所谓气之标，盖南面而待之也。故曰：因天之序，盛衰之时，移光定位，正立而待之，此之谓也。少阳之上，火气治之，中见厥阴；阳明之上，燥气治之，中见太阴；太阳之上，寒气治之，中见少阴；厥阴之上，风气治之，中见少阳；少阴之上，热气治之，中见太阳；太阴之上，湿气治之，中见阳明。所谓本也，本之下，中之见也。见之下，气之标也。本标不同，气应异象也。”

《素问·至真要大论》云："六气标本，所从不同。气有从本者，有从标本者，有不从标本者也。少阳太阴从本，少阴太阳从本从标，阳明厥阴不从标本，从乎中也。故从本者化生于本，从标本者有标本之化，从中者以中气为化也。"

《素问·标本病传论》云："标本相移，必别阴阳，故曰：有其在标而求之于标，有其在本而求之于本，有其在本而求之于标，有其在标而求之于本，故治有取标而得者，有取本而得者，有逆取而得者，有从取而得者。言标与本，易而勿及，治反为逆，治得为从。先病而后逆者治其本，先逆而后病者治其本，先寒而后生病者治其本，先病而后生寒者治其本，先热而后生病者治其本，先热而后生中满者治其标，先病而后泄者治其本，先泄而后生他病者治其本，必且调之，乃治其他病。先病而后生中满者治其标，先中满而后烦心者治其本。人有客气，有同气，小大不利治其标，小大利治其本。病发而有余，本而标之，先治其本，后治其标。病发而不足，标而本之，先治其标，后治其本。谨察间甚，以意调之，间者并行，甚者独行，先小大不利而后生病者治其本。"此虽兼病论，实仍阴阳逆从标本之道也。

十二经纳五行

《难经·十八》云："手太阴阳明，金也。足少阴太阳，水也。金生水，水流下行而不能上，故在下部也。足厥阴少阳，木也，生手太阳、少阴火。火炎上行而不能下，故为上部。手心主少阳火，生足太阴阳明土。土主中宫，故在中部也。"此皆五行子母更相生养者也。

藏府所主

《素问·阴阳应象大论》云："东方生风，风生木，木生酸，酸生肝，肝生筋，筋生心。肝主目，在色为苍，音为角，声为呼，志为怒，燥胜风，辛胜酸。南方生热，热生火，火生苦，苦生心，心生血，血生脾。心主舌，在色为赤，音为征，声为笑，志为喜，寒胜热，咸胜苦。中央生湿，湿生土，土生甘，甘生脾，脾生肉，肉生肺。脾主口，在色为黄，音为宫，声为歌，志为思，风胜湿，酸胜甘。西方生燥，燥生金，金生辛，辛生肺，肺生皮毛，皮毛生肾。肺主鼻，在色为白，音为商，声为哭，志为忧，热胜燥，苦胜辛。北方生寒，寒生水，水生咸，咸生肾，肾生骨髓，骨髓生肝。肾主耳，在色为黑，音为羽，声为呻，志为恐，燥胜寒，甘胜咸。"

《素问·金匮真言论》云："肝臭臊，心臭焦，脾臭香，肺臭腥，肾臭腐。"《素问·五藏生成篇》云："心之合脉也，其荥色也，其主肾也；肺之合皮也，其荥毛也，其主心也；肝之合筋也，其荥爪也，其主肺也；脾之合肉也，其荥唇也，其主肝也；肾之合骨也，其荥发也，其主脾也。"

《素问·宣明五气篇》云："五藏化液：心为汗，肺为涕，肝为泪，脾为涎，肾为唾。五藏所藏：心藏神，肺藏魄，肝藏魂，脾藏意，肾藏志。"

《素问·灵兰秘典论》云："心者君主之官，神明出焉；肺者相傅之官，治节出焉；肝者将军之官，谋虑出焉；胆者中正之官，决断出焉；膻中者臣使之官，喜乐出焉；脾胃者仓廪之官，五味出焉；大肠者传道之官，变化出焉；小肠者受盛之官，化物出焉；肾者作强之官，伎巧出焉；三焦者决渎之官，水道出焉;膀胱者州都之官,津液藏焉,气化则能出矣。凡此十二官者,不得相失也。"

藏府气血

《素问·血气形志篇》云:"太阳常多血少气,少阳常少血多气,阳明常多气多血,少阴常少血多气,厥阴常多血少气,太阴常多气少血,此天之常数。"常数据大判言,以为本耳。若究其变,则《灵枢·阴阳二十五人》及《通天篇》所论未足以具之也。

六经表里

《素问·血气形志篇》云:"足太阳与少阴为表里,少阳与厥阴为表里,阳明与太阴为表里,是为足阴阳也。手太阳与少阴为表里,少阳与心主为表里,阳明与太阴为表里,是为手阴阳也。"《灵枢·九针篇》说表里同,盖仍《素问》之文耳。

阴阳开阖

《素问·阴阳离合论》云:"圣人南面而立,前曰广明,后曰太冲。太冲之地,名曰少阴。少阴之上,名曰太阳。太阳根起于至阴,结于命门,名曰阴中之阳。中身而上,名曰广明。广明之下,名曰太阴。太阴之前,名曰阳明。阳明根起于厉兑,名曰阴中之阳。厥阴之表,名曰少阳。少阳根起于窍阴,名曰阴中之少阳。是故三阳之离合也,太阳为开,阳明为阖,少阳为枢。外者为阳,内者为阴,然则中为阴,其冲在下,名曰太阴。太阴根起于隐白,名曰阴中之阴。太阴之后,名曰少阴。少阴根起于涌泉,名曰阴中之少阴。少阴之前,名曰厥阴。厥阴根起于大敦,阴之绝阳,名曰阴之绝阴。是故三阴之离合也,太阴为开,厥阴为阖,少阴为枢。"其以为开阖枢,据气化言之,但所论皆足之阴阳,手之阴阳当同法尔,反其名可见也。

五藏牝牡

《灵枢·顺气一日分为四时》云:"肝为牡藏,心为牡藏,脾为牝藏,肺为牝藏,肾为牝藏。"

《素问·金匮真言篇》云:"背为阳,阳中之阳,心也;背为阳,阳中之阴,肺也。腹为阴,阴中之阴,肾也;腹为阴,阴中之阳,肝也;腹为阴,阴中之至阴,脾也。"《灵枢》盖申阐此义,所谓牝牡,即阴阳尔。

藏府权量

《灵枢·肠胃篇》云:"胃纡曲屈伸之,长二尺六寸,大一尺五寸,径[①]五寸,容三斗五升。小肠后附脊,左环回周叠积,其注于回肠者,外附于脐上,回运环反十六曲,大二寸半,径八分分之少半,长三丈三尺。"《灵枢·平人绝谷篇》云:"受谷二斗四升,水六升三合合之大半,回肠当脐,左环回周,叶积而下,回运环反十六曲,大四寸,径一寸寸之少半,长二丈一尺。"《平人绝谷篇》云:"受谷一斗水七升半,广肠傅脊,以受回肠,左环叶积,上下辟,大八寸,径二寸寸之大半,长二尺八寸。"《平人绝谷篇》云:"受谷九升三合八分合之一。"

《难经·四十二》云:"肝重四斤四两,左三叶,右四叶,凡

①径:原作"经",据《灵枢·肠胃第三十一》改。

七叶。心重十二两，中有七孔三毛，盛精汁三合。脾重二斤三两，扁广三寸，长五寸，有散膏半斤，主裹血，温五藏。肺重三斤三两，六叶两耳，凡八叶。肾有两枚，重一斤二两。”据《三十六难》云：“其左者为肾，右者为命门。命门者，诸神精之所舍，原气之所系也。故男子以藏精，女子以系胞，故知肾有一也。胆在肝之短叶间，重三两三铢，盛精汁三合。胃重二斤十四两。小肠重二斤十四两。大肠重二斤十二两。膀胱重九两二铢，纵广九寸，盛溺九升九合。”

《难经·三十一》云：“三焦者，水谷之道路，气之所终始也。上焦者，在心下，下鬲，在胃上口，主内而不出，其治在膻中、玉堂下一寸六分，直两乳间陷者是；中焦者，在胃中脘，不上不下，主腐熟水谷，其治在脐旁；下焦者，在脐下，当膀胱上口，主分别清浊，主出而不内，以传导也，其治在脐下一寸，其府在气街。”

食饮布化

《素问·阴阳应象大论》云：“阳为气，阴为味，味归形，形归气，气归精，精归化，精食气，形食味，化生精，气生形，味伤形，气伤精，精化为气，气伤于味。阴味出下窍，阳气出上窍。味厚者为阴，薄者为阴之阳。气厚者为阳，薄者为阳之阴。味厚则泄，薄则通。气薄则发泄，厚则发热。壮火之气衰，少火之气壮。壮火食气，气食少火。壮火散气，少火生气。气味辛甘，发散为阳，酸苦，涌泄为阴。”

《素问·经脉别论》云：“食气入胃，散精于肝，淫气于筋。食气入胃，浊气归心，淫精于脉。脉气流经，经气归于肺，肺朝百脉，输精于皮毛。毛脉合精，行气于府。府精神明，留于四藏，气归于权衡。权衡以平，气口成寸，以决死生。饮入于胃，游溢精气，上输于脾。脾气散精，上归于肺，通调水道，下输膀胱。水精四布，五经并行，合于四时，五藏阴阳，揆度以为常也。”

营卫周注

《灵枢·五十营篇》云：“天周二十八宿，宿三十六分。人一呼，脉再动，气行三寸；一吸，脉再动，气行三寸。呼吸定息，气行六寸。十息，气行六尺，日行二分。二百七十息，气行十六丈二尺，一周于身，如脉长度，下水二刻，日行二十五分。五百四十息，气行再周于身，下水四刻，日行四十分。二千七百息，气行十周于身，下水二十刻，日行五宿二十分。一万三千五百息，气行五十营于身，水下百刻，日行二十八宿，漏水皆尽，脉终矣。凡行八百一十丈也。”

《灵枢·营气篇》云：“黄帝曰：营气之道，纳谷为宝，谷入于胃，乃传之肺，流溢于中，布散于外，精专者行于经隧，常营无已，终而复始。故气从太阴出，注手阳明，上行注足阳明，下行至跗上注大指间，与太阴合，上行抵髀，从脾注心中；循手少阴，出腋下臂，注小指，合手太阳，上行乘腋出䪼内，注目内眦，上颠下项，合足太阳，循脊下尻，下行注小指之端，循足心注足少阴，上行注肾，从肾注心，外散于胸中；循心主脉，出腋下臂，当两筋之间，入掌中，出中指之端，还注小指次指之端，合手少阳，上行注膻中，散于三焦，从三焦注胆，出胁注足少阳，下行至跗上，复从跗注大指间，合足厥阴，上行至肝，从肝上注肺，上循喉咙，入颃颡之窍，究于畜门；其支别者，上额循颠下项中，循脊入骶，是督脉也，络阴器，上过毛中，入脐中，上循腹里，入缺盆，下注肺中，复出太阴。”

《灵枢·营卫生会篇》云：“人受气于谷，谷入于胃，以传于肺。藏府受气，清者为营，浊者为卫。营出中焦，卫出下焦。上焦出于胃上口，并咽以上贯鬲而布胸中，走腋，循太阴之分而行，还至阳明，上至舌，下足阳明，常与营俱行于阳二十五度，行于阴亦二十五度，一周也，故五十营而复大会于手太阴矣。中焦亦并胃中，出上焦之后，此所受气者，泌糟粕，蒸津液，化其精微，上注于肺脉，乃化而为血，以奉生身，莫贵于此，故独得行于经隧，命曰营气。下焦别回肠，注于膀胱而渗入焉。”黄帝曰：“余闻上焦如雾，中焦如沤，下焦如渎，此之谓也。”所称二焦营卫之行，与《营气篇》详略有异，然下焦卫气，出从上焦，中焦营气，循经而行，出入交通，仍一气之流注尔。若《灵枢·卫气行篇》所称，别但详于阳矣。

五运六气为变

《素问·五常政大论》云：“平气之纪：木曰敷和，火曰升明，土曰备化，金曰审平，水曰静顺。不及之纪：木曰委和，火曰伏明，土曰卑监，金曰从革，水曰涸流。太过之纪：木曰发生，火曰赫曦，士曰敦阜，金曰坚成，水曰流衍。”又论胎孕不育云：“气主有所制，岁立有所生，地气制己胜，天气制胜己，天制色，地制形，五类盛衰，各随其气之所宜也。”此与《天元纪大论》所谓“有余而往，不足随之，不足而往，有余从之”，天地一也，是以动静相召，上下相临，阴阳相错而变生也。

《素问·六元正纪大论》云：“六气者，行有次，止有位，故常以正月朔日平旦视之，睹其位而知其所在矣。运有余，其至先，运不及，其至后。运非有余不足，是谓正气，其至当其时也。非气化者，是谓灾也。数之始起于上而终于下，岁半之前，一气主之，岁半之后，地气主之，上下交互，气交主之，故曰：位明气月可知乎，所谓气也。气用有多少，化治有盛衰，盛衰多少，同其化也。风温春化同，热曛昏火夏化同，胜与复同，燥清烟露秋化同，云雨昏暝埃长夏化同，寒气霜雪冰冬化同。此天地五运六气之化，更用盛衰之常也。五运之行太过而同天化者三，不及而同天化者亦三，太过而同地化者三，不及而同地化者亦三，此凡二十四岁也。甲辰甲戌太宫，下加太阴；壬寅壬申太角，下加厥阴；庚子庚午太商，下加阳明。如是者三。癸巳癸亥少征，下加少阳；辛丑辛未少羽，下加太阳；癸卯癸酉少征，下加少阴。如是者三。戊子戊午太征，上临少阴；戊寅戊申太征，上临少阳；丙辰丙戌太羽，上临太阳。如是者三。丁巳丁亥少角，上临厥阴；乙卯乙酉少商，上临阳明；己丑己未少宫，上临太阴，如是者三。除此二十四岁，则不加不临也。加者，太过而加同天符，不及而加同岁会也。临者，太过不及，皆曰天符，而变行有多少，病形有微甚，生死有早晏耳。”又云：“六气之用，各归不胜而为化，其盛衰则太少异也。太者之至徐而常，少者暴而亡，故天地之盈虚也，天气不足，地气随之，地气不足，天气从之，运居其中而常先也。恶所不胜，归所同和，随运归从而生其病也。故上胜则天气降而下，下胜则地气迁而上，多少而差其分，微者小差，甚者大差，甚则位易气交，易则大变生而病作矣。大要曰：甚纪五分，微纪七分，其差可见，此之谓也。”

四气伏邪

《素问·生气通天论》云：“凡阴阳之要，阳密乃固，两者不和，若春无秋，若冬无夏，因而和之，是谓圣度。故阳强不能密，阴气乃绝，阴平阳秘，精神乃治，阴阳离决，精气乃绝，因于露风，乃生寒热。是以春伤于风，邪气留连，乃为洞泄；夏伤于暑，秋为痎疟；秋伤于湿，上逆而欬，发为痿厥；冬伤于寒，春必温病。”此论在豫气调之，犹《金匮真言》所称“冬不按蹻，春不鼽衄，藏于精者春不病温，夏暑汗不出者秋成风疟”，皆谓顺生长收藏之令以为防，不当临岁步而损其真也。

藏府所恶所病

《素问·宣明五气篇》云：“五藏所恶：心恶热，肺恶寒，肝恶风，脾恶湿，肾恶燥。”又云：“五气所病：心为噫，肺为咳，肝为语，脾为吞，肾为欠为嚏，胃为气逆为哕为恐，大肠小肠为泄，下焦溢为水，膀胱不利为癃不约为遗溺，胆为怒。”

藏府传邪

《素问·热论》云：“人之伤于寒也，则为病热，热虽甚不死。其两感于寒而病者，必不免于死。伤寒一日，巨阳受之，故头项痛腰脊强。二日，阳明受之，阳明主肉，其脉侠鼻络于目，故身热目疼而鼻干，不得卧也。三日，少阳受之，少阳主胆，其脉循胁络于耳，故胸胁痛而耳聋。三阳经络皆受其病，而未入于藏者，故可汗而已。四日，太阴受之，太阴脉布胃中络于嗌，故腹满而嗌干。五日，少阴受之，少阴脉贯肾络于肺，系舌本，故口燥舌干而渴。六日，厥阴受之，厥阴脉循阴器而络于肝，故烦满而囊缩。三阴三阳，五藏六府皆受病，荥卫不行，五藏不通，则死矣。其不两感于寒者，七日，巨阳病衰，头痛少愈；八日，阳明病衰，身热少愈；九日，少阳病衰，耳聋微闻；十日，太阴病衰，腹减如故，则思饮食；十一日，少阴病衰，渴止不满，舌干已而嚏；十二日，厥阴病衰，囊纵少腹微下，大气皆去，病日已矣。两感于寒者，一日则巨阳与少阴俱病，则头痛口干而烦满；二日则阳明与太阴俱病，则腹满身热不欲食，谵言；三日则少阳与厥阴俱病，则耳聋囊缩而厥水浆不入，不知人；六日死。”此《难经·五十三》所谓“间藏者生传其子也”，与《五十四难》称“府病易治，与间藏同法”，皆是也，汉张机《伤寒论》相传之所由次也。

藏邪传胜

《素问·玉机真藏论》云：“肝受气于心，传之于脾，气舍于肾，至肺而死；心受气于脾，传之于肺，气舍于肝，至肾而死；脾受气于肺，传之于肾，气舍于心，至肝而死；肺受气于肾，传之于肝，气舍于脾，至心而死；肾受气于肝，传之于心，气舍于肺，至脾而死。此皆逆死也。一日一夜五分之，所以占死生之早暮也。五藏相通，移皆有次，五藏有病，则各传其所胜。不治，法三月若六月，若三日若六日，传五藏而当死，故曰：别于阳者，知病从来；别于阴者，知死生之期，言知至其所困而死。”此与《标本病传论》所称病传之状略同。《难经·五十三》所谓“七传者死”，《五十四难》所谓“藏病难治，传其所胜，与七传同法”是也。

藏府候于面部肢节

《灵枢·师传篇》云：“五藏六府者，肺为之盖，巨肩陷咽，候见其外。五藏六府，心为之主，缺盆为之道，骺骨有余，以候髑骬。肝者主为将，使之候外，欲知坚固，视目小大。脾者主为卫，使之迎粮，视唇舌好恶以知吉凶。肾者主为外，使之远听，视耳好恶，以知其性。六府者，胃为之海，广骸、大颈、张胸，五谷乃容；鼻隧以长，以候大肠；唇厚、人中长，以候小肠；目下果大，其胆乃横；鼻孔在外，膀胱漏泄；鼻柱中央起，三焦乃约。"

《灵枢·五色篇》云："明堂者鼻也，阙者眉间也，庭者颜也，蕃者颊侧也，蔽者耳门也。其间欲方大，去之十步，皆见于外，如是者寿中百岁。"又曰："察色以言愈甚之时，庭者首面也，阙上者咽喉也，阙中者肺也，下极者心也，直下者肝也，肝左者胆也，下者脾也，方上者胃也，中央者大肠也，挟大肠者肾也，当肾者脐也，面王以上者小肠也，面王以下者膀胱子处也，颧者肩也，颧后者臂也，臂下者手也，目内[①]眦上者膺乳也，挟绳而上者背也，循牙车以下者股也，中央者膝也，膝以下者胫也，当胫以下者足也，巨分者股里也，巨屈者膝膑也，此五藏六府肢节之部也。男女异位，故曰阴阳。审察泽夭，谓之良工。沉浊为内，浮泽为外，黄赤为风，青黑为痛，白为寒，黄而膏润为脓，赤甚者为血，痛甚为挛，寒甚为皮不仁。察其浮沉，以知浅深；察其泽夭，以观成败；察其散抟，以知远近；视色上下，以知病处。"

①内：原作"肉"，据《黄帝内经》改。

吴之英诗文集卷十七

经脉分图卷四

藏府候于脉诊

《素问·三部九候论》云:“人有三部,有下部,有中部,有上部,部各有三候,有天,有地,有人也。上部天,两额之动脉;上部地,两颊之动脉;上部人,耳前之动脉;中部天,手太阴也;中部地,手阳明也;中部人,手少阴也;下部天,足厥阴也;下部地,足少阴也;下部人,足太阴也。故下部之天以候肝,地以候肾,人以候脾胃之气;中部之天以候肺,地以候胸中之气,人以候心;上部天以候头角之气,地以候口齿之气,人以候耳目之气。”此以一身分为三部也。《难经·十八》云:“脉有三部九候,三部者,寸关尺也;九候者,浮中沉也。上部法天,主胸已上至头之疾也;中部法人,主鬲下至脐之疾也;尺为下部法而应乎地,主脐下至足之疾也。”以《素问·三部论》适得中,部乃分为三而九候之悖经旨,何也?曰:此正越人之神明于《素问》,非苟求异趣也。

《素问·脉要精微论》云:“尺内两旁则季胁也,尺外以候肾,尺里以候腹。中附上,左外以候肝,内以候鬲;右外以候胃,内以候脾。上附上,右外以候肺,内以候胸中;左外以候心,内以候膻中。前以候前,后以候后。上竟上者,胸喉中事也;下竟下者,少腹腰股膝胫足中事也。”此则专论气口之脉,与秦越人所称合,《难经》特本此而敷畅之耳。

寸关尺说

《难经·二》云:"尺寸者,脉之大要会也。从关至尺,是尺内,阴之所治也。从关至鱼际,是寸口内,阳之所治也。故分寸为尺,分尺为寸。故阴得尺中一寸,阳得寸内九分,尺寸终始一寸九分,故曰尺寸。"

持脉轻重

《难经·五》云:"初持脉如三菽之重,与皮毛相得者,肺部也。如六菽之重,与血脉相得者,心部也。如九菽之重,与肌骨相得者,脾部也。如十一菽之重,与筋平者,肝部也。按之至骨,举指来疾者,肾部也。"

藏脉应时

《素问·脉要精微论》云:"诊法常以平旦,阴气末动,阳气示散,饮食未进,经脉未盛,络脉调匀,气血未乱,故乃可诊有过之脉。"

《素问·玉机真藏论》云:"春脉者肝也,东方木也,万物之所以始生也。故其气来软弱,轻虚而滑,端直以长,故曰弦,反此者病。其气来实而强,此谓太过,病在外;其气来不实而微,此谓不及,病在中。夏脉者心也,南方火也,万物之所以盛长也。故其气来盛去衰,故曰钩,反此者病。其气来盛去亦盛,此谓太过,病在外;其气来不盛去反盛,此谓不及,病在中。秋脉者肺也,西方金也,万物之所以收成也。故其气来轻虚以浮,来急去散,故曰浮,反此者病。其气来毛而中央坚，两旁虚，此谓太过，病在外；其气来毛而微，此为不及，病在中。冬脉者肾也，北方水也，万物之所以合藏也。故其气来沉以搏，故曰营，反此者病。其气来如弹石者，此谓太过，病在外；其去如数者，此谓不乃，病在中。脾脉者土也，孤藏以灌四旁者也。善者不可得见，恶者可见。其来如水之流者，此谓太过，病在外；如鸟之喙者，此谓不及，病在中。春得肺脉，夏得肾脉，秋得心脉，冬得脾脉，其至皆悬绝沉涩者，命曰逆四时。未有藏形，春夏而脉深涩，秋冬而脉浮大，名曰逆四时也。”

阴阳王脉

《难经·七》云：“少阳之至，乍大乍小，乍短乍长；阳明之至，浮大而短；太阳之至，洪大而长；太阴之至，紧大而长；少阴之至，紧细而微；厥阴之至，沉短而敦，皆王脉也。冬至后，得甲子少阳王，复得甲子阳明王，复得甲子太阳王，复得甲子太阴王，复得甲子少阴王，复得甲子厥阴王，王各六十日，六六三百六十日，以成一岁，此时日大要也。”

人迎寸口盛躁

《素问·六节藏象论》云：“人迎一盛病在少阳，二盛病在太阳，三盛病在阳明，四盛已上为格阳。寸口一盛病在厥阴，二盛病在少阴，三盛病在太阴，四盛已上为关阴。人迎与气口俱盛四倍已上为关格，关格之脉赢，不能极于天地之精气，则死矣。”《灵枢·终始篇》论人迎寸口盛数同，阴阳之次同，惟增燥脉，以盛者在足，盛而燥者在手，《禁服篇》亦如之。王冰云：“一盛一倍也，余盛同法。”

诊尺寸分南北政

《素问·至真要大论》云："论言人迎与寸口相应，若引绳，小大齐等，命曰平。阴之所在寸口不应者，视岁南北可知矣。北政之岁，少阴在泉，则寸口不应；厥阴在泉，则右不应；太阴在泉，则左不应。诸不应者，反其诊则见矣。南政之岁，少阴司天，则寸口不应；厥阴司天，则右不应；太阴司天，则左不应。诸不应者，反其诊则见矣。尺候亦然，北政之岁，三阴在下，则寸不应；三阴在上，则尺不应。南政之岁，三阴在天，则寸不应；三阴在泉，则尺不应。左右同。"王冰云："木火金水运，面北受气，故曰北政；土运之岁，面南行令，故曰南政。"

脉主胃气

《素问·平人气象论》云："平人之常气禀于胃，胃者平人之常气也。人无胃气曰逆，逆者死。春胃微弦曰平，弦多胃少曰肝病，但弦无胃曰死，胃而有毛曰秋病，毛甚曰今病。夏胃微钩曰平，钩多胃少曰心病，但钩无胃曰死，胃而有石曰冬病，石甚曰今病。长夏胃微软弱曰平，弱多胃少曰脾病，但代无胃曰死，软弱有石曰冬病，弱甚曰今病；秋胃微毛曰平，毛多胃少曰肺病，但毛无胃曰死，毛而有弦曰春病，弦甚曰今病；冬胃微石曰平，石多胃少曰肾病，但石无胃曰死，石而有钩曰夏病，钩甚曰今病。"又云："平心脉来，累累如连珠，如循琅玕，曰心平，夏以胃气为本。病心脉来，喘喘连属，其中微曲，曰心病。死心脉来，前曲后居，如操带钩，曰心死。平肺脉来，厌厌聂聂，如落榆荚，曰肺平，秋以胃气为本。病肺脉来，不上不下，如循鸡羽，曰肺病。死肺脉来，如物之浮，如风吹毛，曰肺死。平肝脉来，软弱招招，如揭长竿末梢，曰肝平，春以胃气为本。病肝脉来，盈实而滑，如循长竿，曰肝病。死肝脉来，益急劲，如新张弓弦，曰肝死。平脾脉来，和柔相离，如鸡践地，曰脾平，长夏以胃气为本。病脾脉来，实而盈数，如鸡举足，曰脾病。死脾脉来，锐坚如乌之喙，如鸟之距，如屋漏，如水之流，曰脾死。平肾脉来，喘喘累累如钩，按之而坚，曰肾平，冬以胃气为本。病肾脉来，如引葛，按之益坚，曰肾病。死肾脉来，发如夺索，辟辟如弹石，曰肾死。”

《难经·四》云：“呼出心与肺，吸入肾与肝，呼吸之间，脾受谷味，其脉在中。”越人可谓善言胃气矣。

一脉十变

《难经·十》云：“一脉十变者，五邪刚柔相逢之意也。假令心脉急甚者，肝邪干心也；心脉微急者，胆邪干小肠也；心脉大甚者，心邪自干心也；心脉微大者，小肠邪自干小肠也；心脉缓甚者，脾邪干心也；心脉微缓者，胃邪干小肠也；心脉涩甚者，肺邪干心也；心脉微涩者，大肠邪干小肠也；心脉沉甚者，肾邪干心也；心脉微沉者，膀胱邪干小肠也。五藏各有刚柔邪？故令一脉辄变为十也。”据越人此解推之，五藏加以三焦，则为六十变矣。故《素问·方盛衰论》称“持诊之道，奇恒之势乃六十首”，王冰以为今世不传，非也。三焦可以配五藏者，为肾行生气，以调营卫也。

就心藏验五邪

《难经·四十九》云：“忧愁思虑则伤心，形寒饮冷则伤肺，恚怒气逆，上而不下则伤肝，饮食劳倦则伤脾，久坐湿地，强力人水则伤肾，是正经自病也。有中风，有伤暑，有饮食劳倦，有伤寒，有中湿，此之谓五邪。假令心病，何以知中风得之，其色当赤？肝主色，自入为青，入心为赤，入脾为黄，入肺为白，入肾为黑。肝为心邪，故知当赤色也。其病身热，胁下满痛，其脉浮大而弦。何以知伤暑得之当恶臭？心主臭，自入为焦臭，入脾为香臭，入肝为臊臭，入肾为腐臭，入肺为腥臭，故知心病伤暑，得之当恶臭。其病身热而烦，心痛，其脉浮大而散。何以知饮食劳倦得之当喜苦味？虚为不欲饮食，实为欲食。脾主味，入肝为酸，入心为苦，入肺为辛，入肾为咸，自入为甘，故知脾邪入心为喜苦味也。其病身热而体重嗜卧，四肢不收，其脉浮大而缓。何以知伤寒得之当谵言妄语？肺主声，入肝为呼，入心为言，入脾为歌，入肾为呻，自入为哭，故知肺邪入心为谵言妄语也。其病身热，洒洒恶寒，甚则喘咳，其脉浮大而涩。何以知中湿得之，当喜汗出不可止？肾主湿，入肝为泣，入心为汗，入脾为涎，入肺为滋，自入为唾，故知肾邪入心为汗不可止也。其病身热，小腹痛，足胫寒而逆，其脉沉濡而大。此五邪之法也。”越人虽但举心为例，而他藏可推，故曰法。

色脉相合

《素问·五藏生成篇》云：“色见青如草兹者死，黄如枳实者死，黑如炲者死，赤如衃血者死，白如枯骨者死，此五色之见死也。青如翠羽者生，赤如鸡冠者生，黄如蟹腹者生，白如豕膏者生，黑如乌羽者生，此五色之见生也。生于心，如以缟裹朱；生于肺，如以缟裹红；生于肝，如以缟裹绀；生于脾，如以缟裹栝蒌实；生于肾，如以缟裹紫，此五藏所生之外荣也。”

《素问·玉版论要篇》云:“色见上下左右,各在其要。上为逆,下为从。女子右为逆,左为从;男子左为逆,右为从。易重阳死,重阴死。阴阳反他,治在权衡相夺,奇恒事也,揆度事也。”

《素问·脉要精微论》云:“夫精明五色者,气之华也。赤欲如白裹朱,不欲如赭;白欲如鹅羽,不欲如盐;青欲如苍璧之泽,不欲如蓝;黄欲如罗裹雄黄,不欲如黄土;黑欲如重漆色,不欲如地苍。五色精微象见矣,其寿不久也。夫精明者,所以视万物,别白黑,审短长。以长为短,以白为黑,如是则精衰矣。”又云:“征其脉小色不夺者,新病也;征其脉不夺其色夺者,久病也;征其脉与五色俱夺者,久病也;征其脉与五色俱不夺者,新病也。”

《灵枢·邪气藏府病形论》云:“色脉形肉,不得相失也。色青者,其脉弦;赤者,其脉钩;黄者,其脉代;白者,其脉毛;黑者,其脉石。见其色而不得其脉,反得相胜之脉,则死矣;得相生之脉,则病已矣。”《难经·十三》称色脉相应及相胜相生义同,又称:“脉数,尺之皮肤亦数;脉急,尺之皮肤亦急;脉缓,尺之皮肤亦缓;脉涩,尺之皮肤亦涩;脉滑,尺之皮肤亦滑。五藏各有声色臭味,当与寸口尺内相应,其不相应者病也。”

五藏调损

《难经·十四》云:“脉有至损,一呼再至曰平,三至曰离经,四至曰夺精,五至曰死,六至曰命绝,此至脉也。一呼一至曰离经,二呼一至曰夺精,三呼一至曰死,四呼一至曰命绝,此损脉也。至脉从下上,损脉从上下也。治损之法,奈何?损其肺者,益其气;损其心者,调其荥卫;损其脾者,调其饮食,适其寒温；损其肝者，缓其中；损其肾者，益其精。”又云：“上部有脉，下部无脉，其人当吐，不吐者死。上部无脉，下部有脉，虽困无能为害。所以然者，人之有尺，犹树之有根也。”

六气主客淫反胜复主治

《素问·至真要大论》云：“木位之主，其写以酸，其补以辛；火位之主，其写以甘，其补以咸；土位之主，其写以苦，其补以甘；金位之主，其写以辛，其补以酸；水位之主，其写以咸，其补以苦。厥阴之客，以辛补之，以酸写之，以甘缓之；少阴之客，以咸补之，以甘写之，以咸软之；太阴之客，以甘补之，以苦写之，以甘缓之；少阳之客，以咸补之，以甘写之，以咸软之；阳明之客，以酸补之，以辛写之，以苦泄之；太阳之客，以苦补之，以咸写之，以苦坚之，以辛润之，开发腠理，臻津液通气也。”此之言主客者，以五行属地为主，六气属天为客耳，实皆正味之补写也。又云：“诸气在泉，风淫于内，治以辛凉，佐以苦，以甘缓之，以辛散之；热淫于内，治以咸寒，佐以甘苦，以酸收之，以苦发之；湿淫于内，治以苦热，佐以酸淡，以苦燥之，以淡泄之；火淫于内，治以咸冷，佐以苦辛，以酸收之，以苦发之；燥淫于内，治以苦温，佐以甘辛，以苦下之；寒淫于内，治以甘热，佐以苦辛，以咸写之，以辛润之，以苦坚之。”又云：“司天之气，风淫所胜，平以辛凉，佐以苦甘，以甘缓之，以酸写之；热淫所胜，平以咸寒，佐以苦甘，以酸收之；湿淫所胜，平以苦热，佐以酸辛，以苦燥之，以淡泄之；湿上甚而热，治以苦温，佐以甘辛，以汗为故而止；火淫所胜，平以咸冷，佐以苦甘，以酸收之，以苦发之，以酸复之。热淫同。燥淫所胜，平以苦温，佐以酸辛，以苦下之；寒淫所胜，平以辛热，佐以甘苦，以咸写之。”此谓在泉司天之淫气也。又云：“风司于地，清反胜之，治以酸温，佐以苦甘，以辛平之；热司于地，寒反胜之，治以甘热，佐以苦辛，以咸平之；湿司于地，热反胜之，治以苦冷，佐以咸甘，以苦平之；火司于地，寒反胜之，治以甘热，佐以苦辛，以咸平之；燥司于地，热反胜之，治以平寒，佐以苦甘，以酸平之，以和为利；寒司于地，热反胜之，治以咸冷，佐以甘辛，以苦平之。风化于天，清反胜之，治以酸温，佐以甘苦；热化于天，寒反胜之，治以甘温，佐以苦酸；辛湿化于天，热反胜之，治以苦寒，佐以苦酸；火化于天[①]，寒反胜之，治以甘热，佐以苦辛；燥化于天，热反胜之，治以辛寒，佐以苦甘；寒化于天，热反胜之，治以咸冷，佐以苦辛。”此谓在泉司天之反气也。又云：“厥阴之胜，治以甘清，佐以苦辛，以酸写之；少阴之胜，治以辛寒，佐以苦咸，以甘写之；太阴之胜，治以咸热，佐以辛甘，以苦写之；少阳之胜，治以辛寒，佐以甘咸，以甘写之；阳明之胜，治以酸温，佐以辛甘，以苦泄之；太阳之胜，治以甘热，佐以辛酸，以咸写之。厥阴之复，治以酸寒，佐以甘辛，以酸写之，以甘缓之；少阴之复，治以咸寒，佐以苦辛，以甘写之，以酸收之，辛苦发之，以咸软之；太阴之复，治以苦热，佐以酸辛，以苦写之，燥之泄之；少阳之复，治以咸冷，佐以苦辛，以咸软之，以酸收之，辛苦发之，发不远热，无犯温凉，少阴同法；阳明之复，治以辛温，佐以苦甘，以苦泄之，以苦下之，以酸补之；太阳之复，治以咸热，佐以甘辛，以苦坚之。”此谓主治六气之胜复也。又云：“治诸胜复，寒者热之，热者寒之，温者清之，清者温之，散

①天：原作“火”，据《素问·至真大要论篇》改。

者收之,抑者散之,燥者润之,急者缓之,坚者软之,脆者坚之,衰者补之,强者写之,各安其气,必清必静,则病气衰去,归其所宗,此治之大体也。身半以上,其气三矣,天气主之;身半以下,其气三矣,地气主之。以名命气,以气命处,而言其病。半,所谓天枢也。故上胜而下俱病者,以地名之;下胜而上俱病者,以天名之。所谓胜至报气,屈伏而未发也。复至则不以天地异名,皆如复气为法也。胜复之动,时有常位,而气无必也。初气终三气,天气主之,生之常也;四气尽终气,地气主之,复之常也。有胜则复,无胜则否。复已而胜,胜至则复,无常数也,衰乃止耳。复已而胜,不复则害,此伤生也。复而反病者,居非其位,不相得也,所谓火燥热也。治之者,微者随之,甚者制之,和者平之,暴者夺之,皆随胜气,安其屈伏,无问其数,以平为期。”若客主之气胜而无复也,主胜逆客胜,从天之道也。

服食所宜

《素问·藏气法时论》云:“肝色青,宜食甘,粳米、牛肉、枣、葵皆甘;心色赤,宜食酸,小豆、犬肉、李、韭皆酸;肺色白,宜食苦,麦、羊肉、杏、薤皆苦;脾色黄,宜食咸,大豆、豕肉、栗、藿皆咸;肾色黑,宜食辛,黄黍、鸡肉、桃、葱皆辛。辛散、酸收、甘缓、苦坚、咸软,毒药攻邪,五谷为养,五果为助,五畜为益,五菜为充,气味合而服之,以补精益气。”

《素问·宣明五气篇》云:“五味所禁,辛走气,气病无多食辛;咸走血,血病无多食咸;苦走骨,骨病无多食苦;甘走肉,肉病无多食甘;酸走筋,筋病无多食酸。是谓五禁,无令多食。”

制药等差

《素问·五常政大论》云："补上下者从之，治上下者逆之，以所在寒热盛衰而调之。故曰：上取下取，内取外取，以求其过。能毒者以厚药，不胜毒者以薄药，此之谓也。气反者，病在上，取之下；病在下，取之上；病在中，旁取之。病有久新，方有大小，有毒无毒，宜常制也。大毒治病，十去其六；常毒治病，十去其七；小毒治病，十去其八；无毒治病，十去其九。谷肉果菜，食养尽之，无使过之，伤其正也。不尽，行复如法，必先岁气，无伐天和。"

《素问·至真要大论》云："五味阴阳之用，辛甘发散为阳，酸苦涌泄为阴，咸味涌泄为阴，淡味渗泄为阳。以所利行之，调其气使平也。有毒无毒，所治为主，适大小为制也。君一臣二，制之小也；君一臣三佐五，制之中也；君一臣三佐九，制之大也。寒者热之，热者寒之，微者逆之，甚者从之，坚者削之，客者除之，劳者温之，结者散之，留者攻之，燥者濡之，急者缓之，散者收之，损者温之，逸者行之，惊者平之，上之下之，摩之浴之，薄之劫之，开之发之，适事为故。逆者正治，从者反治，从少从多，观其事也。反治者，热因寒用，寒因热用，塞因塞用，通因通用，必伏甚所主而先其所因，其始则同，其终则异，可使破积，可使溃坚，可使气和，可使必已。气调而得者，逆之从之，逆而从之，从而逆之，疏气令调，则其道也。病从内之外者调其内，从外之内者治其外，从内之外而盛于外者，先调其内而后治其外，从外之内而盛于内者，先治其外而后调其内，中外不相及，则治主病。"又云："诸寒之而热者取之阴，热之而寒者取之阳，所谓求其属也。服寒而反热，服热而反寒者，治其王气也。不治王气而然者，不治五味属也。夫五味入胃，各归所喜，攻酸先入肝，苦先入心，甘先入脾，辛先入肺，咸先入肾，久而增气，物化之常也。气增而久，天之由也。方制君臣，何也？主病之谓君，佐君之谓臣，应臣之谓使，非上下三品也。三品者，所以明善恶之殊贯也。"又云："气有高下，病有远近，证有中外，治有轻重，适其至所为故也。大要曰：君一臣二，奇之制也；君二臣四，偶之制也；君一臣三，奇之制也；君三臣六，偶之制也。故曰：近者奇之，远者偶之，汗者不以奇，下者不以偶，补上治上，制以缓，补下治下，制以急，急则气味厚，缓则气味薄，适其至所，此之谓也。病所远而中道气味乏者，食而过之，无越其制度也。是故平气之道，近而奇偶，制小其服也。远而奇偶，制大其服也。大则数少，小则数多。多则九之，少则二之。奇之不去，则偶之，是谓重方。偶之不去，则反佐以取之，所谓寒热温凉，反从其病也。"《藏气法时论》云："肝苦急，急食甘以缓之；心苦缓，急食酸以收之；脾苦湿，急食苦以燥之；肺苦气上逆，急食苦以泄之；肾苦燥，急食辛以润之。"据平人五藏苦乐为言，则方药之大法也。

病传间甚

《素问·藏气法时论》云："病在肝，愈于夏，夏不愈，甚于秋，秋不死，持于冬，起于春，禁当风。肝病者，愈在丙丁，丙丁不愈，加于庚辛，庚辛不死，持于壬癸，起于甲乙，平旦慧，下晡甚，夜半静。肝欲散，急食辛以散之，用辛补之，酸写之。病在心，愈于长夏，长夏不愈，甚于冬，冬不死，持于春，起于夏，禁温食热衣。心病者，愈在戊己，戊己不愈，加于壬癸，壬癸不死，持于甲乙，起于丙丁，日中慧，夜半甚，平旦静。心欲软，急食咸以软之，用咸补之，甘写之。病在脾，愈在秋，秋不愈，甚于春，春不死，持于夏，起于长夏，禁温食饱食，湿地濡衣。脾病者，愈在庚辛，庚辛不愈，加于甲乙，甲乙不死，持于丙丁，起于戊已，日昳慧，日出甚，下晡静。脾欲缓，急食甘以缓之，用苦写之，甘补之。病在肺，愈在冬，冬不愈，甚于夏，夏不死，持于长夏，起于秋，禁寒饮食寒衣。肺病者，愈在壬癸，壬癸不愈，加于丙丁，丙丁不死，持于戊已，起于庚辛，下晡慧，日中甚，夜半静。肺欲收，急食酸以收之，用酸补之，辛写之。病在肾，愈在春，春不愈，甚于长夏，长夏不死，持于秋，起于冬，禁犯焠烪热食温炙衣。肾病者，愈在甲乙，甲乙不愈，甚于戊已，戊已不死，持于庚辛，起于壬癸，夜半慧，四季甚，下晡静。肾欲坚，急食苦以坚之，用苦补之，咸写之。夫邪气之客于身也，以胜相加，至其生者而愈，至其所不胜而甚，至于所生而持，自得其位而起必先定五藏之脉，乃可言间甚之时，死生之期也。”

六经绝诊

《素问·玉机真藏论》云：“脉绝不来，若一息五六至，其形肉不脱，真藏虽不见，犹死也。真肝脉至，中外急，如循刀刃责责然，如按琴瑟弦，色青白不泽，毛折乃死。真心脉至，坚而搏，如循薏苡子累累然，色赤黑不泽，毛折乃死。真肺脉至，大而虚，如以毛羽中人肤，色白赤不泽，毛折乃死。真肾脉至，搏而绝，如指弹石辟辟然，色黑黄不泽，毛折乃死。真脾脉至，弱而乍数乍疏，色黄青不泽，毛折乃死。诸真藏脉见者，皆死不治也。五藏者，皆禀气于胃，藏气不能自致于手太阴，必因于胃气，故各以其时自为而至于手太阴也。邪气胜者，精气衰也，故病甚者，胃气不能与之俱至于手太阴，故真藏之气独见。独见者，病胜藏也，故曰死。凡治病，形气相得，谓之可治；色泽以浮，谓之易已；脉从四时，谓之可治；脉弱以滑，是有胃气，命曰易治，取之以时。形气相失，谓之难治；色夭不泽，谓之难已；脉实以坚，谓之益甚；脉逆四时，为不可治。”

《素问·大奇论》云：“脉至浮合，浮合如数，一息十至以上，是经气予不足也，微见九十日死；脉至如火薪然，是心精之予夺也，草干而死；脉至如散叶，是肝气予虚也，木叶落而死；脉至如省客，省客者，脉塞而鼓，是肾气予不足也，悬去枣华而死；脉至如丸泥，是胃精予不足也，榆荚落而死；脉至如横格，是胆气予不足也，禾熟而死；脉至如弦缕，是胞精予不足也，病善言，下霜而死，不言可治；脉至如交漆，交漆者，左右旁至也，微见三十日死；脉至如涌泉浮鼓，肌中是太阳气予不足也，少气味，韭英而死；脉至如颓土之状，按之不得，是肌气予不足也，五色先见黑，白垒发死；脉至如悬雍，悬雍者，浮揣切之益大，是十二俞之予不足也，水凝而死；脉至如偃刀，偃刀者，浮之小急，按之坚大急，五藏菀熟，寒热独并于肾也，如此其人不得坐，立春而死；脉至如丸滑不直手，不直手者，按之不可得也，是大肠气予不足也，枣叶生而死；脉至如华者，令人善恐，不欲坐卧行立常听，是小肠气予不足也，季秋而死。”

《素问·诊要经终论》云：“太阳之脉，其终也戴眼反折瘛疭，其色白，绝汗乃出，出则死矣。少阳终者，耳聋百节皆纵，目睘绝系，绝系一日半死，色先青白，乃死矣。阳明终者，口目动作，善惊妄言，色黄，其上下经盛，不仁则终矣。少阴终者，面黑齿长而垢，腹闭，上下不通而终矣。太阴终者，腹胀闭不得息，善噫善呕，呕则逆，逆则面赤，不逆则上下不通，不通则面黑皮毛焦而终矣。厥阴终者，中热嗌干，善溺心烦，甚则舌卷卵上缩而终矣。此十二经之所败也。”

刺灸要谊

《素问·刺要论》云：“刺毫毛腠理，无伤皮，皮伤则内动肺，肺动则秋病温疟，泝泝然寒栗；刺皮，无伤肉，肉伤则内动脾，脾动则七十二日四季之月，病腹胀烦，不嗜食；刺肉，无伤脉，脉伤则内动心，心动则夏病心痛；刺肉，无伤筋，筋伤则内动肝，肝动则春病热而筋弛；刺筋，无伤骨，骨伤则内动肾，肾动则冬病胀腰痛；刺骨，无伤髓，髓伤则销铄胻酸，体解㑊然不去矣。”

《素问·刺齐论》云：“刺骨者，无伤筋，针至筋而去，不及骨也；刺筋者，无伤肉，至肉而去，不及筋也；刺肉者，无伤脉，至脉而去，不及肉也；刺脉者，无伤皮，至皮而去，不及脉也。所谓刺皮无伤肉者，病在皮中，针入皮中，无伤肉也。刺肉无伤筋者，过肉中筋也。刺筋无伤骨者，过筋中骨也。此之谓反也。”

《素问·刺志论》云：“夫实者，气入也。虚者，气出也。气实者，热也。气虚者，寒也。入实者，左手开针空也。入虚者，左手闭针空也。”

《素问·针解篇》云：“刺虚则实之者，针下热也，气实乃热也。满而泄之者，针下寒也，气虚乃寒也。菀陈则除之者，出恶血也。邪盛则虚之者，出针勿按。徐而疾则实者，徐出针而疾按之。疾而徐则虚者，疾出针而徐按之。言实与虚者，寒温气多少也。若无若有者，疾不可知也。察后与先者，知病先后也。为虚与实者，工勿失其法。若得若失者，离其法也。虚实之要，九针最妙者，为其各有所宜也。补写之时者，与气开阖相合也。九针之名，各不同形者，针穷其所当补写也。刺实须其虚者，留针阴气隆至，乃去针也。刺虚须其实者，阳气隆至，针下热乃去针也。经气已至，慎守勿失者，勿变更也。深浅在志者，知病之内外也。近远如一者，深浅其候等也。如临深渊者，不敢堕也。手如握虎者，欲其壮也。神无营于众物者，静志观病人无左右视也。义无邪下者，欲端以正也。必正其神者，欲瞻病人目制其神，令气易行也。”

《素问·刺禁论》云：“无刺大醉，令人气乱。无刺大怒，令人气逆。无刺大劳人，无刺新饮人，无刺大饥人，无刺大渴人，无刺大惊人。”

《灵枢·四时气篇》云：“灸刺之道，得气为定。故春取经血脉分肉之间，甚者深刺之，间者浅刺之；夏取盛经孙络，取分间绝皮肤；秋取经腧，邪在府，取之合；冬取井荥，必深以留之。”

《灵枢·经水篇》云：“足阳明，五藏六府之海也。其脉大血多，气盛热壮，刺此者不深弗散，不留不写也。足阳明刺深六分，留十呼。足太阳深五分，留七呼。足少阳深四分，留五呼。足太阳深三分，留四呼。足少阴深二分，留三呼。足厥阴深一分，留二呼。手之阴阳，其受气之道近，其气之来疾，其刺深者皆无过二分，其留皆无过一呼。其少长大小肥瘦，一心撩之，命曰法天之常。灸之亦然，灸而过此者得恶火，则骨枯脉涩；刺而过此者，则脱气。”

《灵枢·官针篇》云:“凡刺有九,以应九变。一曰输刺,刺诸经荥,输藏腧也;二曰远道刺,病在上,取之下,刺府腧也;三曰经刺,刺大经之结络经分也;四曰络刺,刺小络之血脉也;五曰分刺,刺分肉之间也;六曰大写刺,刺大脓以铍针也;七日毛刺,刺浮痹皮肤也;八曰巨刺,左取右,右取左;九曰粹刺,刺燔针则取痹也。凡刺有十二节,以应十二经。一曰偶刺,以手直心若背,直痛所,一刺前,一刺后,以治心痹,刺此者旁针之也;二曰报刺,刺痛无常处也,上下行者,直内无拔针,以左手随病所按之,乃出针复刺之也;三曰恢刺,直刺旁之,举之前后,恢筋急,以治筋痹也;四曰齐刺,直入一,旁入二,以治寒气小深者,或曰三刺,治痹气小深者也;五曰扬刺,正内一,旁内四,而浮之,以治寒气之博大者也;六曰直针刺,引皮乃刺之,以治寒气之浅者也;七曰输刺,直入直出,稀发针而深之,以治气盛而热者也;八曰短刺,刺骨痹,稍摇而深之,致针骨所,以上下摩骨也;九曰浮刺,旁入而浮之,以治肌急而寒者也;十曰阴刺,左右率刺之,以治寒厥,中寒厥,足踝后少阴也;十一曰旁针刺,直刺旁刺各一,以治留痹久居者也;十二曰赞刺,直入直出,数发针而浅之出血,是谓治痈肿也。脉之所居深不见者,刺之微内针而久留之,以致其空脉气也。脉浅者勿刺,按绝其脉乃刺之,无令精出,独出其邪气耳。所谓三刺则谷气出者,先浅刺绝皮,以出阳邪;再刺则阴邪出者,少益深,绝皮致肌肉,未入分肉间也;已入分肉之间,则谷气出。故刺法曰:始刺浅之以逐邪气,后刺深之以臻阴气之邪,最后刺极深之以下谷气,此之谓也。凡刺有五,以应五藏。一曰半刺,浅内而急发针,无针伤肉,如拔毛状,取皮气，此肺之应也；二曰豹文刺，左右前后，针之中脉为故，以取经络之血者，此心之应也；三曰关刺，直刺左右，尽筋上，以取筋痹，慎无出血，此肝之应也，或曰渊刺，一曰岂刺；四曰合谷刺，左右鸡足，针于分肉之间，以取肌痹，此脾之应也；五曰输刺，直入直出，深内之至骨，以取骨痹，此肾之应也。”

《灵枢·热病篇》云：“取之阳，取之皮，取之骨，皆云五十九刺。”又云：“所谓五十九刺者，两手外内侧各三，凡十二痏；五指间各一，凡八痏，足亦如是；头入发一寸旁三分各三，凡六痏；更入发三寸边五，凡十痏；耳前后口下者各一，项中一，凡六痏；颠上一，囟会一，发际一，廉泉一，风池二，天柱二。”

《灵枢·刺节真邪篇》云：“刺有五节，一曰振埃，二曰发蒙，三曰去爪，四曰彻衣，五曰解惑。振埃者，刺外，去阳病也；发蒙者，刺府输，去府病也；去爪者，刺关节肢络也；彻衣者，尽刺诸阳之奇输也；解惑者，尽知调阴阳，补写有余不足，相倾移也。振埃者，取之天容、廉泉。取天容者，无过一里，取廉泉者，血变而止。发蒙者，必于日中刺其听宫，中其眸子，声闻于耳，此其输也。刺时以手兼坚按其两鼻窍，而疾偃其声，必应于针也。”去爪者，取腰脊肢胫茎垂以去水也。彻衣者，或取之天府、大抒、三痏，又刺中吕以去其热，补足、手太阴以去其汗。解惑者，大风在身，血脉偏虚，写其有余，补其不足，阴阳平复，此言补写为略。

《素问·八正神明论》云：“天寒无刺，天温无疑。月生无写，月满无补，月郭空无治，是谓得时而调之。写必用方，方者，以气方盛也，以月方满也，以日方温也，以身方定也，以息方吸而内针，复候其方吸而转针，复候其方呼而徐引针，故曰写必用方，而其气行焉。补必用员，员者行也，行者移也，刺必中其荥，复以吸排针也。”

《素问·离合真邪论》云：“邪之入于脉也，寒则血凝泣，暑则气淖泽，虚邪因而入客，亦如经水之得风也，经之动脉，其至也亦时陇起，其行于脉中循循然，其至寸口中手也，时大时小，大则邪至，小则平，其行无常处，在阴与阳，不可为度。从而察之，三部九候，卒然逢之，早遏其路。吸则内针，无令气忤，静以久留，无令邪布。吸则转针，以得气为故，候呼引针，呼尽乃去，大气皆出，故命曰写。不足者，必先扪而循之，切而散之，推而按之，弹而怒之，抓而下之，通而取之，外引其门，以闭其神，呼尽内针，静以久留，以气至为故，如待所贵，不知日暮。其气以至，适而自护，候吸引针，气不得出，各在其处，推阖其门，令神气存，大气留止，故命曰补。”

《灵枢·五禁篇》云：“甲乙日自乘，无刺头，无发蒙于耳内。丙丁日自乘，无振埃于肩喉廉泉。戊己日自乘四季，无刺腹去爪写水。庚辛日自乘，无刺关节于膝股。壬癸日自乘，无刺足胫。是谓五禁。”

《灵枢·九针十二原篇》云：“九针之名，各不同形。一曰镵针，长一寸六分；二曰员针，长一寸六分；三曰鍉针，长三寸半；四曰锋针长一寸六分；五曰铍针，长四寸，广二分半；六曰员利针，长一寸六分；七曰豪针，长三寸六分；八曰长针，长七寸；九曰大针，长四寸。镵针者，头大末锐，去写阳气。员针者，针如卵形，揩摩分间，不得伤肌肉，以写分气。鍉针者，锋如黍粟之锐主，按脉勿陷，以致其气。锋针者，刃三隅，以发锢疾。铍针者，末如剑锋，以取大脓。员利针者，大如牦，且员且锐，中身微大，以取暴气。豪针者，尖如蚊虻喙，静以徐往，微以久留之而养，以取痛痹。长针者，锋利身薄，可以取远痹。大针者，尖如挺，其锋微员，以写机关之水也。”又《灵枢·九针论》云：“一曰镵针者，取法于巾针，去末寸半，卒锐之，长一寸六分，主热在头身也。二曰员针，取法于絮针，筒其身而卵其锋，长一寸六分，主治分肉间气。三曰鍉针，取法于黍栗之锐，长三寸半，主按脉取气，令邪出。四曰锋针，取法于絮针，筒其身，锋其末，长一寸六分，主痈热出血。五曰铍针，取法于剑锋，广二分半，长四寸，主大痈脓，两热争者也。六日员利针，取法于牦针，微大其末，反小其身，令可深内也，长一寸六分，主取痈痹者也。七曰毫针，取法于毫毛，长一寸六分，主寒热痛痹在络者也。八曰长针，取法于綦针，长七寸，主取深邪远痹者也。九曰大针，取法于锋针，其锋微员，长四寸，主取大气不出关节者也。”此篇与《九针十二原》为互起之文也。

《难经·六十九》云：“经言虚者补之，实者写之者，虚者补其母，实者写其子，当先补之，然后写之。言不虚不实，以经取之者，是正经自生病，不中他邪，当自取其经，故言以经取之。”

《难经·七十》云：“经言春夏刺浅，秋冬刺深者，春夏阳气在上，人气亦在上，当浅取之；秋冬阳气在下，人气亦在下，当深取之。言春夏各致一阴，秋冬各致一阳者，春夏温，初下针，沉之至肾肝之部，得气，引持之阴也；秋冬寒，初内针，浅而浮之，至心肺之部，得气，推而内之阳也。”

《难经·七十一》云：“经言刺荥无伤卫，刺卫无伤荥者，针阳者，卧针而刺之；刺阴者，先以左手摄按所针荥腧之处，气散乃内针也。”

《难经·七十三》云：“诸井者，肌肉浅薄，气少不足使也，刺之奈何？诸井者木也，荥者火也，火者木之子，当刺者以荥写之，故经云‘补者不可以为写，写者不可以为补’，此之谓也。”越人所谓“井者手足阴阳脉所出之名”，《六十八难》所谓“五藏六府各有井荥腧经合”，引经言“所出为井，所流为荥，所注为俞，所行为经，所入为合”，而又言其主病云“井主心下满，荥主身热，俞主体重节痛，经主喘咳寒热，合主逆气而泄”是也。但称井木荥火，犹单据阴言之，故《六十四难》云：“阴井木，阳井金，阴荥火，阳荥水，阴俞土，阳俞木，阴经金，阳经火，阴合水，阳合土。”引《十变》之言，以为刚柔之事，是也。然井荥俞经合外阳经又有原焉，不与五行之次，亦主治疗，故《六十六难》云：“经言肺之原出于大渊，心之原出于大陵，肝之原出于太冲，脾之原出于太白，肾之原出于大溪，少阴之原出于兑骨，胆之原出于丘虚，胃之原出于冲阳，三焦之原出于阳池，膀胱之原出于京骨，大肠之原出于合谷，小肠之原出于腕骨。十二经皆以腧为原者，何也？五藏腧者，三焦之所行，气所留止也。三焦所行之腧为原者，何也？脐下肾间动气，人之生命也，十二经之根本，故名曰原。三焦者，原气别使，主通行三气，经历五藏六府。原者，三焦尊号，故所止辄为原。藏府有病，皆取其原也。”经称心之原出大陵，又云“少阴之原出兑骨”，越人不为析说。其实大陵者，手厥阴心主之俞，兑骨即神，一名兑冲，一名中都，在兑骨端，故假名焉。手少阴俞也。经不别者，代君布化，心主即心，故《灵枢·本输篇》历言十二经井荥腧经合，而以为心出中冲，溜劳宫，注大陵，行间使，入曲泽，皆心主穴，遂竟篇不列心主之脉，不得谓缺略也。越人又以十二经皆以俞为原，亦非也。经以阴经之俞为原，阳经固俞自俞，原自原，谓阳经之原同俞，可耳。

《难经·七十四》云："经言春刺井者，邪在肝；夏刺荥者，邪在心；季夏刺俞者，邪在脾；秋刺经者，邪在肺；冬刺合者，邪在肾。"经据阴经言，越人据阴经释之，其实推经例，则阳经春刺俞，夏刺经，长夏刺合，秋刺井，冬刺荥，乃与时气五行合也。

《难经·七十五》云："经言东方实，西方虚，写南方，补北方，何谓也？盖金木水火土，当更相平。东方木，西方金。木欲实，金当平之；火欲实，水当平之；土欲实，木当平之；金欲实，火当平之；水欲实，土当平之。东方肝也，则知肝实；西方肺也，则知肺虚。南方火，木之子；北方水，木之母。子能令母实，母能令子虚，故写火补水，欲令金不得平木也。"

《难经·七十六》云："补时何所取气，写时何所置气？然当补之时，从卫取气，当写之时，从荥置气。阳气不足，阴气有余，当先补阳而后写阴；阴气不足，阳气有余，当先补阴，而后写阳。荥卫通行，此其要也。"

《难经·七十九》云："经言迎而夺之者，写其子也。随而济之者，补其母也。假令心病，写心主俞，是迎而夺之；补心主井，是随而济之。所谓实之与虚者，濡牢之意，气来实牢者为得，濡虚者为失，故曰若得若失也。"

《灵枢·背腧篇》云："以火补者，毋吹其火，须自灭也；以火写者，疾吹其火，传其艾，须其火灭也。"

吴之英诗文集卷十八

书法选

辛亥秋保路死事纪念碑

「辛亥秋保路死事纪念碑」
吴之英手书于成都人民公园内(东面)

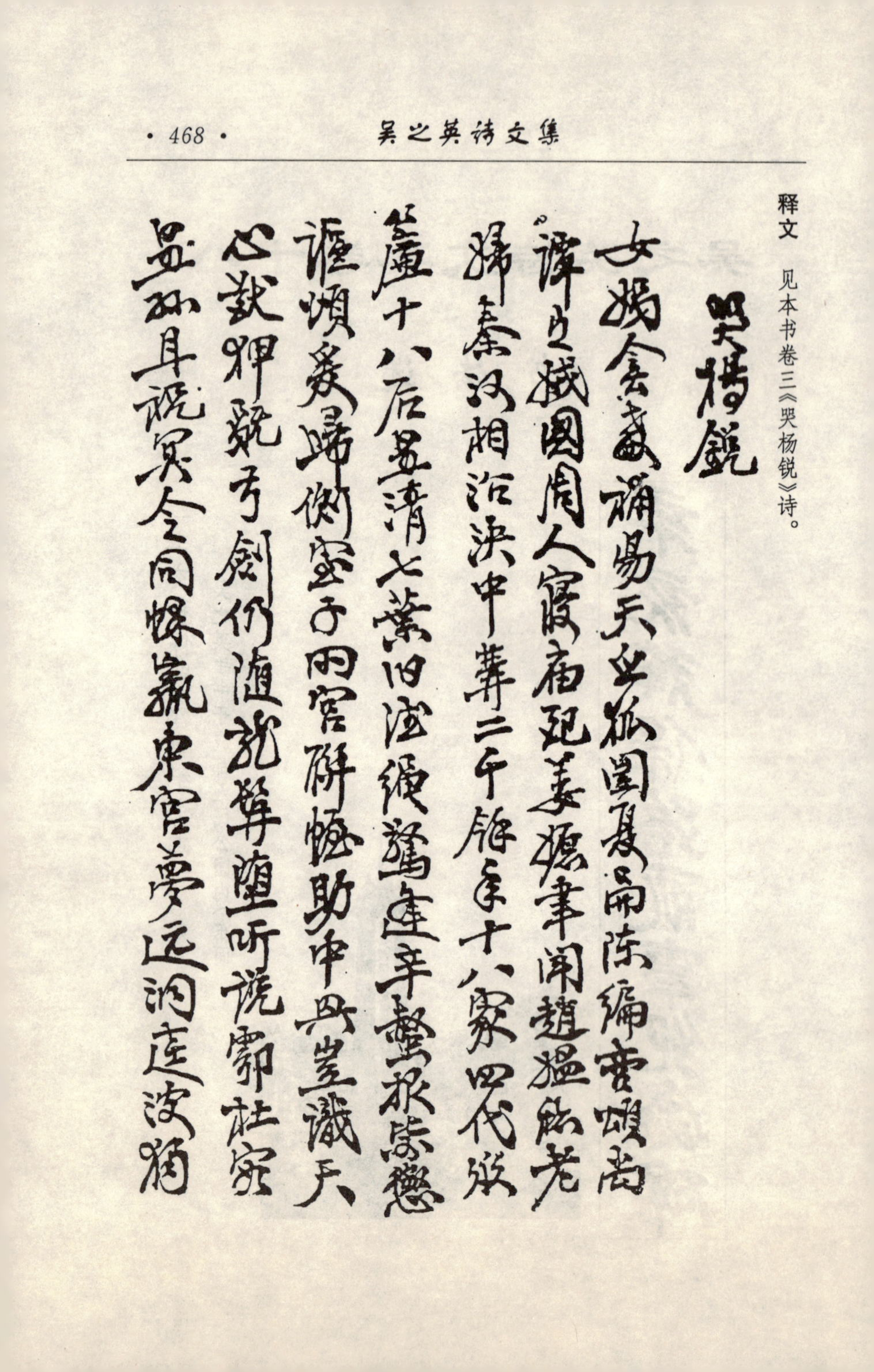

哭杨锐

释文　见本书卷三《哭杨锐》诗。

乘风擊退湘豫右几从此負中原袁振新
扉擢鑾罗御史連章請歸改呈帝華
年眠起性耐隨環語会月吉譯館候節
洛獄今二十年来居拆圖右巷帆还以足
如怨辭寢嚴侍中諾再見龍虎徵寨儒
当時詔獄居然性鞠好手寧安旦害仓庠
太河出新刪岀广芝藻齊葉艾以人来
伏一震感萬鼓於鳴羽石血飛如居風節

跨時舉不習世骨見圖歸焉停有能
進取漢極縣講說匯辯方遊政遠覺嫌
舌替之論說四軍抗承寄治九十三月望
合同前薨設徽申民笑之能務重傷家
門高冠長佩九霞文主軒匯張之世子手
敵去擇大將軍織知黃閣虜吾非畢豈容
如子情狹各之能伉直陵每年魏焉乃
辟識常侍金貂稱丞豫參集草經說

思报名士求珣恩威养小人恭然未祇陈
寰智乃疑会诚閒慈宫骨肉情深礼目隆
傳后逆伦叱丑雁石室搆变遑江充绝史外
家成经文唯闻弟五权司空乃疑谢法曹风
怀旧党挟通肆排抵篱缁史令三十年字
是激儺指骨语狂乃亏辩朱雀门壹道话
纏当话米乃就滑嫩乱草墙上亏宿衛甚
燕丑渐觉鸿范罚会雨早涸马徒歛篇宰

内务闲司解国难不惜身疾罹宗祧纷
指疑此免敦决狱言刑族春宜浅奢怀三
讲尚亲贤经例究由录因教乱毋道扰
秦汉学时倡崇娇女文学肆师丹用笔
罗庚撰宦游宅辛秋世莫知乌何情香因
难尚经闲看流云搁好芳茱冠丑亭亭立晓
风微资冰雪聋初着患结经术赠古词七
晚生目光剩如醉县济南老孝言二十八篇缘

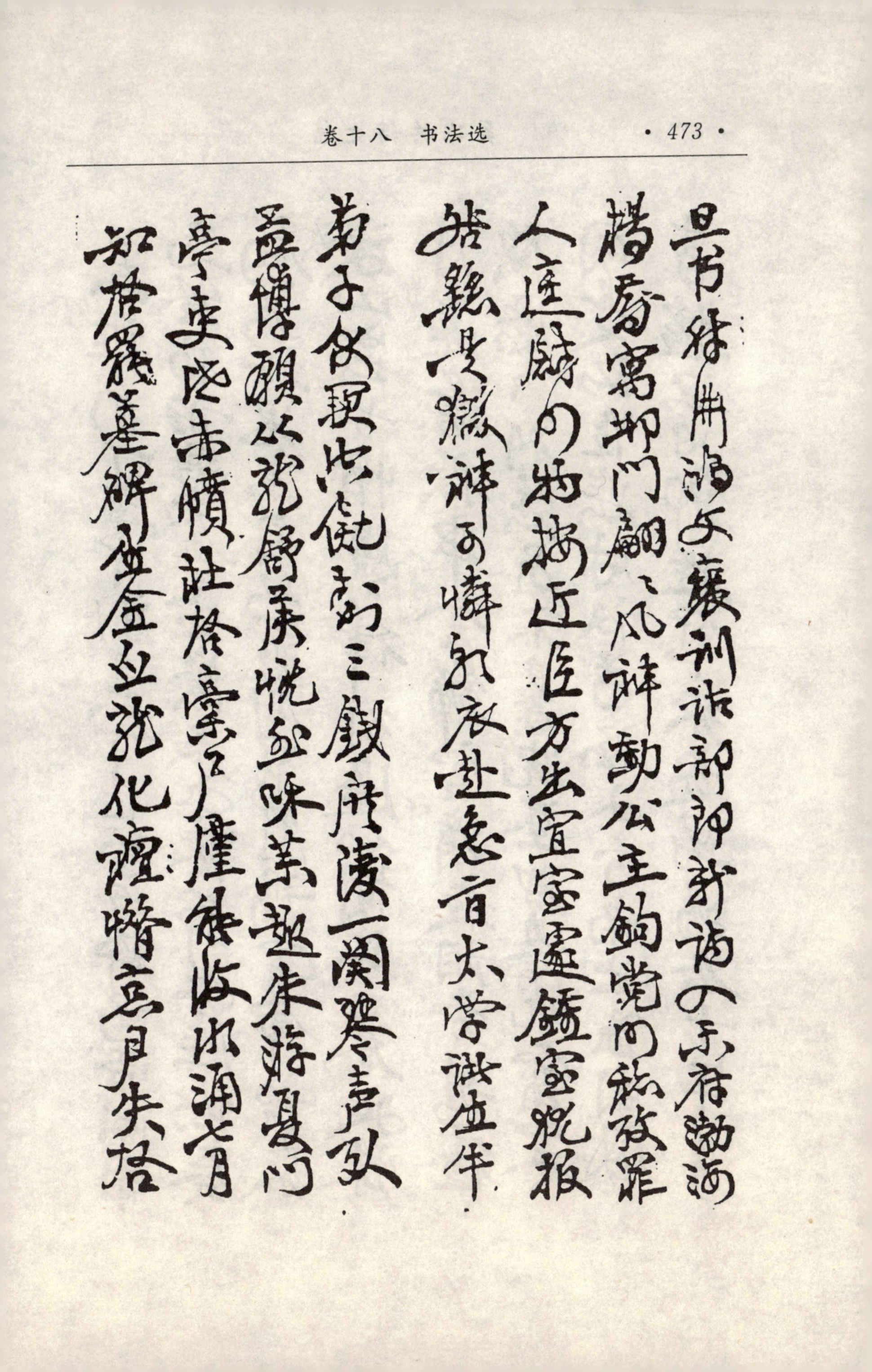

蓋誰向丁年對天下家隨鳴帝閣開
与君待詔黃金臺悠悠歲晚蕭瑟杜陵秦
鈞天指鬼來目以混別羅列諸宵命誰家
汝度山宮古情蕩律引遙以胡床一卷延緣
月還吾殺車會鄉官清夜相傍想往
歡歷歷別愁來不是洗墨湖邊晚雲寒
同是勤王避難時投荒流又分南北誰因感
蓴鱸思舊鄉掛冠家遂歸誰念十年舊

宦迹移情林壑依人晓气生岩光动鱼
不责莱更无岁管月到公卿悲来山许
情啸多盖花满御路桐老遥想归泥
独縻竹岩露亚着天津道鸟停未安许国
殉海音三日不汗洒沈深縱云上比矢文字
执答高盖养士心每每惟荒潺潺犄泼泥
臣卿归素引灵门东陆清汤零出渡环
縱加单旁鸟啼壬午卿宾四同祀远韵鸿

名震九皋深雷已執吳均節器格文涵子
胥濤孤雷老夾田牽陌隱豆不治夏種麥
忭妹青山如故人久寄胡思精靈澤間尋石
磵憩喬松美人系艸怨奇、嘉質產成无限
自我藉頭顱見祖宗

吳之英

附　赵熙跋语

毅崦蜀奇士於古近王景略負恃
其才銳而勇不放余以爲毅崦匈
中自有所謂奴者蓋大扶不節
制之師出入於是非奴之地者
全其身毅崦方怒噬之奚取奚不
成乙丑秋中毅崦總參蜀軍以湖
藏名山吳伯朅之英哭蘇竹樓州
嶠舍人沅請寄書徵題其書現
肆即如伯朅爲者余與伯朅不敢
識而舍人則光緒甲午時於刑部
所自是文酒之會論詩爲多舍人號
端然欣博通史識及秋日本戰亟
遂別去戊戌難作天下誦言以孺子
而蜀二人其一劉培拂先生光第其一
舍人也時余母喪歸里培公之子來從
游而蘇竹遂不相聞宣統二年舍人門下士
奉德宗密詔廠斬密詔者德宗國難
國是以慈禧不戕發性履舍人草善
處其間者危而高之如秦文油王言
也舍人蒙難時此詔遂所就冠領中
乃是從徽余適官江西道監察御史存
告京畿道迹臺長代奏余別撰專疏御
人張國熙新從山聯名請宣付史館
皆不報稍以語載南書附志云　先帝
出不謀禍但明責上諭則爲情意裁
棄國發明年而清亡矣今國變十四年
亂不能日以殺人爲事家如光宣
朝不可得毅崦睠視非常必有
深桐於无言者嗚呼國聞　趙熙

释文 郭莲姻兄左右：

管子奇才，宿工榷算。萧何伟略，兼领度支。屈君已久，抱憾殊深。学子鳞集，大师雨化。修饩微薄，俱承含纳。英以素食，犹托推惠。综核详至，有枚

释文　有条。阳历虽终，阴历未暮。省会学馆，却满薪金。宁有吾乡，枵腹课业。曾益无多，招列师笑。依来旨如数分支。季冬之朔，将治行李，祁寒自慎，炙光在即。

英顿首

郭莲姻兄左右：

知事同胡理之来，苦加逼迫，理之复助风火，辞之不得，事势至此，碍难到堂散学。目前所急，关聘其最也。兄可代我书送，人唯旧，薪水唯旧。理之称张子因加薪及魏理轩监学与收支更调事，一切如

释文 郭莲姻兄左右：

知事同胡理之来，苦加逼迫，理之复助风火，辞之不得，事势至此，碍难到堂散学。目前所急，关聘其最也。兄可代我书送，人唯旧，薪水唯旧。理之称张子因加薪及魏理轩监学与收支更调事，一切如

释文　命，唯理轩宽缓，兄须助力。赵顺堂能回顾院事否？能，则最善，幸为我达意。诸君子先商酌。为此当无参差，若稍行违左，魏文帝所谓置我炉火之上，则唯返吾初服尔。明岁开学何日？幸与知闻。并问张雨兰病。英顿首

释文　初六日接来书，始知团捐附粮，诸君皆以为可。　诸君皆梓里贤能，父老子弟所倚赖以存活者。既谓可行，必有可行之事理。唯英阔处狄远，卒闻窃名加税，又闻政府已许暂收。　英夙不干公，行路所谅，于民果利，何待藉名？　又恐今称暂征，明年补禀，遂成永定，世

初六日接来书始知团捐附粮
诸君皆以为可
诸君皆梓里贤能父老子弟所倚赖以存
活者既谓可行必有可行之事理唯英阔处
狄远卒闻窃名加税又闻政府已许暂收
英夙不干公行路所谅于民果利何待藉名
又恐今称暂征明年补禀遂成永定也

释文　变方张，将来征税名目，度无极已，古有言曰：　无先福无首祸。诸君子肯赞此议，此后托仗正多。英以不材，闲散于今，种种华颠，袖手田庐，负恩邻里，出之水火，将在诸君，已令互释，来函即息讦状，前闻状时，已函政府。以后公牍凡列英名，俱属假窃，若再有似此，幸

释文　诸君力止之。书来尚未投公状，若迟一二日者即无及也，杨宙翁果勤于事，甚善。院政偏劳，学僮日益知赖陶铸。朔风加厉，以时慎卫。

十月八日　吴之英顿首

寿栎庐

蒙阳愚者

君子攸宇

戊申吴之英题

伯揭

西蒙老渔

吴之英印

號樓準九

九准楼号

四川壬午科優進士吳之英題

樂哉斯坵

光緒十一年仲冬月　穀旦

乐哉斯坵

释文

齐天地于一指

殖兰茝之千畦

释文

亶有丹砂却无句漏

偶约鸡黍亦是桃源

释文

传书称欧阳歙

说礼有高堂隆

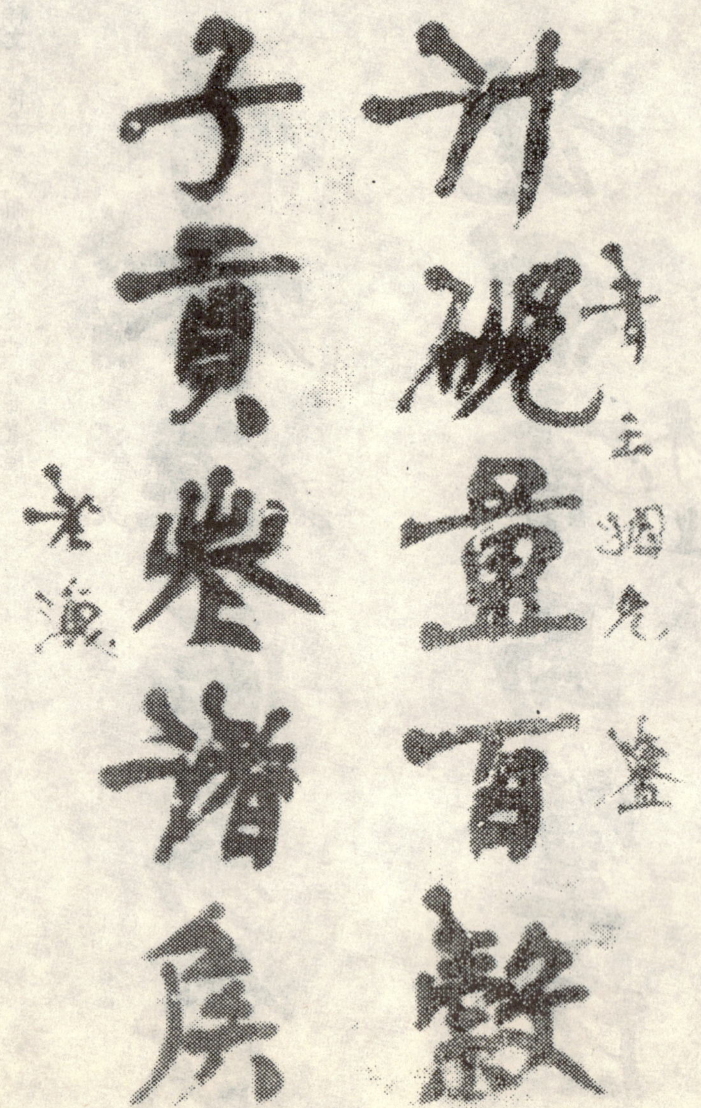

释文

计砚量百谷

子贡老诸侯

释文　余至大行礼官，观三代损益，乃知缘人情而制礼，依人性而作仪，由来旧矣。人

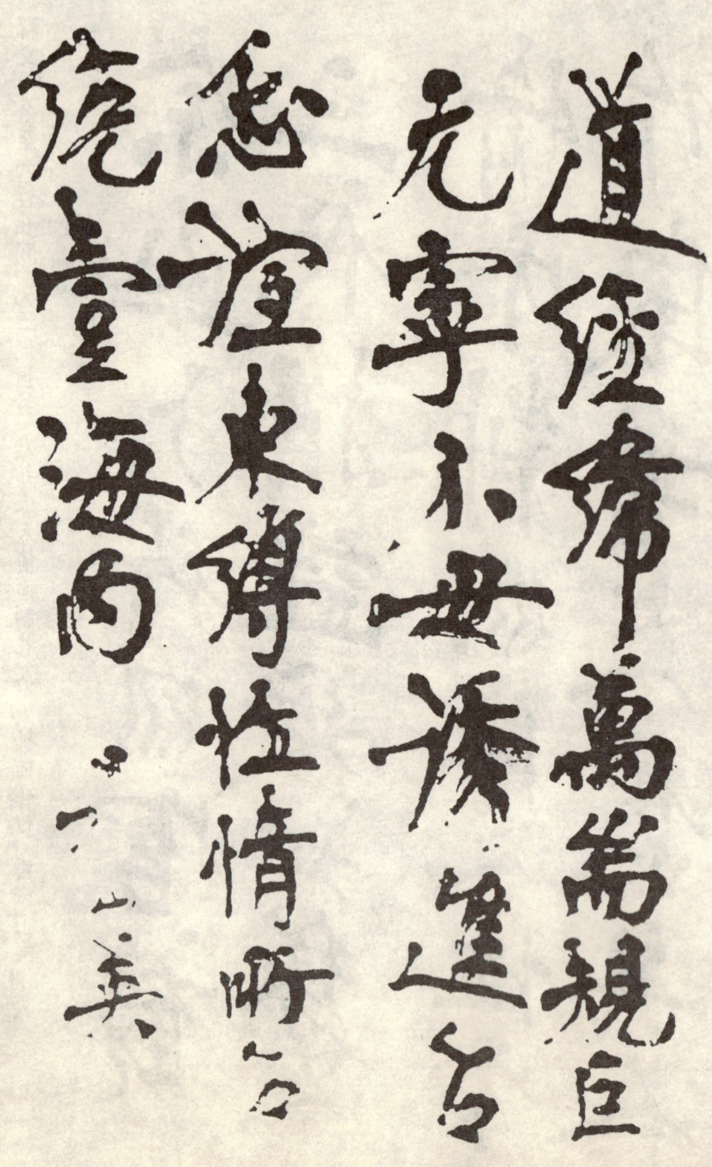

释文

道经纬万端，规巨无乎不贯，诱进以仁谊，束缚性情，所以统壹海内。

吴之英

释文　学者称周东都洛邑，综其实不然，武王营之，成王使占公卜居，迁九鼎焉。而周复都丰镐，至犬戎入周

迺東徙所謂周公葬畢在
鄗東南杜中漢興九十有
餘載求周裔封曰周子南君
春圃姻兄鑒　伯揭吳之英

释文

乃东徙，所谓周公葬毕，在鄗东南杜中。汉兴九十有余载，求周裔，封曰周子南君。

春圃姻兄鉴　伯揭吴之英

释文　□□楼春雨绝句云：　稻□□□燕参差，贪看春□□□□。忽地子规惊却□，□袍湿尽雨如丝。　英。

释文

魂气无不之也　骨肉于兹归焉

释文

星辰是赍豫知松檟无恙

神明所化将为金玉之精

释文

山号黄龙龙头预卜　阜名白虎虎榜期登

山號黃龍二頭預卜

阜名白虎二榜期登

释文

诗书无忘启后裔
魂魄犹然依故乡

詩書无忘启后裔

魂魄猶然依故鄉

禮云葬者藏也藏也者欲人之弗得見也先生性仁厚孝友克敦樂善而好施見誼事罔不為課子弟以畊讀怡怡然有以自樂其天也孔子所謂不踐跡之善人邪

伯揭吴之英述狀

释文　《礼》云：『葬者，臧也。』臧也者，欲人之弗得见也。先生性仁厚，孝友克敦，乐善而好施，见谊事罔不为。课子弟以耕读，怡怡然有以自乐其天也。孔子所谓不践迹之善人邪？　伯揭吴之英述状。

移川主庙建登閣募捐

史紀天官書云文昌六星在内階前廿石舊説皆以為主人间祿數
晉粤舊張亞子以孝友慈和蔚為人典其没也皆神之代記所謂有
祀而报荐始隆川主之在典礼無考先民相傳云祀秦太守李冰亦
蜀人節祇其功德之可宗求之鑿將罔攸勸非蜀人意先生因是見
為不刊矣是山神者吾鄉市尝貌祀之綠靈爽之通無乎不在也昔
昌仍其殿川主徙微左差若肩更建奎阁於文昌前以敞堂屋壮外
應之理天人罔閡積善餘慶則后日財貨之齒充譽笏之代

释文

见本书卷十二《移川主庙建登阁募捐叙》。

故周宫櫄燎秩及司命司祿以六星中有是名與三台等亦無合祀也
功德於民者耶其以文昌名蓋亦取礼経之誼暨我　皇清列入中
祀以為二郎昔先達何子貞使蜀時以神号疑異奏劾　文皇帝以
人然則川主之名氏里居宗伯無碻据其有功德可祀蜀人是因上命
廷廟不同時川主先文昌於前者為郭后嫌其負馬鄉人議錯移之文
祀非敢有軒輊也議成質邑令長鳩貲共營之屬予敘乃畧顛意弁於
廷應得之符驗冥冥無爽報焉不假也亦略末之以告樂施者
現任灌縣訓導　吳之英敘

释文　二月十六日，始出东门上舟。日已旰，舟人以日吉，移舟数武，泊九眼桥。甫登舟时，冢梓村清渠来过，见余孤身羁旅，行李萧条，知己相怜，凄然欲泪，余亦忧多魂驰。梓村清渠既陟岸归，余目送久之。念雅堂临别，诵「渐与骨肉远，转于僮仆亲」之句，信有征焉，不可说也。

十七日早，天微明，忽闻欸乃声喧，惊而悟，则已去所宿二十里矣，舟行固常然也。是夕，泊苏马头。

释文

十八日，临行忘携书，连日闷甚，唯沉沉睡乡。舟人时报曰：逾某某矣。率村里信称，非名山水。既苏，亦因忽疏置之，泊彭山。

十九日，此行因衍九荐，获一少仆，颇健，余亦稍免琐烦。以箧有书器，时作字数行，小排积郁，遂以为恒。是晚，所泊土名未审，或曰白杨坝。

二十日，自眉州，泊嘉定，水势数入，江流渐阔，支派徙……

释文　若咽，舟始左右侧久之。訇隐就远，闻庆声，过叉鱼矣。急披衣起，见波华圜荡，旋掩旋沸，其螺般轮转者，犹汩汩数十反而后灭。倘仍驾一叶，不免鱼腹矣。絮霾且雨，繁黯属天，舟人邪许力楫，声盈波际，若雾绵，若鳟裂乱溃，站站飞鸢，不时俱堕，茫迷云水，一顾潸然。重以乡里梦口，日夜无已，起坐醉醒，往往不复……

儀禮奭固

名山吳之英典

士喪禮第十二篇　士自死至葬之節士之子得從士禮治喪舊分殯以前為士喪仍之題士起天子諸侯大夫異節今唯士喪存加隆者可概見也五禮屬凶大戴第四小戴第八鐳録鄭目皆十二篇

士喪禮死于適室幠用斂衾　適室正寢疾者當齊死適室終以正幠被斂收衾大被斂衾將用襲以

释文

仪礼奭固

名山吴之英典

士丧礼》第十二篇。　士自死至葬之节，士之子得从《士礼》治丧。旧分殡以前为《士丧》，仍之。题士，起天子诸侯大夫异节，今唯《士丧》存，加隆者可概见也。《五礼》属凶，《大戴》第四，《小戴》第八，镏录、郑目皆十二篇。

士丧礼，死于适室幠，用敛衾。　适室，正寝。疾者当齐，死适室，终以正。幠，被敛，收。衾，大被。敛衾，将用袭，以寸書銘于末曰某氏某之柩竹杠長三尺置于宇西階上　銘、名、言、各以士皆有物、各名所建、傳遽令、故循勿、亡、容不備、緇、上長、緇度半幅、據横度、赬、再染赤、末、下、赬末、將書、宜墨、長、赬度、終幅、亦據横度為縮度、凡三尺有三寸、廣三寸、約書度、某、題分姓、氏、猶族、某、死者字、杠、植銘木、長三尺、短銘三寸、為末不繫揚之、宇、屋邊、西階上、豫識殯位、銘緇端繫杠、因見置位、今文銘為名、末為旆、

释文　寸书铭于末，曰某氏某之柩。竹杠长三尺，置于宇西阶上。　铭、名言，各以士皆有物，各名所建，《传》遽令故称勿。亡，容不备。　缁，上长。缁度，半幅，据横度。　赪，再染赤。　末，下。　赪末，将书，宜墨。　长，赪度。　终幅，亦据横度为缩度，凡三尺有三寸。　广三寸，约书度。　某，题分姓。　氏，犹族。　某，死者字。　杠，植铭木，长三尺，短铭三寸，为末不系扬之。　宇，屋边。　西阶上，豫识殡位。　铭缁端系杠，因见置位。　今文铭为铭，末为旆。

释文　甸人掘坎于阶间少西，为垼于西墙下，东乡(向)。坎，陷。掘，搰。掘坎，备弃埋事。阶间少西，疑于神。垼，专灶。西墙，西堂西壁。东乡，据突起垼负墙，为煮沐潘与鬲饭豫。今文乡为面。

新盆槃瓶废敦重鬲，皆濯造于西阶下。盆，盎。槃，椃。瓶，瓵。敦，登。废敦，无足，犹人躄称废。鬲，鼎属，款足，因县重，附为名。新，尚洁，丧不袭旧，工所特制，皆濯，加

甸人掘坎于階間少西爲垼于西牆下東鄉、、甸人、儗天官甸師、主田里、役饔事、坎、陷、掘、搰、掘坎、葥弃埋事、階間少西、疑于神、垼、塼竈、西牆、西堂西壁、東鄉、據突起垼負牆、爲煮沐潘与鬲飯豫、今文鄉爲面、

新盆槃瓶瘢敦重鬲皆濯造于西階下　盆、盎、槃、椃、瓶、瓵、敦、登、瘢敦、无足、猶人躄、偁瘢、鬲、鼎屬、款足、因縣重、坿爲名、新、尚絜、喪不襲舊、工所特制、皆濯、加

幅如布、廣終幅、尚完、長五尺、圍首結頤之度、析其末、宜結、

瑱用白纊　充耳謂之瑱、因生時所用名、纊、棉、纊本白、言白、尚新、易玉以纊、質輕、宜當耳、

幎目用緇方尺二寸赬裏著組繫　幎、蔽、蔽上面、舉目姟耳鼻、故名、死者形疏、防人之忌其親、方尺二寸、蔽上面足、下有布巾、緇表赬裏、備水火色、著、用纊實中、質調、辟禪之弱、組繫、組為繫、隅設為結、古

释文　幅如布，广终幅，尚完。长五尺，围首结颐之度。析其末，宜结。

瑱用白纩。充耳谓之瑱，因生时所用名。纩，棉。纩本白，言白，尚新。易玉以纩，质轻，宜当耳。

幎目用缁，方尺二寸，赪里著组系。幎，蔽，蔽上面，举目姟耳鼻，故名。死者形疏，防人之忌其亲。方尺二寸，蔽上面足，下有布巾，缁表赪里，备水火色。著，用纩实中，质调，辟禅之弱。组系，组为系，隅设为结。古

释文　文幎为涓。

握手用玄纁，里长尺二寸，广五寸，牢中旁寸，著组系。　握手，为拳实。玄，谓表。长尺二寸，取出手。广五寸，拟手广度。牢，圈中，直手心处，厚著，当握缨之。上下曰旁，旁寸，则牢尺。组系，将连擘。今为牢为缨，旁为方。

决用正王棘若檡棘，组系纩极二。　决，射决生时所有事。棘，刺木，取声近急。王棘，大棘。用正，因多种。檡棘，细理棘，言若，或时不得王棘。组系，假生时所用

文幎為涓、

握手用玄纁裏長尺二寸廣五寸牢中旁寸著組繫　握手、為拳實、玄、謂表、長尺二寸、取出手、廣五寸、擬手廣度、牢、圈中、直手心处、厚著、當握纓之、上下曰旁、旁寸、則牢尺、組繫、將連擘、今文牢為纓、旁為方、

決用正王棘若檡棘組繫纊極二　決射決生旹所有事、棘刺木、取聲近急、王棘大、棘用正、因多種、檡棘細理棘、言若、或旹不得王棘、組繫叚生旹所用

標名、纊極、纊為極、緩于膚、二具上下端古文王為
玉、今文檡為澤、
冒緇質長与手齊赬殺揜足　所吕囊襲衣曰冒、上
謂止質正也、長与手齊、掩殺為適、謂止殺減也、
揜足、由足冒至膝、緇上赬下、冒時易別、綴旁三、
爵弁服純衣　死者不冠、稱冠表服、純衣、則纁裳、起
如生服、先爵弁、士尊服、
皮弁服　皮弁服、白布衣、素積裳、不言者、从生制、

释文　标名。纩极，纩为极，缓于肤。二，具上下端。古文王为玉，今文檡为泽。
冒，缁质，长与手齐，赪杀揜足。所以囊袭衣曰冒。上谓之质，正也。长与手齐，掩杀为适。正谓之杀，减也。揜足，由足冒至膝，缁上赪下，冒时易别，缀旁三。
爵弁服纯衣。死者不冠，称冠表服。纯衣，则纁裳。起如生服，先爵弁，士尊服。
皮弁服。皮弁服，白布衣，素积裳。不言者，从生制。

释文　褖衣。　缁衣曰褖。褖衣，玄端服，称褖，为玄裳，黄裳、杂裳可通用，备生时三服。　古文褖为缘。

缁带、韎韐、竹笏。　缁带，士三服所同。　韎韐，取爵弁尊韠。　笏，生时朝见所执，士用竹，可本象，长度二尺六寸，博三寸，其杀六分去一。

夏葛屦，冬白屦，皆繶缁絇纯，组綦，系于踵。　葛，繐葛，夏用爵弁屦。　白，白葛，冬用皮弁屦。起春从冬，秋从夏，适时中，皆繶。　葛屦黑，白屦青，缁絇纯，唯取素积

褖衣　緇衣白褖、褖衣玄耑服、偁褖、為玄裳黄、裳襍裳可通用、葡生旹三服、古文褖為緣、

緇帶韎韐竹笏　緇帶士三服所同、韎韐取爵弁尊韠、笏生旹朝見所執、士用竹、可本象長度二尺六寸、博三寸、其殺六分厺一、

夏葛屨冬白屨皆繶緇絇純組綦繫于踵　葛繐葛、夏用爵弁屨、白、白葛、冬用皮弁屨、起春从冬、秌从夏適旹中、皆繶、葛屨黑、白屨青、緇絇純、唯取素積

释文

天运庚子年十月上旬

灌县训导吴之英书

释文 优贡吴之英题

蓬 莱 岛

光绪十二年六月吉日立

附　录　一

吴之英先生年谱

吴洪武　吴洪泽

吴之英(1857－1918)字伯朅,号西蒙愚者、老渔,四川名山人。先生为清末民初著名学者,在经学、汉语言文字学、教育、书法、历史、新闻等方面卓有建树,被称为是上继司马相如、杨慎的古典蜀学的集大成者和现代蜀学的开拓者。曾任四川成都尊经、锦江书院襄校,四川国学院(四川大学前身)院正。关心国事民运,曾投身"戊戌变法"运动,参与组织"蜀学会",任《蜀学报》主笔,撰文宣传维新变法。他"博通群经,尤精《三礼》,所著有《寿栎庐丛书》十种,《诗》、《书》、《易》、《公羊讲义》若干种,文行夙为里党重"(《续修四库全书提要》),又以题"辛亥秋保路死事纪念碑"(在成都人民公园内)而名闻遐迩。

1857 年　咸丰七年丁巳

二月十八日,先生生。

先生讳之英,字伯朅。其字典出《诗经·卫风·伯兮》:"伯兮朅兮,邦之杰兮。伯也执殳,为王前驱。"号蒙阳愚(渔)者、西蒙愚(渔)者、愚(渔)父、老渔(愚)。室名"寿栎庐"。四川省名山县车岭镇吴沟人。祖父吴文哲,德配陈氏、古氏。以明经贡,灌县、荥经延主博士席,皆不就,在家乡设馆教授生徒。父吴铭钟,德配周氏、刘氏、周氏,饱学未显。先母周氏、继母刘氏均无生育,生母周氏勤劳,善持家,22 岁生先生。"先母姓周,继母是刘。既无姐妹,又无弟兄。"先生德配双河乡倪氏,生 5 子(鉴、铣、铤、錭、锬)2 女。

是年,先生之师,近代著名学者,湖南湘潭人王闿运壬秋(1832－1916)26 岁。王先生平生以"第一流,第一人"自命。

张之洞香涛(1837—1909)21岁。

是年,友人富顺宋育仁芸子(1857—1931)生。

是年,友人绵竹杨锐叔乔(1857—1898)生。

1858年　咸丰八年戊午　2岁

英法强迫清政府签订《天津条约》,外国教会获得在中国各地自由活动的权利。

友人张森楷(1858—1928)生,字元翰,号式卿。

1859年　咸丰九年己未　3岁

九月,义军李永和、蓝大顺由云南昭通入川,攻叙州、嘉定、雅州各属县。

友人富顺刘光第裴村(1859—1898)生。

1860年　咸丰十年庚申　4岁

先生于四岁四个月四天发蒙读书。《叙感》云:“儿时四岁余,咿哑解言语。祖父授《五经》,句读尚离胥。”并学写字描红。

是年秋,英法联军进攻北京,焚圆明园。九月与英法议和,签订《北京条约》。十一月,清廷与俄订约于北京。

1861年　咸丰十一年辛酉　5岁

“为爽《尔雅》名,渐抽比北绪。谓我喜深思,切待求根据。”(《叙感》一章)

七月,咸丰帝崩于热河。八月,藏羌人民攻下松潘。十月,穆宗立,两宫皇太后垂帘听政。

1862年　同治元年壬戌　6岁

继续受教于祖父。《叙感》诗云:“古人不虚作,互文成次叙。一字若可更,全句谊为助。一句若可疵,全篇意为予。他经证本经,错综无抵拒。信之贵博征,疑之贵历举。疑信果犁然,爰始出机杼。”

祖父教先生用木笔在沙盘上练字。

是年二月，石达开(1831－1863)率部进入四川涪州附近。

八月，总理衙门设同文馆以造译材，开始注重洋务。

1863年 同治二年癸亥 7岁

是年春，蓝朝鼎、李永和先后牺牲。五月十四日，石达开率军三万余人直抵大渡河边的紫打地(即今石棉县安顺场)，为四川总督骆秉章(1793－1867)所俘。六月二十六日，石达开在成都被害。

是年，张之洞获一甲第三名进士及第。

1864年 同治三年甲子 八岁

"八岁治文辞，蔟蔟材力锐。慷慨骋英华，儇捷写新艺。祖父教为文，先须尊体制。识深理来会，理积气斯厉。造化函元气，静与虚空契。虚空理所钟，先识在明慧。古昔有鸿文，高韵何清丽。已近恩剿袭，已远恩缪戾，不远亦不近，孤立求真谛。理质意自卓，气赢辞有系。我学非古法，我法非今制。格律会精神，得诸天地际。寄托已有端，养息善其继。成章知何如？辛苦百年计。"(《叙感》二章)

是年二月，曾国荃(1824－1890)等陷江宁，洪秀全死。

1865年 同治四年乙丑 9岁

喜用铁笔在沙盘上练字，习颜真卿、柳公权。先生练字时聚精会神，曾作诗一首贴于书房门："写字如撑逆水船，气长力足破浪前。心摹手追出佳作，神不专一练枉然。"

是年，法国派一探测队入川探查矿藏情况，写了《帅岗至叙州一带搜矿纪要》、《四川矿说》等书，详细记载了四川矿产资源分布、价值和储量，野心毕露。

是年，资中骆成骧公骕(1865－1926)生。

1866年 同治五年丙寅 10岁

继续随祖父课读、习字。

是年，孙中山(1866－1925)生，名文，字逸仙。以宋仕杰为首的红灯教徒于10月11日举行反清起义。太平天国革命失败。

左宗棠奏请于福州设船政局，以沈葆桢司之，并设绘事院、驾驶学堂、英法文学堂等，清廷开始改革。

1867 年　同治六年丁卯　11 岁

按祖父教导，读书要勤深思，贵专精，“要知大雅心，务到精审处”。

荣县赵熙香宋(1867—1948)生(九月十三日)。

是年，法强以柬埔寨为保护国。

1868 年　同治七年戊辰　12 岁

“罔罔历十三，祖父耋已衰。疾痛日相续，论说强支持。”(《叙感》三章)

是年，俄强以布拉汗为保护国。

1869 年　同治八年己巳　13 岁

先生随父课读。“顾与阿父言，孙儿读有基。此后课之读，柬量与参差。抑甚欲其扬，既纵乃敛之。回环纠结时，疏密视以宜。一日适其和，当自茁灵姿。抚首呼孙儿，识量不可羁。慎毋守局促，亦毋长骄稚。汝从汝父读，如我生存时。”(《叙感》三章)

王闿运始治《公羊》，作《春秋事比》、《谷梁申义》。

1870 年　同治九年庚午　14 岁

随父学习。“执业从阿父，请益未云已。谓是受读法，万法引条理。阿父闻我言，蹙然意不喜。谓我好更端，将入非法矣。祖父习经法，为汝标纲纪；祖父论文法，为汝析源委。谓宜化成法，法法见宗旨。问我有何法，我法祖父耳。益汝唯专精，持之慎终始。”(《叙感》四章)

是年，祖父文哲公逝世。

1871 年　同治十年辛未　15 岁

是年，参加雅州府试，名列第一。“桐弱举茂材，再试告贤获。歆然告阿父，阿父殊脉脉。”

是年，倪夫人来归。“十五将议婚，计年未及冠。阿父举《礼》意，谓汝听醮言。我昔未生汝，祖父望有孙。汝生固已迟，睘睘鲜弟昆。汝今齿虽

稚,我今齿以尊。我望犹祖父,汝念其本原。好合故云宜,敬德不可谖。”(《叙感》五章)

是年九月,清政府与日本政府签订《中日修好条规》和《中日通商章程》,这是中国近代史上第一个中日条约。

1872年 同治十一年壬申 16岁

先生试中雅州府头名,面有得色,其父诫之:“我昔姑汝试,挫抑原不惜。果既加挫抑,增增预相迫。锻炼出纯质,晚成将坚硕。何意材性薄,小激遽腾射。电火扬汝色,风波夺汝液。声名反空虚,汝尚何所积?及今初震萌,视胜将如瘠。纵令终闭室,且为身心益。”

是年,新繁吴虞(1872—1949)生,字又陵,亦署幼陵。伯朅先生之诗文与新闻学之入室弟子,亦伯朅先生之终身仰慕者。

是年,南充张澜表方(1872—1955)生。

王闿运作《今古文尚书笺》成。

1873年 同治十二年癸酉 17岁

协助父铭钟授徒。书法继学苏体。

六月,张之洞奉旨充四川分试副考官。十月,奉旨简放四川学政。

广东新会梁启超(1873—1929)生。

1874年 同治十三年甲戌 18岁

洋务派官僚、工部侍郎兴文人薛焕丁忧在籍,联络官绅15人,上书四川总督吴棠和学政张之洞请建书院,以通经学古培养蜀士。初定名为“受经书院”,继改名“尊经书院”。

十一月,同治帝崩,德宗立,两宫皇太后仍垂帘听政。

1875年 光绪元年乙亥 19岁

是年春,尊经书院学舍建成,择府县高材生百人进学,吴之英以茂材入选。诗云:“蜀都广乡学,石室仍新构。郡县选高材,弟子聿来凑。”(《叙感》七章)先生备极刻苦,博览群书,对经史词章都有较高的造诣,尤精《三礼》(《周礼》、《仪礼》、《礼记》),工书法,善骈文,与绵竹杨锐、井研廖季平、富顺宋育仁同称四杰。

尊经书院是清末全省官办最高学府。第一任山长为薛焕(1815—1880)。薛焕聘著名学者，湘潭王闿运为书院主讲，王不至。乃以钱保塘(铁江)及其弟保宣(徐山)权主其事。除山长外设襄校(副山长)数人以助教，设监院2人，斋长4人以助铃束，稽课程。所课为经、史、小学、辞章，尤重通经。人立日记一册，记每日看书起止及所疑所得。山长五日与诸生一会于讲堂。监院呈日记，山长叩诘而考验之。不中程者有罚。月二课，课四题。经解一，史论一，史论与杂文一，诗一。考课有膏火，率人得数两。

张之洞撰《辅轩语》,《书目答问》成。

广安蒲殿俊伯英(1875—1934)生。

1876年　光绪二年丙子　20岁

肄业尊经书院。

先生在小学(声韵、训诂、文字学)方面，学习许慎的《说文解字》，段玉裁的《说文解字注》，所遗留下来的《说文解字》批注甚多，足见用功之精勤。

书法始学篆、隶书。

四月，王闿运始作《公羊春秋笺》。

七月，清政府与英签订《烟台条约》。

张之洞撰《尊经书院记》,11月，奉调回京，海南谭宗浚(1846—1888)为四川学政。先生对张之洞所写的《辅轩语》、《书目答问》等最能学习体察，贯彻实行。

11月，贵州平远(今织金县)丁宝桢(1820—1886)由山东巡抚擢任四川总督。

荣昌张培爵列伍(1876—1915)生。

1877年　光绪三年丁丑　21岁

肄业尊经书院。

在经学方面研究《学海堂经解》，即《皇清经解》。史学方面，熟读《三史》(即《史记》、《汉书》、《三国志》)。

先生主张做学问“唯专乃精”,“成此专执,荟精一家,固无害其通材,乃有裨于雅教。不然涉猎失御,枉媚心目。泛滥忘归,犹矜口耳。将绕梁求和,独搏广庭之鼠;若贯虱共诩,谁识空石之人”(《答人问博学书》)。

华阳颜楷雍耆(1877—1927)生。

1878 年 光绪四年戊寅 22 岁

肄业尊经书院。

先生研究诗,“以《楚辞》、《汉郊祀歌》、鲍照、吴均、薛道衡、卢思道、李白、杜甫为宗。其言曰:‘李、杜之体清刚,故罕有长篇;元、白之词铺叙,故特乏劲气。惟合二派而融化之,则大或千言,小或数百,兼二派之美,无二派之短矣。’”“名山为文出于周秦诸子。刘申叔谓名山人品文学,当于周秦间人求之。”(《现代中国文学史》)

是年,王闿运应四川总督丁宝桢延请,出任成都尊经书院山长。

1879 年 光绪五年己卯 23 岁

肄业尊经书院。

二月王闿运入川主持尊经书院。首倡今文经学,主讲《春秋公羊传》,宣传经世致用的思想。先生回忆当时的情景时写道:“大师据尊席,列坐承口授。我时与讲会,默默无往复。先生故设辞,诘屈引灵窦。颤而机初触,捷而意与遘。终乃揩揩而,精爽交驰骤。先生兀惊咨,为汝遐老耇。我为说我法,家世传以旧。”(《叙感》七章)

先生研究《公羊春秋》,始著《公羊释例》。

九月应乡试,主考为景善,副主考为许景澄。先生文章写得好,但二场不慎污卷,以“决科第一毁弃”(当时的规矩,文章再好,污卷不得录取),誓“不再应乡试”。

十一月十六日,王闿运回湘潭。

是年,日本侵占琉球。

1880 年 光绪六年庚辰 24 岁

肄业尊经书院。戒骄戒躁,刻苦学习。赋诗:“国学兴异等,爰复役大均。初闻邀首荐,既乃觏冤屯。阿父引喻言,诏我审其真。万物乘生机,受气各有因。组纳专竺者，真力满孕娠。当其得意时，搉厉发精醇。质朴不可裁，魁而出陶甄。运会不为逆，变化挟鬼神。”(《叙感》八章)

三月十五日，王闿运复从湘潭携其妾久云，女帉、滋、茂、纨，子代丰来川。作《春秋例表》。

1881年 清光绪七年辛巳 25岁

肄业尊经书院。书法学习魏碑，“趋魏晋姿势浸巧”(形神更美)。

是年沿制选拔优贡，四川大省，仅四个名额。先生与杨锐(叔乔)、刘子雄、陈崇哲考中。先生自述云：“光绪七年秋，沿制举优生。我姑会其期，帅然厚我庚。所庚非我惜，意量始平平。阿父察其微，谓我以僄轻。壮夫慎事机，纤细必勍勍。慓怚聚精魄，所以贵其成。使者江浙才，简炼会征令。六千举其一，填然数以盈。嘘汝沙砾质，的烁化瑶琼。固非汝缋缫，安得汝劓黥？尺寸汝所得，铢两有时并。”(《叙感》九章)

是年十一月二十五日，王闿运携眷返湘潭。尊经书院由院监薛华墀丹庭主持，仍由钱徐山代讲席。

1882年 清光绪八年壬午 26岁

吴之英、杨锐等赴京朝考，杨、吴分别名列一、二等。

先生诗云：“与举之明年，随计至幽冀。入觐帝有咨，命以学官职。归来述成命，阿父称嘉赐。饬我服官箴，敬须后命至。……祖父昔望汝，不鹗将为骥。我昔亦望汝，不兰将为芰。……闲情养毅力，清思扬远谊。简重写新书，但作郁茂字。匣之化珠碧，窖之伏妖魅。一卷空谷中，颢然独灵媚……”

1883年 光绪九年癸未 27岁

先生撰《北征记概》、《上海行》，道出了“时运之极，人道之忧”。

五月，王闿运第三次入川。对先生“器之，语人曰：‘诸人欲测古，须交吴伯朅。之英通《公羊》、精《三礼》(《周礼》、《仪礼》、《礼记》)，群经子史，下逮方书，无不赅贯’”(《简阳县志·官师篇》民国16年版)。

1884年 光绪十年甲申 28岁

三月十一日，先生父铭钟公逝世。

《资中县志》载:“光绪甲申年(1884)资州牧高培谷改栖云书院为艺风书院。延蜀中名儒宋育仁、吴之英、蒲莹、吕翼文、廖季平以次主讲……每岁生统以数百计,资属文风从此丕变。”

是年,先生撰《邛海谣》,以1624字的长篇,借入海之人归来述海之事,以虚喻实,道尽人海寰宇间事,颇似慈禧之于光绪。

宋育仁撰成《周礼十种》、《周官图谱》两书。

彭县尹昌衡硕权(1884—1952)生。

乐至谢无量名大澄,字仲清,号希范(1884——1964)生。

江苏仪征刘师培字申叔,又名光汉(1884—1919)生。

1885年　光绪十一年乙酉　29岁

先生独游巫峡,随带文房四宝,在三月十九日《日记》中写道:“以箧有书器,时作字数行,小排积郁,遂以为恒。”作《题巫峡归舟图》诗,揭露了官绅富贾的贪婪、荒淫,反映了某个浪迹游子的艰辛、苦楚:“蜀国于今已瘠土,官商犹自说天府。舻舳千里阙夔门,赵王公子楚王孙。穿矿彩珠棼跟址,山灵不淥江神死。窃得卓财又窃女,婵媛久滞豪华旅。近肉远丝酣舞筵,襄王一梦三千年。”

先生著《音韵爽固》,讲音韵的源流、字母、方言、反切以及发音等原理。又著《雅名爽固》,是继《尔雅》之后,又一部独创性著作。

是年,偕学子游新都,过(杨)升庵故里,成《桂湖》诗。

1886年　光绪十二年丙戌　30岁

宋育仁进京应试,荐先生主持资州艺风书院事。宋中进士,先生作《闻宋育仁赐出身》。

先生撰《资中君子泉》、《送高培谷去资之泸》等诗。

先生撰书《资州刺史怡楼高培谷植兴艺风书院碑》。

为资州人明嘉靖二十年(1541)进士授太常博士擢贵州道试御史周冕撰书墓联:“以后谁可继先生?每回思御史弹章,琅琅磕磕,传闻失仿像,忆畴昔梦杳衣冠,今日卮酒荒苔,为幸归迁谪遗体;未必精魂依堆墓,但留此空山华表,郁郁葱葱,岁时荐馨香,诸子孙涕零盖韭,将来豸服素珽,何敢忘忠孝家风?”

在资州期间，先生与资州教谕、书法家包弼臣（1831－1919）常切磋书艺。

是年，先生在《寄湘绮楼先生禀》中，禀告其师王闿运，已成《仪礼奭固》六册、《仪礼器图》四册。

为名山县双河乡书写“蓬莱岛”三个大字，是年六月立石。此书柳体味较浓，用笔方圆结合，以方笔为主，笔力刚劲。

1887 年　光绪十三年丁亥　31 岁

简州知州马承基延聘先生任通材书院主讲。《简阳县志 · 官师篇》载：“以治小学、通经术、习词章三者，启迪后进，时历四年，县中文风为之一变。”（民国 16 年版）

先生编印《通材学约》，发给学生，人手一册。该书分经术、小学、史学、词章四门，并指出各门必读书籍。治经必参阅诸子，更要通小学、明训诂；读《孟子》，须参阅《墨子》、《荀子》；读《论语》，须参阅《老子》。治史，更须读经，史之义例出于经。词章必扼要多看群书，吸其精华，以达得心应手境地。读书先看作者自序，反复阅读，体会书中重点，再去阅读全书，自有脉络可寻，豁然贯通。规定学生必写读书笔记，轮流抽阅，分别指导进一步治学方法。还将学生佳作汇编成册。先生教学多术，督促亦严，培养了读书风气和全州买古书的风气。各处都由书院或大成会、文昌会大批购买经史子集，供本地人借阅。

是年，成都尊经书院山长王闿运辞归。王先生在四川，首倡今文经学，宣传经世致用的思想。杨锐、廖平、宋育仁、吴之英、张森楷、张祥龄、吕翼文、骆成骧、颜楷等一大批四川近代知名人物皆出其门下。

王闿运走后，由锦江书院山长伍肇龄（1826－1915）兼尊经书院山长。

1888 年　光绪十四年戊子　32 岁

主简州通材书院。

廖平（1852－1932）过成都，与先生论学于尊经书院。冬，廖赴京会试，荐先生代尊经书院襄校（副山长）。

撰写《简州傅润生淡齐集叙》、《简州王氏谱叙》等。

撰书《吴公墓志》、《毛公墓志》、《候铨知县胡孝廉碑》等。

1889 年 光绪十五年己丑 33 岁

主简州通材书院，兼任尊经书院襄校。

《简阳县志·官师篇》载“吴之英……性高洁，诗文朴茂，成一家言”。

作《闻陈崇哲病》、《东皇篇》、《哭刘子雄》等诗。

是年，宋育仁改任翰林院检讨。

十月，友人刘子雄卒于北京。

1890 年 光绪十六年庚寅 34 岁

兼尊经书院、锦江书院襄校。

先生主简州通材书院，全县就学者很多，并有成（都）、华（阳）、资（阳）、内（江）学生。通材书院学生中，通《春秋公羊传》学者有曾可传，诗文雅瞻，先生讲学存古学堂时，曾约可传去任教。治《春秋左氏传》学者有曾继明，治《论语》学者有吴镜平。该县著名文人胡皋如先生初在通材书院受学，嗣后又随先生到存古学堂毕业，通小学，尤擅长词章，历任四川大学、师范大学教授。其他入门弟子或以所学设帐乡里，或以文章品行见重于时。

作《哭陈崇哲》、《与诸昆季纵论词赋》等诗。

自是至光绪十八年，应名山知县赵懿之请，参加光绪《名山县志》的编纂工作，职任采访，多所献益。

1891 年 光绪十七年辛卯 35 岁

兼任尊经书院、锦江书院襄校。吴虞称：“始予年二十岁，常同陈白完、王圣游从蒙山吴伯朅先生游，侧闻绪论，始知研讨唐以前书。”“于蒙山门下为小卒矣。”又在《答董汉苍（清峻）》中写道：“海内文章吴季子（伯朅先生），清才宋（芸子先生）李（瑶琴）复风流。”怀《名山吴伯朅先生之英》绝句云：“巍然谁是鲁灵光？沧海横流实可伤！不见延陵吴季子，肯言天下有文章。”（《吴虞集》，四川人民出版社，1985）

是年夏，就职灌县训导。作有《都江堑》、《青城张陵祠》、《蒙茶歌》等诗。

是年三月，英国夺取了重庆海关大权。

1892年 光绪十八年壬辰 36岁

任灌县训导,兼任尊经书院、锦江书院襄校。

先生在灌县任上,整顿教风、学风,言传身教,不仅是传道、受业的经师,更是为士典范的人师。

11月16日,郭沫若原名开贞,号尚武(1892—1978)生。

1893年 光绪十九年癸巳 37岁

冬,先生辞尊经、锦江书院襄校职,致力于灌县学务管理。因管理有方,四川学政瞿子久(1850—1918,后晋工部尚书、军机大臣、外务部尚书)说:"吴训导大雅宗匠!"并珍重先生文为墨宝。

1894年 光绪二十年甲午 38岁

任灌县训导。

撰书《灌县重修安澜桥碑》、《重修唐隐居祠碑》、《普济桥碑》。为名山撰书《移川主庙建登阁募捐叙》等。

康有为《孔子改制考》成书。清廷下诏毁禁《新学伪经考》。

宋育仁为英、法、意、比四国公使馆参赞。

日本发动侵略中国和朝鲜的中日甲午战争,并霸占台湾。

1895年 光绪二十一年乙未 39岁

任灌县训导。

撰《仪礼奭固·礼事图》。

四月十七日,清政府与日本侵略者签订了空前屈辱卖国的《中日马关条约》。

五月二日,康有为等人上呈《上皇帝书》,史称"公车上书"。

八日,在康有为、梁启超等人的推动下,组成第一个变法维新的政治团体"强学会"。宋育仁为都讲,主讲《中国自强之学》。

七月,美国传教士赫斐秋等,向清政府提出美、英各国在成都设立代理领事的要求。

是年,骆成骧会试得中,接着参加殿试,为清代四川唯一的状元。

1896 年 光绪二十二年丙申 40 岁

任灌县训导,成绩卓著。《灌县县志·政绩记》载先生:“为人和易而峻洁,学尤深邃,卓然成家,迥迈流俗,居官廉介,训迪学子,文行兼备,获益者多,盖不徒以言教也。”

慈禧强迫光绪帝下令取缔强学会。

宋育仁奉旨回川任四川矿务、商务总局监督。

英国学者肯德在《中国铁路发展史》中说:四川的财富和资源“是世界上任何地方无法和它比拟的”。

法、日、美、德等国相继在重庆设立领事馆。

1897 年 光绪二十三年丁酉 41 岁

任灌县训导。

先生通过对《公羊》等经学的研究,以为“政体因时新代故”(《寄杜翰藩》),“通其变以并行之,则新法也,皆救弊之良药也”(《法家善复古说》),主张变法图强方能救国御侮。

是年,宋育仁在重庆创办了四川最早的报纸——《渝报》。

十一月,康有为到北京,领导变法维新运动。

德国占领胶州湾半岛。

1897 年,尹昌衡就读于尊经书院。

1898 年 光绪二十四年戊戌 42 岁

是年春,杨锐在京四川会馆组织成立“蜀学会”。

宋育仁长成都尊经书院,引荐先生及廖平为都讲。宋育仁与先生等人组织“蜀学会”,创办《蜀学报》,先生分别担任主讲和主笔。五月五日,《蜀学报》第一期发行,到九月被查禁,共出刊 13 期。先生先后发表《蜀学会报初开述议》、《学会讲义》、《矿议》、《赋役篇》、《政要论》、《救弱当用法家论》、《法家善复古说》等杂文,剖析时弊,提出严法治政、着重理财、平衡赋税、奖励农兵、启迪民智、西学中用等一系列变法主张。

在政治方面,先生认为国势之所以越来越弱,外因是列强侵略,内因是官吏的“迂、缓、罢、怠”,“只知利身不顾君,利家不顾国”所致。由于当权者私壑难填，便产生了“叛官”、“叛民”。“叛官有三”：“亦欲为若所欲为，坏我法纪，虐我人民；依托旧制，坐失事机；积为因循，以败国家之宏绩……”应“禁叛于未形”，“自贵自强”。关于振兴政事，第一，选择良吏与知人善任是政治的关键，“善之善者专任之”，“恶之恶者必去之”。第二，要严法治理。首先要选好议法和执法的官。朝廷制定了法律，就要“执衡以立，不顾天下之议”，使“民不敢犯法，吏不敢以非法愚民”，“虽贤良辩智，不敢开一言以枉法；虽千金之户，不敢用一铢以市法”（《救弱当用法家论》）。

在经济方面，他认为赋税是不公平的。富豪之家拥有大量沃土肥田，赋税的负担轻，有少量贫瘠土地的贫户负担却很重，弄得“民穷困而怒讟兴”，“内府有蠲除，穷檐无逋免”。朝廷应采取得力措施，平衡赋税的征收（《赋役篇》）。

朝廷提倡开矿，是为了增加社会财富，“非出以赡豪滑之欲”。当今的矿产为富商大贾所掌握，他们“因沿为奸”，采取“罔上巧法”等手段，贪得无厌地“烈山涸泽”，掠夺宝藏，使富者越富，贫者越贫，“地气郁而不纾，民心怒而不首”。他认为朝廷应采取“上下兼资”的经营办法，“置廉平之长司之”，“治之以工，输之以商，化之以贾，平其贾而不卯，周于用而易雠”（《矿议》）。

先生还提出寓兵于农的政策。认为“兵是强资”，“农是富资”，朝廷应设法“垦田以授农”，解决一些农民无田可耕的问题。平时，“练农以为兵”，战时“即驱而用之”。提出“上农有赏，下农有罚，公战有赏，私斗有罚”。只有这样，国家才会富强起来，才能抵抗列强的侵略。

他提倡启迪民智、兴办教育，西学中用。怎样学习外国？他有个非常好的比喻：“窥鸠巢者，非欲化鸠，夺其巢而据之也；探虎穴者，非为化虎，将欲得其子而缚之归也。”（《蜀学会报初开述议》）

九月二十一日，慈禧太后发动政变，逮捕维新人士。二十八日，将谭嗣同、林旭、杨锐、刘光第、杨深秀、康广仁杀害于北京菜市口。蜀学会、《蜀学报》被禁斥。先生不顾个人安危写了《哭杨锐》长诗：“六人来伏一震威，鼍鼓初鸣碧血飞。如君风节跨世辈，不曾白首且同归……远韵鸿名震九皋……哭君又溷子胥涛。”全诗千余字，情真意切，书法精湛，被誉为“《祭侄稿》第二”。著名书法家赵熙跋语中赞“其书瑰玮”。先生又撰书挽联云:“书院订知交,富子云才,存范滂志,抱义怀仁,德量汪洋波万顷;伤心悲永诀,挂徐君剑,碎伯牙琴,抚今追昔,晦明风雨梦三生。”此联后来镌刻于杨锐纪念馆。

四川的变法维新运动同全国其他地区一样,符合中国社会发展趋势的历史潮流,先生的变法维新思想在四川近代第一次思想解放潮流中,起了非常积极的作用,促进了四川人民的思想解放和觉醒。

1899 年 光绪二十五年己亥 43 岁

回灌县原任。

先生自叙《仪礼奭固》、《仪礼器图》。黄崇麟评论“其创通大义,发疑正读与二戴(汉代大礼学家戴德、戴圣)、高密(郑玄,高密人)未知孰为后先,贾公彦以下弗及也”(《寿栎庐丛书·序》)。“是自东汉郑玄(127—200)逝世1800多年来,《礼仪》研究之集大成和创新之名世精品。”(《伯朅先生与古典蜀学的终结》)著名学者刘申叔谓:“近吴伯朅撰《仪礼注》,简明雅洁,图亦较张(惠言)为优。”(《吴虞日记》上,四川人民出版社,1984年版)

是年,英国金融家摩根勾结李鸿章签订《四川矿权草约》,取得了四川全省煤、铁、石油等矿的开采权,为期五十年。

是年五月十日,张大千原名正权,字季爰,别号大千(1899—1983)生于内江县安良里。

1900 年 光绪二十六年庚子 44 岁

先生回灌县后,通读了《内经》、《难经》等医籍,并根据自己的体会,写成《经脉分图》4卷。

北方义和团(拳)运动兴起。

1901 年 光绪二十七年辛丑 45 岁

在灌县,撰书《宋公兆熊祠堂碑》。

八国联军借口义和团(拳)反帝反洋教,发动了对中国人民的又一次大规模侵略战争。义和团斗争失败,慈禧与八国联军签订了丧权辱国的《辛丑条约》。先生非常愤慨,写下长诗《颐和园》,怒斥慈禧的卖国行径,赞扬“神拳弟子代国忧”的反帝爱国精神。并在《东湖》诗中悲愤地写道:

“可怜廷议和西丑，租借通商分割剖。边徼相望尽藁街，官家何处有梅柳?”

在慈禧的专制残暴统治下，中国国势更加一落千丈。先生深感“四海已无施巧之地”，于1901年由灌县回到家乡，一面侍奉老母，一面著书立说。但仍时刻关心国事和人事的变化，一颗爱国忧民之心犹存。作《和陈山民留别》二首，有“昨闻海国动天风，高沸洪涛上碧空。……欲斩长鲸求钝剑，良工枉铸若耶铜”，“自古边关资信义，由来循吏重廉勤。若将旧政从新政，得暇更调雕面君”等句，表达了对列强入侵和清廷软弱无能的愤慨。

日本在重庆设立租界，建立了帝国主义在四川的第一个“国中之国”。

1902年 光绪二十八年壬寅 46岁

成《汉师传经表》、《天文图考》。

是年，尊经书院改为四川省城高等学堂。“尊经书院前后存在近三十年，在四川乃至全国教育史上，还是有地位和良好影响的。培养的学生中，不少人有经世之志，为了变法图强，不惜抛头颅，洒热血，如已举的杨锐；或为救世而呼号，如宋育仁、吴之英等的《蜀学报》；……对近代四川政治、经济、文化和民主革命运动，作出了自己的贡献。”“锦江和尊经两院培养的学生，有的在作为四川大学前身的高等学堂，通省师范及五大专门学堂任教或长校，如宋育仁、吴之英、廖平、张森楷、骆成骧、周翔、邵从恩、颜楷、张澜、吴玉章等就是很好的例子。他们对四川的高等教育和后来的四川大学，都有良好的影响。”(《四川大学史稿》，四川大学出版社，1985)

1902年，张澜表方入成都尊经书院。

1903年 光绪二十九年癸卯 47岁

始撰《诸子通倅》。

撰书《拣选知县张孝廉墓道碑》。

四川派学生20人，赴日本学习师范教学经验。

四川总督锡良于是年先后奏请川汉铁路由四川当局设立专门公司，招集华股，自筹自建，以自保权利。于洋股一概谢绝，免致利权外溢。

是年，荣县吴玉章树人先入尊经书院，继赴日本留学。

三月,友人张祥龄(1853—1903)卒。

1904 年 光绪三十年甲辰 48 岁

继续撰述。《改礼器图一篇,适后圃见蜘蛛作网,口占一绝》:“经纬纵横意太殊,谁知生理寄樵苏。精神满腹竟何用?劳汝空山自作图。”

是年,四川省城高等学堂大礼堂落成后,便正式举行开学典礼,总理为胡峻(1869—1909)。

是年,四川留日学生写《为川汉铁路事敬告全蜀父老书》。

是年,官办川汉总公司在成都岳府街正式成立。

弟子颜楷,廷试二甲第三名进士。

1905 年 光绪三十一年乙巳 49 岁

继续修订《仪礼奭固》。撰书《庐江令张君碑》等。

是年八月二十日,孙中山在日本建立中国同盟会。

九月二日,清廷下诏“停止岁科考试,专办学堂”,废除了相沿一千多年的科举取士制度。新学堂除学习西洋各学科课程外,还必须读经。

1906 年 光绪三十二年丙午 50 岁

是年,禄勋任名山县知事。到任伊始,即写信给先生,派专人送到车岭镇吴沟,恭请出山办学。先生在《答禄勋》书中,以“乡绅之谊,不当谒请贵游”为据,不到县城造谒县尊,且向禄勋大讲安邦之道。先生在信中提出“将来外国民权之说必将浸及中国”这一论点,不乏先见之明。

撰书六字联:“齐天地于一指,殖兰茝之千畦。”墨迹行中带楷,且溶篆隶笔意。显得十分雄浑拙朴,气势夺人。

是年一月,谢无量任北京《京报》主笔。

是年,蒲殿俊约集在四川籍学生组成“川汉铁路改进会”,蒲被选为会长。

1907 年 光绪三十三年丁未 51 岁

名山县知事禄勋聘先生为县立高等小学堂校长。

先生手书一联于校门:“夫子文章可闻矣;吾党狂狷尚斐然。”用《论语·子路》中“狂者进取，狷者有所不为也”之典故，要学生立大志，富有进取精神，成为狂狷之士，斐然成章，学以致用，为国效力。

聘举人赵正和(1874—1943)、王炳阳等执教。先生语重心长地说：“诸君皆梓里贤能，父老子弟所倚赖。”

自是年起，至1912年，先生协助视学胡存琮(1868—1950)等先后办起47所区立初级小学。就连被称为“地僻民痼”的总岗区回龙寺以及远离县城百里之外的康乐场等都办起了新式学堂。

《名山县新志·士女·贤良》载先生“长乡校逾十年，栽成甚夥。至今，邑人知重古学，其遗教也。性刚耿，尤重礼法。处乡党和蔼迎人；奖诱后进，惟恐不及”。

是年，吴虞从日本回国，曾任成都县中学、嘉定府中学教习。

是年，吴玉章主持创刊《四川杂志》。

1908年　光绪三十四年戊申　52岁

先生被选为名山县教育会会长。书写“君子攸宇”、“德益社”、“九准楼号”等匾额。

清廷派五位大臣到欧美考察政治，回国后，开设政馆、礼学馆。清末维新派，闽县人陈宝琛字伯潜，号韬庵(1847—1935)升任内阁学士，掌礼学馆。在宋育仁推举下，宝琛具函恭请先生示“议礼要领”。先生在《复陈宝琛书》中提出：“礼可为国，则亦先刑名而揲政体者。维滋养之药，不忌平缓；攻泄之剂，利在峻速，时当反经，决其泰甚……其篇节或分题，五教各列：吉、凶、军、宾、嘉之异节，依章作注。……然后会通钩比，悬之国门，永著令甲，以教学子。”

是年十一月，光绪帝和慈禧太后先后死去，由醇清王载沣之子溥仪继位，改元宣统。

十一月，聘请广东南海詹天佑(1861—1919)为川汉铁路总工程师。

1909年　宣统元年己酉　53岁

任名山县立高等小学堂校长、县教育会会长。

清廷开礼学馆，修明礼教，编纂《通礼》一书，礼部奏聘各省名儒为顾问官，礼聘先生。自公卿至布衣视为重选，但他痛变法失败，人亡国瘁，却之不就。有人百思不得其解，写道："官顾问，远名扬。孩子王收多少粮？吴老辞官甘当'王'，令人真是费思量。"

是年，成《周政三图》三卷。

十二月二十八日，举行川汉铁路开工典礼。

1910年 宣统二年庚戌 54岁

任名山教育会会长。

执教于存古学堂。

四川提学使赵启霖在成都开办存古学堂，谢无量任监督（校长）。两人多次来函聘先生任教。先生在《答谢无量书》中，将谢比为东汉末太学生首领郭泰，言"郭泰爱士，传食茅容之蔬"，自喻为东汉初的梁鸿，以"梁鸿避言，藉息（皋）伯通之庑"典故，表明愿到存古学堂任教，决心要以"张华老病，强对册文；江淹昏忘，犹握秃管"的精神，发挥应有的作用。谢无量教授理学，先生教授词章，经学由温江曾学传（1858—1930）担任，资中饶炯副之；史学由天全杨赞襄主讲，崇庆罗元黼（1856—1931）为副；声韵小学由彭县罗时宪担任。

先生竭力支持、协助谢无量工作。学堂初办，书籍资料缺乏，先生曾任尊经、锦江书院襄校，知道两书院古籍多，于是向谢建议将其移到此处，还代笔撰写《王护院许将尊经、锦江书刻移存古书院启》。"谢无量谦逊地拜蜀学前辈吴之英为师，既作校长，又当学生，一时传为美谈。"（《近代四川经学人物遗迹概述》）

刘师培在《国学学校同学录序》中说："前清宣统二年，四川总督请于朝，设存古学校……，于是，耆德故老吴之英、廖平之伦，潜乐教思，朝夕讲习，善诱恂恂。"

1911年 宣统三年辛亥 55岁

任名山教育会会长。执教于存古学堂。

成《仪礼事图》17卷，并作叙。

撰书《庐江令张君（以琴）碑》等。

是年，四川保路运动兴起，先生支持爱国保路运动。其侄吴文波因参与保路运动被捕入名山监狱，后被"同志军"破狱救出。

是年，盐亭县人蒙文通(1894—1968)入存古学堂学习，受业于先生。

五月八日，清朝皇族内阁成立。第二天便颁布铁道干路国有政策，悍然宣布把包括川汉铁路在内的湖南、湖北、广东、四川等省正在修建或计划修建的几条铁路，收归国家后，再向列强借款修路，以权抵债，卖国祸民的面目充分暴露。

六月十七日，四川保路同志会成立。推选立宪派人士蒲殿俊为会长，罗纶为副会长。六月二十八日，四川女子保路同志会在成都新玉纱街十七号成立，发起人朱李。八月二十四日，席卷全川的罢市罢课保路风潮从成都开始。

九月七日赵尔丰将蒲殿俊、罗纶、邓孝可、颜楷、张澜、胡嵘、江三乘、叶秉诚、王铭新、彭芬诱至都督府加以逮捕。当请愿群众涌入都督府衙门呼号请愿时，赵尔丰下令开枪，30余人死亡，数百人受伤。这就是“成都血案”。

十一月十三日，孙文于南京就任临时大总统。

二十二日，重庆蜀军政府成立，张培爵被推举为都督。陈镇藩带人在资州杀死端方、端锦。

二十七日，大汉四川军政府成立，都督蒲殿俊，副都督朱庆澜(1874—1941)。

十二月八日，蒲、朱在东较场阅兵训话，发生兵变，蒲逃走。大汉四川军政府是立宪派和封建势力妥协的产物，是立宪派与旧军官的联合政府。存在12天告终(《四川近代史》)。

九日，推尹昌衡为都督，罗纶为副都督，建立四川军政府。二十二日，擒杀赵尔丰。孙中山先生曾经公正地指出：“若没有四川保路同志会的起义，武昌革命或者要推迟一年半载的。”

1912年 民国元年壬子 56岁

任四川国学院院正、名山教育会会长。

三月十一日，四川都督府成立。尹昌衡、张培爵分别担任正副都督。

是年初，枢密院改组为国学院(后改为国学专门学校，为四川大学的前身)，聘先生为首席院正。他手书“国学院”三个大字于校门，并撰书一联：“斯道也将亡，留此四壁图书尚谈周孔；后来者可畏，何惜一池芹藻，不压渊云。”先生荐聘刘师培(申叔)为院副，下期合并存古学堂，增聘谢无量为院副。广纳名流学者楼藜然(参与革命者)、廖平(进士)、曾瀛(举人)、李尧勋(京师大学堂毕业、参与革命者)、曾学传、杨赞襄、成都大慈寺住持释圆乘等执教。拟定“研究国学，发扬国粹，沟通古今，切于实用”的宗旨和学规。

编辑《四川国学杂志》，后改为《国学荟编》。先生的《东湖》、《蒙茶歌》、《桂湖》、《上海行》等诗刊登于上。

审定乡土志，搜访乡贤遗书(仅半年时间收到各县征文20多部，其中“戊戌六君子”中的杨锐、刘光第手札10件)，校定重要书籍，设立国学学校。吴虞在《国立四川大学专门部同学录序》中写道：“国学专校，创自民国。其时，吴伯朅师，廖平前辈，刘申叔、谢无量诸公，聚于一堂。大师作范，群士响风，若长卿之为师，张宽之施教。蜀才之盛，著于一时。”

国学院教师龚煦春(熙台)以所藏张船山与丹棱彭田桥《南台寺饮酒图》征题，先生题五律二首，刘师培、谢无量、曾学传、朱山均有诗，廖平素不能诗，写了顺口溜。

撰书《毛公墓志》。

1913年　民国二年癸丑　57岁

任四川国学院院正。

是年，为纪念辛亥保路死难英烈，四川人民在少城公园(今人民公园)建立一座具有历史意义的丰碑。请当时四位著名学者、书法家吴之英、赵熙、颜楷、张学潮(1871—1936)各以不同字体书写“辛亥秋保路死事纪念碑”十个大字，镌刻于碑上。碑身东面的隶篆体的墨宝，即为吴的书髓。当时奉送的润笔费五百两纹银，先生谢绝，并说：“烈士们热血可流，我吴某何惜这点力!”

先生早年习颜(真卿)、柳(公权)和苏字，后上追三代汉魏诸碑，中年即已形成自家面貌，其风格很独特。先生学习魏碑，主要以《石门铭》、《瘗鹤铭》、《泰山金石峪金刚经》、《龙门十二品》及“二爨”等为蓝本，深得魏碑的雄强与姿肆。隶书立足于《乙瑛碑》、《衡方碑》等，悟得汉隶的雄浑质朴。篆书取法于《泰山刻石》、《峄山碑》、《石鼓文》等，行草书以二王和宋四家为主。……在书法审美上提出“蕴秀见拙，庄厚宜雅”的标准。在书法实践上的创意是以篆隶笔意来作楷书和行书，用笔劲涩，波澜不平的提按，骨力耸峭的转折，显示出韵律之美。先生书法作品和传略收入《民国时期书法》、《中国 20 世纪名人刻字大观》、《中国现代美术全集》、《中国书法鉴赏大辞典》、《中国历代书法名人大辞典》等典籍。其墨宝散见于省、市、县博物馆，李劼人纪念馆，并为个人珍藏。

先生积劳成疾，上书辞职，并荐贤举能。其《答张培爵书》称："院中人士，美尽西南，德行如伯春，鸿括如季雅，记室如傅毅，主簿如崔骃，辐凑毂函，谓皆翘足独步。至于谢（无量）、刘（申叔）、曾（笃斋）、廖（季平），脱颖出囊，尤堪宗主关西……""知贤不妒，自古所稀"，先生屈己推人，故世人尊为仁德大老。

在《辞国学院院正致尹昌衡、张培爵书》中，再次举荐贤才："院中群才济济，譬入瑶林。最著者谢无量硕学通敏，刘申叔渊雅高文，重以曾笃斋、廖季平淹该多方，历年历事之数子，佚足绝驭，负重致远。"

先生临行慷慨解囊，捐银元九百元给学院。谢无量曾撰书一联相赠："自王（闿运）伍（崧生）以还，为人范，为经师，试问天下几大老？后扬（雄）马（司马相如）而起，有文章，有道德，算来今日一名山。"此联后来镌刻在吴之英先生祠堂里。

先生任名山县教育会长至是年。

1914 年　民国三年甲寅　58 岁

成《诗以意录》、《尚书信取录》、《周易寡过录》。

先生以多病之躯，继任名山县高等小学堂校长。为夹门关撰书《万福桥碑》，书写"忠孝神仙"等匾额。

书写"传《书》称欧阳歙，说《礼》有高堂隆"等对联。内容和书法堪称书髓。

是年，廖平出任四川国学学校校长。

1915 年　民国四年乙卯　59 岁

任名山县立高等小学堂校长。

先生将《卮言和天》8 卷整理编撰完成，包括赋、叙、杂文、书信、颂赞记、碑、诔、祭、诗、诗余等。

先生在《答颜辑祜书》(颜楷之父)中称赞颜楷:"达孝能继,立身有方……诸世辈皆却在后尘。君自幸,英亦代幸也。"

是年,宋育仁回川。其门人范天杰、胡淦(1856—1928)等汇集宋氏经学、文学、史学等书,编为《问琴阁丛书》。秋九月,先生为该书写《宋芸子问琴阁丛书叙》,并为题字"老渔署签"。

吴虞有《寄吴伯朅先生》诗,对先生深情歌颂:"益都自昔多豪杰,儒林文苑今寥寂。蜀才谁复继周秦?旷祀蒙山异人出……出入百家有真宰,厥协六艺成通儒……先生缪许狂狷流,意气已足倾九州。"

是年,张培爵遇害于北京狱中。

1916 年　民国五年丙辰　60 岁

任名山县高等小学堂校长。

撰《中国通史》。

六月,袁世凯(1859—1916)卒,黎元洪(1864—1928)继任大总统。

是年十月十一日,先生惊闻湖南湘潭王闿运于九月二十四日去世,撰诔文以申悼念之情。

是年,吴虞读先生《蒙山诗录》,记云:"吴伯朅先生《蒙山诗录》最工。吴诗沉博郁厚,独立绝代,而又非常入古,并世未见其匹也!"(《吴虞日记》上,第 248 页,四川人民出版社,1985)

谢无量在《骈文读本序》中写道:"(伯朅)卓发名山……蕴思成韵,放言为绮,连镳蜀郡,擢誉区内。"

杨世骥著《吴之英》文中称:"(之英)代表了晚清文学的一个重要支派。"(《新中华》杂志复刊第一期新年特大号,中华书局,1944)

在《现代中国文学史》中载:"(伯朅)熟精(文)选理,尤好诵说司马相如、扬子云文,曰:'吾蜀人,当为蜀文尔。'"(中国人民大学出版社,2004)

1917 年　民国六年丁巳　61 岁

车岭镇街上发生火灾,大火烧至先生写的"德益社"匾额处被扑灭,匾额保存完好,于是先生书法能避水火的传说不胫而走。时有诗赞曰:"先生德高书艺高,书成驱邪鬼神嚎。韵流神溢灭天火,半街得益免遭殃。"此说虽属迷信,但由此可见人们对先生书法的尊崇。

先生注意总结借鉴历代兴衰治乱的历史经验。他说："尝辑史、传、杂说、图籍，参稽先代沿革，时得其概，治乱兴衰之端，肃乎可鉴，守土者将得师焉。"(《寿栎庐丛书·八总督箴》)

是年，先生因"悯乡邦文献日即衰落，慨然徇众议主总纂席"，修《名山县新志》，发凡起例，不久先生病故搁浅。"越八年而(胡)存琮继起为之。"《续修四库全书提要》(史部·四川部分)云："盖《名志》肇始于邑人吴之英。之英字伯朅，博通群经，尤精《三礼》，所著《寿栎庐丛书》十种。《诗》、《书》、《易》、《春秋公羊讲义》若干种，文行夙为里党重，乃粗举《凡例》而之英逝。"(台湾商务印书馆印行，1972)充分肯定了伯朅先生对《名山县志》发凡起例的作用。

宋芸子到先生家乡——车岭镇吴沟，"践廿年登堂拜母之约"。

是年十二月，宋芸子任国学学校校长。

是年，张勋(1854－1925)拥清帝复辟。冯国璋(1857－1919)、段祺瑞(1865－1936)逐张勋出京，冯代理大总统。广州非常国会举孙文为大元帅，下令北伐。

1918年 民国七年戊午 62岁

是年春，先生之母去逝。五月，先生以累茵之悲过情而病逝于任上，素车白马，幛联林立，集一时之盛。

宋育仁挽联："拜母犹忆升堂，异境不消千古恨；故人实伤陟屺，重行遥帐九秋情。"育仁赴吊，作《暮春同吴伯朅作》云："客心惊日夜，忽听子规啼。细雨花仍落，新阳柳渐低。暮寒方病酒，春梦定如泥。芳草蒙山路，偕君愿隐栖。"(《问琴阁诗录》卷一)

颜楷挽联："义蕴阐高堂，制待五百年来重熙礼乐；典型存石室，窃随三千人后共拜衣冠。"吴虞挽联："品节在严、郑之间，白首孤行，自有千秋型蜀士；文学继卿、云而后，玄亭重过，空悲一国失人师。"又悼《名山吴伯朅先生之英》："巍然谁是鲁灵光？沧海横流实可伤。不见延陵吴季子，肯言天下有文章。"

举人赵正和挽联："蜀士号能文，自扬马而还，旷世逸材人几个？名山留胜迹，览蔡蒙毓秀，南州冠冕独先生。"

举人王炳阳挽联："知交零落，旧雨难忘，对我体恤周旋，一年提携紫霞舍；斯道将亡，老成凋谢，如君文章德行，千秋不朽寿栎庐。”

乡人特在县城西的梨花岗树立“吴伯朅夫子教泽碑”。在车岭镇清缸滩先生垂钓处立“吴公钓台”（受业颜楷署）大碑。

是年，名山县临时议会决议吴之英入祀乡贤祠。

1919 年—1921 年　民国八年己未至民国十年辛酉

先生次子吴铣（理君）等鬻产并集资，于 1919 年至 1920 年冬，选编刻成《寿栎庐丛书》10 种，73 卷，约 200 万言，分订 24 册，包括《仪礼奭固》、《仪礼器图》、《仪礼事图》各 17 卷。《周政三图》3 卷，《汉师传经表》1 卷，《天文图考》4 卷，《经脉分图》4 卷，《文集》、《诗集》各 1 卷，《卮言和天》8 卷。均由受业颜楷奉题书名。伯朅先生弟子，崇庆县人，清朝爱国名将忠武侯杨遇春之玄孙杨永浚（1894—1961）字叔明，号菽庵，敬为伯朅先生真仪传神，冠于《寿栎庐丛书》之首。此外，散失的著述有《诸子通粹》15 册，《中国通史》20 册，《公羊释例》7 册，《小学》4 册，《诗以意录》、《尚书信取录》、《周易寡过录》共 4 册，《蒙山诗钞》、《北征记概》各 1 册。《四川通史·吴之英及其寿栎庐丛书》称“吴之英不愧为四川近代史上在振兴蜀学和传统文化研究上有杰出贡献的爱国学者”。

1921 年，四川总司令兼省长刘湘（1890—1938）为先生祠堂送来“通儒硕学”金字匾。

附录二

评传资料

《续修四库全书提要》 吴之英字伯朅，博通群经，尤精《三礼》。所著有《寿栎庐丛书》十种。《诗》、《书》、《易》、《公羊讲义》若干种。文行夙为里党重。(第1775页。台湾商务印书馆，1972)

《现代中国文学史》 所称吴伯朅者，名之英，四川名山人，阊运尊经书院弟子也，熟精《(文)选》理，尤好诵说司马相如、扬子云之文，曰："吾蜀人，当为蜀文尔。"

名山吴伯朅则以《楚辞》、《汉郊祀歌》、鲍照、吴均、薛道衡、卢思道、李白、杜甫为宗。其言曰："李杜之体清刚，故罕有长篇；元白之词铺叙，故特乏劲气。惟合二派而融化之，则大或千言，小或数百，兼二派之美，无二派之短矣。"

名山为文出于周秦诸子，刘申叔谓名山人品文学，当于周秦间人求之。(钱基博著，傅道彬点校，中国人民大学出版社，2004)

《民国书法史》 吴之英(1857－1918)，字伯朅，号西蒙愚者。四川名山人。著名经学家、教育家。民国初年掌管四川国学院，治学有方，誉满南北。书法融北碑南帖，雄浑古逸，扑面而来。所题"辛亥秋保路死事纪念碑"(成都)碑名，名播遐迩。(孙洵著，江苏教育出版社，1998)

《新闻传播百科全书》 吴之英(1857－1918) 清末民初著名学者和《蜀学报》主笔。四川名山人。字伯朅，号西蒙愚者。幼承庭训，5岁发蒙读书，8岁即能作文章。15岁时参加雅州府院试，考取第一名。1875年四川学政张之洞在成都创办尊经书院，以高材生入选，与廖平、杨锐、宋育仁同称院中四杰。1881年被选拔为优贡。1882年入京朝考，名列二等。回到四川后，受聘到资州艺风书院任教，与宋育仁、廖平等同为讲习。1887年又受聘任简州通材书院主讲。1892年到灌县任学官训导，继兼尊经书院襄校。1898年宋育仁到成都主持尊经书院，和廖平同被引荐为书院都讲。宋育仁与潘清荫发起组织"蜀学会"，吴担任该会主讲，并同宋育仁、杨道南、廖平、徐昱等以学会名义创办《蜀学报》。该报于同年5月5日创刊,他担任主笔,先后发表了《蜀学会报初开述议》、《学会讲义》、《矿议》、《赋役篇》、《政要论》、《救弱当用法家论》、《法家善复古说》等文章。8月初旬,该报出到第13期后被清廷查禁。戊戌变法失败后,受到审查,又回到灌县原任,转而悉心研究医术。1901年辞去灌县训导职,回到名山,在家一面侍俸老母,一面著书。1907年受聘出任名山高等小学堂(原紫霞书院)校长,继而被乡人推举为教育会会长。1910年四川提学使赵启霖在成都开办存古学堂,受聘担任教职。1912年秋,蜀军政府设国学院,又受聘担任该院院正。1913年因体弱多病等辞去院正职,回乡继续担任本县高等小学堂校长。1913年,和赵熙、颜楷、张学潮四位著名书法家各以不同的字体书写"辛亥秋保路死事纪念碑"10个大字,他书写的带有篆隶书意的字迹镌刻在成都少城公园(今人民公园)碑身的东面。1918年病逝于校长任上。一生著述甚多,有遗著《寿栎庐丛书》刊行于世。(邱沛篁等主编。四川人民出版社,1998)

《四川百科全书》 吴之英(1857—1918)。近代经学家,书法家。字伯朅,号蒙阳渔者,名山县人。受业于成都尊经书院。历任资州艺风书院、简州通材书院讲席,继任成都尊经书院都讲、锦江书院襄校及四川国学院院正(院长)。曾投身于戊戌变法运动,参加组建"蜀学会",任《蜀学报》主笔,撰文宣传维新变法。戊戌变法失败后回乡奉母、著述,潜心研究经、史、词章,颇有建树,兼工书法,尤长篆书、魏碑。著作有《寿栎庐丛书》、《中国通史》及诗文集多卷存世。(四川百科全书编委会编,四川辞书出版社,1997)

《四川历史辞典》 吴之英(1857—1918),名山人,字伯朅,号西蒙愚者。18岁入尊经书院,以学业优良被誉为"院中四杰"。1882年,赴京参试优贡选拔,名列第二。后应聘任艺风书院讲习、通材书院主讲。1892年,任灌县训导兼尊经书院襄校。1898年,加入宋育仁等创办的"蜀学会",并参与创办《蜀学报》,力主改良维新。戊戌变法失败后,任教职外,悉心医道,终因不满清廷之腐败,辞官归家。1907年,应聘出任名山县高等小学堂校长。1910年,执教于成都存古学堂。1912年,受聘为国学院院正。著有《寿栎庐丛书》等。(贾大泉主编,四川教育出版社,1993)

《成都大词典》 吴之英(1857—1918),字伯朅,号西蒙渔父、老愚

(渔),晚年颜其居曰寿栎庐,名山县人。15 岁雅州府试第一。18 岁调尊经书院学习。与杨锐、宋育仁、廖平并称院中四杰。1881 年优贡,入京朝考列二等。回川后历任资州艺风书院、简州通材书院、灌县训导等。各该县旧志均为宣传,扬其教泽。1898 年受聘尊经书院都讲,与宋育仁等在成都组织蜀学会,鼓吹变法维新。《蜀学报》创刊,任主笔,发表《政要论》、《赋役篇》等论文。戊戌政变后蜀学会被取缔,《蜀学报》被查禁,之英也受到审查。1901 年回名山,奉母著述。1910 年任成都存古学堂讲席。1911 年,大汉四川军政府设枢密院,任院士。次年任国学院院长。1913 年辞职,赠薪金大洋 900 圆以助院办学。回名山后,因当局坚请,出任名山教育会会长、名山高等小学校长。1913 年成都建辛亥保路纪念碑,书写"辛亥秋保路死事纪念碑"10 字。1917 年县中议修县志,受聘为总纂,凡例粗举而尚待入细时,却因其次年夏天病故而中辍。其遗著于 1920 年冬刊成《寿栎庐丛书》10 种、73 卷,含经学、小学、文论、书信、诗、词等。其《中国通史》、《诸子遹倅》等 7 种 52 册惜新中国成立后散失。(杨武能、邱沛篁主编,四川辞书出版社,1995)

《四川大学史稿》 尊经书院(1875—1902)前后存在近三十年,在四川乃至全国教育史上,还是有地位和良好影响的。培养的学生中,不少人有经世之志,为了变法图强,不惜抛头颅、洒热血,如杨锐;或为救世而呼号,如宋育仁、吴之英等的《蜀学报》;或为反抗清朝出卖铁路与帝国主义相斗争,如罗纶、张澜;或为推翻清朝而英勇斗争,如刺杀良弼而壮烈牺牲的四川三大将军之一的彭家珍;或为反清而加入同盟会,如辛亥时领导荣县独立的吴玉章;或为宣传新文化而呐喊,如吴虞等。对近代四川政治、经济、文化和民主革命运动,作出了自己的贡献。

锦江和尊经两院培养的学生,有的在作为四川大学前身的高等学堂、通省师范及五大专门学堂任教或长校,如吴之英、宋育仁、廖季平、张森楷、骆成骧、周翔、邵从恩、颜楷、张澜、吴玉章等就是很好的例子。他们对四川的高等教育和后来的四川大学,都有良好的影响。(四川大学出版社,1985)

《四川通史·吴之英及其寿栎庐丛书》 吴之英(1857—1918),字伯朅,号西蒙愚者、渔父、老愚(渔),四川名山县人。晚年愤世疏放,遂本《庄子·人间世》栎社之意,颜其居曰"寿栎庐"。其祖与父,均饱学之士。吴之英幼承庭训，15岁参加雅州府试，名列榜首。

1875年，四川学政张之洞创办尊经书院于省城，札调吴之英入学院深造。他在书院中刻苦攻读，博览群书，对经史词章均极研工，精于《三礼》，善书法，擅偶骊之文。与井研廖平、绵竹杨锐、富顺宋育仁等被誉为院中“四杰”。都讲王闿运尝言：“诸人欲测古，须交吴伯朅。之英通《公羊》，精《三礼》，群经子史，下逮方书，无不赅贯。”（民国《简阳县志·官师篇·循良》）

1882年，吴之英以优贡入京朝考，名列二等。回川后，他相继任教资州艺风书院，主讲简州通材书院，授灌县训导。他文德并重，言传身教，以精深的学问启迪后进，使这些地方的学风为之一变。他撰写的《音韵爽固》、《雅名爽固》等文，在音韵学、训诂学和语言文字学方面均是难得的杰作，应视为《尔雅》的续编。

1888年，吴之英受聘为尊经书院襄校。1897年，宋育仁等在成都组织“蜀学会”，鼓吹变法维新，吴之英为该会主讲。是年5月5日，《蜀学报》创刊，吴之英任主笔，先后在该报发表《蜀学会报初开述议》、《学会讲义》、《矿议》、《政要论》、《赋役篇》、《救弱当用法家论》等文章。他以饱满的爱国热情，抒发自己的变法主张，认为国家要富强，必须采用法家理论，广开财源，奖励耕战，薄田赋，开矿藏，发展经济，整顿吏治，由朝廷颁布法律于天下，“民不敢犯法，吏不敢以非法愚民，则虽贤良辩智，不敢开一言以枉法，虽千金之产，不敢用一铢以市法”（《寿栎庐丛书·卮言和天·救弱当用法家论》）。9月21日，慈禧太后发动政变，“蜀学会”被取缔，《蜀学报》被查禁，吴之英亦因此受牵连。杨锐、刘光第等“六君子”在北京被害的消息传来时，吴之英悲愤万分，写了《哭杨锐》的长诗：“六人来伏一震威，鼍鼓初鸣碧血飞。如君风节跨时辈，不曾白首且同归……孤留老夫田南陌，种豆不治更种麦。卧对青山如故人，久寄相思精灵泽。间寻石涧憩乔松，美人芳草怨重重，辜负圣明无限事，欲藉头颅见祖宗。”这首长诗，表达了吴之英对杨锐等爱国志士的景仰悼念之情和对国脉垂绝的深沉哀思。尽管他“欲藉头颅见祖宗”，但也深感壮志难酬，报国无门，因而产生了退处田园，不闻政事的思想。

1901年，吴之英“泪随肠转，回到故乡”，家居奉母之余，从事研究和著述。他说：“山林枯槁之士，尼守一介，非持世通材也。若世不我与，托空

言焉，所以信于后世也。”(《四川教育馆报》宣统元年第7期)

1910年，四川提学使赵启霖在成都设立“存古学堂”，以乐至谢无量为首任监督。吴之英受聘到存古学堂讲授词章之学。他为该校撰联云：“斯道也将亡，难得四壁图书，尚谭周孔；后来者可畏，何惜一池芹藻，不借渊云。”(《四川文史资料选辑》第33辑第158页。或谓此联是为四川国学院所撰，见《四川近现代文化人物》第21页。字句亦有不同，读者察之)存古学堂以保留国学为宗旨，故吴之英的联语，充满了对学堂诸生振兴国学的厚望和预祝。

辛亥革命后，“大汉四川军政府”设立枢密院，廖平为院长，吴之英为院士之一。1912年初，枢密院改组为国学院，聘蜀中名流十人任院事，并以吴之英为院正。国学院“以研究国学，发扬国粹，沟通古今，切于实用”为宗旨。所办事件：(一)编辑杂志；(二)审定乡土志；(三)搜访乡贤遗书；(四)续修通志；(五)编纂本省光复史；(六)校定重要书籍；(七)设立国学学校。(《四川文史资料选辑》第33辑第160页)1913年，吴之英因病辞国学院院正，临行赠薪金大洋九百元以助院办学。

国学院本有审定乡土志和修通志之责，今不见有关从事方志之记载，但吴之英本人所写的《蒙茶歌》、《蒙山赋》、《八总督箴》和《名山县志凡例》等则是有关风土地志之事，其义犹为深邃。他在注意地理沿革的同时，尤注意总结借鉴历代兴衰治乱的历史经验。他说：“尝辑史传、杂说、图籍，参稽先代沿革，时得其概，治乱兴衰之端，肃乎可鉴，守土者将得师焉。”(《寿栎庐文集·四川总督箴》)

吴之英回到名山后，应当局再三礼请，出任教育会会长和名山高等小学校长。在忙于学务和教授之余，还从事自己著作的整理。

1913年，四川人民在少城公园树碑纪念辛亥保路死难英烈，特请四位著名书法家吴之英、赵熙、颜楷、张学潮各以不同字体书写“辛亥秋保路死事纪念碑”十个大字。吴之英挥毫书写的隶篆体字迹，刊于纪念碑的东面。

1917年，县中议修县志，吴之英粗举凡例而尚待入细时，于1918年夏天病逝。乡人为之立教泽碑和祠堂以垂后世。其次子吴铣等鬻产并集资，准备刊行吴之英遗著，得社会和有关人士之助，于1919年夏开始至1920年冬，刻成《寿栎庐丛书》10种，73卷，约200万言，分订24册。另有手稿《中国通史》、《诸子遁倅》等7种52册散佚。吴之英不愧为四川近代史上在振兴蜀学和传统文化研究上有杰出贡献的爱国学者。

《四川省志·吴之英》 吴之英，字伯朅，号西蒙愚者、渔父、老愚，名山县人。生于1857年(清咸丰七年)。祖父吴文哲、父亲吴铭钟都是饱学之士。吴之英幼承庭训，8岁即能治文辞，15岁参加雅州府试，名列第一。

1875年，吴之英以茂才第一批入选成都尊经书院，师从王闿运。他在书院中刻苦攻读，博览群书，对经史词章都有较高造诣，尤精"三礼"，工书法，善骈文。与井研廖平、绵竹杨锐、富顺宋育仁被誉为院中四杰。王闿运曾称赞他："诸人欲测古，须交吴伯朅。之英通《公羊》，精'三礼'，群经子史，下逮方书，无不赅贯。"

1882年，吴之英以优贡入京朝考，名列二等。回川后，受聘在资州艺风书院任教，与宋育仁、廖平等同为讲习。1887年主讲简州通材书院，"以治小学，通经术，习词章三者，启迪后进，时历四年，县中文风为之一变"。1892年，任灌县训导，兼成都尊经书院襄校。《灌县志·政绩记》载：吴之英"为人和易而峻洁，学尤深邃，卓然成家，迥迈流俗。居官廉介，训迪学子，文行兼备，获益者多，盖不徒以言教也"。时，吴虞亦从其学习诗文，"侧闻绪论，始知研讨唐以前书"。

1898年，宋育仁长成都尊经书院，引荐吴之英、廖平为书院都讲。同年春，宋育仁在成都发起组织"蜀学会"，鼓吹维新变法，吴之英为该会主讲，并同宋育仁、徐昱等用学会名义创办了《蜀学报》，吴之英任主笔。通过该报的宣传，以开通全省风气，推动变法维新。吴之英先后发表了《蜀学会报初开述议》、《学会讲义》、《矿议》、《赋役篇》、《政要论》、《救弱当用法家论》等文章。在撰文中，他以饱满的爱国热情，针对清廷在政治、经济等方面的弊端，提出了革新内政奋发图强的变法主张。9月21日，慈禧太后发动政变，"戊戌变法"宣告失败。"蜀学会"被取缔，《蜀学报》被查禁，宋育仁被罢黜解职回京赋闲，吴之英亦因此受牵连。当杨锐、刘光第等"六君子"在北京被害的消息传来时，吴之英悲愤万分，写了一首长千余字的七言古体长诗《哭杨锐》，用以表达自己对先烈、对故友的哀思、怀念和景仰。

经过这场惊涛骇浪之后，吴之英逐渐消沉下来，产生了"因感莼鲈思旧乡,挂冠我逐归鸿去"的退隐田园,不闻政事的思想。回到灌县原任,转而悉心研究岐黄之术。他通读了《内经》、《难经》等医籍,并根据自己的体会,写成了《经脉分图二十图》、《会经文次三十八论》。

1901年,清廷同帝国主义国家签订了丧权辱国的《辛丑条约》。吴之英深为愤慨,写下了长诗《颐和园歌》,怒斥慈禧的卖国行径。同年,他"泪随肠转,回到家乡",一面侍奉老母,一面闭门著述。同时,将三十年来各个时期所写的诗、词、歌、赋、碑、赞、记、颂、诔、祭、书信、论文进行了整理汇编,一一宛转披陈,亲自抄订。他说:"山林枯槁之士,宜守一介,非持世通材也。若世不我与,托空言焉,所以信于后世也。"

1907年,吴之英出于为桑梓育才益世的思想,出任名山高等小学堂校长,继而被乡人推举为县教育会会长。1910年,四川提学使赵启霖在成都设立存古学堂,吴之英受聘讲授词章之学,为振兴国学,培育蜀士,呕心沥血。后,刘师培在《国学学校同学录序》中说:"前清宣统二年,四川总督请于朝,则设存古学校……于是,耆德故老吴之英、廖平之伦,潜乐教思,朝夕讲习,善诱恂恂。"

辛亥革命后,大汉四川军政府设立枢密院,廖平为院长,吴之英为院士之一。1912年初,枢密院改组为国学院,聘吴之英为第一任院正(院长)。国学院以"研究国学,发扬国粹,沟通古今,切于实用"为宗旨。吴虞后来回忆当时情景时说,"国学专校,创自民国。其时吴伯朅师,廖平前辈,刘申叔、谢无量诸公,聚于一堂。大师作范,群士响风,若长卿之为师,张宽之施教,蜀才之盛,著于一时。"1913年,吴之英因体弱多病辞职,临行时捐赠薪金大洋九百元,资助学院办学。回乡后,又以多病之躯,继续担任本县高等小学校长,并从事自己著作的整理。

为纪念辛亥保路死难英烈,1913年,四川人民在成都少城公园建立一座具有历史意义的丰碑。特请当时四位著名书法家吴之英、赵熙、颜楷、张学潮各以不同字体书写"辛亥秋保路死事纪念碑"十个大字镌刻于碑上。碑身东面的隶篆体的字迹,即为吴的亲笔。

1917年,县中议修县志,吴之英粗举凡例而尚待人细时,却于是年夏病逝。乡人特在县城西乡的梨花岗树立了"伯朅先生教泽碑"以垂后世。

吴之英著述颇丰,有遗著《寿栎庐丛书》刊行于世,包括《仪礼奭固》、《礼器图》、《礼事图》各17卷,《周政三图》3卷,《汉师传经表》1卷,《天文图考》4 卷,《经脉分图》4 卷,《文集》1 卷,《诗集》1 卷,《卮言和天》8 卷。此外,已散失的著述有《诸子遹倅》15 册,《中国通史》20 册,《公羊释例》7 册,《小学》4 册,《诗以意录》4 册,《蒙山诗钞》1 册,《北征记概》1 册。(《四川省人物志》,四川人民出版社,2001)

《四川省志·文化艺术志》 清代康、乾、嘉、道之际,全国文学丕兴,作者如林,而一向以诗词享誉国中的巴蜀地区却处于滞后的境地。直到同治十三年尊经书院的创办,蜀士向学之风大盛,文学开始走向繁荣。吴虞在《重印曾季硕桐凤集序》中列举的文学名士有名山吴之英(字伯揭)、井研廖季平、德阳刘建卿、富顺陈元睿、新津周雨人、酉阳陈子京、华阳顾印愚、成都胡念孙、汉州张子馥、绵竹杨叔峤等,他们的文学(主要是诗歌)成就不仅在蜀中,就是在全国都有一定影响。

王闿运主讲尊经书院前后达 8 年之久,其论诗文崇尚汉魏,曾编《八代文粹》、《八代诗选》。所编《唐诗选》收诗 2800 多首,眼光独到,对此书的批点及其论诗专著,对四川治唐诗的学人广有影响。……最能代表王闿运学风的吴之英,著《寿栎庐丛书》,多涉论文之语,其论诗倡融合李杜之"清刚"与元白之"铺叙","兼二派之长而无二派之短"(《国学荟编·关山月》,见《文学创作》第 24 页、112 页,四川人民出版社,2001)。

《中国书法鉴赏大辞典·吴之英》 吴之英(1857—1918),字伯朅,号西蒙愚者。四川名山人。经学家、书法家。民国初掌四川国学院,治学声誉遍及全国。书法融北碑南帖,雄强古逸。所题成都人民公园内"辛亥秋保路死事纪念碑"碑名,名播遐迩,享誉甚隆。著有《寿栎庐丛书》。

简介 近代吴之英书。纸本。行书。六言联一则。凡上下联正文十二字,款八字,刊于《民国时期书法》(上)。

赏析 此幅行书联墨迹("齐天地于一指,殖兰茝之千畦"),行中带楷,且溶篆隶笔意,显得十分雄浑拙朴,气势夺人。字之间欹侧平正相依,险劲而稳重。上联"齐天"左斜,"地"字靠右救应,"于一指",险中得稳;下联"殖兰茝"守中则,"之千畦"居右斜,得稳中求险。上下联随字的笔画自然形成上紧下松,空灵有致。"天"与"殖"字的回锋连笔又增强其动势。

全篇用笔点画纵而能敛,藏而能露,笔力老辣率真。虽笔墨粗浓,却在浓密处留有小孔,似棋中有眼,其字皆活。

《中国现代美术全集·吴之英》 吴之英(1857—1918)四川名山人。字伯朅,号西蒙愚者、渔父。早年就读于尊经书院。1887年后,曾任通材书院主讲,尊经书院都讲。蜀学会成立后,任该会主讲,并同宋育仁等创办《蜀学报》,为主笔。撰文宣传维新变法。戊戌变法失败后,则致力于经史词章的研究,造诣颇深。工书法,篆法籀文、隶学汉碑、楷宗魏晋碑志,风格雄强古逸。所题成都"辛亥秋保路死事纪念碑"名,享誉遐迩。著有《寿栎庐丛书》。(邵宇、启功总编,河北美术出版社,1997)

《中国二十世纪名人刻字大观·吴之英》 吴之英(1857—1918)四川名山人。1898年"蜀学会"成立,他任该会主讲,并同宋育仁等创办《蜀学报》,为主笔,宣传维新变法。后致力于经史辞章的研究,造诣颇深,著作除《寿栎庐丛书》73卷刊行于世外,尚有《中国通史》、《蒙山诗抄》等52册手稿。民国建立,他任四川国学院首席院长。他工书法,篆法籀文,隶学汉碑,楷宗魏晋书风,其字个性鲜明,雄强古逸,所题写的成都人民公园内"辛亥秋保路死事纪念碑"建于1913年,为国家级重点文物保护单位。他的书法作品收入《中国现代美术全集》、《中国书法鉴赏大辞典》、《民国时期书法》、《近现代百家书法赏析》等书。(中华人民共和国文化部文化艺术中心编,蓝天出版社,2000)

《中国历代书画名家大辞典·吴之英》 吴之英(1857—1918)字伯朅,号西蒙愚者,西蒙渔父。四川名山人。1875年选入成都尊经书院深造,与杨锐、宋育仁、廖平同称"尊经四杰"。1898年担任"蜀学会"主讲,《蜀学报》主笔,竭力宣传维新变法。"百日维新"失败,"六君子"遇害,其愤笔写下了《哭杨锐》长诗,情真意切,书法精湛,被誉为"《祭侄稿》第二"。著名书法家赵熙看到此真迹,赞为"其书瑰玮"。曾任资州艺风书院、简州通材书院主讲,成都尊经书院襄校(副院长),四川国学院第一任院长。治学声誉遍及全国。其篆法籀文,隶学汉碑,楷宗魏晋碑志,行草习二王和宋四家,在书法上的创意是以篆隶笔意来作楷书、行书和草书,用笔劲涩,且好用逆笔,波澜不平的提按,骨力峻峭的转折,奇姿百出的笔画,奇巧古拙的结体,气势恢弘的神彩,形成雄强古逸的风格,在书坛上是很独特的。用隶篆体书写的"辛亥秋保路死事纪念碑",巍然屹立在成都人民公园内。《吴之英书法选集》由巴蜀书社出版发行。有遗著《寿栎庐丛书》73卷刊行于世,还有《中国通史》、《诸子遹倅》等52册遗稿。(第239页)

《资中县志·学校志》 光绪甲申(1884)州牧高培谷改栖云书院为艺风书院，购经史子集一万八千余卷，延蜀中名儒宋育仁、吴之英、蒲莹、吕翼文、廖平等以次主讲，添筹膏火。甲午岁又添建上下斋舍。每岁生统以数百计，资属文风从此丕变，其著作特出者皆各选刊，兴学之功至今犹称道弗衰。(民国十八年版)

《简阳县志·官师篇》 吴之英，字伯朅，蜀南名山人。性高洁，诗文朴茂，成一家言。清光绪中，蜀开尊经书院，学使调高才生住院，之英年17从湘潭王闿运游，器之，语人曰："诸人欲测古，须交吴伯朅，之英通《公羊》，精《三礼》(《周礼》、《仪礼》、《礼记》)，群经子史，下逮方书，无不赅贯。"举壬午优贡，授灌县教谕。马承基刺简时，延主通材书院，以治小学、通经术、习词章三者启迪后进，时历四年，县中文风为之一变。清末开礼学馆，征顾问不就，后掌教存古学堂。国变后，逾年归，卒于家，弟子刊其书，额颜曰寿栎庐。(民国十六年版)

《灌县县志·政绩记》 吴之英字伯朅，名山人，以优贡任灌县训导。为人和易而峻洁，学尤深邃，卓然成家，迥迈流俗，居官廉介，训迪学子，文行兼备，获益者多，盖不徒以言教也。

诗文:《灌县重修安澜桥碑》(清光绪二十年)、《重修唐隐居祠碑》(清光绪二十年)、《宋公兆熊祠堂碑》(清光绪二十七年)、《普济桥碑》(一名南桥)、《都江堑》、《青城张陵祠》等。(民国二十一年版)

《名山县新志·吴之英传》 吴之英，字伯朅，博通群经，尤精《三礼》，年十五饩于庠，以高材调尊经，住院十年，举优行。朝考后，以训导就职灌县。时资之艺风、简之通材及尊经、锦江各书院先后延主讲席，请业者常数百人。中日战后，竞言变法，蜀人士拟设报鼓吹，聘任主笔，旋却之。未几，杨、刘祸作，忾而曰："刳胎毁卵，麟凤远飏，不去将及我！"即日解组归，署其门曰"寿栎庐"。养亲余暇，著书垂钓以自娱。宣统初，礼学馆以顾问征，不就。蜀开国学，聘任院长三年。临去，余薪九百金贻助院费，其义概类此。长乡校逾十年，裁成甚夥。至今，邑人知重古学，其遗教也！性刚耿，尤重礼法。处乡党，和蔼迎人;奖诱后进，惟恐不及。若遇权贵则凛然不稍假借，即失礼，嬉笑怒骂蔑如也！奉母有至性，数十年不离膝下，母殁以毁卒。乡人思不已，于游钓处立碑封矶，禁网罟焉。生平著述甚富，除已刊《寿栎庐丛书》十余种外，尚有《诗》、《书》、《易》、《春秋》、

《公羊》讲义若干种手录藏家。(民国十八年版)

《雅安历史教材·积极响应康梁变法的吴之英》 吴之英,名山县车岭镇吴沟人,清末民初著名学者和书法家,戊戌变法时期四川变法维新运动的组织者和积极参与者。

吴之英幼年聪敏好学,五岁启蒙读书,八岁能作诗文,十五岁参加院试考取第一,十八岁以高才生资格入尊经书院,在尊经书院勤奋苦读十年,对经史词章都有较高的造诣,与同窗好友杨锐、宋育仁、廖季平并称高弟。1882 年参加朝廷考试,名列二等。回川后,曾先后在几个学院任职。

戊戌变法时期,吴之英与宋育仁等组织蜀学会并任主讲,创办《蜀学报》并任主笔。《蜀学报》介绍国内外的政治经济形势,揭露中国面临的危急局势,宣传变法维新思想,提出主张改革的方案,是四川维新派的重要宣传工具。吴之英还利用《蜀学报》多次发表文章,针砭时弊,鲜明地提出自己的主张,对推进四川变法维新运动的发展起了积极的作用。

戊戌变法失败后,吴之英受到审查,愤然回乡。从 1907 年起,历任名山县教育会会长和高等小学校长。1912 年任四川国学院首席院正。1918 年吴之英逝世。现成都市人民公园内保路运动纪念碑碑身东面"辛亥秋保路死事纪念碑"十个隶篆体大字为吴之英书写。(2001 年 5 月修订本)

吴之英墓志

王 涛

吴公讳之英,字伯朅,号西蒙愚(渔)父、愚(渔)者、老渔(愚),1857 年生于车岭镇吴沟。幼承祖、父庭训。十五岁应雅州府试夺魁。十八岁以高材选入成都尊经书院,与杨锐、宋育仁、廖平同称"尊经四杰"。1881 年优贡,次年入京朝考列二等。回川后,历任资州艺风书院、简州通材书院主讲,灌县训导,成都尊经书院、锦江书院襄校(副院长)。所在县志尊其为启迪民智,弘扬教泽的典范。1898 年与宋育仁等组织"蜀学会",创办《蜀学报》,担任主讲和主笔,竭力宣传变法维新。戊戌政变后,回名山奉母著述。1907 年任名山县高等小学堂校长,次年被选为县教育会长,协助视学胡存琮等创办 47 所初小。1909 年礼部延聘为顾问官,却之不就。次年执教于存古学堂。1911 年任蜀军政府枢密院院士,次年任四川国学院首席院长。去职时将节省的九百个银元捐给学院助学。1913 年用隶篆体书写"辛亥秋保路死事纪念碑",名播遐迩。1918 年病逝，享年六十一岁。所著《寿栎庐丛书》73卷刊行，尚有《中国通史》、《诸子遒倅》、《公羊释例》、《小学》、《诗》、《书》、《易》等52册遗稿。

吴先生精行俭德，淡泊宁静，志气高远，弘扬蜀学，在四川和中国文化史上都做出了重大贡献。所著《仪礼奭固》三书，是继郑玄一千八百多年来《仪礼》研究的集大成之作，其《雅名奭固》是《尔雅》以来训诂学的又一杰作。吴虞评其诗："吴伯朅先生《蒙山诗录》最工。吴诗沉博郁厚，独立绝代，而又非常入古，并世未见其匹也。"谢无量赞其赋"蕴思成韵，放言为绮，连镳蜀郡，擢誉区内"。

谢还撰赠吴先生一联，可概括其学识人品："自王(闿运)伍(崧生)以还，为人范，为经师，试问天下几大老？后扬(雄)马(司马相如)而起，有文章，有道德，算来今日一名山。"（作者系名山县委宣传部长）

倡扬蜀学反帝爱国的吴之英

吴洪武　张栩为

生平简介

吴之英(1857—1918)，字伯朅，号西蒙愚者、西蒙渔父、老愚(渔)，出生于四川省名山县车岭镇吴沟一个书香之家。祖父文哲，父亲铭钟都是饱学未显之士。5岁时，吴之英先生即随祖父课读。由于他天资聪慧，学习勤奋，8岁便会文辞，15岁时参加雅州府试，考取第一名。光绪元年(1875)，四川学政张之洞在成都创办尊经书院，以通经学古培育蜀士，在全川选拔高材生一百人进学，18岁的吴之英先生以茂才入选。他在书院中学习，备极刻苦，博览群书，对经史词章都有较高的造诣，与绵竹杨锐(叔峤)、富顺宋育仁(芸子)、井研廖平(季平)同称"四杰"。深受经学家、书院山长王闿运(壬秋)的赏识。光绪七年(1881)，全国开科选拔优贡，川省分配4个名额，吴之英先生与杨锐等四人考中优贡。光绪八年(1882)，入京朝考，名列二等，以学官候用。光绪十年(1884)，应资州州牧高培谷之聘，任教于艺风书院，与蜀中名儒宋育仁、廖平、蒲莹、吕翼文以次为主讲。光绪十三年(1887)，简州知州马承基聘请吴之英先生为通材书院主讲。光绪十四年(1888)，任尊经书院襄校(副院长)，1892年任灌县训导。光绪二十三年(1897)，宋育仁奉朝旨主持四川商矿务兼长尊经书院，聘吴之英、廖平为书院都讲。翌年参加以变法为宗旨的"蜀学会"，并担任主讲。还同宋育仁等创办《蜀学报》,宋育仁任总理,杨道南为协理,吴之英任主笔,廖季平任总纂。九月,戊戌变法失败,《蜀学报》遭查禁,吴之英先生受审查。光绪二十七年(1901),辞职回乡,奉母著书。光绪三十三年(1907),任县立高等小学堂校长,次年被乡人推举为名山县教育会会长。宣统元年(1909),清廷设礼学馆修明礼教,延聘吴之英先生为礼部顾问官,吴却之不就。宣统二年(1910),四川提学使赵启霖开办存古学堂,请吴之英先生任教。民国元年(1912),蜀军政府提倡国学,设国学院(川大前身),聘吴之英先生为首席院长。民国二年(1913),因病辞职,回乡仍从事桑梓教育,继任名山高等小学堂校长。川人为纪念辛亥保路运动而牺牲的志士,在成都少城公园(今人民公园)建成一座丰碑。碑身四周,刻有"辛亥秋保路死事纪念碑"十个大字,其东面的隶篆书体,即为吴的笔髓。民国七年(1918),吴之英先生病逝于任上,享年61周岁。

著名学者

民国时期李肇甫编修《四川方志简编》,在该书中记载:"自王闿运来蜀,遂以博学穷经为士林倡,于是乾嘉之学大盛于蜀,一时人文蔚起,鸿硕辈出。廖(平)、宋(育仁)、吴(之英)、张(森楷),尤著令闻焉。"书院山长、经学家王闿运称赞说:"诸人欲测古,须交吴伯朅。之英通《公羊》,精《三礼》(《周礼》、《仪礼》、《礼记》),群经子史,下逮方书,无不赅贯。"(《简阳县志·官师篇·循良》,民国十六年版)"闿运弟子中,诗文都能继承他的作风,而卓然自立者,除宋育仁外,就要数吴之英了。""他代表了晚清文学的一个重要支派。"(杨世骥《文苑谈经·吴之英》)宋育仁评论其诗文"比于近代文学家有如胡稚威(名天游,清朝乾嘉时期著名骈文家)、王仲瞿(名昙,乾嘉派诗人)","其为文坚栗而光晔,以经术深湛之思,泽以楚艳韩笔,故肃穆而闳肆"(宋育仁《寿栎庐丛书序》)。吴虞评说:"蒙山(指吴之英)为文,出于周秦诸子,故刘申叔谓蒙山人品文学,当于周秦间人求之。"(《吴虞集》第141页)吴之英先生的文章内容充实、缜密、有光彩,无陈熟词汇,把精深古奥的经术思想,运用于文笔中,更显得波澜曲折,庄严美好。其诗作则含蓄而深秀。

他在《论文》篇里,曾以抽象的"素"、"朴"概念,阐述文章的至境说:"大素产奇采,纯朴扬茂葩。夺素之采不华,败朴之葩不寿。善画绘者,理其素,采将自奇;善雕削者,厚其朴,葩将自茂。"其意是说写文章就像绘画、雕刻一样,一幅纯白无饰的绢，高明的画家，只要善理其素，就会画出不寻常的色彩；一块纯真的坚木，高明的雕刻家，只要善理其朴，就能刻出精美的器物。如何写好文章呢？他说，必须具备三个条件：第一，要有充实的内容；第二，要有精密的组织；第三，要有深厚的情感，要含蓄。只有这样，才能使文章像风一样劲疾，云一样舒卷，奔放自如。写盛大之景，使人觉得如雷声发出奇响，如春雨滋润万物，如细雾迷漫大地，有力、动人、含蓄。诉哀伤之情，使人既有悲凉、凄怆之感，又觉有庄重、严肃之意。用词无华，寓意深厚，文笔浑朴，内容充实，有如龙游天地，纵马驰骋，把神奇莫测的自然界都描绘在自己的笔下，经纬万端，无所不贯。

吴擅长七言古体诗。“自谓音节符于古乐府，隋唐以后蔑如也。”吴诗以《楚辞》、《汉郊祀歌》、鲍照、吴均、薛道衡、卢思道、李白、杜甫为宗。他认为“李、杜之体清刚，故罕有长篇。元、白之词铺叙，故特乏劲气。惟合二派而融化之，则大或千言，少或数百，兼二派之美，无二派之短矣”（吴之英《国学荟编·关山月》）。他作的古体诗，大多吻合其论述。如《关山月》、《哭杨锐》、《上海行》、《颐和园》、《蒙茶歌》、《都江堑》、《桂湖》、《东湖》等。

吴之英先生的著作，体裁多样，内容丰富，有诗、词、歌、赋、经学、语言学、史学、医学、天文学。遗著《寿栎庐丛书》73卷刊行于世，其中包括《仪礼奭固》17卷，《礼器图》17卷，《周政三图》3卷，《礼事图》17卷，《汉师传经表》1卷，《天文图考》4卷，《经脉分图》4卷，《文集》、《诗集》各1卷，《卮言和天》8卷。未刊行的遗稿有《诸子遹倅》15册，《中国通史》20册，《蒙山诗钞》、《北征记概》各1册，《小学》4册，《诗以意录》、《尚书信取录》、《周易寡过录》4册。

爱国志士

清光绪八年(1882)，吴之英先生入京朝考，自成都九眼桥乘舟东下，途经长江沿岸城市，目睹朝政腐败，人民穷困，列强在中国肆意横行，不禁感慨万千，深叹“时运之极，人道之忧”，遂立志救国。所写长诗《上海行》，通过描写都市的繁华外表，揭露社会潜伏的危机。朝考回川的第二年，他游巫峡，船泊江边，与扶柩归乡的某祖孙二人相遇，其祖出所写《巫峡归舟图》求言，吴之英借此怒责官商和矿业主贪婪地“穿矿采珠”，搞得“山灵不渌江神死”。他们“窃得卓财又窃女”后，过着“近肉远丝酣舞筵”的豪华生活。年复一年，“莺花屡新”，有钱的人，“裘马”依旧，而浪迹江湖谋求生计的人们，却生活在“膏火相煎利倚刀”的困境中。“蜀国于今已瘠土，官商尤自说天府。”社会是如此不平，他不禁发出了“明月乡心归何处”的无限感慨。

1894年，中日甲午之战后，东西列强对我国虎视眈眈，俄占旅大，德索胶州，法窥两广，日吞台湾，中华民族与帝国主义的矛盾空前尖锐。为了拯救民族危亡，弃旧维新渐渐成了朝野的普遍要求，以康有为、梁启超为首所倡导的改良主义蓬勃兴起。光绪帝载湉受到维新运动的影响，也有志图强，破格选用人才以辅佐国政，吴之英先生的同学杨锐、宋育仁等受到重用。1898年(戊戌)春，杨锐等在京城四川会馆成立“蜀学会”。为与北京的“蜀学会”、“强学会”相呼应，宋、吴等发起组织“蜀学会”，于是年3月1日在成都成立，并办《蜀学报》于3月15日创刊。吴之英先生既担任学会主讲，又担任《蜀学报》主笔，以饱满的政治热情写文稿，登台讲演；撰论文，宣传变法。先后发表《蜀学会报初开述议》、《学会讲义》、《矿议》、《赋役篇》、《政要论》、《救弱当用法家论》、《法家善复古说》等文章。针对朝廷政治、经济等弊端，提出改革内政，奋发图强的主张。

在政治方面，他认为国势之所以越来越弱，外因是列强侵略，内因是官吏的“纡、缓、罢、怠”，“只知利身不顾君，利家不顾国”所致。由于当权者私壑难填，便产生了“叛官”。“叛官有三，亦欲为若所欲为，坏我法纪，虐我人民；依托旧制，坐失事机，积为因循，以败国家之宏绩。”(《蜀学报·政要论》)应“禁叛于未形，自贵自强”，即变法维新。

关于振兴政事，他主张：第一，应有知人用人之术。选择良吏与知人善任是政治的关键。选吏的标准：一德行，二忠诚。从中择善而任，“善之善者专任之”，“恶之恶者必去之”。第二，要进行严法治理。用人之后，当继之以法，首先要选好议法和执法的官。议法者，必深知法律；执法者，必至公至明至平。朝廷制定了法律，就要“执衡以立，不顾天下之议”，“饬令则法不迁”，使之“民不敢犯法，吏不敢以非法愚民”，“虽圣贤才智，不敢开一言以枉法，虽千金之户，不敢用一铢以市法”(《蜀学报·救弱当用法家论》)。

在经济方面，他认为赋税负担是不公平的。富豪之家拥有大量的沃土肥田，赋税负担轻，只有少量贫瘠土地的贫户负担却很重，一些贪官污吏，复巧立名目，大饱私囊，弄得“民穷困而怨讟兴”(《寿栎庐丛书·赋役篇》)。“内府有讟除，穷檐无遁免。”农民千辛万苦饲养猪、牛、羊，或是种植茶、果之类的副业收入，在市场上交易都要征税，那些“富贾屠贩通易都会之交，牟赢而弗供”(《寿栎庐丛书·矿议》)。这是一个很大的弊端,朝廷应采取得力措施,平衡赋税的征收,使人民安居乐业,各得其所,避免贫民因欠租而逃亡迁徙。

朝廷提倡开矿,本来是为了增加社会财富,"非出以赡豪滑之欲"。当今的矿产为富商大贾所掌握,他们"因沿为奸",采取"罔上巧法"等手段,贪得无厌地"烈山涸泽",掠夺山川之宝藏,过着荒淫糜烂的生活,使富者越富,贫者越贫,"地气郁而民不纾,民心怒而不首"。他认为开矿确是国家和百姓的一项利源,国家应采取"上下兼职"的经营方法,派得力的官吏去管理,"治之以工,输之以商,化之以贾,平其贾而不昂"(《寿栎庐丛书·矿议》),并为之"交通运输,周海内而亡雍阏之患"。这样,既可以供国家开支,又可解决部分贫民流亡之苦,老百姓一遇灾年,也有赈济的费用。

他还提出重视农兵和西学中用的主张。吴之英先生赞扬战国时期的商鞅能够针对秦国国情实行变法,整顿社会秩序,取消贵族特权,奖励军功,奖励生产,终于使秦国强盛起来。他认为强国之要,必须效法商鞅,奖励耕战。因为"兵是强资","农是富资",朝廷应设法"垦田以授农",解决一些农民无田可耕的状况。平时,"练农以为兵",战时,"即驱而用之"。提出"上农有赏,下农有罚,公战有赏,私战有罚"(《救弱当用法家论》)。只有这样,国家才会富强起来,才能抵抗列强的侵略。

关于西学中用的问题,吴之英先生在"蜀学会"中,积极主张从国外购进部分仪器、图册和有关西洋文化教育、科学技术方面的书籍。任《蜀学报》主笔时,刊登介绍西方的科技成就,如"以电代马"、"电力曳船"、"显字新机"、"顷刻万里"、"水内行车"、"惟妙惟肖"(指机器操作)等。他认为学习西方先进的一面,主要是为了强盛国家,抵御外侮。在《蜀学会报初开述议》中写道:"窥鸠巢者,非为化鸠,怒其夺他巢而据之也。探虎穴者,非为化虎,将欲得其子而缚之归也。"

他在论文中提出选贤任能,严法治政,着重理财,重视农兵,平衡赋税,西学中用等一系列变法图强之见,虽大多出于"托古改制"思想,但他并不拘泥于古人之法,而是主张相时而变,因事而变,"即起古人而更生之"。他说:"大局固遵古矣,其余目皆可变也。""通其变以并行之,则新法也,皆救弊之良药也。"

正当吴之英先生以满腔热情在报上发表维新主张时,1898 年 9 月 21 日(光绪二十四年八月六日),慈禧发动戊戌政变,幽光绪帝于瀛台。28 日杀害谭嗣同、杨锐、刘光第、林旭、杨深秀、康广仁,罢一切新政,维新运动宣告失败。

朝廷下旨解散"蜀学会",查禁《蜀学报》,宋育仁被罢黜,吴之英受审查。"戊戌六君子"牺牲的噩耗传来,他不顾个人安危,长歌当哭,挥泪写下千余字的《哭杨锐》诗,高度赞扬六君子"风节跨时辈","鸿名震九皋",控诉了以慈禧为首的顽固派破坏变法的罪恶行径,揭露"滑贼乱萧墙"的两面派罪行,倾诉了同窗情,战友谊,情深语挚,慷慨淋漓。变法失败,人亡国碎,遂产生"因感纯鲈思旧乡,挂冠我逐归鸿去"(《寿栎庐丛书·覆宋育仁书》)的思想,转而悉心研究医术。

1900年,八国联军借口义和团反帝反洋教,发动了对中国人民又一次大规模的侵略战争,义和团斗争失败。次年慈禧与八国联军签订了丧权辱国的《辛丑条约》。吴之英先生非常愤慨,写下长诗《颐和园》,怒斥慈禧的卖国行径,讴歌"神拳弟子代国忧"反帝爱国的精神。并在《东湖》诗中悲愤地写道:

可怜庭议和西丑,　租界通商分割剖。
边徼相望尽藁街,　官家何处有梅柳?

在慈禧专制残暴的统治下,国势更是一落千丈。吴之英先生深感"四海已无施巧之地","泪随肠转,回到家乡",一面侍奉老母,一面闭门著书,这是不得已而为之。在《贤者避世》一文中,他表白自己的真情:第一,因变法失败,祸及清流,而今"名贤遁消,支柱难为";第二,朝政腐败,其势已不可挽回,"故波澜滔滔者,将遂有陆沉之势";第三,"气运递降,而欲就未来之人事,姑竭吾愿力之所穷,盖不啻颠踣摧伤焉"(傅守中《寿栎庐先生故事》)。

他在家乡的7年里,仍无时无刻不在关心国事和人事的变化,一颗爱国忧民之心犹存,与陈山民留别的二首诗就这样写道:

昨闻海国动天风,　高沸洪涛上碧空。
螺子无珠依老蚌,　蛟儿有泪泣潜龙。
冤他山鸟都衔石,　怪说水神不姓冯。
欲斩长鲸求钝剑,　良工枉铸若耶铜。

爽气西来化裔云,　三巴狂狡势纷纷。
已闻蓬岛移仙子,　犹有桃源待使君。
自古边官资信义,　由来循吏重廉勤。
若将旧政从新政,　得暇更调雕面军。

在第一首诗中,他一面感叹光绪帝在慈禧的挟持下,对八国联军入侵中国，表现得软弱无力，束手无策，另一方面赞扬广大人民群众不怕牺牲，反抗侵略的精神。然而“欲斩长鲸求钝剑”，爱国者的行动，却被出卖国家民族利益的慈禧所扼杀。第二首诗，吴之英先生谈到自己回乡，主要是形势所迫。朝廷“若将旧政从新政”，他将再出东山，为国效力。以后与人书信来往，也多次提到国家的前途问题。他十分痛恨慈禧当政，后党为乱，对人说：“料将来况而日下，皆在常事不书之列。”

育才良师

吴之英先生虽然在政治上遭到沉重打击，但他不遗其所学，始终抱着益世救国的思想，致力建学育才。他说：“新法种种，时贤辈出”，“从教而得才，藉以支之”。把希望寄托在下一代身上。他在资州艺风书院、简州通材书院先后任教八年，以治小学、通经术、习词章三者启迪后进，对学子潜乐教思，循循善诱，付出了艰辛的劳动。他教育学生不但要有刻苦的意志，更要有求实求是的精神。为学之道贵在博，重在精，宜多思，多考据。在《答人问博学书》中，对于精、专问题解释说：“唯专乃精。要所以成此专，执荟精于一家固无害其通材，乃有裨于雅教。不然涉猎失御，枉媚心目，泛滥忘归，尤矜口耳。”

吴之英先生在灌县任训导时，因尽忠职守，办学有方，全县文风为之丕变。《灌县志·政绩记》赞扬他说：“为人和易而峻洁，学尤深邃，卓然成家，迥迈流俗。居官廉介，训迪学子，文行兼备，获益者多，盖不徒以言教也。”这段记述表明，作为人师的吴之英先生不仅以广博的知识课授生徒，且以自己的思想和德行影响后辈。他的学生、著名学者、教育家吴虞，在《荃察余斋诗文存序》中说：“始予年二十岁时，常同陈白完、王圣游从蒙山吴伯朅先生游，侧闻绪论，始知研讨唐以前书。”“余于蒙山门下为小卒矣。”

1907年，名山知事禄勋多次礼请吴之英先生出任高等小学堂（原紫霞书院）校长。他出于为桑梓育才益世的思想，再出东山，就任校长职，继而被乡人推举为教育会会长。

宣统元年（1909），五大臣出国考察政治回国，清廷计开礼学馆修明礼教，编纂《通礼》一书。礼部奏聘各省名儒为顾问官，吴之英先生却之不就。次年，四川提学使赵启霖在成都开办存古学堂，谢无量为监督（校长），请他任教，他欣然应聘，为培育蜀士，呕心沥血。刘师培在《国学学校同学录序》中说：“前清宣统二年，四川总督请于朝，设存古学校……于是，耆德故老吴之英、廖平之伦，潜乐教思，朝夕讲习，善诱恂恂。”

辛亥革命推翻了清朝统治，建立了民国。1912年秋，蜀政府设国学院，开经、理、史、词章四科，提倡国学，以动人们思古之意，而激志士报国之心。吴之英先生被聘为四川国学院第一任院正，刘申叔、谢无量为院副。吴亲自书写“国学院”三个大字，并撰书一副对联于学院门口：“斯道也将亡，难得四壁图书，尚谭周孔；后来者可畏，何惜一池芹藻，不压渊云。”借以鼓励学子，继承发扬祖国的灿烂文化，将来为国家民族干一番事业。吴虞后来为《国立四川大学专门部同学录》序中写道：“国学专校，创自民国。其时吴伯朅师、廖平前辈、刘申叔、谢无量诸公，聚于一堂。大师作范，群士响风，若长卿之为师，张宽之施教，蜀才之盛大，著于一时。”

1913年，之英先生因体弱多病，上书四川都督尹昌衡、张培爵，辞去了国学院院正职务。临行前，慷慨解囊，捐献薪金九百元（大洋），资助学院办学。回乡后，又以多病之躯任名山教育会会长和县立高等小学堂校长，五年后卒于任上。

吴之英去世后，学校师生和乡人开了隆重的追悼会，素车白马，幛联林立，极一时之盛。　（此文入编《四川近现代文化人物》，四川人民出版社，1989年。本书收录时略有改动）

吴之英轶事

吴伯朅夫子轶事

郑朝燮

积学未显，乐于从事桑梓教书的吴铭钟先生，知天命之年喜得独子，他翻书籍，查笔画，命名“之英”，待稍长，取字为“伯朅”，典出《诗经·卫风·伯兮》：“伯兮朅兮，邦之杰兮。伯也执斧，为王前驱。”父亲希望儿子成为英才，报效国家的美好愿望寄寓在名字里。

伯朅夫子自幼聪慧过人，4岁启蒙，8岁能治文辞，15岁应府试，名列第一。他勤奋好学，远近闻名。某年十月初一（农历），其母依照传统风俗，做糯米糍粑给家人尝新。这一天，少年吴伯朅正在书桌前潜心攻读，母亲端来糯米糍粑一盘，和调盘红糖汁置于桌上，催他快吃。他低头含糊答应,却目不离书,随手拿起一块糍粑,在盘里蘸一下,便送进口中。这样边吃边看,直到吃完糍粑,目光未离书一次。其母来收拾杯盘时,发现红糖汁纹丝未动,而那盘墨汁却当作红糖汁蘸食将尽。听见母亲的嗔怪,他才猛然惊醒,满嘴墨渍,一照镜子,不禁大笑起来。

光绪元年(1875),四川学政张之洞,创办尊经书院。延聘学者、书法家王闿运(字壬秋)为山长(院长),从各府县挑选高材生一百人进学。伯朅夫子到院后,写上"唯专乃精"4字作为座右铭,他善于学习,勤于思考,深得王的器重,特别教以治经考史的学术,究研诸子百家的义理,阐发其精微,深掘其奥秘,使其学问日进,王称赞道:"诸人欲测古,须交吴伯朅。之英通《公羊》,精《三礼》(《周礼》、《仪礼》、《礼记》),群经子史,下逮方书,无不赅贯。"王闿运看到伯朅夫子的书法很有灵气,教以运笔的技艺,贮力的方法,探寻抒情与象形结合的意境。伯朅夫子学传统,变古为新,观造化,注入活力,写出的字结构奇特,气势磅礴,健拔虬劲,风格独特。

伯朅夫子善书,求字的人很多,有些三月五月还轮不到,于是就另想法子。因伯朅夫子是个大孝子,他母亲叫他做事不敢拖延,遂想方设法把纸交与他母亲,言明急用。老太太知道来意。就呼一声"之英",他一听到母亲的呼唤,便赓即来到面前,很恭敬的问什么事。老太太把纸递给他说:"这是客人拿来请你写字,等着要。"伯朅夫子将纸接过手,回到书房,挥笔而就,等干后双手敬呈给老太太。求字的人满心高兴,连连致谢而去。

戊戌变法失败后,伯朅夫子在政治上受到很大打击,为了济世救人,他悉心研究岐黄之术,通读《内经》、《难经》、《本草》、《伤寒论》等医药著作,结合实践写成《经脉分图》、《会经文次三十八论》。乡邻生了病,都爱去请他诊治。他对病人和蔼可亲,询问病情十分详细,切脉观察又极为考究,对症处方,加减适当,简直像一个地道的医生,求医者颇多。伯朅夫子开处方不收脉利钱,给人治好了病,也不受病人分文酬报,若有贫苦人家吃不起药,夫子还要送钱给病人去买药呢。

光绪三十三年(1907),名山知县禄勋聘伯朅夫子出任县立高等小学堂校长,他"长乡校逾十年,裁成甚夥。提倡古学,教职员获益尤巨"。课余就校后小溪垂钓,二三学子陪同,偶遇暴雨,学生们代为捉凳荷杆,夫子走前面,照常不慌不忙地徐步行进,学生们被雨淋得急了,又不好超前,彼及抵校,浑身湿透,换干衣不迭。孔圣人见迅雷风烈色必变,吴夫子此举尤胜一筹。

治病劝善

吴洪武

喜欢医道的吴之英先生，不仅校订《本草》，验证医方，撰写医书，还免费为人治病。他常利用治病的机会教化愚顽。

有一次邻里杨高氏来找吴先生为她看病，吴先生知道她是个骂四邻、虐公婆、欺丈夫的恶妇，便对她说："治病要治根，治根要知病因，你的病就是心眼小，没涵养。你与四邻不和，对公婆不敬，整日秋风黑脸的，这样就伤了五脏又伤神，怎么不生病呢？要根治你的病，首先要改掉这一恶习，单靠吃药是治不好的！"一席话说得她脸红齐耳根。处方后，她要付钱，吴伯朅先生要她用这钱买点东西亲手交给她婆婆，以此作为改善婆媳关系的开头。

三个月后的一天中午，杨高氏亲生的四岁独子大哭一声，嘴青面黑，倒在地上不省人事，她同丈夫急忙抱着孩子哭着跑来请吴先生救命。经过一番抢救，孩子苏醒过来，她作揖磕头感激不尽。吴先生趁此对她说："娘疼儿痛断肠啊！你婆婆当年就像你爱儿子一样爱你的丈夫，哪晓得你是那样对她不好。俗话说灶鸡子爬碗柜，一代传一代。你应该给孩子做个榜样才是。不然，你的儿媳也会学你的那套来对待你的！"

两副药下来，孩子的病痊愈了，杨高氏对婆婆、邻里的恶言劣行也收敛多了。

奉母至孝

吴洪武

吴之英先生是个独子，小时亲眼看见母亲周氏经常穿着一双用麻索子横竖网满了的鞋子割猪草的情景。他热爱母亲勤劳俭朴的美德，尊敬母亲几十年如一日。

母亲爱听故事，吴先生在家，总要挤出时间给她讲。

他早上要去请安，一到冷天，总要安排孩子在晚上轮流煨被盖，节日还亲自钓鱼奉母。

母亲提出的合理要求，吴先生总是尽力做到，这里略举一例。

吴先生担任主笔,宣传维新变法的《蜀学报》被清廷禁斥,他受到打击,愤归故乡,心情沉痛,吃上了大烟。

一天晚上,他刚点上烟灯准备烧烟,他母亲来了,看看摆着的烟家什,再看看儿子憔悴的面容,手摸着胸口,长长地叹了一口气,眼泪往下淌,吴先生急切地问了好一阵她才说心口痛。给她看病她不愿意,拿药来她不吃。左说右说她才讲:“自从你吃上这鸦片,我这病就越来越重罗!”吴先生明白了,立即表示从今以后不再吃烟了,这是1902年的事,到他1918年去逝,这十多年间,他没有再吸鸦片。

教学魅力感知县

张文鹏

进士出身的名山县知事武镳,前往紫霞书院拜会吴之英先生。一至校门,见校门口两侧挂有一副木制楹联,上联“夫子文章可闻也”,下联“吾党狂狷尚斐然”。武镳对字画欣赏可称行家。他一看字体苍劲古朴,内含孤傲淡泊之气,真有狂狷神韵,知是吴之英先生的手笔,因而停步注视,不愿离去,心想平生对于名人手迹,看得可谓不少,但到如此壮美境地的实不多见,真是内含情操,外发意气,可以心悟,难以言取,字如其人,可羡可敬。

武镳信步走进二门,全院空阔,寂无一人,但闻后院琅琅读书之声。寻声走到后院,在大讲堂外面停步,一望室内黑压压坐满一堂,静肃无声,还有七八位五十上下的学生。再一细看,内中还有一两位会过面的孝廉公,原来全院师生都在听讲。吴先生正在诵读武侯的《前出师表》:“先帝创业未半而中道崩殂……此诚危急存亡之秋也!”(“也”字读得长而重)朗诵至此,忽然停声,两眼向全堂师生一扫,然后说:“这个也字呀,大家要细细体味呀。”朗读时声调苍凉悲壮,俨如相父在与后主讲论国家大事,又似父亲在与儿子谈述祖先创业之艰难。武镳听得来如醉如痴。这种感人的魅力没有深邃的学养,恢宏的气度,那是万万达不到此种境地的。铃声响,下课了。

吴先生迎武镳进客室,沏下蒙山雨前春茶,武镳呷了一口说:“仙茶沁心脾,雅教启愚昧,真是三生有幸呵!”茶毕,武镳即行告辞。主人亲自送出,步行至二门时,一阵兰香扑鼻而来,武镳不禁呼道:“奇香,奇香!”吴先生即从花台下捧出一小盆素心兰赠送，武镳双手恭接。细声口念："空谷出兰香"，吴先生接口"天地有正气呵"！宾主会心一笑，拱手而别。

咏蜘蛛抒怀

李正宣

戊戌变法失败后，吴之英先生隐居名山车岭吴沟，一面侍奉老母，一面闭门撰写仪礼书籍和整理自己写的诗赋文章。先生虽身在山林，但也没有忘记国事，放却报国之志。

这种报国无路，退居又苦恼的复杂心理，常常折磨着先生。每当回忆起同朋友一道，指点时政，办报议法的日子，心中不免又哀伤起来，连文章也修改不下去了。

一九〇三年八月的一天，吴先生修改完《礼器图》一篇，想轻松一下，于是喝起酒来。一端酒杯，以往那火热的生活画面又展现在眼前。

在成都尊经书院学习的时候，空暇之时，杨锐、宋芸子、廖季平和吴先生常在一起纵谈古今。

有一次谈将来打算时，杨锐首先慷慨说道："杨某虽然才疏学浅，然若为时用，当效伊皋，辅佐贤明，治天下为尧舜之世。死而后已！"吴先生也道："吴某虽为樗栎之才，但亦愿竭驽钝，为明君分忧！"

后来，杨锐等在京变法，宋芸子和吴先生在川办报呼应，那生活是多么有意义啊！

谁知风云突变，光绪帝被幽；杨锐等六君，惨遭屠戮；学报被封，同僚受审，一切理想壮志都付之东流。

想到此处，先生长叹一声。放下酒杯，步出后门，准备到园子里去散散闷气。出得门来，刚好看见一特大蜘蛛在树下结网，一时满腔愤懑化为诗句，随口吟道：

经纬纵横意态殊， 谁知生理寄樵苏。
精神满腹竟何用， 劳汝空山自作图！

读着这首诗，不禁使人想起了爱国诗人辛弃疾的诗句来："却将万字平戎策，换得东家种树书！"在黑暗的旧中国，多少有志之士，其报国无门的命运，何其相似啊！

附　录　三

论　文

寿栎庐丛书叙（节选）

宋育仁

论交数十年而不易心，出处异路崎岖，丧乱辗转复相见，升堂拜母道故。比殁，遗言为叙其著书，志墓而为之碑，斯真吾友也已！顾耿狷不谐俗，少性相同，长以相契，而我谬怀经世之志，强颜以入世，上说下教，不避难而卒蒙难，被放还山，犹且结习未忘，或见为如他日，君于此则异趣，始终独行遗世①，掉臂②不返顾也。

昔余为伯母行服③不应举，高刺史为设古学书院，延授讲资中，名曰艺风。比四年，将应礼部试，刺史请荐代然后听，遂推吾伯朅为替人。既充使馆职二年返国，奉朝旨④：治四川商矿务兼主尊经书院，乃设学会于庠，选诸生优级为上舍生⑤，引君与井研廖季平⑥为都讲⑦并创学报以相属。明年戊戌遭禁罢，余应使才召还京。

庚子，行在蒙尘⑧，诣阙疏陈政事，垂向用，执政又尼之⑨，乞外出改官

①遗世：超脱尘世；避世隐居。

②掉臂：不顾而去，自在行游。

③行服：穿孝服居丧。

④朝旨：朝廷的旨意。

⑤上舍生：清代以上舍为监生的别称。

⑥廖季平：近代今文经家学，著有《六译馆丛书》。其学多变，共经六变。与吴之英同学于尊经书院。

⑦都讲：古代主持学舍的人。

⑧蒙尘：指帝王失位逃亡在外。

⑨尼之：阻止。

去，君为长歌来谇①予。逾年，君遂归名山，久不相存问，而久要平生，未尝间数月忘也。

五大臣考察政治回华之岁，开礼学馆修礼书，同时开宪政编查馆、修订法律馆。礼部奏延顾问官，自公卿至布衣，视为重选②。属余领纂修，独引重③君与同事，乃得顾问，乡人惊疑声销而名远闻。

既得礼部奏，延如所请，布政司承奉礼聘书，心知所由，乃寓书④，余报部堂暨礼学馆陈阁学总理，固望君有所建议，初未读其所著礼家书。未几而国变已矣！自投劾⑤去，絜家依茅麓农林。于是，乡推君为国学院院长，君亟欲引退⑥，驰书招我归，如昔者荐自代。茅麓农林在金坛，误书溧阳，周复逾年始得达，而君不及待，先归名山，往复书词，杂道悲喜，以学行廉隅⑦相抵励，安慰危苦。知著《礼器》、《礼事图》撰成。行自写定，被遣之。次年，畏逼避游桂湖，为汶上之行，君遣令子来逆，遂造庐吴沟，践廿年登堂拜母之约，乃出《礼器》、《礼事图》相证。居久，携所著《天文》、《医经图》说以归，君留自劾⑧、疏⑨为质序，余文篇中所称也，相约偕隐，人事不就，至今世乱益无象。

三年之间，君遽丁母艰，哀盖至毁，未及小祥⑩而没。令子以遗命，请为志墓，叙所著书，谋先刊《礼事图》、《仪礼奭固》暨《诗文集》⑪。君诗开

---

①谇：此处作批评讲。

②重选：兼授两种官职。

③引重：朋友间互相推重。

④寓书：寄信，传递书信。

⑤投劾：呈递弹劾自己的状文。

⑥引退：辞职，退避。

⑦廉隅：古代算术开方的术语。廉为边，隅为隅。用“廉隅”比喻端方不苟的行为、品性。

⑧自劾：自己进行检查。

⑨疏：此处指书信。

⑩小祥：古代父母死后周年的祭名。

⑪《礼事图》、《仪礼奭固》、《诗文集》等均收入《寿栎庐丛书》中。拟续刊各书稿，却于上世纪五十年代为人所掠去。

径独行，比于近代文家有如胡稚威、王仲瞿，不践公干、陈思堂室[①]。其为文，坚栗[②]而光晔；以经术深湛之思，泽以楚艳韩笔[③]，故肃穆而闳肆，视吾乡先达熊南沙骖靳[④]殆驾之，可谓雄于文矣。《礼奭》、《礼事》，节疏指画，位为向面，步有践履，三代之典如堂陈，朴学而有实用，精卓可传。

《礼器图》，余于宫室、房夹有异同，今未刊。与余往复书，多藻翰、骈丽为文。余书札无留稿，就此集所存观之，两人三十年之交，庶见于世。

呜呼！君自可传，天必使余叙遗文于其身后，抑独何心。悲夫！富顺宋育仁撰。

寿栎庐丛书序（节选）

黄崇麟（雅州上南道道尹）

自南皮张文襄公[⑤]督学吾蜀，创建尊经书院，以经史词章之学，倡导后进，而湘潭王壬甫[⑥]先生为之师，于是文雅彬彬，比于江浙。

其时，若井研廖季平（平），绵竹杨叔峤（锐），富顺宋芸子（育仁），成都胡研生（延），汉州张子苾（祥龄），华阳吕雪堂（翼文）诸先生，皆以通材高第，最称都讲，而名山吴先生伯朅亦其一也。

先生敏慧劬学，自识字积发素，寝馈者余五十年，治经确守汉师家法，而尤邃于《礼》，所著《仪礼奭固》、《礼事图》、《礼器图》、《周政三图》，研精覃思[⑦]三十年乃成，其创通大义，发疑正读与二戴[⑧]、高密未知孰为后先，

---

①不践公干、陈思堂室：喻不学曹植、刘祯文章。公干，东汉末文学家刘祯，字公干，与曹植并称曹刘；陈思，曹植被封为陈王，谥思，世称陈思王。

②坚栗：即坚实致密之意。

③楚：指《楚辞》；韩笔：韩，指韩愈。

④骖：一车驾三马叫骖；靳：辕马。指先后相从。

⑤张文襄公：张之洞。

⑥王壬甫：名闿运，字壬秋，清末学者，长成都尊经书院。

⑦覃思：深思。

⑧二戴：戴德是西汉大礼学家，戴圣，是戴德兄的儿子，也是一位礼学大师，合称二戴。

贾公彦①以下弗及也。其为文章，渊懿醇茂，以周秦为则；诗歌隐约深秀，自谓音节符于古乐府，隋唐以后蔑如也。又以余力，遍治声韵②、乐律③、经方④、本草⑤、星经⑥、形法⑦之学，无不辟其窔奥⑧，盖先生之学大略如此。有清二百年，蜀学暗黮⑨，恒不逮他行省，及光绪初叶，先生与诸先生辐辏并出，颉颃⑩上下，于是号称极盛。而名山自郡县以来，其以经术湛深，文章尔雅，蔚为儒宗者，先生褎然⑪一人。诸先生既多掇科第通籍，历宦中外；其次亦游迹遍天下，与当世贤士大夫接踪缔交，声誉蓊郁勃起。先生独淡于荣利……讲学乡里，杜门著述。廿余年来，杨先生以戊戌政变死节，胡、张、吕诸先生亦相继殂谢……。

廖先生前以讲学，屡与世齮龁⑫；宋先生归自京师，以其学教于横舍⑬，亦若持方枘而内圆凿。惟先生知易代之际，戢景空山⑭，遗经独抱。……今先生又谢世，而尊经耆宿，蘦⑮落殆尽矣，可胜叹哉！先生既没之二年，余适来雅州，其乡人弟子醵资⑯刊其遗书，而余亦甚勤其事，乃掇先生之学之精且博者，著于卷端。因并论吾蜀数十年学术盛衰之故，士之有

---

①贾公彦：唐洺州（今河北省永年县）人，高宗永徽中，官至太学博士。撰《周礼义疏》42卷、《仪礼义疏》50卷等。
②声韵：指音韵学。
③乐律：指音乐学。
④经方：指医学。
⑤本草：指药物学。
⑥星经：指天文学。
⑦形法：指测相学。
⑧窔奥：深奥不明的地方。窔，指室内东北角。
⑨黮（dan）：不明。
⑩颉颃：不相上下之意。
⑪褎（xìu）然：出众的意思。
⑫齮龁（yihé）：毁伤。
⑬横舍：校舍。横通“黉”，古时的学校。
⑭戢景空山：隐居山林。
⑮蘦（lïng）落：即零落。
⑯醵资：大家凑集费用。

志于是者，其亦可以概然兴起也夫。民国九年秋八月，永川黄崇麟序①。

寿栎庐先生故事

傅守中

先生讳之英，字伯朅，姓吴氏，蜀南名山人也。祖文哲公以明经贡，灌县、荥经延主博士席皆不就。父铭钟公，积学未显。

先生徇齐②聪明，神爽剡肃③，华葩炜晔④，袥落风尘，老辈骇叱壮，谭⑤曰：蒙山自夏后肇禋⑥，胎仁蔚⑦秀，蕴采数千年，灵气所钟，必有命世⑧，吴子，殆其竺⑨乎。桐弱举茂，讲学成都尊经，湘潭王壬甫大老赏重，丁文诚公⑩尤异之，欲简拔以稵风鉴⑪。正闱⑫，先生以决科⑬第一毁弃，嗣以优行荐朝考二等归，训导灌县。时德宗⑭孤弱，母后⑮横恣，天下事无可为矣，乃息心著述，谓学者趋平易，避古拙，伊古鸿文，揭天菁地华，人物之所缔蒨，简重敦萁以载之，捣筑洄沍⑯以充之，葰⑰茂壮采以耀之，缴绎

①黄崇麟：民国初年任雅州上南道道尹。

②徇齐：指明敏有凤慧。

③剡(yǎn)肃：敏锐。

④炜晔(wěiyè)：鲜明有光。

⑤谭：指荥经人谭创之(1881—1941)，名其茳，字芗陶，一字创之，《寿栎庐丛书》之积极促成和传播者。

⑥肇：创建；禋(yin)：祭祀。

⑦蔚(yù)：茂盛。

⑧命世：同名世，闻名于世。

⑨竺(zhú)：笃，深厚。

⑩丁文诚公：即丁宝桢(1820－1886)，1876年起任四川总督，谥文诚。

⑪稵(zī)：积聚；风鉴：风度见识。

⑫闱：旧称试院为闱。

⑬决科：指参加科举考试。

⑭德宗：清光绪帝，名爱新觉罗·载湉(1871－1908)，年号光绪，庙号德宗。

⑮母后：指慈禧太后(1835－1908)。

⑯捣筑洄沍，捣筑：古代弦乐器，如弹筑样回漩。

⑰葰(ruì)：丰盛。

翕辟以匀之，奇离乎秦汉，偶袷乎六朝，不袭不谬，真蒂兀立，故馆①之则成轴，散之则为辐，比句整匀则为诗歌风谣，乃高张绳墨，大授生徒涪、雒②间，历主资之艺风③，简之通材④两院坐，兼都尊经、锦江讲，学使瞿学士⑤下教曰："吴训导大雅宗匠。"珍其文为墨迹。时激节谭游之士，蜂讼新政，毗补厄运，京藩风靡，设会张报声援。宋芸子先生将尊经上舍生，会报与通属先生主笔，先生曰："且留读书种子，毋谓与他人戮。"语诸生伏处讲学，繄储材待用，非谋国时。未几，旧党果挟嫌排诋，蓄忿一中，六贤碧血⑥溅草野。蜀士夫跳说⑦，不与株连，由是服其先几。

先生痛人亡国瘁，绝意宦途，超然以养母修莹告归，语亲密曰："盗圣智之法者将至矣，我以散材⑧得终天年。"遂署其斋曰"寿栎庐"。德宗崩，痛哭曰："已矣乎！吾道穷矣。"先是，德宗初听政，破格招士，鸿生巨子，无不瞻天颜致意。先生亦在灌养待，尝语人曰："臣子于君父忍泣，视凘灭弗投药，亶一官下吏无为救耳。"

宣统二年，上听岑春煊⑨等奏，以礼揲政体，开礼学馆，延通儒，先生以顾问征，不就。时太夫人春秋已高，先生感先大夫早卒，宦学不及易箦⑩，尊亲至性，事太夫人二十余年如一日。太夫人即世，哀毁未期而卒，

---

①馆：指控制车的零件。

②涪、雒：涪，指嘉陵江；雒指沱江。

③资之艺风：资州艺风书院。

④简之通材：简州通材书院。

⑤瞿学士：即瞿子玖（1850—1918），清湖南善化人，字子玖，号上庵，晚号西岩老人，同治十年（1871）二甲第66名进士。光绪十七年（1891）至十九年（1893）任四川学政，后迁礼部侍郎。廿六年（1900）随慈禧西行，晋工部尚书，军机大臣，协办大学士，外务部尚书，后以忤西太后罢归。

⑥六贤碧血：指"戊戌六君子"牺牲。

⑦说：通"脱"。

⑧散材：无用的木材。

⑨岑春煊（1861—1933）：广西西林人，原名春泽，字云阶，光绪举人。1902—1903任四川总督。1911年武昌起义后，起用四川学督，见事不可为，不赴任。1920年退居上海。

⑩易箦：人病重将死叫"易箦"。箦（zé），席子。

年六十有一，顾命①逾月，葬于先茔之侧，曰："终侍吾亲。"并命子鉴、铣、铤、錮、锬各执一经嗣先德。先生生平淡于荣利。昔湘潭大老谓先生：嘘风欿露，不若滞雨眠云。先生以为害取其轻，物无非累，高情豪志，藤菀②莫喻，乃将三十年所著之书，宛转披陈，一笘一简，都为古翠，尝谓："山林枯槁之士，尼守一介③，非持世通材也，若世不我与，托空言焉，所以信于后世也。"

先生之书，盖自灌至将卒之年乃成，礼家书有：《仪礼奭固》、《礼器图》、附《周政三图》、《礼事图》证器启奭固，与《文集》、《诗集》皆自写定，毕生精思之所萶也。外集《卮言和天》④不得迳次⑤，铣与中之所编辑也。其他，《诗》补序义，推孟子"以意逆志"之法，探《左氏》⑥季札⑦观乐之趣，通会三家，成《以意录》；《书》取伏生⑧有《传》，马、郑⑨有《录》，司马迁所《记》，以章古文之正，训二十九篇叙篇，名《信取录》；《易》用错综互体，取十赞，明理气象数，深及无人之际，显见事物吉凶，存汉师法，时年已五十矣，名《寡过录》；汉师说经，根据师承，撰《汉师传经表》；绌淫巧史，故谓司马迁最有法，稍�于典，班、范⑩以下无讥，宏古史铄美之例，抉⑪经学词章之要，欲裁为《通史》，未卒；史迁以律历御阴阳，天官制灾异，五行不书，班固乃为《志》，撰《天文图考》；礼之薄，道之汩，形之所由憋，撰《经脉分图》证礼；厚定《本草》五校本，证医；方诸子写《六经》意以立言，刘歆父子⑫弗

①顾命：临终时说的话。
②藤菀：植树木养禽兽的地方。
③尼守：执守；一介：一个。
④卮言：陆德明引王叔之云："卮器满即倾，空则仰，随物而变，非执一守故者也。施之于言，而随人从变已无常主者也。"后人常用为对自己著作的谦词。
⑤迳次：没有时间把自己的作品按次序编好。
⑥左氏：春秋时，左丘明所撰《左氏春秋》。
⑦季札：又称公子札，公元前 544 年，在鲁国观赏周乐。
⑧伏生：汉代经学大师。
⑨马、郑：马指马融（79—166）；郑指郑玄（127—200）。
⑩班、范以下：指班固（32—92）、范晔（398—445）以下的史学家。
⑪抉：挖出。
⑫刘歆父子：父刘向（约前 77—前 6），子刘歆（？—23）。

悉脉络所率，班固取志《艺文》，叙九题六，是荒经也。先生以《尔雅》入《诗》，《论语》入《书》，《孝经》入《礼》，撰《诸子遹倅》①、《众述爽固》，明统系。自《易》设象而相法生，皇帝王伯藉以相天地、人物，荀卿《非相》违经，撰《相法爽固》。《乐经》亡于秦火，制氏、窦公弗能铨其传，而音韵之流杂，盖已不得其谊矣，撰《音韵爽固》、《雅名爽固》，谓："贵古学、治词章者之用矜式②。"诸《爽固》在《寿栎庐文集》中。集尾有《八总督箴》③，叙山川流委，圣贤名士遗迹，补史迁《地书》之缺，广《虞人》之听④。

先生既卒之二年，铣等谋刊其书，历寒暑，版乃竣。惟事略缺，然大雅君子，幸其采而传焉。庚申冬十有一月哉生魄⑤，名山寿栎庐弟子傅守中述。

吴伯朅先生与古典蜀学的终结

彭静中　吴洪武

"吾蜀自汉室初兴，司马相如以文章冠天下，厥后异代间生。虽类聚无多，皆有清拔之才，震熿当世。(杨)慎之在明，亦天生使独者也。而由慎至今(清光绪十一年，1885)，未有作者，是可慨已。"(吴之英《寿栎庐诗集·桂湖诗序》)

一、伯朅先生之学术历程

吴伯朅先生(1857—1918)名之英，四川省名山县车岭镇吴沟人。从小受到闻名遐迩，博通经术著称的祖父文哲和承学继声的父亲铭钟之儒家思想文化教育，十五岁参加府试，列名第一。

光绪元年(1875)，以优等生员，被四川学政张之洞(1873—1875 在任)

---

①遹倅：遹(yù)，述；"倅"与"粹"通，精粹。

②矜式：敬重和取法。

③箴：劝告，规戒。

④广虞人之听：虞人，掌管山泽的官。此指襄公四年(前 569)，无终国君派孟乐出使晋国请求和戎。悼公主伐，中军司马魏庄子(即魏绛)陈伐戎之蔽及和戎之善。因悼公好田猎，举《虞人之箴》以讽。

⑤哉生魄：即始生魄，阴历每月初二日或初三日的代称。

调入省城尊经书院学习深造。他在书院刻苦攻读,博览群书,对经、史、辞章、书法等都有较高造诣,尤专力精研《三礼》(《周礼》、《仪礼》和《礼记》),精熟注疏。特别是对张之洞《輶轩语·语行·语学》等精义,习之于心,见之于行。不汲汲于名利,更不轻言著作或发表文章。他治学严谨,受到同窗的推崇。其师王壬秋说:"诸人欲测古,须交吴伯朅。之英通《公羊》,精《三礼》,群经子史,下逮方书,无不赅贯。"这是王壬秋对他的弟子仅见的赞誉。

1885年(光绪十一年)清明,四川布政使、湖南龙阳(今汉寿)人易佩绅(1836—1906,字笏山,咸丰八年举人出身。1883—1891年任四川布政使)应王壬秋之邀请,携子顺鼎(1858—1920)、顺豫赴宴。壬秋并邀其得意门生宋育仁、吴伯朅作陪。顺鼎写有《清明日侍家大人赴王学长讲舍(即王闿运主持之尊经书院)宴集,同宋都讲(育仁)、吴优贡(即吴伯朅,1881年举优贡)、舍弟豫》五古一首,其末四句云:"安楚虽殷念,任蜀且图功。乐胥诚已乐,穷愁何谓穷?"(易顺鼎《琴志楼诗集》卷六,第300页,上海古籍出版社,2004)赞王之关怀巴蜀,来主尊经,并会见其高弟之乐。当时四川总督丁宝桢(1820—1886)以重金敦礼壬秋,秋又寅缘与丁联为儿女亲家,有舌耕不足之乐。冀易开陈于丁(1876—1886,光绪2—12年在任),故诗结句谓慰之云云。

早在光绪十年(1884),资州知州高培谷设艺风书院,宋育仁主持,伯朅应邀主讲。十二年(1886)育仁赴京会试,荐伯朅主持院务。

光绪十三年(1887),伯朅应简州(今简阳市)知州马承基之邀主持通材书院,其规制略仿尊经,《简阳县志》颂其教泽遗爱。光绪十六年(1890)任尊经书院和锦江书院襄校。并应邀参纂光绪《名山县志》,职任采访。光绪十八年(1892),任灌县训导,仍兼尊经、锦江襄校。次年辞职,专任灌县教职,整饬学风,言传身教。四川学政瞿鸿禨(1850—1918),光绪十七至十九年(1891—1893)在任,他赞扬伯朅是"大雅宗匠",并珍其文为墨迹(傅守中《寿栎庐先生故事》)。按鸿禨典试督学,历五行省,所至称得士,尝谓器识欲其博通,文体必崇雅正。又云:中学西学,皆求实用,无取空谈,必能贯通经史,考求时务,然后为有用之才。尤必心术端正,不染习气,方能竭诚报国,共济时艰。于四川修明文翁之教,请颁锦江、尊经两书院御书匾额(余肇康《清故诰授光禄大夫经筵讲官军机大臣协办大学士外务部尚书瞿文慎公行状》，见闵尔昌《碑传集补》卷二）。鸿禨所谓“大雅宗匠”，必能符合其育人宗旨者。四川自张之洞、谭宗竣至瞿鸿禨，前后历九学政，于一省学风和人才培养，均少见载记，而鸿禨对伯朅之称扬，亦犹之洞称美杨聪等“四校官”（张之洞《致谭叔裕》第三函，见《张文襄公全集》四，第791—792页，中国书店，1990）。这在四川教育史和文化史上，都是少见的殊荣！《传》曰“雅善故能举其类”（《左传》襄公三年，前570），《诗》曰“惟其有之，是以似之”（《诗·小雅·裳裳者华》末章），即谓有德之人才能够举拔似于已者。孔颖达云：“知贤不妒，自古所稀。假有举荐，或事不获已，至诚者寡。”（《诗·小雅·南有嘉鱼》疏）鸿禨欣赏伯朅的书法，并奉之为墨宝。我们知道，鸿禨本善书法，其篆书为世所称，慈禧还“谕尔篆书好，命篆御章”（余肇康《清故诰授光禄大夫经筵讲官军机大臣协办大学士外务部尚书瞿文慎公行状》）呢。因此，善于书法的吴之英能获得瞿氏如此推重，也就不足为奇了。

王壬秋掌尊经时，伯朅受赏重，总督丁宝桢“尤异之，欲简拔以资风鉴”（傅守中《寿栎庐先生故事》）。事终无下文。然则伯朅在《贤者辟世》一文中，言及“鬼神其囚我矣”，“卿相其葬我矣”云者，前句是表，后句确实有人事之难言者矣。伯朅湛深经术，文可华国，才可济时，然而事变势异，特别是亲历了“戊戌变法”之失败，国势阽危，却报国无门，唯有《大舍》一诗告哀了：“厝火中兴伏远忧，陆沈无计救神州。还求《论语》谋身诀，辟世原称第一流！”（《寿栎庐·卮言和天》八《大舍》）

光绪二十四年（1898），宋育仁掌尊经书院，伯朅为都讲，组织“蜀学会”，与同年杨锐在京设立的“蜀学会”南北呼应。宋欲将尊经上舍生，会报与通属。伯朅曰：“且留读书种子，毋谓与他人戮。语诸生伏处讲学，繄储材待用，非谋国时。”这充分体现了伯朅先生养育人才，爱人以德的崇高情操！育仁创办《蜀学报》，伯朅先生任主笔。5月5日发行第一期，至九月被禁，共出13期，伯朅先生发表了许多谠言高论，冀变法图强，以救神州于陆沉。“戊戌政变”作，蜀学会解散，《蜀学报》被禁，有关人员，受到斥禁。所谓“未几，旧党（后）果挟嫌排诋，蓄忿一中，六贤（即刘光第等六君子）碧血溅草野。蜀士夫跳说，不与株连，由是服其先几”（傅守中《寿栎庐先生故事》）。诚能审时度势！

1899年，伯朅先生回灌县原任，除公务外，完成其《仪礼奭固》、《仪礼爽固礼器图》等。

次年，鉴于医国已不能，转而究读《内经》、《难经》以医人是务。然国事日非，慨曰："刳胎毁卵，麟凤远飏，不去将及我。"

1901 年，伯坳先生以养母修茔告归，与亲者云："盗圣智之法者将至矣，我以散材得终天年。"遂书其宅曰"寿栎庐"。并陆续撰写《寿栎庐丛书》和有关专篇论著。

1907 年，应名山县知事禄勋再三恳请，出任名山高等小学校校长，并被选为名山县教育会长。

1909 年，清廷开礼学馆，礼部奏延顾问官，宋育仁荐伯坳为顾问。四川布政司承奉礼聘书，陈阁学（宝琛）总理，固望伯坳有所建议。伯坳奉复并却顾问之聘。

1910 年，四川学政赵启霖奏开存古学堂于成都，先生应邀任教，造士攸多。

1912 年，四川都督府设国学馆，旋与枢密院合并为四川国学院，伯坳出主院务，称曰院正，刘师培为副院正。师培与伯坳先生共事一段时间后，对伯坳的道德文章极力推崇，对于伯坳先生的声韵，文字，训诂，和《三礼》的独特造诣和成就，以及人格风范，充满了尊重和敬佩的心情。刘在政治上，人品和道德方面，实在不敢恭维，但"孔雀虽有毒，不能掩文章"。就节取而论其所长，所以他得以进入国学院任教。

就个人学问造诣方面而言，仪征刘氏数代传经，其曾祖文淇，祖毓崧，父贵曾均是著名经学家。有这样的家学，师培在学术上可谓早熟。他与太炎先生交好，因政治上之分歧而反目，"一二交游，为之讲解，终勿能济（太炎先生注云："以学术素不敌刘生故"）。先生（孙诒让）于彼乃父执也。幸被一函，劝其弗争意气，勉治经术，以启后生，与麟（太炎先名章炳麟）戮力支持残局，度刘生必能如命。惨惨陈述，非为一身毁誉之故。独念先汉故言，不绝如线，非有同好，谁与共济？"（章炳麟《与孙仲容书》，《刘申叔遗书》卷首第 22—23 页，江苏古籍出版社，1997）

刘师培之政治活动与思想，存而不论，论其学术。他自视甚高，学不如他的人，视之自郐以下，故于并世学者，少所许可！

在《刘申叔遗书》中《左庵外集》第 16 卷里，有致章太炎、钱玄同、廖平、谢无量等人的 43 封信中，均属应酬或言事论学之书。在四川有答国学学校诸生问《说文》九首外，有我川中政学界人士 14 位。对廖平之“天人论”，有所批评（在卷一七《廖氏学案·序》中，批评尤烈），此不缘各自经今古文学立场之异，是乃学不圆通，未达一间之故。在《与吴伯朅三书》及《与某君书》（从内容分析，此书亦与伯朅先生者，另考），均尊称伯朅。对于伯朅之学术道德，备极恭维，这是所有刘氏书信中所仅见的文字。第一信中说：“（伯朅）先生味精道度，弥纶玄史。相如之赋，不自人间，子云之书，可悬日月”。这是 1912 年至 1913 年间，师培将离川前留下的几封信。伯朅先生将辞职前回名山后，师培冀伯朅回校，行使院政与教诲诸生。第二封信说：“居今行古，蜕此尘冥，以道抚时，宁谐夙志？窃以蜀廛载酒，靡间草《玄》，卜肆垂帘，犹闻肄《易》，流黄尘土，莫限隈嵎。行参圣师，泥蟠奚滓。幸驱东辙，用践宿盟。岷嶓无极，愿申息壤。”第三封信再次促敦伯朅先生归蓉，持理院务。刘书云：“执事洞精《坟》籍，剖判艺文。轶沉思于子云，识绝言于翁孺。虽复耽景岩壑，慕情玄渚。然动寂同遣，事等神钧。语默不殊，理归元感。尚祈税辙广都，祐术黉宇。煦阳韶于伶管，运神锋于郢斤。庶几《七经》（《易》、《诗》、《书》、《仪礼》、《春秋》、《公羊》、《论语》）播业，同风齐鲁。奕世载英，炳灵江汉。企望尘躅，书不尽言。”

伯朅先生去意甚坚，民国元年，四川民政公署民政长张培爵慰留，伯朅答函，并荐谢（无量）刘（申叔）曾（培，字笃斋）廖（平）均可替代。尹昌衡去后，胡景伊（文澜）主川政，陈廷杰亦慰留，鉴于胡之倒向袁世凯怀抱，镇压革命党人等倒行逆施，伯朅先生殊难立于恶人之朝，也只有“君子辟世”之一途了！

刘师培得知伯朅先生坚辞后，再次函请先生回辙锦城。他说“青阳司春，想保清善。惟是垂帘卜肆，靡损湛冥。载酒蜀廛，足耽清静。傥眷乡关，冀回西辙。学子延企，院职无改。庶林闾殊语，流播陬遐。张叔《七经》，牖术来叶。余详别简，书弗尽言，师培拜启”。

师培将伯朅先生比并相如、君平、子云、张叔、林闾，这表明伯朅经术、小学、文章、辞赋等均是不世出的人才，是上述诸人的学术继承和光大者，继长增高，隆于当日。从伯朅先生之德业文章、经史、小学方面言之，这些评论，自是当得无愧的。

刘师培是研究《三礼》的人，且有著作，他见到伯朅先生的《寿栎庐丛书·仪礼奭固》、《寿栎庐丛书·仪礼奭固礼器图》、《寿栎庐丛书·仪礼奭固礼事图》等《仪礼奭固》三书，他告诉吴虞云：“专门之学，仪礼图（张惠言）。近吴伯朅撰《仪礼注》（即《仪礼奭固》），简明雅洁，图（《礼器图》和《礼事图》）亦较张（惠言）为优。”事实上，张惠言之《图》诸多未尽，且不分礼器和礼事，杂糅一篇。又未释经文，仍有很大随意性，其体例不善，未成系统，是不能和伯朅之《仪礼奭固》三书相提并论的。

1913年伯朅先生辞去国学院职，临行慷慨解囊，捐赠银元九百块以助学院发展之资。为培养人才而寄与殷切厚望！师培睹此又若何？

谢无量曾撰联赠给伯朅先生云：

自王（闿运）伍（崧生）以还，为人范，为经师，试问天下几大老？

后扬（雄）马（司马长卿）而起，有文章，有道德，算来今日一名山。

回乡以后，伯朅先生一致尽力为桑梓效劳至去世。

二、明以前的古典蜀学概观

“蜀学”一词，班固《汉书·文翁传》已提出，但其在不同时代，各有特定的内含和界定，或指学校，或指学派等。这里的“蜀学”一词，是指先秦以来，至1919年“五四”运动前夕，流行于省内以研究儒家经典为核心的学术文化。本土之道教和外来的佛教，于社会有不可忽视的影响和作用，但非主流文化，所以不在讨论之列。

古代的巴蜀文化，源远流长。虽然有自己的地方特色，但与周边和中原文化，仍然有交往和影响。甲骨文里面的蜀，当与蜀与商人文化交流，经济互动有关。武王克商，有巴蜀之师，一直受到人们的关注。周人和蜀人交往，亦为地下出土文物所证明，如彭县（今彭州市）竹瓦铺窖藏周代铜器，就是一个很好的例子。

四川是井络之乡，岷峨毓秀，扬马以还，真是“江山代有才人出”（赵翼句），所以被誉为人文之乡。在唐代还是宰相回翔之地。唐宋两代，更是群星灿烂，并留下了许多珍贵的文化遗产，泽惠后昆。明代有著名杨慎，有清一代，足以上继扬马，震耀当世的人，却是未见。但是，在某一方面比较出众的人，还是有的。若要从代表儒家正统思想的角度考虑，其人德业可敬，在传统的儒学《十三经》中，能够推陈出新，上足以绍扬马，下足以启来者，算来数去，我们认为这就得请吴伯朅先生走出历史大舞台了，他在历史转折关头，成为古典蜀学的终结者，同时成为新时期新蜀学的启迪者和开拓者。

首先，古典蜀学，最初是在古代巴蜀文化发展的基础上逐渐形成的。两汉时期，国家统一，社会经济发展，文化进步，其文化的主要内容是辞赋、黄老、卜筮、天文历法等，蜀学的第一高峰也在这些方面表现出来。东汉时期，何休的《公羊注》，郑玄的《诗笺》、《三礼注》等问世，这是西汉武帝"罢黜百家，独尊儒术"的结果，是对儒家经典的一次有效整理，为后来儒学的发展，打下了基础。蜀人杜抚等在这次文献整理中，卓有建树。

汉代的众多四川文化人物，也是古典蜀学的代表者。在所谓文翁化蜀之前，四川有自己的学术代表人物，例如传授儒学兼有道家色彩的人物——讲学白鹤山的邛崃胡安。《益部耆旧传》："胡安，临邛人，聚徒于白鹤山，司马相如从之受经。"现在仍有胡安授《易》之洞。胡安的相关情况，书缺有间。秦始皇三十四年（前213）焚书坑儒，禁止私学之后，以吏为师。私人讲学之举，严予禁之。汉代文帝之时（前179—前157），邛崃这个经济文化发达之乡，自有私人传授儒家或道家之学。胡安不过是幸而留下姓名的一个。自公元前222年，秦灭赵后，铁冶富户卓氏、山东程郑均被迁至临邛。至汉文帝前元年间，卓氏、程氏又以铁冶致富，"富至僮千人，田池射猎之乐，拟于人君"（《汉书·货殖传》）。卓、程二氏之被迁来临邛，他们必然带来赵地和山东地区的文化和学术。司马迁谓"相如既学，慕蔺相如之为人，更名相如"。这当自迁赵者口得之。成都无迁赵之民，胡安或即赵人，好《易》，相如从胡安受经，若不通小学，又何以通经？不然，司马相如焉能作《凡将篇》？这是不须多言的。

汉兴，好楚声，汉武好辞赋，朱买臣等多以辞赋进。相如至京都，师而好之，"班固以为西蜀自相如游京而文章冠天下"（《文心雕龙·程器》）。

赋者，敷陈其事之意，事中见义，如相如之赋，实含劝百讽一之意。伯朅先生之赋今传十篇（《蒙山赋》未收入《寿栎庐丛书》），体制虽小，却寓意深邃。其《帘赋·序》云："然帘乃常器，非关宝贵。特以高下适度，屈信（伸）维宜。抱朴以游，符于有德。不闭之闭，老子所谓'无关键而不可开'者邪？夫体物寓言，岂拘大小？随触所见，堪摅本怀。因物命篇，聊为短述。"《帘赋》末云："伊虚心之素质，欲恶氛以自臧。惧防闲之易驰，视空阔而难量。假浑朴以为质，资朗密以成章。譬瞻阕之虚白，忽机踵于微茫，披层云于虚廓，发重窔之幽光。合阴德之翳翳，闿阳波之汤汤。齐万化于一宇，何竹箭与琳琅?”触绪掞藻，言近指远。屈伸维宜，抱朴以游，不是正体现了物我相忘的境界吗?

钱基博先生说:“(伯(=)揭)熟精《(文)选》理，尤好诵说司马相如、扬子云之文，曰:吾蜀人，当为蜀文尔。”(《现代中国文学史》第54页，中国人民大学出版社，2004)伯(=)揭先生去世后，其弟子吴虞挽先生下联云:“文学继卿(司马相如字长卿)云(扬子云名雄)而后，玄亭重过，空悲一国失人师。”(《吴虞日记》上，第424页，四川人民出版社，1984)前引谢无量赠联中有云:“后扬(雄)马(司马相如)而起，有文章、有道德，算来今日一名山。”这些论评，均认为伯(=)揭先生之辞赋、小学和诗文可上继司马相如和扬子云。

第二，相如由小学精邃而通经，相如从胡安治经，必由通小学识字开始，经流为辞赋。相如著有《凡将篇》，即是小学文字课本。《凡将篇》(《汉书》卷三〇《艺文志》)，其书已佚，仅《文选·蜀都赋》注、《艺文类聚》、陆羽《茶经》引文外，余不可知。

相传西汉益州叶榆县(故城在云南大理县东北)人张叔，天资聪颖，过目成诵，闻司马相如至若水(今雅砻江)，遂负笈往以受经学，归教其乡子弟(《尚友录》卷八)。另一位叶榆人盛览，字长通，受学司马相如，有《赋心》四卷(《尚友录》卷十九)。今大理城南有文献楼，祀此二人。司马相如传经与辞赋文章，并及于益州部民，这是民族文化交流的一个亮点。

大家知道，尊经生中，《说文解字》是必读之书，此乃解经之必须。今所见者，大都治《说文部首》，资州饶炯等并著书刊行，是乃入门未及堂室之辈。为了教学和回答学生提问，伯(=)揭先生在资州艺风书院写了《音韵爽固》一书，讲述音韵的源流、字母、方言、反切、发音等，这已不是讲课，而是系统条贯的讲学。

伯(=)揭先生由于熟悉《十三经》注和疏，在《尔雅》、《小尔雅》和《广雅》等书的基础上，以自己的心得体会，写成了《雅名爽固》一书。是仿《尔雅》之前三篇《释诂》、《释言》、《释训》的创新之作。所举文字均在《五雅》之外。这在尊经学人和川中学者中间是无人见及的一个创造。伯(=)揭先生精通声韵、文字、训诂之学，其著述上继司马相如、林闾翁孺、扬雄，下启后学。可惜此二书现在很少见人提及，不独“只恨无人作郑《笺》”了!

我们以清代湖南湘谭胡子瑞(名元玉)之《雅学考》及1936年周祖谟先生之《续雅学参拟目》所列前人著述来比较，其中所列十大类71种雅学著作，多是继往，不能开来，没有一本是依《尔雅》体例，自抒心得的著作。然则伯朅先生的《雅名奭固》一书，当是上继《凡将篇》的踵事增华，随时代发展的创新之作。

第三，司马相如、庄遵、扬雄均有《蜀本纪》或《蜀王本纪》之作，书已不传。司马迁《史记》中“本纪”之名，非迁所创，而是借用司马相如之创意。扬马均关怀地方历史、文化和人物，所著《本纪》二书应是地方志性质之区域志书了。

伯朅先生任国学院院正时，其任务之一，就是编辑地方志。他曾令下属征集方志和革命史料，并由院副刘申叔分管。但此事维艰，师培云：“何图期月，迄用无成。”（《刘申叔遗书·左庵外集》卷一六《与成都国学院同人书》，《刘申叔遗书》下，第1741页）刘氏以体弱多病而谢责。但伯朅先生上考《虞人之箴》（《左传》襄公四年，前569），中考子云《十二州箴》和《百官箴》，而作《八总督箴》，在《序》中说：“尝辑史传杂说图籍，参稽先代沿革，时得其概，治乱兴衰之端，肃乎可鉴，守土者将得师焉。爰陈往昔典法之词，按纠今之时势，广《虞人之志（箴）》为《八总督箴》，不更箴巡抚，其合者统于总督，逼处者归所重，附见之。”（《八总督箴》，见《寿栎庐文集》二）其目的是古为今用，鉴历史兴衰而用以资政。《箴》文叙述了四川政治之治世和割据，然而所有割据绝不会长久的，最后告诫说：“勿谓僻陋，莫我为虞。勿谓广衍，恃富以娱。”必也“前茅执靮，后劲磨镝。谨顾四徼，以振嘉绩”。真是一语道尽千年事，守好四境，居安思危，先天下之忧而忧，是守土者必须牢记在心的神圣职责！

第四，关于洛下闳的天文历法问题。《史记·历书》说：“至今上（汉武帝）即位（前140），招致方士，唐都分其天部，而巴洛（一作落）下闳运算转历。”洛氏精于天文历数，参加了《太初历》的制订，在我国历史上是受到广泛赞誉的民族精英。这代表了巴蜀文化在古代天文学方面的重要成就。

伯朅先生著有《天文图考》，他说，“昔之测天者，三家算术各别：宣夜、盖天、浑天是也。”他以为洛下闳主浑天，《太初历》亦主浑天。《汉书·天文志》主浑天，而杂盖天之说。刘歆《三统历》亦浑天也。郑玄注《三礼》，多用宣夜，乃没浑天之名，盖汉历亦尚浑天，术数中亦寓宣夜之理，犹兼采盖天，然《五经》家，间取为说，不能别也。《晋书·天文志》首论天体。《隋志》仍录其文，有别矣，而枝蔓未理。今伯朅先生分而说之，阐释“宣夜”、

"盖天"、"浑天"之意蕴,并各以图象表之。

《太初历》已不存,伯垱先生"据列旧谊,取实今法,首次三天,讫于杨隋,作《天文图考》,考古者取正焉"。

当代天文历法,实用现代天文科学仪器测算,日趋严密。伯垱先生仅从文字叙述,复以图象以表其实际。然则《天文图考》,实代表古典蜀学中天文学之终结。

第五,《桂湖》诗与杨慎。伯垱在《桂湖诗·序》中,谈到蜀学自司马相如始,至明之杨慎而终。所谓"天生使独"也者,即《明史》卷一九二《杨慎传》云:"明世记诵之博,著作之富,推慎为第一。"在四川更是无与伦比的第一。"独",用朱熹的话来说:"人所不知而己所独知之地也。"(朱熹《四书集注·大学》右传之六章)《明史·杨慎传·赞》云:"杨慎博物洽闻,于文学为优。"杨慎"大礼议"于明世宗嘉靖三年(1524)七月十二日,在这次"大礼议"中,杨氏父子均与世宗相左,慎两次被杖而谪戍。《明史·杨慎(等)传》赞云:"大礼之争,群臣至撼门恸哭,亦过激且戆矣。然再受廷杖,或死或斥,废锢终身,抑何惨也。……诸人或纳谏武宗(厚照,无子。由宪宗庶四子兴献王祐杬之子厚熜继大统,追尊为献皇帝)之朝,或抗论世宗初政。侃侃凿凿,死节官下,非徒意气奋发,立效一时已也。"

伯垱先生宗仰乡贤,悲其"姓字无辜入丹书",实在不应忘记北宋"濮议"教训!"功名翻为气节苦,精华仅借文章补。"负罪之身,不得从容研经,只成杂学,四库馆臣称其诗(《四库全书总目提要》卷一一九《子部·杂家类》三,《丹铅录》),并深致惋惜(《四库全书总目提要》卷一七二《集部·别集类》二十五《升庵集》八十一卷)。伯垱先生亦有诗叹息之:"转慨吾蜀灵秀积,媒如荧如翕复辟。扬子翩翩马(司马相如)王(褒)法,苏家(眉山三苏)拿娇严(严遵)陈(寿)迹。二百年(自 1644—1885 为 241 年,此举成数)来绝《广陵(散)》,林泉佳气尚葱菁。天开秋爽延西颢,地郁灵种诞先生。先生以后竟萧索,山光淡淡水漠漠。馨香徒荐云中君,归来莫识华表鹤?"对于蜀学之振起无人,深致怅惘之情。

伯垱云:"忆乙酉(光绪十一年,1885)秋中,偕诸学子往游新都。过升庵之里,陟城西之亭。蒹苍露白,伊人不见。试撷苹藻,秋水盈塘。飒飒清风,香流老桂。怅焉不豫久之。"(《寿栎庐卮言和天》四《书》,《答颜辑祜书》之三)

伯揭先生之诗，一往情深，寄意幽远，继慎者谁？与有责焉。伯揭先生之三传弟子简阳赖皋翔云："少游太学（1925年入国立成都大学），从爱智先生吴虞（1872－1949，号爱智，宅名爱智庐）学为诗歌。先生诵名山（吴伯揭先生名山人，此以山代人）《桂湖》之篇，气节精神，春水归魂之句（《寿栎庐·桂湖》诗：功名翻为气节苦，精华仅借文章补。春水盈塘魂未归，秋香满地花无主）长言永念，感兴遥深；讽味遗言，于今未沫。"（赖皋翔《文史杂论·桂湖题咏录·序》，《赖皋翔文史杂论》下，第322页）伯揭先生之诗，感人至深。兴言至此，用子桓的话说，就是"既痛逝者，行自念也"（曹丕《与吴质书》见《文选》卷四二第590页，世界书局，1935）。当然，更念蜀学的过去与将来！从这个意义上说，《桂湖》一诗，可视为有关古典蜀学的诗化提纲，是古典蜀学史，是一首论人论学的卓绝史诗。以先生的诗义而言，先生是继杨慎而上及先秦的古典学术的传人。从道德风范、学术成就来说，其作为古典蜀学的集大成者，是当之无愧的！

三、清代至五四运动前的古典蜀学

从1644年清人入关建立清朝，至1911年被推翻，满清共历11帝，统治中国276年。自1912年起至1919年五四运动为古典蜀学的终结期。吴伯揭先生逝世于1918年，是古典蜀学的代表性人物。因此，把清至民国八年五四运动作为统一论述。

第一、刘光第论古典蜀学

清光绪九年（1883），刘光第说："川省朴学绝数百年矣。国朝师学相承最盛，又以僻远，风气不得开；又由五方来杂处，无一线文献，汉、唐、宋、明之踪迹，渺不可追。本朝士夫道德、经济、文章，又不足薰炙而使之奋。近今人才，中外咸以川省为殿。"〔《刘光第集·武昌书（赠）陈叡臣》，第49、50页，中华书局，1986〕为何如此？是"有清二百余载，蜀中无学术之可言，言学术必自西沤（李惺（1787－1864）字伯子，号西沤，垫江县人。嘉庆廿二年(1817)三甲第九名进士。官至詹事府左春坊左赞善，乞养归，主成都锦江书院近二十年。有《西沤全集》）始"（林思进《清寂堂集》，第661页，巴蜀书社，1989）。或云："吾蜀光绪初，兴文薛侍郎（1815－1880，字觐堂，四川兴文县人。道光二十四年举人。官至都察院左副都御史。1875年回川，联川中士绅，上书请办尊经书院）回籍，始请于吴勤惠〔棠（？－1876），举人出身，1868

—1875 年任四川总督，谥勤惠〕，张文襄两公，奏设尊经（书院），人材蔚出甚盛。”（《清寂堂集》，第 642 页）

刘光第云：“犹记辛巳（光绪七年，1881）壬午（八年，1882）之间，余游学锦城，获交成（都）华（阳）人士。尊经（书院）、锦江（书院），又考全蜀而为隽。成都人强半聪颖，省垣首风气，大过穷乡僻邑；浮华者亦往往习虚憍，其病乃为他邑所无。锦江承故事，尊经高材生明敏好学者不乏，惰弛者不足责，因而且骄蹇且倾轧者，是自弃自贼材。惟心知向学，不求乎实用，拘文牵义，摘句而寻章，按格而就局，唾拾乾嘉以来余习，侈然方谓所据乃千秋之业，噫！学仅如是已哉？”〔《刘光第集·武昌书（赠）陈黻臣》，第 49 页，中华书局，1986〕

光第云：“吾省近年文运、官运大为减色。南皮学使（张之洞）去后，朴学渐开。但真能上进者亦属寥寥，实为可叹！”〔《刘光第集·武昌书（赠）陈黻臣》、《京师与（胡）正之书》，第 288—289 页，中华书局，1986〕

光第就读锦江，置身局外，所倡尊经之学风，的中其病。说实在的，尊经出身的人才不少，而且是方方面面的，各有造诣，有些更是全国性的名人，这是一方面。另一方面也有个别人物，自视太高，最后悲剧收场，因其不能卑己让人之故也。

第二，吴虞论古典蜀学

吴虞说：“余常谓蜀学孤微，不仅受南方人士之排抑。即蜀中士夫，亦未尝有崇拜维持之事。且于一代不数见之人才，淡漠视之，倾陷及之，务使其沉埋困顿而后快！其所标榜者，皆虚伪不学之辈也。而后生之继起者，于前辈为学之本末，用心之深苦，毫无所见，亦复雷同訾謷，予智自雄，意气甚盛，浮簿浅陋，罪过尤甚。余书至此，不能不为蜀学前途悲也！”（吴虞《爱智庐随笔》，《吴虞集》第 92 页，四川人民出版社，1985）

这里首先是对蜀学的学术评价和客观标准问题，有所谓“墙里开花墙外香”的现象。就吴又陵先生本人而言，五四运动前后，川中人士对其摇头，而川外人士却给以极高的评价。

就以两《经解》之收录标准看，四川之经学家为文大多是论说、概述、通论性的著述，肯定不能收入。在儒林传、文学传收录人物中，则都是通一经，或专治一经，著作有定评，有全国影响之人。依我们看，若要入两《经解》，只有又陵先生的恩师吴伯竭先生的《仪礼奭固》、《礼器图》、《礼事图》才有资格。这《三礼》之作，是传世之书，是集《仪礼》研究的大成之作，诚如顾炎武所说："其必古人之所未及就，后世之所不可无而后为之，庶乎其传也与！"(《日知录集释》下《著书之难》条，上海商务印书馆，1934)读了伯朅先生所著的博大精深的《寿栎庐丛书》，特别是《仪礼》三著以及《音韵奭固》、《雅名奭固》，进行纵横比较之后，就会得出上述结论。

伯朅先生的另一弟子崇庆(今崇州市)人彭云生先生(1887—1966)有《四川省图书馆以周孝怀先生饯经诗见示，勉以原韵和之》诗云："湘谭老人独尊经，远从西汉拾坠零。大拥皋比廖(平)吴(伯朅)宋(育仁)，后事弟子追影形。五十年来非所贵，秘书尘委无津逮。前有马杨后范苏，煌煌蜀学嗟谁继？"(彭举《百衲小巢遗诗·新居集》，第152—153页)又快要五十年了，尘委的秘书有了津逮。在新时期马列主义的指导下，蜀学定会推陈出新，再展新的辉煌。我们优秀的民族文化，是后继有人，永远不会中断的。

四、结　语

儒家学术思想，是封建社会的指导思想，随着社会的根本变化，它只具历史文化的意义，是须研究的历史遗产，可为古为今用之资。旧日以儒家经典为主的古典蜀学，有过去的辉煌，某些方面可古为今用。取其精华，去其糟粕。现今社会的主导思想是马克思列宁主义、毛泽东思想、邓小平理论及三个代表，应该用这些理论指导我们的学术研究，立足当代学术前沿，温故知新，为构建社会主义精神文明与和谐社会而奋勇前行。

《仪礼奭固》三书：空前启后的杰作

——吴伯朅先生《仪礼奭固》三书管窥

彭静中　吴洪武

一、引　言

吴伯朅(1857—1918)先生，名之英，号蒙阳愚(渔)者，西蒙愚(渔)者，愚(渔)父，老愚(渔)等。晚年颜其居曰"寿栎庐"。四川省名山县车岭镇吴沟人。其祖文哲，以通晓经术著称，灌县、荥经请其教授生员，皆却之。

父为饱学之士。伯埙从小就受到良好的家庭教育。1872年，考中秀才。1875年，以优选入省城尊经书院肄业。1882年，举优贡，授职灌县（今都江堰市）训导。

1884年，与宋育仁等受聘讲学于资州（今资中县）艺风书院。1887年，主持简州（今简阳市）通材书院，为当地培养了人才，转变了学风，受到简阳人士的赞誉（民国《简阳县志》，《简阳文史资料》第12辑，《天府雄州简阳》、《简阳县志》、赖皋翔《文史杂论》等）。1890年，兼任尊经书院和锦江书院襄校。1898年，宋育仁掌尊经书院，引伯埙为都讲。育仁创《蜀学报》于成都，伯埙出任主笔，倡变法图强以救国。“戊戌政变”后，《蜀学报》停刊，有关人员受到禁斥，伯埙遂回灌县原任。在灌县的十年（1892—1901）训导中，四川学政瞿鸿禨（1850—1918，其学政任期为1891—1893）称扬伯埙为“大雅宗匠”。鸿禨本擅掞文和书法，特“珍其文为墨迹”（傅守中《寿栎庐先生故事》，见《寿栎庐丛书》卷首），伯埙是瞿学使在川中唯一称扬的人！

1901年，伯埙以修墓和奉母为辞归乡，从事《仪礼》研究并整理积稿。1906年，名山县知事禄勋再三礼聘，先生于次年出任名山县高小学堂堂长。1908年，被选为名山县教育会会长。《清史》云：“德宗（即光绪皇帝载湉）季叶设礼学馆，博选耆儒，将有所缀述。大例主用通礼，仿江永《礼书》例（《仪礼释例》），增《曲礼》一目，又仿宋《太常因革礼》例，增《废礼》、《新礼》二目附后。”时为1908年。宣统即位（1909），礼部特设礼学馆，任王闿运为顾问兼馆长，宋育仁等为编修。四川布政司王人文（1908—1911在任）承奉礼聘书，聘伯埙为顾问，并有陈宝琛函达请益，伯埙礼却之。

1910年，四川学政赵启霖（1909—1911在任）创办存古学堂于成都，礼聘伯埙先生为教席，先生欣然受聘。

1912年，四川都督府设国学馆，旋与枢密院合并称为国学院，伯埙出任院正（即院长）。由于四川政局变化，或难立于恶人之朝，1913年，伯埙先生遂以养病和奉母辞任。回乡后，仍任名山高等小学校校长，直至1918年逝世。

伯埙先生的著作，生前有所编辑整理，经过三十年精心撰写的《仪礼》研究三书：即《仪礼奭固》、《仪礼奭固礼器图》、《仪礼奭固礼事图》各17卷，凡51卷又3篇，这是《寿栎庐丛书》的最重要部分。1920年木刻本刊行。

《寿栎庐丛书》虽然博大精深，却流行不广，不说川外，就是川中伯朅先生的学生，特别治经学者，也似不知有此丛书。《寿栎庐丛书》刊行10年后，1931年，范耒研先生在《书目答问补正》中写道："名山吴之英《仪礼奭固》17卷、《仪礼奭固礼器图》17卷，民国九年(1920)四川刻《寿栎庐丛书》本。"(范希曾《书目答问补正》，第31页，上海古籍出版社，1983)按《寿栎庐丛书总目》标示《礼器图》17卷，《周政三图》标示3卷。从《礼器图》全称标示，则为《仪礼奭固礼器图末篇》(上、中、下)，故《总目标示》为3卷。总之，《周政三图》仍然是《礼器图》的组成部分。范先生只提及《寿栎庐丛书·礼事图》17卷，其他一字未提。可能范先生没有见到完全的《寿栎庐丛书》，所以，只能补到这样子。亦是各遵所闻，各行其所知了。

1911年，流寓成都，并受聘在国学院任教的刘师培，见到过伯朅先生的《仪礼奭固》等三书，并说："近吴伯朅撰《仪礼注》(即《仪礼奭固》)，简明雅洁，《图》(即《仪礼奭固礼器图》和《仪礼奭固礼事图》)亦较张(惠言)《仪礼图》)为优。"(《吴虞日记》上，1912年5月26日)1918年5月，伯朅辞世之后，曾有讣告及伯朅先生事略托人转北京大学之刘师培与黄侃。黄侃与刘日日见面谈经论学，或知及伯朅先生。传刘、黄之学者，曾在《刘申叔先生遗书》中，知道伯朅先生之精深经学。我们见到钱玄与钱兴奇所编《三礼辞典》中，没有伯朅先生之词条，附录《书目》中也没有《仪礼奭固》三书之名，可能是没有见到《寿栎庐丛书》的关系。

话又说回来，四川人民出版社之《经学词典》中，亦未见有吴伯朅先生的条目。《经学词典》的下限为中国近代(1840－1919)。精研《三礼》的伯朅先生仙逝于1918年，似应收入辞典为是。殁于1932年之廖平先生既已入辞典，那么，伯朅先生以其道德、学问、文章入典更是当之无愧的事！

二、我国《仪礼》研究的回顾

我国是世界文明古国之一，礼仪之邦，从考古学和人类学研究来看，我国还是人类起源地之一。如果要问礼的起源，回答则是人类的起源就是礼的起源。人类要解决衣食和生产生活问题，就得遵从一些社会生活风俗习惯，要处理人与人、人和社会的关系，必有一些社会共同规范的生活准则，这些就是礼的起源。而且，礼就是在社会生产生活中形成并随社会经济的发展而发展。原始社会的礼，是服务于整个社会和调节群体间关系的规则。人类社会由初级阶段向文明社会发展，礼就随社会而日趋发展。当进入阶级社会以后，礼被赋予阶级性，礼成为统治阶级压迫统治和奴役人民的工具。礼不仅有阶级性，而且行礼有等级的差别。在奴隶社会中，是“礼不下庶人”（《礼记·曲礼上》），而刑就是对付被统治者的工具。礼、刑二者的关系，是礼禁未然之前，刑施已然之后，对不同阶级和阶层的人，有不同的礼和刑的规制予以约束。现所称的《仪礼》，在春秋时期已逐渐形成，孔子用以教授学生和演习示范的就是《仪礼》。不过当时就称为《礼》，或《礼记》（非小戴所传的，今称《礼记》或《小戴记》），或称为《士礼》。今17篇的《仪礼》之所以称《士礼》者，是说行于士以上阶层间之礼的意思。士有自己的土地资产，可以装备自己和有受教育与军事训练的权利与自由，是统治阶级的底层，但又是四民之首，是国人或自由民，有相当多的自由权利。

孔子所传《礼》，有所谓“经礼三百，曲礼三千”（《礼记·礼器》），礼有大有小，有显有微，有损有益，有兴有废，作为儒家代表人物的孔子，熟悉我国礼仪制度，尤其了解周礼，即损益殷礼而成的周代礼仪。到了春秋时期，诸侯争霸，西周以来礼乐行政，难以为继，而孔子却以之教学生，所以晏婴对齐景公说孔子云：“自大贤之息，周室既衰，礼、乐缺有间。今孔子盛容饰，繁登降之礼，趋详之节，累世不能殚其学，当年不能就其礼，君欲用之以移齐俗，非所以先细民也。”（《史记·孔子世家》。按《晏子春秋·外篇第八》文字有异）作为现实政治家的晏子，以为孔子所坚持的礼，不足以治民。政治家是因时因事以制宜，所谓礼从宜，使从俗，因势利导，与古代文化礼俗之传统，二者是有区别但不是对立的存在。

西汉高堂生传《礼》17篇，是今文。又有所谓《礼古经》56卷（篇），多今文39篇，但未流传下来。从历史文献学的角度考察，孔子所使的《礼》，到高堂生写订，这是《仪礼》成书的第一个阶段。因传习者多，其书得以传到东汉。而后幸有郑玄之《注》，得以传习到现在。

《仪礼》传承的第二阶段，是东汉郑玄的《仪礼注》，这是《仪礼》研究的划时代阶段。其特点是统合经今古文，择善而从，又以汉代礼制说经。从此结束了《仪礼》有师授而无注释的历史。马融治《仪礼》，但仅注《丧服经传》，其弟子郑玄是第一个全注《仪礼》的功臣和奠基人，开创之业，嘉惠后昆。皮锡瑞云：“郑（玄）于《礼》学最精，而有功于《礼经》最大。向微郑君之注，则高堂使《礼》17 篇，将若存若已，而索解不得矣。”（皮锡瑞《经学通论·三礼》第 5 条）历史实际，正是如此。

第三个阶段是魏晋南北朝隋唐时期，如王肃等治《仪礼》，专与郑玄立异，不求是非，务以争胜负，终为人所厌弃而失其传承。直到唐朝贾公彦作《仪礼疏》，是为《仪礼》研究的新发展时期。贾《疏》保存了齐黄庆，隋李孟哲两家之书，并认为“庆则举大略小，经注疏漏，犹登山远望而近不如。哲则举小略大，经注稍周，似入室近观而远不察。二家之疏，互有修短，时之所尚，李则为先”（贾公彦《仪礼疏·序》，《十三经注疏·仪礼疏·序》）。贾氏谓其《疏》在郑《注》基础上，“以诸家为本，择善而从，兼增已意，仍取四门助教李玄植，详论可否。佥谋已定，庶可施以函丈之儒，青衿之俊，幸以去瑕取玖，得无讥焉”（贾公彦《仪礼疏·序》，《十三经注疏·仪礼疏·序》）。贾氏治学严谨，并能吸取别人意见，使自已的《疏》臻于完善，从某一方面讲，亦有他山之石深意，所以此书得以流传至今。

历来对于贾氏之《疏》，鲜有论评。他将郑玄之自某句至某句，创为《仪礼》分节之法，这在《仪礼》研究上是一个创新。自宋至清，渐有人予以采用。陈兰甫云：“贾《疏》之分节，有尤细密者。”在举《聘礼》及《特牲馈食礼》宾三献之后说：“如此类者最多，不可枚举，其分析细密，使读之者心目俱朗彻矣。”（陈兰甫《东塾读书记》卷八《仪礼》）贾氏对于《仪礼疏》之分节，偶有遗漏，兰甫亦予指出，其意是在“去其一非，成其百是”。同时认为“郑、贾作《注》，作《疏》，时皆必先绘图，今读《注》、《疏》，触处皆见其踪迹”，这些都是从《注》《疏》上看出的，孔子之所以演礼，不就是图的具体表现吗？

对于郑、贾之《仪礼》研究，兰甫云：“综而论之，郑、贾熟于《礼经》之例，乃能作《注》作《疏》。《注》精而简，《疏》则详而密。分析常例、变例，究其因由，且《经》有不具者亦可以例补之。”（陈兰甫《东塾读书记》卷八《仪礼》）自整个《仪礼》研究而论，贾《疏》是继往开来的一次新发展，是《仪礼》研究的第三阶段。

北宋神宗熙宁（1068－1077）中，王安石罢废《仪礼》，学者不复诵习。南宋孝宗乾道中，张淳订《仪礼》之讹，为《仪礼识误》（张淳（1121－1181）字忠甫，宋温州永嘉人。其《仪礼识误》，《通考》作 3 卷，《宋志》作 1 卷）3 卷，为时人所称道。继张而起治《仪礼》者，杨复于宋理宗绍定元年（1228）成《仪礼图》17卷,《仪礼旁通图》1卷。他说:“学者多苦《仪礼》难读,虽韩昌黎亦云,何为其难也?”“圣人写胸中制作之妙,尽天理节文之详。经纬弥纶,混成全体,竭天下之心思,莫能至焉。此所以苦其难也。莫难明于《易》,可以象而求,莫难于读《仪礼》,可以图而见,图亦象也。曩(杨)复从朱文公(朱熹)读《仪礼》,求其辞而不可得,则拟为图以象之,图成而义显。凡位之先后秩序,物之轻重权衡,礼之恭逊文明,仁之忠厚恳至,义之时措从宜,智之文量密察,精粗本末,昭然可见。”“附《仪礼旁通图》于其后,则制度名物总要也。”(杨复《仪礼旁通图·序》,见朱彝尊《经义考》卷一三二,第702—703页,中华书局,1998)

四库馆臣云:“录(《仪礼》)十七篇经文,节取旧说,疏通其义。各详其仪节陈设之方位,系之以图,凡二百有五。又分宫庙门,冕弁门,牲鼎礼器门,为图二十有五,名《仪礼旁通图》,附于后。”对其未立宫室一门,殊为失误。并指出:“随事立图,或纵或横,既无定向,或左或右,仅列一隅。遂似落屋散钱,纷无条贯。”此书,“可粗见古礼之梗概,于学者不为无裨。一二舛漏,谅其创始之难工可也”(《四库全书总目》卷二〇,经部礼类二)。

杨氏之《仪礼图》,由于未明未图宫室,故无条贯而有随意性。从《仪礼》研究来看,又是一个创举。此为我国《仪礼》研究第四阶段的代表作。

四库馆臣指出:“《三礼》(《周礼》、《仪礼》和《礼记》)之学,至宋而微,至明殆绝。《仪礼》尤世所罕习,几以为故纸而弃之。即郝敬(郝敬(1558—1639)字仲舆,号楚望,明湖广京山人。少尝杀人系狱,被救出,折节读书,万历十七年(1589)三甲第131名进士,由知县转户科给事中,罢官归,讲学经。有《周礼完解》12卷)《周礼(完)解》之类,稍著于世者,亦大抵影响揣摩,横生臆见。盖《周礼》犹可谈王谈霸,《礼记》犹可言敬言诚,《仪礼》则全为变数节文,非空辞所可敷衍,故讲学家避而不道也。”(《四库全书总目》卷二〇,经部礼类二)所说甚是。

有清一代,讲《仪礼》之学者多,大抵以郑《注》、贾《疏》为主,多能继往,乾隆十三年(1748)钦定《三礼》中,成《仪礼义疏》48卷。即分经文为40卷,首《纲领》、《释宫》各一卷未计人卷数。殿以《礼器图》、《礼节图》各四卷,则该书实为50卷。其《义疏》则以元敖继公《仪礼集说》为宗,并“参核诸家以补其舛漏”。而分章段则多以朱子《仪礼经传通解》。《释宫》则用朱子点定(宋)李如圭(《仪礼释宫》)本。《礼器图》则用聂崇义《三礼图》

本。“礼节(图)用杨复《仪礼图》本。”虽说“一一刊其讹缪,拾其疏脱”。由于出于钦定,谁还敢有评说,这种因书成书,不如其已!宜其不为读者所重,因此,虽“钦定”以后,仍不断有新著问世。如凌廷堪之《礼经释例》,张惠言之《仪礼图》和胡培翚之《仪礼正义》,反而受到学界之重视和研习。

按张惠言《仪礼图》一书,皮锡瑞云:“张惠言《仪礼图》通行,比杨氏(复)更精密。”(皮锡瑞《经学通论·三礼》第32页)比较而言,确是后胜于前。至于胡培翚《仪礼正义》一书,皮锡瑞云:“虽详而太繁,杨大堉所补多违古义,与原书不合,不便学者诵习,姑置之。”(皮锡瑞《经学通论·三礼》第32页)按胡氏《仪礼正义》实非完书,生前未疏之《士昏礼》、《乡饮酒礼》、《乡射礼》、《燕礼》、《大射仪》五篇十二卷,为其门人江宁人杨大堉所补(咸丰二年九月陆建瀛《校刊仪礼正义·序》)。黄侃(1886—1935)云:“杨大堉于《礼》殊疏,未足以补其师书。”(《黄侃日记》1932年6月10日)对于《仪礼正义》全书则云:“然新《疏》所取,实不尽惬。言斯学者,仍守汉注(即郑玄《仪礼注》)、唐《疏》(即贾公彦《仪礼疏》),无轻议《礼》可也。”(《黄侃日记》1932年12月24日)钱基博先生在谈及孙诒让之《周礼正义》连及胡氏书云:“至其(《周礼正义》)甄采旧《疏》,明揭贾《义》,不如胡培翚《仪礼(正义)》之或袭贾氏而没不称(贾)名(人名和书名),其不攘善之用心,犹有培翚所不逮者焉。”(钱基博《经学通志·三礼志第五》,见《近百年湖南学风》第246页,中国人民大学出版社,2004)今按《仪礼正义》实未完稿于胡氏之手,更非齐清定,或是长编、集解式之书,殊少裁制,不独烦杂。多在继往而不能开来,但却是一部《仪礼》研究的重要参考资料。

三、吴伯朅先生之《仪礼》三书,是在前人基础上之创新杰作。集《仪礼》研究之大成和开来之作

吴伯朅先生之祖、父均为积学之士,其家不仅是书香世家,更是《诗》《礼》之家。伯朅先生四岁时,即由“祖父授《五经》,句读尚离胥”(《寿栎庐诗集·叙感》一章)。八岁已能诗、文。因其有《尔雅》的基础,因此说:“格律会精神,得诸天地际。寄托已有端,养息善其继。成章知何如?辛苦百年计。”(《寿栎庐诗集·叙感》二章)1869至1870年以祖父抱恙,随父课读,实行其祖父培育之方针,即“益汝唯专精,持之慎终始”(《寿栎庐诗集·叙感》四章)。是年其祖父去世,其丧礼按制举行。十五岁,参加雅州府试,

名列第一。十七、十八岁，从父学习。十九岁，光绪元年(1875)，省城尊经书院建成，伯埙以优异奉调入尊经书院学习。1881年，沿制举优贡，次年入京试二等，授以学官教职。

1884年夏历三月，其父铭钟逝世。三月十一日(4月6日)闻父病，第二天回家，已经大敛(即死后第三日)，且已毕敛(已是封棺不开)，因此，其父当逝于三月初八或初七日(4月2或3日)。诗中述及疾病情况及整个入敛的过程(《寿栎庐诗集·叙感》十一章)，是《丧服》的具体思量。这里体会到伯埙先生学习《仪礼》，且用之于"当大事"的实践中，学以美身致用，非如俗士之为禽犊。伯埙是性情中人，读其诗句，令人想见其哀恸至悲情状。

伯埙先生的《三礼》之学，出于家学和继长增高，深造自得，所以能成就其《仪礼》三书。由精熟《三礼》而及于《诗》、《书》以及《公羊》等的深入研究，并各有造述。张之洞说："《十三经》岂能尽通？专精其一，即已不易。历代经师大儒，大约以一经名家者多，兼通群经，古今只有数人。今且先治其一，再及其他，但仍须参考诸经，博综群籍，方能通此一经不然此一经，亦不能通也。"(张之洞《輶轩语·语学》)这与伯埙家学之"益汝唯专精"的教益是一脉相通的。郑玄在《诗谱·序》中就《诗》之大纲曾说："举一纲而万目张，解一卷而众篇明。于力则鲜，于思则寡。"(朱彝尊《经义考》卷一〇一《毛诗谱》，中华书局，1998)所谓泛览无益于实学，论说为学，不足以成己成人，这是值得学者们深思的。

王闿运号为精于《礼学》，著有《礼经笺》，实际仍是"传"而已，"笺"要有己见、新义，只是继往，不能开来。所以章氏弟子黄侃与吴承仕两先生说："(王)闿运说字形、训诂、名物、礼制往往可笑。去年(1927)在京师(北京)，常与检斋(吴承仕)谈说及之，辄相与拊掌大笑。检斋至云：'不知闿运何以有经学之名，又不知蜀士何以化之也。'"(《黄侃日记》1928年6月29日，第311页，8月江苏教育出版社，2001)"寻王氏说经，只事穿凿，浇风一扇，流毒无穷。所作文词，皆摹虚调，非无古色，真宰不存焉。记览则徒助口谈，无关博物。""李慈铭、王闿运辈，则以大言浮词惑世。"(《黄侃日记》1928年6月28日，第310页)。从此可知，伯埙与其师，究《仪礼》则各异其趣。

刘禺生云："王壬秋最精《仪礼》之学，人有以《仪礼》问者。王曰：'未尝学问也。'黄季刚(侃)曰:'王壬老善匿其所长,如拳棒教师,留下最后一手。'"(刘禺生<1876－1953>,湖北江夏<今武昌>人,有《世载堂杂忆》,第121页,山西古籍出版社《民国小说笔记大观》第1辑第7册)然则,伯朅之《仪礼奭固》三书,亦是惩王氏《礼经笺》之弊失而自创新猷以成专家之学。

就中国《仪礼》学界而言,伯朅先生《仪礼奭固》三书可谓集《仪礼》研究之大成。是郑玄以后一千八百多年承先启后的绝作。此亦所谓"不向如来行处行",学问贵创新和独辟通途为尚。

伯朅先生归道山后,黄崇麟在《寿栎庐丛书序》中说:"(名山吴先生伯朅)治经确守汉师家法,而尤邃于《礼经》,所著《仪礼奭固》、《礼事图》、《礼器图》、《周政三图》研精覃思,三十年乃成。其创通大义,发疑正读,与二戴(胜、德)、高密(郑玄高密县人),未知孰为后先,贾公彦以下弗及也。"

宋育仁《寿栎庐丛书序》云:"《礼奭》(《仪礼奭固》)、《礼事》(《礼事图》),节疏指画,位为向面,步有践履,三代之典如堂陈,朴学而有实用,精卓可传。《礼器图》余于宫室房夹有异同,今未刊。"宋氏本不精于《仪礼》之学,小异无妨存在。《仪礼》释宫室,亦是率各以其所学而议之,殊难趋于一同共识,要皆此处通而他处亦通。用吴氏家学言之,即"他经证本经,错综无抵拒。信之贵博征,疑之贵历举。疑信果犁然,爰始出机杼。奇辟初可惊,平易固自抒。要知大雅心,务到精审处"(《寿栎庐诗集·叙感》第一章)。宋氏之《仪礼宫室图稿》,不知作否?作之又存于世否?一读此言,未知有征否?思及《论语·颜渊》"子路无宿诺"之言,未知育仁奚似?

伯朅先生弟子傅守中云:"先生之书,盖自灌(县)至将卒之年乃成。礼家书有《仪礼奭固》、《礼器图》、《周政三图》附、《礼事图》证器,启奭固与《文集》、《诗集》皆自写定。毕生精思之所萃也。"(傅守中《寿栎庐先生故事》,见《寿栎庐丛书》卷首)

皮锡瑞云:"谈《仪礼》有三法:一曰分节,二曰释例,三曰绘图,得此三法。则不复苦其难。"(皮锡瑞《经学通论》三《三礼》第20论)皮先生讲的很好,可惜,未见关于《仪礼》专著。真所谓知之不易,而行之更是难上加难了!

为了解决《仪礼》难读之事,伯朅先生于光绪二十五年,撰成《仪礼奭固》17卷,不走汇解集注的老套路,依郑《注》为主,以简要通达之言,解释章句,因其逐段释解,分章之意自明。对于贾《疏》及其他解释,一律择善而从,以己意出之,所以篇幅简而意义明。

在《爽固》的基础上,编为《礼器图》(其全称则为《寿栎庐仪礼奭固·礼器图》)。他说:"读经宜图,《三礼》器事夥,图犹宜。《仪礼》,《礼》之干也。汉图久佚(即郑玄之注《仪礼》包括贾《疏》,时皆必先绘图),唯郑玄《注》存,帅据注(为)图,所以读经歧谊咫岐,图未决一也。"(《寿栎庐仪礼奭固礼器图序》)

首篇宫室图:庙、寝、朝三图。

一、《士冠礼》包括玄冠、朝服、缁带、素韠、笲、笲席等 55 图。张惠言《仪礼图》(下称《张图》并省篇名,11 图)。

二、《士昏礼》含几、玄纁素帛、豆巾、敦㔶、络幂等 33 图。(《张图》12)。

三、《士相见礼》含雁布维、羔布维、玉(49 图),共 51 图。(《张图》1)。

四、《乡饮酒礼》含席、壶、斯禁、瑟、笙等 10 图。(《张图》9)。

五、《乡射礼》含县(四图)、侯、乏、决、遂、弓、矢等 33 图。(《张图》13)。

六、《燕礼》含罍、膳篚、方壶、瓦大、幂等 19 图。(《张图》17)。

七、《大射仪》含大侯、参侯、干图、笙磬等 26 图。(《张图》13)。

八、《聘礼》含幕、皮、筵、几等 42 图。(《张图》30)。

九、《公食大夫礼》含槃、匜、加席、镫等 6 图。(《张图》12)。

十、《觐礼》含帷门、冕(六图)、附大裘冕裼服等 26 图。(《张图》7)。

十一、《丧服》含斩衰裳、苴绖、苴杖、绞带等 41 图。(《张图》39)。

十二、《士丧礼》含敛衾、角柶楔、燕几、帷等 95 图。(《张图》9)。

十三、《既夕礼》含夷床、功布、柩车、辀等 53 图。(《张图》11)。

十四、《士虞礼》含亨㔶、鱼腊㔶、饎㔶、甒等 17 图。(《张图》6)。

十五、《特牲馈食礼》含实兽椸、萑藉、毕等 15 图。(《张图》17)。

十六、《少牢馈食礼》含雍㔶、廪㔶、羊镬等 8 图。(《张图》8)。

十七、《有司彻》含疏匕、桃匕、厞席等 3 图。(《张图》18)。

《礼器》17 卷,共计 533 图。至《张图》仅 233。要说详密,则《奭固礼器图》多出《张图》一倍多。

1911 年 10 月 6 日,伯翊先生完成《仪礼奭固礼事图》17 卷。其《序》曰:"善言礼者达于事。事有大小,经有详略,冓而会之,罔不贯者。古仪不必适今,图训之何也?曰德与才故犁焉。天理人情,今犹古也。《管子书》曰:'礼谊廉耻,国之四维。'造劳因佚,损益维舺。错其文,帅其义,盖有不可与民变革者，那氏亮圣人议制之本旨也。”

一、《士冠礼》含筮日、戒宾、宿宾、为期等19图。

二、《士昏礼》含纳采、醴宾、期昏陈、亲迎等21图。

三、《士相见礼》含士相见、还挚、士见大夫等7图。

四、《乡饮酒礼》含戒宾、先设、迎宾、主人献宾等19图。

五、《乡射礼》含戒宾、先设、速宾等21图。

六、《燕礼》含先具、纳宾、命宾等17图。

七、《大射仪》含张侯设乏，宿县、设尊等21图。

八、《聘礼》含夕币、宾释币祢庙、使者受命等37图。

九、《公食大夫礼》含先设、公迎宾、陈鼎朼载等7图。

十、《觐礼》含王使劳、侯氏傧劳使、侯氏朝等7图。

十一、《丧服》含斩衰裳苴绖杖绞带冠绳缨菅屦者等14图。

十二、《士丧礼》含复、奠、讣告、君使吊等37图。

十三、《既夕礼》含启殡、迁祖、荐马等29图。

十四、《士虞礼》含侧亨爨位、先设等21图。

十五、《特牲馈食礼》含筮日、宿尸等41图。

十六、《少牢馈食礼》含筮日、筮尸等29图。

十七、《有司彻》含彻设、主人迎尸、举鼎等55图。以上402图。

伯堨先生《仪礼》三书，是其三十年研究《仪礼》的心血结晶。这不仅是对他自己身心道德修养的言坐而论，同时也是他可起而行的行为准则，在《叙感》诗中，对其父之悲伤可以见其心事。其母之丧，必然依《礼》恸吊，惜书阙有间，不可得而详论。孔子云：“古之学者为己，今之学者为人。”(《论语·宪问》第24章)为已者之学在于提高自己的道德风范和学术水平，俾成己成人，淑身淑世。从儒家之观念言之，就是实现修身、齐家、治国、平天下的理想。《仪礼》一书，北宋熙宁以后，至于明代，几成绝学。赖有志士学人，于绝续之际，在举世不为之日，奋然前行，如伯堨先生心萦目注而执持达三十年，真可谓是“美成在久”！把我国《仪礼》的研究，推到一个崭新的水平。古礼必不行于今世是肯定的，但作为历史文化遗产，还是应当研究，予以批判地继承。所谓“经礼三百，曲礼三千”，节文度数，不胜其繁，习者多有朱子所谓“望风”退怯之意。“又或见其堂室之广，给使之多，仪物之盛而窃自病其力之不足，是以其书予布，而传者徒为箧笥之藏,未有能举而行之者也。殊不知礼书之文虽多,而身亲试之,或不过于顷刻;其物虽博,而亦有所谓不若礼不足而敬有余者。今乃以安于骄佚而逆惮其难,以小不备之故而反就于大不备,岂不误哉?”(朱熹《跋三家礼范》,《朱熹集》七,第4284—4285页,四川教育出版社,1996年10月)

四、《仪礼》研究的现实意义

第一、《仪礼》是儒家学说的基本文献,虽不行于今日,但它是中国古代社会意识形态、宗法制度和儒家思想汇萃的典籍。在长时期历史发展中形成的典籍(包括《仪礼》),无论它对当今社会或意识形态等的影响有无或大小,它既然产生,并长期流行社会中,无论何人,都不能禁绝它,当然也是禁绝不了的。北宋熙宁中,王安石废之,南宋朱熹等又深入研究《仪礼》,清代更是由政府钦定《仪礼义疏》(此为《三礼义疏》之二),可谓《仪礼》与封建社会相始终。民国时期,废止读经(包括《仪礼》),好古者不是一直在读吗?目前由海内外学者译释的《三礼》已有多种版本。这不是单纯的好古,而是研究我国古代社会优秀传统文化之需要,是有分析批判地吸收古典文化的精华,推动社会主义精神文明建设的需要,是古为今用,温故知新。

第二、我国古称礼仪之邦,历代政府都专设掌礼之官。廿四史中,设礼书或礼志,而且越往后越详密。2714卷之三《通典》、三《通志》、四《通考》中,礼典占了270卷之多。其他如陈详道《礼书》,秦惠《五礼通考》,黄以同《礼书通故》等,更是治礼必读之书。如果不读一下《仪礼》,就很难读懂这些《礼书》。我国政府,外交部设有礼宾司,专门负责对外礼仪问题。揖让、进退等各种礼仪节度,其上可及于《仪礼》之宾礼。《杜甫诗集》中,有《客至》和《宾至》两诗。今有人这样引明人之说:“客来有亲之之意,宾来有敬之之意”云云。读过《仪礼》的人,绝不如此解释。不怕人家问,难道客来是亲而不敬的人,宾来是敬而不亲的人?这不犯常识性错误吗?明代《仪礼》之传习殆绝,这倒是一则例证!奈何今人不辨其误而是之!

第三、研究《仪礼》是个多学科的课题,冠、昏、丧、祭、乡、射、朝、聘等八大纲,各有极为丰厚的历史文化内涵,行礼之处所,宫室、职官、陈设之地,进退之位,度数节文之细,必当以图绘以明之,否则,即使将文句译出,因古礼久未举行,非一看即能掌握,仍有“暗中摸索总非真”的感觉,施以图绘，增强感性认识，如身临其境，从而可以让人更深刻地感受到中国传统文化的博大精深。

名山吴氏学术管窥

彭静中

一、解　题

本文题为《名山吴氏学术管窥》者，名山即《书·禹贡》"蔡蒙旅平"之蒙山。西魏废帝元钦二年(553)，置蒙山郡，辖始阳、蒙山二县，隋文帝开皇十三年(593)更蒙山县名为名山县，县名相沿至今。但社会或文苑，于杰出人物，有以县之古名而遂及人称者，如吴又陵(1872—1949，在尊经书院从伯朅先生学诗文)、刘申叔(刘师培<1884—1919>，字申叔)在他们的著作中，或称吴伯朅先生为"吴蒙山者"，以此。

至于吴氏学术，特指名山吴伯朅先生之祖父吴文哲，父吴铭钟，下逮伯朅先生之哲嗣和文孙等上下五代至今的道德文章的发展创新历程。当然，吴氏一家之学，特别是伯朅先生在立身行己，义利名位之间，唯仁求义，因而赢得世人恭服崇敬。菁莪造士，上下讲论，扩大了思想影响。在《三礼》研究上，树立了里程标志的历史文化丰碑。同时私淑景行泰山北斗者，实繁有徒。凡师友所渐，研读伯朅先生之《寿栎庐丛书》者，当视一灯之传。大可在弘扬民族文化，创建社会主义精神文明，构建和谐社会与复兴伟大的中华民族这一伟大历史任命中，注意我国国学研究，弘扬寿栎庐先生之热爱祖国的优秀历史文化，自当推陈出新，与时俱进，把我们伟大祖国建设成一个挺立于世界民族之林的富强文明的国家。

然则何谓管窥？大家知道伯朅先生为人的准则是，清正无私，先身教，后言教，内圣外王，"德成而上，艺成而下"(《礼记·学记》)。孔子说："古之学者为己，今(春秋后期)之学者为人。"用今天的话说：往日学者的目标，在于提高自己道德修养和学艺，现时学者的目标，在于打造自己的外观，博得别人好感，获致某些私利而已。战国时，荀子(约前313—前238)说得更一针见血："君子之学也，以美其身，小人之学也，以为禽犊。"(《荀子·劝学》)就是说：君子学习，是为了使自己身心完善，小人的学习，是在满足自己的物欲追求。伯朅先生一直追求自己人格的完善，讲信修睦，孝亲敬长，乐业尽职，过化存神，他的高风亮节，无论是以旧道德还是以新道德标准来评量，均当为上上考。至于学问一端，更是博大精深，浩无涯际，故我们只能管窥！自1978年党的十一届三中全会以来，提倡实事求是，改革开放，渐能正确对待历史和人物，研究伯竭先生的学者，日益增多，且研究正在深入。总的情况，正如刘勰所云："各照隅隙，鲜观衢路。"(《文心雕龙·序志》)即各视冰山一角，不见广通大道，这正有待于专家学者们对伯竭先生、对名山学术作更深入的研究。

二、吴氏学术的奠基人——吴文哲

对于吴氏的先世，我因未见过吴氏宗谱，仅就我所知者，约略言之。

吴文哲先生，是本文首及的吴氏学术的奠基者和创始人。

所谓"潘岳(247—300)之文彩，始述家风；陆机(261—303)之辞赋，先陈世德"(《庾子山集》卷二《哀江南赋·序》，见《庾子山集注》一，第94页，中华书局，1980)。伯竭先生在其自传式的《叙感》诗中，首先叙及其受祖父文哲之《五经》学术教育。文哲公教他首先要学会离章断句，并授之以训诂之书《尔雅》。习之既久，渐有头绪，自然是背诵正文和注疏，对于古今字词，训诂名物，要求有根有据，当然不可虚揣和想当然。须知一字一句在此处可通，在他处亦应该通，从一字一句到全篇全书，应该"参考贵尽群经，苟第默守一家"(江藩《经解入门·经与经相表里第十八》，天津古籍书店，1990)。文哲先生教伯竭读经，当"信之贵博征，疑之贵历举。疑信果犁然，爰始出机杼……要知大雅心，务到精审处"(《叙感》第一章)。

同时，文哲先生对于伯竭治文辞方面，要求首先须尊体制，对于一些高韵鸿文，要认真学习，体会，"已近思(则)剿袭，已远思缪(谬)戾"。其法则是"不远亦不近，孤立求真谛"(《叙感》第二章)。

对于文哲先生经书和文辞写作的教育，伯竭能心领神会，知道了治经门径，为以后研读群经，特别是精研《仪礼》，打下了坚实基础。

三、吴氏学术的第二代传人——吴铭钟

铭钟先生为伯竭先生之尊人，从其父学，助父开馆授徒。当伯竭十三岁(1869)时，文哲已年迈，疾痛日盛一日。他教育伯竭说："(祖父死后)汝从汝父读，如我生存时。"(《叙感》第三章)此后，伯竭从其父读，谓宜遵祖父

之“习经法”和“论文法”，“谓宜化成法，法法见宗旨”，“益汝唯专精，持之慎终始”（《叙感》第四章）。

铭钟先生，本其尊人治学之宗旨以教伯朅，举优贡以后，戒其“壮夫慎事机，纤细必勋勋。慄怛聚精魄，所以贵其成”（《叙感》第九章）。

光绪十年（1884），伯朅二十八岁，其父铭钟于夏历三月逝世。虽然火尽，但已薪传，伯朅治学已入正轨。所谓“花根本艳”，“虎体原斑”，伯朅先生继承家学且有独得之秘，名山学术得以传灯传薪。

四、吴氏学术的集大成者——吴之英

伯朅先生继承了祖和父的经史文章之业，取得了秀才资格。光绪元年（1875）奉学政张之洞之调，入成都尊经书院肄业。在尊经书院中，伯朅先生谨言慎行，不露锋芒，每有讲会，总是“默默无往复。先生故设辞，诘屈引灵窦。颤而机初触，捷而意与遘。终乃揞揞而，精爽交驰骤。先生兀惊咨，为汝遐老耇。我为说我法，家世传以旧”（《叙感》第七章）。

光绪九年（1883），五月，尊经山长王壬秋第三次入川，对伯朅“器之，尝语人曰：诸人欲测古，须交吴伯朅。之英通《公羊（传）》，精《三礼》，群经子史，下逮方书，无不赅贯。”（民国《简阳县志·官师篇》）

经王壬秋之扬誉，时四川总督丁宝桢（1876－1886任）欲简拔伯朅以资风鉴（傅守中《寿栎庐先生故事》），但先生以决科（乡试）第一毁弃，自此不再应试，更澡身浴德，精研学问，化导诸生以服务社会，进而实现自己的人生价值。

光绪十年（1884），资州牧高培谷，仰尊经书院风范而改栖云书院为艺风书院，敦请尊经高才宋育仁、吴伯朅、吕翼文、廖季平等以次主讲。每岁生徒以数百计，资州文风从此丕变。在资中讲学期间，伯朅先生为答诸生之问，写有《音韵爽固》一文，讲音韵的源流，字母、音理、方言、反切等。大家知道，尊经生员中，讲《说文》部首的人很多，但除伯朅先生之外，还没有发现一个人能对声韵学有如此透彻的理解。尊经生员中，读《说文解字》段注的人很多，并影响到四川各县属，但从流传的文章看，怕只有伯朅先生精通段氏之学，并以此教授学生。正因为伯朅先生精通段氏音韵十七部，所以才能写出《音韵爽固》。

段玉裁说过，“于十七部不熟者，其小学必不到家”（见刘盼遂《段王学五种》所载段玉裁《致刘端临书》)。从这一角度讲,证明了“学者如牛毛,成就如麟角”的实际,大约是多数人畏难而退,嗜浅乐易,自崖而反,这是大多数学者的通病!

光绪十一年(1885)清明日,伯舄与宋育仁在成都王壬秋处聚谈,四川布政使易佩绅拜访壬秋,王设宴招待易佩绅及其二子顺鼎、顺豫,伯舄与育仁应邀陪宴。顺鼎作诗赞扬王壬秋、吴优贡、宋都讲:“淹中传鲁学,稷下擅齐风。”(易顺鼎《(乙酉)清明日,传家大人赴王学长讲舍宴集,同宋都讲、吴优贡、舍弟豫》,见《琴志楼诗》卷六,第300页)伯舄与育仁在壬秋、易氏乔梓心目中,其地位是不言而喻的。

从我国的学界看出:小学家不一定是经学家,但经学家定然是小学家,因为经学家要读传、笺、疏义,所以合格的经学家必定精通小学。如果不通小学,那是不能称为经学家的。伯舄之好友廖季平也讲文字,竟说:“六书文字,创自孔子,传之万世,统一全球,非中国文字不为功。”(廖平《文字源流考·序一》)近乎是戏说中国文字和中国文化了!

关于文字训诂方面,在前有《尔雅》一书,世之治雅学者,恒以《尔雅》为宗。伯舄先生由于精熟经传训诂,写出了《雅名爽固》一文,它不仅是《尔雅》的补充,更是对《尔雅》学继往开来的新发展。他曾说:“尝稽经籍相通之文及纪传所存别体,但简平适易解为类。约六百余言,而注笺凡例,故书今文误字,不在此列。此内有同声,有转声;有古有声,今无其呼;与古无其呼,今有其声者,纠见错集。知古人用韵之理疏博善变矣。故声音一变而谐俗,再变而远根,则时运积缪之为也。”(《音韵爽固》)《雅名爽固》,全文约六千八百多字,这是伯舄的精心撰著,是对我国《尔雅》之学的创新发展和贡献。昔人谓治学不贵因而贵创,今于《雅名爽固》得见创新之作,不亦说乎?

上个世纪初,湘潭胡元玉撰《雅学考》(《雅学考》附《跋》与“拟目”)一书,“意在辨稽旧说,不以备目为主”。1935年,北京大学重刊此书时,语言文字学家周祖谟先生,补上宋以后的雅学各书,凡有十目,率皆围绕《尔雅》之作,伯舄先生之《寿栎庐丛书》刊行已久,周先生殆未见之,故尔阙如,亦是憾事!

正因为有深厚的雅学功底,伯舄先生研治经学,特别是《礼》学,颇多创获。黄崇麟云:“(伯舄)先生敏慧劬学,自识字积发素,寝馈者余五十年，治经确守汉师家法，而尤邃于《礼》，所著《仪礼奭固》、《礼事图》、《礼器图》、《周政三图》研精覃思，三十年乃成，其创通大义，发疑正读，与二戴（德、圣）高密（郑康成为今山东高密人），未知孰为后先，贾公彦以下弗及也。”（《寿栎庐丛书·序》）

伯揭先生之《仪礼》三书并《周政图》，是自郑玄以来到民国时期，集《仪礼》研究的大成之作，新编《吴之英诗文集》已就《仪礼》三书各选首篇以示义旨，将另文专论，此不赘言。

伯揭先生是著名的教育家、经学家、文学家、新闻学家、书法家、医学家。对于伯揭之文章，黄崇麟说：“其为文章，渊懿醇茂，以周秦为则，诗歌隐约深秀，自谓音节符于古乐府，隋唐以后蔑如也。”（黄崇麟《寿栎庐丛书·序》）

伯揭先生易箦之际，并命子鉴、铣、铤、镏、锬各执一经，以嗣先德（傅守中《寿栎庐先生故事》）。研经务遵其祖传家法，即纯其祖武，修德敬业，通经致用，以弘扬家学，服务于社会和国家。

五、伯揭先生哲嗣吴鉴等兄弟五人并及门弟子刻《寿栎庐丛书》以张大吴氏学术

民国七年（1918）夏天，伯揭归道山，其子吴鉴、吴铣等兄弟五人，合谋鬻产，并由当局募集款项，刊行部分著作成《寿栎庐丛书》，凡 10 种 73 卷，约二百万言。另有《诸子通倅》15 册、《中国通史》20 册，《公羊释例》7 册，《小学》4 册，《诗以意录》、《尚书信取录》、《周易寡过录》共 4 册，《蒙山诗钞》、《北征纪概》各一册，还有日记、对联、书法等，这些遗著，由其哲孙吴仲宣（子泂）等筹措刊行。由于社会变革，在 20 世纪五十年代，已成了“相如草”！这些书已大多散失，成了一种无法弥补的遗憾！

当然，伯揭先生之德慧术知，高风亮节，遗爱在民，自不必借几册书页以传。既然博大精深的《寿栎庐丛书》已经传世，今又校注再版，先生遗像在目，德音在耳，“千秋不朽寿栎庐”（王炳阳联语），“自有千秋型蜀士”（吴又陵联语），这就是对伯揭先生的最好纪念！

六、伯揭先生曾孙吴洪武编校《吴之英诗文集》，是吴氏学术的第五代传人

吴洪武同志是伯揭先生之曾孙，他主持了《名山县志》、《仙茶故乡山

奇水秀》、《吴之英书法选集》、《吴氏谱牒》、《雅安市烟草志》等书的编纂工作，主持了《名山县志》(光绪版)、《名山县新志》(民国版)的整理点校。参与主持《名山县文史资料·吴之英专辑》的编纂。新的县志，都有记述称扬伯朅先生的文字，这是因为伯朅先生道德文章素为人民敬仰和爱戴之故。洪武同志在公牍之暇，研究其曾祖父的《寿栎庐丛书》，写了多篇介绍研究伯朅先生诗文、书法成就的文章，并对《寿栎庐丛书》中的诗文一一校注，多方收集佚文与研究文章，在有识之士的支持下编辑成《吴之英诗文集》。还策划筹资建成"文化名人吴之英碑林"和"吴之英纪念堂"。他继承和弘扬伯朅先生的书法艺术，主张"继承传统，碑帖结合。高扬个性，不断探索"。他继承和弘扬伯朅先生热爱祖国、热爱人民、自贵自强、学以致用、乐业尽职的精神，为传承文明，奋斗不息。

七、伯朅先生的师友所渐

王壬秋研究过《仪礼》，有《仪礼笺》，但不对学生讲《仪礼》，似是留有一手。叶德辉说："湘绮治经，本无师法，喜为臆解。"(卞孝萱、唐文权《民国人民碑传集》卷六黄兆枚《叶郎园先生传》，第422—424页，北京团结出版社，1995)在经学上，廖平是王氏的效尤者，而伯朅先生则深造自得。然则师之所渐者，伯朅执教可得而言。王氏在诗文方面却直接影响了伯朅，伯朅又由六朝上探两汉而溯先秦，卓然自成一家。

伯朅先生是教育家，省城的尊经书院、锦江书院，资中的艺风书院，简阳的通材书院，四川国学院，名山县高等小学校等等，伯朅先生均曾升堂执鞭，所教学生众多。然而登堂者多，入室弟子，可惜是少数。先生身教重于言教，先德行，后文艺。道大而博，正如韩愈所说："门弟不能遍观而尽识也。故学焉而皆得其性之所近。"(韩愈《送王秀才序》见《韩昌黎全集》卷二〇，第290页，中国书店，1991)由于时代的变化，性不相近，伯朅先生的《三礼》之学，弟子继步者却未见其人。诗歌文艺方面，有吴虞可为代表，崇庆州的彭举是伯朅先生在国学院的弟子，其为诗也是学伯朅先生的，诗句说："忆昔投公(林山腴)《南洼诗》，许我能继名山师。"(彭举《挽林山腴先生》，见《百衲小巢遗诗》第152页)名山师就是指吴伯朅先生。

吴又陵的再传弟子简阳赖皋翔(1907—1993)，晚年想写《吴之英之学术与文学》(《赖皋翔文史杂论》上第16页)。他敬仰伯朅祖师，20世纪30

年代，他受又陵先生之托，写有《吴之英传略》，此文乃又陵应《名山县新志》之请而由赖皋翔所作，收入赖先生文集中。赖先生的方志论文，是上承伯朅先生遗绪的(《赖皋翔文史杂论》上第152、156页)。

赖皋翔先生说："少游太学(国立成都大学)，从爱智先生学为诗歌。先生诵名山先生《桂湖》之篇，气节精神，春水归魂之句(《桂湖》诗："功名翻为气节苦，精华仅借文章补。春水盈塘魂未归，秋香满地花无主。")长言永念，感兴遥深，讽味遗言，于今未沫。"(《赖皋翔文史杂论》第334—335页)赖先生在《通材书院》一文中说："名山吴之英先生，曾任通材书院山长。当时造就人才极众，乡先达胡皋如先生，以骈文得名成、渝两地，即吴先生高足也。县小学历史教师曾可传先生，为县名宿曾华臣先生之幼子，虽家学渊源，然亦以吴先生之教而成学。可传先生嗣子文萃，与予中学同学。予曾假可传先生手录书札，后刊入《卮言和天》者，移录而诵习之。予之好魏晋文，自此始也。"是的，赖先生的文章，诗词有伯朅的思致和胎息，在立身行事方面，激流勇退，甘老农桑，自食其力，更是伯朅先生行事立命之精神的皈依者。

赖皋翔先生晚年想撰文论伯朅先生的学术和思想，尝与弟子新都张学渊谈及此事。1984年，赖先生在《复学渊书》中说："钱说(此指钱基博先生在《现代中国文学史》中论及吴伯朅先生的观点)疏略，不足为据。以蜀人而谈近代先正，不注出处，亦自无碍。否则，宁引《名山县志》(此指民国时期的《名山县新志》)，亦视《近代文学史》为详。大稿(学渊撰有关于伯朅先生的文字，似未发表)为点定数语，已足参吴氏生平，不烦罗缕也。"可见赖先生延续伯朅先生余绪，然则学渊可谓伯朅先生之第四传弟子。如从吴文哲先生计算，则已是吴氏学术的第六传弟子了。伯朅先生人品高洁，学术博大精深，历尽沧桑，又陵手中之《寿栎庐丛书》，又不知流落何方，但弟子们凭心中影像，一直通过口传和文章，延吴氏学脉于一线，这是令人欣慰的称心快意的大好事。

赖皋翔先生曾在《忆向先侨先生》中说："向先侨说：吴之英的学问文章，会无闻于世，会被人目为艰深。"(《赖皋翔文史杂论》下第438页)却是未必！远在江苏无锡的钱基博先生，不是早有著作奉扬仁风吗？直到20世纪80年代，不是还有社会青年，好古敏术，奉皋翔为师而问及伯朅先生吗？在地方志及《四川近现代文化人物》等书中，都有专家学者撰文奉扬伯堨的艺术成就和仁声仁风。在建设社会主义精神文明的今天，伯堨先生的高风亮节和学术著作，是我们必须珍视和研究的优秀文化遗产。现在由伯堨先生的曾孙洪武同志编就的《吴之英诗文集》，为研究名山吴氏学术，提供了一份宝贵材料。至于《三礼》研究方面的著述，则有待整理后出版。

八、继往开来的吴氏学术珍品——《寿栎庐丛书》

民国七年(1918)夏天，伯堨先生归道山后，家属亟谋刊刻《寿栎庐丛书》。次年，伯堨先生次子铣与兄鉴、弟铤、锎、锬等鬻产卖产，在谭创之、胡存琮、杨沧白等人并及门弟子、名山学界、县议会资助之下，于民国九年至十年(1920—1921)刻成《寿栎庐丛书》10种，73卷共24册。除了赠送有关人员外，省城各高校图书馆均予购置。就连当时在省城之教会学校华西协和大学，亦有收藏，解放后学校调整，其书现存四川大学图书馆，供学者阅览研究。至于成都三高校(成都高师、成都大学、四川大学)合并组成国立大学后，《寿栎庐丛书》已无可觅踪。走笔至此，我突然想起1927年鲁迅先生的一段名言："中国公共的东西，实在不容易保存。如果当局者是外行，他便将东西糟完，倘是内行，他便将东西偷完。而其实也并不单是对于书籍或古董。"(鲁迅《谈所谓大内档案》，见《鲁迅全集》三，第567页，人民文学出版社，1991)旧社会诸事庶物，莫不如此！

在《现代中国文学史》中，就关于吴伯堨先生的论述来看，钱基博(1887—1957)先生没有见过《寿栎庐丛书》，似可断言。

20世纪30年代，淮阴范希曾在补正《书目答问》时，在该书《仪礼》篇之末云："名山吴之英《仪礼奭固》17卷，《礼器图》17卷，民国九年(1920)四川刻《寿栎庐丛书》书本。"

大家知道，范氏所据者，乃南京国学图书馆之藏书。范氏为什么不及《仪礼奭固礼事图》和《周政三图》？也许这两种业已散失，故不得而论列！

苏州大学教授钱仲联先生曾提及吴之英《寿栎庐丛书》，他谈论一人独撰著作称丛书者，如清王初桐《古香堂丛书》、张云璈《云影阁丛书》、焦循《焦氏丛书》、朱骏声《朱氏丛书》、丁晏《颐志斋丛书》、明(当为胡)薇元《玉津阁丛书甲集》、况周颐《蕙风丛书》、易顺鼎《琴志楼丛书》、吴之英《寿栎庐丛书》、曹元忠《笺经室丛书》、章炳麟《章氏丛书》等，缕指不可尽。钱先生所举十一种私人著作之丛书，均是雷名赫然者，如果按《四库全书》收录标准，恐怕只有《寿栎庐丛书》中之《仪礼》三书四种（含《周政三图》）可以收入。相比之下，张惠言之《仪礼图》、胡培翚之《仪礼正义》（二书均为王先谦收入《清经解续编》）二书均负盛名，若与伯朅先生之《仪礼》三书附《周政图》比较合观，前者黯然失色，他们在《仪礼》研究上，有因无创，不能依山增高，虽有小补，微善可称，名大于实，令人乃有“其实难符”之叹！所谓才难，不其然乎？

伯朅先生出于独创，把《三礼》括精要于一书，《宫室图》之外，别为《礼器图》和《礼事图》（附《周政三图》），它是自郑玄逝世一千八百多年来的绝妙杰作，凡学贵创不贵因者，此之谓也。

人谓读通论概论，不如读专书。实际上许多人尚浏览，浅阅读，不耐沉潜钻研，讲《经学通论》之类者多多，而内容却是将毋同，并无心得体会，雷同之作也，没有一本书谈及伯朅先生《仪礼》三书。由于伯朅先生追求字体醇密，用了许多古字，我怀疑许多人不一定认识那些字。顾面子而耻下问，又懒于翻查字典，浏览抄袭，混些钟点费，捞个职衔，利在其中，谁还会下苦功去钻研深奥的学问啊！

解放前，深入研究伯朅先生著作的，杨世骥先生之《吴之英》（《新中华》杂志复刊第一期新年特大号，1944年1月出版）一文，就文字一方面讲，还是有得之言，的是难得。

九、旅台人士之吴之英研究

旅台之四川新津人文守仁先生，曾在《四川文献》月刊上，发表了《吴之英》一文（文守仁《蜀风》第130－132页），并附有《颐和园歌》一首。这是向台湾省人民和海外中华儿女宣传伯朅先生之力作。台湾东华大学中文系副教授程克雅撰成《晚清四川经学家的三礼学研究——以宋育仁、吴之英、张慎仪为中心》，对伯朅先生的《三礼》学成就做了回顾。

台湾出版之《续修四库全书提要》，谈及民国《名山县新志》云：“盖《名志》（即《名山县新志》）肇始于邑人吴之英。之英字伯朅，博通群经，尤精《三礼》，所著有《寿栎庐丛书》10种，《诗》、《书》、《易》、《春秋公羊》讲义若干种，文行夙为里党重。乃粗举凡例而之英逝，越八年而存琮继起为之。”（台湾商务印书馆，1972）。海峡两岸学人，都对伯朅申敬仰之情，追怀和感谢他在学术上的卓越创新和贡献。

十、整理出版《寿栎庐丛书》中之《三礼》四种的拟认

《寿栎庐丛书》中之《仪礼》三书四种，是我国两千多年来的继往开来的集大成之作，是我国《仪礼》（实含《周礼》、《礼记》）研究的新创造和新收获。但我们不能满足于前辈的成就，更应该在前人的基础上取得进步。要研究我国礼仪制度的发展和古代历史文化，第一，必须把三个17篇，依次对号，纳成一篇。比如《士冠礼》正文之外，即将《士冠礼》之《礼器图》和《礼事图》紧随其后，这就便于阅读对照，读一篇就等于读了三篇，此法为大家认可，三书统一调整集中，更便阅读。

第二，对于正文、器、事，一一予以新注，纳入当代研究成果。

第三，对正文加新译。

全书依次为正文、注、译三者相随，不必附在全篇后面，以方便阅读。

近年出的《三礼辞典》（钱玄、钱兴奇编《三礼辞典》，江苏古籍出版社，1993）和其他有关讲古代礼制之书，至今未见提及《寿栎庐丛书》。设法整理出版，不仅是发潜德之幽光，而且是让学界同仁来分享伯竭先生的研究成果，免得在文字上暗中摸索，徒耗精力。

最后让我寄意于洪武同志，聊申愚怀：余生也晚，不得亲见耳闻伯竭先生之雅言风徽，一读《寿栎庐丛书》，莫不想见其为人，令人追思不已。今有幸得识伯竭先生曾孙，喜其能读其祖书，传其家学，特别继志于世人不治之《仪礼》绝学，所谓“君子行礼不求变俗”，又曰“礼从宜，使从俗”[《礼记·曲礼》（上）]，各尊所闻，行其所知，“同声相应，同气相求”（《易·乾·文言》），自然是“德不孤必有邻”（《论语·里仁》第二）。好古敏求之士，自会相观而善，这是确定不移的。深愿洪武同志绳其祖武，弘扬其曾祖之德范艺能，继长增高，并从多学科的角度，推陈出新。要用老话来说就是“自天子以至于庶人，壹是皆以修身为本”，“此之谓知本，此谓知之至也”（《礼记·大学》）。

我在求学和工作期间，恩师和朋友们同我谈及伯竭先生的高尚人格魅力和精深学术造诣，令我怀抱景行之思。惜余生之也晚，不及奉手，除了读《寿栎庐丛书》外，洪武同志，亦我师也。足以慰愚望于万一！欧阳文忠公有言：“士之相知，或相望于千里，或相追于异世，知其道而已，不必接

其迹也。”(《欧阳修全集》上《居士外集》卷一九《答陈知明书》,第503页,中国书店,1992)好在《寿栎庐丛书》之前,有杨叔明先生的《伯朅先生传影》:会当见羹见墙,一瓣心香。寿栎永寿,地久天长!

《文苑谈往·吴之英》(节选)

杨世骥

闿运弟子中,诗、文都能继承他的作风,而卓然自立者,除了宋育仁外,就要数到吴之英了。

吴之英,字伯朅,四川名山人。他的祖父文哲,父铭钟,皆为积学之士,而不显于世。他幼年本诸庭训,研习五经,悉能融会贯通。后来就读尊经书院,从王闿运受业,学问日益迈进。闿运极推崇他,他平生也以“第一流第一人”自命。他参加过一次乡举,首卷录取了,而又因污损毁弃,他一气之下,就发誓不再应乡试了。他曾到北京逗留过短短的时间,回川后,担任灌县县学教谕,后因见清政府腐败,灰心世事,便在故乡蒙山之西,建了一椽茅屋,自号西蒙老愚,奉母著书。民国成立,成都国学院聘请他为院长,民国七年逝世,年六十一岁。他留有文集一卷,诗集一卷,《卮言和天》八卷,都收在身后刊布的《寿栎庐丛书》中。

首先,之英在文学上主张极端复古,我们自然不必以今日的观点去批评他,但他代表了晚清文学一个重要的支派,却是不可否认的。他生平受王闿运的熏染最深,他是闿运文学方面唯一的传人。闿运为文,胎息魏晋,而他复由魏晋,上窥周、秦,认为文章愈古愈好。他在“论文篇”(见《卮言和天》卷三)里,以抽象的“素”、“朴”二字,阐述文章的至境,在他看来,文章完全是载道的工具。这是他最根本的见解!他说:“大素产奇采,纯朴扬茂葩。夺素之采不华,败朴之葩不寿。善画缋者,理其素,采将自奇;善雕削者,厚其朴,葩将自茂。文者,纪道体以藏其用者耶,其以饰吾质也!”

在这个定义下,他的文学历史观便产生了,他认为就文论文,只有五经是最高尚的作品,他说:“唐虞以前,荒远失实也。五经其裔灵哉!古拙而伟丽,典正而宏深,兼物理而无类,函象数而不名,眇矣!譈乎不可器量求已!”

其次是诸子。“诸子各操帝王之法,究其短长奇正之谋,试锤以自锻,设捣以自筑,利坚不得相入,终身持之无与变。及综其纲目而论列之,譬军将建节，简精锐而麾之行阵也。”

再次才是汉魏的文章：“后汉讫魏，旨意舒徐，浸尚缅骈，徒尊体制。然创为格局而工雅，傅以考据而整齐，登降翼如，亦蹇裳而翔步者也！”

再次是晋隋的文章：“晋隋间识力已促，法律自严，绮语缦言，争为纤靡。然字得隽而为壮句，段生姿而为遒篇，藉重茵而为霏玉屑，亦正席而倨坐者也！”

但是到了唐宋，就很少可观的文章了：“唐宋名贤嗣起，计矫薄习，导之庄肃，使驯褊陋。然柔弱者渐乎平易，刚毅者极之泄溜，亢厉者肆其悍戆，质重者因为诡涩。成学不过数人，其余则于于而卧矣！”

而元明以后，文章弊端百出：“元、明委惫甚矣！阔引凋其笃实，杂称拚其清邕，勤于细碎而津液槁，疏于体要而孔嗷窒，蠢然丰胜，鬲中虚索，偏痹忌医，久成衰病，而菁华乃澌然灭矣！”

他推究文章所以日就“转嬗”的原因，只有两端：其一是“凿曲而僻，疑遁而骄，不贯不赍，键其门户。处浇俭之居，谤谤争鸿博之辨，蕲胜以立名号，而声贾自娱，至于老死倔诘，犹罔然不识其所归。此不待榜拨而别其缪枉矣”！这当是针对徒知标榜，空疏肤浅的诸种文派而言。其一是“谀谀维秘，比袭维似，酌之寸铢，以张故例，改而仍之为善徒，倚而就之为学幻，内自窘而常费绌，因瞰其赢而显劫之，暨乎浸渍已贯，则遂冒垢毒而不屑振濯矣。若是犹有鉴焉，知叚收之模范以自凭依也”。这当是针对仅能摩仿，人足立自的诸种文体而言，至于怎样才能写出好的文章呢？他以为必须具备三个条件：

第一是“识欲淫以丰其种”；

第二是“智欲约以贵其纳”；

第三是“神欲啬以宝其藏”。

我们在今日来加以解释，那就是必须有充实的内容，精密的组织和含蓄的表达方式了。同时练字练句。还要“无谄耳”、“无谄目”、“无谄心”，然后这篇文章始能“驰骤而风，卷舒而云，调以征均，奇响而雷霆，腴润而雨密，腻而雾，感乎商律，劲肃而霜露，憺憺猗疑若空，郁郁猗疑若充，犹马犹龙，运造化之神工，而莫得经纬之所从”。这才算是“葆其素”而“完其朴”了。以上是他论文的主张，其旨意大抵根据阊运之说，而发其所未发，不过他所瞻瞩的“典则”更是高远罢了。

至于他自己的文章，纵横漫衍，多所旁涉，甚至重迭反复引申其喻，像深山的古树，挺立于悬崖峭壁之上，柯条交拂，藤蔓杂生，莽莽苍苍，使人辨不清枝叶的路数。廖平说他的文章是从《淮南子》演变而来，非多看数行，才能知道真意所在。虽然他自己极力蕲响周、秦，并不承认，但他的叙事说理之文如《诗以意录叙》、《宋芸子问琴阁丛书叙》、《简州付润生淡齐集叙》、《杨伯平钩吴让之墨迹跋》、《赋役篇》、《政要论》、《法家善复古说》、《救弱当用法家论》、《人伦说》诸篇，我们读之实有同感。但他也有他的弊病，就是过分刻意学古，习用奇字涩句。

他的诗以古乐府、鲍照、吴均、薛道衡、卢思道、李白、杜甫、元稹、白居易为宗，尤擅七古。他论诗以为"李、杜之体清刚，故罕有长篇；元、白之词铺叙，故特乏劲气。惟合二派而融化之，则大或千言，小则数百，兼二派之美，无二派之短也"。他集中的《哭陈崇哲》、《都江堑》、《青城张陵祠》、《东皇篇》、《蒙茶歌》、《上海行》、《资中君子泉》、《与诸昆季纵论词赋》、《送高培谷去资之泸》、《桂湖》、《东湖》、《哭杨锐》、《颐和园歌》、《寄寥平》、《送楼蕃安东归》、《邛海谣》、《寄予张祥龄》、《寄杜翰藩》、《关山月》等诗，都是格调齐一的篇什，而其《关山月》一篇尤为诸作中的上驷：

孤城落日夕烟袅，　寒蛩凄切鸣枯蓼。
月到关山照人新，　人在关山看月小。
可汗初浴水晶盘，　霞绮叠袭清光寒。
舞镜回鸾留不住，　亭亭蜚度玉门关。
铁衣拼冷十年秋，　一宵雪羽上乌头。
旄星怕向柳营落，　汉月偏逐陇水流。
试拭霜镡光潋滟，　腰际铮铮响雄剑。
横吹铁笛变徵声，　凉生刁斗银河淡。
采蟾无语共脉脉，　空明千里海天碧。
今夜洞庭秋色多，　有情随我度沙碛。
边草秋肥露采深，　戍亭立傍芦花阴。
微闻赐环近赐玦，　屡见当头圆又缺。
为想缃廉学楚弄，　云鬟霜湿月华重！
空闺看成塞外愁，　边人犹作归乡梦。
年年夹褥寄手作，　宁知秋窗罗衣薄。

记得比目笑菱花，一样开奁影不著。
雨雪如丝柳如烟，可怜猿臂老征鞯。
凭传消息与来使，莫忆鬓华写少年！
只感君恩同挟纩，骥虽伏枥心尚壮。
泪汗频沥肝胆血，刀笔不肯候老将。
燕北胡儿解清茄，辽东小妇惯琵琶。
缓吹低擫无休歇，声声谱出关山月！
大陵隐耀积尸多，战场鬼唱蒲梢歌。
骠骑受代仍刻石，都护新来可奈何。
此时对月还思故，旦日部曲将北渡。
荐居水草逐蛮荒，明年收骨知何处！

此诗赋边城征戍之苦，脱体"横吹曲辞"，铺陈秾至，音节排奡，和他所持的论调完全吻合，足以代表他一般的作风。在今日烽火漫天，兵戈匝地的时代读了，尤为使人气短！（本文录自中华书局发行，民国三十三年一月出版的《新中华》杂志复刊第1期新年特大号）

弘扬蜀学的吴之英(节选)

彭静中

一

吴之英(1857—1918)，字伯朅，号西蒙愚者，老渔(愚)。伯朅先生宁静致远，行己有耻，芳踵所及，卓有令誉。他在弘扬蜀学，在四川和中国文化史上，都做出了重大贡献。但在拨乱反正前，却很少有文字提及他。这不仅是伯朅先生个人的不幸！

随着改革开放的深入，在1985年，名山县政协文史资料征集委员会出版了《名山县文史资料》第一辑，即《吴之英专辑》。勇敢地打破了陈旧的思维定式，发潜德之幽光，藉慰存殁。名山县政协副主席陈义光先生深有感慨地说："这五十多年间的史实，却不为今人特别是青年一代所共知。"

这种现象，我想首先是文献有阙，吴先生的《寿栎庐丛书》不易寻得，即使寻得，也未必能读懂；其次，已出的《四川近代史》上，根本不谈四川的传统文化学术，谈及四川维新思想，只不过提到吴先生主笔《蜀学报》而已，几同弁髦，何有于乡贤！乡土教材，没有编述，从不宣传吴之英的德业，不奉扬仁风，别人如何知道？要之，责任不在今人和青年一代身上，直接与宣传和教育者有关。一本《历代蜀词全辑》的书，仅有一阙浮词的人，都予入录，有五阙寄托深远的妙词的吴之英，在近百万字的书中，竟没有一个字提及！处在成渝两地，《寿栎庐丛书》是不难找到的，人家不去籀读，也就不知道世上有《寿栎庐诗余》存在。名山县政协、名山县志办已经带了一个好头，今后还得深入研究吴先生的《寿栎庐丛书》，做一些通俗的介绍，接受吴先生给我们留下的宝贵文化遗产，用以促进当前的两个文明建设。

二

汉代文翁兴学立石室之后，蜀学比于齐鲁，自汉代至元代，蜀学虽受战争影响，但代有杰出学者及其著作传世。

所谓蜀学，首先是传统的儒家经学，以及为解经而从小受读的小学，即文字、声韵、训诂之学。所谓“凡字以铨义，字犹未识，义安能见?”一般学者认为，“六经者斯道之所在，而文则所以载夫道者也。故经非文则无以发明其旨趣，而文不本于六艺，又乌足谓之文哉”？这经与艺文合一，即是儒学。从后世分类看，如扬雄既是经学家，又是文学家，不是经与艺文合二而一的蜀学代表人物吗？

“蜀人治经，必先古注疏。”后人去圣已远，凭借前人之古注疏去理解经旨，有时议论多而经旨愈晦，这就要求学者进一步深思研精，以达经旨，然后取其有用于今日者，发扬光大之、力行之，缘学非饰美观或羔雁之具。明清以八股文取士，利禄之途既开，士人不复治经探故。有明一代之经学衰，蜀学也随之而衰，“经学非汉唐之精专，性理袭宋元之糟粕。论者谓科举盛大而儒术微，殆其然乎”。以蜀人蜀学而论，杨慎为一代名人，虽博极群书，而儒学并不精专，所谓：“经训家法，寂然无闻。”

清沿明制以八股试士，此利禄所在，士子不读唐以前之书。虽然读书识字，却不知有《说文解字》者。在种情况下，蜀学衰微，振起无人。及张之洞为四川学政，开通经学古的尊经书院于省垣，制艺非其常课，士子知读唐以前之书，读古经和注疏，于是“蜀学勃兴矣”。

在这“蜀学勃兴”中，尊经书院是个阵地，而吴之英等，就是其中的先锋突击手。所谓“有清二百年，蜀学暗黮恒不逮他行省”。及光绪初叶，(吴伯朅)“先生与诸先生辐辏并出，颉颃上下，于是号称极盛。而名山自郡县以来，其以经术湛深，文章尔雅，蔚为儒宗者，先生裒然一人”(黄崇麟《寿栎庐丛书序》)。

伯朅先生因治经，尤其是《士礼》(即《仪礼》)，故而深研文字、声韵、训诂之学，熟练注疏，通达经旨和古人著作之旨趣。由字以通其意，由意以通其辞，然后及经之奥窔，正郑玄注《仪礼》之“漏痡层出”。伯朅先生在尊经书院和任教之所，师友讲贯，达人所不到之旨，后来写的《音韵爽固》和《雅名爽固》，穷文字音韵训诂之源。以实事求是之旨，妙解文字音理。执教则引导学子研经悟人，开启一地文风。不仅以言教，且以身教德教。因此各地争相延聘，主讲州县和省垣各书院，所以，我们说伯朅先生弘扬了蜀学。“请业者常数百人”，自足教成九军！

光绪十年(1884)，伯朅应资州高培谷(怡楼)之请，讲教艺风书院，与宋育仁等开了一时文风，“清咸同间，学术思想为帖课，所囿脑筋，乏活泼之新机，自艺风书院开，肄业其中者，率多俊杰。主讲诸公(宋育仁、吴之英、蒲莹、吕翼文、廖平等)，悉属通儒，秉师承而搜简篇，大都各有心得，一时人才辈出，文化几驾川南而上之，风气为之一变”(民国《资中县续修资州志·序录》)。

光绪十三年(1887)，伯朅应简州知州马承基之请，主讲简州通材书院，“以治小学，通经术，习词章三者，启迪后进，时历四年，县中文风为之一变”。

光绪十八年(1892)，伯朅任灌县训导。《灌县志》云：“为人和易而峻洁，学尤深邃，卓然成家，迥迈流俗。居官廉介，训迪学子，文行兼备，获益者多。盖不徒以言教也。”

光绪三十三年至民国七年(1907—1918)，伯朅长名山高等小学堂十二年，1908－1913任名山教育会会长，他“提倡古学，教职员获益尤巨”。或称其“长校逾十年，裁成甚夥，至今邑人知重古学，其遗教也”。

光绪十四至十九年(1893)冬，伯朅兼尊经书院襄校(副院长)，时吴虞“常同陈伯完、王圣游从蒙山吴伯朅先生游。侧闻绪论，始知研讨唐以前书”，“(予)于蒙山门下为小卒”。吴虞《寄吴伯朅先生》诗云：“益都自昔多豪杰，儒林文苑今寥寂。蜀才谁复继周秦？旷祀蒙山异人出。先生浮湛百不如，秃帽乌巾聊著书。出入百家有真宰，厥协六艺成通儒……”

总之，伯朅先生是清代四川转变学风，勃兴和弘扬蜀学的人，不仅是传道、授业、解惑的经师，更是为士典范的宗师。由经术而辞章，承明清蜀学而上达于周秦。孔子谓：“齐一变，至于鲁；鲁一变，至于道。”教化万民，文风丕变。清末蜀中文风一变，达到中原和海隅的水平，继之以全国风气相呼应。维新思潮之起，《蜀学报》之开办，无不与新的学术思潮直接有关。

三

文献攸阙，尼父所叹。伯朅先生每到一地，即注意一地的文献，用以教育士子。树之风声，激励来哲。民国元年(1912)，四川都督府设国学院，伯朅先生主持院政。修史编志，即为该院任务之一。先生精心擘划，用展鸿猷。1917 年初，因“悯乡邦文献日即衰落，慨然徇众议主总纂席，一时士论翕然，谓将与《富顺》、《武功》诸志埒美”。乃凡例稍举，遽归道山，惜哉！

民国《名山县新志》的创修起步，应上溯到 1917 年。因伯朅先生于次年夏逝世，而修志一事，“辍于半途”。直到 1927 年，由胡存琮主持修志局务，赵正和任总纂，据伯朅先生的凡例和有关资料，踵事增华，并于 1929 年定稿。经过县人公认核实，乃于 1930 年正式刻梓印行。

今《名山县志》，虽未设《方志》一目，但在《附录》中，收入了光绪《名山县志》的两篇叙言和《名山县新志》的胡存琮《名山县新志序》，讲了名山县的县志概况。特别是《名山县新志序》，首及伯朅先生“怦怦然议修县志，发凡起例，命左右甫事采访”。可见是组织班子，各有分工，已实际开始了修志的前期准备工作。所以《名山县新志》之成，伯朅先生也是费了心血，功不可没。

今在台湾省所出的《续四库四库全书提要》和四川江津籍的周开庆所著《民国新修四川方志丛谈》等书中，均公正而客观地指出伯朅先生与民国《名山县新志》的关系。藉此，我们也了解到台湾学者们对《名山县新志》等的研究状况。

四

伯朅先生以高材奉调尊经书院学习，原之英本有家学传授。入尊经转益多师，学业日进。尊经书院的创办，本以通经学古，切于实用为目的。书院有“勃兴蜀学”和转变一代文风的作用。这是就积极方面说的。1881年—1882年，刘光第就学于成都锦江书院，处于旁观者清的位置，刘光第于尊经书院有微词云：“锦江承故事，尊经高材生明敏好学者不乏，惟心知向学，不求乎实用，拘文牵义，摘句而寻章，按格而就局，唾拾乾嘉以来余学，侈然方谓所据乃千秋之业。噫，学仅如是已哉！”

从以后尊经弟子的行实来看，光第之言，是为先见。但其中不少是尚实用，影响政治和学术的杰出之士，如杨锐、宋育仁、吴之英、廖平、周翔、邵从恩、傅增湘、吕翼文、谢无量、吴玉章、吴虞、张森楷等人，学兼体用，道济天下，他们在四川乃至全国的经济、文化的发展进程上，各有建树，自名一家，名扬青史。

其中，吴之英在学术上，王闿运曾告诉弟子说：“诸人欲测古，须交吴伯朅。之英通《公羊》，精《三礼》(《周礼》、《礼记》和《仪礼》)，群经子史，下逮方书，无不赅贯。”

伯朅以其丰富卓绝的识解，用之于教书育人，造就人才，化民成俗。他一扼于乡试之后，不再应举，后以优贡见录，亦非其本意所在。他淡泊自足，拒宣统通礼顾问官之征。国势阽危，朝政贿败，行己有耻，不愿合污。自戊戌变法失败后，幸免于“身膏鼎俎”，伤“学术弊在蔑古荒经”，讲席之余，从事经学的撰述。他说：“旧经学辞章数种，发愤所寄，聊为不得已之鸣。不愿刊行，将欲藏之崖壁，以待来者。”

伯朅深于儒经，明白“政体因时新代故”。新出于故，温故而能知新，学术政治均因时势而变化。对于旧的文化遗产，只能扬弃，不能抛弃，所以他说：“怜君(杜翰藩)笃学感人心，告君常道无古今。次第人伦作政典，《五经》胡可就销沈。”伯朅认为三代之制，六艺之文，“虽老生之陈言，实拨乱之要典也”，“《五经》管道枢，礼荐之谓道德”，“刑法根孳乎礼教”，礼以经国，“古人未尝一日忘诱斯民而内之道德也”。

鉴于身处道德沦丧，法纪荡然之世，所以伯朅特致力和发愤于《礼仪》的研究。其成果后来结集为《礼仪奭固》17卷，并《礼器图》、《周政三图》、

《礼事图》,凡历三十年而成书。黄宗麟称"其创通大义,发疑正读,与二戴(德、圣)、高密(郑玄为高密人)未知孰为后先,贾公彦以下弗及也"。

伯朅先生《寿栎庐文集》凡文五篇,即《众述奭固》、《相法奭固》、《音韵奭固》、《雅名奭固》、《八总督箴》等。

所谓《众述奭固》,乃解释各种经艺与各家要旨与经艺的关系。

其次《相法奭固》,认为相法非谲怪之论,著于"六艺",七十子有传。其实相法是一种唯心论的天命论。以气形数道还人无无,故是唯心。

第三《音韵奭固》,揭示声韵文字之原,由声而义,由声义而赋形即文字。逮《说文解字》以音义形而释文解字,并揭六书条例,至今仍有参考价值。

第四篇《雅名奭固》,义本《尔雅》之《释诂》、《释言》、《释训》而作,惟范围扩大而及普通词汇。

以上四篇,可说为教谕学子和一般人而作,至于第五篇《八总督箴》即箴八总督,可说是为官为时为事而作。

《寿栎庐诗集》收诗24题,36首。除《叙感》13首为五古外,余23首皆为七古。

吴虞谓:"七言古诗,蒙山则以《楚辞》、《汉郊祀歌》、鲍照、吴均、薛道衡、卢思道、李白、杜甫为宗。其(伯朅)言曰:'李、杜之体清刚,故罕有长篇;元、白之辞铺叙,故特乏劲气。惟合二派而融化之,则大或千言,小或数百,兼二派之美,无二派之短矣。'"

将《寿栎庐诗集》与吴虞之言合勘,知吴虞之言,实伯朅先生经验之谈。

吴虞又云:"蒙山之文,出于周秦诸子,故刘申叔谓蒙山人品文学,当于周秦间人求之。"其说均真实可信。

《叙感》13章,实是其家学传授和半生经历的自叙,文情并茂,感人至深。

在七古中,《上海行》、《哭杨锐》、《颐和园歌》涉及一代政治大事,也表明了伯朅忧国忧民的立场。一般论著,都曾言及。

惟《邛海谣》一诗,以1624字的长篇,借深没邛海后归人之口描述了海底奇事:邛海中之老王仙去,小虬嗣王冲龄践阼,先王配偶而无子之雌龙,出来干政。这个邛海之事,实即人海寰宇之事,有似慈禧之于光绪,读者可意会而得之。《邛海谣》的思想性和艺术性都是很高的，将批判的现实主义和浪漫主义完美结合，是一首优美的政治叙事诗。

伯堣先生还将其所作之赋、叙(跋附)、杂文、书、颂、赞、记、碑、诔、祭、诗(包括诗余)等八卷，题名《寿栎庐卮言和天》。

《寿栎庐卮言和天》，“寿栎庐”一词，出《庄子·寓言》，栎社之栎，以不材而获天年，伯堣先生取以名庐，自含抗议之意。所谓“和天”者其字面是取《礼记·中庸》“和也者，天下之达道也”之意，孔颖达《疏》云：“情欲虽发而能和合道理，可通达流行，故曰‘天下之达道也’。”

伯堣先生取《庄子》之卮言，而继之以和天，既示自谦，又承己之著作，得性情之正，欲达天下之道，自可传之来哲，名山与名山事业合二而一。和天以古音读之，就是呼天。“呼天”又是什么意思呢？司马迁所谓：“夫天者，人之始也”，“故劳苦倦极，未尝不呼天也”。诗人本存敦厚之旨，义在明道，以“卮言和天”而名集，真有意在言外之义，所谓是含不尽之意见于言外。伯堣先生心中不平之气，溢于字里行间。

《寿栎庐卮言和天》八卷，叙言之外，有各种文体述作 108 题，计 146 篇，包括了他的不同历史阶段和时期的作品。反映了伯堣先生在治学、政论、人际交往、体物言志和立身行己等各方面的思想，正如《叙言》所说，可以作为伯堣先生的年谱来看。李康云：“其身可抑而道不可屈，其位可排而名不可夺。”(《文选》李萧远《运命论》)此于伯堣先生，亦可证其言之是。

《帘赋》中有言：“夫体物寓言，岂拘大小。随触所见，堪摅本怀。”全书都可作如是观，都是“堪摅本怀”之言，目的和愿望是“会大同之文治，反浑朴于黄钟”，憎瓦缶雷鸣，而企盼黄钟之音。 (原载《巴蜀史志》1993 年第 6 期，作者为四川大学出版社前副总编)

吴之英

台湾　文守仁

盐亭蒙文通著《经学抉原》序有曰：文通于壬子、癸丑(民国元、二年两年)间，学经于国学院，时廖、刘两师及名山吴师并在讲席。或崇今，或尊古，或会而通之，持有各故，言各成理。朝夕所闻，无非矛盾。惊骇无已，几历岁年，口诵心维而莫敢发一问。虽无日不疑，而疑终莫解。然依礼数以判家法，此两师之所同。吴师亦曰：《五经》皆以礼为断，是固师门之绪论，谨守而勿敢失者也。序中所言廖、刘两师者，即井研廖平季平及仪征刘师培申叔，而名山吴师则为之英氏，盖皆以经师名海内者也。吴氏名之英，字伯朅，四川名山人。韶年秀发，年十五，食廪饩。前清光绪初，征入成都尊经书院肄业，与季平共事湘潭王闿运，受经学，并称高弟。早岁与季平共撰经学初程，述治经途径。季平崇尚公羊氏，之英长于《三礼》，两人者立说互殊，而皆有所发明，各树一帜。吴氏于光绪八年壬午举优贡，朝考，就职灌县训导，资州之艺风，简州之通材，及成都之尊经、锦江各书院，先后聘任讲席，请业者常数百人，其中不乏知名者。甲午中日战后，竞言变法。二十四年戊戌春，蜀士倡办蜀报，宋育仁任经理，吴氏任主笔。其年秋，维新运动既败，蜀士刘光第、杨锐均罹不测。吴氏于杨同学尊经，且为壬午同年，闻之慨然，为诗以哭之，长歌激烈。以谓国事已无可为，遂不复仕进。署其庐曰寿栎，盖取庄生逍遥游之意，以无用为有寿也。光绪季年（应是民国元年——编者），出长成都国学院者凡三岁。厥后任本县教育会长兼主乡校者先后十余年。其间宣统初年，开礼学馆，以顾问征，不就。名山地僻俗犷，氏晚岁以经学倡其乡里，亦彬彬然向文学矣。居常以礼法自持，与乡党言，蔼蔼如也。独于达官显者，意有不慊，辄不稍假词色，视之如不屑也。生有至性，奉母数十年不离膝下，母殁以毁卒。乡人思不已，于向所游钓处立石禁网焉，其行已化人有如是者。著述甚富，有《寿栎庐丛书》十种行于世，其未刊者，尚有《诗》、《书》、《易》、《春秋》、《公羊》讲义手录藏家。

晚清四川经学家的三礼学研究（节录）

程克雅（台湾东华大学中文系副教授）

吴之英撰寿栎庐《仪礼奭固》十七卷，并《礼事图》、《礼器图》。可谓在复原经义上致力甚深。然而吴之英仍以经世之旨，明礼经晓谕之义为重，故《仪礼奭固》在礼学的考述，既有承于郑学的部份，也有吴之英独到的分辨。以郑学既有体例看，首先是目录解题。第二是用古文今文出注，用今文古文出注，并加申述。第三是明通假。第四是识节次。第五是著明礼例义例。第六是辨三代异制，说明礼制之由。以上皆沿既有礼书注释，间出其一己之见解，而有解说深入浅出，足以动容。《仪礼奭固》在阐明人伦情义方面尤为独特，吴之英的解说除了偶有申说郑《注》，辩订孔《疏》之外，常出“重伤孝子心”语，以驳误说(《丧服》卷一二)。又谓“防旅占不从，伤孝子心”，体贴人情(《丧服》卷一二)。“踊，泄不之痛”(《丧服》卷一二)，以礼容呈现，点明人子丧其至亲的悲痛。其次，吴之英更注意在《燕礼》、《飨礼》与《丧服》中君臣尊卑间的礼义，特别以“爱”、“敬”、“爱而敬兼”等语来强调仪节的涵义和象征，这类象征的诠释，在名物的释注方面则更常散见于十七卷之中，而又细腻地注意到吉凶相变与精粗之别，如《丧服》释“其实葵菹芋蠃醢”下，有言“供丧不厌粗疏也”，这和《士虞礼》释禫祭“枣烝栗择，精于葬前”适为对应。

蒲孝荣教授关于吴之英传稿的一封信

名山县志办负责同志：

同志们好！

四月初，未能应约到名山讲学，深以为歉。近日得奉来信，希对《我县著名学者吴之英年谱简编(征求意见稿)》提供意见，愧不敢当。现仅就手边抄录资料和一些记忆，提出如下一些意见，仅供参考。

吴之英是我省清末民初的有名学者，著述等身，弟子遍布士林，惜生平、著述、业绩无人整理研究，世人知者不多。希名山县志同志，当仁不让，不仅为《名山县志》写出其详实较好的人物“传”，还希望能写出具体明确的“年谱”。还要在《名山县志》的“文存”中选录一些有代表性的名文和诗词。并对他的遗著《寿栎庐丛书》，详录其篇目内容，并加以整理出版。使后人对吴之英的一生及其成就有全面的了解。

现依其来稿的次序提出如下意见，最后作一些补充：

1.“四川著名经学家、书法家”。吴不仅此，应为著名学者。

2.“卒于民国八年”。我所见到的材料，均提为“卒于民国七年，年六十一岁。”

3、“字伯蝎”。这“蝎”字似误，其字为虫，取名不宜。我所见的作“伯朅”，典出《诗经·卫风·伯兮》“伯兮朅兮，邦之杰兮”，请研究考证。

4.“四川尊经书院”。其名为“尊经书院”，一般习称“成都尊经书院”。因其院在成都，以示地区之别，当时无“四川尊经书院”之称。清末，称全省的学堂，多称“通省”二字冠于学校之前，如“通省××学堂”。

5.“院中俊秀”。这提法是可以的。当时具体称为尊经“四杰”。

6.“光绪十五年吴先生毕业于尊经书院”。吴之英先生肄业于尊经书院共十年，应在行文中，具体反映出来。

7.“宣统初，聘任成都国学院院长”。这“宣统初”，请再考证，我所知道的，尊经书院于光绪末结束，宣统二年建立存古学堂于成都南门外黉门街，民国元年始建国学院于成都城外三圣街，后因校址窄狭，同年与存古学堂合并，仍名国学院，吴之英先生还手书“国学院”三字于校门。其校址，即今四川医学院附属医院所在地，故黉门街进入医院的巷子，至今仍名国学巷。校名“国学院”，习称成都国学院。当时不称“院长”，而称“院正”，吴之英先生任院正，刘师培（字申叔）、谢无量先生任院副。清末民初，高等学校都不称院长，如“书院”是称“山长”。如“尊经书院山长”。

8.“四川尊经书院讲学”和“清光绪二十三年转四川尊经书院讲学”。我所知道是光绪十九年，是年是瞿学使子玖（即四川提学使瞿子玖）聘吴之英为尊经书院襄校。“襄校”就是副山长（即副院长），以协助山长宋育仁主办尊经书院。当然吴之英先生也还要讲学，同时，吴之英先生还兼任锦江书院襄校。

9.“成都市人民公园辛亥秋保路死事纪念碑南面字迹”。我所了解的“南面字迹”，是颜楷先生写的魏碑体，而吴之英先生写的是东面，是篆隶体。

10.“号西蒙愚者”。是否还号“西蒙老渔”？

11.“随父吴铭钟夫子受学启蒙”。其中“夫子”尊称可不用，即称“父”，就不必再尊称“夫子”。可用随父受教启蒙。因吴之英年幼随父，受其教育很深。其祖父吴文哲也是饱学之士，只是其父，其祖父均不显于世而已。

12.“当年三月，先生任《蜀学报》主笔”。实为闰三月十五日。

以下补充一点材料：

戊戌政变后，吴之英先生写有《哭杨锐》诗以明志，其诗为七言，共152句，曾刊印，遍送四川当道及京师友人而不畏权贵。愤归故乡后，书其门额曰“寿栎庐”，盖其庐为一茅屋，建于蒙山之西，故自号“西蒙老渔”。因痛清廷腐败，遂在家侍母力田，种畦种蔬，临溪钓鱼。以栎为不材之木，但可避免斧斤，延寿而已，故以“寿栎庐”为茅屋之名，以《寿栎庐丛书》为著述之名。

其《寿栎庐丛书》共二十四册，为吴之英先生逝世后，于民国九年为其门人傅守中、杨庆翔、殷树藩及其子铣等，校辑遗书，加以整理编辑，谭创之等集资刊印而成。于民国十年刊刻印行。

我所知道和掌握有关吴之英先生的材料，多见于蓬溪何域藩编辑的《尊经书院资料》手写稿。

另外，我还藏有中华书局发行，民国三十三年一月出版的《新中华》杂志复刊第二卷第一期新年特大号内杨世骥的《吴之英》一文。现给你们复印一份寄来，供参考，亦希加以指正。

匆此，敬复

祝

编安

蒲孝荣 1983.6.13端午节深夜

吴之英变法维新思想及活动

吴洪武 李本权

甲午战争中国惨败。日本强迫清政府签订了屈辱卖国的《马关条约》，割去台湾，并向日本赔款二亿两白银。民族危机空前严重，改良主义思想迅速转变为具有实际斗争意义的资产阶级政治改良运动，成都尊经书院成了宣传维新变法的大本营，而吴之英等就是为救世而呼号奔走的爱国维新志士。

尊经书院创办于1875年，是当时四川的最高学府。学生是从府、州、县挑选来的高材生一百人。所学课程为经、史、小学、辞章，尤重通经。吴之英、杨锐、宋育仁、廖季平被誉为“尊经四杰”。书院山长、著名学者、教育家王闿运称赞说：“诸人欲测古，须交吴伯朅。之英通《公羊》，精《三礼》，群精子史，下逮方书，无不赅贯。”由于张之洞、王闿运等倡导通经致用，注意发现人才，教学方法也比较灵活，因此尊经书院成了当时四川学术文化的中心。“培养的学生中，不少人有经世之志，为了变法图强，不惜抛头颅，洒热血，如杨锐；或为救世而呼号，如宋育仁、吴之英等的《蜀学报》………”(《四川大学史稿》，四川大学出版社，1985)

吴先生研究《春秋公羊》，写成《公羊释例》，从“公羊三世说”中引申出发展的历史观，认为当时中国还是“据混世”，西方各国已进入“升平世”，所以必须维新变法，然后进入“大同世”。他提出“政体因时新代故”（《寿栎庐丛书·诗集·寄杜翰藩》），“相时势而变通之，厥有新法之名”（《法家善复古说》），“纳新吐故自春秋”（《卮言和天·烟生行》）等发展观。

1882年，吴先生同杨锐等入京朝考。途经长江沿岸城市，目睹朝政腐败，人民穷困，列强横行，他在《上海行》诗中，深叹“时运之极，人道之忧”，“郡县萧条聚落虚，檄书四道苦骖驔”，“疥癣方资针灸愈，膏肓又待药石苏”。遂进一步坚定了益世救国的思想，决心“每因路险观翘跬，特为岁寒表后凋。直写壮心成古健，会看捧日上重霄”（《寿栎庐·卮言和天》）。

1884年，对慈禧专权深为不满的吴先生写下《邛海谣》，以1624字的第一长篇，述入海土著所见：邛海中的老龙王仙去，小虬嗣王，冲龄践阼，先王配偶而无子之雌龙，出来干政。这个邛海之事，有似慈禧之于光绪。“都缘淫妒绝产育，宫人有子亦儿辈。嗣立养子转怏然，因逞狂谋综重权。泼出残鼕淖腐浊，高蹙逆浪自回旋。”可见他对后党顽固派专权深恶痛绝。

1885年，吴先生在《题巫峡归舟图》诗中，怒责官商和矿业主，贪婪地“穿矿采珠”，搞得“山灵不渌江神死”。他们“窃得卓才又窃女”后，过着“近肉远丝酣舞筵”的生活。年复一年，“莺花屡新”，有钱的人“裘马”依旧，而浪迹江湖谋求生计的人们，却生活在“膏火相煎利倚刀”的困境中，连巫峡两岸的猿猴也为之悲啼，感叹道：“蜀国于今已瘠土，官商尤自说天府”。社会是如此不平，不变革行吗？

1888－1893年五年间，吴先生兼尊经书院襄校（副院长），言传身教。学生们治学严谨，思想活跃，喜欢议论时政，臧否人物，这就为改良主义思想在四川的产生和传播创造了条件。吴虞回忆说：“始予年二十岁时，从蒙山吴伯朅先生游，侧闻绪论，始知研讨唐以前书。”“予于蒙山门下为小卒矣。”

吴之英先生不仅是传道、授业、解惑的经师，更是为士典范的人师。他对于孟子“充实之为美”（《孟子·尽心下》），“我善养吾浩然之气”（《孟子·公孙丑上》）极为推崇，说“此所以尊孔孟也”。浩然之气，是一种既与宇宙运动规律相和谐，又面对宇宙充满自信的一种堂堂正正，刚强坚实的精神力量，这种精神是“富贵不能淫，贫贱不能移，威武不能屈”的。吴先生继承和发扬了孟子这种积极进取，以天下为己任的人生态度和发奋精神，树立"自贵身强是吾宗"的审美理想，以自身的所作所为表现出在列强横行，清廷腐败，国无宁日，人民受难的时代，一个忧国忧民的知识分子的高尚情操，并启迪和鼓舞着学生。

1895 年，面对空前严重的民族危机，康有为、梁启超写出万言书，提出拒和、迁都及变法主张，并在北京发动参与科举考试会试的 18 省举人和市民 1300 多人，集合到都察院门前要求代奏，史称"公车上书"，揭开了维新变法的序幕。吴先生受到很大的鼓舞。

1897 年，德国侵占胶州湾(今青岛)，俄国占领旅顺、大连，法国霸占广州湾(今广东湛江)，美国进占威海。为了挽救民族的危亡，"救亡图存"成了吴之英等爱国维新志士的共同心声。

1898 年，宋育仁长尊经书院，引荐吴之英、廖平为书院都讲。是年二月，杨锐、刘光第在京成立"蜀学会"，四月"保国会"成立。为与之相呼应，宋育仁、吴之英等在成都发起成立"蜀学会"，创办《蜀学报》，吴先生分别担任主讲和主笔，先后发表《蜀学会报初开述议》、《学会讲义》、《矿议》、《赋役篇》、《政要论》、《救弱当用法家论》、《法家善复古说》等杂文。这些文章比较集中地表现了吴先生的变法维新思想和政治主张。

中国近代维新派思想理论的形成，是同他们所处的时代赋予中国人民的挽救祖国危亡的总任务联系在一起的。维新派"救亡图存"的呼声，反对外国侵略的爱国主义思想，既是他们变法维新思想的重要内容，也是这种联系的反映。在吴先生的变法维新思想体系中，反对外国侵略的爱国主义思想是比较突出的。吴先生揭露外国侵略者以通商、传教为由对我国进行侵略，"通商约改时局变"。他把侵略者视为"西丑"，他们强迫清政府签订一个个不平等条约，对中国瓜分豆剖，吴先生在《东湖》诗中悲愤写道：

可怜廷议和西丑，　租界通商分割剖。
边檄相望尽藁街，　官家何处有梅柳？

清政府把赔款的负担，强加在老百姓身上，"窟室金银四百库，复璧珠玉三千箱。既縻岁币司农苦，重谕摧残当葺补……"(《颐和园歌》)为了反对外国侵略，捍卫国家主权和领土完整，使中国免遭被灭亡的命运，他提出"垦田以授农，练农以为兵"的主张和"轨里连乡"的具体措施。即"五家为轨，五轨为里，四里为连，十连为乡。五人为伍，轨长帅之；五十人为小戎，里有司帅之；二百人为卒，连长帅之；二千人为旅，乡良人帅之；万人一军，五乡之师帅之。农闲而习之，春秋而阅之。教练已成……可以横行天下矣"(《法家善复古说》)。

吴先生从救亡图存，反对外国侵略者的爱国主义思想出发，对反对变法维新的封建顽固派进行了有力的抨击。封建顽固派"动惟旧法之循，一则曰：王章也；再则曰：祖制也"，实为"追称于罢茶，而不可振举也"。针对顽固派所谓"立子孙之朝，不宜变祖宗之法"，则大声疾呼："今之天下敝矣！"提出"相时而变"，"通其变以并行之，则新法也，皆救弊之良药也"(《法家善复古说》)等观点。

吴先生在批判顽固派的基础上，提出了变法维新的理论。

在政治方面，主张严法治政。他认为国势之所以越来越弱，外则是列强入侵，内则是官吏的迁、缓、罢、怠，只知利身不顾君，利家不顾国所致。由于当权者私壑难填，便产生了"叛官"，最后导致了"叛民"的出现。他说："叛官有三：亦欲为若所欲为，坏我法纪，虐我人民；依托旧制，坐失事机；积为因循，以败国家之宏绩。""叛民有七：树党以胁官；横行以欺民，舍业嬉戏，逸谚而诞；怪诞说经，以戾常典；树艺杂种，以害谷食；妄作淫巧，荡诱人民；贩居异物，以夺用物。"(《政要论》)这十叛，都是国事紊乱，社会不安的根源。唯一的办法，就是"禁叛于未形"，自贵自强，变法维新。

要振兴政事，他提出：第一，应有知人用人之术。选择良吏与知人善任是政治的关键。选吏的标准：一德行，二忠诚。择善而任，"善之善者专任之"，"恶之恶者必去之"(《政要论》)。第二，要进行严法治理。首先要选好议法和执法的官。议法的人，务必深知法律；执法的人，应至公、至明、至平。如果"持法之无人，奉法者，仍以平日之迁、缓、罢、怠为安也。然则是天下无一商(鞅)君，而徒有千百申不害，于事何能有济也"？朝廷制定了法律，就要"执衡以立，不顾天下之议"，"饬令则法不迁"。同时，还要使人人知道法家之法，有利于君，就是有利于身，爱君就是爱身，利国就是利家，卫国就是卫家的道理。只有这样，才能使"民不敢犯法，吏不敢以非法愚民，则虽贤良辩智，不敢开一言以枉法；虽千金之产，不敢用一铢以市法"(《救弱当用法家论》)。

在经济方面，他主张平衡赋税的征收和采取上下兼资开矿。他鞭笞赋税负担不公允。富豪之家，拥有大量肥田沃土，赋税的负担轻；只有少量贫瘠土地的穷户，负担却很重。一些贪官污吏，复巧立名目，大饱私囊，弄得“民穷困而怨讟兴”。“内府有蠲除，穷檐无逋免。”在乡间的农民，千辛万苦饲养猪、牛、羊或是种植茶果之类的副业收入，在市场上交易都要征税，那些“富贾屠贩通易都会之交，牟赢而供弗”（《赋役篇》）。这是个很大的弊病。朝廷应采取得力措施，平衡赋税的征收，使人民安居乐业。

朝廷提倡开矿，是为了增加社会财富，“非出以赡豪滑之欲”。当今的矿产为富商大贾所掌握，他们“因沿为奸”，采取“罔上巧法”等手段，贪得无厌地“烈山涸泽”，掠夺宝藏，使“地气郁而不纾，民心怒而不首”。他认为开矿国家应采取“上下兼资”的经营办法，“置廉平之长司之”，“矧其治之以工，输之以商，化之以贾，平其贾而不卯，周于用而易雠”，并为之“交通运输，周海内而亡雍阏之患”（《矿议》）。这样既可供国家开支，也可解除部分贫民流亡之苦，若遇灾年，也有赈济的费用。

吴先生还提出“垦田以授农”，解决一些农民无田可耕的状况。

他还提出启迪民智和西学中用的主张。他说“启迪民智，匹夫有责”，并阐述道：“情识开而智愚分，智愚分而强弱见。”“强中有强，智之上也。”“智者，自强自贵之道也。”（《政要论》）“从教而得才，借以支之。”他认为学习西方先进的方面，主要是为了强盛国家，抵御外侮。怎样西学中用呢，他打了个很好的比方：“窥鸠巢者，非为化鸠，夺其巢而据之也。探虎穴者，非为化虎，将欲得其子而缚之归也。”（《蜀学会报初开述议》）

1898年9月17日，光绪召见“军机四卿”之一的杨锐，给他一封密诏。杨锐得到密诏后，含泪通知其他人，告之光绪的无奈处境。9月19日，慈禧冲进光绪的寝宫，将书桌上所有的章疏奏折一把捋走。9月21日，慈禧以光绪帝的名义颁布诏书，以“朕躬不豫”为由，宣布“训政”，自己重新掌握了处理政务的大权。9月24日，杨锐等被捕，废除一切新政。9月28日，杨锐等六人被斩于北京菜市口，史称“戊戌六君子”。只维持了103天的维新运动，就这样悲剧收场。宋育仁被罢黜，吴之英受审查。

大约十天后，杨锐的灵柩由乡人黄尚毅和其子杨庆旭运送出北京，颠簸千里回到四川，安葬于绵竹南门外的南轩祠旁。此时，原来一些支持过维新的官员，已自顾不暇，开始倒戈相向，纷纷斥说杨锐等人谋逆，该杀。只有杨锐的家人和为数不多的好友在暗中悲痛垂泪。杨锐的同学、战友吴之英先生，不顾自己正在受审查的困境，挥泪写下了《哭杨锐》长诗，歌颂了杨锐等“戊戌六君子”的爱国精神和牺牲精神，揭露了慈禧为首的顽固派破坏变法的罪行，倾述了同窗情，战友谊，情真意切，慷慨淋漓。吴先生还撰书一副挽杨锐联：

书院订知交，富子云才，存范滂志，抱义怀仁，德量汪洋波万顷；

伤心悲永诀，挂徐君剑，碎伯牙琴，抚今追昔，晦明风雨梦三生。

戊戌变法期间，宋育仁、吴之英等爱国维新志士，为推动变法维新运动在四川的开展，非常重视报刊、学会、学堂的创办和设立。这是四川历史上从来没有的新事物。

创办《蜀学报》

1898年5月，宋育仁、吴之英等创办《蜀学报》，并附刊《蜀学丛书》，吴先生任主笔，撰文宣传维新变法。当时人称《蜀学报》为“续《渝报》”，是四川第一家爱国报刊。《蜀学报》章程写道：“学会主于通全省风气，特于尊经书局设立报馆。”这里所谓“开风气”，就是通过报刊宣传变法维新，“去塞求通”，启迪民智，以增强变法维新运动的声势。吴先生在《蜀学报》上先后发表《蜀学会报初开述议》、《学会讲义》、《矿议》、《政要论》、《赋役篇》、《救弱当用法家论》、《法家善复古说》等文章。

《蜀学报》围绕广见闻，开风气的目的，极力宣传变法维新，载有上谕、奏折、变法图强的论文和专论、译报、国内外和本省的重要新闻等，是戊戌变法时期四川地区维新派的重要宣传阵地。与上海的《时务报》和长沙的《湘学报》遥相呼应，并有业务联系。该报除报馆零售外，还在省外北京、天津、上海、南京、福建、广东等二十多个地点和省内成都、嘉定、叙府、绥定、顺庆、保宁等二十多个州县设立了代派处。《蜀学报》的最高行销量每期几及两千册。该报于1898年农历3月15日创刊，共出版了十三期，戊戌政变发生后，被迫停刊。

设立“蜀学会”

1898年农历3月1日，宋育仁、吴之英等在成都发起创立“蜀学会”，吴先生任主讲。“约集同人，以通经致用为主，以扶圣教而济时艰。”(《蜀学报》第一册)在成都设总会，拟在各府、厅、州、县设分会。学会的活动以集讲为主，每月在三公祠聚讲两次。讲习的内容分伦理、政事、格致三大类。伦理以明伦为主；政事首重群经，参合历代制度，各省政俗利弊，外国史学、公法、律例、水陆军学、政教农桑各务；格致统古今中外语言文字、天文、地舆、化重光声、电力、水火、地质、动植、算医、测量、牧畜、机器制造、营建、矿学。讲习人如有新得之学，新得之理，予以登报表扬。此外，在威远县创办了“农学会”，筹捐集股，择地实验，改革农具，讲求农艺，拟试办具有资本主义性质的新式农业。

兴办学堂

1898年，重庆设立“中西学堂”，四川的一些州县也相继兴办了新式学堂。如蓬州兴办“崇实学堂”，彭县兴办“经济学舍”，江津创办“西文学堂”、“算学堂”，遂宁兴办“经济学堂”，荣县兴办“新学书院”等。在四川开始出现“立新学”、“开风气”、“蜀学朋兴”的景象。

戊戌变法时期，四川的报刊、学会和学堂的出现，对促进四川变法维新运动的发展起了很大的作用，由于宋育仁、吴之英等爱国维新志士的不懈努力，在四川形成了变法维新的热潮。维新思想广泛传播，变法改革之举激荡人心，促进了四川人民的思想解放和觉醒。

寿栎庐溯源

马国栋

戊戌变法失败后，吴之英先生回到车岭，将住宅命名为“寿栎庐”。过世之后，其友人、弟子编其遗著刊行于世，名之曰《寿栎庐丛书》。

何以如此？自然有其渊源。“寿栎”典出《庄子·人间世》：“匠石之齐，至于曲辕，见栎社树，其大蔽数千牛，絜之百围，其高临山十仞而后有枝，其可以为舟者旁十数。观者如市，匠伯不顾，遂行不辍。

“弟子厌观之，走及匠石，曰：‘自吾执斧斤以随夫子，未尝见材如此美也。先生不肯视，行不辍，何邪？’曰：‘已矣，勿言之矣！散木也，以为舟则沉，以为棺椁则速腐，以为器则速毁，以为门户则液樠，以为柱则蠹，是不材之木也，无所可用，故能若是之寿。’

“匠石归，栎社见梦曰：‘女将恶乎比予哉？若将比予于文木邪？夫柤梨桔柚，果瓜之属，实熟则剥，剥则辱；大枝折，小枝泄。此以其能苦生者也，故不终其天年而中道夭，自掊出于世俗者也。物莫不若是。且予求无所可用久矣，几死，乃今得之，为予大用。使予也而有用，且得有此大也邪……’”

大意是说：有个姓石的木匠到齐国去，走到曲辕，看见一棵拜为土地神的栎树。它大到可以遮避千条牛，用绳子量其周长，达到百围（十丈）之粗，主干高出山顶七丈以上才有枝丫，如果做船的话，可以做几十条船。观看大树的人像集市上的人那样多，这个木匠却看也不看，不停地往前走。

徒弟们把大树看了个够，然后跑着赶上木匠说："自从我们拿了斧子随着师傅以来，从未见过这样漂亮的树木，师傅却不肯看一眼，不停地往前走，是为什么呀？"木匠回答说："算了吧，不要谈起这棵树吧！这是一棵什么用处也没有的树，用来做成船就会沉没；做成棺材很快就腐烂了；做成家具也会很快毁掉；做成门它的脂液就要流出来；做成柱子又会被虫蛀。这是没有什么用处的树木，正因它没有什么用处，所以能如此长寿。"

这个木匠回去后，栎树托梦说："你为什么这样比我啊？你拿我给有用的树木比吗？比如山楂树、梨树、橘子、柚子以及瓜果之类，果实熟了就剥掉，剥掉便遭到毁辱。大枝折断了，小枝也被拖了下来。这些都是因为它们有用处而遭到痛苦的啊，所以不能活满它们应得的寿命，而中途死掉了。这样的打击都是那些存有世俗思想的人自找的啊！世上的事物没有不是这样的。再说我寻求无用已经很久了，几乎死掉，直到今天才得到它，无用便是我的大用。假如我有用的话，我会长得这样大吗？"

《庄子·人间世》是谈处世哲学的，但又是从官场故事、从当时黑暗现实出发谈的。从处世之难，谈到处世之道。庄子对当时的现实强烈不满，在文中愤懑地说："方今之时，仅免刑焉。"但面对这种现实，又无能为力，于是想另寻出路，得到解脱。提出"知其不可奈何而安之若命"，无用、无为以自保。即使这样对于能否自保，他也是心存疑虑，感到悲观的。在本篇最后发出了痛苦的呼喊："迷阳迷阳，无伤吾行。隙曲隙曲，无伤吾足。"（荆棘啊荆棘，不要伤了我的脚胫！刺榆啊刺榆，不要伤了我的脚板！——采高亨说）胡文英说："想庄叟落笔时，胸次有无限悲感，借此以为是发泄之具。"吴之英先生对于这些不但熟悉，而且是深得其精髓的。

吴之英先生从青年时代离开家乡名山后，眼界变得开阔了。特别是在光绪八年入京朝考时，更加广泛地接触了社会。中国这个历史悠久的文明古国，先后被列强瓜分豆剖，疮痍满目，朝政腐败已极，人民饥寒交迫。正是在这种情况下，他接受了资产阶级改良主义思想，积极参加了改良主义者组织的"蜀学会"的活动，大肆为《蜀学报》撰稿，竭力鼓吹变法图强以救国救民。

但是，资产阶级改良派关于学习西方，提倡科学文化，改革政治、教育制度，发展农、工、商等改革尝试，遭到了以慈禧太后等顽固派的强烈反对。1898 年 9 月，慈禧太后等顽固派发动政变，幽囚光绪于瀛台，杀害了主持变法的杨锐、刘光第、谭嗣同等六人，百日新政便彻底失败了。而四川的蜀学会也被下令解散，《蜀学报》停办。

具有资产阶级改良主义思想的吴之英先生，受此打击，便不免有些惊惶起来。这便是《名山县新志》卷一三所说的："未几，杨刘祸作，忾而言曰：'刳（ku 枯，剖开之意）胎毁卵，麟凤远风飏。不去，将及我。'即日解组归，署其门曰'寿栎庐'。养亲余暇，著书写字垂钓以自娱。"

接受庄子的处世之道，效法栎树以无用而长寿，以无用、无为而自保，反映了资产阶级改良派的软弱性，注定了在其领导下不能完成中国由封建制度到资本主义制度的转变。

当然，材各有异，材各有用。吴之英先生以栎树自况，又安知不是从另一侧面强调其"无用"有用、"无为"有为呢？此后，他不是终生献身教育，为蜀乡故土培育了不少英才俊士吗？ （作者为《四川省志》副总编）

吴伯朅与王闿运

彭静中

吴伯朅（1857—1918）名之英，名山县人，光绪元年（1875）以优等生员，被学政张之洞调入成都尊经书院深造。

王闿运（1833—1916）字壬秋，室名湘绮楼，咸丰五年（1855）举人。四川学政张之洞与川籍官员于尊经初设时，即聘王壬秋为主讲，王不肯来。后四川总督丁宝桢五次函壬秋来川，"中无皋比之议"（《湘绮楼诗文集》二，第 845 页），乃主。王受聘后说："凡国无教则不立，蜀中之教，始于文翁，遣诸生诣京师，意在进取，故蜀人多务于名，遂有'题桥'之陋。今欲究其弊，必先务于实。"（《王湘绮年谱》第 89 页）

光绪五年（1879）二月，壬秋到尊经书院主院。令诸生分经授业，并言，"宜先为有恒之学，唯在钞书"（《王湘绮年谱》第 89 页）。

壬秋函友人云："尊经讲席虚悬二年，诸生住斋者至百余人，恐不能不稍为料理。严武自去，杜甫自留，亦大非求友之本志。将俟钦件稍定，生徒上学时，为之粗立条规，或勉留一岁。傥主人留镇，仍不改弦，近有见闻，岂容默尔，便当辞师居友，聊尽所长。史告数疏，古人所叹，更不能久待也。”又说：“成都花果蕃广，谷蔬甲熟，地和物阜，最便闲居。惜舟道艰迟，移家不易。”(《湘绮楼诗文集》二《致裴船政<樾岑>一》，第 824—825 页，岳麓书社，1996)

同年三月，壬秋出题课诸生，并示以读经之法云：“《六经》文字无虚下，解经不词，先师蚩之。经字非独无剩字，亦无练字也。剩字者，如俗解‘粤若稽古’为赞美帝尧，不知‘钦明’云云，乃叙尧德，无一字可省。若开卷先赞美尧，岂待史臣赞乎？四字无谓，则为剩字，经意不如此也。练字者，如司马、孔、郑解‘师锡帝’为众臣，举圣人以告尧，于《书》例，当作‘佥曰’，而以‘佥’字为师，中加‘锡帝’二字，于作文法则警练，于作史作经，甚为怪僻。二字无谓，则为练字，经义不如此也，至解经而至于不词，诸经往往有之。……今愿与诸子，先通文理，乃后说经。文通而经通，章句之学通，然后可以言训诂义理。而先师之所秘密自负者，必恍然于昔者之未通章句也。岂非一奇异可喜之事乎？夫读《易》，当先知一字有无数用法，读《尚书》当先断句，谈《诗》当知男女歌咏，不足以颁学官。对君父一洗三陋，乃可言《礼》，此非一二言可尽，即非一二月能奏效，而要宜先立志也。闰月拟定分经会讲之法，改设堂餐，使诸生得观摩之益。”(《王湘绮年谱》第 89 页～93 页)

壬秋在蜀中颇受礼遇，又与四川总督丁宝桢为亲家。他说：“闿运在蜀，自督部将军皆执弟子礼，虽司道侧目，而学士归心。非独丁公下士绝伦，亦实缘丁公夙有重望，乃可言古人之礼。”(《湘绮楼诗文集》《致裴船政》第五函二，第 828 页)

伯朅在尊经书院学习，向王请教有之，而侍宴陪游之事则很少，因其潜研精思，以求博学深思之故，颇得壬秋称赞。他说：“诸人欲测古，须交吴伯朅。之英通《公羊》，精《三礼》，群经子史，下逮方书，无不赅贯。”这是壬秋对尊经弟子的唯一称赞！

光绪十年(1884)初，王壬秋返湘，五月，来成都。正月，伯朅先生在家与其尊人谈及王壬秋之去来和师生情谊时说：“甲申春正月，阿父犹安谧。燕坐说我师，待汝特亲密。往年返湘潭，书疏多乖失。今闻且复来，是汝存省日。衔命趋泮宫，二月月之卒。我师尚未来，欲还仍自叱。迟之勔淹

留，时时吹南律。三月十一日，卒闻阿父疾。越日抵家门，涂殡亦已毕……”(《寿栎庐诗集·叙感》第十一章)

这章诗里，充分反映了伯尠先生尊人对王壬秋的认识和尊重，所谓“是汝(伯尠先生)存省日”，直以父师视之，古谚云“一日为师，终身为父”，一日做了师长，终身受到像对待父亲一样的尊敬，极言师生间情深义厚。柳宗元曾说：“今(唐)之世不闻有师。”(《柳河东集》卷三四《答韦中立论师道书》，第357—359页，中国书店，1991)韩愈云：“师道之不复可知矣。”(《韩昌黎全集》卷一二—《师说》，第185—186页，中国书店，1991)伯尠尊人和伯尠先生，笃行古道，可谓谦光君子。读其诗，想见其为人。张之洞在《创建尊经书院记》中第10条《尊师》云：“无师功半，有师功倍，既来主张，必有所长。虚心请业，所言则记，勿窘其疏，勿抵其隙，勿妄生辩难，勿以教督下考而不悦……”(《张文襄公全集》四，卷二一三，第760页)从尊经书院当时学生情况来看，真正像伯尠先生那样尊师的人是不多的。从伯尠先生的学术功力看，当曰必“卑以自牧”(《易·谦卦》)。如曾子所言：“以能问于不能，以多问于寡，有若无，实若虚，犯而不校。昔此吾友尝从事于斯矣。”(《论语·泰伯》第五章)

伯尠先生在《诗》中说：“大师据尊席，列坐承口授。我时与讲会，默然无往覆。先生故役辞，诘屈引灵窦。颤而机初能，捷而意与遘。终乃揞揞而，精爽交驰骤。先生兀惊咨，为汝遐老耇。我为说我法，家世传以旧。”(《寿栎庐诗集·叙感》第七章)

1916年，壬秋去世，伯尠先生有诔文深悼之，对于壬秋之学术云：“《公羊》专业，董君旧体。兼习《郑学》，通说《三礼》。《诗》补叙谊，《书》信今文。《尔雅》观古，辨言解纷。煌煌《论语》，《尚书》遗派。《汉志》失列，故训弇蒯。先生概嘘，都为整齐。据高意远，例密事犁。剔芟巧淫，缦文赤里。古趣渊回，如金如砥。辩读史故，史迁实长。班范陈寿，蹇撅成章。《晋书》以降，《表》《志》昏茫。宜汰宜簸，遑论欧阳？文律旧宗，阴阳奇耦。理胜恩质，气调斯厚。淊浌秦汉，蹯踊六朝。我法无忌，雅韵刁刁。”对壬秋在尊经讲学云：“乃溯江源，聊寄疏散。文翁讲堂，相如宾馆。执业升来，郡县高材。乡筵会饮，礼殿重开。许商之门，四科备选。占谊觥觥，师法增衍。古艳奇彩，矫俊出新。是雕比鹗，匪凤亦麟。淮南《招隐》，洞庭波绿。久绊《白驹》，还嘶空谷。《八笺》入奏，供俸翰林。束帛戋而，何损道心?"评壬秋之学术地位说:"嬴运既迁,虙生有待,刘祚虽衰,康成犹在。天将悔祸。且愿淹留。云何不吊?遽陨东丘。"比之伏生、郑玄,甚至东丘,如壬秋在川而言,可视摄盛。诔文末云:"先生冯神,自有存存。容呼《楚些》,勉代招魂。乌呼哀哉!"事实上,诔文本身即是《招魂》。

壬秋主尊经,"幸诸生相谅,因爱忘憎,荏苒经年,吁其危矣"(同上)。这是他始料所不及的。然则督抚司道辈师之,巩固了他的院政之位,这对于壬秋切实贯彻自己的教育理念是很必要的。时间一久,壬秋对受学诸生渐有了解,他说"蜀士英妙,傥守而加之,定轶卿(司马相如)云(杨雄)。开山之功,不减五丁"(同上,第846页)。又说:"经术若明,开山之功,庶无愧于诸君子。"(同上,第961页)

对于尊经书院的学风,他说:"蜀中佳士,别纸录报。此来居然开其风气,他日流弊恐在妄议古人。然文章取法必高,别裁无伪。倘有殆庶不诬。"(同上,第911页)壬秋在自己著作中,亦多"唐突古人"(同上,第910页)。这与他好议古人今人,"生平自视甚重"(同上,第1014页)有关。所谓誉人者人亦誉之,议人者人亦议之,廖平出而操戈云:"湘潭长于文学,而头脑极旧,贪财好色,常识缺乏,而自恃甚高,唇吻抑扬,行藏狡狯,善钓虚誉。故其学说去国家社会最远。远则遨游公舛,不为所忌,依隐玩世,以无用自全。"(《吴虞集》第94页,四川人民出版社,1985)

壬秋云:"廖登廷者,王代功类也,思外我以立名。杨(度)、夏(时济)思依我以立名,名粗立则弃予如遗矣。"(《湘绮楼诗文集》二,第1015页)从王氏遗留的书信来看,伯朅对于其师是始终礼敬有加,未取横议,更无人身攻击。终伯朅先生之一生,对于大人先生有非议时,他颇注意分寸,谦不斥尊。

壬秋述作,并非皆出己手。"近又作《诗补笺》及《礼记笺》。初命生徒创稿,多发古义,有可观览。"(《湘绮楼诗文集》二《致张文心》,第796页)刘禺生(即刘成禺)云:"王壬秋最精《仪礼》之学,平生不谈《仪礼》,人有以《仪礼》问之,王曰:'未尝学问也。'"黄季刚(侃)曰:"王壬秋善匿其所长,如拳棒教师,留下最后一手。"(《追忆章太炎》第556页,中国广播电视出版社,1997)

其实,壬秋于《三礼》并无特识,未越群流。他说:"闿运专研《三礼》,多所未喻。欲求公(吴大澄)与督部特开礼局,以两省经学书院之费及弟

子见员合治《三经》,成王正孺纂集之志。”(《湘绮楼诗文集》二《致吴抚台》,第851页)

壬秋以研究经学而为张之洞所称,他以为王之“经、诗、古文,骈体”(《张文襄公全集》四,第779—780页,《致潘伯寅》,潘伯寅即潘祖荫)可称。王氏自称:“所著书则《春秋公羊笺》、《诗》、《书》、《尚书笺》,皆唐突古人,自成一家。”(《张文襄公全集》四,第600页)其实,王氏之作,不能自成流派,尊其所闻,行其所知,倒有自行其是的意味。

黄宗羲云:“六家指要灿陈编,各件应须数十年。虽觉一生穷目力,自知尚在半途边。”我不信壬秋与廖某能通群经。张之洞说:“《十三经》岂能尽通,专精其一,即已不易。历代经师大儒,大约以一经名家者多,兼通群经,古今只有数人。今且先治其一,再及其他。但仍须参考诸经,博综群籍,方能通此一经。不然此一经亦不能通也。”王、廖二人,置张氏谠言于不闻,故有某些妄作。古人说:不善《易》者喜言《易》。今转换一下旧语是:不善《经》者喜言《经》了!

民国元年(1912)十月,由章太炎、马良、梁启超等发起《函夏考文苑》,所拟名单19人,其中,第七名为王闿运(壬秋)以(文辞)著称。名单后附注云:“(学)说近妖妄者不录,故简去夏穗卿、廖季平、康长素。王壬秋亦不取其《经》说。”(《黄侃日记》附录《黄季刚先生年谱》,江苏教育出版社,2001)

钱基博先生云:“闿运啸傲公卿,跌宕文史,以经术为润泽,以文章弋羔雁,声气广通,宕而不反。”(钱基博《近百年湖南学风》第629页。《中国现代学术经典·钱基博卷》,河北教育出版社,1996)由此看来,廖平所言:“王湘潭半路出家,所为《春秋例表》,至于自己亦不能寻检。世或谓湘潭为讲‘《经》今文学’,真冤枉也。”(《现代中国文学史》第51页,中国人民大学出版社,2004)廖氏看人清楚,足证《函夏考文苑》诸公不诬。其注谓廖季平之经学妖妄,诚是不诬。然则尊经学人中,称得上经学家而有《仪礼》三书行世,集《仪礼》一千八百多年研究之冠冕的集大成之作,只有名山吴伯竭先生。

伯竭先生于《仪礼》研究,耗费了毕生精力,由清而明上至东汉到西汉,继郑玄而后,释《仪礼》之固,创为《礼器图》、《周政三图》、《礼事图》三书,集《仪礼》研究之大成,可以说,王氏之《仪礼》等作,不如其已。这就是本文的结论。

吴伯朅与张之洞

彭静中

一

张之洞(1837—1909)字孝达,号香涛,又字香岩,号壶安,晚号无竞居士,又号抱冰,一号广雅。清直隶南皮人。少工辞章。同治二年(1863)一甲第三名进士及第。同治十二年(1873)六月奉命典四川乡试副职。9月22日,授四川学政,谕"不必来京请训"。11月2日上折云:"蜀才众多,诲养非易。圣慈优渥,报称为难。惟有力持廉介,事事认真,以仰答高厚鸿慈于万一。"(《张文襄公全集》卷七一《谢授四川学政折》,中国书店,1990)1909年10月4日张之洞去世后,四川在籍翰林院编修伍肇龄等联名呈朝廷表彰张氏云:"前在四川学政任内,兴废举坠,明教作人,沾溉之宏,造就之广,尤有历久弥干人思者。"(《张文襄公全集》卷首)"(同治)十二年,典四川乡试,旋授学政。蜀士多聪敏有才智,而习尚浮谫(浅薄也——引者注)。专以时文帖括,苟取科名为事。凡经史子集四部之书,多束而不观。间有向学者,亦苦无师资,茫然不得其涂往。之洞奏设尊经书院,选高材生肄业其中。复建尊经阁,广置书籍,开印书局,刊行小学经史诸书。又撰《辎轩语》、《书目答问》(此作《书目问答》,误——引者)二书,发明宗旨,示以读书之法。"(《张文襄公全集》卷首(下),中国书店,1990)

1930年,《名山县新志》卷六《官司》中,对虽不在县中任事,但县以上之官吏,于县中之政治、经济、文化等方面,确有重大作用和影响的上级官吏,有所附载。共附载五人。所云:"张之洞,字香涛,南皮探花,积官至大学士,予谥文襄。光绪初年,督学来川,尔时学子,株守高头讲章(经书正文上端空白处,刊印之讲解文字,即了无新意之陈言——引者),欲新无门。公车所至,辄示迷盲,刊发《辎轩语》、《书目答问》二书,并建尊经书院于成都。遴选各学高材,延师督课,蜀学勃兴,时人比汉之文翁。本县与调者为闵璽、吴之英(《名山县新志》第155页,1996年5月校注本)等。还乡教授,文风丕振。"(另有李含贞、吴福连、刘泽沅、晏绍骥、周肇朴、陈炳文等,见《名山县新志》第214页)

这里"还乡教授,文风丕振",恰好从一个侧面证明了张之洞在《创建尊经书院记》18条之开宗明义第一条《本义》云:"(上略)于是乎议立书院,分府拔尤,各郡皆与,视其学大小,人多少以为等。延师购书,分业程课。学成而归,各以倡导其乡里后进,展转流衍,再传而后,全蜀皆通博之士,致用之材也。语云:'一人学战,教成十人,万人学战,教成三军。'操约而施博,此使者及诸公之本意也。"(《张文襄公全集》<四>卷二一三《创建尊经书院记》,第757页)

光绪元年(1875),之洞为教戒学子,撰了《辅轩语》一书,其《序》云:"故举当为诸生言者,条分约说,笔之于书,以代喉舌,分为三篇,上篇《语行》,中篇《语学》,下篇《语文》。其间,颇甚浅进,间及精深,缘质学非一,深者为高材生劝勉,浅者为学僮告戒。要皆审切时势,分析条理,明白易行。不为大言空论,称心而谈,一无剿说。使者尝谓:蜀中士人聪明解悟,向善好胜,不胶己见,易于鼓动,远胜他省。所望不以此言视为规瑱,引申触长,异日成就,必有可观。"(《张文襄公全集》卷二〇四《辅轩语序》,第593页)这是学台的良好祝愿和热切希望!

《辅轩语》第一篇是《语行》。行指德行,即道德操守之意。周人尚德,而以德治国安民。郑子产(字子美,即公孙侨)说:"德,国之基也。"(《左传》襄公二十四年,前549)所以欲治其国者,必先提倡德行,总要求属民"德成而上,艺成而下,行成而先,事成而后"(《礼记·乐记》)。孔子作为人师,以学不修德为忧,说道:"德之不修,学之不讲,闻义不能徙,不善不能改,是吾忧也。"(《论语·学而》)说到底是求"德行立,则无暴乱之祸矣"(《礼记·乐记》)。学校乃培养人才的所在,要求诸生必须具备良好的道德思想品质,要使学生懂得"士先器识而后文艺"(《新唐书》卷一〇八《裴行俭传》)。先学会做人,再说作文做事。

张之洞设立尊经书院目的,是通经学古致用,要学生通过学校教育,德立行修,从而成为化民成俗,安邦治国的栋梁之才。在学规和行为准则上,有顺治、康熙两朝的《卧碑八条》和《圣谕十六条》,毋待演说。结合蜀中学术思想传统与世俗实际,《语行》第一条是《德行谨厚》。他说:"德行不必说到精深微妙处,心术慈良不险刻,言行诚实不巧诈,举动安静不轻浮,不为家庭事兴讼,不致以邪僻事令人告讦,不谋人良田美产。任书院者,不结党妄为。无论大场、小场,守规矩,不生事。贫者教授尽心,富者乐善好施。广兴义学，多买书籍，置于本书院，即为有德。”最后，特别提醒：“近今风俗人心，日益浅薄，厚之一字，尤以加意。”所谓德厚者流光，德薄者流卑，至于缺德者终身不耻于人！

《语行》劝戒兼资，一共 18 条，敷教而劝者 8 条，申戒而斥者 10 条。张氏教人要：一、人品高峻，二、立志远大，三、砥砺气节，四、出门求师，五、讲求经济，六、习尚俭朴，七、读书期于有成等。第五条“讲求经济”，讲的是经世济民和办事的才干之义。所以说：“扶持世教，利国利民，正是士人分所应为。宋范文正（仲淹），明孙文正，并皆身为诸生，志在天下，国家养士，岂仅望其能作文字乎？通晓经术，明于大义，博考史传，周悉利病，此为根柢。尤宜讨论本朝掌故，明悉当时事势，方为切实经济。盖不读书者为俗吏，见近不见远，不知时务者为陋儒，可言不可行，即有大言正论，皆蹈唐《史》所讥，高而不切之病。”

在《语行》中，严申十戒之条教：即戒早笔为文，戒早出考，戒徼幸，戒滥保，戒好讼，戒孳孳为利，戒轻言著书刻集，戒讲学误人迷途，戒自居才子名士，戒（吸）食洋烟等。

在《戒轻言著书刻集》中，特别强调“经学尤不可轻言著述，徒为通人所诃而已。必能精通专门之学，读尽专门之书，真有所见出乎其外，方可下笔。至如诗文集，古人名家太多，当世识者亦不少。末学下士，既无根柢，又鲜功力，学作之则可，勿轻言刻集行世也”。

《辅轩语》之第二为《语学》讲了《通经》。内含 8 个子目。第三是《读经宜正音读》。第四是《宜讲汉学》。光绪四年本，在《宜讲汉学》前，有《读经宜明训诂》一条，特别强调训诂有四忌：“一望文生义，二向壁虚造，三卤莽灭裂，四自欺欺人。”最后总结道：“总之，解经要诀，若能以一字解一字，不添一虚字而文从字顺者必合，若须添数虚字，补缀斡旋，方能成语者定非。”

在《宜讲汉学》中，提出“读经要像宋人一样，皆熟读注疏，故能推阐发明”。宜专治一经下云：“《十三经》岂能尽通，专精其一，既已不易，历代经师大儒，大约以一经名家者多，兼通群经，古今止有数人。今先治其一，再及其他。但仍须参考诸经，博综群籍，方能通此一经，不然，此一经亦不能通也。”其次为《谈史》内有子目 8 条。其第七条云：“读史忌妄论古人贤否，古事得失。”他说：“读史者贵能详考事迹，古人作用言论。推求盛衰之倚伏，政治之沿革，时势之轻重，风气之变迁。为其可以益人神智，遇事见诸设施耳。古人往矣，岂劳后人为之谳狱注考哉！”

第三为《读诸子》，内有3个子目。

第四《读古人文集》，内含子目6个。

第五《通论读书》，内含子目16条。最后一条是读书期于明理，明理致用，他说“若读书者，既不明理，又复无用，则亦不劳读书矣。使者谆谆劝诸生读书。意在使全蜀士林美质，悉造成材，上者效用于国家，其次亦不失为端人雅士，非欲驱引人才尽作书蠹也。此条特为能读书者发之。”

《輶轩语》第三为《语文》，即讲八股文之程式及时俗易犯者，虽然所言皆切于川省者，但揭示了时文、赋、诗、策、字体、书法等方面一些重要问题。是当时诸生密切关注的出路问题。这在研究科举文化上，还是值得参考的。

第四篇《学究语》为告教授初学者，一共24条。末了特别叮嘱说：“万不可早开笔，早出考。”

第五篇，讲《敬避字》，在封建社会中，对圣人（包括孟子）和当朝皇帝、庙讳、御名必须避讳，在出考时，一不注意，即予发落。若犯大不讳，则有生命之忧的。

第六篇是《磨勘条例摘要》，为考生所必须注意的要项。

光绪四年本，有《劝置学田》第七，道尽川省科举人士风方面的流弊，此篇特及贫困生员穷苦教师之窘况，所以提各县公义捐施，增置学田，以济孤寒。此为仁者之言，提倡助学育才，语重心长，发人深省！

光绪二年(1876)，张氏撰《创建尊经书院记》18条，事实上是《輶轩语》的延伸和条化。其第五《知要》说道：“诸生问曰：经学小学之书，繁而难纪，异同蜂起，为之奈何？曰：有要。使者所撰《輶轩语》、《书目答问》言之矣。犹恐其繁，更约言之。经学必先求诸《学海堂经解》（又称《清经解》或《皇清经解》），小学必先求诸段（玉裁）注《说文》（即《说文解字注》），史学必先求诸《三史》（唐开元以后，以《史记》、《汉书》、《后汉书》为《三史》），总计一切学术，必先求诸《四库提要》，以此为主，以余为辅，不由此人，必无所得！”

尊经书院，程有《定课》，在日读课业上，张氏指出：“（读）书不贵多，贵真；过目不贵猛，贵有恒；不贵涉猎，贵深思；不贵议论，贵校勘考订；不贵强记，贵能解（自注云：能解方能记，不解自不记）；不贵创新解，贵通旧说；不贵更端，贵终卷（自注云：大略《书》三种，《说文》一，《提要》一，其余或经或史一，各看若干页。使者置有《提要》三部，犹恐不能周，各择一类分看可也）。监院督之，山长旬而闻之，叩诘而考验之，一课不中程者罚月费，二课戒饬，三课屏之院外。说《定课》第六。”

张氏为教成蜀才，谆谆劝戒，用心良苦，其《輶轩语》、《书目答问》、《创建尊经书院记》等三著，不仅嘉惠蜀中士子，收效于海内读者亦众多。仲尼谓：“君子居其室，出其言善，则千里之外应之，况其迩者乎。”（《易·系辞上》）张氏受代去后，尤以尊经之发展萦怀。有了很好的办学思想、方法和硬件设施，还要来者能够继长增高，发扬光大，所谓“神而明之，存乎其人”（《易·系辞上》）。王闿运来川主院，前后九年，以文人而长尊经，要培育出张氏所预想的人才，有，却是不多的，教成三军之望，终在条规上而已。张氏提倡学生学习经、史、小学、舆地、推步、算术、经济、古文辞等，除经外，一律在纸面上。张氏后之各学政、院长均一味重视读经而已。

二

尊经书院，名之昭示为宗尚儒家经典之学习和研究，意在学古、通经、致用，培养于国家社会有用之才，也即要培养修身、齐家、治国、平天下的人才。

伯朅先生在尊经书院的十年学习中。对于张氏《輶轩语》、《书目答问》和《创建尊经书院记》中的教语，是最能体察实行的。他博学多才，学有专精，他的《仪礼》研究，称得上“精通专门之学，读尽专门之书，真有所见，出乎其外，才予下笔”的了。历三十多年精研，直到逝世前才完成定稿。此为荀子“学至乎没而后止”（《荀子·劝学》）的典范。《仪礼奭固》附《周政三图》，名为《仪礼奭固》，实将《三礼》（《周礼》、《仪礼》、《礼记》）之有关要项约取其中，而成为集郑康成以来《仪礼》研究之集大成之作。这在尊经所有研究经学的学人中，是唯一在海内《仪礼》研究上集大成的人。

张氏谓读经要通小学，伯朅先生亦以此教育诸生，在尊经和锦江书院襄校任上以及在各地讲学时均提倡这一读经思想，为此他写了《音韵奭固》和《雅名奭固》，这是两篇极有学术价值之作。特别《雅名奭固》一篇，是《尔雅》以后，又一部独创性的著作。由此，我们可以认为伯朅先生的教课，实在是有开创意义的讲学！而伯朅先生由此获致空前之新发展新成就。尊经生中，有不少人讲《说文部首》、《六书》之类的门面学问，说到底，于小学工夫，还是既不践迹，更不入室，瞠乎大门之外！自不可与伯朅之著同日而语了！

伯朅先生善学精思，对张氏所提倡之教义是真切的实践者。尊其教，不必接其人，尤不可像某些人那样的标榜声气，借光自照。光绪十年(1887)伯朅先生出长简州通材书院时，在深入了解简州学风和士子学习情况后，编写了有针对性和可操作性的《通材学约》，学生人手一册，内分《经术》、《小学》、《史学》、《辞章》四门(伯朅精于推步天文之学一项，未予列入)，提出必读书籍和方法，学生各以性之所近选修课程，"并着重指出专攻某门，必须参阅其他书籍，治经必须参阅诸子，以识别对时代所发政见。更要通小学、明训诂；读《孟子》、必须参阅《墨子》、《荀子》；读《论语》，必须参阅《老子》。孔子问礼于老聃，甚称尧舜无为而治。论治亦特重大同。治史更须读经，史之义例出于经，故《七略》以《太史公书》系《春秋》。辞章必扼要，多看群书，吸取精华，以达得心应手境地。屈(原)、宋(玉)变子家为辞赋，特树一帜，蔚为词宗。谓读书先看作者自序，体会序所揭示的书中重点，再去阅读全书，自有脉络可寻，豁然贯通。张文襄(张之洞)说'良师难得'，书即是师，意即指此。劝学生购读张文襄所著《辅轩语》、《书目答问》、《劝学篇》，即可略识读书门径。规定学生必写读书笔记，轮流抽阅，分别揭示进一步的治学方法。吴先生教育多术，督促亦严，学生领略读书佳趣，不但提高了读书风气，亦提高了全州买古书的风气。各处都由书院或大成会、文昌会大批购买经史子集，供当地知识分子借阅，不再固闭，自甘浅陋，全县学风为之大变。"(曾兆姜《吴之英先生与简阳学风的转变》，见《简阳县文史资料》》第十二辑)

上面所引曾先生的这一段话，可以说，伯朅先生长通材书院时，其教学规模范式，几同于张氏，很显然，是对张氏《辅轩语》三书的精神具体而微的贯彻实行，既培养了人材，又促使简阳学风发生转变。这是当时四川各书院(包括尊经书院)中，最为特出的一所书院。

1927年的《简阳县志·官师篇》记载伯朅先生说："马承基刺简时，延主通材书院，以治小学、通经术、习辞章三者启迪后进。时历四年，县中文风为之一变。"后之读《简阳县志》者，将不忘伯朅先生的教泽。读伯朅先生的《寿栎庐丛书》，知其不轻易为文，殆顾炎武所谓："凡文之不关于《六经》旨，当世之务者，一切不为。"(《顾亭林诗文集》第 91 页，中华书局，1959)

伯朅先生所至交当地君子，爱这里山川和人物，有不可已于言者，在《简州傅润生淡齐集叙》中说："往岁东游简，恢其山脉，自西奔注，若骏马顿衔，若伏虎前踡，若翥凤回翔而运盼，若怒蛙蹬龟，腾蛇相连相逐，而濡响各啬，贞秀若闲若翕，若盈乎羞而以蹇篁为贡者，其民气钝而句，童童焉齐山，性胎仁，殆可变于道尔。润生傅君，简君子，始遘之，讷然无所任，居数月，郭如有蒸焉。期年，醰曼与沈。弗忍别，别乃恤然自聩矣。"(《寿栎庐丛书·卮言和天》)另一篇为《简州王氏谱序》，反映了清初王氏移民实川，历十世，有户三百，这在研究清初移民实川史上，是一个值得注意的问题。

伯朅先生与简阳人士交往，乐其风土，彼此相知相得，难以为别，且不忍别。我想起归震川说："然后知贤者于其至，不独使其人之不忍忘(己)而已，亦不能自忘于其人也。"(《震川集》卷一六，第 19—20 页，台湾印《文渊阁四库全书》1289 册第 263 页)伯朅先生具有过化存神，爱人以德，不自忘其人，人亦不忍忘之的品格，所以《简阳县志》记之，感而志其教泽。

尊经书院，也不是人人都尊尚儒经，殆性有近有不近，才有能与不能之故，不可一概而论。尊经书院，有人务求胜人，逞臆说经，博得当时虚名，今还被妄人称为"经学大师"。察其实际，不外讲一些凡例概说，无一经学专著，三变两变，予智自雄，以议论为学，终不能成己教人，这与张之洞所寄之希望，直是"风疾马良，去道愈远"了！

谈及尊经、尊经阁，我想起小时读过王阳明(1472—1528)的一段话："呜呼！《六经》之学，其不明于世，非一朝一夕之故矣。尚功利、崇邪说，是谓乱经。习训诂，传记诵，没溺于浅闻小见，以涂天下之耳目，是谓侮经。侈淫词，竞诡辨，饰奸心盗行，逐世垄断，而犹自以为通经，是谓贼经。若是者，是并其所谓记籍者(谓举藏之儒经)而割裂弃毁之矣，宁复知所以为尊经也乎。"(《稽山书院尊经阁记》，影印文渊阁《四库全书》第 1265 册第 205—206 页)

当然，尊经书院自 1875 年起，至 1902 年改为四川省城高等学堂止，还是培养出一大批有用人才，如杨锐、张澜、吴玉章、颜楷、邵从恩、宋育仁、吴之英、廖平、吴虞等就是代表。

维新烈士刘光第曾说:“光第少愚鄙,未获列公(张之洞)门,(光第学于成都锦江书院)然由公故知(受《輶轩语》、《书目答问》、《创建尊经书院记》等书影响——引者注)读书。”(《刘光第集·湖广总督张公六十寿序》,第67页,中华书局,1986)

尊经书院的学风,与张之洞之教益有一定关系,尊经书院存在27年,之洞以后,继任学政凡11人,无人继美增高,山长王闿运就占了九年(1879—1887)时间,因此,尊经学风的养成,四川学政和王闿运要负主要责任,这是后话。总之,尊经书院培所养诸生中,称得上尊经而又卓然冠冕蜀中者,唯有伯朅先生一人而已。

吴伯朅与宋芸子

彭静中

一

宋芸子(1857—1931)名育仁,富顺县人。光绪元年(1875),以优等生员,调入省城尊经书院学习深造。与伯朅为同砚好友,生死之交。

芸子为伯朅先生所作《寿栎庐丛书序》云:“论交数十年而不易心,出处异路,崎岖丧乱,辗转复相见,升堂拜母道故。比殁,遗言序其所著书,志墓为之碑,斯真吾友也已。”“而我谬怀经世之志,强颜以入世,上说下教,不避难而卒蒙尘,被放还山,犹且结习未忘,或见为如他日,君于此则异趣,始终独行遗世,掉臂不反顾也。”

光绪九年(1883),宋芸子应聘讲学于资州(今资中)艺风书院,并邀请伯朅至院任教。比四年,将应礼部试,荐伯朅为替人。

二

光绪十二年(1886),芸子廷试,中三甲第46名进士。伯朅先生写了《闻宋育仁赐出身》一诗,诗首云:“炫炫熿熿道由一,炎炎隆隆物之疾。自来才命两相违,神降名门鬼瞰室。生徒死徒十有三,强梁者殃柔脆吉。苦凿婴儿干忌讳,多材卒负高明屈。”这几句说的是一般的人世现象,然后叙述自己的出处经历,接着称赏自己的同窗学友云:“同术诸子蔚芬馨,爱君气臭最忘形。高情茂节含悽怕,丽采清思入杳冥。谋将哀诔投海若,曾约藏书告山灵。眷怀醉舞酣歌处，荀草绿时烛景青。”谈到自己的科举经历时，是“十年操技晦灵渊，不笑屠龙今拙用”，并从此，“誓绝𦋹罥问丹砂，吐舌钳笔暗芳华。斟酌恒性介曼寿，斧藻明德涤秽邪。桥拔泥鳞在贞栗，铪穿丸钻尚柔嘉。拟吸绿波实天牝，长栽黄菌养璚葩”。

这首诗里有往事的追忆，对友人获出身的一则以喜，一则以忧，叙自己经历和打算，既祝长寿，更祈“藻斧明德涤秽邪”，伯朅先生出于对芸子为人的深刻了解，故有是言。

三

光绪二十四年(1898)，芸子奉命长尊经书院，芸子聘请伯朅为都讲(即书院之主讲教席)。先是光绪十四年(1888)冬，至光绪十九年(1893)冬，伯朅任尊经书院襄校。时芸子发起组织蜀学会，伯朅任主讲，并同芸子、廖平等创办《蜀学报》，芸子自任总理，伯朅任主笔，廖平任总纂。开通全省风气，提倡变法维新。八月初六日(1898年9月21日)，慈禧发动政变，“百日维新”失败，杨锐等六君子就义，《蜀学报》与蜀学会，停止活动，芸子罢职。伯朅写了《哭杨锐》长诗，最后云：“乌呼！壬午乡宾四同胞，远韵鸿名震九皋。陈(四川富顺陈崇哲)刘(德阳刘子雄)已执灵均节，哭君(杨锐于光绪八年〈1882〉年赴京朝考)又涸子胥涛。孤留老夫田南陌，种豆不治更种麦。卧对青山如故人，久寄相思精灵泽。闲寻石磵憩乔松，美人香草怨重重。辜负圣明无限事，欲藉头颅见祖宗！”可谓“长歌之哀，过于痛哭”。变法图强，在于强祖国以对抗帝国主义，伯朅的爱国主义精神，溢于言表。

四

宣统元年(1909)，清廷开礼学馆，宋芸子为纂修，并推荐伯朅先生为顾问，先生却之不就。

宣统三年(1911)农历六月，在四川保路风潮斗争中，芸子为了私利攀附权贵，站在四川父老的对立面，充当朝廷鹰犬，为盛宣怀等出谋划策以掠夺四川路款，伙同并指使遂宁甘大璋，涪陵施愚，盗用乡人名义，以四十六人公呈“请将川路公司收支亏在各款一律划归国家路款”，以出卖川人利益谋升官。此三人之家乡，分别通电全国，开除他们的乡籍，并将掘其祖坟。甘某恐慌万状，急请谋主宋芸子设法请四川政府保护(台湾版《四川保路运动史料汇纂》第 757 页～770 页。这件关于个人名德和川中及全国之大事，当前所见有关宋芸子的传记，一律讳言。

相比之下，伯埙先生时在成都存古学堂任上，当然支持家乡保路爱国运动，这也是后来伯埙先生为“辛亥秋保路死事纪念碑”题字的依据。今纪念碑东面之墨宝，即伯埙先生保路之永远纪念。

五

《寿栎庐丛书》中，有伯埙《与宋育仁书》共九封，其中四封是复信。

光绪三十四年(1908)，芸子入湖广总督杨士骧(1860－1909)幕，多所献替，从整财政，因惩贪吏而不见容以解职。伯埙《书》云：“回忆当日，从容文酒，高谈巢许伊皋，岂知君出我处，异趣同愁。鬼神囚人，卿相葬我。邂逅不仁，世界直随刍狗辈，听其陈毁已耳。”原冀其有所作为，以“君远寄江皋，置身沅沚澧兰间，亶见湘君，不逢山鬼，视英或较胜也。相思难罄，寝兴自卫”！去职后，在次年(1909，宣统元年)就职礼馆，并荐伯埙。及得陈宝琛书后，伯埙先生申其不应荐之由云：“英自假归故里，落落寡欢。觞酒无余，采衣不补。入笠饲豕，时代追羊。近村相牛，颇闻呼马。王霸见客，止有历齿之儿童；老莱出薪，徒牵散发之弟子。寤言半伤心之语，书空成怪事之文。悲默为生，已大恶矣。”在第二封信中，望芸子谋三径之资。第三封信中，望其共结精庐，呼吸蒙云。并告以“近《易》、《书》、《诗》，新成略说(按即《周易寡过录》、《尚书信取录》、《诗以意录》等)，有《寄张子馥》、《廖季平》诗文多不寄。尔来颇有撰著否？古道沦弃，解人难索。归来何日，重论《楚些》”。第四封信谈到，“季平昔诒书刺语，有‘辨四声莫解圣哲之云’，寻属王万震(井研人)谗口，英生平知爱，怯犯疑嫌。白首相闻，愈增惨痛，固亦不欲置喙也”。

六

民国元年(1912)，蜀军政府开国学院，伯埙先生为院正(即院长)，此为都督张培爵所请，五月言归，已有辞书。特别告诉芸子，“旧井有波”(即指富顺人民除其乡籍)，“故庐无恙”(即故居犹在，祖茔仍存)。“执经弟子，远忆东丘(西邻愚者称孔子为东家丘)之名；抠衣先生，豫虚翁思(即西汉王式，字翁思)之坐。”即拟推荐芸子出任国学院院正，为伯埙之替人。因伯埙先生“近来历涉多苦，衰病日增，家慈君行年七十有七，礼戒远游，谊难役事”。并趣芸子归蜀，“君以鸿文硕学，长寓他乡，相思路迷，来日苦短。果令邠卿整装于淮南，幼安还辕于辽海，则春江绿水，请郑婢鼓枻而前；紫气函关，命郄奴扫榻以待”。真不胜期盼之至！第七封信，对于芸子返回成都，“何图白首，犹庆生还”！他说自己是“道成媚虎，学就屠龙。深山结忘机之交，四海无施巧之地。周孔厌世，虾蟆告天。日理藏书，凿楹穿石，以是为子孙计矣”。又说：“相会当不在远，幸善宽譬，可以尽年。甘泉先竭，直木必伐。寡欲逊言，天和将会。”成都亦是非之地，“寡欲逊言”，是对芸子的又一坦诚忠告！

七

芸子于民国三年(1914)求袁世凯“还政于清”，见拘解川。后被聘为国学院主讲，芸子邀伯朅任讲席，伯朅先生告以“至经席分座，余病未能。先君兆域虽卜，犹未入窆。且任小学教务，亦难分身”。从现存之九封信而言，内容涉及时世与旧学，充满对芸子的关怀存慰，“寡欲逊言，天和将会”，更见老友的关爱，有“饥则食之，寒则衣之”(《墨子·兼爱下》)的兼士风范。

芸子言及二人书简云：“往复书词，杂道悲喜，以学行廉隅相砥砺，安慰危苦。”足见二人之间手足情谊。芸子于民国六年，遂“践廿年登堂拜母之约”。

至于这些书信，芸子云：“与余往复书多藻翰，骈丽为文，余书札无留稿，就此集所存观之，两人三十年之交，庶见于世。”这正道出了这九封信的价值和意义。其实，伯朅先生的九封信，辞高旨远，是四言诗体的书信，只要一读伯朅先生传世的四十七篇书信，就会令人爱不释手，即使对当时人物时事背景不十分了解，也一定会获得美的享受，从而对先生顿生景行之思。

民国四年(1915)九月，伯朅先生作《宋芸子问琴阁丛书叙》，这是应芸子的邀请而作。“人与世相需也。所以贵生，谓世事必有待吾行者。行之而尼，天也。托空言焉，其有所不得已也。”《叙》中言芸子举进士，任广西乡试考官，驻英副使，1895 年，日本侵占台湾，拟请英水师捣日都，留中不发，终以《自劾》一疏辞官。这就是芸子可称之事。至于立言方面，皆“言其所不能已也。为虑习辞赋者趣纤丽,辟古拙,存《文录》、《诗录》。经国变,感遭遇,存《哀怨集》。慨学唐诗者之眯于气运也,作《三唐诗品》。慨学古文者之罔顾典则也,作《夏小正文法今释》"。

光绪十三年(1887)九月,刘子雄与朱德实、戴光臧否书院人物,刘谓"宋芸岩诗力弱,陈子元(即富顺陈崇哲)气粗,不能用功,为浮名所误"。朱论院中经生,举廖平及王光禄、尹颇飏、戴光、吕雪棠(翼文,华阳人)、吴之英、胡从简、周国霖、刘子雄。词章则杨锐、毛澄、胡延、戴光、周淡如、陈子元、宋育仁、范熔、吴昌基、崔映棠、刘子雄、朱德实(廖幼平编《廖季平年谱》,第 43 页,巴蜀书社,1985)。

芸子《寿栎庐丛书序》云:"呜呼!君自可传,天必使余叙遗文于其身后,抑独何心!悲夫!"伯坶"自可传",非阿好之言。先生之《仪礼奭固》、《仪礼奭固礼器图》、《仪礼奭固礼事图》以及所附《周政三图》,乃自郑玄以来一千八百多年的绝学,由伯坶《仪礼奭固》三书而集我国《仪礼》之学之大成。其《雅名奭固》又是《尔雅》以来训诂学的又一杰作,这是一切肤泛言经者,所未梦见之新创作。这些作品,使《寿栎庐丛书》成为光芒四射的精金美玉,也使伯坶先生成为才不世出的经学大师级人物。宋芸子只是文人而已,当然不是不足观的文人,自有他的可称道之所在。

由于资料的限制,没能见到芸子撰写的伯坶先生的墓志铭和影赞,这是"范(式)张(劭)死友间"(《后汉书》卷八一《独行传·范式》)之一大憾事!

1931 年,芸子逝世后,刘咸炘写了《清典礼院直学士宋公芸子挽诗三首》。其第一首:"才智工附会,随风入乱流。公犹秉官礼,志欲为东周。扬马壮所悔,羸刘柬尚遒。古之宋荣子(即宋牼,即宋钘,一作宋荣,宋荣子,战国时宋国人,提倡"见侮不辱","使人不斗",反对统一战争,尝欲以利劝秦、楚罢兵),强聒不肯休。"第二首云:"闭户守孤陋,缘悭接老师。一篇忽见赏,再聘遂先施(公与余本不相识!见《太史公书知意总论》,遂来聘襄志事)。文献固我志,陪以负公期。嗟余怀来写,徒有感知词。"

民国十三年(1924)五月,督理四川军务之杨森,设立"重修四川通志局",芸子为总裁,聘刘咸炘等协修。其间,芸子写了《重修四川通志例言》一书,又写了《重修四川通志序例》多篇,芸子逝世后,由陈钟信汇成《重修四川通志目录》一书。由于省内政局的变化,费用短缺,《四川省志》的编纂进度受到了严重影响,直到宋芸子逝世,《四川省志》未能编就,以后纂成，无钱印刷，由于各种原因，编就的稿子，有所散失，这是方志界同感遗憾的一件事情！

芸子参与了民国《大邑县志》的编纂，并就为生人立传一事，进行了强辩，为刘氏家族（刘文辉和刘湘等）树碑立传，成为秽志。所以周开庆说民国《大邑志》："有乖义例，未足为训也。"（《民国新修四川县志丛谈》第28—29页，台湾四川文献研究社出版，1964）

宋芸子监修的民国《富顺县志》一书，成于1931年，虽是民国新修，但下限止于1911年，同样受到周开庆的批评。芸子靠的是进士和学者头衔，弄出了令当时和后人都感到遗憾的事情。一想到章学诚说的"文人不可修志"，不图于芸子见之！虚名浮利之累，可为三叹！

吴伯朅与吴虞

彭静中

吴虞（1872—1949）字又陵，原籍四川省新繁县（今成都市新都区新繁镇）人。出生于成都市文庙前街一个小官僚地主家庭。光绪十七年（1891）入成都尊经书院学习，从经学家、礼学大师、诗人、辞章家吴伯朅先生专攻诗文等业。

吴虞云："始予年二十岁时，从蒙山吴伯朅先生游，侧闻绪论，始知研讨唐以前书。湘潭王壬秋，主讲尊经书院，其七言古诗，以李东川（颀）为宗，而蒙山则从《楚辞》、《汉郊祀歌》、鲍照、吴均、薛道衡、卢思道、李白、杜甫为宗。其言曰：'李、杜之体清刚，故罕有长篇；元、白之词铺叙，故特乏劲气。惟合二派而融化之，则大或千言，小或数百，兼二派之美，无二派之短矣。'余学七言古诗，大抵本于蒙山而稍变耳。湘潭五言古诗，以陆士衡、谢康乐为宗。友人邹受承以为教人学陆、谢，不如教人学阮、鲍。予极以为然。故予以曹子建、嵇叔夜、阮嗣宗、左太冲、张景阳、郭景纯、陶渊明、鲍明远、谢玄晖、江文通、李太白为宗，与湘潭颇殊。蒙山不屑为近体诗。而予五言律诗宗李太白、杜少陵、王摩诘、孟浩然、刘文房（长卿）。七言律诗宗杜少陵、刘文房、刘梦得（禹锡）、李义山（商隐）、温飞卿（庭筠）、陆天随（龟蒙）、皮袭美（日休）、吴子华（融）、韦端己（庄）、韩致光（偓）、陈卧子（子龙）、吴梅村，此其大较，固异于今世之言江西派者也。蒙山为文，出于周秦诸子,故刘申叔谓蒙山人品文学,当于周秦间人求之。湘潭之文,上规范《史》(即范晔《后汉书》),下摩徐(陵)、庾(信)。而予之文,则仅能上法沈休文(约)、萧子显二家之《书》(即《宋书》和《南齐书》——引者注),下逮汪容甫(中)、洪稚存(亮吉)而已。于蒙山门下为小卒矣。戊戌(1898)以后,兼求新学。乙巳(1905)东游(日本),习其政法,二十年来所讲学术,划然悬绝。即为诗文,亦取达意而止,非复当年谨守师法,刻意为文,苦与矜炼矣。"(《吴虞集》,第140—141页,四川人民出版社,1985)

吴虞的这段话,是对伯朅先生诗文作品的全面评价,同时对王壬秋的诗文也作了比较,以及对自己诗文和学风因时转变的自我回顾,这在伯朅先生门人中是仅见的。

二

诗歌文章,都是为时为事而作,是时代的回声,因而要受到时代的影响,就是人称的"千古文章千古事,一时风气一时人"了。吴虞先生学风转向,就是一个很好的例子。虽然如此,吴虞对伯朅先生的教诲,始终充满感恩和敬意,并向有志于博古通今的学人,宣传蒙山之学和蒙山先生的高风亮节。

1915年4月,吴虞在《三君咏》中之《伯朅先生》云:"延州激清风,高蹈(多指隐者,此处意为高超,超脱之意)谢时彦。江山契玄赏,缨冕释尘愿。顾问(宣统时,陈宝琛代清廷礼学馆,请伯朅先生任礼学馆顾问)非所期,乐道(以儒家典籍为主的传统思想文化的教育)固无厌。寂寥钓台高(名山县立有吴公钓台),千秋有余羡。"(《吴虞集》第329页)

伯朅先生挂冠以后,又先后为名山和省方邀任教职,乐为地方培育人才。辛亥革命以后,蜀军政府设国学院,伯朅先生出任院正。1912年3月,改组四川都督府,都督尹昌衡调任西藏经略使,袁世凯政府任命胡景伊继任都督兼民政长。10月,陈廷杰任民政司长。胡在任中,投向袁世凯,"卖官殃民,蹂躏议会"(台湾周开庆编《民国川事纪要》)。在这种政治环境下,伯朅先生对胡、陈二人心生厌恶,于是就托辞去职了。

伯朅先生归乡后,吴虞赋《寄吴伯朅先生》一首云,"益都自昔多豪杰,儒林文苑今寥寂。蜀才谁复继周秦?旷祀蒙山异人出。先生浮湛百不如,秃帽乌巾聊著书。出入百家有真宰,厥协六艺成通儒(有文正班氏《艺文志》之谬)。菁华聊藉文章露,手剖鸿濛入词赋。竟成大冶不祥人,锥锤万象天应怒。落笔何必惊鬼神?盲《左》腐《史》堪为邻。便从两汉论风雅,不数卿云以后人!年年憔悴蒙山道,纵擅吹竽谁解好?相知四海定何人?前有朱公(余姚朱卣然肯夫。原作"朱肯夫道然",朱为清同治元年<1862>二甲第39名进士,曾任尊经书院主讲),后壬老(湘潭王闿运壬秋。原作"王壬秋闿运",按一般先名后字,特为乙正)。文翁石室讲筵开,当时同辈夸英才。孙阳一顾骐骥奋,回视万马皆驽骀!龙门整齐心独苦,先生冥契遥深许。默识群经有是非,不从千载争今古(有诗寄廖平,论经今古学)。幽怀颓淡复芳菲,由来古乐赏音微。一官灌口容樗散,好对灵山暂息机。贱子相逢正年少,糟粕书生众人笑。每闻高论启遐心,最怜绝俗稀同调(同辈从先生学者有华阳陈伯完)。先生谬许狂狷流,意气已足倾九州。眼光直出牛背上,一朝谈笑思千秋。自游门墙渐开拓,造化虽工知可夺。谩嗤混沌饰蛾眉,恰洗金丹换凡骨。学到移情索解难,精神离合意无端。瑶琴别为传师法,东海波涛静里看。只今宇宙悲萧瑟,五洲龙战玄黄血。剩有《离骚》怨屈平,潇湘兰蕙增呜咽(有《邛海谣》感念时事)。转瞬沧桑剧可怜,名山事业几人传?蓬莱无恙成连在,孤操苍茫托《水仙(操)》!"(《吴虞集》第360页)

这是吴虞对伯朅先生的深情歌颂,对伯朅先生的人品,学术及当时的文化环境,师友所渐,作了历史的回顾,悲伯朅先生的际遇和学术事业之传承无人,实亦自悲。伯朅先生之学博大精深,吴虞所得伯朅先生之传的是诗文辞章。这与吴虞说"经既非吾好"(《吴虞日记》上,1915年6月18日)有关。他与廖平前辈有交往,时一问学,但对廖平的"六经注笺",心颇不然。特别对于廖平的"郑康成之解经,若有一句可通者,某愿具斫头甘结"说道:"则信乎经之难讲也!"(《吴虞集》第105页)这就是吴虞特向刘申叔请教治经之方法、途径的原因所在(《吴虞日记》上,第43页~45页,四川人民出版社,1984)。如果要问吴虞何以不请教伯朅先生以治经要道?我觉得原因在于,吴虞学的诗文辞章,已属捷径。蒙山家学于学术探讨,贵在"要知大雅心,务到精审处"(《寿栎庐诗集·叙感》第一章)。吴虞留学归来,心有旁骛,一业尚不精审,岂宜又论治经?因此,向刘申叔问治经,料是转益多师。事实上,刘申叔的答书,吴虞也只是过而存之。时代在前进,学术思想随之变化,所以吴虞歌颂伯朅,颇为伯朅先生学术之传承无人而深有感触了！

吴虞在《怀人绝句十二首》之四，咏及伯朅先生之诗云："巍然谁是鲁灵光？沧海横流实可伤！不见延陵吴季子，肯言天下有文章(名山吴伯朅先生之英)。"(《吴虞集》第362页)

伯朅先生的文章，受到王闿运称许，这是因为闿运之文，上窥魏晋，藻翰栗密，之英由之而尚友周秦，因此，伯朅不仅是闿运文学方面的唯一传人，而且是把王闿运的文学推到极致的人。这代表晚清文学的一个重要支派，即复古作新。这与当时经今文学家，由东汉而推到西汉，更由西汉推到先秦孔孟删述诸经是同一方法的。要知道伯朅先生不仅是文学家，更是一位杰出的经学家，他精研《三礼》，是郑玄式的通学派经学家。吴虞在学术思想上深受伯朅先生的薰陶，因而才有"肯言天下有文章"的结论！

三

吴虞是文学家，其诗文颇得世人好评。他的词作虽然不多，却也还有些味道，何况他还有汇刊之《十五家词集》。在伯朅先生的召示下，吴虞还写过一些骈文。

吴虞在《哀清翰林侍读王壬父诗》六首之五云："被发伊川叹昔贤，忧来谁为洗腥膻？漫师辟世陶征士，宣统居然纪六年(壬父书"圣清"二字抬头。吴蒙山《祭王壬父文》于"清赐进士"亦抬头，文中并有"大清""皇运"等字。康有为所进光绪文皆称"臣康有为序"。罗振玉《续汇刻书目序》，则竟书宣统六年矣。予常谓诸儒者但知君臣一伦，而无种界、国界之辨，麻木不仁，非过言也)。"

王闿运的封建忠君思想是该批评的。康有为、罗振玉诸人，行事不一，未可一概而论。其中提及伯朅先生，当视为吾爱吾师，更爱真理。意在去其一非，成其百是，不为贤者讳，反而证明吴虞所著有关伯朅先生之歌颂和评论，是实事求是，公而无私，可以信任的！

伯朅先生的诗是早有结集的，其中有的诗章，被吴虞寄于北京有关刊物揭载。在伯朅先生归道山的前两年曾说："吴伯朅先生《蒙山诗录》为最工。吴诗沉博郁厚，独立绝代，而又非常入古，并世未见其匹也。"(《吴虞日记》上，第248页)吴虞的《寄吴伯朅先生》，就是善学伯朅先生的一首长诗。

四

吴虞笃于师生恩情，对伯朅先生终生敬慕，奉扬仁风。伯朅先生归道山后，吴虞挽联云："品节在严郑之间，白首孤行，自有千秋型蜀士；文学继卿云而后，玄亭重过，空悲一国失人师。"(《吴虞日记》上，第248页)

联中的严即严(庄)君平，名遵，西汉成帝(公元前32—前7)时人，卖卜成都，一生不仕，为扬雄之师。郑即郑子真，名朴，以字行，西汉汉中人。修身自保，不屈其志。西汉成帝时，大将军王凤礼聘之，不应，家于谷口，世称谷口郑子真。下联"卿云"，"卿"即司马相如，字长卿，蜀郡成都人。小学家、经学家、辞赋家、方志学家等。"云"是扬雄，字子云，语言文字学家、经学家、文学家、哲学家，曾问学于严君平。他说："蜀庄沉冥，蜀庄之才之珍也。不作苟见，不治苟得。久幽而不改其操，虽隋和何以加诸？举兹以旃，不亦珍乎！吾珍庄也，居难为也，不慕由，即夷矣，何毚欲之有？"(《扬子法言·问明》)又云："谷口郑子真，不屈其志，而耕乎岩石之下，名震于京师，岂其卿！岂其卿！"(《扬子法言·问神》)

伯朅先生归道山之后，其哲嗣和门人等刻印《寿栎庐丛书》，吴虞也一直参与奔走谋划，这在《吴虞日记》中多有记载。同时，还将《寿栎庐先生故事》一文，寄与在北京大学任教的从弟吴永权(君毅)，请他转与刘申叔和黄侃等，请他们题词赠言。1919年，刘申叔已病重，黄侃不久即离北大南下，刘、黄二人似未有答复，但吴虞本人却是尽了力的。

二十世纪八十年代，《吴虞日记》和《吴虞集》相继在四川人民出版社出版，二书提供了一些关于伯朅先生的研究材料。但是，吴虞本人还有许多文章为《吴虞集》所失收，若有人编为续集予以出版，更是笔者的热切希望云。

吴伯朅与刘申叔

彭静中

刘师培(1884—1919)字申叔，又名光汉，曾化名金少甫，号左庵，江苏省仪征县人。申叔曾祖父淇，祖父毓崧，伯父寿曾，均以《春秋左传旧注疏证》而名入《清史·儒林传》。师培为刘氏青箱第四代传人。盛传师培能将《十三经注疏》全部背诵，不遗一字。从刘氏之著作看，其小学工夫，当来源于注疏。

光绪十八年辛丑(1901)为诸生,次年乡试中举为举人。光绪二十年(1903),年二十,会试下第,返家途中留上海,晤章炳麟及爱国学会诸同志,遂赞成革命,出版署名光汉子的《中国民族志》、《攘书》等反满小册子。同年12月15日,蔡元培主持之《俄事警闻》在上海面世,申叔为该报撰稿人之一。光绪三十年(1904)2月26日,该报改组为《警钟日报》,担任主笔。同时,还为上海《政艺报》、《中国白话报》撰稿。11月,加入光复会。

光绪三十一年(1905)2月,《国粹学报》创刊,申叔为主要撰稿人。3月,《警钟日报》遭禁,申叔赴安徽芜湖,先后任教于安徽公学、皖江中学,并参加陈独秀等发起的岳王会。

光绪三十三年(1907),携带母亲、妻子去日本,晋见孙中山,正式加入同盟会。为同盟会机关刊物《民报》的撰稿人之一。年底回国。

光绪三十四年(1908),申叔由上海去日本东京,与章太炎同住。不久,二人交恶,太炎搬出,师培不久后回国。

宣统元年(1909),入端方幕。任两江督辕文案,兼三江师范教席。宣统三年(1911)随端方入蜀。11月28日,端方及其弟锦在资中授首,申叔被扣押于资中。

民国元年,华夏光复,不念旧恶之蔡元培、章炳麟不知申叔下落,于是二人在1月11日的《大共和日报》刊出《求刘申叔通信》云:“刘申叔学问渊深,通知今古。前为宵人所误,陷入藩笼。今者,民国维新,所望国学深湛之士提倡素风,任持绝学。而申叔消息杳然,死生难测。如身在,尚望先一通信于《国粹学报》馆,以慰同人眷念。章炳麟、蔡元培同白。”(转引自汤志钧编《章太炎年谱》上,第381页,中华文学版,1979)

《民立报》1912年1月25日《南京电报》云:“刘光汉在资州被拘,该处军政分府电大总统请示办法。”(同上,第381页)

民国元年元月29日,总统府致电资州云:“四川资州军政署鉴:刘光汉被拘,希派人委送来宁,勿苛待。总统府。宥。”(同上,第382页。《临时政府公报》第一号)教育部同时也致电资州军政分署,要求放人。

刘申叔被释后,来到成都,谢无量向吴伯朅先生推荐申叔来国学院讲学,同时为《四川国学杂志》撰稿。伯朅先生孝思维则,敬事其母,特以母老年高,又自身有病,名山桑梓,诸生企归,乃上书当局,请辞院正一职,久未获准。复以院中谢无量、刘申叔，均可替代。并再三推毂。谓谢无量“硕学通敏”，刘申叔“渊雅高文”（《辞国学院院正致尹昌衡·张培爵书》，《寿栎庐丛书·卮言和天》卷四）。暂归之后，并有《答刘师培书》和《答谢无量书》等书信传世（同上）。

刘申叔有《答吴伯朅书四首》（同上），均在伯朅先生辞去院正之后，阅其书旨，十分明白。其第一首云：“先生味精道度，弥纶玄史。相如之赋，不自人间。子云之书，可悬日月。素钟戒律，金商袭序。综研物化，谅符元赏。”他说别后想从事研究，可惜伯朅归去，无人可商，“不逢李撰，焉测《(老子)指归》？幸觌杨终，应酬删定。聊申旨蕴，延伫德辉。蔡蒙在望，乞尉引领”。

其第二首云：“曝背陇亩，考室山阿。屯故孔臻，音响斯阒。先生冲明在襟，德义渊澈。华衾石榻，素简宵辉。委羽金华，丹葩晨绚。自世政峻，促新故更，贷兴道之论。思假景君《迈德》之篇，弥思龚壮。纵使栖迟间远，心贞筠箭。犹当阔迹灵岑，规武稷下。庶几许慈《三礼》，综芳先轨；杨宽《七经》，播流奕绪。士宣《鹿鸣》之风，乡集鹤珠之瑞……窃以蜀廛载酒，靡间草《玄》；卜肆垂帘，犹闻肄《易》……幸驱东辙，用践宿盟。岷嶓无极，愿申息壤。”总之，劝先生再归蜀都，共同办好国学院，所用古人典实，伯朅先生的确足以当之。

其第三首云：“执事洞精《坟》籍，剖判艺文，轶湛思于子云，识绝言于翁孺。虽复耽景岩壑，慕情玄渚，然洞寂同遣，事等神钩，语默不殊，理归元感。尚祈税辙广都，祐术黉序，煦阳韶于伶管，运神锋于郢斤。庶几《七经》播业，同风齐鲁。奕世载英，炳灵江汉。企望尘躅，书不尽言。”这里的“识绝言于翁孺”，即指伯朅的《音韵爽固》和《雅名爽固》，以为可继林间翁孺和扬雄师徒之绝学。师培曾言：“近世以来，家习许氏之书，治小学者踵相接，然古人造字之源，知者实鲜。”（《扬州前哲画像记》，《刘申叔遗书》下，第1895—1896页，江苏古籍出版社，1997）

申叔恭维伯朅先生之德操学问，赞扬先生之语言学和经学之研究，劝其来成都教育学生。

第四封信（编者注云：此书原稿无题，题为编者识），此书紧排在三书后，可能觉得书之内容相近故尔。这封信言及小别弥若岁年，国学院学生企盼伯朅先生来诲来教，信末充分转达此意。

申叔云："迩闻探胜灵岩，结庐尘境。伯鸾赁庑，知近皋桥，贞白寻山，或饶灵药。青阳司春，想保清善，惟是垂帘卜肆，靡损湛冥。载酒蜀廛，足耽清静。傥眷乡关，冀回西辙。学子延企，院职无改。庶林闾殊语，播流陬遐。张叔《七经》，牖术来叶。余详别简，后弗尽言。师培拜启。"

申叔还有别简奉伯揭先生，申叔或未存稿，至于伯揭藏书，经多重变故，怕已难找了。

申叔致伯揭先生书中一再言及翁孺、扬雄，赞扬先生文字训诂研究之创获，称得上"张皇幽渺"。而申叔虽有多篇论语言之文字，略能"补苴罅漏"，然则学贵创不贵因，瓯北所谓"不创前未有，焉传后无穷"，诚哉言也！

伯揭先生之《卮言和天》卷四《答刘师培书》云："计中秋以后，当可合堂接席，亶能商定大局，仍当归侍上寝。院事一切，都倚贤劳，愧歉何极，不耐具谢。西山在望，秋爽逼人，引首金风，唯祺厚护，近接府报否？尊人（师培之母。其父死于1898年）康娱。"

申叔居国学院副院正之职，本有搜集地方革命文献和编纂地方志之任务，伯揭先生掌院时，有所规划，当伯揭一去，师培居之，难于措手，这也是切望伯揭先生来院主持工作之原因。申叔云："徒以方志废不寻修，顾为阙遗。顺是邦请，咨于耇长。佥惟敬同，不敢康宁。竭尽顽弊，思自厉策。得展万一，以达二三君子之末。彭耽之业，不在片言。天若假年，庶无大过。何图期月，迄用无成。"（《与成都国学院同人书》，《刘申叔遗书》上，第1741页）再加上健康原因，申叔只好向国学院表明将东归，意思是请国学院另定人修志。"天若假年，庶无大过。"这是可能的，申叔在此前曾编《江宁乡土地理教科书》，光绪三十二年(1906)发布之《编辑乡土志例目》体现了他经世致用的方志思想，对旧志例目，是一个创新，在我国方志学上，是有贡献的。申叔之身体不行，再加上不能游心物外，期月岂能有成？国学院以后改为国学专门学校，招生授课，始终未及地方志书的修纂。也好，所谓"神而明之，存乎其人"，不得其人则致冒滥，不过多些文化垃圾！

申叔遗书中，有与多位四川人的信札，或言事，或言文，然与伯揭先生中，多是推戴之词。伯揭先生之小学和《三礼》研究，四封信中，均予论及。并且认为伯揭的人品学问，上方蜀贤庄遵、司马相如、张宽、林闾翁孺、杨终、扬雄，这是极高评价。

伯揭于国学院去职时，捐九百金助院兴学，辞受取予之间，在申叔心中，当是一个不小的震动。申叔在处世上，为利而趋，堕落为清廷探子，其流落蜀都，远因是为利来。与伯朅先生的捐金行为相对照，高下可见一端。

申叔与四川廖平、杨赞襄（天全人）、罗云裳（崇庆县人）、朱云石（江安人）、谢无量（乐至人）等通信中，殊少赞誉之辞，对廖平之学，多有批评。所谓言如心声，与伯朅先生之四封信，表达了申叔对伯朅先生的内心推崇，可以说是得未曾有，充分说明了伯朅先生的高风亮节与人格魅力！

民国八年（1919），刘师培继续在北京大学教授文学史、古代文学等，并参加国史编纂。是年 1 月，《国故月刊》社成立，申叔被推为总编辑。11 月 20 日，因肺病逝世，享年 36 岁。其妻何震即何班（江苏武进人，1904 年上半年与申叔结婚），受刺激精神失常。申叔于 1920 年春，归葬江苏仪征祖茔。

申叔在川期间，接触到川中胜流，对于伯朅先生之人品德操以及学术上专精《三礼》是极为推崇的。他在与吴又陵先生《论小学经学门径》一函中，提及张惠言《仪礼图》时，特加注云："近吴伯朅撰《仪礼注》，简（约）、明（明畅达意）、雅（正确得理）、洁（干净清爽），《图》亦较张（惠言）为优。"（《吴虞日记》上，第 43 页—45 页）优在哪里？张《图》于礼事未审，而于礼器则一字未及。由于伯朅先生之书未予刻行，申叔亦未究详。如他能见伯朅先生的《仪礼奭固》、《仪礼奭固 · 礼事图》、《仪礼奭固 · 礼器图》的话，则张惠言之书，可以付丙而无憾。

申叔在成都与吴又陵（吴虞）论及伯朅先生云："申叔谓蒙山人品文学，当于周秦间求之。"这是申叔与伯朅交往后，发自内心诚服于伯朅先生之正确评价。目空一世的刘申叔，自视甚高，目无余子，在他著作言谈中，从未倾心赞誉过别人。他在日本与太炎发生矛盾，"一二交游，为之讲解，终勿能济"。为什么？章先生自注云："以学术素不敌刘（申叔）（先）生故。"所以才致函孙仲容（诒让）这位德高望重的老前辈，出面关说申叔。孙先生允否，不得而知，刘、章决裂，贻害学术和章氏不说，而刘亦从此堕落为革命之敌和清政府以及袁世凯的鹰犬，这是申叔之悲哀。

吴之英与谢无量

吴洪武

"吴（之英）廖（季平）把臂谈经学，齐鲁风流嗣古人。"这是曾任孙中山先生大本营秘书、参议,我国近代史上一位才华横溢的诗人、学者、书法家谢无量(1884—1964)的诗句。他所颂扬的是吴之英先生为倡扬蜀学,培育蜀士悉心研究的精神,所抒发的是谢无量虚心学习,与吴之英友朋切磋,厚相结纳的情怀。

宣统元年(1909),清廷计开礼学馆修明礼教,编辑《通礼》等书,延请各省名儒为顾问官。当吴之英被聘为礼部顾问官的聘书送至名山时,自公卿至布衣皆视为重选。哪知时任名山县立高等小学堂校长的吴之英却之不就,世人哗然。有人百思不得其解,填了《捣练子》词:

官顾问,远名扬。孩子王收多少粮?吴老辞"官"甘当"王",令人真是费思量。

宣统二年(1910),在成都开办存古学堂,谢无量任监督(校长),请吴之英先生任教,他欣然受聘。究其不当顾问官,甘当育人师的原因,一是痛切变法失败,痛恨清王朝腐败无能;二是他把启迪民智,办学育人作为救国之举,终生不渝。他说:"启迪民智,匹夫有责。"并阐述道:"情识开而智愚分,智愚分而强弱见。强中有强,智之上也,智者,自强自贵之道也";三是被谢无量一封封情真意切的书信所感动。时年仅 26 岁的谢无量在信中对年过半百的吴之英先生推崇备至,他盛赞吴先生"敝履荣贵,学富五车,著述蔚然,书法瑰玮"。热切期望吴先生能"远绍渊(王子渊)云(扬子云,即扬雄),近齐轼(苏轼)辙(苏辙),风同齐鲁(孔子家乡),炳蔚来者",为蜀中文化的振兴做出贡献。吴之英先生在《答谢无量书》中写道:"足下实有宏道之才,雅量禫如韧腹。"将谢无量比为汉末太学生首领郭泰,言"郭泰爱士,传食茅容之蔬"。自喻为东汉初的梁鸿,以"梁鸿避言,藉息(皋)伯通之庑"的典故,表明愿意到存古学堂任教,决心要以"张华老病,强对册文;江淹昏忘,犹握秃管"的精神发挥应有的作用。1910 年 5 月,吴《复赵启霖书》(四川提学使)写道:"谢君(无量)既为公垂,所鉴自是东山名才,会当径造德公。""诸君诚意,未敢固辞。"还咏诗一首以明志。

后来弟子争学步, 成才多望良师渡。
自贵自强是吾宗, 头顶高足登云路。

存古学堂除设理学、经学、史学、词章 4 门正课外,又增声韵小学一科。理学由乐至谢无量教授,词章由名山吴之英教授,经学由温江曾学传担任,资中饶炯副之,史学由天全杨赞襄主讲,崇庆罗元黼为副,声韵小学由彭县罗时宪担任。吴先生竭力支持、协助谢先生工作。学堂初办，书籍、资料缺乏，吴先生曾讲学尊经、锦江书院，知道两院古籍较多，于是向谢建议将其移到此处，还代笔撰写《王护院许将尊经、锦江书刻移存古书院启》，使“旧业复兴于礼堂，重贶乃逾于刀帛……岩壁之宝，仁言利溥，吾道大光”。谢无量“谦逊地称蜀学前辈吴之英为师，既当校长又当学生，一时传为美谈”(《近代四川经学人物遗迹概述》)。

民国元年(1912)元月，四川都督府开办国学院(后改为“国学专门学校”，为“公立四川大学”的前身)，院址即今四川医学院附属医院所在地，故黉门街进入医院的巷子，至今仍叫“国学巷”。吴之英受聘担任国学院第一任院正，刘申叔(师培)为院副，第二期与存古学堂合并后，吴先生荐聘谢元量为院副。吴先生手书“国学院”三个大字于校门，还撰写了一副用典贴切、雅达俱善的楹联。

他们礼聘名流学者，如楼藜然(参与革命者)、廖平(进士)、曾瀛(举人)、李尧勋(京师大学堂毕业，参与革命者)、曾学传、杨赞襄及成都大慈寺住持释圆澄等执教。拟定“研究国学，发扬国粹，沟通古今，切于实际”的宗旨。编辑《四川国学杂志》，后改为《国学荟篇》，每月1期。审定乡土志，搜访乡贤遗书(仅半年时间收到各县征文约20部，其中有“戊戌六君子”中的杨锐、刘光第手札10件)，续修通志，编纂本省光复史，校定重要书籍，设立国学学校。吴先生带头撰写，抒发情怀，登坛执教，以身作则，传卿云之学，穷文章之奥，藉诸君高材雅望，肆振风流，国学院享誉盛隆。正如其高足弟子文学家、教育家吴虞在《国立四川大学专门部同学录序》写的“国学专校创自民国。其时，吴伯朅师，廖平前辈，刘申叔、谢无量诸公，聚于一堂。大师作范，群士响风，若长卿之为师，张宽之施教，蜀材之盛，著于一时”。

民国二年(1913)，吴之英先生积劳成疾，在《答张培爵书》中，荐贤举能，“院中人士美尽西南……谢(无量)、刘(申叔)、曾(笃斋)、廖(季平)脱颖出囊”。五月，呈《辞国学院院正致尹昌衡(四川都督)、张培爵书》，再次举荐“院中人才济济，譬入瑶林。最著者谢无量硕学通敏，刘申叔渊雅高文，重以曾笃斋、廖季平淹该多方，历年历事之……”，那时的国学院真是人才荟萃，吴之英、刘申叔等在学术上是一代大师。年仅20多岁，还被称为“小谢”的谢无量置身其间，由于他虚心好学，才华出众，很受吴先生赏识。

吴先生慧眼识英才，不仅聘他为院副，还在荐贤自代列举的诸贤中，每次都把他放在首位，其推服可以想见。

吴先生临行时，将节省下来的九百块银元，献给学院，资助办学。谢先生曾撰写一副对联相赠，字里行间洋溢着崇敬之情：

自王伍以还，为人范，为经师，试问天下几大老？

后扬马而起，有文章，有道德，算来今日一名山。

这幅对联后来镌刻在吴之英先生祠堂里。（注：该文综合1991年6月12日《联合报》刊登《吴之英与谢无量》和1992年1月12日《四川政协报》刊载《甘为人梯的一代宗师吴之英》而成）

蜀中联语偶谈

陶亮生

清末改书院为学堂，学西方科学，是应该的事。张之洞又怕国学沦亡，乃奏请各大省可设存古学堂一所，培养专才，八年毕业，以四川、江苏、湖北三省为试点。成都黉门街的“存古学堂”由是创始。辛亥革命，改称“国学院”，聘乡前辈名山优贡吴伯朅（之英）先生任院正。撰门联云：

斯道已将亡，留此四壁图书，尚谈周孔；

后生诚可畏，何惜两行芹茆，不借渊云。

芹、茆采自泮水，语本《诗经》，言后生的聪明才智是不可限量的，何妨假借他们一些读书的机会，使他们左右采获，以文章报国，如王子渊、扬子云辈，不且为蜀土增色吗？至于“斯道将亡”四字，我只好用两句《易经》上的话来祝祷：“其亡其亡，系于包桑”啊（桑芽包得最坚固，言亡不了）。（摘自《龙门阵》1987年第五期）（陶亮生（1902—1985，名世杰，荥经县人。早年毕业于成都高等师范学校。历任私立成城中学校长，成都师范大学、华西协合大学、四川大学等校教授）

吴之英挽杨锐联

吴洪武

戊戌变法运动整整过去一百年了。1898年6月11日，中国大地掀起了一场旨在“保国”、“保种”的变法运动。这年是农历戊戌年，故称“戊戌变法”。后维新派被袁世凯出卖，慈禧发动政变，幽禁光绪帝，逮捕维新党人。9 月 28 日，谭嗣同、杨锐、刘光第、林旭、杨深秀、康广仁等六人血溅菜市口，史称“戊戌六君子”。噩耗传来，吴之英不顾正在受审查的处境，挥笔撰了《哭杨锐》长诗和一副挽联：

书院订知交，富子云才，存范滂志，抱义怀仁，德量汪洋波万顷；

伤心悲永诀，挂徐君剑，碎伯牙琴，抚今追昔，晦明风雨梦三生。

上联一开头，“书院订知交”说明他俩是同窗加战友的知交。杨锐四川绵竹人，与吴之英同庚，1875 年与吴同时被张之洞以高才选进成都尊经书院深造。1881 年，又同被选拔优贡，共赴朝考。中日甲午战争后，帝国主义列强对我国蚕食鲸吞，变法图存成为有识之士的共识，康有为等组织保国会，杨锐在北京倡办蜀学会，宋育仁、吴之英等在成都发起蜀学会，创办《蜀学报》，吴分别担任“主讲”、“主笔”，满腔热情宣传维新变法，真可谓志同道合。联语接着用两个历史人物作比，对杨锐的德行才能作出恰当的评价：他富有西汉文学家、哲学家扬雄（字子云）的才华，有东汉时范滂澄清天下的志向，他忠肝义胆，矢志维新，其强国富民的精神，就是波涛万顷的汪洋大海也难量啊！

戊戌变法六君子之一 杨锐

杨锐的德才不仅得到吴之英称颂，就连光绪帝也很赏识。1898 年 9 月 5 日，光绪帝发布谕旨：任命杨锐、刘光第、林旭、谭嗣同参与新政事宜。

下联抒发了与战友永别伤心无比的愤激，倾述了生死之交的深情。把徐君剑高高挂起，因为已无知己欣赏；把伯牙琴狠狠摔碎，《高山流水》已无知音聆听。但吴之英并未因此心灰意冷，他用了“梦三生”的典故，表明一份信念，一份慰藉。“三生”即“三世”，吴之英把历史演变分为三个阶段，第一阶段为“据混世”，杨锐等处于混世，受迫害，遭屠戮，但他们的精神会唤醒、鼓舞仁人志士经过风风雨雨的奋斗，晦晦明明的探索而进入“升平世”，更进为“太平世”。这“三生”尽管还是梦，但有的美梦可以成真。

全联 48 个字，言简意赅，情真意切，用典精当，对仗工稳，平仄合规，实为佳联。一百年后的今天，它仍闪耀着历史意义和美学价值的光辉。

《名山县文史资料》第一辑前言

陈义光

吴之英先生是清末民初著名学者。他一生勤奋好学，涉猎广泛，知识渊博，通古悉今。在政治上，积极赞同变法维新，改革内政，奋发图强；在品行上，不羡荣利，朴素平易，淡泊明志，意趣高逸。他虽怀才不遇，仍忧国忧民，寄希望于来者；致力教育，悔人不倦；慷慨解囊，资助办学；缅怀英烈，歌颂正义。这些确值得名山人民借鉴和垂念。但从他青少年时代到成长为著名学者、书法家；从他立志报国受挫，回乡任教，培育人才到因病长眠，这五十多年间的史实，却不为今人特别是青年一代所共知。为此，名山县政协征集文史资料，特出本专辑，以飨读者。

“要存真，要实事求是。”这是征集文史资料必须遵循的基本原则。文史资料唯有真实，才有历史研究价值，才能启迪群众、教育后代。吴之英先生一生史料面广、量多，颇为丰富。我们为出版他的专辑，虽尽力广泛征文，多方搜集，仍不免有许多疏漏和谬误。因此，要使他的人品文采如实完整地展现在读者面前，今后仍有大量的史料征集、补充、核实、修正的工作要做。我们诚恳地乞望省内外文坛宿将、史家学者，不吝指教、赐稿；更盼吴之英先生的后裔以及桑梓父老，把保留在自己头脑里的“三亲”（亲历、亲见、亲闻）资料提供出来，为充实著名历史人物史料做贡献。同时，我们在整理、鉴别、审定史料过程中，一定要深入实际，及时做好“访求”工作，尽量做到“存真求实”，不致谬种流传，贻误后人。

吴之英先生专辑，仅孕育数月就出版了，这与不少热心桑梓文史资料工作的同志撰文供稿，提供史料或予以关注、支持分不开的。特别值得提出的是，四川省政协主席杨超同志为我们题写了书名，这对我们做好文史资料征集工作是一个很大的鼓励和鞭策，在此一并致谢！

由于我们对吴之英先生的诗文词赋遗著，读之不多，研究不深，同时对他的人品德性、举止言行，因受史料和水平的限制，也认识、理解得肤浅，因而这期专辑内容，谬误之处，在所难免，敬祈读者批评指正。（作者系名山县政协副主席）

名人遗谜联　释联求方家

毕德锐

吴之英是名山籍的巴蜀近代文化名人。他早年以茂才入成都尊经书院，博览群书，与绵竹杨锐、井研廖平、富顺宋育仁同称“四杰”。后任成都尊经书院、锦江书院襄校（副院长），国学院首任院正，“治学声誉遍及全国”。戊戌变法时担任“蜀学会”主讲，《蜀学报》主笔，积极宣传变法维新。变法失败，吴先生愤归故里。

吴先生工书法，留下了不少书艺精品。成都人民公园内“名播遐迩，享誉甚隆”的“辛亥秋保路死事纪念碑”东面的篆隶体便是其一。同时，他给后人留下了许多难解的谜语，后面这联便是一例。

巴蜀书社出版的《吴之英书法选集》，有一联云：“亶有丹砂却无句漏；偶约鸡黍亦是桃园。”

“丹砂”，即朱砂，是古代学神仙的人炼丹的主要原料，著名道教学者葛洪认为服黄金和丹砂制成的金丹，能炼身体，使人不老不死。

“句漏”，晋代县名，在现广西北流县。该县东北有座山也叫句漏，山上有道家所传 36 洞天中的第 22 洞天和桃源洞。

“鸡黍”是指招待宾客的饭菜，孟浩然有“故人具鸡黍，邀我至田家”的诗句。

我认为“却”应为“印”，“亦”应是“或”。

或，同域字，邦也，邦国也，域是后起俗字。

“桃源”指的是句漏之桃源洞。

这是吴老先生返归故里名山车岭镇后的一副抒情对联。吴先生垂老问丹砂，想学葛洪在家当活神仙。老先生只当过国学院正（相当于今日的大学校长），没掌过父母官大印，所以上联说，只有丹砂，却没有县太爷（句漏是象征体）的大印。下联说的是，他偶尔也备办招待客人的菜饭，而他的居处车岭镇就是句漏山上的桃源洞。出世豁达之情，溢于言表。

由于原作是用行草写成，“却”和“亦”两字成了桃符，只能过猜。笔者认为：《吴之英书法选集》释文猜错了（理由本报略），以上解释也可能错误，现抛出以求方家。　（原载《文化生活》报）

我也来释解吴之英名联谜语

读《文化生活》报上所载《名人遗谜语，释联求方家》，觉毕君所解有错，现写出来求教高明之士。

上联“印”应解作“卬”；下联“或”应解作“咸”。

理由：一、解作印与或，都少了一笔。解作卬和咸，才能与吴老夫子原作笔画吻合。

二、吴夫子时代作文，讲无一字无来历，卬和咸两字来历见《尚书·虞书·益稷》“卬成五服……咸建五长”。卬同弼，作辅佐、纠正讲；咸，当皆、悉讲。

所以，吴翁原联应解作：

但有丹砂辅无句漏

偶俱鸡黍皆是桃源

是不是如此，不敢自信，谨候方家赐教。

（读者，一九九三年八月一日）

吴之英诗文谈

吴洪武

吴之英先生是著名学者，也是一位卓越的爱国志士。他的诗文折射着那个内忧外患频仍的灾难年代的社会现实，颇具历史认识意义和独特的艺术价值。

他的著作浩繁，诗、词、歌、赋、经学、史学、医学、天文学及音韵训诂学等均有专著。解放前顾颉刚写的《中国文学史大纲》即把他列入文学家之林，中共四川省委研究室主编的《四川省情》及《四川近代人物传》、《巴蜀书画名人录》、《四川通史》等 30 余部典籍都撰写了他的事迹，《四川省志》为其立传。研究吴之英文学成就的意义是不言而喻的。

吴先生是一位爱国志士，爱国、民本思想贯穿在他的学术研究、诗歌与文论中。他在《论文篇》里阐明自己的文学主张：“文者，记道体以藏其用者，其以饰无质也。”即是说文章是记载道理，规范道德，提高修养，藏之以用的。他尖锐批评了当时文坛上“仅能摩仿”和“徒知标榜，空疏肤浅”弊病，指出要写好文章，必须“识欲淫以丰其种，智欲约以贵其纳，神欲啬以宝其藏”，即作者见识要广，文章内容要充实，精心选材，精密组织，感情真挚。同时要炼字炼句，做到“植血肉”，“滋神爱”，“无谄耳”，“无谄目”，“无谄心”。他评论文章的标准是“素”、“朴”二字。他的文学实践，与他的文论是互相照应的。

他花了很多心血研究《仪礼》一书，著文 54 卷，其原因是“礼可为国”，“天理人情，今犹古也”。他把精深古奥的经术思想和关怀国计民生的意愿结合起来，在辨通大义、阐发疑难方面作出了学术贡献。

他撰写的散文，收录在《寿栎庐丛书 · 卮言和天》里的有 74 篇，包括叙跋、杂文、书信、碑、颂、赞、记、诔、祭等，现择其中几种作一简介。

叙跋　吴先生给自己著作写叙，如《仪礼奭固叙》、《周易寡过录叙》、《尚书信取录叙》、《诗以意录叙》，还为同仁学者的著作写叙、跋，其中有《宋芸子（育仁）问琴阁丛书叙》、《简州傅润生淡齐集叙》、《杨伯平钩吴让之墨迹跋》等。概括精当，评论恰当，言简意赅，耐人寻味。

杂文　表现他匡救时弊的热情和远见卓识，特别是戊戌变法期间，他在蜀学会上的讲义和发表在《蜀学报》上的论文，以犀利的笔剖析时弊，提出严法治政，着重理财，平衡赋税，奖励农兵，启迪民智，西学中用等一系列主张。这些杂文，锋芒锐利，言辞激切，散引中有骈偶，简括中有铺陈，汪洋姿肆，发挥了战斗性的政治功能，站在历史的前列。

书信　47 篇书信是吴之英先生与当道诸公、社会名流学者陈宝琛、尹昌衡、张培爵、赵启霖、王闿运、宋育仁、刘师培、谢无量、伍崧生、楼藜然、颜辑祜（颜楷之父）等人的，内容丰富，缘事而发，或举荐贤才，或交流学术，或“为苍生而痛哭”、“为国运告穷而悲伤”，或发泄对“官吏横行、索求无厌”的不满，或诉说“士路坎坎，天道难论”的苦衷，或探讨“将来外国民权之说必将浸及中国”的问题，或交流“与后来辈释《七略》之遗文，畅《八书》之大义”的教学，或抒发“每直行而不顾，抱孤直以长终”的刚正不阿精神。总之，吴先生的半生阅世，从中可见。

吴先生的诗词，收集在《寿栎庐丛书 · 诗集 · 卮言和天》里的有 87 首，加上《蒙山诗抄》计百余首。他以《楚辞》、《汉郊祀歌》、乐府、李白、杜甫、白居易为宗，演化成自己的诗格。他论诗说：“李杜之体清刚，故罕有长篇；元白之词铺叙，故特乏劲气。惟合二派而融化之，则大或千言，少或数百，兼二派之美，无二派之短矣！”

反对帝国主义侵略，反对清廷卖国行径，使吴之英诗歌具有强烈的人民性和战斗性。八国联军攻占北京后，同清政府签订《辛丑条约》，他深为愤慨，在《东湖》诗中写道：

可怜廷议和西丑，　租界通商分割剖！
边徼相望尽藁街，　官家何处有梅柳？

他把侵略者视为丑类，痛斥清廷腐败卖国，并指出其后果是不堪设想的。在《颐和园歌》中道："媾和条件冯经纬，竖清官家诺凤尾。""窟室金银四百库，复壁珠玉三千箱。""既糜岁币司农苦，重谕摧残当葺补。"更揭露了慈禧的腐化，描绘了投降派在穿着燕尾服的侵略者面前唯唯喏喏的嘴脸，感叹不平等条约给人民带来的灾难。与陈山民留别的诗还赞扬了人民誓斩长鲸的反抗精神。

歌颂爱国志士，是吴之英诗作的重要内容之一。如《关山月》是他运用乐府体裁写的，脱体"横吹曲辞"，此诗铺陈宏大，音节高昂，既对长期戍边的将士之苦寄予深切同情，又热情歌颂他们抵御外侮，报效国君，甘洒热血的精神，这在列强入侵，外患加深的时代是很有价值的。"只感君恩同挟纩，骥虽伏枥心常壮。泪汗频沥肝胆血，刀笔不肯候老将。"它的感染力相当强。难能可贵的是他高度评价反帝爱国的义和团是"神拳弟子代国忧"。在《观道》诗中，他写道："帝王巩巩旧旋新，何处江山认主人。自发杀机还自灭，况冯劫果种来因。"指出屠杀义和团的统治者不会有好下场。长诗《哭杨锐》更沉痛地控诉了顽固派的暴行，把慈禧比作白狐，揭露了其两面派的背叛行为，抒发了"忆昔同著尊经阁"的战友之情，讴歌英烈为国殉身，精神不朽。这是一首浩气长存的佳作。

揭露社会潜伏的危机，反映人民的疾苦，这是他诗作的另一特色。1882年他入京朝考时，途经长江和沿海的大都会，所写的《上海行》透过城市表面的繁华，揭示了社会潜伏的矛盾。在《题巫峡归舟图》中写道："游人尽道巫峡险，年年岁岁有来舟。但见来游不见归，啼猿空为游人悲。蜀国于今已瘠土，官商犹自说天府。舻舳千里阏夔门，赵王公子楚王孙。"诗中运用对比手法怒斥官商和矿业主的贪婪荒淫，反映了人民生活在水深火热之中的状况。它的正义感是很强烈的。

吴之英写了不少风景诗，表达了他对祖国山川的热爱。在《都江堑》、《青城张陵祠》、《天目山》、《蒙茶歌》、《蒙山赋》等诗作中都反映了他对大自然的向往。因他家在蒙山，对蒙山茶的礼赞更是源出肺腑，细致入微。“维时石花特矜贵，琼叶三百辑神瑞。一尊清湑贡郊坛，曾孙于穆皇灵醉。”认为蒙茶能成为贡品，进入琼林，是由于它得天时、地利，凝聚了神州瑞气，蕴含着九洲春色。

表达报效祖国的志向和壮志难酬的愤懑，也是吴之英诗作的一个重要方面。试读“收冠缨组锦衣裳，穷裤层层助急装。解辫从军心似铁，乘风欢叫气如霜。地中鼓角殷雷震。天外烽烟掠电光。释尽累囚成破竹，旌幢高揭报君王”(《火炮》)。他借咏火炮来抒发自己解辫从军的豪情，为了实现自己的报负不畏艰难险阻，“每因路险观翘跬，特为岁寒表后凋。直写壮心成古健，会看捧日上重霄”。这种情操是何等感人呵！在《留侯歌》、《咏西楚霸王》等咏史诗作中，作者也曲折表达了自己的雄心壮志。

列强入侵，后党专政，朝政日非，壮志难酬，他常用诗歌表现怀才不遇的愤懑。如《见蜘蛛作网》：

经纬纵横意态殊，　谁知生理寄樵苏。
精神满腹竟何用？　劳汝空山自作图！

这与辛弃疾“却将万字平戎策，换得东家种树书”的诗句是一脉相承的。、

在《菊花》诗中，他还借咏菊展示条条苦会换来色色新，可是严冰寒霜的折磨会使人过早地衰老。“为嫌迟暮剧伤神，强理铅华羞向人。未必秋风偏厚我，自然名种不争春。浓蒸滋味条条苦，细发牢愁色色新。历尽冰霜年已老，空怜白帝有生臣。”真是诗如其人！

他的诗感情真挚，格调齐一，有宏篇巨制，也有抒情短诗；有的精雕细刻，有的直抒胸臆。语言有瑰丽，也有朴实，有通俗，也有生僻，色彩斑烂，是值得我们仔细研究与体会的。（注：此文发表于1986年《青衣江》秋刊）

吴之英诗词赏析

程　文

吴之英(1857—1918)四川名山人，是著名学者和爱国志士。他博学多才，诗词歌赋、音韵、训诂、经学、史学、医学、天文学等均有专著，又是书法大家。他的诗词很有特色，感情强烈，内涵丰富，语言生动古雅。他有多首写重大历史事件和人物的长篇古风，读之令人热血沸腾。因篇幅所限，这里只赏析他几首精短诗词。

天目山(之一)

山势来不住，卓斧向天横。
瀑流悬日色，石罅灌松声。
跳壁藤偏健，学钟鸟渐灵。
生机函化佛，何处得无生。

注释：天目山：俗称老峨眉，在名山县马岭镇后。卓斧：高而直的斧。石罅(xià)：山石裂缝。生机函化佛：意为以佛理看人生。

赏析：首二句写天目山的形态与气势。山脉如波，山形如斧；有动感，有威势。诗中两联写天目山诱人景色：瀑流映日，泻银织虹；松声灌穴，音妙无穷；断壁悬藤，风动如龙；空山鸟唱，酷似鸣钟。陶醉在如此美景中，尘世杂念会洗掉，会有所感悟。最后两句就是写作者的感悟：恍若佛自心中生，就以佛眼看人生了。

新筑西崖草舍(之二)

茅密能支雨，　墙低颇漏云。
清音堂室满，　晨气桔椒分。
栗老猿偷摘，　菘迟鹊代耘。
竹竿饶万个，　许我擅封君。

注释：桔椒分：桔和椒的气味充满空气。菘迟：菘菜生长缓慢。万个：竹叶象无数"个"字。

赏析：诗人写新筑的茅屋及环境，表明了自已的胸怀和情趣。首二句写茅屋简陋，只勉强能遮风挡雨。紧接两联却写了茅屋的各种优点：听清音，风鸣鸟唱；吸空气，馨香宜人。栗老时，猿来作客；菜漫地，喜鹊常临。最后两句是画龙点睛。赞竹为君子，作者胸怀淡泊，情趣高雅，也是君子。

浪　淘　沙

半卷绿衣残，十顷寒烟。凌波犹自见神仙。如许风华如许瘦，待我三年。　别憾正霜天，又是离筵。玉台新屉谢丹铅，从此相思频洗泪，傥有后缘。

注释：凌波犹自见神仙：荷花又称凌波仙子。此句意为：在中秋还有幸看到碧水中的荷花。离筵：离别前的筵席。待我三年：这是作者连续第三个秋天到张祠观荷。玉台新屉：梳妆台装物的匣。新屉，指匣中新装的物品。傥：同倘，假如。

赏析:1909年中秋,之英先生又偕友到张祠观荷,触景生情,写下此词。词上片写秋荷的形与神。秋荷已是残荷。花萎,叶卷,荷塘里充满寒气。但荷的高洁风韵犹存。秋荷虽瘦弱,却凛凛然挺立于寒风中。词人被秋荷的风姿陶醉,已连续三年秋天观荷了。下片进一步描荷,加重抒情,将秋荷作倾慕的恋人来写。遗憾相别寒秋,赴饯行筵席。再细看那洗去浓妆艳抹的凌波仙子,更起敬,更爱怜。此后定会深陷相思,以泪洗面了。但盼有缘再会。此词写荷、写景、写情均生动、形象、热切、自然。作者恋荷、赞荷,实为借此表露自己的心胸,表达出之英先生一生崇尚高洁与坚韧的风尚。 (作者为《中华雅韵》主编)

吴之英先生与简阳学风的转变

曾兆姜

清代沿前明科举制度,以八股取士,小试(考秀才)限在四书内选题,严格遵守朱注。文体有一定规律,分破题、承题、起讲、入手、前股、中股、后股、束股共八股。每股各有腔调语气,代圣贤立言。一般平民要想仕宦通籍,科举出身,乃是正路。

少数知识分子,倾心科名,为了应考第一步学位秀才,集中精力,阅读书籍,局限在《四书体注》、《四书味根录》、《四书人物类典》、《小题正鹄》、《制艺选集》等八股文工具书圈子内。并说,八股文才是真正的文章,其它序跋传记等都是杂品,诸子百家,是异端邪说,不堪一读,终身致力举业,以讲章为经学,以类书为博闻,长夜悠悠,视天梦梦!直到鬓发苍白,仍称童生,应小试。简阳这样中科举流毒的士习,至清末吴之英先生来简阳讲学后,才逐渐转变。

吴之英,字伯朅,四川名山县人,以优贡选任灌县训导(文教局长)。早年读书成都尊经书院,为王壬秋(闿运)先生三大弟子之一。治《春秋公羊》学,尤通晓《仪礼》,所著《仪礼奭固》、《礼事图》、《礼器图》较清人张惠言所作《三礼图》、张尔歧所著《仪礼句读》尤为精确。诗文朴茂,诗多古体长篇巨制。其中《哭杨锐》一篇,国事友谊,情深语挚,淋漓慷慨,对慈禧多有讽刺。书法融会汉隶钟鼎文,别开生面。著述很多,刊行《寿栎庐丛书》73卷,流传于世,硕学大师,声名洋溢。他立志发扬中国学术,任灌县训导期内,以学官职权,大量增购书籍,鼓励秀才扩大视野,不要偏重举业,并指导读书方法,提高了灌县读书风气。

1884年(清光绪十年),简州州牧(州长)马承基,商得地方人士同意,仿成都尊经书院体制,在简阳城西街创建通材书院,礼聘吴之英先生任山长(校长)。吴先生嘉其有志昌明学术,欣然应聘,建议购备治学必需图书,马州牧即照嘱购书近万册,后全部移交中学堂接管。

1884年春,吴之英先生到书院,全县就学者很多,并有成(都)、华(阳)、资(阳)、内(江)学生。吴先生以一段时间个别接谈,了解过去学习情况,编印《通材学约》发给学生,人手一册。《通材学约》分经术、小学、史学、词章四门,指出各门必读书籍,任凭学生有志专业者选修,并着重指出专攻某门,必须参阅其他书籍,治经必须参阅诸子,以识别对时代所发政见,更要通小学,明训诂;读《孟子》,必须参阅《墨子》、《荀子》;读《论语》,必须参阅《老子》,孔子问礼于老聃,甚称尧舜无为而治,论治亦特重大同;治史更须读经,史之义例出于经,故七略以太史公书系春秋。词章必扼要多看群书,吸其精华,以入达心应手境地。屈(原)、宋(玉)变子家为词赋,特树一帜,蔚为词宗。谓读书先看作者自序,反复阅读序,体会序所指出书中重点,再去阅读全书,自有脉络可寻,豁然贯通。张文襄(张之洞)说:"良师难得。"书即是师,意即指此。劝学生购读张文襄所著《书目答问》、《辅轩语》、《劝学篇》,即可略识读书门径。规定学生必写读书笔记,轮流抽阅,分别指示进一步治学方法。吴先生教学多术,督促亦严,学生领略读书佳趣,不但提高了读书风气,亦提高了全州买古书的风气。各处都由书院或大成会、文昌会大批购买经史子集,供当地知识分子借阅,不再固闭,自甘浅陋,全县学风为之大变。

通材学生中通《春秋公羊》学者有曾可传,诗文雅赡。吴先生主讲四川存古学堂时,曾约可传去任助教。治《春秋》左氏学者有曾继明,治《论语》学者有吴镜平。其后都以所学设帐乡里。我县著名文人胡皋如先生初在通材书院受学,嗣后又随吴先生到存古学堂毕业,通小学,尤擅长词章,历任四川大学、师范大学教授,为龚道耕先生所推崇。其他入门弟子亦多以能文章见重于乡里。清代以政治力量养成的简阳学风,在吴之英先生的大力倡导下,得到转变。有如王壬秋先生主讲尊经书院,对四川学风之转变,先后映辉,并为不朽业绩。(《简阳文史资料》第十二辑)

吴之英长乡校逾十年

吴洪武

《名山县新志·士女·贤良》吴之英传中写道:"长乡校逾十年,裁成甚夥。"是指1907年,名山知县禄勋聘吴先生出任县立高等小学堂校长,直到1918年逝世于任上,历时12年。其间1910年至1913年执教于成都存古学堂,长四川国学院,仍兼高等小学堂校长,荐赵正和代管全校事,魏理轩任督学,罗国莲任庶务。

为培养自强自贵之国民,他积极推行"中学为体,西学为用"的宗旨。通过教育让学生"知大地山川之储,悉五谷桑麻鱼盐之利,懂交通转输以周四海之道,假西学而自强之理"。为达此目的,他聘有德有才之士任教,先后延聘举人赵正和(顺堂)、举人王炳阳(建廷)、罗国莲、魏理轩、张雨兰等,并对教师提出殷切希望:"诸君皆梓里贤能,父老子弟所倚赖……"

新式学堂卒业年限初定四年。清制,最优等卒业奖给禀生,优等增生,甲等附生,乙等佾生,后废。初办,教材不全,除修身以"四书"(《大学》、《中庸》、《论语》、《孟子》)为主,读经以《诗》、《书》、《易》等经为主外,其余中国文学、算术、中国历史、地理、格致、图画、唱歌、体操等课程均无现成教材。吴之英先生多方购置图书资料,带领教师自选自编教材,还增加农业知识课,请赵正和先生讲授植桑养蚕的知识技术。吴先生"奖诱后进,唯恐不及","免戒高足,忌长骄稚"。他特重视传授学习方法,"教徒读书法,万法引条理,反复研读序,脉络自可寻";"教徒论文法,为汝析源委,益汝唯专精,持之慎终给";"教徒作文法,必先尊体制,识深理来会,理积气斯厉"……还规定学生必须写读书笔记,轮流抽阅。他自己每教一篇文章都要带头写感想,用诗或文的形式予以表达,启迪学生。

民国初期,由于政局不稳,教员薪俸不能兑现。时吴先生任四川国学院院长,得知此情,联名上书当局,并亲自撰文:"教师雨化,修饩微簿,阳历已终,阴历未暮,省会学堂却备薪金,宁有吾乡枵腹课业……"鉴于吴先生等人的呼吁,名山县用团捐附粮的办法予以解决。这样,教员的薪俸除提取寺庙、神会的固定资产(田地租)外,还以集市牙行、斗息、称息、碾磨榨课及其他闲款支付,不足而确有成绩者,由劝学所随粮附征款项拨济。县立高等小学岁收钱谷约合二千七百大洋。教员待遇比较优厚,潜乐施教，校风大振，社会地位不亚于同级公务人员，教员被世人视为知书达礼，博通古今的人物，颇受尊重。

1908年至1913年，吴之英先生连续被推选为名山教育会会长。他协助视学胡存琮与政教界人士为拯救中华，服务桑梓而大办新学。一时城乡学风勃兴。据统计，自1907至1912年的6年中，先后办起47所区立初级小学。就连被称为“地僻民痼”的总岗区回龙寺，以及远离县城百里之外的康乐场都办起了新式学堂。

蜀学大师吴之英　牵动海峡两岸情

——接待“台湾晚清经学遗迹考察团”简记

吴洪武　蒋昭义

2006年7月31日下午，以台湾著名学者林庆彰、蒋秋华为正副团长的“台湾晚清经学遗迹考察团”，光临蜀学大师吴之英家乡名山，受到县委、县政府、县政协领导隆重接待和热情欢迎！

“台湾晚清经学遗迹考察团”渡海峡，入蜀地，是为了实施中国文哲研究所制定的《晚清经学研究计划》。先于四川大学参加“海峡两岸晚清蜀学座谈会”，接着访问蜀学名人遗址遗迹。其目的是对四川晚清经学成就、贡献进行系统研究。

7月28日下午，在川大蜀学座谈会上，吴之英先生的嫡曾孙吴洪武，向海内外学者作了题为《吴伯朅先生与古典蜀学的终结》、《吴伯朅先生仪礼奭固三书——空前启后的杰作》的发言，引起了强烈的反响。考察团决定实地考察吴之英先生遗迹。

晚清蜀学勃兴，成都尊经书院是个主要阵地，而吴之英先生等，就是先锋突击手。吴之英与杨锐（叔峤）、廖季平（平）、宋育仁（芸子）同列“尊经四杰”。其师王闿运称赞道：“诸人欲测古，须交吴伯朅。之英通《公羊》，精《三礼》，群经子史，下逮方书，无不赅贯。”吴之英先生是古典蜀学的集大成者。其遗著《寿栎庐丛书》中的经学被收入《续修四库全书》和《儒藏》，传世永存。台湾学者们要访问吴之英家乡，目的是要用拜谒、探遗、寻访的形式向先贤表示一份敬仰之情，和创新继承之意。

为迎接经学遗迹考察团，安排好访问行程，县委常委、副县长李川，县政协主席王维，副主席徐西专门碰头开会，确定按贵宾接待，全程作好陪同服务，保证住宿出行安全，注意防暑降温。各部门做好分工，落实责任，并立即就位。

考察团下榻在蒙山大酒店，“热烈欢迎著名学者林庆彰蒋秋华一行莅临吴之英故里名山”的横幅分外醒目耀眼。代表团成员一行 18 人，他们分别来自台湾“中央大学”、“中央研究院”中国文哲研究所、高雄师范大学、新竹教育大学、东华大学、台南女子技术学院、嘉义大学、高雄师范学院、台湾师范大学、香港浸会大学、香港汉基国际学校、湖南大学岳麓书院及四川大学。

当天晚上，政协主席王维、副主席徐西及宣传部领导，在酒店茶厅召开欢迎座谈会。宾主互致问候，促膝品茗，谈古论今，就弘扬吴之英学术思想、“礼仪”的振兴发扬、传统文化的教育传承创新等方面交换意见。气氛融洽，畅所欲言。考察团对收集整理校注《吴之英全集》非常关注。为了给代表团洗尘助兴，茶厅特开一场茶艺表演，表演蒙山派祥龙十八式，赢得阵阵掌声。

8 月 1 日上午 9 时，驱车前往车岭镇几安村吴沟。一下车，宾主就徒步向吴之英纪念堂走去。在县政府、县政协、县委宣传部有关领导和车岭镇人大主席的陪同下，在 4 华里的盘山小路上，六十多岁的林庆彰教授走在前头，兴致勃勃、谈笑风生。这支数十人的队伍，突然来到吴之英先生当年生活、著述之地，惊动了吴氏的睦邻亲友，他们三五成群聚集在村头路口，友善相迎，搭讪问询，指路让道。一位教授感叹道：现在如此纯朴的民风已不多见了，吴沟村民好哇，可敬可爱！这是吴之英礼义文行“为里党所重”的最好诠释。

登上山顶，只见林木葱茏，茶园碧翠，总岗横呈青黛如画，石城突兀神气擎天，吴沟村舍星星点点，掩映在成熟的稻黍间……此情此景触发专家学者许多联想与结论：这真是个读书、立说的好地方！吴之英先生也曾在这里登高望远吗？难怪他有如此博大的胸怀和高瞻远瞩的气质！这是一块风水宝地，吴之英能成长为一代大师，当和环境大有关系。

纪念堂内，吴之英塑像安祥生动，他那书卷在手，表情凝重，注视远方的神态，喻射出先生忧国忧民，立志革新的精神风貌。四壁挂着琳琅满目的对联、词条、诗赋，多大家手笔，墨香里透出对吴之英先生一派景仰赞颂之情。当大家听说建纪念堂的砖土沙料都是吴氏后裔和乡亲们义务背上来的,房屋修建是义务施工,并且数年如一日的义务看管时,无不动容称赞,深深感叹到吴之英教化的含义所在。他们接过乡亲们递过的大碗茶水,又是握手又是感谢。几个专家教授还接受了记者现场采访,异口同声感谢乡亲们为吴之英先生所做的奉献,感谢名山领导妥善安排吴之英的故里之行,表示要在研究吴之英的课题内做出学问,以回敬父老乡亲。纪念堂外,碑林环列,三级平台参差,萦回布局,气势恢宏,雕工文藻,精彩纷呈。给不远千里而来的客人们的印象是惊喜、是赞美、是回味。

碑林规模之大,档次之高,大大出乎港台学人的意料。林教授无限感慨地说:台湾《续修四库全书提要》云“吴之英博通群经,尤精《三礼》……文行夙为里党重”,今日一见,确实如此啊。大家争相拍照录像,合影留念。

紧接着离开纪念堂,下山拜谒吴之英的庐墓,学者专家们在千竿翠竹中或注目沉思,或品谈碑文,或环视转游,或低声轻语,用自己的方式,缅怀这位近代名人。他出仕归乡之间,遗留给后人的是著述等身的学识,为人谋而守忠的训育,邻里和睦的标格。在吴之英故居——寿栎庐前,贵宾们探讨此“寿栎”的含义与品味,谈匾额,评楹联,感到这些表象的后面蕴藏一种坚毅而挺拔的梁柱风范,虽然业未竟而长眠桑梓,但蜀学大家的称谓当之无愧!

回到县城,在蒙山大酒店用过午餐后,贵宾们行期匆促,告别在即,县政协主席王维、宣传部副部长彭震、政协副主席徐西等到场相送。作为临别赠言,“台湾晚清经学遗迹考察团”建议:尽快出版《吴之英诗文集》,为海内外学者早日提供研究的资料;加强对吴之英及其学术思想的研究,广泛收集吴之英著作,包括诗词楹联、墨迹碑刻等,为出版《吴之英全集》(校注本)作准备;加强对吴之英故居——寿栎庐以及墓地、碑林的整治、保护工作,蜀学大师庐墓应列入文物保护范围;进一步完善纪念堂及其交通建设。

临别之前,代表团写感怀诗一首,书楹联一副。文曰:

我来蒙山下,怀古钦英风。

昔人虽已没,千载有余情。

词章绍西蜀宗风,名山可见卿云妙墨;

经术传东京事业，寿栎尤存许郑遗文。

这诗、联是台湾“中央研究院”中国文哲研究所著名学者林庆彰、蒋秋华教授带领的“台湾晚清经学遗迹考察团”撰书并赠与吴之英纪念堂的。

诗和联高度评价了吴之英先生的词赋文章，认为是继承弘扬了西汉词赋家、文学家司马相如、扬雄的妙墨；经学、音韵训诂学则传承并发展了东汉经学家许慎、郑玄的遗文。

吴洪武代表吴之英先生故里为经学遗迹考察团现场挥毫，书赠一幅书法作品。作品是春江先生写的《听林庆彰博士感言随记》古体诗：

群贤聚首寿栎庐，访遗探源问村夫。
非为走笔罹文网，志在守成绘新图。
东西研修开广宇，内外交流绥串珠。
大道通衢连幽古，中华文明世界殊。

最后宾主双方齐集蒙山大酒店草坪，以欢迎横标为背景合影留念，互约再见，挥手告别。

他为“保路英雄”书写纪念碑

李国斌　陈显波

2006年夏天，台湾著名学者林庆彰、蒋秋华两位教授带领“台湾晚清经学遗迹考察团”在四川进行了为期一周的考察访问，查找、挖掘学术史上叱咤风云、颇有建树的蜀人经学家。考察团来到名山县车岭镇几安村吴沟，对吴之英先生的故居和冢墓进行凭吊和踏勘。

之英先生何许人也，竟得人如此敬重？

吴之英，字伯朅，号西蒙愚者、渔父、老愚，名山县人，系清末民初的著名学者、蜀学大师。也是上继司马相如，下承杨慎的古典蜀学的集大成者和现代蜀学的开拓者。

巍峨一生

吴之英5岁时即随祖父课读。由于他天资敏慧，学习勤奋，8岁便会文辞，15岁夺得雅州府试文魁。光绪元年(1875)，四川学政张之洞在成都创办尊经书院，以通经学古培育蜀士，在全川选拔高才生一百人进学，17岁的吴之英以茂才入选。他在书院中学习，勤奋刻苦，博览群书，学问日进，在经史词章方面都有了相当高的造诣，与绵竹杨锐、富顺宋育仁、井研廖平同称“尊经四杰”，深受当时的经学大师、书院山长（院长）王闿运的赏识。王闿运称赞说：“诸人欲测古，须交吴伯竭。之英通《公羊》，精《三礼》（《周礼》、《仪礼》、《礼记》），群经子史，下逮方书，无不赅贯。”

光绪七年，全国沿制开科选拔优贡，四川省分配到4个名额，吴之英与杨锐等4人考中优贡。次年入京朝考，名列二等，以学官候用。光绪十年，应资州州牧高培谷之聘，吴之英任教于艺风书院，与蜀中名儒宋育仁、廖平、蒲莹、吕冀文同为讲习。光绪十三年，简州知州马承基聘请吴之英为通才书院主讲。光绪十七年，吴之英任尊经书院襄校（副校长），次年任灌县训导。光绪二十三年，宋育仁奉朝旨主持四川商矿务兼掌尊经书院，推荐吴之英、廖平为书院都讲。翌年吴之英参加以变法为宗旨的“蜀学会”，担任主讲，还同宋育仁、徐昱等用学会名义创办了《蜀学报》，通过报纸的宣传，推动变法维新。他任该报主笔，先后发表了《蜀学会报初开述议》、《学会讲义》、《政要论》、《矿议》、《救弱当用法家论》、《法家善复古说》等文章。

正当吴之英以满腔热情在报上发表维新主张时，光绪二十四年九月二十一日，慈禧发动“戊戌政变”，幽禁光绪皇帝于瀛台。二十八日杀害谭嗣同、杨锐、刘光第、林旭、杨深秀、康广仁等六人，罢一切新政，维新运动宣告失败。四川的“蜀学会”与《蜀学报》遭禁斥，宋育仁被罢黜回京赋闲，吴之英受到审查。变法失败，挚友杨锐惨遭屠戮，吴之英写下《哭杨锐》长诗。他深感“四海已无施巧之地”，于光绪二十七年辞职还乡，侍母著书。光绪三十一年，吴之英任名山县立高等小学堂（原紫霞书院）校长，次年被乡人推举为名山县教育会会长。

宣统元年（1909），清廷设礼学馆修明礼教，聘吴之英为礼部顾问官，吴之英却之不就，却欣然接受了四川存古学堂的工作。世人哗然，有人百思不得其解，填了《捣练子》词：“官顾问，名远扬。孩子王收多少粮？先生辞官甘当王，令人真是费思量！”

民国元年（1912），吴之英受聘为四川国学院（川大前身）第一任院正（院长），他亲自撰写了“国学院”三个大字和一副楹联悬挂在学院门口：“斯道也将亡，难得四壁图书，尚谭周孔；后来者可畏，何惜一池芹藻，不压渊云。”借以鼓励后进之士，继承发扬祖国的灿烂文化，为国家民族干一番事业。吴虞(吴之英的学生)后来为《国立四川大学专门部同学录》写序,回忆当时的情景说:"国学专校,创自民国。其时吴伯朅师、廖平前辈、刘申叔、谢无量诸公,聚于一堂。大师作范,群士响风,若长卿之为师,张宽之施教,蜀才之盛,著于一时。"

民国二年(1913),吴之英因体弱多病,上书四川都督尹昌衡、副都督张培爵,辞去了国学院院正职务。临行前,吴之英慷慨解囊,捐献了薪金九百元(大洋),资助学院办学。回乡后仍从事桑梓教育,以多病之躯担任名山县教育会会长和县立高等小学堂校长。其间,川人为纪念四川保路同志会在反对清政府出卖川汉铁路筑路权斗争中的死难烈士,在成都少城公园(今人民公园)建成一座丰碑。碑体四方,由四位著名书法家吴之英、赵熙、颜楷(吴之英的学生)、张学潮分别用不同字体书写"辛亥秋保路死事纪念碑"十个大字。碑身东面所刻的隶篆书体,即为吴之英的手迹,当时奉送润笔费五百两纹银,先生谢绝,并说:"烈士们热血可流,我吴某何惜这点力!"

民国七年,吴之英病逝于任上,学校师生和乡人开了隆重的追悼会,素车白马,幛联林立,极一时之盛。

文荫后辈

算起来,到吴洪武这一代,已经排到曾孙位了,虽然老吴今年已经 67 岁了。

他告诉记者,小时候住在老家吴沟,曾祖父(吴之英)的遗像就供在堂屋的神龛上,后面是曾祖父亲笔书写的"天地君亲师"牌位,自己打小就学曾祖父用铁笔在沙盘里练字,锻炼指力、腕力、腰力。

如今,吴洪武的书法作品已是屡获国内外大奖,《吴洪武书法选集》也已经出版发行了。

吴洪武讲起了他从爷爷那里听到的故事,说吴之英小的时候,练字特别吃苦,为了不被外人干扰,自己作了一首诗:"写字如撑逆水船,气长力足破浪前。心摹手追出佳作,神不专一练枉然。"贴在书房门口,想来找他玩的人见罢,也就知趣地走了。

吴之英年幼时也闹过笑话。有一次,他的母亲买回来一块猪肉,挂在筷篼上,下地干活去了。吴之英很想吃肉,他居然冲去吃了几口生猪肉。

晚上母亲将肉煮好，唤吴之英来吃，他说自己已经吃过了，母亲看到肉上参差不齐的牙印，才明白了是怎么回事。

吴洪武现在住在县城里，他说，只要有空闲的时间，他都要回吴沟去转一转。

在吴之英的故居——寿栎庐，现在住着吴大友、吴含喜、吴含寿 3 户吴氏后人。

“孩子们都在外地，有的在读书，有的已经参加工作了，过年是最热闹的时候。”吴大友的妻子说。

77 岁的吴全荣坐在院坝里晒太阳，他是唯一健在的吴之英的孙子，他乐呵呵地告诉记者，今天天气不错，吃过午饭要走路到镇上去打牌，麻将、长牌他都会。

老人懒洋洋地沐浴着阳光，遇到生人，龙门阵自然多了起来：年轻的时候去砍岩页(制作豆制品所需的一种岩石)，有次一块大岩石垮了下来，他用背扛住，三个小伙子才把这块大岩石卸了下来。卧床不起了，腰背痛，开了几副活血散，吃了还是不抵事，强忍着爬起来，翻爷爷写的医书，照书上说的，逮七八只螃蟹，去壳后，把蟹肉和蟹腿碾细，然后烫一壶烧酒，趁热冲服，这样渐渐好了。

老郑是车岭镇资深的收荒匠，他把满载的自行车靠在路边的树干上，指着吴家院坝外的一块菜地，惋惜地告诉记者：“那里原来是吊脚楼。吴家原来风光得很，大四合院，四周是青石砌的围墙；现在房子上盖的瓦还是古式瓦，一个人踩上去还不易踩烂。”

纯朴民风

中午 12 点正，记者准备动身登山瞻仰“吴之英纪念堂”，一吴姓人闻讯，执意要我们吃点荷包蛋，打个尖才走。推诿不过，记者坦言：两个足够。谁料主人家却端来满满一碗，相劝道：“小伙子就应该多吃点，像你一般大的时候，我一口气能吃下十来个。”离开之时，口杯中已续满了暖暖的开水。一位阿婆不停叮嘱，这几天刚下过雨，山路陡滑，小心行走，注意高岩飞石。

此时的心境，正印“台湾晚清经学遗迹考察团”一教授的“吴沟”之叹：现在如此纯朴的民风已不多见了，吴沟村民好哇，可敬可爱，这是吴之英礼仪文行"为里党所重"的最好诠释。

纪念堂坐落在金鹏山山顶，两侧树木葱茏，前后茶园黛绿，大门正上方悬挂着已故书法大师启功题写的"吴之英纪念堂"匾额。纪念堂内，吴之英塑像生动传神，四壁挂着的书法、词条、诗赋，多为大家手笔。纪念堂外，碑林环列，气势恢宏。

参与了碑林筹建的吴洪武说："自2000年着手筹建至今，先后收到全国20多个省、市、自治区、直辖市以及美国、韩国等书画家、诗人、联友和仁人志士等惠赐的作品和捐赠的资金。迄今已收到诗、词、联、画等作品600多件，镌刻石碑180余通。"

几安村6社社长吴荣祥、党小组组长李运连、蓄着大胡子的吴洪焱等五人坐在纪念堂外的石阶上合计着大事：山腰的路上垮下了几块大岩石，得想办法清理。

"修建纪念堂和碑林，他们是出了大力的。砖沙石料都是吴氏后裔和乡邻们义务背上来的，房屋修建也是义务施工，平时看管纪念堂和碑林也是义务的。"吴洪武告诉记者。

吴洪焱站了起来，拍拍屁股上沾的灰土：显然他们已经达成了共识。

吴之英与谢无量

这里有必要介绍一下谢无量。谢无量是我国近代史上一位才华横溢的诗人、学者、书法家，曾任孙中山先生大本营秘书、参议。

宣统元年，四川提学使赵启霖在成都开办存古学堂，谢无量任监督（校长），两人多次来函聘吴之英任教，吴之英欣然受聘。到存古学堂后，吴之英竭力支持、协助谢无量工作。学堂初办，书籍资料缺乏，吴之英曾任尊经、锦江书院襄校，知道两院古籍多，于是向谢无量建议将两院古籍移至存古学堂，并代笔撰写《王护院许将尊经、锦江书刻移存古学院启》。

民国元年初，四川都督府开办国学院，聘吴之英为首席院正，刘申叔为院副，合并存古学堂后，吴之英荐聘谢无量为院副。次年，吴之英积劳成疾，上书请辞，在《答张培爵（四川副都督）书》中，荐贤举能，"院中人士美尽西南……至于谢（无量）、刘（申叔）、曾（笃斋）、廖（平）脱颖出囊，尤堪宗主关西……"五月，吴之英呈《辞国学院院正致尹昌衡（四川都督）、张培爵书》，再次举荐"院中人才济济……最著者谢无量硕学通敏……"那时的国学院，人才荟萃，大师云集，谢无量年仅 20 多岁，在列举诸贤时，吴之英每次都把谢无量放在首位，可谓是慧眼识英才。

谢无量曾撰书一联相赠：

自王(闿运)伍(崧生)已还，为人范，为经师，试问天下几大老？

后扬(雄)马(司马相如)而起，有文章，有道德，算来今日一名山。

吴之英与杨锐

吴之英与杨锐是同窗加战友的知交。两人同庚，1875 年同时被张之洞选进成都尊经书院深造，1881 年，两人又同为优贡，共赴京城参加朝考。中日甲午战争后，杨锐在北京倡办“蜀学会”，宋育仁、吴之英等在成都发起“蜀学会”，创办《蜀学报》，吴之英担任主讲、主笔，满腔热情宣传变法维新，两人分处蜀、京，却是志同道合。

1898 年 9 月 5 日，光绪帝下旨：任命杨锐、刘光第、林旭、谭嗣同参与新政事宜。9 月 28 日，杨锐等 6 人血溅菜市口。当吴之英得知“戊戌六君子”牺牲的消息时，悲愤填膺，不顾自己正在受审的处境，把对同学、战友的悼念、景仰之情倾泻于笔尖，挥毫撰写了《哭杨锐》长诗和一副挽联：

书院订知交，富子云才，存范滂志，抱义怀仁，德量汪洋波万顷；

伤心悲水诀，挂徐君剑，碎伯牙琴，抚今追昔，晦明风雨梦三生。

附　录　四

吴之英书法研究

《吴之英书法选集》序

张　翊

在成都工作期间，每逢五四青年节或辛亥革命纪念日，我都要到人民公园瞻仰历史丰碑，接受革命传统教育和艺术的陶冶。对碑的东面用隶篆体写成的“辛亥秋保路死事纪念碑”十个大字尤为欣赏和推崇，笔划中间跃动着爱国保路这一历史进程惊心动魄的旋律，“名播遐迩，享誉甚隆”（《中国书法鉴赏大辞典》），具有重大的历史意义和很高的审美价值。这就是著名学者、书法家吴之英先生的手迹。

吴先生是四川名山人，早年以茂才入尊经书院，备极刻苦，博览群书，与绵竹杨锐、井研廖平、富顺宋育仁同称“尊经四杰”。后曾任成都尊经书院、锦江书院襄校（副院长），以及国学院首任院正等职，“治学声誉，遍及全国”（同上）。戊戌变法时担任“蜀学会”主讲，与宋育仁等创办《蜀学报》并任主笔，积极撰文宣传变法维新。变法失败后，愤归故乡。吴先生工书法，学传统，得其精髓；师造化，注入活力；融碑帖，雄强古逸；辟蹊径，卓然自立。形成了遒劲古拙，凝练厚重，纵横捭阖的书法风格。

《吴之英书法选集》，精选其所书碑碣、匾额、条屏、书信、日记等汇集成册，真行草篆诸体皆有，展示了吴先生的创作道路和精湛的书艺。日记为前期作品，它将隶书的雍容浑厚，章草的流便简洁和行书的灵秀自然力争融为一体，有含蓄蕴藉之意，呈练达诚挚之美。楷书本难于变化，墓志内容庄重严肃更增加了变化的难度，但吴先生在点画、结体、章法等方面极尽变化，是对千人一面馆阁体的叛逆。对联落笔凝重，多以篆隶行之法出之，饶有北朝书风之神采，汉碑瑰丽之精妙，行草潇洒的风姿。书信的笔画奇姿百出，结体奇巧古拙，气度神奕恢弘，令人耳目一新。他擅长逆笔，将甲骨、金文、真草隶篆的笔画和造型为其所用，变丑为美，变“败笔”

为神奇，内藏精气，外耀神采。

由于岁月的沧桑，吴先生墨迹，仅存鳞爪，有的已成残笺零页，有的珍品尚未搜到，实乃憾事。为抢救这一珍贵文化遗产，在资料搜集，文字考辨过程中，吴洪武、李平国、冯永文、施南勋等同志夙兴夜寐，辛勤工作，促成此书早日问世。《吴之英书法选集》首次出版，流传后世，墨宝永存，它像一朵奇葩，盛开在书法艺术的大花园中，实为学子之幸事。

（作者系四川省广播电视厅副厅长）

吴之英书法赏析

何峙　张进　王宝明　张社

1913 年，四川人民为了纪念“保路运动”中牺牲的爱国志士，在成都少城公园（今人民公园）建立一座具有历史意义的丰碑。当时，请了 4 位著名书法家赵熙、颜楷、张学潮及吴之英各以不同的字体书写“辛亥秋保路死事纪念碑”镌刻于碑上。碑身东面带有篆隶书意、古朴而浑厚的 10 个大字，即是吴之英的手笔。

吴之英（1857—1918），四川名山人，字伯朅，号西蒙愚者、西蒙渔父、蒙阳愚者、老渔。他出身于一书香之家，祖父吴文哲、父亲吴铭钟都是饱学未显之士。吴之英幼承庭训，早年曾人成都尊经书院，受到山长王闿运等人陶冶，深受王的赏识，成为王闿运诗学的传人，代表了晚清文学的一个重要流派。吴之英 15 岁就夺得雅州府试文魁，后被选为优贡。在维新变法期间，曾加入“蜀学会”，与宋育仁等创办《蜀学报》，并任该报主笔，宣传推动维新变法。在维新变法失败以后，愤归故里，教书育人。后来到成都存古学堂、国学院任教，并担任了国学院的第一任院正。吴之英有遗著《寿栎庐丛书》刊行于世。

吴之英 5 岁起便在祖父、父亲的指导下描红、摹字，常用木笔、铁笔在沙盘上练字。早年以学习颜真卿和苏东坡为主，后来因受到碑学思想的影响，上追三代汉魏诸碑，中年即已形成自家面貌，其风格在当时书坛上是很独特的。

吴之英学习魏碑，主要是以《石门铭》、《瘗鹤铭》、《泰山金石峪金刚经》、《龙门十二品》及“二爨”等为主要蓝本。深得魏碑的雄强与姿肆。隶书立足于《乙瑛碑》、《衡方碑》等，悟得汉隶的雄浑质朴。篆书取法于《泰山刻石》、《峄山碑》、《石鼓文》等，行草书以二王和宋四家为主。吴之英的以上取法路径，源于他对“馆阁体”的批判，他认为要改变“馆阁体”的陋习，须“起古人而生之”，在书法审美上提出“蕴秀见拙、庄厚宜雅”的标准，将“庄”与“雅”，“秀”与“拙”这两对矛盾统一起来，在理论上是很有见地的。结合他的书作来看：秀中见拙，端庄而雅致，完全体现了他的审美追求，做到知行合一，这应当是他善于向古人学习的结果。吴之英在书法实践上的创意是以篆隶笔意来作楷书和行草书，用笔劲涩，波澜不平的提按，骨力耸峭的转折，显示出韵律之美，线条颇具质感。用笔方圆并用，且好用逆笔，故其书法具雄强之势。在字的结体上，内紧外松，内部笔画大多粘连在一起，而外部则较为开张，这一特征主要取自《石门铭》、《瘗鹤铭》等。同时，他还善于变化字的形态，一是从偏旁部首上寻求变化，向左或向右倾斜；二是从点画上求变化，如将一些横画写成侧点、平点，着意取态。在吴之英的楷书、行楷书中很难见到正襟危坐的结体，多表现险绝，欹侧之势，然整幅作品又显得十分协调与平稳。吴之英常将掠画改写为反刀撇，写口、横折钩、竖钩等偏旁时，向外弯曲，如引弦欲发的强弓，这一形势上的变化，增强了气势，分外见精神。

吴之英的楷书、行楷书，早期是以苏字和颜字相结合的面貌出现，后来则变为主要以碑书的面貌示人，略带帖意，具有一种浑厚、古朴、拙中寓巧的美感。他的行草书，碑体金石味较浓。赵熙在见了他的充满激情的《哭杨锐》行书诗卷后，赞为“瑰玮”，甚表倾服。（《近现代百家书法赏析》，何崤主编，四川大学出版社，1996）

质朴不可裁　变化挟鬼神

——吴之英书法艺术研究

吴洪武　吴劲松

引　言

矗立于成都人民公园内，被列为全国重点文物保护单位的历史丰碑——“辛亥秋保路死事纪念碑”，东面用篆隶体书写的文字即是著名学者、经学家、书法家吴之英手迹。“名播遐迩，享誉盛隆。”

吴之英(1857—1918)字伯朅,号西蒙愚者、老愚(渔),四川名山人,与绵竹杨锐、井研廖平、富顺宋育仁同称“尊经四杰”。戊戌变法时担任“蜀学会”主讲,《蜀学报》主笔,竭力宣传维新变法。曾任灌县训导,成都尊经书院襄校(副院长)及四川国学院首任院正等职,“治学声誉,遍及全国”。“他在弘扬蜀学,在四川和中国文化史上都做出了重大贡献”(彭静中《弘扬蜀学的吴之英》)。遗著《寿栎庐丛书》73卷,还有《中国通史》、《诸子通倅》、《北征记概》、《诗以意录》、《尚书信取录》、《周易寡过录》、《蒙山诗抄》等遗稿未出版。《寿栎庐丛书》中的《仪礼奭固》、《仪礼器图》、《仪礼事图》54卷,收入《儒藏》、《续修四库全书》,传世永存。

“质朴不可裁,魁而出陶甄。运会不为逆,变化挟鬼神。”“务到精审处,孤立求真谛。”(吴之英《寿栎庐丛书·诗集》)这是吴之英论书法的诗句,可见他所崇尚、追求的是质朴、变化和与众不同。为达到此目的,要“识量不可羁,慎勿守局促”(吴之英《寿栎庐丛书·诗集》)。他采百花,酿精蜜,遍涉周秦金石之文,汉魏碑碣之字,晋唐之法帖,宋四家之书迹,《书谱》之论述,《双楫》之评论,于魏碑汉隶中求笔法,于篆籀中得笔势,于章草中取笔姿,于帖学中寻笔意。他把列强横行,国无宁日,世道不公和人生坎坷的愤懑之情渲泄于笔端,形成了质朴雄奇的独特风格。首先是雄。雄,体现在:从色彩看,注墨辣,以浓重、朴素见长;从动势看,鼓宕劲健,纵敛互用,节奏感强;从结体看,开合大度,对比强烈和谐;从空间感看,有构筑之美和廖廓浩茫之感,给人以大气沉雄的审美享受。奇,首先是奇特的运笔。他创造的反笔笔法充满抗俗韵味。此法是笔锋反背入纸运行,即笔尖向内(常法是笔尖入纸后与行笔方向相背),笔毛外侧铺毫运行。不仅捺常用此法,就是点横也用,笔道险劲,老辣率真。为了求变,正侧锋并用,正以立骨,侧以取态;顺逆锋兼施,顺则使字意飞动,逆则使气韵凝重;方圆笔杂糅,方能明快劲利,圆能秀美含蓄。二是奇姿的笔画。将真、行、草、篆、隶、魏碑诸笔法融合一起,进行巧妙的取舍和再创造,一展奇姿。行书吸取隶书笔意,点画常用篆法起笔,笔锋回旋后向右下方捺出,造成中点不在中,偏左长而重之势,以险夺目,似雄鹰捕鼠。或变顺捺为反捺,或变横画为侧点、平点,着意取态。波澜不平的提按,抑扬顿挫的转折,宛转盘旋间纵敛互用,或长或短,或欹或正,或左右挪攘,或局部夸张,可谓奇姿百出。其诗云:“抑甚欲其扬,既纵乃敛之。回环纠结时,疏密视以宜。一日适其和，当自出灵姿。”(吴之英《寿栎庐丛书·诗集》)三是奇特的结构。他将各体造型为其所用，楷书中有行草之结体，行草中有篆隶的间架，无拼揍之感，有古拙之美。他外师造化，中得心源，创造出象形与抒情相结合的字形。他视书法为摆阴阳阵，认为把黑与白，赢与缩，逆与顺，攲与正等诸种矛盾处理好，就会出好章法，好结体，摆出的“阴阳阵”就会精神砻砻。他写道：“五行迭用互赢缩，六甲错居藏逆顺。精神砻砻战于玄，攲正周复阴阳阵。”他深刻体会到要驾驭好这诸多矛盾，必须“识深理来会”方能达到“理质意自卓”(吴之英《寿栎庐丛书·诗集》)。这里所谓的“质”就是对立统一的自然本质。知识越丰富，理会越深刻，就更有助于美感的获得和升华，书法有意境就会卓然不凡。

吴之英书法的成功是博涉多优，兼取众美的成功，是高扬个性意识，创造独特风格的成功。这源于他有渊博的知识，有“自贵自强是吾宗”理想，有反帝爱国的拳拳赤心，有“不疑贾马非壮夫”的气概，有“尝疑老洫生糟粕，又叱臭腐化神奇”(吴之英《寿栎庐丛书·诗集》)的魄力，有参与戊戌变法，揭露顽固派的胆量，有甘当人梯，解组侍墓的淡泊。作为审美意识物化表现的书法，自然会把这种精神、气质凝聚灌注和积淀到里面去。

吴之英书法历程大致可划分为三个阶段：

一是“必先尊体制”阶段；

二是“奇辟初可惊”阶段；

三是“晚成将坚硕”阶段(吴之英《寿栎庐丛书·诗集》)。

必先尊体制

这一阶段为36岁以前，即1893年前。

“必先尊体制”是吴之英学书的经验之谈。意在说明学习传统，继承传统的必然性和重要性。他在这方面下了很大的功夫。四岁多便随祖父吴文哲、父吴铭钟读书写字。稍长从吴玉衡，先后习颜、柳、欧、苏字，喜用木笔、铁笔在沙盘上写字，练习很刻苦。据说有这样一件事：一天吃饭时，他一反常态，左手拿着筷，其母以为他学“左撇子”吃饭，便把筷子夺过来塞到他右手里，这时发现他的右手像发糕一样肿了，一了解，原来是他用铁笔练得太久，拉伤所致。尽管如此，他还是依然如故地练。

1875年吴之英入成都尊经书院后，得到学者、书法家王闿运指教，书艺大进。1884 年，吴之英受聘到资州艺风书院执教，与“字妖”包弼臣在此共事三年，从包体中吸取营养。其间撰写了《资州刺史怡楼高培谷植兴艺风书院碑》、《资中君子泉》等。他临池不辍，即使出差或旅游途中，练习仍不间断。《吴之英日记》其中一段记载他从成都九眼桥乘舟东下，“十九日……以箧有书器，时作字数行，小排积郁，遂以为恒”。他练字时全神贯注，并写诗自励：“写字如撑逆水船，气长力足破浪前。心摹手追出佳作，神不专一练枉然。”

吴之英对“乌、方、光”布局如算子的馆阁体持批判态度，为清末书道中兴呐喊。他认为要改变书坛媚弱的风气，应“起古人而生之”，“通其变以并行之……皆救弊之良药也”（吴之英著《寿栎庐丛书·法家善复古说》）。他提倡学魏晋风骨，“趋魏晋姿势浸巧”（形神更美），提出“蕴秀见拙，庄厚宜雅”（吴之英著《吴让之墨迹跋》）的审美标准，并遵循这一审美轨道运行，从实践升华到理论，又用理论指导实践。从这段时间所留下的墨迹《吴公墓志》、《候铨知县胡孝廉碑》、《灌县重修安澜桥碑》等来看，不仅功底扎实，还注意变化，初具特色，下面就其这时期所写的书体作简要分析。

篆书　以小篆为主，28 岁时所书的“乐哉斯垃”墓匾，安排得匀称大方，清而朴茂，婉而流畅，工而见活，颇有情趣。笔者保留其读过的《说文解字》批注甚多，足见其用功之精勤。

楷书　唐法很浓，点、横、撇、捺源于欧，钩画取法颜，结体出自柳。30 岁以后的楷书很有苏字“绵中裹铁”的特征。点画精巧，方圆兼施，温润典雅，寓意含蓄，工稳中有起伏流动，丰腴中露强筋劲骨。这时期用楷书写的墓志敢于打破常规，力尽变化，首先是点画的变化。点，既有长点、方点、圆点、鹅头点，又恰好与其余部分相应生姿。横画左低右高，一扫横平竖直的笔势。带方框的字，有的全封闭，有的留一二个口，以求气活。第二是结体的变化，相同出现的字或造型不同，或首尾各异，或粗细有别，或长短有致。有的随势生形，有的错落揖让。第三是章法的变化，墓志有行无列，横看每行的起首字由右向左不在一条线上，而是呈梯状，一改墓志纵成行，横成列，整齐有序的常规。行气中隐寓大小、斜正、开合之变，生错综起伏之势。这种鼎新革故精神是可贵的。

行书　其特点是将隶书的雍容浑厚，章草的流便简洁和苏黄行书的灵秀自然力争融为一体。结体圆浑流动，骨力寓于姿媚之中。笔势外托，转折处多重按，竖笔画多垂露，钩多变化，有的转折平出，角近乎 90 度；有的直捺到底，成 180 度；有的肥波飞伸，注意内在力量的裹藏与呼应。墨浓而不肥俗，丰腴而不臃肿，给人一种质朴醇厚而又生动灵秀的美感。

奇辟初可惊

这一阶段为 37 岁至 49 岁，即从 1894 年至 1906 年。

吴之英在这十多年的时间里，除继续研习篆、隶、魏碑而外，更注意碑帖结合。他效魏晋碑志，如苍松之盛，健将之躯，法《张迁》、《礼器》典重竣洁、魄力沉雄；得籀文风骨，朴茂自然，意趣汪洋；悟苏、黄韵致，纵伸横逸，曲功飞动。他师古而不泥古，曾打过一个生动的比喻，阐明化古为我的道理。他说："窥鸠巢者，非欲化鸠，夺其巢而居之也；探虎穴者，非为化虎，将欲得其子而缚之归也。"（吴之英著《蜀学会报初开述议》）他学诸体，善于领会形与神、意与象的关系，重在得其神韵。

"造化含元气"，他善师造化。在种树灌园，教子逗孙，游山观景，坐江垂钓，若遇酒徒，亦怀清圣；偶逢樵子，便说山精的生活中，能细心观察，富于联想，及时捕捉大千世界里的意象，融于心，写于手。他看见立在河边的鹭鸶，昂首矫视，振翅欲飞的英姿，取其神形，写出造型奇特的"子"字。一次上蒙山，看见一棵棵遭雷击的大石栎树，有青枝绿叶，又有光秃的遒枝，形状各异。他看入了神，觉得弯的像弓，直的如箭，短的似匕首，长的同利剑，棱角四现的像锏，光光滑滑的似棒，有刚有柔，有枯有润，浑然一体，无限生机，简直是一个美的整体。他进一步领悟到书法应是状物与抒情的和谐统一。

吴之英学传统，变古为新；采众善，化作己用；观造化，注入活力；敢创新，运用反笔。书法与其生性、学识、情操自然的溶合和相互渗透，写心、写意、写个性，破格超脱，独辟蹊径，形成了凝炼、厚重、质朴雄奇的风格特征。这期间所写的碑有《重修唐隐居祠碑》（在都江堰市青城山，书于 1894 年），《宋公兆熊祠堂碑》（书于 1901 年），《拣选知县张孝廉墓道碑》（书于 1903 年），《庐江令张君碑》（书于 1905 年）等，还书写了大量的匾、对、条屏，下面就其代表作作一简析。

行草书《哭杨锐》诗稿。当他得知"戊戌六君子"牺牲的消息时，悲愤填膺，不顾自己正在受审的处境，把对同学、战友的悼念、景仰和对顽固派的愤恨之情倾泻于152句1072字的长诗中。那时而粗犷，时而细腻，时而意笔，时而工笔，时而金戈铁马，雷震霆击，时而如诉如怨，泪随肠转的线条、旋律情致，奏出的是歌颂人类美好信念和悲壮蕴含的乐曲，描写的是一出感动天地，划破沉沉夜空的崇高悲剧。真是沁人心脾，感人肺腑。无怪乎著名书法家赵熙看后赞不绝口，作出“其书瑰玮”的高度评价。世人誉为“《祭侄文稿》第二”(《中国历代名家大辞典》329页)。

行书　以六字联“齐天地于一指，殖兰茝之千畦”为代表，“墨迹行中带楷，且溶篆隶笔意。显得十分雄浑拙朴，气势夺人。”那恣肆奇古的结体，挥洒自如的点画，断金切玉的力度，令人感到此乃集北碑之神采，南帖之精华，篆隶之风姿而成，直入“大美”、“壮美”境界。直隶意作点画，变败笔(钉头)为神奇，用行书出篆体，变古拙为新奇；以魏碑强筋骨，变隽秀为老辣。“齐”字中密而外舒，“天”字牵丝像长虹，“地”字取形于《孔厥碑》，造型朴古，“于”字脱胎于《说文》，弯似强弓。“一”字短而笃实，“指”字飞白多孔，“殖”字左疏右密，“兰”字左密右疏，“茝”字内敛，“之”字外纵，“千”字如锥画沙，“畦”字基础稳固。这不是一种拼揍组合，而是溶入一种灵气、机变的创造。

小楷　吴之英遗著有几十万字，多用小楷写成，一扫早期颜、柳、欧、苏楷意，有自己特有的面目。其小楷多呈北魏墓志的刚健，又含《金刚经》宽博的气韵。结体端和，布白停匀，字距紧密，体方笔厚，示人以正面形象。骤然一看，似乎笨拙，仔细观察，乃悟其大巧若拙之妙。起笔多取秃不取尖，出锋力至笔端，避轻巧浮滑，求平实质朴。以劲健的线条，构筑起撑满方格的体势，追求名石书的庄重效果，气势舒展，落落大方。线条波挑翩翻，富于变化，如捺笔，或顺刀撇，或反刀撇，或变为长点，或写作短点。有的字本是殷墟甲骨的造型，却以楷书出之；有的原是行草结构，却进入真书行列；有的行高出一格，有的行又空留一字，似天然气孔。从线条、结体、章法看，静中有动，在稳定与平衡之中，有一种沉稳的慢节奏，恰如金石之声悠扬。

晚成将坚硕

这一阶段为51岁至61岁，即从1907年至1918年。

吴之英的书法创作历程，是一个不断探索，不断提高，自我超越、完善的过程。“锻炼出纯质，晚成将坚硕。”已达“我学非古法，我法非今制”(吴之英《寿栎庐丛书·诗集》)那种自由创作的境地。他将钟鼎、石鼓、汉隶、魏碑等化为一体，溶入行草，臻入化境，篆势、隶韵、草情毕具，脱尽前人窠臼。观其笔迹，有苍劲宕逸，入木三分之力；欹侧纵横，矫若游龙之势；奇涩沉雄，铁屈铜铸之气。视其体态，似篆似隶，似碑似帖，妙在似与不似，妙在碑帖结合以济行草之穷。他有一诗可看作这一时期书法的写照。“闲情养毅力，清思扬远谊。简重写新书，但作郁茂字。厘之化珠碧，窨之伏妖魅。一卷空谷出，景然独灵媚。”(吴之英《寿栎庐丛书·诗集》)郁茂新书出自不经意之中，独灵于大千世界，这是他所执着追求的“景”。其间恰好发生了一件事。名山县车岭镇街上一次失火，熊熊大火烧至他书写的“德益社”匾额前被扑灭了。这三个字经过烟熏火烤，分外有精神，于是吴字能避火水的传说不胫而走。张寒山作诗赞道：“先生德高书艺高，书成驱邪鬼嚎啕。韵流神溢灭天火，半街得益免遭殃。”字能避火，这种说法是不科学的，但可看出人们对其书法的珍视、崇敬。

这时期的代表作有行书书信和辛亥保路纪念碑。

行书　1912年吴之英任四川国学院院正时给罗郭莲的信，信手写来，灵姿自出，那潇洒飞动的点画，峻利昂健的体态，雄强沉劲之气势，稳中求险的变化，与历代书法墨迹相比，个性更为鲜明。其特点有三：一，奇姿百出的笔画。吴之英好用逆笔，线条挺健，富有拉力和弹性，饶有利剑击石，快桨分水的刚柔奇力。通篇以意行笔，笔画洋溢着深厚、练达、沉劲和飒爽之风神，将正与欹、藏与露、方与圆作了巧妙的艺术处理。他精于提按，有的劲健，有的笃实，有的方折，有的圆转，有的峻棱毕现，有的圭角不露，耐人寻味。最为独特的是长线与短线，斜线与直线，各种点与线的巧妙结合，横撇、撇捺、勾点等挥洒无余的姿肆勾连，组成大小不等、形状各异的二十余个椭圆，创造出富于运动魅力的空间美，表现出一种空旷、博大的气概，一种深远的内涵。二，奇崛生辣的结体。结体奇表现在一封122字的手札，各种书体的造型出自信手之笔。非精诸体，熟谙八法与高深的学识修养是达不到如此境界的。“郭”字含魏碑神采，赫然领头；“莲”字有汉隶造像，苍古浑穆。“之”字取形于铜器款识，“君”字出于篆书，“何”字草体明快洒脱，“食”字行书、隶书结合，“历”、“微”等字与常法迥异，“多”字变为左右结构，“纳”字的安排特殊，“以”字如古佛结跏趺坐，

"笑"字似嫦娥广袖长舒,"左、右"以本字出现,"慎"、"光"以古字修书,有的疏可跑马,有的密不透风,有的左实右虚,有的左纵右收,或斜或正,或长或方,险奇中见平正,平正中生险姿,碑帖结合,诸体结合,古今异体字结合,其变多也,而无荒诞之态。三,神奕恢弘的气度。吴书内藏精气,外耀神采,求雄强而不强作怒张,得巧妙而不矜持造作,笔到之处,点画振动风骨清举,聚散促展,磅礴典雅,实现了阳刚之美和阴柔之美的和谐统一。

隶篆体　成都人民公园内的保路碑,其东面用隶篆体书写的"辛亥秋保路死事纪念碑"十个大字,吴先生写于 1913 年。既有隶书的质朴,兼有籀文的雄强,融入魏碑的凝炼,表现一种刚正不阿的精神,用于烈士碑志,实能相得益彰。"辛亥"二字首点均写成一短横,避免头轻之弊,两短横的安排上粗细有别。"辛"字第一长横圆笔微仰,"亥"字长横方笔略俯,俯仰相背呼应,各呈风姿。"亥"字收笔点,写成隶书的捺,如骁将之足,力鼎千钧,有泰山压顶不弯腰之雄势。"路"字的反文一捺用反刀撇,更显得坚实。"死事"的"死"字,"歹"部在篆文的原型上加以变化,"匕"部竖弯钩用隶书笔法与"路"字的反捺相呼应,意在为保路而死。"事"字将主笔竖钩写成一竖,以篆笔圆劲强其骨,如铸如刻,旨在此事将彪炳千古。"念"字的人部一波三折,"心"部对称,给人以心潮起伏,肃然起敬之感。这各个差异的部份既显现个体特征,令人产生丰富的联想,形象地飘荡着那动乱年代苍凉悲壮的烟云,又融合为有机的整体,显示出一种内在的生气、情感、灵魂和精神,跃动着这一历史进程惊心动魄的旋律,"名播遐迩,享誉盛隆"。　(注:本文入选全国近现代书学研讨会。入编《四川书学论文选》。作者分别为副编审、四川书学理论研究员,四川省书学会会员)

吴之英书写"保路碑"文

吴洪武

1911 年(辛亥年)5 月 20 日,清政府为取得英、法、美、德四国银行团 600 万英镑的贷款,将粤汉、川汉铁路出卖给帝国主义。此举激化了中华民族与帝国主义及清廷的矛盾。夏秋间,保路同志会遍布全川。9 月 7 日,川督赵尔丰命清兵射杀成都请愿群众数十人,制造了"成都血案"。四川各地同志军迅速揭竿而起,包围成都,占据新津,扼守大相岭,进军自贡盐场,"死者钜万"。9 月 28 日,同盟会员吴玉章、王天杰领导了荣县独立。

11月22日，张培爵等人在重庆建立蜀军政府。27日，大汉四川军政府成立，蒲殿俊任都督。12月10日，四川军政府成立，尹昌衡任都督。22日，捕杀赵尔丰于成都，清朝在四川的统治覆灭。孙中山说："若没有四川保路同志会的起义，武昌革命或者要迟一年半载的。"巍然屹立于成都市人民公园内的"辛亥秋保路死事纪念碑"，就是当年四川人民爱国主义精神的历史见证。为纪念保路先烈英勇不屈，捍卫主权的精神，四川人民特地修造了这座历史丰碑。

"辛亥秋保路死事纪念碑"建于1913年，通高31米，碑的东南西北四面分别由著名学者、书法家吴之英、赵熙、颜楷、张学潮书写。当政诸公首推吴之英，是因为他在戊戌变法时曾任"蜀学会"主讲，《蜀学报》主笔，投身变法图强运动。积极支持参加保路斗争，四川军政府一成立，便被任命为四川国学院（川大前身）院正。至于吴之英的书法，则风格独特，闻名海内，可谓德艺双馨。吴先生认为写此碑是于国于民都有非同寻常意义的大事，便欣然受命。

这一天，吴先生在名山县自己的家里，腰束板带，挽袖振臂，右手抓住一大坨棉花，饱蘸浓墨，运足气力，一笔千钧地书写"辛亥秋保路死事纪念碑"十个大字。写完后，他先是仔细端详，而后轻轻点头，微微含笑，转身对来人朗声道："请拿回去吧，只恐见笑呢！"

所书大字送到当局手中，围观者无不称好言妙，既有隶书的质朴，兼有籀文的雄强，融入魏碑的凝炼，正好表现烈士们刚直不阿的精神。众人欣赏过后，即令能工巧匠篆刻于石碑上，哪知工匠们展字一比，不由得搔首叫苦，原来规格有变，难以如实摹刻，这一下着实难坏了上下人等。经反复商量，只好采取送纹银500两，婉言说明理由，恭请吴先生重写的办法。于是派出精明的人，携银两前往名山吴之英先生处恳请。哪知吴先生弄清事情原委，非但未多心，反而哈哈大笑道："诸公见外了，烈士们热血可流，我吴某何惜一点力！"当即唤人取来纸墨，凝神聚气，重书"辛亥秋保路死事纪念碑"。然后正色道："诸公们的厚意我敬领了。所送的500两银子和字请一并带回。"

四川保路同志会的领导人之一，吴之英先生的受业弟子颜楷展字欣赏评价说：吴先生这十个大字，真可谓匠心独运啊！"辛亥"二字的五笔横画各呈风姿，"亥"字的收笔点写成一捺，与一撇似为骁将之足，有泰山压顶不弯腰之雄势。“路”字的一捺用反力撇，与“死”字的竖弯钩相照映，意在为反帝保路而死。“事”字将主笔竖钩，写成一竖，以篆笔圆劲强其骨，如铸如刻，旨在昭显四川人民用鲜血和生命铸造的历史丰碑彪炳千秋。“念”字的人部一波三折，心部取篆体对称相映，令人肃然起敬。这十个大字既显出个体特征，又融为有机的整体，显示出一种内在的生气、情感、灵魂、风格和精神，跃动着爱国保路运动这一历史进程惊心动魄的旋律。

吴之英用隶篆体手书的“辛亥秋保路死事纪念碑”名，镌刻于碑的东面，享誉遐迩。此碑现为国家重点文物保护单位。（发表于 1999 年 7 月 9 日《四川日报》）

吴之英《哭杨锐》诗稿的史学价值和审美价值

吴洪武　春　江

2004 年，时值戊戌变法运动 106 年之际，散失 50 余年的吴之英（伯揭）先生《哭杨锐》真迹，在成都发现，值得庆幸！（按《哭杨锐》诗稿，建国前曾为名山张毅崛先生所珍藏）

《哭杨锐》诗稿，纸本，纵 25 厘米，横 150 厘米，69 行，152 句，1072 字。每行字数 14 至 18 个不等，以行书为主，间有草书，上下牵丝连笔字不多，以意相贯通。另有赵熙、宋育仁、林舒、谢无量等名人题跋，评价均高，如赵熙赞曰：“其书瑰玮……”

吴先生《哭杨锐》诗写于 1898 年（光绪二十四年戊戌）10 月，时年 41 岁。他为何写此诗？1894 年，中日甲午战争后，东西列强对我国瓜分豆剖。为了拯救民族危亡，以康有为、梁启超等为首的一批志士仁人，力主变法图强。1898 年 2 月，杨锐、刘光第等在京成立“蜀学会”，4 月“保国会”成立。为与之相呼应，宋育仁、吴之英等于同年 5 月在成都成立“蜀学会”，并创办《蜀学报》，吴先生分别担任主讲和主笔。他满腔热情宣传维新变法，先后发表《蜀学会报初开述议》、《矿议》、《赋役篇》、《政要论》、《救弱当用法家论》、《法家善复古说》等政论文，针对清廷在政治、经济、文化等弊端，提出改革内政，奋发图强的主张。

1898 年 9 月 21 日，慈禧太后发动政变，幽光绪帝于瀛台，罢新政。9 月 24 日派兵逮捕杨锐等。9 月 28 日（旧历八月十三），谭嗣同、杨锐、刘光第、林旭、杨深秀、康广仁被害，史称“戊戌六君子”。

“戊戌六君子”牺牲的噩耗传来，吴先生心情万分激愤，不顾个人正在受审查的困境，“达其情性，形其哀乐”（孙过庭《书谱》），长歌当哭，写下这首七古长诗。该诗的史学价值就在于诗书结合展示了中国近代史上划破沉沉夜空的一出撼人悲剧，奏出的是歌颂人类正义的悲壮乐曲。该诗所讴歌的是“戊戌六君子”变法图强的爱国精神和牺牲精神，“六人来伏一震威，鼍鼓初鸣碧血飞，如君风节跨时辈，不曾白首且同归”；所揭露的是以慈禧为首的顽固派“有疑新法隳政体，旧党挟嫌肆排抵”阻挠变法的罪行；所鞭笞的是“猾贼乱萧墙”的两面派伎俩；所倾述的是“忆昔同著尊经阁”，吴与杨同学于成都尊经书院，一同参加维新变法运动的同窗情、战友谊，“哭君又溷子胥涛”。情真意切，慷慨淋漓，情思、哲思与文思互相激荡，反映了客观世界与主观精神的真善美，是笔力、笔势、笔意的完善结合，是精气神的艺术体现，它具有原创性、唯一性和本真性。故有极重要的史学价值和最珍贵的审美价值，被誉为“《祭侄稿》第二”。《哭杨锐》诗稿，诗好，书更好，从书法的审美价值来看，它既能唤醒我们对传统中最重要、核心的东西的回忆，又能使我们感觉到一些从来不曾感觉过的东西，令人玩味。

吴之英先生《哭杨锐》的书法艺术具有阳刚之美。先生师承高古，效北魏碑志，结体如苍松之盛，健将之躯；法《张迁》、《礼器》，典重峻洁，平实浑厚；得籀文风骨，朴茂自然，意趣汪洋；悟苏（轼）、黄（山谷）韵致，纵伸横逸，沉着痛快。他师古而不泥古，善于领会形与神，意与象的关系，广纳众美，熔化吸纳于自己的书法创作之中，综合来看，他从篆书得古意，于八分得结体，于碑学得笔法，取精用弘，融会贯通。刚健古朴的金石气和超迈高雅的书卷气完美结合，形成遒劲古拙，纵横捭阖的阳刚风采。

阳刚之美表现在运笔上，他得涩笔、顿笔、方笔、圆笔之法，创反笔之妙，不仅捺用反刀撇，点、横也用逆笔，笔道险劲，干净利落，使转沉着，顿挫分明，藏锋蕴含气韵，露锋闪耀神彩，中锋点画飞动，侧锋凌厉峻峭。吴先生以浓墨称妙，笔酣墨饱，浓施重抹，又富于变化。

从内在意蕴与外在特征的相互关系看，直露、含蓄兼备；从色彩看，以浓重、朴素典雅见长；从动势看，鼓岩劲健，纵敛互用，节奏感强；从结体看，开合大度，对比强烈和谐；从空间感看，有构筑之美，寥廓浩茫之感。

吴先生的《哭杨锐》书法艺术，还具有意境美和独特的个性美。

艺术之美以意境胜。王国维说:“何谓之有意境?曰:写情则沁人心脾,写景则在人耳目,达事则如其口出也。”“境非独谓景物也,喜怒哀乐,亦人心中之境界,故能写真景物、真感情者,谓之有境界,无则谓之无境界。”“有境界自成高格。”吴先生在创作中十分注意内心情趣的自然流露,创造出一种率真的意境。言为心声,书为心画,《哭杨锐》诗稿标题三字首先就给人以声情并茂的感觉。面对有情感,又有明志,有法则,又有自由的书法长卷,吴先生的真思想、真气质、真意趣、真性情,总之喜怒哀乐的真情实感,以至整个内心世界的澎湃激情都凝结于笔端,并呈现在读者面前。“我手写我心”,感人心脾,沁人肺腑,意境可谓高矣!

书法艺术是物化作者个性特征,并能通过其物化形式直观表现个性特征的活动,这种个性特征愈鲜明,就愈有审美价值。吴之英先生探寻书法的灵性,追求书法的自我,遵循其确定的“蕴秀见掘,庄厚宜雅”(吴著《吴让之墨迹跋》)的审美轨道运行,将传统的书法功力与其生性、学识、情操自然的融合和相互渗透,写心、写意、写个性。故《哭杨锐》书法破格超脱,独创新意,以极为鲜明的个性特征展示于人,在书法艺术的长河中也是熠熠生辉的。吴先生的书法个性体现在他手秉锥毫熔铸篆隶魏行的笔墨里,体现在他创新反笔笔法中,体现在他大儒的至高境界间,体现在他“我手写我心”的充沛激情中,体现在他夸张浪漫的艺术情怀上,体现在他节奏振掣飞扬的线型与篇章节律里。

吴先生的书法艺术具有很高的审美价值,是他不断地追求、发现、创造现实美的结果。现实美包括社会生活美和自然美,这是艺术的唯一源泉,他在这个源泉中吸取营养,把握生动、鲜明的形象特征。他师法自然,“自然无往而不美。何以故?以其处处现出这种不可思议的活力故”(宗白华《美学散步》第228页)。为了有助于美感的获得和升华,他常常或徜徉跋涉,或历险访幽,或放情于山光水色之间,沐浴于和风花气之中,山重水复,峰回路转,俯视仰盼,远观近察,不仅耳声目色,还将整个机体和心理置身自然之中,丰富感官的体验,体味运动的节律,探视宇宙的奥秘,认识自然的力量,将自然之美用心化之,用手写之,用特殊意味的形式——书法表现之。

影响个人审美能力的因素主要有两个方面,一是生活经验,一是思想修养。吴先生很重视自身修养和经验积累。他涉猎广泛,知识渊博,著述颇富。他对于孟子关于人的美的见解，特别是“充实之谓美”(《孟子·尽心下》)，“我善养吾浩然之气”(《孟子·公孙丑上》)推崇备至，说“此所以尊孔孟也”(吴之英《蜀学会报初开述议》)。浩然之气是一种既与宇宙运动规律相和谐，又面对宇宙充满自信的一种堂堂正正、刚强坚实的精神力量，这种精神是富贵不能淫，贫贱不能移，威武不能屈”的，这种“气”，由坚持不断的道德修养养成，并外扬出来。吴之英先生继承发扬孟子这种积极进取，以天下为己任的人生态度和发奋精神，树立“自贵自强是吾宗”(《诗集》)的审美理想，以自身的所作所为表现出在列强横行、清廷腐败、国无宁日，人民受难的时代，一个忧国忧民的知识分子的美好心灵和高尚情操，他积极参加变革现实的实践，投身戊戌变法运动，歌颂“戊戌六君子”，歌颂义和团的反帝爱国精神，痛斥清廷腐败的卖国行径，支持保路爱国斗争，不当礼部顾问官，甘作育人师，性情刚耿，淡于荣利，蔑视权贵，铁骨铮铮。作为审美意识物化表现的书法，自然会把这种精神凝聚、灌注和积淀到里面去，书如其人，人如其书。郭若虚云：“人品既高矣，气韵不得不高，气韵既高矣，生动不得不至。”

吴之英先生书法的成功，是博涉多优，兼取众美的成功，更是高扬个性意识，创造独特风格的成功。其主要特点如下：

一、吴之英先生集学者书家于一身

历代的文学家、诗人，不一定是书法家，但是历代著名书家，无一不是文学家、诗人。吴之英先生是集学者、书家于一身的杰出代表。他“博通群经，尤精《三礼》，所著有《寿栎庐丛书》十种，《诗》、《书》、《易》、《春秋·公羊讲义》若干种。文行夙为里党重”(《续修四库全书·提要》)。其研究还旁及天文、声韵、乐律、经方、中国通史，是一位多才多产的学者。所著《仪礼奭固》、《仪礼器图》、《仪礼事图》、《周政三图》，是郑玄以后一千八百多年来，我国《仪礼》研究之集大成之作，将收入《儒藏》、《续修四库全书》，永传后世。其《雅名奭固》是继《尔雅》以后训诂学的又一杰作。所著文章代表了晚清文学的一个重要支派。“吴伯朅先生《蒙山诗录》为最工，吴诗沉博郁厚，独立绝代，而又非常入古，并世未见其匹也。”(《吴虞日记》，四川人民出版社，1984)谢无量、刘申叔、吴虞等均认同其诗学成就，吴之英先生是上继司马相如，下承杨慎的古典蜀学的集大成者和现代蜀学的开拓者。谢无量撰书赠吴先生联云：“自王(闿运)伍(崧生)以还，为人范，为经师，试问天下几大老？后扬(雄)马(司马相如)而起，有文章，有道德，算来今日一名山。”

吴先生的学者思想，浓缩在等身著作中，他又将学术汇入书法的内涵，使书法吸纳学术的丰厚。他以点画线条为形质，多以自撰诗词联为书写对象，与碑帖结合，达到了入古出新的艺术效果，全面反映了其学识水平，文化修养，思想品格，道德风貌，情感胸襟等。吴先生的人格魅力，学者风范与书写技巧是融为一体的。

清末杨守敬(1839—1915)著《学书迩言》，其开篇绪语，引梁同书(1723—1815，清书法家)答张燕昌书，谓学书有三要，天分第一，多见次之，多写又次之。杨又增二要："一要品高，二要学富。""所谓书家最高境界古今二人耳。二岁稚子，能见天质；绩学大儒，必具神秀。"吴先生是国学大儒，所书饱含书卷气，又有浩然之气，独具神秀，盖胸中学问滋养也！

二、碑帖结合，开辟了篆隶魏之法入行之路

吴先生由于学富，对于书法创新的领悟和理解是很独到的。在思想上不囿成规，提出"政体因时新代故"，"不疑贾(谊)马(司马相如)非壮夫"。在实践上着重碑帖结合，独辟蹊径。熔铸古人，便是吴先生书法创新的大前提。他对于传统入之深邃，早年学颜柳欧苏，中岁潜心魏碑、篆隶，上溯鼎彝尊铭，对宋四家致力尤深，探索碑帖结合之路。他将《乙瑛》、《史晨》之端正谨严，《郑文公》之遒丽宽博，《张猛龙》之雄秀险劲，《张黑女》之秀逸雍和，《龙门》之方峻雄强，苏(轼)体之丰腴韵致，黄山谷之纵伸横逸等特点，融汇贯通，消弥生发，从而创出己面，焕然一新。他不是简单的真草隶篆行的杂糅，而是一种内在的熔铸。点画起处，或圆或方，或直或曲，或反或正，或由下而上转起，或由上而下顿落。收锋之笔，有楷隶兼融之平均，有不落锋杪之圆转。转折处常见利落的方折之魏楷之法，亦时有折钗股之篆意。结体上既蕴含颜、柳、欧、苏诸家法则的芸芸意志，又综合了来自篆隶魏行草及其不同表现媒介的诸多消息。其取法之宏，融通之妙，无以尽述。

三、吴之英先生融篆隶魏之法作榜书

榜书，一作牓书，古名署书，是标题在宫阙门额上的大字。后把招牌一类的大型字，通称榜书。吴之英先生所书的"寿栎庐"、"君子攸宇"等匾额和成都人民公园内的"辛亥秋保路死事纪念碑"东面十个隶篆体大字，即是吴先生的榜书代表作。既有篆书之朴茂自然，又有汉隶的博大雄肆，熔铸魏碑的凝练雄秀，展示出精宏之风，大美、壮美之气，有刚有柔，有温有威，有法有变，其特点是各种对立物质的和谐统一。严谨与率真，洋莽与瑰丽，沉稳与虚灵，苍劲与稚拙，被奇巧地交织在一起。欹不涉怪，正不板滞，平中富欹，欹中求正，多彩多姿，极富立体感、力度感和变化感。愈大愈刚，愈大愈精神，愈大愈有浩然之气！

超迈高远　遒劲朴茂

——吴之英行书联赏析

袁存伟

行书最能见情见性。古来行书名作无不于此独领一面。王羲之《兰亭序》得于心手两忘的物我同化之境，展现出文人雅士的超然飘逸、悠然自得之性情，并将儒道化境渗化披露，无怪乎被誉为“天下第一行书”；被誉为天下第二行书的《祭侄文稿》也不例外。颜真卿痛失亲人而如山洪一发不可收的悲愤激越之情借精湛的书艺来发泄，承转使合，自出机巧。运笔、体势、章法随书家心情而定，纵然涂抹处，亦见其愤懑、激越之情。文辞书艺合而化一，创造了感人的艺术境界。清末民初著名学者、书法家吴之英的行书联“齐天地于一指，殖兰茝之千畦”也是书艺和文辞完美结合，性情和笔意相辅增辉的杰作，其表现的超迈高远、遒劲朴茂的艺术风格别具神采，独树一帜。

上联“齐天地于一指”语出《文选·潘安仁秋兴赋》“闻至人之休风兮，齐天地于一指”。吴挥毫写心，以开合大度的笔势、凝炼老辣的墨趣、险中求稳的体态、动势相映相衬的布局，将语言意境表现得淋漓尽致，展示出恢宏大为的气势，浪漫多变的情调及天地人合一的意境。抒发了书家“心与万峰齐”(吴著《寿栎庐丛书·卮言和天》)的品性。

下联“殖兰茝之千畦”化用屈原《离骚》“余既滋兰之九畹兮，又树蕙之百亩”句。兰以其高洁的品性被称颂，古来被世人誉为君子，为历代士子爱慕。语句展现出茂盛的兰园意境和高洁的心性。吴以丰厚的润墨，独具特色的反笔，奇异的结构和个性化的审美标准物化了语境，创造出朴茂遒劲的审美客体。整幅作品展现了超迈高远、遒劲朴茂、舒敛大度、洒脱奔放、俯仰生姿、意态丰富等特色。联中每一字都充分显示了“抑甚欲其扬，既纵乃敛之，回环纠结时，疏密视以宜，一日适其和，当自出灵姿”(吴《寿栎庐丛书·诗集》)的结体标准。

“齐”字中得心源，外耀神彩。大部分重心呈左倾之势，末竖一笔重心右倾，且加长，整个字险中得稳，气象丰富。字势如凌虚蹑空，驾于万物之上，展示出从容大度，君临天下的气慨，更充分的表现了字意；“天”字舒敛大度，首画以点为之，次画收短，撇捺两笔尽情舒张，撇笔尤甚，恰当的利用弧度，笔道虽细而力不弱，撇捺收脚跨度大，使字势神扬气足，力抵万钧，有壮士举鼎之姿，与“齐”字相托；“地”字取形于《孔厥碑》，硬挺刚直，重心压于末笔的竖折弯钩，末笔好似硬弩强弓，力道饱满，一触即发，乘千钧而有余；“于”字脱胎于《说文》，对比强烈，结体舒展，首画变点，次画夸张，画间距收紧，竖折折弯钩部缩短笔，有意夸大下面弧形，宛如曲铁虬枝，字形爽朗洒脱，动势于此趋向平整；“一”字短健笃实，力透纸背，笔道变化微妙，动势右上扬；“指”字内敛，动态跌宕，提手虽斜尤正，书到兴头，随意挥洒机巧自出；“旨”部下蹋，斜度大胆，重心稳当，功夫使然，与“一”字相托，与“齐”字相映。

下联“殖”字笔道圆润，左舒右密，直部竖画右倾，恰似悬崖、峭壁，险绝之势已足，结笔长画右上扬，像劲健平稳的飞艇，承起上部，使字于斜中得正，险中得稳，势如仙人云游般洒脱飞扬，与“齐”字相应。“兰”字奇中取胜，将“门”部右边竖画特意加长加粗，笔意老辣苍劲，如千年古木，有意缩小左部及“柬”部。众多笔画集在一处，充分利用其特有的反笔，使笔道劲而不枯，润而有神，生机盎然，宛如千枝竞秀。整个字好似古木逢春，朴茂与遒劲有机结合起来。“莶”字长竖收笔圆劲。笔道端直，如定海神针般力不可拔。虽内敛而神扬，有如浮雕神韵。“之”字舒展，静中寓动，神气昂扬，如破水行舟，捺笔一波三折，姿情放纵，恰似游龙掠波。“千”字行笔肯定，篆隶间施，笔道劲健，如锥画沙，一股傲岸之气端立寰宇。“畦”字虽稳尤动，“田”部笔意朴茂、秀润，重心右倾，“圭”部右上仰，整个字呈上升趋势，与“殖”字相映，与“指”字相应。

该联结字行中带楷，得魏碑险峻之姿，吴又善于将每个字的重力集中于尽量少的笔画，其余任由挥洒变化，险中求稳，洒脱奔放，更利于抒发性情，虽写行书常以篆隶笔法为之，增添了古朴气韵，起笔好用反笔，化腐朽为神奇，用墨得张廉卿注墨辣之法，并化为己有。形成“我学非古法，我法非今制”的独特笔法。落笔处凝重而不呆滞，润滑而神聚。布局根据对联特征：字距远，不宜笔画相连。求助于动势的变化，同一联的上下字势相托相映，形成回环往复的动势线，像盘旋的山路，弯曲的河流，富有旋律美。两联对应字的动势相衬相应，使联分而神聚。每联首尾两字相呼，把全联统于其中，使整幅神韵富足。

该联闪耀着书家深厚的功底、广博的学识和勇于革新创造的精神。

吴之英(1857—1918)字伯朅，号西蒙愚者，渔父，老愚(渔)。是清末民初的著名学者，书法家。“他在弘扬蜀学，在四川和中国文化史上都做出了重大贡献。”(彭静中著《弘扬蜀学的吴之英》)书学上，初摹唐楷承其则，崇尚北碑奠其基，上溯篆隶探其源，行窥苏黄达其情，碑帖结合通其变。他把参加戊戌变法(百日维新时他担任“蜀学会”主讲，《蜀学报》主笔)的精神投入到书法上，撰文批判书坛的媚弱风气，认为应“通其变以并行之”(吴遗著《卮言和天》)，提出“蕴秀见拙，庄厚宜雅”(吴著《吴让之墨迹跋》)的主张。苦苦探索出一条自己的路：运用反笔，融汇篆隶笔意，形成超迈高远遒劲朴茂的艺术风格。把他的作品置于魏碑的洪峰中，既无赵之谦的娟秀妩媚，又无陶睿宣的刻板僵滞，而是善于变化，敢于出新，个性极为鲜明。

这幅对联书于戊戌变法失败后，他被罢黜，回到家乡筑了几间草舍，种树灌园，侍奉老母，教子课读，著书立说。想的仍是：“若将旧政从新政，得暇更调雕面军。”他在《新筑草舍》诗中，有一首诗可作为这幅对联的注脚：“凿石成偏井，因棘作短篱。藤来牵牖竹，瀑去落燕泥。摊药乘日正，磨砖补留欹。仰归天际鸟，心与万峰齐。”　(作者系四川书学会会员)

附 录 五

吴之英碑林

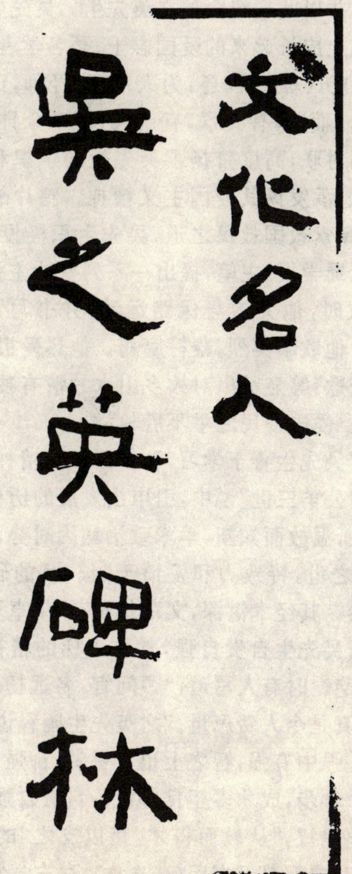

在文化名人吴之英塑像碑林揭幕仪式上的讲话

杨兴品

同志们，朋友们：

今天，我们在这里隆重集会，庆贺历史文化名人吴之英塑像及碑林第一期工程落成。并以此来纪念吴之英先生。吴先生是在名山这方茶文化底蕴富厚的土地上成长起来的爱国志士、著名学者、经学家、书法家、诗词家。“自王（闿运）伍（崧生）以还，为人范，为经师，试问天下几大老？后扬（雄）马（司马相如）而起，有文章，有道德，算来今日一名山。”著名学者、书法家谢无量这副对联，高度赞扬了吴先生的学识和人品。今天我们纪念吴先生，首先要继承发扬其爱国主义精神。鸦片战争后，列强入侵，国势日衰，仁人志士探索救国救民之道，吴先生积极投入变法图强运动，担任“蜀学会”主讲，《蜀学报》主笔，提出一系列变法主张。当腐败的清政府出卖川汉铁路主权时，他又参与保路运动，并书写“辛亥秋保路死事纪念碑”，光耀后人。他歌颂英烈，鞭笞腐朽。他热爱祖国的山山水水，所写的《蒙山赋》、《蒙茶歌》等显示出对故乡山水的情有独钟。他研究医术，为民诊治，不收分文。爱国爱民之举不胜枚举。

我们要学习吴先生善于学习，弘扬蜀学的精神。他研究《公羊》，写成《公羊释例》，从“公羊三世”说中，引申出发展的历史观，写出“政体因时新代故”，新出于故，温故而知新，学术政治均因时势而变化。鉴于处在道德沦丧，法纪荡然之世，特致力和发愤于《仪礼》的研究，后结集为《仪礼奭固》等三书54卷。其经术湛深，文章尔雅，成果卓著。

我们要学习吴先生自贵自强，甘作人梯的精神。礼部聘吴先生为顾问官，他断然谢绝。时有人写道：“顾问官，名远扬。孩子王挣多少粮？先生辞官甘当王，真是令人费思量。”之英先生阐释说：“情识开而智愚分，智愚分而强弱见。强中有强，智之上也。智者，自强自贵之道也。”还写了首诗：“后来弟子争学步，成才多望良师渡。自贵自强是吾宗，头顶高足登云路。”以表明启迪民智，“从教而得才，籍以支之”的决心。他先后在资阳、简阳、灌县、名山、成都尊经书院（任襄校）、存古学堂、国学院（川大前身）或登坛执教、或主持院事，“先生宁静致远，行己有耻，芳踵所及，卓有令誉。他在弘扬蜀学，在四川和中国文化史上都作出了重大贡献”（彭静中《弘扬蜀学的吴之英》)。《四川通史·吴之英与寿栎庐丛书》中写道:"吴之英不愧为四川近代史上在振兴蜀学和传统文化研究上有杰出贡献的爱国学者。"

我们要学习吴之英先生的创新精神。他的书法创新尤为突出。他篆法籀文,隶学汉碑,楷宗魏晋墓志,行游苏黄米蔡,学传统化古为新,师造化注入活力,形成了质朴雄奇的独特风格。《中国历代书法名家大辞典》、《中国现代美术全集》、《中国书法鉴赏大辞典》等都给予高度评价。吴先生书法的成功是博涉多优,兼取众美的成功,是高扬个性意识,创造独特风格的成功。这源于他有渊博的知识,有"自贵自强是吾宗"的信念,有反帝爱国的拳拳赤心,有"不疑贾马非丈夫"的气概,有"尝疑老洫生糟粕,又叱臭腐化神奇"魄力,有参与戊戌变法,揭露顽固派的胆量,有甘当人梯,解组侍墓的淡泊。作为审美意识物化表现的书法,自然会把这种精神、气质凝聚灌注和积淀到里面去,所以非同凡响。

作为吴之英先生故乡名山,能为有这样的历史文化名人而感到骄傲和自豪,同时名山理应将这一位爱国饱学之士的业绩和精神向世人推荐,使之发扬光大。现在全县干部群众正在深入学习邓小平理论,躬身实践"三个代表"重要思想,举全县之力打造蒙顶山——国际茶文化圣山和名山城——中国茶城,将吴先生介绍给世人,是实践代表先进文化前进方向的具体行动,这对弘扬优秀的传统文化,用历史文化名人身体力行的事实教育后人,以达到鼓舞斗志,薪火传承的目的,具有重要的现实意义,这也是吴之英塑像和碑林建设的初衷。

"文化名人吴之英碑林"的筹建,受到社会各界的广泛关注。碑林筹委会成立后,采取普遍号召和重点邀请相结合的办法,向省内外有关人士发邀请函,雅安市《雅韵》诗刊开辟"咏赞文化名人吴之英先生"专栏,发行至国内外,专门选发该题材的作品。几年来,先后收到四川、北京、上海、重庆、江苏、山东、河南、河北、新疆、贵州、内蒙、台湾等 20 多个省、自治区、直辖市以及美国、韩国等书画家、诗人、联友等或惠赐佳作,或捐赠资金。截止 2004 年 3 月,先后收到作品 500 余件,镌刻石碑 150 余通,真草隶篆诸体皆备,专家与群众,大手笔与爱好者相辅相衬,用建设碑林的形式汇成一个独特的艺术景观。借此机会,我谨代表名山县委、县文联衷心感谢关心、支持碑林建设的各界人士和朋友们!

碑林仅仅是初创，还要继续建设，我热切希望各级领导、各界人士、各位朋友继续关心和支持这项功在当代，惠及子孙的工程！谢谢大家！

（作者系中共名山县委常务副书记、县文联名誉主席）

咏赞诗词

寄吴伯朅先生

吴　虞

益都自昔多豪杰，　儒林文苑今寥寂。
蜀才谁复继周秦？　旷祀蒙山异人出。
先生浮湛百不如，　秃帽乌巾聊著书。
出入百家有真宰，　厥协六艺成通儒。
菁华聊藉文章露，　手剖鸿蒙入词赋。
竟成大冶不祥人，　锥锤万象天应怒。
落笔何必惊鬼神，　盲《左》腐《史》堪为邻。
便从两汉论风雅，　不数卿云以后人。
年年憔悴蒙山道，　纵擅吹竽谁解好？
相知四海定何人？　前有朱公后壬老。
文翁石室讲筵开，　当时同辈夸英才。
孙阳一顾骐骥奋，　回视万马皆驽骀。
龙门整齐心独苦，　先生冥契遥深许。
默识群经有是非，　不从千载争今古。
幽怀颓淡复芳菲，　由来古乐赏音微。
一官灌口容樗散，　好对灵山暂息机。
贱子相逢正年少，　糟粕书生众人笑。
每闻高论启遐心，　最怜绝俗稀同调。
先生缪许狂狷流，　意气已足倾九州。
眼光直出牛背上，　一朝谈笑思千秋。
自游门墙渐开拓，　造化虽工知可夺。

谩嗤混沌饰蛾眉，　　恰喜金丹换凡骨。
学到移情索解难，　　精神离合意无端。
瑶琴别为传师法，　　东海波涛静里看。
只今宇宙悲萧瑟，　　五洲龙战玄黄血。
剩有《离骚》怨屈平，　　潇湘兰蕙增呜咽。
转瞬沧桑剧可怜，　　名山事业几人传？
蓬莱无恙成连在，　　孤操苍茫托《水仙》！

（四川大学侯开嘉老师为碑林书该诗中诗句，刻入碑林）

怀名山吴伯竭先生之英

吴　虞

巍然谁是鲁灵光？　　沧海横流实可伤。
不见延陵吴季子，　　肯言天下有文章！

（四川大学周浩然老师书）

咏吴伯竭先生

吴　虞

延州激清风，　　高蹈谢时彦。
江山契玄赏，　　缨冕释尘愿。
顾问非所期，　　乐道固无厌。
寂寥钓台高，　　千秋有余羡。

悼伯竭吴之英老夫子千古

张寒山

昨夜垣中陨少微，　　临风想像泪长挥。
昔时勤诲马融帐，　　此后空悬董子帷。
湘水无情魂欲断，　　蒙山有志兴偏违。
才高安受鬼神忌，　　大道茫茫何处忸？

少年驰誉到丹途，　　道脉深培置学庐。
曾记明经常集席，　　谁知决策有遗书。

萱堂轸念因怀果，　　江水怡情故钩鱼。
夏日严威真可畏，　　晴空渺渺目愁于。

一代兴亡意在天，　　斯文将丧甚凄然。
纲维孰振存新国，　　圣教谁持辅蜀川？
颇讶知几言必中，　　徒伤蓄药寿难延。
公卿此日须相向，　　几辈名人后世传？

曲士心酸哭我师，　　恩无贵贱普同施。
雅言善诱升堂日，　　应对难忘侍坐时。
青眼数年性厚待，　　黄粱一梦竟何之。
休吹笛里《梅花落》，　　只把《南薰》作挽诗。

文化名人吴之英碑林揭幕纪念

碑林今日大功成，揭幕笑声盈。吴公塑像供瞻仰，览书刻，正气腾升。高雅景观，沁人肺腑，更佩骨铮铮。

地灵人杰是茶城，后士育精英。高风博学铭青史，勉后昆，奋力前行。春色醉人，高朋满座，足可洗心灵。

雅安市书协　　贺
雅 韵 诗 社

（程　文〔一丛花〕 马负诚　书）

西江月·颂吴之英先生

毛钟荣（中国科学院） 郑尚运

伯埚苍松屹立，深根原在石城。枝繁叶茂显峥嵘，相伴竹兰仙茗。
满腹经纶救国，维新变法先行。丰碑书写爱心成，洪武弘扬堪庆。

赏读吴之英先生书法艺术

邓安羌

秀拙携庄雅，　　诗书奇巧嘉。
神形魏晋美，　　潇洒纵横花。

赞伯竭先生

邓　旭

（一）

博览群书苦读经，　　精深造诣溢芳馨。
清廷腐败签和约，　　志士昂扬醒众生。
变法图强呈国策，　　维新除弊望中兴。
先生声誉传悠远，　　耿耿丹心照汗青。

（二）

满腹经纶造诣深，　　匡时济世著雄文。
清风两袖还乡里，　　师德垂范万众钦。

赞吴公之英

王基富

高风亮节千秋颂，　　一代精英学识渊。
满腹经纶长济世，　　维新变法作中坚。

西江月·吴之英颂

王开涥

保路丰碑高耸，之英博古通今。亲题翰墨骨铮铮，报国雄篇指引。
归隐名山车岭，清风明月为邻。当年垂钓小河滨，风景依稀似锦。

捣练子·赞吴之英先生

王汝孝（成都）

功赫赫，路漫漫，博古通今天下先。桃李满门勤政事，集成多卷耀蒙山。

清平乐·吴之英先生赞

王志鹏

少年夺冠，声震诸州县。华夏振兴成宿愿，何惧披肝沥胆。　　文开一代新风，英名撼动长空。患难雄心依旧，蜀蒙旷世苍龙。

画堂春·谒之英先生故里

王　丹

蒙山秀气孕辉煌，金鹏无限风光。吴公品节耀家邦，无愧炎黄。盛世竖碑立像，传承道德文章，名山名士共名扬，百代流芳。

爱国无私铁骨铮

冯济星

经史精研融一生，　　文章道德树新人。
书碑保路溢雄气，　　爱国无私铁骨铮。

长相思·瞻仰吴先生碑林

卢本德

巴蜀娇，名山骄，先师魂魄歌九霄。后人敬折腰。
育英豪，终身号，兰蕙三千丛丛俏，茶乡代代骚。

吴先生碑林赞

朱秉义

碑林排立灿星空，　　词赋诗联气势雄。
隶篆楷行皆典雅，　　徜徉品味兴尤浓。

颂吴公

石城浪子

碑林气势贯长虹，　　铁画银钩耀九州。
兼备神形臻妙景，　　真情倾吐颂吴公。

颂吴之英先生

任华兴

誉驰翰苑文章雅，　　经术深研品位高。
变法维新当勇士，　　弘扬蜀学是英豪。

吴之英先生颂

刘宇辉

先生高品洁，　　书艺世人夸。
著述经天地，　　育才富奇葩。

临江仙·风范世间传

刘远定

书艺诗词高手，百科囊括精研。经纶满腹赞声喧。挥毫欣慧眼，释惑妙无边。　报国甘当风险，维新勇作中坚。弘扬国粹育群贤。口碑天府响，风范世间传。

沁园春·缅怀吴之英先生

刘天桂

缅怀吴公，一代宗师，华夏英豪。办蜀学会报，宣传变法。为输国难，奋斗辛劳。妖孽凶残，忠良丧命，"六杰"牺牲神鬼啕。《哭杨锐》，敢淋漓尽致，节亮风高。　蓉城保路碑高，引济济英才竞折腰。看篆书韵致，隶书风采，银钩铁画，永放光豪。爱国精神，笔端熔铸，唤醒人民驱恶枭。丰碑在，扬中华美德，破浪滔滔。

观伯朅先生诗文书翰有感

何　崝（四川大学）

披卷郁磐能起予，　　名山事业定非虚。
翰光东射辉天表，　　国士风生寿栎庐。

金鹏山上树高标

何　蛟

地灵人杰出文豪，　　如笋碑林播誉遥。
西蜀英才雕像在，　　金鹏山上树高标。

吴之英先生赞

何元锦

志士雄心倡维新，　　宏论殊深见解精。
沥血锦城兴国学，　　书碑豪气铸英灵。
高官礼部心难动，　　桑梓黉宫育茂林。
寿栎茅庐清且静，　　著书立说泽苍生。

学习之英前辈

何开正

学习前辈吴之英，　　博学多才通史经。
芙蓉城里留翰墨，　　爱国长怀赤子心。

吴老书碑量百丈

张幼矩(成都)

一路轻车过邛陵，　　甘泉两盏涤征尘。
云横五顶蒙山好，　　日启三关羌水明。
老吴书碑量百丈，　　彦群振笔却千军。
今宵堪祝骚人会，　　馨播茗城绿更深。

吴君德艺馨

张世荣(西安)

蒙岭钟灵秀，　　吴君德艺馨。
维新千古颂，　　正气照丹心。

赞吴之英碑林

张大祥（四川农业大学）

名山有之英，　　鸟兽表衷情。
碑林长厮守，　　生态共人文。
吴公德才伟，　　全心献黎民。
精神永不朽，　　世代有传承。

小重山·缅怀吴公

李文锦

保路碑成君问津，书法联魏籀，美通神。主尊经，国术勤耘，誉华夏，道德墨篇新。　　国难识丹心。呐喊思变革，哭杨君！长空归雁报人民，居寿栎，撰著尽言珍。

谒吴之英纪念堂

李文锦

金凤飞驭金鹏山，　　吴老碑林照九天。
不慕荣华倡国学，　　钓壶渌水祭哲贤。

吴之英碑林揭幕献辞

李世镛

一代魁星耀斗牛，　　华章壮笔不胜收。
车岭钟灵群峰拜，　　延水绵长万古流。

赞先贤吴公

李含敏

维新憾未成，　　高士隐山林。
致力研经学，　　文章耀后人。

赞吴之英先生

李德章

学富通经史，　　德高表义忠。
育才思后辈，　　著述誉寰中。

西江月·颂吴之英先生

陈康祥 撰　李国钦 书

经史诗词泰斗，天文本草精研。弘扬蜀学壮文坛，授业传经名远。
义胆侠肝名士，爱民忧国先贤。投身变法勇争先，乡梓呕心堪赞。

〔中吕〕山坡羊·赞吴之英先生

陈康祥

名山秀木，西川碧树。文章道德声名著。善医术，醉诗书。维新变法真情注。怒斥妖狐何惧斧。人，虽作古；名，耀万古。

名山名水育名人

陈常国（重庆）

名山名水育名人，　　爱国爱家尤爱民。
壮志未酬君已逝，　　一身正气万年存。

奇书墨海古今铭

远　峰

奇书墨海古今铭，　　爱国情怀世所珍。
淡泊人生尤可赞，　　香花硕果壮艺林。

咏吴之英先生书艺

杨瑜琳（女）撰　徐登辅 书

保路碑词享誉隆，　　千钧落笔气恢宏。
善师造化刚柔共，　　意境雄奇古逸风。

阮郎归·赞吴之英先生

杨瑜琳(女) 撰 郑朝明 书

群书博览杰儒林,五经子史深。维新变法主修文,潜心蜀学忧。兴禹甸,福黎民,拳拳赤子心。仁人志士德居尊,千秋世代吟。

精研古学数吴优

杨材远

之英府试占鳌头, 优选尊经苦进修。
经史词章深造诣, 精研蜀学数吴优。

嵌名赞之英先生

杨棕钧

吴公品德昭星月, 之后《丛书》匹泰山。
英业长留巴蜀地, 文章诗赋永流传。

竖碑颂杰人

杨思忠

金鹏山顶矗碑林, 墨客挥毫颂杰人。
格调清新风雅甚, 真行隶篆耀乾坤。

赞吴之英先生

郑朝燮(92岁)

英公德才冠群雄, 忧国忧民有始终。
变法图强为兴国, 培桃育李望成龙。

弘扬蜀学献辛勤

郑朝钧

碧血丹心写锦文, 弘扬蜀学献辛勤。
英名道德垂环宇, 后学循踪愧望尘。

芳名史垂

郑万福

一代文豪，忧国忧民。致力维新，芳名史垂。

咏吴之英先生

沈世林

孤雁归来乱羽添，　　长歌当哭泪涟涟。
身临故里思潮涌，　　寿栎庐书愤世篇。

咏颂文化名人吴之英先生

邹舜华

（一）

碧水青山卧玉龙，　　奇才名士冠群雄。
心如菡萏真君子，　　高耸书碑举世崇。

（二）

博学良师傲古今，　　维新变法志忠贞。
济民忧国披肝胆，　　伟绩丰功励后昆。

怀念吴之英先生

吴铭能（台湾）

我来蒙山下，　　怀古钦英风。
哲人虽已没，　　千载有余情。

缅怀伯朅先贤

吴荣达　吴荣才

六十春秋开智力，　　三千兰蕙喷天香。
腾骧折桂追班马，　　蜀学弘扬誉八方。

颂之英前辈

吴荣信

伯埙忠贞为国酬，　　满腔热血展宏猷。
披肝沥胆心操碎，　　寿栎丛书济世舟。

缅怀祖公

吴洪武

（一）

金鹏山上建公园，　　纪念堂成胜景添。
书法碑林舒巨卷，　　楹联金匾颂高贤。
吴公塑像威严显，　　《寿栎丛书》素朴传。
幸有宗师荫后辈，　　承先启后地天宽。

（二）

风和日丽兴尤殊，　　拜谒吴公寿栎庐。
左卧青龙神欲舞，　　右蹲白虎意长舒。
青山脚下修茅舍，　　陋室桌前斥“白狐”。
经史词章惊俗世，　　千秋不朽一鸿儒。

注：白狐：暗喻慈禧。

（三）

大治欣逢塑像成，　　仰之日月德犹存。
弘扬蜀学功千古，　　致力维新醒万民。
保路丰碑书国难，　　教书沥血铸灵魂。
峥嵘才气凌霄汉，　　蜀水巴山怀念君。

南歌子·书写爱国情

吴洪武

列强瓜分狠，疮痍满目惊。变法图强舞长缨，缚住苍龙祖国可新生。
手握如椽笔，书修爱国情。呼吁万众志成城，自贵自强赢得巨龙腾。

壮志谱写忠国词

吴荣祥

（一）

甘作人梯一代师，　　孜孜不倦乐于斯。
雄心铸就参天树，　　壮志谱写忠国词。

（二）

丰碑耸入云，　　椽笔记忠魂。
篆隶阳刚劲，　　光泽耀乾坤。

自贵自强启后人

吴荣霄

学识渊博通古今，　　英才厚德铸人生。
百日维新担道义，　　自贵自强启后人。

华章赞咏吴之英

吴荣章

金鹏山上建碑林，　　聚集海内文曲星。
挥笔颂扬爱国公，　　华章咏赞吴之英。

祖公的梦是真的

吴欣鑫(8岁)　胡希丹　书

小草的梦是绿的，　　花儿的梦是红的。

我们的梦是甜的，　　祖公的梦是真的。

咏先辈吴之英

吴佳相

变法维新成饮恨，　　屈居车岭伴乡邻。
金鹏山下奉家母，　　寿栎庐中著锦文。
书写丰碑匡正义，　　弘扬蜀学为黎民。
之英功德盖天地，　　赤子拳拳报国心。

颂先辈吴之英

吴朝本

石门绝壁翠松新，　　山上高歌不胜春。
碑刻诗书臻妙景，　　玑珠字字颂之英。

颂祖公

吴全忠

祖公本乃一文星，　　经史子集研究精。
长歌当哭六君子，　　培育英才教育兴。

德艺耀千秋

吴锡华　吴开国

品格似松筠，　　诗赋比扬马。
《仪礼》集大成，　　书艺更高雅。

美誉长留百姓家

罗鹤鸣(90 岁)

青松永茂京川岭，　　美誉长留百姓家。
风范诗文传后世，　　吴公伟绩耀中华。

忆秦娥·颂吴之英先生

罗世林

松柏节，金鹏苍翠风光绝。风光绝，名人塑像，碑林环列。　　吴公意志坚如铁，维新变法真豪杰。真豪杰，永垂不朽，德辉日月。

维新变法写峥嵘

周庆安

深爱河山世所崇，　　风云巴蜀老英雄。
真心常念黎民苦，　　博学专研济世穷。
保路丰碑书正义，　　维新变法写峥嵘。
由来贤士春秋志，　　生命如歌唱大同。

步绕碑廊看不足

周代成

遗篇妙字悉惊目，　　步绕碑廊看不足。
秦汉贯通深测古，　　隋唐博涉显风骨。
蓉城辛亥愤书字，　　京阙戊戌忧满腹。
道德文章斐然在，　　供奉祠堂依紫竹。

谒吴之英故居

欧阳崇正

竹翠杉苍寿栎庐，　　山奇水秀育鸿儒。
曾因变法高呼喊，　　只为存文奋笔书。
垂钓小溪观逝者，　　轻吟孤雁述心乎。
华章翰墨茶山竖，　　且把心仪石上抒。

丰碑永葆英名

赵良仁

先师书法高精，　　风采阳刚势横。

逆笔擅长隶篆，　　丰碑永葆英明。

题吴之英老先生纪念堂

赵钟鼎(成都)

经师不遇钓台虚，　　仪礼铨成醒世愚。
名标青史六君子，　　道德文章寿栎庐。

鹊桥仙·缅怀吴之英先生

徐寿春

吴公高洁，诗文清雅，蜀学弘扬人颂。济民忧国勇维新，胆肝赤，兴邦意重。　　世途多舛，怀才不遇，宁守柴门耕种。慕流云两袖清风，伴明月，诗词吟诵。

名人雅士树名碑

晏良辅

银河流瀑四海飞，　　引亢雄鸡报晓雷。
敢为真理勤呐喊，　　名人雅士树名碑。

千古颂美名

胡本柱

博学群经吴伯朅，　　尤精《三礼》有之英。
巍巍蒙山千古颂，　　滔滔江水赞歌声。

纪念吴之英先贤

胡永全

魂牵家国事，　　正气济苍生。
仙逝精神在，　　山川记慧名。

卓尔成家蜀学兴

钱慕吴(湖南)

保路丰碑矗锦城，　　之英翰墨骨铮铮。

传薪继绝承王伍，　　卓尔成家蜀学兴。

精神永远耀乾坤

高殿懋(女)

名人学者誉之英，　　卓育宏才博古今。
六艺九经开慧眼，　　三坟五典铸心灵。
维新变法兴邦国，　　革故鼎新为众生。
保路丰碑天府耸，　　精神永远耀乾坤。

西江月·赞忠孝名人

高汝策

通观先生碑林，后生哀思尊敬。铭刻赞扬功和德，忠孝两全名人。
爱国爱民为本，儒道终身诚成。修身齐家高标准，榜样晚辈继承。

赞吴之英碑林

聂金福

延镇河边秀，　　金鹏春色幽。
丰碑名四海，　　著述誉神州。
品德千秋颂，　　诗书万古讴。
维新输国难，　　气节耀千秋。

吴之英礼赞

俸金龙

文冠蜀学，书誉少城。名扬天府，魂归寿庐。

丰碑耀神州

黄松涛

清廷末日事多秋，　　烈士仁人志未酬。
一代宗师恸杨税，　　千古名儒驾归舟。
良师谆谆寄后辈，　　学子莘莘秉高风。

仙鹤已涉重霄九，　丰碑高矗耀神州。

缅怀吴之英先生

黄玉昆

立言变法促维新，　爱国忠君显赤忱。
蜀学尊经书卷卷，　家乡施教乐津津。
清心寡欲人崇敬，　保路书碑字少伦。
我等而今讴赞语，　先生清誉永留存。

敬题吴之英碑林揭幕

黄声遥(女)

铁骨铮铮铸俊魂，　茫茫黑夜耀丹心。
慈祥塑像供瞻仰，　亮节高风育后人。

吴之英碑林赞

彭明璋

青山有流云更雄，　森林有鸣鸟更幽。
丹青有题咏更美，　吴沟有碑林更佳。

吴公伯朅赞

彭诚华

书艺才情聚一身，　维新变法显豪情。
弘扬蜀学勤耕苦，　故里归来两袖清。

咏赞文化名人吴之英先生

程　文撰　贾志义书

重德真君子，　多才傲古今。
诗词精且美，　著述博而珍。
忧国披肝胆，　济民忘苦辛。
挥毫惊俗眼，　明礼睦乡邻。

蜀学开宏业，　　黉宫育茂林。
一生崇淡泊，　　终老乐清贫。

临江仙·赞吴之英先生

程　文

经史天文通晓，诗词歌赋精研。超群书艺颂声宣。华佗堪可比，训诂妙无边。　　变法维新参与，康梁视作中坚。弘扬蜀学是高贤。丰碑天府耸，清誉永流传。

谒吴之英故居

韩德云

（一）

吴公垂钓处，　　风景似依然。
通史承先哲，　　尊经启后贤。
忠君崇变法，　　报国写雄篇。
人去丰功在，　　我来仰大山。

（二）

峰是蒙山秀，　　水为青衣长。
名山吴之英，　　天下好文章。

罗黎明　书

赞吴之英先生

阚克武

弘扬国学育才人，　　维新变法展豪情。
殊世功勋名巴蜀，　　有口皆碑吴之英。

缅怀吴之英前辈

廖国锦

（一）

治学难忘家国兴，　　投身变法见殷情。
儒林俊杰知多少，　　千古蒙山只一名。

（二）

金鹏展翅少城开，　　博古释经盖世才。
寿栎庐中书万卷，　　留芳天府古楼台。

（三）

教坛书苑一高人，　　学子莘莘愧望尘。
事过百年开盛典，　　鹏山如画展碑林。

沁园春·缅怀吴之英先生

魏永松

车岭高歌，几鞍欢笑，春光融融。颂，丰碑保路，名垂千古，雄文锐利，直贯霄重。德渥群芳，才翰国难，戊戌维新气势宏。如利剑，斥清庭腐败，卖国求荣。　　吴公气节如松，扬正气，千秋声誉隆。看先生著述，诗词典雅，文章不朽，书艺峥嵘。启后承先，广培桃李，千古神州颂绩丰。瞻座像，佩高贤风范，永耀心中。

蝶恋花·瞻后感

滕俊民（江苏）

文化雅士古韵流，喜看西蜀星陨填鸿沟。理真种茶千载秀，之英文彩百代优。　　古今文化何处求？蒙山车岭风雅颂九州。先师楷模航启后，遨游学海志不休。

咏赞题辞

词章绍西蜀宗风，名山可见卿云妙墨；
经术传东京事业，寿栎犹存许郑遗文。

——台湾晚清经学考察团　敬题

淡泊足以明志　宁静足以致远　——康有为

海内文章吴季子(伯揭先生)　——吴　虞

创千秋事业，著不朽文章。　——于右任

其书瑰玮　——赵　熙　题　刘承志　书

自王伍以还，为人范，为经师，试问天下几大老？
后扬马而起，有文章，有道德，算来今日一名山。

——谢无量　题　刘世勋　书

博古通今　——舒　同

文化名人吴之英纪念堂　——启　功

文化名人吴之英碑林　——何应辉

根深叶茂　——崔正秀(韩国)

成如容易却难辛　——毛　峰

世德清芬　——何　崝

经术湛深　文章尔雅　——李本权

宁静致远　——李鸿翔

针砭时弊，弘扬蜀学，力主变法；
博通经史，精研词章，甘为人师。　——张启钧

爱国学者吴之英碑林　——胡本英(女)

鸿文千古秀，书法万年香。 ——郑国玺

雨滋花蕾育才俊；虎啸剑池留汗青。 ——苏 桐 鲍安芬

文似香炉瀑布；书如峻岭古松。 ——陈昌惠

蒙山苍苍，羌水央央；之英之风，山高水长。 ——陈新榕

一身正气山河见；两袖清风史册垂。 ——吴辉堂

鼎新典范，传道经师。 ——吴德堂

大雅不群 ——吴代云

学通经史子集尤精《三礼》；
书融秦汉魏晋自成一家。 ——吴朝斗

叩黄钟以扬正气，尽吾力传承文明。 ——吴绍贵 吴 松

吴氏之英，民族之魂。 ——吴洪燮

万古流芳 ——吴朝光

名蒙赤子，巴蜀英才。 ——刘 骥

神笔书就保路碑 ——汤小琳

读书的榜样，育人的楷模。 ——叶永桂

品学兼优风两袖，诗词儒雅耀千秋。 ——卓 越

流芳万古紫霞舍，千秋不朽寿栎庐。 ——施南勋

保路死事碑留下雄笔惊巴蜀；
成都国学院育就英才冠锦城。 ——高兰林

师德典范永同天地在，翰墨瑰玮长存宇宙间。 ——唐学琦

保路树丰碑墨迹长青香飘少城锦水；
文风光车岭诗魂永驻笑傲蒙顶名山。

——王开浡 撰 王廷佐 书(成都)

弘传统文化，扬雅州名气。
振蒙山声威，抒车岭豪情。——姜存国

书苑独秀，墨香千里。教坛精英，学贯古今。——吴梓雄

育人教学苍生福；革故鼎新赤子心。——聂德林

读书破万卷，落笔超群英。——聂光玉

高材教化育前辈；美德传播启后人。——倪元洪

德高望重书艺超群；名扬四海道义永恒。——高连琮　卢光松

蒙山钟灵，培养一代宗师名播遐迩；
石城毓秀，哺育千古名人誉满神州。——黄松涛

弘扬清代蜀学勤东奔西走传道授业；
擅长中国书法融北碑南帖雄浑古朴。
——彭大辉 撰　胡本英 书

经术精湛尽展之英学问深邃；
丰碑巍峨彰显伯竭爱国情怀。——汪齐津

西蜀失英，识者永悼。——曾朝忠

才艺横溢，流传千秋。——程廷英等

自古皇茶称蒙顶，后来俊彦数之英。——郝永川

蜀学丰功，盖世书才。——付大安

笔催变法为蓉城报业之首；
铎执尊经开锦水官学之先。——欧阳崇正

雅士雅乡添雅趣；名山名水育名人。——欧阳代全

自强自贵清风开智；立德立行春树存心。——蒋昭义

为官治学清风两袖；养性行文明月一轮。——蒋昭义

伟哉《仪礼》承宗启幕，
盛乎爽固《儒藏》永传。 ——春 江

蜀学风范百代犹存济世志；
雄文圣首千秋开豁报国心。 ——春 江

道非常道自不穷，礼仪兴邦风范犹存，殷勤吴沟老圣哲；
教亦经教殊弥恢，维新救国精髓安在？履践苔痕寿栎庐。
——春 江

戊戌变法披肝沥胆；
书法创新启示后人。 ——韩德锦

名山之山 ——韩德渊

育才良师，诗词泰斗，著书作赋传后代；
国学院正，变法先驱，除弊维新救中华。 ——滕俊民（江苏）

未遇明君岂作臣，枉叹国不振，民不安，强权养患，恨难刃夷寇公贼匡杜稷；
虽遭乱世应施道，力求事必德，谋必智，绛帐育才，幸长留诗书文赋壮山河。 ——魏 一

一代宗师 ——马守礼

英明永在，卓著常存。 ——姜树荣

一生浩然气，千秋传美名。 ——李 林 撰 袁存伟 书

博学鸿儒 ——刘清华

名碑巍巍，英烈赫赫；德泽绵绵，银钩熠熠。 ——刘企瞻

躬身敬孝，闻名桑梓。 ——任世麟

壽櫟廬叢書

寿栎庐丛书（吴之英题）

编　后

《吴之英诗文集》的出版面世，历经了较长的过程。1984 年，中国人民政治协商会议名山县委员会，为编辑《名山县文史资料》第一辑——《吴之英专辑》，即动手征集相关资料。当时名山全县找不到一部完整的《寿栎庐丛书》，于是编辑人员着手找原著，或抄录，或复印。时任县委组织部长的蒋昭义同志，特请川大攻读硕士研究生的伯先帮助抄录。后经川大彭静中老师，省、县地方志办的马国栋、吴洪武等同志网罗放失，总算把《寿栎庐丛书》10 种 73 卷拼齐。

征集遗稿采取重点联系和普遍号召相结合的方法，但难度更大。吴先生的 52 册遗稿全用楷书或行楷写成，人们对其墨迹十分珍惜，“残笺断页，人争宝之”。20 世纪 50 年代初，寿栎庐所藏的木刻版及所有书籍，揹了几十背篓到村保管处，后损失殆尽。仅存孤本的手稿，几易人手，最终星散人寰。在征集过程中，得到不少热心人的帮助，如四川少儿出版社的郑尚先生，及时提供在成都发现吴之英《哭杨锐》诗稿真迹的线索，经友人往返奔波，最终得到复印件，载入书中。

编辑人员研读《寿栎庐丛书》，标点加注，广辑典籍，编纂成书。在承印单位的良好配合下，其中的诗文部分终于得以展现在读者面前。在此，特向关心、支持、帮助该书出版的领导、专家学者和仁人志士致以诚挚的感谢！这里要特别感谢省社科联为之立项、四川大学古籍所将其列入《蜀学丛刊》；感谢名山县委、县政府、县政协以及雅安市社科联的关心和支持；感谢中国书协副主席、四川省书协主席何应辉题写书名；感谢雅安市委书记市人大主任徐孟加、名山县县委书记人大主任岑刚、原名山县委书记李毅、原县长杜义、国家一级作家四川省作协秘书长曹纪组、雅安市社科联主席罗光泽等为本书作序；感谢毕德锐、卢邦泰等先生帮助点校；感谢画家韩德云、韩德雅为之画像；感谢名山县工会主席李本权、名山县交通局等热情相助；感谢帮助搜集提供资料的所有热心人士。

吴之英先生积学闳深，著述等身。我们虽多方搜辑，但迄今他所撰《中国通史》、《公羊释例》、《诸子遹倅》、《诗以意录》、《尚书信取录》、《周易寡过录》、《北征记概》、《小学》等遗著手稿，仍仅得残序零页，茫茫人海，何时觅得完璧，殊不可料！为让这份珍贵遗产免遭散失的厄运，也为了更好地服务于社会主义精神文明建设的需要，我们不揣冒昧，将其诗文作品及部分学术著作聚爲一编，结集出版，并作简要注释，以助阅读。但吴先生鸿文雅奥，索隐维艰。其学问文章，即使是入门弟子，也仅得一鳞半爪，要登堂入室，尚有待毕生之努力。苏东坡在《书愣伽经后一首》中说："《愣伽》义趣幽眇，文字简古，读者或不能句，而况遗文以得义，忘义以了心者乎！"（《苏东坡全集》第460页，中国书店，1986）我们品吴先生诗文，读学术著作，便有如东坡公看《愣伽》时的感受。尽管我们爬索搜剔，数易寒暑，但限于学力，仍不免挂一漏万之讥。然引玉之砖，终得抛出，匡讹补阙，尚待来哲！